…认真执着的态度。清华"学文丛书"之刊行即兼寓纪念与赓续之意。…知能力有限、经验不足,但在严肃地学为文与学为人方面则不敢自…,而愿意学行兼修、勤恳努力,庶几不辜负先贤的遗教,不辱没先…范。

…华"学文丛书"既刊行清华同人有关古今中外文学的研究论著,也…收海内外学界同行的相关成果。丛书成辑推出,每辑约五六种,希…以年,积少成多,次第刊行,渐成规模。本丛书由"清华大学文学…研究中心"的王中忱、格非教授负责审定,具体编务工作则由中心…任贾立元负责。

学文丛书

清华大学文学创作与研究中心 组编

聊斋之说

温故知新小集

解志熙 ◎ 著

北京大学出版社
PEKING UNIVERSITY PRESS

图书在版编目（CIP）数据

聊为之说：温故知新小集 / 解志熙著 . —北京：
北京大学出版社，2023.9
　（学文丛书）
　ISBN 978-7-301-34006-6

　Ⅰ．①聊… Ⅱ．①解… Ⅲ．①中国文学－古典文学研究 Ⅳ．① I206.2

中国国家版本馆 CIP 数据核字（2023）第 090205 号

书　　　名	聊为之说——温故知新小集 LIAOWEIZHISHUO——WENGU ZHIXIN XIAOJI
著作责任者	解志熙　著
责 任 编 辑	郑子欣
标 准 书 号	ISBN 978-7-301-34006-6
出 版 发 行	北京大学出版社
地　　　址	北京市海淀区成府路 205 号　100871
网　　　址	http://www.pup.cn　　新浪微博 @ 北京大学出版社
电 子 邮 箱	编辑部 wsz@pup.cn　　总编室 zpup@pup.cn
电　　　话	邮购部 010-62752015　　发行部 010-62750672 编辑部 010-62752022
印 　刷 　者	北京中科印刷有限公司
经 　销 　者	新华书店
	730 毫米 ×1020 毫米　16 开本　27 印张　420 千字 2023 年 9 月第 1 版　2023 年 9 月第 1 次印刷
定　　　价	129.00 元

未经许可，不得以任何方式复制或抄袭本书之部分或全部内容。
版权所有，侵权必究
举报电话：010-62752024　电子邮箱：fd@pup.cn
图书如有印装质量问题，请与出版部联系，电话：010-62756370

"学

　　清华中文学科自20世纪80年代中期复建以来，
支持下，学科同人乃以继往开来为职志，同心协力、
多年的耕耘经营，在学科的基本建设方面取得了较力
发展壮大奠定了基础。对学界友朋的关爱和支持，同
以报之，而报之之道，唯有潜心学术、认真学文。故
学研究为主的清华"学文丛书"。
　　"学文"的古典当然是"子曰"的那八个字："行
明清易代之际的顾炎武则对"学"与"行"的关系有更
学于文，行己有耻。"对清华同人来说，"学文"还是
典"：20世纪30年代中期，叶公超曾在清华大学主纟
的杂志，它为清华以及北大的中外文系师生们提供了
文学研究的阵地。据参加编务的闻一多说，刊物之月
因为这样"在态度上较谦虚"。《学文》杂志停刊后，
秋又在《世界日报》上开办了《学文周刊》以继之，其
贯之："我们注重的是'学'字，表示我们是在学习着
学习，不管年纪到多么大，永远的做'文学的学生'。
击着文学和道德的今天，先贤们关于学文以至为人的
特别记取的。作为后来者，我们也非常钦佩先辈们对

目 录
CONTENTS

"学文丛书"缘起 ········· 1

小 引 ········· 001

死麕、鸱鸮和郑女的诗与真
——《诗经·国风》阅读散记 ········· 005

"思无邪"的本义及其他
——《论语》疑难句解读 ········· 048

《孟子》所谓"圣之时者也"重诂
——兼释《庄子》所谓"时女" ········· 086

反复论辩的"重言"及其他
——《庄子》校读三题 ········· 103

"不知不愠"摭谈 ········· 125

"好名之疾"漫说 ········· 130

关于李白的族裔问题
　　——学术通信录 ················ 138

唐宋文学对谈录
　　——从《第二个经典时代：重估唐宋文学》说开去 ········· 150

"小山"吟望"塞下秋"
　　——读词小札二题 ················ 178

断句背后的知与识
　　——以三则诗文评为例 ················ 195

关于鲁迅、《狂人日记》与新文化的反思 ············ 201

札谈鲁迅
　　——学术通信节录 ················ 229

新女性的旧词章之爱
　　——漫说吕碧城的词 ················ 249

金声玉振有遗响
　　——杨振声佚文片谈 ················ 259

"艰"的人生与"涩"的文章
　　——略说冯至文论兼及京派和《现代评论》……………… 278

"默存"仍自有风骨
　　——钱锺书在上海沦陷时期的旧体诗考释……………… 295

文学的语文学研究之重申
　　——以《古诗十九首》的研究为例 ……………………… 327

大手笔与小金针
　　——重读《宋诗选注》感言 ……………………………… 334

古典文学现代研究的重要创获
　　——任访秋先生文学史遗著三种校读记 ………………… 342

"现象比规律更丰富"
　　——王瑶的文学史研究片谈 ……………………………… 378

善用比较优势　成就不可替代
　　——《严家炎全集》拜读感言 …………………………… 411

小 引

数年前，北京大学出版社、清华大学文学创作与研究中心商定，出一套经典重读之类的丛书。承蒙不弃，也约我报一个选题。于是就报了《聊为之说——温故知新小集》这样一个书名，并拟定了十多个想写的题目，都是关于中国古典文学的。我得老实承认，古典研究并非我的专业和专长，然则自己毕竟是一个中国人，也还爱读中国古典文学，对有些问题亦不无感想，何妨写一点呢，何况只是"聊为之说"呢！可是随后的几年间，积压于手头的五部现代作家文集的编校任务很是繁重，我不得不花费大量精力，这些温故知新的作文就成了不急之务；并且，我对古典文学毕竟不甚熟习，有些感想想来似乎不无道理，可一旦为文就捉襟见肘、左支右绌，所以三四年下来只勉强写了三四篇札记而已。看来，即使是"聊为之说"也不容易的。

忽然就到了去年放寒假的时候，清华大学文学创作与研究中心开会，主持人提醒说："北大出版社催稿了，解老师该交稿了！"合同的约束是赖不掉的，只好在寒假里东拼西凑，编成了现在这本小集子。第一辑是关于先秦及其他古典诗文的几篇校读札记和随谈，第二辑谈及的几个近现代作家，也多少涉及他们与古典文学的关系，第三辑则是关于古典文学及现代文学研究的评论文字，也多少与古典学术传统有关。总之，这些文字只勉强与"温故知新"沾点边，而确乎是"聊为之说"，且夹杂了一些书札随笔、讲辞随谈之类的文字,近乎杂拌儿。

引发我来"聊为之说"的,则是多年来阅读古典文学所积累的疑问。有的疑问积攒得很久了,比如温庭筠《菩萨蛮》词第一首首句"小山重叠金明灭"之"小山"到底是什么,历来解说有"山眉""山髻""山枕""山屏""梳子""香炉"六种之多。我上大学的时候看到并听到老师引述这些解说和考证,窃以为都与原词上下文情境不合,何况"小山"是个暗喻,再博雅的考证也难以论定"小山"必是某某的。彼时的我基于自己好赖床的生活经验再加上一点不无小资情调的文学想象,觉得"小山"很可能是美女身上盖的罗衾锦被之类——情绪不佳的她翻来覆去睡不好,折腾得罗衾或锦被堆叠在身,不就像"小山"吗?只是由于自己并不是研究古典文学的,所以这点猜想和想象一直藏诸心中,从未对人言说。直到2015年冬季的一天,与台湾来的古典诗学专家吕正惠先生等聚会聊天,不知怎么就说到"小山重叠金明灭"的问题上了,而仍然是众说纷纭、莫衷一是。于是我被迫说出自己小青年时候的这点私见,吕先生认为不无道理,劝我不妨写出来。次年写出来发表了,到2020年秋季新研究生开学的时候,我受邀做一次读书漫谈,于是在"聊为之说"中也讲到了"小山"的问题。没想到这年年底有个老学生转来了一则"微博",作者大概辗转听到我的漫谈,说自己也对各家解说颇有疑问,于是接受了我的"聊为之说",还讲给一班小学生听——

  解教授对"小山"不解多年,后来参照自己某一次的赖床经历,才对"小山"有了一个确定的解读,由此他感慨,阅读需要想象力。

  这个解读一说出来,我瞬间觉得之前所有的解释统统灰飞烟灭。

  然后,今天,我和六年级的小学生分享了这首词。我把整首词讲解了一遍,故意留第一句没讲。我对他们说,你们回忆一下自己赖床的样子,想一想"小山"指的是什么?

  我以为他们会给出五花八门的答案,我万万没想到,其中一个女孩子毫不犹豫地说:"被子。"——这个解释,是之前学术界没有考虑到的解释,也正是解教授众里寻他千百度、蓦然回首才想到的解释。

没错,"小山重叠金明灭",只有把"小山"理解为"被子",这个理解才能同时符合"重叠""金明灭",它最合理也最具有生活气息。

赖床的时候,人已经醒来,但不愿起床。醒来的人睡在被子里,当然不能一直保持同一个姿势。膝盖屈伸、身体翻覆,被子随着人的活动变换形状,如绵延的小山。古时女孩子多用绸缎被面,早晨的阳光透过窗户映照在金灿灿的丝质被面上,阳光本身没有忽明忽暗,但因为被子在动,光线一会儿落这里,一会儿落那里,重重叠叠金明灭。"小山重叠金明灭"作为这首词的第一句,展现的是一个全景镜头。

由此,我想,随着阅读经验的积累,人的理解框架到底会更顽固还是更无拘束?人的想象力到底会增强还是减弱?一个学术界争议这么久仍不能服众的理解,为什么会在一个六年级的孩子那里轻易化解?

我还想,在一般的概念里,把清华大学中文系的课程分享给小学生,不免为时过早。但真的过早吗?在某个瞬间我甚至觉得,这样的课程,讲给这个年纪的他们,时机正恰当。

——周末懒起 莫春咏归2020年11月7日微博

其实,我的解说也只是一种猜想,姑妄言之而已,如果要求文献上的证据,我是拿不出来的,所以实在算不得什么"确解"。但这则微博还是让我觉得很可乐——没想到一个小学生竟然对此词此境有所会心,看来从古至今、从大到小,人好赖床的经验是相通的啊!当然,并非所有诗词都可以"聊为之说",比如对范仲淹的《渔家傲》词就需要审慎的考证和阐释。

对诸子的思想或哲学等大问题,我不能也不想发什么议论,而只关心其中的一些字词句究竟该怎么解释的具体语文问题。说起来,自古及今对《论语》《孟子》和《庄子》的注解已经很多,但先秦时代的语言毕竟过于古老，历来的注解并未能解决所有的字词句问题，加上文献训诂学家惯于孤立地说文解字，遇到难解的字词辄好用通转假借之法强为之解，读来就不免让人觉得似是而非、疑窦丛生了。本集中关于诸子的几篇札记所讨论的就是我在阅读中积累的一些疑问，由于一直找不到恰当的解答，而不得不自求解答并求正于方家。当然，也有些问题不限于字词句，如东汉杨震"四知却金"的故事和东晋王子猷雪夜访戴的故事，都是传颂千古的美谈，可是他们的作为真像历来传颂的那么高大上吗？余窃有疑焉，解说便有所不同了。

至如本集中谈及鲁迅、吕碧城、杨振声、冯至、钱锺书等近现代作家的文字，也不能不涉及他们与古典文学以至传统文化的关系——哪怕是最"现代"的作家，也和古典传统有着或正或反的关联，这是我们在研究中应该注意的。而作为一个古典文学爱好者，我也曾经关注过古典文学的研究情况，本集所收关于《古诗十九首》研究的回顾、关于《宋诗选注》的读后感，以及对几位与我有过比较密切关系的前辈学者如任访秋、王瑶和严家炎诸先生的学术评论，也都是自己在学习过程中的一些体会、感想以至于疑义，或者可供感兴趣者参考吧。

上面的文字原只是短短半页的后记，兹遵编者之命增订为自我介绍性的"小引"，但实在无话可说也无须多说，所以怎么也凑不够必要的篇幅，只好拉上一段微博凑数。而蒿目时艰，疫情迟迟去，竟然三载；蓦然回首，人世匆匆过，忽焉六十；迩来乌烟恶气，更触目惊心。当此之际，出此小书，何有于学术？何补于社会？只不过随缘从俗地灾梨祸枣而已，扪心自问，真是惭愧得很！

2023 年 4 月 18 日改订于清华园之聊寄堂

死麕、鸱鸮和郑女的诗与真
——《诗经·国风》阅读散记

一、回到诗本身：从诗本文寻绎诗本义

新世纪之初的一年寒假回老家探亲。一天下午与大哥到一孔老窑洞里看他的储粮，只见黍稷麦豆堆得满满的，让人看了很是安心。再抬头看窑洞四壁，饱经岁月的糊墙纸迭遭风吹火燎，极为昏黄斑驳，但模糊之中似乎还有字迹。用手电一照，《常棣》《载驰》等大字诗题和诗句映入眼帘，大字底下是双行小注——原来是《诗经》啊。回到正屋问父亲，才知道那是他和二伯、四叔在私塾里的读物，他们读过后被奶奶们拿来糊墙了——现在储粮的窑洞正是祖父在二十世纪三四十年代为子侄们办的私塾之所在，糊墙的《诗经》就是他们的课本。谈话中父亲还背了《关雎》开头的几句，并且问我"窈窕淑女"里的"窈窕"到底该怎么读，我说了规范的读法。父亲说："我们跟张先生读成 yòuyáo，看来是读错了。"张先生是附近乡社唯一的老秀才，被爷爷请来家里教书的。父亲叹息道："张先生只教我们认字，从来不讲意思，所以我们读《诗经》读得稀里糊涂的，只能自己猜测揣摩。那时我们几个半大小子，很好奇'窈窕淑女'为什么是'君子好逑'，懵懵懂懂的，不免瞎猜想，就是不敢问老师！"

我的父亲后来也当过乡村学究，2018年元旦他去世后，我一直记着他和我谈《诗经》的情景——想想在二十世纪三四十年代西北的偏僻山

村，竟然有一些孩子在读《诗经》，不能不惊讶于《诗经》流传之长久广远。而这群孩子并不知道自己的家乡正属于周王朝发祥地之一的"北豳"范围，数千年后的风土人情仍有相似处。有意味的是，幸亏私塾先生没有按《十三经》的"正义"给这群孩子讲解《诗经》，才使他们懵懵懂懂地自己揣摩，反而比较接近《诗经》的本文和本义——父亲对"'窈窕淑女'为什么是'君子好逑'"的好奇，就暗示他们当年已猜想出《关雎》是一篇写男女"相好"的诗章，而非什么歌颂后妃之德的正经贤传。而父亲读诗的遭遇也常让我想起《诗经》解读史的转折——从经学时代向文学时代的转换。

《诗经》的经学时代相当漫长。西汉初《诗》今文就立为官学，鲁、齐、韩三家都以礼说《诗》、据史证《诗》，经师们竞相发挥，好像每一首诗都是为着礼教而作，皆为针对君王行为而发，说得煞有介事，反多不经之谈。古文经学的《毛诗》虽然晚出好多年，也还是以礼说《诗》、据史证《诗》，只是解说训诂比较严谨简要，并且幸运的是，《毛诗序》《传》后来得到东汉郑玄的精心笺释，更为周密，遂后来居上，超越以至湮没了三家诗说。迨至唐初，孔颖达进一步总结魏晋六朝以来的诗说而作《毛诗正义》，《毛诗序》《传》尤其是《郑笺》遂定于一尊，其影响直至清末——清代朴学家崇尚汉学，他们的《诗经》学著述致力于对汉代经师之说精细周密地总结订正，成就丰硕，但除高邮二王和俞樾外，其他人刻舟求剑、教条说诗之弊更甚。

在这个漫长过程中，只有宋代的欧阳修、郑樵、朱熹等人对汉儒经说有所异议。一代文宗欧阳修以其睿思明辨，敏锐地感到正统诗说的问题——"（毛诗）序之所述乃非诗人作诗之本意，是太师编诗假设之义也，毛、郑遂执序意以解诗，是以太师假设之义解诗人之本义，宜其失之远也"[①]。所以欧阳修著《诗本义》，力求通过平易简质的诗本文来寻求"诗本义"，只是欧阳修的胆气还不足、步子不够大，所求得的"诗之本

[①] 欧阳修：《诗本义》卷一《麟之趾》条，《四部丛刊》三编（二），上海书店影印商务印书馆版，1985年。

义"也就不够多。例如他已意识到"《关雎》本谓文王、太姒,而终篇无一语及之,此岂近于人情?古之人简质,不如是之迂也"①,可他还是竭力为"《关雎》之作本以雎鸠比后妃之德"②的毛公旧说补苴罅漏,并未从《关雎》诗本文求得其真本义。郑樵《诗辨妄》勇于破除《诗序》之旧,惜乎立新不足也。

有破有立的是南宋的朱熹。朱子虽是好讲天理道德的理学家,但又是重人情、懂文学的语文学家。他自言"某自二十岁时读诗便觉《小序》无意义,及去了《小序》,只玩味《诗》词,却又觉得道理贯彻。当初亦曾质问诸乡先生,皆云'《序》不可废',而某之疑终不能解。后到三十岁,断然知《小序》之出于汉儒所作,其为谬戾,有不可胜言"③,后来更意识到"圣人之言,在《春秋》《易》《书》无一字虚,至于《诗》则发乎情,不同"④之特点,也即注意到"诗人道言语,皆发乎情,又不比他书"⑤的文学特性。正唯如此,朱子特别重视从诗本文寻求诗本义。为此,他诚恳建议学者于"《诗》《书》略看训诂,解释文义令通而已,却只玩味本文,其道理只在本文,下面小字(指小字夹注——引者按)尽说,如何会得过他"⑥,他甚至主张"学者当'兴于诗'。须先去了《小序》,只将本文熟读玩味,仍不可先看诸家注解。看得(本文)久之,自然认得此诗说个甚事"⑦。正是按照这种从诗本文求诗本义的新思路,朱子的《诗集传》给《国风》里的一大批爱情诗翻了案,虽然他有鉴于这些诗所抒之情"非性情之正"所以不无贬义地称之为"淫诗",但毕竟由此恢复了这些爱情诗的抒情真本色。朱子从诗本文来求诗本义的解诗新思路很重要也很有效,的确

---

① 欧阳修:《诗本义》卷一《关雎》条。
② 同上。
③ 黎靖德编《朱子语类》卷八十一,第6册第2087页,中华书局,1994年。
④ 黎靖德编《朱子语类》卷八十一,第6册第2100页。
⑤ 黎靖德编《朱子语类》卷八十一,第6册第2098页。这是弟子引申朱子之言,得朱子首肯。
⑥ 黎靖德编《朱子语类》卷六十七,第5册第1653页。
⑦ 黎靖德编《朱子语类》卷八十,第6册第2085页。

"迈出了从经学转向文学的第一步"①,可惜此后的《诗经》学未能继续发扬光大朱子的新思路。

"五四"新文化、新文学运动真正把《诗经》研究从经学时代推进到文学时代。这一方面是因为新文化人接受了西方的纯文学观念,从而意识到《诗经》与其他文化经典的不同,它首先是文学,并且其文学性仍是那么地清新可喜;另一方面也因为抒情本真的《诗经》很符合新文学的理想,成为他们想要返本开新、创造新文学的典范。即如傅斯年在1919年就发表了一篇论朱熹《诗经》学的文章,首先强调要恢复《诗经》的文学意义,接着专论"《诗经》里的诗,对于我们有什么教训"②,旨在为尝试中的新诗及其崇尚自然本真的诗学主张提供历史的支持和古老的典范。有意思的是,傅斯年对《诗经》文学意义的理解,恰恰继承和发展了朱子的文学眼光和解诗思路。这就难怪在文学革命胜利后接着开展的重估传统价值的新学术运动中,重估《诗经》的文学意义成为重要课题之一。《古史辨》第3册就收录了二十世纪二十年代中期胡适、顾颉刚、钱玄同、俞平伯、傅斯年等人往复讨论《诗经》的数十篇文章,而他们讨论《诗经》的指导思想,既有西方的纯文学观念,也有朱子的从诗本文寻求诗本义的思路。《诗经》研究由此跨入了一个回归文学自身的新时代。到1928年傅斯年撰成《诗经讲义稿》,一开篇就说:"《诗经》是古代传流下来的一个绝好宝贝,他的文学的价值有些顶超越的质素。"③他所确立的"我们怎样研究《诗经》"的指导思想,就是"充分的用朱文公等就本文以求本义之态度……而一切以本文为断"。④他所开示的四条研究纲领,第一条就是"先在诗本文中求诗义",第二条仍是"一切传说自《左传》《论语》起,不管三家、《毛

---

① 莫砺锋的《从经学走向文学:朱熹"淫诗"说的实质》(《文学评论》2001年第2期)对朱子把《诗经》学从经学推向文学之功说甚详。此处粗述大概。"五四"后的《诗经》学才真正继承和发挥了朱子的思路。
② 傅斯年:《宋朱熹的〈诗经集传〉和〈诗序辨〉》,《新潮》第1卷第4号,1919年4月1日。
③ 傅斯年:《诗经讲义稿》第3页,上海三联书店,2017年。
④ 傅斯年:《诗经讲义稿》第16页。

诗》，或宋儒、近儒说，均须以本文折之。其与本文合者，从之；不合者，舍之；暂若不相干者，存之"。①现代《诗经》学就是沿着"先在诗本文中求诗义"的路径发展起来的，至今已逾百年，取得了丰硕成果——与《诗经》的经学研究相比，其进步的确是划时代的。

当然，在回归《诗》本身的这条道路上，现代的《诗经》学还有很长的路要走，还需要不断地拓展和补正。应该承认，朱子所谓"只将本文熟读玩味，仍不可先看诸家注解。看得（本文）久之，自然认得此诗说个甚事"，并不像乍一看那么简便易行。一来要从诗本文里捕捉到它所讲的那个"事"也即诗人表达的经验和情感，就需要读者、研究者从诗文本出发来激发自己的想象去重构那个"事"，此即朱子所强调的"只是将意思想象去看"，②而如此借助想象去重构诗义，少见"一拍即合"的幸运，而更可能是一个循环反复、不断修正的过程，才可望逐渐达到与诗本文比较契合的程度。这其实也就是孟子所谓"以意逆志"的循环解读、反复质证之过程，如此渐臻契合的过程事实上殊非易事，出现偏差和失误是难免的。二来也因为诗本文是诗的语言艺术织体，所以读者和研究者不仅要看它讲了什么"事"即诗本义，还要注意它是怎样讲那个"事"的，也即诗的语言艺术特性，这一诗的语言艺术特性与诗本义同样重要，但对它的鉴识与解释却很难——人往往能感觉其美妙却常常难以说清楚其美妙之所在。此所以对《诗经》的语言艺术之研究还很薄弱而亟待加强。再者，今人能欣赏古文学如《诗经》等，确如朱自清所说是因为古今"人情或人性不相远，而历史是连续的"③，也因此今人读古诗如《诗经》的各篇章，其实也在自觉不自觉地用自己的人生经验来激活诗中的人情经验，但问题也因此而来——毕竟个人的人生经验都有局限，所以与诗中的人情经验相激发，也就有比较合或不合的问题，解说起来也就难免言人人殊了。这或许就是从诗本文求诗本义的现当代《诗经》学对不少诗作的解读仍未有公认之定论

---

① 傅斯年：《诗经讲义稿》第16—17页。
② 黎靖德编《朱子语类》卷八十一，第6册第2096页。
③ 朱自清：《古文学的欣赏》，《朱自清全集》第3卷第198页，江苏教育出版社，1988年。

的原因吧。

的确，解读诗歌经典既需要相当的艺术想象力，方可从诗本文之所言重构出诗本义或诗本事，同时也需要相应的生活经验以便与诗本文相激发，进而激活古老诗章的活力和真意。这是一种非常微妙的互动关系，谁也不敢保证双方的互动都能做到相好而无违。即如我有时会想，以我的老父亲少年时代的生活经验，他读《关雎》大概只能懵懵懂懂地感悟到那是写男女"相好"的诗，却未必能够领会那种"琴瑟友之""钟鼓乐之"的贵族之爱的温柔合礼，假如他读到的是《野有死麕》，则可能更容易理解数千年前乡村男女的朴野之爱吧，即使其中有些字他不认得，可能也无碍于他想象出那对可爱的乡村青年男女的爱情情景喜剧。只可惜在父亲生前，我没来得及问他读过《野有死麕》没有、读了会有何感想。为了弥补这个遗憾，我的《国风》阅读散记就从《野有死麕》谈起，然后及于其他几首，所谈当然基于个人的阅读体会和直接间接的生活经验，其所为说则未必能做到严谨有据，不过"聊为之说"而已。

二、为何是"野有死麕"、如何使"尨也勿吠"？

《野有死麕》是《国风·召南》中的一篇，全诗如下——

野有死麕，白茅包之。有女怀春，吉士诱之。
林有朴樕，野有死鹿。白茅纯束，有女如玉。
舒而脱脱兮！无感我帨兮！无使尨也吠！

从诗本文不难看出，这是一首可爱的爱情诗，可正统诗学家因为此诗属于"被文王之化"的"二南"范围，于是就硬性将它解释为贞女拒绝男子无礼求欢的贞洁诗！《毛诗序》就说："《野有死麕》，恶无礼也。天下大乱，强暴相凌，遂成淫风。被文王之化，虽当乱世，犹恶无礼也。"[1]《郑笺》进

---

[1]《毛诗正义》第64页，上海古籍出版社，1990年。

一步解释说:"无礼者,为不由媒妁、雁币不至、劫胁以成昏,谓纣时之世。……贞女欲吉士以礼来……又疾时无礼强暴之男相劫胁。"①孔颖达的《毛诗正义》更把这个解释发挥得委曲周至。就连主张从诗本文求诗本义的朱熹,在《诗集传》里对《野有死麕》也不得不屈从正统之说而强为之解云:"此章乃述女子拒之之辞。言姑徐徐而来,毋动我之帨,毋惊我之犬,以甚言其不能相及也。其凛然不可犯之意,盖可见矣!"②经过这样曲折而且委曲的解说,虽然勉强使得《野有死麕》合乎礼教,却显然完全违背了诗本文,淹没了诗本义。正如程俊英、蒋见元在《诗经注析》里批评的:"这是国风中动人的一首情诗,但历代注家或斥之为'淫诗',或曲解为'恶无礼',都是囿于封建礼教的偏见,抹杀了民歌的本色。"③只要放下礼教的有色眼镜,就不难发现《野有死麕》诗中称那位小伙子为"吉士",又称那位姑娘为"如玉"之女,这"吉士"和"玉女"当然同时也是双方眼中的对方,不论从哪个角度看,都无丝毫贬损之意。就像朱子所指出的,《邶风·静女》中的姑娘并不"娴静",却被赞誉为"静女其姝",盖因爱她的人"不知其为丑,但见其可爱耳"。④至于《野有死麕》中的姑娘对"吉士"说:"舒而脱脱兮!无感我帨兮!"那是羞涩的姑娘劝小伙子别着急慌忙、毛手毛脚的,以免惊动看门狗,进而惊动家人,她心里其实是喜欢这个小伙子的,并非真有"拒绝"之意,诗的叙述也是在欢快和欣然的语调中进行的,哪有什么"凛然不可犯之意"!

"五四"后的新文学家、新文化人扔掉了道德礼教的有色眼镜,只把《诗经》当作纯文学的诗来看,所以他们对《野有死麕》的解读,就着力从这首诗本文探求其本义,自然很快就发现了它作为一首表现青年男女爱情的古代民歌之可爱。事实上,当二十世纪二十年代中后期《古史辨》诸子集中探讨《诗经》时,《野有死麕》是引起最热烈反应的诗篇,胡适、俞平伯、顾颉刚、周作人、钱玄同、刘半农、刘大白、董作宾等先后发表了近

---

① 《毛诗正义》第64—65页。
② 朱熹:《诗集传》第13页,上海古籍出版社,1980年新1版。
③ 程俊英、蒋见元:《诗经注析》第53页,中华书局,1991年。
④ 黎靖德编《朱子语类》卷八十一,第6册第2196页。

二十篇讨论文章。

这次讨论缘于顾颉刚整理自己收集的吴地民歌，发现其中有的民歌在情节及情调上与《野有死麕》比较近似，他因此敏锐地感到数千年前《诗经》里的《野有死麕》也是一首相似的民间情歌，于是撰文对《野有死麕》的本文和本义提出了自己的新解读——

《召南·野有死麕》篇是一首情歌。第一章说吉士诱怀春之女。第二章说"有女如玉"。到第三章说道：

舒而脱脱兮，

无感我帨兮，

无使尨也吠！

帨是佩在身上的巾……"脱脱"，是缓慢。"感"，是摇动。"尨"，是狗。这三句的意思，是："你慢慢儿的来，不要摇动我的身上挂的东西（以致发出声音），不要使得狗叫（因为它听见了声音）。"这明明是一个女子为要得到性的满足，对于异性说出的恳挚的叮嘱。

可怜一班经学家的心给圣人之道迷蒙住了！……经他们这样一说，于是怀春之女就变成了贞女，吉士也就变成了强暴之男，情投意合就变成了无礼劫胁，急迫的要求就变成了凛然不可犯之拒！最可怪的，既然作凛然不可犯之拒，何以又言姑徐徐而来？①

顾颉刚揭示出《野有死麕》是一首表现男女情投意合的情诗，这是很有启发性的新见。他的偏差是强调"这明明是一个女子为要得到性的满足，对于异性说出的恳挚的叮嘱"，这就将未婚者偷偷的恋爱强化为已婚者的婚外偷情了。顾颉刚之所以有此偏差，大概因为引起他解读《野有死麕》兴趣的那首吴歌，乃是坦率表现一个有夫之妇鼓励情夫前来偷情的民歌："倷来末哉！／我麻骨门闩笃撑撑，／轻轻到我房里来！／三岁孩童

---

① 顾颉刚：《〈野有死麕〉（〈吴歌甲集·写歌杂记〉之三）》，《古史辨》第 3 册第 440—441 页，上海古籍出版社影印，1982 年。

娘做主，／两只奶奶塞仔嘴，／轻轻到我里床[床里]来！"①

胡适立刻发现了顾颉刚的偏差，所以很快致函顾氏纠正了其偏差所可能引起的误解——

> 你解《野有死麕》之卒章，大意自不错，但你有两个小不留意，容易引起人的误解：（1）你解第二句为"不要摇动我的身上挂的东西，以致发出声音"；（2）你下文又用"女子为要得到性的满足"字样；这两句合拢来，读者就容易误解你的意思是像《肉蒲团》里说的"干哑事"了。
>
> "性的满足"一个名词，在此地尽可不用，只说那女子接受了那男子的爱情，约他来相会，就够了。"帨"似不是身上所佩……也许帨只是一种门帘……
>
> 《野有死麕》一诗最有社会学上的意味。初民社会中，男子求婚于女子，往往猎取野兽，献与女子。女子若收其所献，即是允许的表示。此俗至今犹存于亚洲美洲的一部分民族之中。此诗第一第二章说那用白茅包着的死鹿，正是吉士诱佳人的赘礼也。
>
> …………
>
> 研究民歌者，当兼读关于民俗学的书，可得不少的暗示。②

胡适的意见很重要，但也有可斟酌之处。第一，他准确而且正确地指出《野有死麕》只是写一对乡村青年男女的恋爱诗，他们之间的恋情只到"那女子接受了那男子的爱情，约他来相会"的程度。这就纠正了顾颉刚之所谓"女子为要得到性的满足"，让人误以为这对小青年的关系已如色情小说《肉蒲团》所写"干哑事"即做爱的程度——顾颉刚的解读显然有些过分阐释，超出了《野有死麕》本文的意义范围。第二，胡适对"帨"的释义之补正，看来只是训诂之不同，其实不是那么简单。因为把"帨"从女

---

① 顾颉刚：《〈野有死麕〉（〈吴歌甲集·写歌杂记〉之三）》，《古史辨》第3册第441页。
② 胡适：《论〈野有死麕〉书》，《古史辨》第3册第442—443页。

子身上所佩之物转释为门帘,则小伙子之"感"(通"撼")就有了不同的意义——试想情急的小伙子毛手毛脚地触碰到姑娘身上所佩的东西,和仅仅不小心触碰到姑娘闺房的门帘,那其实意味着这一对青年男女的亲昵程度有不小的差别。或许在胡适的想象里,一对古代的青年男女到一处谈恋爱,理应规规矩矩,不能动手动脚,倘若冒失的小伙子不小心触碰了姑娘闺房的门帘,也还情有可原,倘若情急的小伙子毛手毛脚地触碰到姑娘身上,那似乎就过分了。就此而言,胡适对"帨"的改释就不仅是训诂的分歧,也反映出他心里还残存着一丝"道学气"。其实,从诗本文可以看出,诗中的那对青年男女并非生在"钟鸣鼎食"之家,都不过普通的农家儿女而已,在那时的生产条件下,农家织一块布是很不容易的,设想一个普通农家女儿的闺房居然有门帘,那恐怕有些奢侈了,因此我宁愿采信《毛诗传》的古训——"帨,佩巾也"。并且窃以为一对乡村青年男女好不容易偷偷聚会了,情急的小伙子对姑娘有点亲昵近身的小动作,那完全可以理解。至于姑娘对小伙子说"无感我帨兮",乍一看是少女羞涩的婉拒,其实她心里应该是喜悦的吧,这也无伤大雅——把恋爱中的女子想象得一本正经、正襟危坐,倒有些不近人情了。第三,胡适说"《野有死麕》一诗最有社会学上的意味",又说"研究民歌者,当兼读关于民俗学的书,可得不少的暗示",这是一个重要的提示,其所谓"社会学""民俗学"其实都指的是人类学对初民生活的调研。胡适正是借鉴于此,对"野有死麕,白茅包之"两句诗做出了新的解释。按,《毛传》《郑笺》对《诗经》里几乎所有的生产-生活活动,都强行从礼教制度进行解释。如《毛传》对"野有死麕,白茅包之"的解释是:"凶荒则杀礼,犹有以将之。'野有死麕',群田之获而分其肉。白茅,取洁清也。"[1]《郑笺》又补释说:"乱世之民贫,而强暴之男多行无礼。故贞女之情,欲令人以白茅裹束野中田者所分麕肉为礼而来。"[2]胡适显然觉得这种礼教制度化的解释太牵强且涉嫌添字解诗,可又觉得"野有死麕,白茅包之"需要有所解释,便转而借鉴人类学对初

---

[1]《毛诗正义》第64页。
[2] 同上。

民社会的研究成果，对这两句诗做出了亲切而通达的解释。

　　胡适的新解影响深远，受他的启发，后来者细读本文、发挥想象，对若干问题又有别解。

　　如后来成为《诗》学名家的闻一多，在"野有死麕，白茅包之"的解释上，就没有采取胡适的人类学观点，而仍然结合传统礼制给予解释，以为"《野有死麕篇》之以麕为贽矣。且《序》曰'天下无犯非礼'，此礼字当即指婚礼纳采，问名，纳吉，缴征诸所以防淫佚，禁暴乱之节文"①。这个解说被九十年代以来传统文化复兴之潮中的一些《诗经》研究如李山的《诗经析读》所继承。在"帨"字的解释上，闻一多也主张回到《毛传》的"佩巾"之训，但具体而论之，闻一多却发挥了胡适所倡导的人类学观点，以为："近世社会人类学家咸谓加饰于前（指女性性器官前——引者按），所以吸引异性之注意，是衣服始于蔽前，名曰蔽之，实乃彰之。……诗人之义，微而隐，蔽之既即所以彰之，又焉知戒之非即所以劝之哉？"②这不啻是说诗中那位姑娘戴了佩巾倒是有意诱惑那个小伙子了！如此解说显然又有点过火了。

　　即使在二十世纪五六十年代的新中国，胡适和《古史辨》派解读《诗经》的思路仍得到继承和发展。即如余冠英编选的《诗经选》前言，就全面肯定了《国风》的民歌说。余先生对《野有死麕》的题解"这诗写丛林里一个猎人，获得獐和鹿，也获得了爱情"③，完全肯认这是一首富有人性的爱情诗，仍折射着"五四"的人文精神。余先生的白话翻译更是可爱——

　　　　　　死獐子摆在荒郊，
　　　　　　白茅草把它来包。
　　　　　　姑娘啊心儿动了，

---

① 闻一多：《诗经新义》，《古典新义》第79—80页，《闻一多全集》第2卷，生活·读书·新知三联书店，1982年。
② 闻一多：《诗经通义》，《古典新义》第105页，《闻一多全集》第2卷，生活·读书·新知三联书店，1982年。
③ 余冠英：《诗经选》第19页，人民文学出版社，1979年第2版。

　　　　小伙子把她来撩。①

用"小伙子把她来撩"对译"吉士诱之",实在绝妙!此前此后的其他译文都逊色多了。

　　最有趣的是林庚的解读。林先生在"文革"前一年撰文解读《野有死麕》,开篇即说"这首诗很显然的是一首写男女私下相会的情诗"②;接着提出了一个前人没注意或有意含糊的问题——男子为了撩妹,便"偷偷地送给少女一只'死麕'(獐鹿),这少女不知把它藏在哪里啃了吃才好的问题,这当然是个笑话。总之若是私相赠答,送这么一个庞然大物,而且是非得偷偷吃下去不可的东西,未免是不太合情理的"③。然后,作为学者兼诗人的林庚便巧用训诂又调动想象,以为"白茅包之"之"包"与"庖厨的'庖'同出一义",又"想见包涂泥草来弄熟的方法"如弄叫花鸡之类。于是《野有死麕》的本事和本义在林先生看来就是——

> 全诗都从描写这女子着笔。前两章主要是描写这个猎户人家的少女在操作中所显示的美丽:第一章说猎户打到了獐鹿,这獐鹿是要用白茅包涂来弄熟的,于是这少女便去采拔白茅,遇见了一个少年向她表示爱慕,她心中也很喜欢。第二章说,白茅包涂獐鹿,还得要柴火来烧它;而林间就有朴樕(灌木,薪),少女因此就把柴火和白茅全都捆起来,她的动作和形象是如此的美丽。
>
> 这两章通过猎户人家生活中的劳动,写出一个青春少女的勤劳美丽,唤起了一个少年的追求;于是有了进一步的发展。这就是第三章中所写的。……诗的末句"勿使尨也吠",正好说明了这少女是

---

① 余冠英:《诗经选》第20页。按,余先生的这个译文最早见于他的《诗经选译》,作家出版社,1956年。
② 林庚:《野有死麕》,《唐诗综论》第317页,商务印书馆,2017年。按,此文原载《文史》1965年第4辑。
③ 林庚:《野有死麕》,《唐诗综论》第317—318页。

猎户人家的，所以就养有猎犬了。①

林先生对男子拿麕鹿做礼物偷偷送女子的质疑是不无道理的，他对此诗本义或本事的想象性重构也很生动有趣，只是不免添字解诗，且想象过于圆满自洽，反倒不能贴合本文了。

不过，林庚先生已敏锐地意识到《野有死麕》解读的关键问题——"这首诗的困难之处还不在末一章，而在前两章以及与这章的联系。前两章中都提到'野有死麕'（或鹿），到底这'野有死麕'（或鹿）和'吉士诱之''林有朴樕'有什么关系？和'无使尨也吠'之间又有什么关系？这是必须弄清楚的"②。我觉得问题还可以简化一下，因为第一、第二两章只是换个字眼重唱而已，两章是互文互补的关系，其间并无什么复杂问题需要厘清。真正关键的问题其实在前两章与第三章之间：其一，为什么前两章要反复说"野有死麕""野有死鹿"，"死麕""死鹿"是可以送给人吃的东西吗？其二，为什么第三章要特别强调说"无使尨也吠"，它和前面的"死麕""死鹿"有无先暗示后呼应的关系，或者仅仅是诗人信笔由之的美丽抒写？

窃以为，解释清楚这两个关键问题，并且其解释又能切合本文，《野有死麕》也就可以读通了。而检讨自胡适到余冠英以至于当今的《诗经》研究者，大多没有意识到这两个问题；林庚虽然敏锐地察觉到问题之所在，却又被自己的想象所误导，而重构出这样一幅美好的画面：一家猎户的女儿与家人在野外打得獐子，恰与另一家猎户的年轻儿子不期而遇，二人相见有情，便在一块儿如烧叫花鸡一样以土法烧獐子吃，其乐融融也——这想象很美妙，但姑娘既然得到家长默许与小伙子相会，还一块烧獐子肉吃，为何还怕"尨也吠"——他俩究竟在怕什么？

说来有趣，2020 年 8 月 23 日晚 10 时许天津师范大学教授高恒文兄（他是我的同门友）夜读《诗经》，突然发微信问我："为什么是'野有死

---

① 林庚：《野有死麕》，《唐诗综论》第 318—320 页。
② 林庚：《野有死麕》，《唐诗综论》第 317 页。

麕'？"我随手回复他说——

你问《召南·野有死麕》为什么是"死麕"？传统训诂与现代解释大多认为是男子猎获的，包了当礼物准备送给女的。这解释是有些奇怪——那么大一个獐子，怎么包了送女的？何况他是前去"诱"女的，女子虽然也有情，但显然还不敢把两人的事情公开，则她一个女孩子拿个大猎物怎么办？这确是一个问题。其实从末章"无感我帨兮，无使尨也吠"来看，可能是因为女子家有厉害的看门狗，男的包了点死动物肉来喂狗的，好使它安静下来，不要惊动了女子的家人，以免坏了两人的好事！

高恒文兄又连珠炮似的反复逼问我——

如果是猎物，也应该是"野有麕鹿"之类的。但问题是，为什么麕是"死"的？
喂狗？太想当然了吧？
喂狗，有的是东西，何必在"野"找死麕？

我只能逐一回答他道——

是啊，"死"麕不新鲜，怎么能当礼物送情人？何况獐子也不小，女的拿它怎么办？先藏起来、自己偷偷吃？难道她自己有小灶？
之所以是"野有死麕"，因为男子原本不是去打猎的啊，他是赶去与女的相会的，经过的路上碰着个死獐子，就随手割点臭肉包上准备喂狗啊！
"野"者过路之地也，男子边走边想女子，正发愁女家的狗难对付，恰好看到林边有死麕，就割点臭肉包起来哄狗啊！这是作者随兴想象，如不为押韵，也可说"野有死兔"之类，无须深究了！

这其实是我四十多年前的读后感。记得1978年上大学读古典文学，初次读到《野有死麕》一诗，虽然诗中有几个生字，但看看注音和解释，觉得并不难懂啊——不就是写一对乡村青年男女的爱情小趣剧吗？而最有趣的情节是，那小伙子想起女子家的狗吠，便随手割了块死麕肉给它预备着，可见这小子是个机灵鬼，难怪女孩子爱他！这是我一读诗本文立马就想象到的图景（稍后读到汉乐府《有所思》中女子生怕"鸡鸣狗吠，兄嫂当知之"，恰与《野有死麕》中女子对"尨也吠"同其担心，足见好吠的狗狗确是古代恋爱中或私情中的人最担心的），且从此不忘，所以多年后高恒文君一问，乃不假思索地那样回答他了。而我之所以初读此诗即有此感想，并非自己脑子多灵光，其实缘于我的乡土生活经验之激发。

诚如朱自清先生所强调的，时代有古今，人情不相远。西周时期的"二南"之地，与现代的西北农村尽管相差数千年，但基本的生产-生活方式仍都是乡村定居农业，有时也兼营一点畜牧或渔猎吧，差别并不很大，人情风俗其实还是比较接近的。我的家乡在二十世纪五六七十年代，仍然是地广人稀，一家一户分散居住，时常有野兽出没，所以家家都得养看门狗。乡村儿女的婚姻，当然是媒妁之言、父母之命为主，但也不完全禁止姑娘与异性交往，如果对方是个好小伙，姑娘的父母也会睁一只眼闭一只眼地装糊涂，只暗中监视着以保护她。所以姑娘在与异性交往初期，一般都要瞒住父母，约相好的男子偷偷来会，最怕的是狗吠惊动家人。其实，我们平常找邻家小朋友玩，也会怕对方家狗咬，必定一边拿着棍棒以为防护、一边呼叫主人出来挡狗；若是有事去邻家又不愿让主人知道，那就得提前预备一点馒头骨头来塞住狗嘴。这一切是我在十余岁时已具备的乡村生活经验和已明白的生活规矩（包括大男大女婚恋的潜规矩）。正唯如此，我虽然十七岁才首次接触到《野有死麕》，但一读之下却很容易地识别出开头的"死麕"就是为后面的"尨吠"准备的，目的是塞住狗嘴、不让它惊动家人而已，而并非什么公开送与女家的"贽礼"，亦非什么私下偷偷送与女子的烧烤小吃。

如此这般的人情风俗喜剧也不限于从古到今的西部地区。在中原地区亦时或有之。记得在1988年的春节联欢晚会上，喜剧明星陈佩斯和豫剧演员小香玉就用河南方言和豫剧调子，合演了一出发生在八十年代中后期中原农村的爱情轻歌剧《狗娃与黑妞》。小伙子狗娃和姑娘黑妞原是比较要好的中学同学，毕业后各回各村，狗娃成了卖油的个体户，黑妞帮父母干农活。两年后二人相遇、沟通情愫，只是还不敢让黑妞的父亲知道，因为老头比较专横粗暴。但也不能老拖下去啊，所以又一年三十夜，狗娃硬着头皮到黑妞家去提亲，仍畏缩不敢进门，却被黑妞家的看门狗先咬了一口……说实话，我当年看了这出表现现代河南农村青年男女的爱情轻歌剧，立刻就想起了三千年前的《野有死麕》，觉得《狗娃与黑妞》活像《野有死麕》的现代版。只可怜狗娃是个老实小伙，又是首次登门，没有应付狗的经验，未能像《野有死麕》中的小伙子那样提前预备。此外，据说云南少数民族摩梭人通行"走婚"——男女如相互倾心，男子半夜到女子的"花楼"外爬窗而入，把帽子挂在门外叫他人不要干扰，而为了安抚女家的狗，也会准备一点腊肉来投喂它。

　　回到《野有死麕》上来，不仅诗本文所表达的本义或本事很有趣，值得细心品味，而且它所用以表达那个本义或本事的语言艺术也饶有风趣，很耐人寻味。按，古人论《诗经》的艺术，好以"赋比兴"概之，说到一首诗必指出其各章是"比"、是"兴"还是"赋"。一般而言，古代的诗学研究者比较重视"比"，对"兴"也不忽视，现代的诗学研究者由于把"兴"与西方现代的"象征主义"挂上了钩，对"兴"特别看重，而不论古代研究者还是现代研究者，对"赋"都不太注意。这或许是被中国诗歌发展的后见之明给遮蔽了。盖自汉代以来，诗与乐府分家，文人诗片面地向主观抒情的方向发展，诗逐渐变成文人发抒一己感兴的文体，至于比较客观地运用艺术想象来敷陈其事的"赋"，在汉魏六朝隋唐以来的中国诗歌里日渐削弱。其间除了杜甫的诗及一些文人的拟民歌之作仍略有敷陈之"赋"外，文人自己的抒情诗就鲜见"赋"的存在了。很可能正是汉以后中国诗歌史的这种片面发展，导致后来的研究者对此前《诗经》之"赋"的语言艺术特色，不免有所忽视以至误认了。即如读诗极细心谨慎的朱子在《诗集传》里，对《野有死麕》的"赋比兴"问题，就肯认第一、第二两章都是"兴"，但又附注说"或曰赋也"，只对明显是女子之言的第三章诗，则仿佛不得已才指认为"赋"。

其实,《野有死麕》全诗三章都是"赋"体。第一章"野有死麕,白茅包之。有女怀春,吉士诱之"四句直陈其事说:有一个怀春的姑娘,得到一个好小伙的追求,这小伙子在赴约途中路过田野看到一头死麕子,于是顺手割了一块肉,用白茅包起来带着走。第二章是对第一章的重复而又有所补充:"林有朴樕"就补充说明了第一章所谓"野",乃是有小树灌木之类的林野之地,正是麕鹿等动物常出没的地方,其间当会有自然死亡的麕鹿留尸于此,或是被掠食性动物吃剩下的麕鹿残尸吧,反正看到有那么一头"死麕"或"死鹿",小伙子就顺手割了一块肉带着。这里应该订正的是:诗里的小伙子是不是猎人,无从知悉也无须深究,但他割的麕鹿肉绝不可能是准备公开送给女孩家的"贽礼",也不可能是准备偷偷送给女孩子的小零食。盖因他割的乃是"死麕""死鹿",与新鲜的猎物不同,那不可能是给人吃的东西,《诗经》里也没有把死物当礼物的先例。且此诗也没有写到打猎——如果确乎是打猎所获新鲜猎物,准备送给女子家的或给女孩子个人的,则诗本文大概会说"既获此鹿,贻彼女家"或"既获此鹿,贻彼玉女"之类,而不会说是"野有死麕,白茅包之"了。此诗一开头就说"野有死麕,白茅包之",则此举必定别有目的,只是暂未说明耳,这就在叙事上留下一个小小的包袱。到第三章"舒而脱脱兮!无感我帨兮!无使尨也吠",小包袱终于露了底——原来那姑娘曾经叮嘱小伙子,要想秘密约会顺利进行:"你一定不能让我家的狗叫啊,得想个法子!"不难想象,姑娘的这些话并非小伙子此次去赴约时才对他说的,而很可能是上一次约会时特地叮嘱他的!再回头与第一章联系起来看,事情就清楚了:这天小伙子兴冲冲前去赴约,路上想起姑娘的叮嘱"无使尨也吠",又不免发愁,因为既不能出手打它,又不能唤女子或其家人出来挡住它,然则究竟该怎么安抚住那好叫嚣的狗子呢?所幸小伙子举目一看,野地里正好有一头"死麕"或"死鹿",于是灵机一动割了一块肉,拿来喂狗,岂不正好!这就意味着"舒而脱脱兮!无感我帨兮!无使尨也吠",乃是小伙子赴约途中回忆起姑娘此前的叮嘱之言！① 也因此，如果重新标点《野有死麕》，则其第三章似乎应该加上引号才是——

> 野有死麕，白茅包之。有女怀春，吉士诱之。
> 林有朴樕，野有死鹿。白茅纯束，有女如玉。
> "舒而脱脱兮！无感我帨兮！无使尨也吠！"

如此看来，《野有死麕》三章之"赋"不是各行其是，而在体贴人情的想象引导之下，精心模拟人物、情景、细节以至人物的悄悄话，巧妙安排出前有伏笔后有呼应的叙述结构，并以简练微妙而又生动风趣的语言表而出之，成就了这首以客观化的叙事来抒情的小杰作。应该说，这种以近于小说化或戏剧性的想象叙事来客观抒情的诗在西方较晚才出现，中国早在《诗经》时代即有如此具体而微的绝妙好诗，可惜汉以后的文人诗将客观抒情的传统丢掉了。

三、郑女与狡童的婚变连续剧：《郑风》的五首关联诗之合观

在十五《国风》中，数《郑风》的名声最不好——夫子不云乎："郑声淫，佞人殆。"所以他要"放郑声，远佞人"（《论语·卫灵公》）。可是十五《国风》又数《郑风》最多，多达二十一首，冠绝《国风》！这就有点奇怪了——不是说孔子删订过《诗》吗？夫子既然那么不喜欢《郑声》，甚至说要"放郑声"，然则他为何不删却一些《郑风》，而仍放任它独占《国风》之鳌头？由此反省一下，则古代《诗》学家可能误把"郑声"等同于《郑风》，遂误以为孔子指斥"郑声淫"就等于指斥"《郑风》淫"。其实，孔子对作为诗的《诗》三百都很欣赏，一概赞之曰：《诗》三百，一言以蔽之，

---

① 《毛传》作者大概不明《野有死麕》第三章为什么要说"无使尨也吠"，而又觉得应该有个解释，于是解曰："尨，狗也。非礼相陵则狗吠。"（见《毛诗正义》第65页）这说得好像连狗都懂礼教，真是太搞笑了。

曰：'思无邪！'"（《论语·为政》）这赞誉也应包括《郑风》在内。但毋庸讳言，孔子在音乐趣味上的确是个高大上的人，特别崇敬宫廷宗庙之乐，所以"子在齐闻《韶》，三月不知肉味"（《论语·述而》），而对里巷民歌的《郑风》之曲调则很不感冒而嗤之以鼻。这在个人趣味上自然无可争辩，但不幸的是，夫子对"郑声"的看法还是深深影响了后世对《郑风》的读法。

毛公作《序》《传》和郑玄笺《诗》时，大概也觉得一棒子把《郑风》都打成"淫诗"，有点唐突作为"经"的《诗经》吧，于是便把几乎所有的《郑风》都有意解说为"刺"诗。即如《溱洧》——

> 溱与洧，方涣涣兮。士与女，方秉蕳兮。
> 女曰观乎？士曰既且；且往观乎？
> 洧之外，洵訏且乐。
> 维士与女，伊其相谑，赠之以勺药。
> 溱与洧，浏其清矣。士与女，殷其盈矣。
> 女曰观乎？士曰既且；且往观乎？
> 洧之外，洵訏且乐。
> 维士与女，伊其将谑，赠之以勺药。

对这首显然是表现士与女恋爱游乐的爱情诗，《毛诗序》说是"《溱洧》，刺乱也。兵革不息，男女相弃，淫风大行，莫之能救焉"[①]。《郑笺》补充解释说："'救'，犹止也。'乱'者，士与（女）合会溱洧之上。"[②]于是一首好端端的爱情诗就变成了讽刺男女淫乱之风的诗！这当然是曲解。

更无谓的，是传统《诗》学把一些显然是表现男女婚恋问题的诗故意曲解成政治讽刺诗。在这方面，《郑风》里的《狡童》及其相关诗章的遭遇就很典型。《溱洧》作为正面表现爱情的诗篇在今天已不成问题，故此不

---

① 《毛诗正义》第 181 页。
② 同上。

论；但关于《狡童》及其相关诗章，从古至今仍存在一些说不清道不白的疑难问题，所以下面就从诸诗本文相互关联的互文互补性来对这几首诗进行"合观"解读。

就从《狡童》说起吧。这是一首很短的小诗——

彼狡童兮，不与我言兮。维子之故，使我不能餐兮。
彼狡童兮，不与我食兮。维子之故，使我不能息兮。

由于《狡童》本文过于简短，致使其本事本义有些含糊不清，不过读者还是能够隐约感觉到这是一首女子自道其失恋或自诉夫妻不和的诗，但《毛序》的解说却将之提升到政治讽喻诗的高度，乃谓"《狡童》，刺忽也。不能与贤人图事，权臣擅命也"[1]。《郑笺》则补充解释说："'权臣擅命'，祭仲专也。"[2] 按，《毛序》所谓"忽"指郑昭公，姬姓郑氏，郑国的第四任及第六任国君；《郑笺》所谓"祭仲"即指郑国权臣，也叫"祭足"。这里涉及郑国的一段非常复杂的政治纠葛。祭仲在郑庄公时就是执掌朝政的卿士。郑庄公在位期间有一年，北戎攻打齐国，郑庄公派太子郑忽率军救援齐国。齐僖公感谢郑忽，想把女儿嫁给他，祭足（祭仲）也劝他接受，以为郑国由此可以得到齐这样一个大国的支持，但郑忽却以"齐大非耦"的理由婉言辞谢了，后来迎娶了陈国的陈妫。郑庄公去世后，祭足拥立太子郑忽为国君，是为郑昭公。郑昭公的弟弟郑突是宋国雍氏女所生，所以郑突得到宋庄公的支持。宋庄公派人引诱祭足来到宋国把他抓起来，胁迫他改立郑突为郑国国君。祭足被迫答应宋国的要求，让郑突回国即位。郑昭公听到消息后出逃到卫国。郑突回到郑国即位，是为郑厉公。郑厉公继位后对权臣祭足并不放心，派人伺机暗杀他，但阴谋败露，郑厉公出奔郑国边邑栎邑，祭足又迎回郑昭公重新继位。其时郑国还有一位卿士高渠弥，郑昭公当太子时就不喜欢他，如今昭公复位，高渠弥担心郑昭公会不

---

[1]《毛诗正义》第172页。
[2] 同上。

利于已,所以他便先下手为强,在一次外出去打猎时乘机射杀了郑昭公。事后祭足与高渠弥不敢迎回郑厉公,便改立郑昭公的另一个弟弟公子亹为郑国国君……看得出来,为了避免把《狡童》视为"淫诗",《毛序》和《郑笺》不惜把郑国的这么一段狗血历史硬加到《狡童》诗上,认定此诗是刺"忽"不能与贤人图事,这解释很高调,其实牵强附会得很。并且从郑昭公的行事来看,他并不聪明更不狡猾,倒是过于老实厚道了,怎能够称为"狡童"?

《毛序》《郑笺》对《狡童》的解说,朱子不能认同。他在《诗集传》的《狡童》第一章后加注,直截了当地指出:"赋也。此亦淫女见绝而戏其人之词。言悦已者众,子虽见绝,未至于使我不能餐也。"①朱子之所以如此果决地抛弃《毛序》《郑笺》的曲解,是因为一向注重从诗本文求诗本义的他,显然从《狡童》的本文对其本义有所会心,于是才断言"此亦淫女见绝而戏其人之词"。这其实也就是说《狡童》乃是一首"淫诗",虽然目之为"淫诗"仍不无道德偏见,但就诗论诗,朱子此言实乃探本之论,只不过后人把它叫作"情诗""爱情诗"或"婚恋诗"而已。更为详细也更有意思的是《朱子语类》所记朱子与学生之间对《狡童》的讨论,从这些讨论中可以看出,朱子比学生的思想更解放。即如有些学生仍执迷于《毛序》《郑笺》对《狡童》的解说,于是有所问难,朱子乃一一驳斥《毛序》《郑笺》之说,毫不客气地指出——

> 如此解经,尽是《诗序》误人。郑忽如何做得狡童!若是狡童,自会托婚大国,而借其助矣。谓之顽童可也。许多《郑风》,只是孔子一言断了曰:"郑声淫。"如《将仲子》,自是男女相与之辞,却干祭仲、共叔段甚事?如《褰裳》,自是男女相咎之辞,却干忽与突争国甚事?但以意推看《狡童》,便见所指是何人矣。不特郑风,《诗序》大率皆然。②

---

① 朱熹:《诗集传》第53页。
② 黎靖德编《朱子语类》卷八十一,第6册第2108页。

更有价值也更值得体味的，是朱子把《狡童》与先秦诸子的政治批评相比较，特别强调诗人之言与《孟子》所谓"君事臣如草芥，则臣视君如寇仇"的政治批评之不同——

> 曰："……然诗人之意，本不如此，何曾言《狡童》是刺忽？而序《诗》者妄意言之，致得人如此说。圣人言'郑声淫'者，盖郑人之诗，多是言当时风俗，男女淫奔，故有此等语。《狡童》，想说当时之人，非刺其君也。"又曰："《诗》辞多是出于当时乡谈鄙俚之语，杂而为之。"①

这是深通《诗》道、洞达《诗》性之论，显著启发了现当代学人对《狡童》的再解读。

现当代学人对《狡童》的解读颇多，不及也无须一一细数。好在程俊英、蒋见元的《诗经注析》对《狡童》的题解，不仅扼要回顾了《毛序》之说和朱子之论，更着重摘引了闻一多和钱锺书两位现代学者的解说，而这个题解又暗含着不自知的矛盾，且引以为讨论之资吧——

> 这是一首女子失恋的诗歌。《毛序》："《狡童》，刺忽也。不能与贤人图事，权臣擅命也。"《朱子语类》驳曰："经书都被人说坏了，前后相仍不觉。且如《狡童》诗，是《序》之妄。安得当时人民敢指其君为狡童？况忽之所为，可谓之愚，何狡之有？当是男女相怨之诗。"朱熹的批评是很得当的。宋、清学者反对《狡童》及其他情歌为"淫诗"者，总因为有"思无邪"三字梗在胸中，认定圣洁的经典中决不可能有淫佚之词。存此成见，便再不可能客观地就诗论诗了。闻一多《风诗类钞》将《狡童》编入"女词"，解曰："恨不见答也。"对诗旨的分析比朱熹更为完善。
> 此诗缠绵悱恻，依依之情，溢于言外。钱锺书《管锥编》曰：

---

① 黎靖德编《朱子语类》卷八十一，第 6 册第 2109 页。

"若夫始不与语,继不与食,则衾余枕剩、冰床雪被之况,虽言诠未涉,亦如匣剑帷灯。……习处而生嫌,迹密转使心疏,常近则渐欲远,故同牢而有异志,如此诗是。其意初未明言,而寓于字里行间,即含蓄也。"这一段很透彻的剖析,可为读者欣赏此诗指迷。①

"这是一首女子失恋的诗歌",基本上代表了现当代学人的普遍看法,这看法确实是从朱子的"当是男女相怨之诗"发展而来的。至于闻一多的《风诗类钞》只是个分类抄本,它把《狡童》归入"女词"类,则闻一多所谓"恨不见答也"自然是"女恨不见答也",此外别无解析。闻先生诚然是现代《诗》学名家,但他对《狡童》的五字解,是个读者都能看出,则闻先生的解说根本谈不上"对诗旨的分析比朱熹更为完善",仍失于笼统含混。因为所谓"女恨不见答也"之诗当分好几种情况,如未婚女子失恋而仍然缠绵之词,或弃妇幽怨悱恻之词,还有已婚妇人失欢仳离而不禁怨怼之词,然则《狡童》属于哪种情况呢?这对《狡童》来说是个不得不辨的关键问题,可是从朱子到闻一多对此问题都没有分析。在这个问题上,真正有所推进的是钱锺书。他在《管锥编》里推重朱子之说是"明通之论"②,并在朱子基础上有新的解析。从上录《诗经注析》对《狡童》的题解所引钱锺书对《狡童》的解说,就可以看出钱先生其实认为《狡童》乃是已婚妇人对丈夫的怨望之词——所谓"始不与语,继不与食,则衾余枕剩、冰床雪被之况,虽言诠未涉,亦如匣剑帷灯。……习处而生嫌,迹密转使心疏,常近则渐欲远,故同牢而有异志"——此非夫妇而何?且"同牢"乃指男女已经夫妇共食一牲的结婚仪式,则钱先生之肯认《狡童》为写妇人怨夫之诗是明摆着的。《诗经注析》的著者显然很赞赏钱先生的解说,可惜他们似乎并未看清钱先生的解说与他们所持的观点其实是不一致的,甚至是矛盾的。因为按他们的说法——"这是一首女子失恋的诗歌","此诗缠绵悱恻,依依之情,溢于言外",则此诗更像是写年青女子失恋而难忘所恋

---

① 程俊英、蒋见元:《诗经注析》第243—244页。
② 钱锺书:《管锥编》第108页,中华书局,1979年。

的诗啊。自然，这并不是说钱先生对《狡童》的解说就一定对，而《诗经注析》的著者及其所代表的许多现当代学人的解读意见就一定不对。究其实，正是由于《狡童》的诗本文过于简略，则现当代学人对《狡童》本事或本义的解读也就难免因人而异，存在一些差异乃是很正常的。

  自然了，如果能有一种更切合《狡童》诗本文且更深入揭示其诗义底蕴的解读，那最好不过了。但这单靠孤立地解读《狡童》一诗恐怕做不到，盖因《狡童》的诗本文确实过于简略了。然则，还有没有可以进一步扩展《狡童》诗本文之关联域、更深入细致揭示其诗本事和诗本义的办法呢？似乎有的——这里我想起的是郭晋稀先生的"风诗蠡测"之"组诗"说。

  当今学界对郭晋稀先生可能比较陌生，所以请恕我先对郭先生略做介绍。郭晋稀（1916—1998），字君重，湖南湘潭人。抗战时期考入设在蓝田的国立师范学院，旋转学湖南大学，师从著名学者曾运乾、杨树达、骆鸿凯、钱基博等，读书博学慎思，颇有独到之见，学生时代即与师辈坦然论学，深得曾运乾和杨树达两大师之器重，二人临末将一生未刊的大量文稿托付于他。1942年大学毕业后，郭先生先后任教于国立师范学院、桂林师范学院。新中国成立之初，郭先生响应号召、支援西北，到西北师范学院（后改名甘肃师范大学、西北师范大学）中文系任教，四十余年间在古典诗歌如《诗经》《楚辞》及白居易研究、古文论如《文心雕龙》《沧浪诗话》研究以及音韵学如等韵和古声纽声类研究诸多方面，都有独特贡献。可惜郭先生长期僻处西北，这显然限制了其学术之传播。即如郭先生的《诗经》学专论《风诗蠡测》，早在《甘肃师大学报》1981年第4期上就公开刊出了，其中首发《风》诗"组诗"之说，是非常重要的学术创见，却很少被所谓学术中心地区的《诗经》研究论著称引。而我之所以能够亲聆教诲、得闻绪论，是因为我1978年春考入甘肃师大中文系，给我们讲授先秦文学的就是郭先生；随后郭先生又给我们开设了专题研究课《诗经研究》，所发油印教材《诗经讲义》厚厚一大本，其中就包括了《风诗蠡测》。只是那时的我还是个十七八岁的小青年，学力极为有限，自难有所体会，听听就风过耳了。到1994年五一节前夕我重回母校，承蒙先生设家宴款待，并签赠学术选集《剪韭轩述学》及《等韵驳议》各一册。《等韵驳议》我完全读不懂，但《剪韭轩述学》还是认真读了的，且受益良多。近日翻出《剪韭轩述学》，里面就收有《风诗蠡测初探》（刊发时题《风诗蠡测》）一文，其第十节"组诗初探"首段云——

> 前人已经提出过，十五国风的国次，已非原本之旧；各国国风的篇次，也不是当初面目。不单止此，我认为民风（"民风"似是"国风"之误排——引者按）本来有很多是组诗，由于入选，有所删节，加之入选以后，篇次几经改动，所以后人认为各自成篇，中间并无有机联系。如果仔细推敲，有些组诗是依旧保存了下来。今略举数篇，借供探讨。①

郭先生随后的举例中恰有《郑风》里的《狡童》等篇——

> 《郑风》中有许多组诗。《山有扶苏》《狡童》《褰裳》《溱洧》就是一组诗。《山有扶苏》《狡童》《褰裳》三篇，通过狡童或狂童这个人物，贯串组织起来，连成一气。《褰裳》篇里，提出了"子惠思我"，便"褰裳涉溱"与"涉洧"，而《溱洧》一篇，真是写的溱洧之游。所以四篇合成一组，是相当清楚的。《蘀兮》与《丰》，两篇也成一组。《蘀兮》诗云："叔兮伯兮，倡、予和女。""叔兮伯兮，倡、予要女。"《丰》诗则说："叔兮伯兮，驾、予与行。""叔兮伯兮，驾、予与归。"把这些句子细味起来，两诗的关系也就清楚了。它们都是组诗，了然明白，无烦论述。②

这是很明敏的学术洞见，且用"组诗"概念名之，显示出郭先生知古通今的学术眼光。

应该说，对《诗经》中一些篇章的相关性，前人并非完全没有意识。

---

① 郭晋稀：《风诗蠡测初探》，《剪韭轩述学》第28页，甘肃人民出版社，1993年。
② 郭晋稀：《风诗蠡测初探》，《剪韭轩述学》第29页。

即如《小雅》中的《采薇》《出车》《杕杜》是三首前后连排的诗，自宋人范处义到清人张汝霖、胡承珙、夏炘，都注意到它们咏怀的其实是同一历史事件——据说是文王时期抗击戎狄，兵士不得不为"王事多艰"而辞家出征、待辛苦归乡后乃不胜感慨之情事，所以诚如当代《诗》学家黄焯所总结和认同的那样："《采薇》《出车》《杕杜》三篇，旧说以为一时之事，是也。"① 再如在二十世纪二十年代中期，郑振铎就注意到《诗经》里"有八首字句很相同的诗"——《召南·草虫》《王风·采葛》《郑风·风雨》《秦风·晨风》《小雅·菁菁者莪》《小雅·裳裳者华》《小雅·都人士》《小雅·隰桑》，并且发现"这八首诗的意思也差不多都是很相同的"。② 稍微比较一下可以发现，前人所指出的两种情况和郭晋稀先生指出的另一种情况是有同有异的：其所同者在于，每一种都确是相互有所关联的诗篇，各篇之间构成了并存互文的关系；其所异者则在于，《国风》《小雅》里的那"八首字句很相同的诗"，可能是同一首诗歌在不同地区流传而产生的艺术变体，《小雅》里的《采薇》《出车》《杕杜》三首诗，则是对同一历史事件连续性的抒情咏怀，至于《郑风》里的《山有扶苏》《狡童》《褰裳》《溱洧》等几首诗，则是对同一情事逐次展开、不断推进的想象性敷陈。鉴于"组诗"这个概念是现代文学时期才有的，借用它来指称《诗经》时代的诗篇，可能会导致不必要的误解，何况两三千年前的那些无名诗作者，也未必有自觉的"组诗"意识，所以我想不如改称之为"关联诗"吧。

郭晋稀先生对"组诗"也即我所谓"关联诗"的谈论，是其长文《风诗蠡测初探》所要探讨的问题之一，他的重点在指出这种现象的存在，而并未对具体诗作展开讨论。我感兴趣的正是对具体诗作的讨论和解读，只是我对《郑风》里的关联诗之确认，与郭先生有所不同。郭先生认为"《山有扶苏》《狡童》《褰裳》《溱洧》就是一组诗"，而"《萚兮》与《丰》，两篇也成一组"。我则觉得《山有扶苏》《萚兮》《狡童》《褰裳》《丰》五首诗才是一组关联诗，它们前后相连共同构成了一部曲折有趣的男女婚变连续剧，

---

① 黄焯：《毛诗郑笺平议》第 129 页，武汉大学出版社，2008 年。
② 郑振铎：《读〈毛诗序〉》，《古史辨》第 3 册第 393—395 页。

《萚兮》与《丰》当是这个连续剧的必要组成部分,而并不能单独成组;至于《溱洧》则与这五首构成的那个连续剧不相关,并且《溱洧》在编排上也与前面五首诗相隔甚远。事实上,《山有扶苏》《萚兮》《狡童》《褰裳》《丰》五首诗在《诗经》的编次上恰是前后相连地编排着,由此也隐约可以推知,最初的采诗者和编诗者很可能注意到这五首诗的相关性,所以才把它们前后相连地编排在一起。这里就按《诗经》的既定顺序加编号引录各诗如下,并把相关的诗句用黑体字凸显出来——

1.《山有扶苏》
山有扶苏,隰有荷华。不见子都,**乃见狂且**。
山有桥松,隰有游龙,不见子充,**乃见狡童**。

2.《萚兮》
萚兮萚兮,风其吹女。**叔兮伯兮,倡、予和女**。
萚兮萚兮,风其漂女。**叔兮伯兮,倡、予要女**。

3.《狡童》
彼狡童兮,不与我言兮。维子之故,使我不能餐兮。
彼狡童兮,不与我食兮。维子之故,使我不能息兮。

4.《褰裳》
子惠思我,褰裳涉溱。**子不我思**,岂无他人?**狂童之狂也且**!
子惠思我,褰裳涉洧。**子不我思**,岂无他士?**狂童之狂也且**!

5.《丰》
子之丰兮,俟我乎巷兮。悔予不送兮。
子之昌兮,俟我乎堂兮。悔予不将兮。
衣锦䌹衣,裳锦䌹裳。**叔兮伯兮,驾、予与行**。
裳锦䌹裳,衣锦䌹衣。**叔兮伯兮,驾、予与归**。

由于《山有扶苏》《萚兮》《狡童》《褰裳》《丰》五首诗都很简短,如果单独解读每首诗,那是颇难把握、不免费解的,但如果注意到这五首诗的相关性而把它们联系在一起进行解读,那就有可能突破单独解读一首诗的主客观局限,而可借助相关诗篇互文互补的关系,来对每首诗及其相关诗章做出更为准确的解读和更为通达的阐释。事实上,朱子早就注意到《诗经》里一些诗篇的相关性,并从而提出了"比并看"的解读主张。他曾经这样答学者之问——

> 问:"《诗》次序是当如此否?"曰:"不见得。只是《楚茨》《信南山》《甫田》《大田》诸诗,元初却当作一片。"又曰:"如《卷阿》说'岂弟君子',自作贤者;如《泂酌》说'岂弟君子',自作人君。大抵《诗》中有可以比并看底,有不可如此看,自有这般样子。"①

朱子主张对相关诗篇要"比并看",这是很有洞见的解诗思路。有意思的是,钱锺书先生也曾提示学人:"《狡童》《褰裳》《丰》《东门之墠》等诗,颇可合观。"②《东门之墠》也是紧接着《狡童》《褰裳》《丰》而编排的"郑诗",而钱先生所谓"合观"正是朱子所谓"比并看"之意,都是指点学者可以借助相关诗篇本来就有的互文互补关系,来突破孤立解读单一诗篇的局限性,以达致对相关诗篇的更为准确切当也更为丰富完整的理解。只是经过反复考量,我觉得《郑风》里事实上前后连排并确实有某种内在相关性的诗乃是《山有扶苏》《萚兮》《狡童》《褰裳》《丰》五首,对它们的解读正好可以发挥"比并看"或"合观"之效能。

显然,《郑风》里的《山有扶苏》《萚兮》《狡童》《褰裳》《丰》五首相关联的诗,都是抒写男女关系的诗——这一点其实是可以肯定无疑的。而真正需要注意的问题是,《郑风》里的这些抒写男女关系的诗有什么与众不同之处吗?对此,仍然是朱子给予我们很重要的提示——

> 某今看得郑诗自《叔于田》等诗之外,如《狡童》《子衿》等篇,皆淫乱之诗,而说诗者误以为刺昭公,刺学校废耳。卫诗尚可,犹

---

① 黎靖德编《朱子语类》卷八十,第6册第2065页。
② 钱锺书:《管锥编》第110页。

是男子戏妇人，郑诗则不然，多是妇人戏男子，所以圣人尤恶郑声也。①

朱子把这些抒写男女关系的"郑诗"与其他《国风》相比较，断言"郑诗则不然，多是妇人戏男子"，这是一个很明敏的洞见。而并非偶然的是，朱子举为"郑诗"首选之例的就是《狡童》，它就在上面引录的五首关联诗里，恰居于上关下联的中间位置，正可以成为解读这五首关联诗的一个突破口。而解读《狡童》诗的首要问题当是妥当确认此诗中女子的身份和态度——下面就称她为"郑女"吧。前面说过，闻一多的《风诗类钞》将《狡童》编入"女词"类，这应该没有疑问，但他说此诗是（女子）"恨不见答也"之词，则还嫌笼统，不知她究竟是失恋的少女、幽怨的少妇还是无奈的弃妇，且女子憾恨男子不见答之态度，也不合诗中女子强势的口气；钱锺书的解读更进了一步，他指出《狡童》诗里的女子乃是一个有夫之妇，并且敏锐地发现这已婚女子与其丈夫的感情和婚姻出了问题——"若夫始不与语，继不与食，则衾余枕剩、冰床雪被之况，虽言诠未涉，亦如匣剑帷灯……故同牢而有异志"，如此定位诗中女子的身份和境况，这是很准确的观察。确认了《狡童》里郑女的身份和境况，当然有助于前后五首关联诗的女主角之定位，而她在出了问题的婚姻关系中不是含垢忍辱而是强势反抗的态度，也可以从《狡童》一诗中感受得很分明，这不恰合于朱子所谓"郑诗""多是妇人戏男子"之提点吗？

从《狡童》着眼来通观这前后相续、相互关联的五首"郑诗"，不难发现它们饶有趣味地讲述了一个郑国女子在婚变过程中勇敢面对"狡童"丈夫，最后断然与之分道扬镳的故事。这个故事有一个发展演变的过程，人物也逐渐增加——最初是夫妻不能相得、丈夫变心、有离婚之意，而这位郑女并不像一般弃妇那样哀怨委屈、被迫接受既定事实，而是很负气不爽以至于毫不客气地讥怼丈夫；接着是娘家的"叔兮伯兮"介入说和；最后，这位郑女就在"叔兮伯兮"助威下，断然带着嫁妆离开夫家，把负心的丈

---

① 黎靖德编《朱子语类》卷八十，第 6 册第 2068 页。

夫抛在堂下巷里，气昂昂地回归娘家。这个故事曲折完整，人物性格鲜明，就像一部情节生动的婚变连续剧，很有看点、颇有味道。

先来看第一首《山有扶苏》——

> 山有扶苏，隰有荷华。不见子都，乃见狂且。
> 山有桥松，隰有游龙，不见子充，乃见狡童。

联系同样有"狡童"之人的《狡童》诗可知，《山有扶苏》中的郑女并非所谓"女子找不到如意对象而发牢骚的诗，也有人说是女子对情人的俏骂"[①]，其实，她是一位已婚的年轻女子，她的丈夫曾经很帅，与她也很相好，可如今却变了人变了心，所以这位郑女一开口就气愤地怼丈夫说，"我再也看不到当初那个良人（子都、子充是美善男子之代词，这里借指变心的丈夫）了，只看到你这个虚情假意、不忠不实的人"（窃以为"狂"通"诳"，与"狡"义近）。这就表明这位郑女和丈夫的感情出了问题，双方的婚姻面临着危机。面对这样的问题和危机，这位郑国女子怎么办呢？她也试图挽救一下，于是找来娘家人进行调节——至今广大城乡的妇女们在感情婚姻出了问题之时，还是惯于找娘家人来调解。数千年前的这位郑女也是如此，并且从这五首关联诗中可以看出，这位郑女不是普通的农家女子，她的娘家应该是比较富足有地位的。只是按照至今仍存的传统习俗，女儿的婚姻出了问题，其父母不便直接出面干预，那样万一谈崩了就没有转圜的余地了，所以一般是请娘家的其他长辈如"叔兮伯兮"来调解，这当然也是给男方施加压力。如此情况正是第二首诗《萚兮》的情节——

> 萚兮萚兮，风其吹女。叔兮伯兮，倡、予和女。
> 萚兮萚兮，风其漂女。叔兮伯兮，倡、予要女。

这里先要解决一个训诂问题。按照《毛诗序》的说法，"《萚兮》，刺忽也。

[①] 程俊英、蒋见元：《诗经注析》第240页。

君弱臣强,不倡而和也",所以《毛传》训"倡"之义是"人臣待君倡而后和"。这个政治礼教化的解释被现代学术推翻了。有的现代学者认为"这首诗可能是当仲春'会男女'的集体歌舞曲,称叔称伯,显然是女子带头唱起来,男子跟着应和的。而且不止两个人,而是一群男女合唱"。于是"倡"也就被训为"唱"。[①] 如此孤立地说文解字而又过于发挥自由想象便导致了误解。其实就连当代比较保守的传统《诗》学家如黄焯也已经意识到,《诗经》是"文之至精者也,可由训诂学入,不可由训诂学出"[②]。上引现代学者对《萚兮》的解读,确乎"从训诂入"而又超越训诂充分发挥想象力,思想很解放,但怎能想象在两三千年前的中国居然有女子们与男子们还加上叔伯们一块热歌热舞地开恋爱大派对?窃以为,"倡"当是"倡言"之"倡",即先说话、提意见的意思。然则谁先说话、提意见呢?当然是作为长辈的"叔兮伯兮",他们是这位郑女的娘家人,是她"要"来即邀请来帮着自己讲话的,自然得请他们先说话,然后郑女才能予以配合和补充啊,此即郭晋稀先生所以要把"倡予和女"和"倡予要女"特意标点为"倡、予和女"和"倡、予要女"的原因。由此可以看出,这位强势的郑女还是想努力挽回感情和婚姻的,所以她特意请来娘家的"叔兮伯兮",要给丈夫"吃讲茶"、施加压力;她很"礼貌"地敦请"叔兮伯兮"先说话,自己再补充——你们是我请来讲理说和的长辈啊!这就是第二首诗《萚兮》的本事本义,也是这部连续剧的第二幕。只是从下面的诗来看,郑女及其叔伯的此番努力没有起作用,事情的发展表明她的丈夫的确是个"狡童"。于是便有了第三首诗《狡童》,这确是努力失败后的郑女对"狡童"丈夫又爱又恨的怨怼之词——

    彼狡童兮,不与我言兮。维子之故,使我不能餐兮。
    彼狡童兮,不与我食兮。维子之故,使我不能息兮。

---

① 程俊英、蒋见元:《诗经注析》第 242—243 页。
② 黄焯:《毛诗郑笺平议》序第 5 页。

这位"狡童"丈夫就像现今四川话所说的"软硬人"一样,他软硬不吃,看似不吭不响,其实态度坚决,拒绝和解与妥协——既"不与我言兮"又"不与我食兮",事情发展到这个地步,夫妇俩只能先别居后离婚了。于是,这位郑女也是离意已决,她便不客气地嘲弄即将分手的丈夫。这就是第四首《褰裳》里的一幕,全篇都是郑女对丈夫的反唇相讥之词——

子惠思我,褰裳涉溱。子不我思,岂无他人?狂童之狂也且!
子惠思我,褰裳涉洧。子不我思,岂无他士?狂童之狂也且!

这个要强的郑国女子毫不客气地回怼丈夫:你当年恋我的时候,"褰裳涉溱"地跑来找我,如今不恋我了,我难道就没有人恋了吗?当然有的,你就等着看吧,你这个狂妄自大的小子!

如此一来,分手便不可避免。最后一首诗《丰》就是这部婚变连续剧的最后一幕——

子之丰兮,俟我乎巷兮。悔予不送兮。
子之昌兮,俟我乎堂兮。悔予不将兮。
衣锦䌹衣,裳锦䌹裳。叔兮伯兮,驾、予与行。
裳锦䌹裳,衣锦䌹衣。叔兮伯兮,驾、予与归。

此诗前两章之"子"仍指"狡童"般的丈夫,只是如今他已是郑女的前夫了。他真不愧是个"狡童",处事极为圆滑、礼数周全,居然来到妻子别居的里巷,准备送离婚了的妻子回娘家。据《白虎通·嫁娶》:"出妇之义,必送之。君子绝,愈于小人绝。"[①]所以这位"狡童"就带着车马来到前妻别居处,很礼貌地在外面等着"我"即前妻,并且礼貌地传进话来:"我带车来送你,在外面等着。"在郑女看来,这当然是"狡童"自觉有亏于己,故此前来相送,但心高气傲的她绝不会输这口气。《丰》的后两章

---

① 班固撰集,陈立疏证:《白虎通疏证》第488页,中华书局,1994年。

就写这位郑女针锋相对,断然拒绝了前夫"好意"送来的车,自己早早穿上最好的嫁衣,而且早已请来娘家的"叔兮伯兮",大声招呼他们"驾、予与行""驾、予与归",决绝地与丈夫分道扬镳!至此,这对夫妇的婚变连续剧就收场了,而要强的妻子和狡猾的丈夫的形象都刻画得鲜明生动如在目前。

关于《丰》的文献训诂问题,有两点需要补说。一是"悔予不送兮"和"悔予不将兮"两句,自然可以看作郑女转述狡童之词,说自己带车来送前妻,但惭愧不能送她到娘家了;但两句中的"不"字也可解作无意义的语辞,亦如《小雅·车攻》"徒御不惊,大庖不盈"两句里的"不"字,《毛传》解曰"不惊,惊也;不盈,盈也"①,则"悔予不送兮"和"悔予不将兮",也就是"惭愧啊,让我送你/陪你回娘家吧"之意——两解都可通。另,"子之昌兮"之"昌"同于《萚兮》"倡、予和女"之"倡",意即"昌言",这里是"传话进来"的意思。二是诗题和首句"子之丰兮"之"丰",一贯训为"容好貌",这也可通,但总觉勉强。因为一则"子之丰兮"与下文"俟我乎巷兮"才构成完整的一句,其中"子之丰兮"是主语、"俟我乎巷兮"是述语,如此则"子之丰兮"的关键词"丰"当是名词才比较合适,可"丰"却是形容词,这不合汉语语法习惯。再则以"丰"为诗题,也不合《诗经》以首句诗或诗中重要事情事物命名之惯例。推寻该诗本事和本义,"丰"或当作"车"字——作"车"字既与下文"俟我乎巷兮,悔予不送兮"通释无碍,且从此诗后两章郑女呼唤"叔兮伯兮"来"驾、予与行""驾、予与归",也可以逆推出前两章里"子"即前夫"俟我乎巷兮""俟我乎堂兮",他该是带车来俟前妻的。这也有助于说明"丰"字或当作"车"字。按,简体的"丰"与繁体的"豐"自古并存,诗题《丰》很久之前就作简体"丰",窃疑汉初《诗经》传写本就将"车"误写为近似于"丰"字,遂致误认误编以至于今?"车"和"丰"两字手写的确比较近似,容易误认误抄。随手检索敦煌马圈湾汉简七四之"车"字,颜真卿《祭侄文稿》"轻车"之"车"及"轻"的偏旁"车",看来都很像"丰"。不过,我的文字书法知识

---

① 《毛诗正义》第367页。

有限,现在也不可能找到《丰》的早期抄本,此处只是略道猜测而已,抛砖引玉吧。

附:[图] 敦煌马圈湾汉简七四"车"字截图

[图]《祭侄文稿》"轻车"二字截图①

四、《鸱鸮》诗真相之臆测:中国最早的"流言"诗?

《毛诗序》《传》和《郑笺》把全部《诗经》都解释得关乎政治美刺,那固然是不必要的而且也没有史实根据;但如果以为《诗经》全是与政治无关的纯文学,政治性的解读都是不妥的,那也过于爱洁成癖了,同样不一定合乎《诗经》的实际。政治美刺是传统《诗》学观,无关政治是现代的纯文学观。这两种观念的对立集于《诗经·豳风》里的《鸱鸮》诗,似乎至今疙瘩难解。其实,正所谓"具体问题要具体分析",对具体诗作也要做具体分析,而切忌一刀切。

《鸱鸮》诗原文如下——

> 鸱鸮鸱鸮,既取我子,无毁我室。恩斯勤斯,鬻子之闵斯。
> 迨天之未阴雨,彻彼桑土,绸缪牖户。今女下民,或敢侮予?
> 予手拮据,予所捋荼。予所蓄租,予口卒瘏,曰予未有室家。
> 予羽谯谯,予尾翛翛,予室翘翘。风雨所漂摇,予维音哓哓!

以《毛诗序》和《郑笺》为代表的传统《诗》学把《鸱鸮》解为政治寓言诗。《毛诗序》谓:"《鸱鸮》,周公救乱也。成王未知周公之志,公乃为诗以遗王,名之曰《鸱鸮》焉。"②《郑笺》补充解释说:"'未知周公之志'者,

---

① 前一截图出自《敦煌马圈湾汉简墨迹精选》上册第32页,甘肃文化出版社,2017年;后一截图出自《颜真卿书法全集》第19页,天津古籍出版社,1998年。
②《毛诗正义》第291页。

未知其欲摄政之意。"①《毛序》《郑笺》所言是有史实做根据的,那史实见于中国最古的史书《尚书》。汉初流传并立于官学的是《今文尚书》。《古文尚书》晚出且一度失传,到东晋时重现于世,却后来居上、大行于世,成为《尚书》正本。不过,传世的《尚书》古今混杂,记《鸱鸮》诗的《金縢》篇,今古文完全一致,此据今文本——

> 武王既丧,管叔及其群弟乃流言于国,曰:"公将不利于孺子。"周公乃告二公曰:"我之弗辟,我无以告我先王。"周公居东二年,则罪人斯得。于后,公乃为诗以贻王,名之曰《鸱鸮》。王亦未敢诮公。②

孔颖达《毛诗正义》依据《古文尚书》,更完整地叙述了与《鸱鸮》诗相关的史实——

> 此《鸱鸮》诗者,周公所以救乱也。毛以为武王既崩,周公摄政,管蔡流言以毁周公,又导武庚与淮夷叛而作乱,将危周室。周公东征而灭之,以救周室之乱也。于是之时,成王仍惑管蔡之言,未知周公之志,疑其将篡,心益不悦。故公乃作诗,言不得不诛管蔡之意以贻成王,名之曰《鸱鸮》焉。③

正因为《今文尚书》和《古文尚书》所记"鸱鸮"相关史事是一致的,所以传统《诗》学家对《鸱鸮》诗的解释并无分歧,都不否认它与周公、成王、管蔡事相关,只是在具体解释"鸱鸮"之所喻上小有差异而已——或认为"鸱鸮"是周公自喻,或认为是喻指武庚。清初阎若璩《尚书古文疏证》揭露《古文尚书》为伪书,也未影响对《鸱鸮》诗的理解。

---

① 《毛诗正义》第 291 页。
② 皮锡瑞:《今文尚书考证》第 294—298 页,中华书局,1998 年。
③ 《毛诗正义》第 291 页。

对《鸱鸮》诗解读的大反转，是"五四"新文学、新文化运动以后的事。一方面，受西方传来的纯文学观念之感染，新文人特别反感传统《诗》学的政治美刺说；另一方面，这些率先重新解读《诗经》的新文人，在学术上又大多属于好疑古的《古史辨》学派中人，他们坚信《古文尚书》为伪作，《金縢》所记不足为据。于是，他们对《鸱鸮》诗的解读就别立新说，与传统判然有别。如顾颉刚在1923年就辩难《金縢》、别出新解云——

> 这是一个人借了禽鸟的悲鸣来发泄自己的伤感。它的大意是先对鸱鸮说："鸱鸮，我养育这儿子不容易，你既经把他取了去，再不要来拆毁我的房子了！"再转过来对下面站着的人道："在天好的时候，把房子造坚固了，你们就不能来欺侮我了！"又自己悲伤道："我为了这所房子，做得这等劳苦，我的毛羽坏了，我的房子又在风吹雨打之中，危险得很，使我不得不极叫了！"读了这首诗，很可见得这是做诗的人在忧患之中发出的悲音。说周公在避居时做的，原也很像；但这话应在"管叔流言"时说的，不应在"罪人斯得"后说的，《金縢》篇所记即使是真，也有时间的错误。况且诗上并没有确实说出是周公，《金縢》篇也不像西周时的文体，我们决不能轻易承认。①

接着，傅斯年也在1928年非难《金縢》、强调《鸱鸮》是无关政治的鸟语诗——

> 偏偏《金縢》中有一解释《鸱鸮》之文，异常不通，《鸱鸮》本是学鸟语的一首诗，在中国文学中有独无偶，而《金縢》中偏把它解作

---

① 顾颉刚：《诗经的厄运与幸运》，《小说月报》第14卷第3号，1923年3月10日。按，此文随后在《小说月报》上续刊两次，后来改题为《〈诗经〉在春秋战国间的地位》，收入《古史辨》第3册，此处引文见该书第316页。

周公管蔡间事,必是《鸱鸮》之歌流行之地与《金縢》篇产生之地有一种符合,然后才可生这样造成的"本事"。①

从此,现当代的《诗经》研究者都把《鸱鸮》解读为一首借禽鸟发悲怀的抒情诗,完全与政治无关。如余冠英的《诗经选》和程俊英、蒋见元的《诗经注析》就都把《鸱鸮》解为"禽言诗",但他们又似乎都感到这首"禽言诗"别有寄托,只是碍于《金縢》伪托之说,所以态度谨慎。如《诗经注析》就说:"但《金縢》经近人考证已定为伪作,因此周公作《鸱鸮》之说未必可信,诗的具体喻意,还是阙疑为好。"②的确,文献不足,自然应该阙疑的。

可出人意料的是,进入二十一世纪却出土了一批战国竹简,后为清华大学所得,所以被称为"清华简"。"清华简中有多篇《尚书》及体裁与《尚书》相类的文献。"③如《周武王有疾周公所自以为代王之志》一篇其实就是《金縢》篇的古写本,里面也说到《鸱鸮》(清华简本作《周[雕]鸮》,其实就是《鸱鸮》),足证《鸱鸮》诗的确与周公和周初政治大事相关。如此一来,对《鸱鸮》诗的解读似乎又得回到《毛诗序》《传》和《郑笺》的传统解释上去。所以近年来时见有人根据《周武王有疾周公所自以为代王之志》来撰文修补《毛诗序》《传》和《郑笺》之解。

传统《诗》学解《鸱鸮》为关系周公及周初政治之诗,这诚然有历史根据,但只能说解释方向不错,至其具体解释则未妥待正之处不少,不是小修小补就能弥缝的。新出土的《周武王有疾周公所自以为代王之志》的真实性既无可怀疑,它与今、古文《尚书》的《金縢》篇是既有同也有异的,而其所异处正有助于纠正以《毛诗序》《传》和《郑笺》为代表的传统解释。

---

① 傅斯年:《周颂说:附论鲁南两地与诗书之来源》,《国立中央研究院历史语言研究所集刊》第1本第1分第110页,1928年10月刊印。按,此文收入前揭傅斯年所著《诗经讲义稿》,此段引文见该书第48页。
② 程俊英、蒋见元:《诗经注析》第417页。
③ 李学勤:《〈清华大学藏战国竹简〉前言》,《清华大学藏战国竹简(壹)》上册,上海文艺出版集团、中西书局,2010年。

传统《诗》学对《鸱鸮》的第一个误解，是据世传《尚书》之《金縢》篇，乃谓成王不明周公摄政之苦心，故此周公作《鸱鸮》以明志。如前所述，《毛诗序》说"《鸱鸮》，周公救乱也。成王未知周公之志，公乃为诗以遗王，名之曰《鸱鸮》焉"。《郑笺》进而确认"'未知周公之志'者，未知其欲摄政之意"。其实，成王冲龄继位，周公遵武王遗命辅佐，不得不摄行王事；由于管蔡散布流言，成王产生误解，但成王并不能就此去质询周公——如去逼问周公，将置周公于可疑之地，也会使成王自身陷于困境；周公也不能主动去解释，因为流言本自无以为解，去解释不仅无济于事，反会使疑忌更深，所以双方最好的相对之道即是都装糊涂——成王不管愿意不愿意，都只能继续听任周公行政而不闻不问，周公既不忍心置国家危亡于不顾而为自证清白撂挑子，则以其睿智贤明也只能装不知情，先尽职分为是、努力做事为证，怎么会不嫌多事地去写诗向成王表白？可见《毛诗序》和《郑笺》此解，乃是不明政治与人情实际的书呆子之见。看新出土的《周武王有疾周公所自以为代王之志》，篇名即标在第十四支简背下端，这个篇名明确揭示"周公之志"，乃指克殷三年、武王病笃、周公卜祝愿以身自代成王而死之心志，且周公当场告诫史官对此事"勿敢言"，只将记录秘置于金縢。也许是周公心诚则灵吧，武王的病很快好了。周公自然也不会把此事翻出、特意写诗向成王表白的——那不是丑表功吗，何必呢！成王也是后来发金縢才明白周公的赤胆忠心，感动得稀里哗啦的，此即《金縢》篇名之由来。由此可见，《毛诗序》和《郑笺》关于《鸱鸮》诗乃周公向成王表白心志之解，既不合周初政治操作之实际，也不合"周公愿以身代武王之志"之实情。

传统《诗》学的另一个更严重的误解，乃是依据世传《尚书》所记史事，把成王幼冲、周公摄政、成王未知周公之志与此后的管蔡流言、周公居东、平定三监之乱联为一个整体，断言平乱后"公乃为诗以贻王，名之曰《鸱鸮》"。这一套以史证诗的解释在前引孔颖达《毛诗正义》里得到完整发挥。如此一来，周公不仅成了《鸱鸮》诗的作者，且确定他是在"于后"即平定三监之乱后特意写作给成王看的，可谓言之凿凿。如此刻舟求剑的解说带来两个解诗上的两难问题。一个难题即是前引顾颉刚所质疑的："说

(《鸱鸮》诗是——引者按)周公在避居时做的,原也很像;但这话应在'管叔流言'时说的,不应在'罪人斯得'后说的,《金縢》篇所记即使是真,也有时间的错误。况且诗上并没有确实说出是周公。"是啊,周公在"管叔流言"时不辩白,迨至"罪人斯得"后,事实业已胜于雄辩,何须再写诗剖白心迹,那不是多此一举吗?然则改为周公在管蔡流言后、三监之乱前作是否可以?前面说过,那样做是自找麻烦的糊涂之举,周公当然不会干这种惹火烧身的傻事。另一个两难问题是,既认《鸱鸮》为周公所作,则诗中的"鸱鸮"究竟是周公自喻抑或是喻指他人?这两种说法在传统《诗》学里都有,都难以自圆其说。《毛传》说鸱鸮是周公自喻,可鸱鸮是一个大恶鸟,它冷酷伤害无辜小鸟,周公怎么会拿它来自喻?于是《毛传》不得已乃将"鸱鸮"解成"鸋鴂",但"鸋鴂"是比黄雀还小的小鸟,则如何解释它"既取我子"的问题?这真是按下葫芦浮起瓢。显然有感于周公自喻说之欠妥,宋儒如朱子又改释鸱鸮"以比武庚",谓诗义是指斥纣子武庚"既败管蔡,不可更毁我王室也"。① 这似乎比较通些,可周公既是在平定三监之乱后写《鸱鸮》诗的,则得胜回头的他指斥武庚完全应该理直气壮而且光明正大,为什么《鸱鸮》全诗却罕见地全用比体,写得如此委委屈屈、哀哀切切,全无胜利班师的气势和义正词严的气魄呢?

  传统《诗》学解读《鸱鸮》的这些矛盾难解的问题,在清华简的《周武王有疾周公所自以为代王之志》一文里可得一言而决。该文虽然也确认《鸱鸮》诗与成王幼冲、管蔡流言、周公居东、平定三监这一系列重大史事有关,但它与世传《尚书》的《金縢》篇之记述有一个重大区别,就是它没有像《金縢》篇说"公乃为诗以贻王,名之曰《鸱鸮》",而只是说"周公乃遗王志(诗)曰《周(雕)鸮》"。②《周武王有疾周公所自以为代王之志》是比世传《金縢》篇更早也更可靠的历史文献,在它那里根本没有周公作《鸱鸮》的事,只说周公把《鸱鸮》诗拿来献给成王,这就使传统《诗》学因所谓周公作《鸱鸮》而来的那些矛盾难解的问题可以被断然割

---

① 朱熹:《诗集传》第93页。
②《清华大学藏战国竹简(壹)》上册第158页。

弃，而有助于研究者别寻更合历史实际也更合《鸱鸮》诗本文和诗本义的解释。

如此一来，周公虽然不再是《鸱鸮》诗的作者了，但他在平定三监、"罪人斯得"之后特意把《鸱鸮》诗拿来献给成王，这不大可能是"好诗共欣赏"的纯艺术兴味，而必定是事关重大的"寓言政治"行为，旨在借此让成王明白某事的真相吧。然则，周公献《鸱鸮》诗给成王的寓意究竟是什么呢？这可以从新出土的《周武王有疾周公所自以为代王之志》一文及世传的《金縢》篇里寻找解读的线索。略做校读就可以发现，《周武王有疾周公所自以为代王之志》一文和世传的《金縢》篇有一点几乎是完全一致的（只是记周公居东有"二年"或"三年"之差）——都说《鸱鸮》诗与成王幼冲、周公摄政、管蔡流言、周公居东、平定三监、"罪人斯得"这些周初的重大史事紧密相连，并且都写明周公献《鸱鸮》诗于成王，乃是在平定三监、"罪人斯得"之后才做出的举措。这在周公当然是深思熟虑的行为，绝不会是无缘故的率尔之举——窃以为，此时的周公之所以郑重其事地把《鸱鸮》诗呈献给成王，是因为《鸱鸮》诗就是当年管蔡放出的流言！

这需要对管蔡的流言做点辨析。如前所引，世传《尚书》的《金縢》篇之记载是："武王既丧，管叔及其群弟乃流言于国，曰：'公将不利于孺子。'"《周武王有疾周公所自以为代王之志》一文除了文字略有古今之异，记载的语句是完全相同的，后来其他史书的记载也相同，所以历来都认为所谓管蔡的"流言"就是"公将不利于孺子"这一句。但这样的理解可能是误解。反思一下，"公将不利于孺子"与其说是"流言"本身，不如说是当时对"流言"之意的私下提点和事后的概括说明。因为，如果管蔡当初就如此大胆地散布"流言"，则这太过鲜明火爆的"流言"势必惹火烧身；同时也不难想象，设若成王和周公当初听到的就是如此直截了当的"流言"，他们也不可能装糊涂置之不理以静观待变，而必定会被迫进行追查质证"以正视听"，那就把事情闹到不可开交的境地。所以合理的推断是，"公将不利于孺子"不可能是管蔡"流言"本身，而应是史官事后对管蔡"流言"之意的概括说明。

尽管"公将不利于孺子"不是流言本身,而只是史官概括说明管蔡"流言"的意思,但这个概括性的说明,还是足以启发我们探寻管蔡"流言"的特征及其真身之所在:其一,这"流言"一定跟管蔡相关;其二,这"流言"的意思一定是想挑拨成王与周公的关系;其三,这"流言"的散布者为了自我保护,很可能采取不明确暴露意思而刻意隐射对方的寓言"艺术"形式;其四,最后一点,这"流言"在世传《尚书》的《金縢》篇及《周武王有疾周公所自以为代王之志》的上下文中应该是有所交代的,那其实就是周公郑重拿来献给成王的寓言诗《鸱鸮》!想想看,周公在平定三监、"罪人斯得"之后,特意把这一首寓言诗拿给成王看,那当然不是因为他爱好诗歌艺术,要与成王共欣赏,而是因为《鸱鸮》乃是一首政治寓言诗,也就是当初令周公和成王深受影响的"流言诗",它害得周公不能辩白、只能隐忍不发,所以周公当然不会忘记这首"流言诗",如今三监乱平、"罪人斯得",一切都水落石出、真相大白,于是他在这样一个时机默默地把《鸱鸮》诗上呈原本知晓流言的成王,胜过了千言万语!

从寓言体的"流言诗"这个角度来解读《鸱鸮》,一切问题都迎刃而解。正因为《鸱鸮》诗是管蔡本人或他们命其手下文人精心制作的,旨在挑拨成王和周公的关系,而且这个意思既要让人一看就明白其隐射,又要足够含蓄以便自保,于是便采用了通篇用比的寓言诗或"禽言诗"的形式,可谓苦心经营、功不唐捐。在当时周公独揽大权、成王弱小无力的情况下,《鸱鸮》诗流布出来、传于众口,其隐射是很容易让人心领神会的,其宣传效果也应该是不错的。成王听了看了,自然心生疑忌,宗族百官以及百姓听了看了,也很容易激发出正义的义愤——看那只大恶鸟鸱鸮毫无顾忌地"既取我子"("取"当是"取代"之意),显然隐射的是周公摄政、取代成王之事,谁不气愤呢!然后,隐含诗人一边发出义正词严的警告"无毁我室",一边摆出一副公忠体国的苦心:"予羽谯谯,予尾翛翛,予室翘翘。风雨所漂摇,予维音哓哓!"真是做足了文章、赚足了同情,让真正公忠体国的周公无法申辩、有苦难言!难怪多年后孔子读了仍由衷地感叹:"为此诗者,其知道乎?能治其国家,谁敢侮之。"①也难怪在政治上极有定力的周公对这首"流言诗"一直心怀耿耿,以至在"罪人斯得"后,把它摊呈在已近成人的成王面前自证清白。就此而言,《鸱鸮》不论作为一首政治寓言的"流言诗"还是通篇比体的"禽言诗",在艺术上都是很成功的,作诗者一定是诗道中的高手无疑。

  作诗以为政治流言,前人也并非完全没有认识。司马迁在《史记·司马相如列传》之论赞里尝言:"《小雅》讥小己之得失,其流及上。"②裴骃《史记集解》引韦昭解"讥小己之得失"云:"《小雅》之人志狭小,先道己之忧苦,其流乃及上政之得失者。"③班固《汉书》的《司马相如列传》之论赞完全移用《史记》的《司马相如列传》之论赞,颜师古的《汉书注》于此引张揖之言解"讥小己之得失,其流及上"云:"己,诗人自谓也,己小有得失,不得其所,作诗流言,以讽其上也。"④如此看来,政治"流言诗"起源甚早,但前人似乎只看到《诗经·小雅》里的小"流言诗",没想到《诗经·豳风》里的《鸱鸮》才是最重大的政治"流言诗"。当然,也不能排除另一种可能性——作《鸱鸮》诗者或许是真心为成王和王室担忧,故此发为寓言之诗以表达自己的忧心,只是从周公的立场来看,《鸱鸮》却显然是用心险恶的"流言诗"。

  这样解读《鸱鸮》,也只是我的臆测而已,聊供参考吧。

  临了,不禁想起钱锺书笔下的那个意大利乡下人,他偶然进城,路逢急雨,情急之下用棒子撑起一块布遮住头顶,事后自以为发明了雨伞,于是跑到专利局申请专利,当然被人笑话了。⑤我理解这个乡下人的无知,但相信他绝无冒领袭取之意。反省自己,也只是一个古典文学爱好者,尽管喜欢读《诗经》及其相关文献,但限于个人精力,阅读较多集中在传统

---

① 语出《孟子·公孙丑》,见焦循《孟子正义》第242页,中华书局,2017年。
② 泷川资言考证,水泽利忠校补:《史记会注考证附校补》第1892页,上海古籍出版社,1986年。
③ 泷川资言考证,水泽利忠校补:《史记会注考证附校补》第1892—1893页。
④ 王先谦:《汉书补注(外二种)》第2册第545页,上海古籍出版社,2008年。
⑤ 参阅钱锺书《诗可以怨》,《七缀集》第119—120页,上海古籍出版社,1985年。

《诗》学经典和现代《诗》学著作上,而对极为繁多的当今期刊上的《诗》学文献,实在没有时间一一细读。也因此,且不说我的这些散漫意见是对是错,而窃恐当今《诗》学研究者或已先我而发此说,我却因为无知尚自呶呶不休?所以如其有人先我而发,我愿坦诚地承认,那不是由于我的无视,而是因为我的无知。

  2022 年 3 月 21 日属草,4 月 14 日草成于清华园蒙民伟人文楼

"思无邪"的本义及其他
——《论语》疑难句解读

小　引

　　《论语》难能可贵地保持了孔子当日与弟子等的诸多言谈，真是亲切如话，至今读来仍可见其人、如闻其声，很少滞涩难解之处，比其他子书都好懂些。但《论语》也别有所难——有些语录记录过简，言说线索不甚明了，语境不很清楚，加之传统训诂缺乏语法、语境意识，不免望文生训或曲说求通之处，所以平易近人的《论语》仍有些语句长期得不到恰当理解。事实上，很久以来我就发觉《论语》里的有些话，诸家所断所解扞格难通，或者不无误断误解。间尝也暗暗自求解断，虽然不敢自必必是，但写出来供读者参考并求正于方家，亦无不可吧？

　　这里就挑出《论语》的六个疑难句略做讨论。下面先列《论语》原句，次述通行注本的注解，再略说自己的意见。旧注以何晏《论语集解》的皇疏本和邢疏本、朱子《四书章句集注》里的《论语集注》和刘宝楠的《论语正义》为代表。《论语集注》是魏何晏注，有梁皇侃疏、北宋邢昺疏。皇疏保存汉魏旧注最多，中土早已失传，乾隆时从日本回流中国，有"知不足斋丛书"本；邢疏节录皇疏加上自己的发挥，因入《十三经注疏》而广泛流行。朱子《四书章句集注》本《论语集注》代表了理学家的研究成就，是元明清的主导性读本。刘宝楠的《论语正义》是清代汉学的典范成果，流行最为广泛。近人注疏以程树德的《论语集释》、杨树达的《论语疏证》、杨伯峻的《论语译注》和钱穆的《论语新解》为代表。《论语集释》和《论语疏证》都撰于抗战时期,前者汇集古训加以辨析,是集大成的训诂之作,后者以史证文,诚如陈寅恪序之所言:"汇集古籍中事实语言之与《论语》有关者,并间下己意,考订是非,解释疑滞,此司马君实、李仁甫长编考异之法,乃自来诂释《论语》者所未有,诚可为治经者开一新途径,树一新楷模也。"杨伯峻的《论语译注》斟酌旧注而能祛除古人对"经"的迷信,恢复《论语》之师生间自然问答的本来面目,是当代流传最广的注本。钱穆的《论语新解》折中诸说、简明得体。以上注本代表了古今训读《论语》的成果,各书版次甚多。下引①《论语义疏》(皇疏)、②《论语注疏》(邢疏),都用"四部要籍注疏丛刊"本,中华书局1998年版;③《论语集注》(《四书章句集注》)用"新编诸子集成"本,中华书局1983年版;④《论语正义》用"清人十三经注疏"本,中华书局1990年版;⑤《论语集释》用中华书局2017年版,⑥《论语疏证》用江西人民出版社2007年版;⑦《论语译注》用中华书局1980年第2版;⑧《论语新解》用九州出版社2018年版。为免烦琐,下引诸书只夹注其序码和页码,如(① 221)即《论语义疏》第221页。涉及其他古人和时贤之论则出脚注。

一、"主忠信无友不如己者过则勿惮改"如何断解?

"主忠信无友不如己者过则勿惮改"出自《学而》篇,另见《子罕》篇。"无"又作"毋"。

从古至今对此句的句读或断句都是:"主忠信,无友不如己者,过则勿惮改。"可谓两千年一以贯之,从来无人怀疑。解释的纷歧也因此而生——由于把"己者"断属上文、与"无友不如"连读为"无友不如己者",于是原本不难解读的文义,反而横生枝节、纷纭多歧。

直至宋代的旧注都围绕着"忠信"这个要件解读交友之道,算是没有偏离中心。皇疏谓:"又忠信为心,百行之主也。云'无友不如己者'者,又明凡结交取友必令胜己,胜己则己有日所益之义,不得友不如己,友不如己则己有日损。故云'无友不如己者'。或问曰：若人皆慕胜己为友，则胜己者岂友我耶？或通云：择友必以忠信者为主，不取忠信不如己者耳，不论余才也。或通云：敌则为友，不取不敌者也。蔡谟云：本言同志为友，此章所言谓慕其志而思与之同，不谓自然同也。夫上同乎胜己，所以进也，下同乎不如己，所以退也。闳夭、四贤上慕文王，故四友是四贤上同心于文王，非文王下同四贤也。然则求友之道，固当见贤思齐，同志于胜己，所以进德修业，成天下之亹亹也。今言敌则为友，此直自论才同德等而相亲友耳，非夫子劝教之本旨也。若如所云，则直谅多闻之益、便辟善柔之诫，奚所施也？"（① 162—163）应该说，皇疏差不多把各种可能的解释都说到了，且引东晋蔡谟的《论语蔡氏注》文，则表明比较推重"必友胜己者"说。邢疏保存了一点汉代旧注："郑曰：主，亲也；惮，难也。"其疏乃谓："'主忠信'者，主犹亲也，言凡所亲狎者皆须有忠信者也。'无友不如己者'，言无得以忠信不如己者为友。'过则勿惮改'者，勿，无也，惮，又难也，言人谁无过，过而不改，是谓过矣，过而能改，善莫大焉。故有过无得难于改也。"（② 312）邢疏显然把"忠信"视为择友的充要条件。朱子《论语集注》之解是："主忠信，人不忠信，则事皆无实，为恶则易，为善则难，故学者必以是为主焉。程子曰：'人道惟在忠信，不诚则无物，且出入无时，莫知其乡者，人心也。若无忠信，岂复有物乎？'无友不如己者，无、毋通，禁止辞也。友所以辅仁，不如己，则无益而有损。过则勿惮改，勿，亦禁止之辞。惮，畏难也。自治不勇，则恶日长，故有过当速改，不可畏难而苟安也。程子曰：'学问之道无他也，知其不善，则速改以从善而已。'程子曰：'君子自修之道当如是也。'游氏（程门高弟游酢——引者按）曰：'君子之道，以威重为质，而学以成之。学之道，必以忠信为主，而以胜己者辅之。然或吝于改过，则终无以入德，而贤者亦未必乐告以善道，故以过勿惮改终焉。'"（③ 50）又，朱子在《四书或问》中对此章有更详细的讨论，并附苏轼的观点："苏氏曰：世之陋者乐以不己若者为友，则自足而日损，故以此戒之，是谓不以文害辞，不以辞害意。如必胜己而后友，则胜己者亦必不吾友矣。"朱子认为

"苏氏之说,盖得其略"。①

朱子可能没有想到,他附录的东坡之说会惹出无穷的麻烦。元人陈天祥的《四书辨疑》就批评朱子道:"注文本通,引东坡一说致有难明之义。"(转引自⑤ 45)的确,截至朱子的《集注》基本上都坚持"无友不如"之"不如"的就是承前省的"忠信",而"忠信"乃正是交友的基本道德标准,"言无得以忠信不如己者为友也",这至少紧贴"忠信",语义较通。只是由于前人顺着辞气把"勿友不如"与"己者"连读一气,如此多出了"己者",也就预埋下了问题。如前所述,皇疏早已揭示出"胜己"说的矛盾:"若人皆慕胜己为友,则胜己者岂友我耶?"由于皇疏在南宋后失传,皇侃此说遂被淹没,但北宋的苏东坡和程门高弟游酢等应该都还读过皇疏的,游酢特别推重"胜己"说,可是富有才辩的苏东坡对程门之说不以为然,乃不客气地质疑道:"世之陋者乐以不己若者为友,则自足而日损,故以此戒之,是谓不以文害辞,不以辞害意。如必胜己而后友,则胜己者亦必不吾友矣。"东坡意谓孔子只是有鉴于世上的一些浅陋之人喜欢交接一些不如己的朋友,由此自足自封而德性日损,所以夫子乃以"无友不如己者"一句话提点人应求友于先进,庶几更有助于进德辅仁,所以东坡希望学者不必以文害辞、以辞害意、刻意求深解读此句,纠缠于友人必须如何"胜己",故此他才警告说"如必胜己而后友,则胜己者亦必不吾友矣"。朱子显然体认到东坡对刻意求深之解的批评旨在维护夫子的苦心,所以肯认"苏氏之说,盖得其略"。只因东坡的大名,他继皇疏之后再次揭出"如必胜己而后友,则胜己者亦必不吾友矣"的悖论,格外引人瞩目——其实,只要把"无友不如"与"己者"连读为一句,这悖论就存在,不论解者在"无友不如"与"己者"之间加上什么德性条目,都无法祛除其斤斤于优劣比较的交友观之违和感。

正唯如此,南宋之后的学者大多偏离了"忠信"这个要件,而纷纷为苏东坡所揭示的悖论弥缝,却都不可避免地陷入人己道德优劣的种种锱铢必较中。常见的解读套路是寻求己与友在德性上的均衡,以免"不如己"

---

① 《四书或问》第121页,上海古籍出版社、安徽教育出版社,2001年。

或"胜己"的偏颇，但其实难得其平。因为完全的德性均衡很难考量也极其难为，并且按照"见贤思齐"的进德逻辑，可交之友也只能是"胜己"之人。如此一来，诚如清人黄式三《论语后案》所感叹的："信如是计较优劣，既无问寡问不能之虚衷，复乏善与人同之大度，且己劣视人，人亦劣视己，安得优于己者而友之乎？朱子弥缝游说甚费辞。"(转引自⑤ 45)但人们还是不得不继续弥缝。如元陈天祥《论语辨疑》不满朱子引东坡之说，以为"学者往往以此为疑，故不得不辨。'如'字不可作'胜'字说。如，似也。……不如己、如己、胜己凡三等。不如己者，下于己者也。如己者，与己相似，均齐者也。胜己者，上于己者也。如己者德同道合，自然相友。孟子曰：'一乡之善士斯友一乡之善士，一国之善士斯友一国之善士，天下之善士斯友天下之善士。'此皆友其如己者也。如己者友之，胜于己者己当师之，何可望其为友耶？如己与胜己既有分别，学者于此可无疑矣"(转引自⑤ 45)。如此刻意求"友其如己者"之均衡，其实难乎其难。黄式三的《论语后按》则谓："不如己者，不类乎己，所谓'道不同，不相为谋'也。陆子静曰：'人之技能有优劣，德器有大小，不必齐也。至于趋向之大端，则不可以有二。同此则是，异此则非。'陆说是也。依旧注，承'主忠信'反言之。不如己，谓不忠不信而违于道者也。义亦通。总注游氏说以不如己为不及己。信如是计较优劣，既无问寡问不能之虚衷，复乏善与人同之大度，且己劣视人，人亦劣视己，安得优于己者而友之乎？朱子弥缝游说甚费辞。"(转引自⑤ 45)其实，黄式三所肯定的陆子静之说，也不过用己与友"趋向之大端"的均衡来掩饰不能配德均齐的问题，所以仍是不能解决问题的弥缝之谈。刘宝楠《论语正义》则引曾子和周公之言为孔子做证："曾子《制言中》：'吾不仁其人，虽独也，吾弗亲也。'故周公曰：'不如我者，吾不与处，损我者也。与吾等者，吾不与处，无益我者也。吾所与处者，必贤于我。'由曾子及周公言观之，则不如己者即不仁之人，夫子不欲深斥，故只言不如己者而已。"这也是有意含糊其词之谈，且所引曾子之言以"仁"代替"忠信"，周公之言则出自《吕氏春秋》，当是后人拟构，不足为证的。现代学者杨树达《论语疏证》则在"无友不如己者"后面加按语云："友谓求结纳交也，纳交于胜己者，则可以进德辅仁。不如己之人而求与之交，无谓也。至不如我者以我为胜彼而求与我为交，则义不得拒也。"（⑥ 15）杨树达对如不如己的问题予以人我不同的分疏，以为我求友必"纳交于胜己者，则可以进德辅仁"，至于"不如我者以我为胜彼而求与我为交，则义不得拒也"。如此人我分疏并不能解决苏东坡所揭示的矛盾。今人杨伯峻《论语译注》将此句径直译为："要以忠和信两种道德为主。不要跟不如自己的人交朋友。有了过错，就不要怕改正。"随后的注释是："主忠信——《颜渊篇》也说，'主忠信，徙义，崇德也'。可见'忠信'是道德。无友不如己者——古今人对这一句发生不少怀疑，因而有一些不同的解释，译文只就字面译出。"（⑦ 6）杨伯峻显然深感此句难以理顺，故此不愿强为之说，只照字面译为"不要跟不如自己的人交朋友"，这至少不失诚实的态度。钱穆的《论语新解》也老实按照"无友不如己者"的字面意义，解为"与不如己者为友，无益有损"，但他也显然有感于旧注在如与不如上难得其平的纠结，所以提醒读者说："窃谓此章决非教人计量所友之高下优劣，而定择友条件。孔子之教，多直指人心。苟我心常能见人之胜己而友之，即易得友，又能获友谊之益。人有喜与不如己者为友之心，此则大可戒。说《论语》者多异解，学者当自知审择，从异解中善求胜义，则见识自可日进。"（⑧ 8）看得出来，钱穆面对这个异解多端、难以解通的句子，也有点无可奈何，只能要求读者"善求胜义"了。

当代学者南怀瑾和李泽厚则另有别出心裁的新解。南怀瑾的《论语别裁》讲到此句，先批评"朱文正公及有些后儒们，都该打屁股三百板，乱注乱解错了"，因为"无友不如己者"这句话："照他们的解释，交朋友不要交到不如我们的。这句话问题来了，他们怎么解释呢？'至少学问道德要比我们好的朋友。'那完了，司马迁、司马光这些大学问家，不知道该交谁了。……假如孔子是这样讲，那孔子是势利小人，该打屁股。照宋儒的解释，那下面的'过则勿惮改'又怎么说呢？又怎么上下文连接起来呢？"然后南怀瑾提出了自己的看法："那么，'无友不如己者'，是讲什么呢？是说不要看不起任何一个人，不要认为任何一个人不如自己。上一句（'上一句'指'子曰：君子不重则不威，学则不固'——引者按）是自重，下一句是尊重人家。我们既要自尊，同时要尊重每个人的自尊心，'无友不如己者'，不要认为你的朋友不如你，没有一个朋友是不如你，世界上的人，聪明智慧大约相差不多……所以，不要看不起任何一个人，人与人相交，各有各的长处，他这一点不对，另一点会是对的。……'无友不如己者'，世界上每个人都有他的长处，我们应该用其长而舍其短，所以'过则勿惮改'，因为看到了每一个人的长处，发现自己的缺点，那么不要怕改过，这就是真学问。"①李泽厚在《论语今读》里把"无友不如己者"译为"没有不如自己的朋友"，在后面的"记"里则解释说："'无友不如己者'，作自己应看到朋友的长处解，即别人总有优于自己的地方，并非真正不去交结不如自己的朋友，或所交朋友都超过自己。如是后者，在现实上不可能，在逻辑上作为普遍原则，任何人将不可能有朋友。所以它只是一种劝勉之辞。"并发挥说："'忠''信'又是两个重要范畴，既关系乎情感，又塑造乎人格。但其位置仍次于'仁''孝'。"②按，南怀瑾的书1976年就在台湾出版，1990年复在大陆出版，李泽厚应当是看过《论语别裁》并接受了南怀瑾的看法，只是在《论语今读》里没有说明。南怀瑾和李泽厚都是脑子聪明的人，他们别出心裁地把"无友不如己者"解读成"不要认为你的朋友不如你，没有一个朋友是不如你"或"作自己应看到朋友的长处解，即别人总有优于自己的地方"。这乍一看似乎意味更长，但问题是"无友不如己者"中的"友"，从古汉语来说只能是动词而不可能是名词，则所谓"没有朋友不如自己"就成了聪明反被聪明误的想当然之论。

应该说，所有这些勉强牵强、曲折缠绕的解读，都源于对"主忠信无友不如己者过则勿惮改"的断句——自汉迄今一直把"己者"断属上一句，整段话便被点读为"主忠信，无友不如己者，过则勿惮改"。于是，皇疏所谓"若人皆慕胜己为友，则胜己者岂友我耶"和苏东坡所谓"如必胜己而后友，则胜己者亦必不吾友矣"的悖论难题便潜伏其中，诸多缠绕牵强的解释，其实都是自觉不自觉地为此弥缝。然则，如此断句既然讲不通，

---

① 南怀瑾：《论语别裁》第32—34页，复旦大学出版社，1990年。
② 李泽厚：《论语今读》第26—27页，天津社会科学院出版社，2007年。

可否另为断句?

窃以为,孔子的这段话应该这样断:

> 主忠信,无友不如。己者过则勿惮改。

这样断句,既在句法上说得过去,整段话也语义自足,而无须增字解经或牵强缠绕地解释。按,"主忠信,无友不如。己者过则勿惮改"几句,原是《学而》篇一章里的一段,那一章的全文是:"子曰:'君子不重则不威,学则不固。主忠信,无友不如。己者过则勿惮改。'"从全章上下文来看,"主忠信"的主语就是承前句而省的"君子","主"的古训是"亲",其实"主"也有"以……为主"或"重视""看重"之意,则"(君子)主忠信"也即"君子看重忠信";紧接着的"无友不如"之"如"是"及"的意思,"不如"犹"不及""不能",而所"不及"或"不能"的宾语,就是前面已强调过的"忠信",如此,则"无友不如"就是"不与不忠信的人交朋友"之意。这仍然是承前省的句法。并且,下句的"过"有了"己者"做主格,也责任分明——其实"己"做主格就够了,之所以加上语助词"者"凑成"己者过"乃是为了与"勿惮改"前后相称,这样一来"己者过则勿惮改"就前后语辞平衡、上下语义自明,无烦解释。把"主忠信,无友不如。己者过则勿惮改"翻译为白话,大意如下:

> (君子)最看重忠信,不与不忠信的人交朋友。自己有了过错,也不要怕改正。

孔子为什么会特别强调"(君子)主忠信,无友不如"也即"(君子)最看重忠信,不与不忠信的人交朋友"?那是因为在孔子看来,"忠信"是朋友相待的底线——人是否与某人交朋友,最主要的就是看那个人是否"忠信",用今天的话来说,就是看那个人是不是信得过、靠得住。当然,朋友间的"忠信"是彼此相对待的,人不能片面要求朋友忠信而自己不忠信。本章"(君子)主忠信,无友不如"谈的是君子对朋友的忠信要求,而本篇前面一章是:"曾子曰:吾日三省吾身——为人谋而不忠乎?与朋友交而不信乎?"谈的则是君子对自己待朋友是否忠信的自我反省。前面还有一章记录子夏之言曰:"与朋友交,言而有信。"此篇既有曾子、子夏关于待朋友是否够忠信之言,又有夫子的"(君子)主忠信,无友不如"之论——夫子之言正是曾子、子夏之所本。综合孔门师生的这些言论,正好说明"忠信"是朋友相对待之道,这就尽够了。至于是否"同志为友""见贤思齐""进德辅仁"等,都不是这里要谈的问题,前人拉扯这些东西,是因为"无友不如己者"的误断导致了解释的困难,因而不得不增字解经、强为之说。现在改正了这个误断,则一切都涣然冰释、怡然理顺了。

二、"诗三百一言以蔽之曰思无邪"的本义为何?

"子曰诗三百一言以蔽之曰思无邪"出自《为政》篇,是孔子对《诗》三百的总评。

"思无邪"原是《诗经》鲁颂《駉》诗的成句。《駉》诗四章,每章最后两句分别作"思无疆,思马斯臧""思无期,思马斯才""思无斁,思马斯作"和"思无邪,思马斯徂"。孔子此处当是借用《駉》诗成语,并且是"断章取义"地引用——"思"在《駉》诗里原是无意义的句首语助词,但孔子引来论诗时,"思"则变成了有意义的实词。由此,"思无邪"成了孔子对《诗》三百的总评,也是他的诗学总论。按说,"《诗》三百,一言以蔽之,曰'思无邪'"并不难解,历来的解说却几乎一致地将它道德化。盖自《毛诗序》强调"正得失、动天地、感鬼神,莫近于诗"以来,这种道德化的趋向就成为对"思无邪"的解释导向。现存最早的是东汉包咸的解释,包咸《论语包氏章句》已佚,但何晏《论语集解》的皇侃疏还保存了包咸对"思无邪"的解释:"包曰:归于正。"(转引自① 165)皇疏进一步联系《为政》篇的首章"为政以德"并引魏卫瓘的解释,从而对"思无邪"做出了这样的道德化疏解:"此章举《诗》证为政以德之事也。《诗》虽三百篇之多、六义之广,而唯用'思无邪'之一言以当三百篇之理也。……言为政之道,唯思于无邪,无邪则归于正也。卫瓘云:'不曰思正而曰思无邪，明正无所思邪，邪去，则合于正也。'"（转引自① 166）邢疏亦谓："此章言为政之道在于去邪归正，故举诗要当一句以言之……曰'思无邪'者，此《诗》之一言，鲁颂《駉》篇文也。诗之为体，论劝颂德，止僻防邪，大抵皆归于正，故此一句可以当之也。"（② 320）从二程到朱子仍然沿着这个道德化的方向解释"思无邪"，但也开始对这个正统的解释有所反思。如朱子《论语集注》对"思无邪"的解释是："凡诗之言，善者可以感发人之善心，恶者可以惩创人之逸志，其用归于使人得其情性之正而已。然其言微婉，且或各因一事而发，求其直指全体，则未有若此之明且尽者。故夫子言《诗》三百篇，而惟此一言足以尽盖其义，其示人之意亦深切矣。"（③ 53—54）然后朱子又引程子之言曰："'思无邪'者，诚也。"（转引自③ 54）有趣的是，朱子既是严于伦理的理学家，又是博学的语文学家，他显然意识到《诗经》的复杂性，诚所谓《诗》有正者有不正者，于是朱子转而强调它们对读者各有道德上的感发或惩创作用，而其结果都可以使读者归于正——"其用归于使人得其情性之正而已"。这解释就不免迂回曲折了。程子则不愿细究而以简驭繁，断言"'思无邪'者，诚也"。这一字解仍然坚守着理学家正心诚意的道德思路，而问题也从此埋下，迟早要爆发。

刘宝楠《论语正义》就修正朱子之论而认同孔子删诗之说，强调感发惩创原是作诗者之初心："今直曰《诗》三百，是论《诗》，非论读《诗》也。盖当巡狩采诗，兼陈美刺，而时俗之贞淫见焉。及其比音入乐，诵自瞽蒙，而后王之法戒昭焉。故俗有淳漓，词有正变，而原夫作者之初，则发于感发惩创之心，故曰'思无邪'也。"（④ 40）近人郑浩《论语集解述要》则认为"思"无义，"邪"是"虚、徐"的意思，"无邪"即"无虚徐，则心无他骛"，于是对"思无邪"另提"别解"道："夫子盖言《诗》三百篇，无论孝子、忠臣、怨男、愁女皆出于至情流溢，直写衷曲，毫无伪托虚徐之意，即所谓'诗言志'者，此三百篇之所同也，故曰'一言以蔽之'。惟诗人性情千古如照，故读者易收感发之效。若夫《诗》之是非得失，则在乎知人论世，而非此章论《诗》之本旨也。《集注》惟不考'邪'为虚徐，又无奈其有淫诗何，遂不得不迂回其辞，为'善者感发善心，恶者惩创逸志'之语。后人又以《集注》之迂回难通也，遂有淫诗本为孔子删弃，乃后人举以凑足三百之语。又有淫诗本非淫，乃诗人假托男女相约之语。因此字之不明，纠纷至今未已。"（转引自⑤ 86—87）程树德《论语集释》进一步发挥郑浩之论："窃谓此章'蔽'字当……训'断'。'思'字乃发语辞，非心思之思，当从《项说》（指宋项安世《项氏家说》——引者按）。'邪'字当作'徐'解，《述要》之说良确。合此三者，本章之义始无余蕴。"（⑤ 87）郑浩和程树德把"思无邪"解为"无虚徐"，以此证明诗出于作者的真性情，诚然用心良好，却不免减字改字解经之嫌。

杨树达的《论语疏证》对"思无邪"仍然坚守着"观风俗、正得失"的正统兼笼统的解释，文长不录。杨伯峻的《论语译注》对"思无邪"没有强为之说，只简明地注释说："'思无邪'一语本是《诗经·鲁颂·駉》篇之文，孔子借它来评论所有诗篇。思字在《駉》篇本是无义的语首词，孔子引用它却当思想解，自是断章取义。俞樾《曲园杂纂·说项》说这也是语辞，恐不合孔子原意。"（⑦ 11）这个注释虽无新意，却祛除了此前的一些牵强曲折的解释，提醒读者体会孔子的原意。杨伯峻对此章的翻译，也把过于严苛的道德纯正改为"思想纯正"——"孔子说：《诗经》三百篇，用一句话来概括它，就是'思想纯正'"（⑦ 11）。钱穆的《论语新解》先引用了诗思归正的传统说法，接着又引另一说："又一说，无邪，直义。三百篇之作者，无论其为孝子忠臣，怨男愁女，其言皆出于至情流露，直写衷曲，毫无伪托虚假，此即所谓'《诗》言志'，乃三百篇所同。"钱穆认为"后说为优"，并补充说："'思'乃语辞，不作思维解"（⑧ 17）。看得出来，钱穆所采纳的其实是程子到郑浩的看法。

这就是"思无邪"的解释史之大概。盖自汉代确立以儒家礼教为治国之大本，对《诗经》的解释就趋向于以礼解诗，《毛诗序》即是典型。连带地也影响到对《诗》三百，一言以蔽之，曰：'思无邪'"的解释，孔子的话其实并无明显的道德色彩，却由于"以礼解诗"的风气，于是"思无邪"被理解为"论功颂德，止僻防邪，大抵皆归于正"，就成为主导性的解释方向。朱子意识到《诗经》三百篇并非都"归于正"，实际上还有不少"淫诗"存其中，所以他不得不曲折地从一切诗都有助于提高读者的道德觉悟来立论，以为"凡诗之言，善者可以感发人之善心，恶者可以惩创人之逸志，其用归于使人得其情性之正而已"。刘宝楠、郑浩、程树德等看到朱子解释得勉强，又有所修正。郑浩、程树德发挥程子"'思无邪'者，诚也"之论，以为"夫子盖言《诗》三百篇，无论孝子、忠臣、怨男、愁女皆出于至情流溢，直写衷曲，毫无伪托虚徐之意，即所谓'诗言志'者，此三百篇之所同也，故曰'一言以蔽之'"。应该说，从程子到郑浩、程树德构成了另一个解释方向。当代学者李泽厚也采此说，以为"'思'是语气助词，不作'思想'解，'邪'也不作'邪恶'解"。李泽厚赞同郑浩的解释："盖言于《诗》三百篇，无论孝子忠臣、怨男愁女，皆出于至情流溢，直写衷曲，毫无伪托虚徐之意。"所以李泽厚将此句译为："《诗经》三百首，用一句话来概括，那就是：不虚假。"①

值得注意的是，一些新文化人也沿着这两个方向有进一步发挥。鲁迅和罗庸可为代表。

鲁迅在《摩罗诗力说》中对"思无邪"以及"诗言志"的批判是很著名的：

> 中国之治，理想在不撄，而意异于前说。有人撄人，或有人得撄者，为帝大禁，其意在保位，使子孙王千万世，无有底止。……盖诗人者，撄人心者也。凡人之心，无不有诗，如诗人作诗，诗不为诗人独有，凡一读其诗，心即会解者，即无不自有诗人之诗。无之何以能解？惟有而未能言，诗人为之语，则握拨一弹，心弦立应，其声澈于灵府，令有情皆举其首，如睹晓日，益为之美伟强力高尚发扬，而污浊之平和，以之将破。平和之破，人道蒸也。虽然，上极天帝，下至舆台，则不能不因此变其前时之生活；协力而夭阏之，思永保其故态，殆亦人情已。故态永存，是曰古国。惟诗究不可灭尽，则又设范以囚之。如中国之诗，舜云言志；而后贤立说，乃云持人性情，三百之旨，无邪所蔽。夫既言志矣，何持之云？强以无

---

① 李泽厚：《论语今读》第35页。

邪,即非人志。许自繇于鞭策羁縻之下,殆此事乎?然厥后文章,乃果辗转不逾此界。①

鲁迅站在新的人学和诗学立场上尖锐批判了"思无邪"的古典诗学,可他对"思无邪"的理解却仍然沿袭了性情之正的传统论调,并未反思这种正统解释是否符合孔子本意。

罗庸出身于北大哲学门,而后成为古典文学研究者,曾任西南联大国文系主任。罗庸对《论语》有一个从随意玩习到体验力行的过程,逐渐对儒学有同情的体认,抗战时期撰写了多篇关于儒学和孔子的文字,结集为《鸭池十讲》,其中一篇就是《思无邪》。此文开首便道——

> 说起《论语·为政》篇"《诗》三百,一言以蔽之,曰:思无邪"这一章,觉得不容易用浅喻一语道破。古今善说此章者无如程子,那是再简要没有了;却被朱子引作旁参,《集注》里还是说使人得性情之正一类的话。清代汉学家说鲁颂,更多新解,但和《论语》此章大义全无关涉;也许鲁颂的"思无邪"另有本义,但至少孔子引用时已非旧义了。《集注》立意要圆成美刺法戒之说,却无意中已落到"道着用便不是"的地步。我以为最好还是程子的话:"思无邪者,诚也。"这真是一语破的之论。

然后,罗庸便指出朱子在《朱子语类》中关于"思无邪"的十几条问答中颇不一致的支绌之解,盖因朱子意识到《诗经》中确有"淫奔之诗",他觉得这些诗有悖于夫子"思无邪"之断言,于是不得不曲为解说、增字解经,以保全"诗无邪"乃"归于正"之正论。这在朱子实非得已。罗庸有破有立道:

> 说古书只要少存些《春秋》为汉制法的意思,葛藤便会剪除不少;

---

① 鲁迅:《摩罗诗力说》,《鲁迅全集》第1卷第68页,人民文学出版社,1981年。

况且《论语》本文只说:"《诗》三百,一言以蔽之,曰:思无邪。"并未说"其义使读者归于无邪"。则美刺法戒之说于何安立?

所以"思无邪"最好就是"思无邪",不须旁征博引,更不须增字解经,若必须下一转语的话,那末,"思无邪者,诚也"。

如前所述,"思无邪者,诚也"正是程子的解释。罗庸肯认程子此解确是"一语破的之论"。只是有感于程子的解释太过简要,所以罗庸给出了一个更为详赡也较为现代的讲解:

> 我们读一篇好的作品,常常拍案叫绝,说是"如获我心",或"如我心中之所欲言",那便是作者与读者间心灵合一的现象,正如几何学上两点同在一个位置等于一点一般。扩而充之,凡旷怀无营而于当境有所契合,便达到一种物我相忘的境界,所谓"此中有真意,欲辨已忘言",这便是文学内在的最高之境,此即"诚"也。诚则能动,所以文境愈高,感人愈深。
>
> "思无邪"便是达此之途,那是一种因感求通而纯直无枉的境界。正如几何学上的直线,是两点之间最短的距离一般。凡相感则必求通,此即"思"也,"无邪"就是不绕湾子。思之思之,便会立刻消灭那距离而成为一点。孔子说:"仁远乎哉?我欲仁,斯仁至矣。"孟子说:"思则得之,不思则不得也。"思得仁至,必须两点之间没有障碍不绕湾子才行。
>
> …………
>
> 所以文字的标准只须问真不真,不必问善不善,以真无有不善故。天下事唯伪与曲为最丑,此外,只要是中诚之所发抒,都非邪思,一句"修辞立其诚",而善美具矣。
>
> 性情的界域到直线为止,文学内容的界域也到直线为止。一入于面便是推理的境界,举一反三,告往知来,便都是推理之境,非复性情之所涵摄了。
>
> 理智到成了立体便是过胜,俗语说"八面玲珑",即言其人之巧黠。

成了球体便是小人之尤,元次山之所以"恶圆",恶其滑也。

故文学内在之境以点为极则,文学外形之标准却要成球体,看似相反而实相成。盖文笔不能如珠走盘只是无力,而无力之故由于内境之不诚,倘使一片真诚,未有不达者,达则如珠走盘矣。

所以"思无邪"不只就内容说,外形之能达实亦包括在内,此所以"一言以蔽之"也。①

应该说,罗庸的解说较近情理,只是他忽视了其所采纳的程伊川之解仍带有"正心诚意"的道德论痕迹。并且,罗庸把"思无邪"解释成情思与艺术必须同样"纯直无枉",这也有点贪求其全了。其实,真纯的情思既可以率直表达,也可以曲折表达,固执其一就欠通达了。

我对历来关于"思无邪"的解释之怀疑,就始于《摩罗诗力说》的严厉批判。鲁迅是以历来道德化的解释无误为前提来展开批判的,这反而启我疑窦:夫子的"思无邪"当真如鲁迅所批判的那么坏心眼、那么罪孽深重吗?回想初读"《诗》三百,一言以蔽之,曰:'思无邪'"的直感,怎么想也是好话啊!此后仍然感到,孔子此言虽简而语义自足,并不坏也并不难懂,可是翻看历来的解释却那么复杂曲折,主导性的解读则把它解成礼教气-道学气十足的道德判断,难怪鲁迅要严厉批判了。至于从程伊川到郑浩、程树德、罗庸和李泽厚的"别解",诚然较近情理,但仍然暗含着一丝礼学-道学气味或某种认识真伪论之色调,故为我所不取。

直到今天,我对夫子此言的理解仍一如四十多年前初读时之直感。的确,"子曰:'《诗》三百,一言以蔽之,曰:'思无邪'"委实是孔子对《诗》三百的由衷赞叹,赞叹全部《诗》三百的诗思很无邪,简洁明了、清通自足,近于大白话,根本不必添字解经或改字解经,略加疏通,读者即可理解。所以翻译此言成白话,近乎多此一举,但还是按惯例翻译一下:

---

① 以上引文均见罗庸:《思无邪》,《国文月刊》第1卷第6期,1941年2月。按,此文收入《鸭池十讲》,开明书店,1943年初版;辽宁教育出版社,1997年新版。

> 孔子说:《诗》三百篇,用一句话来概括,就是:情思真无邪啊!

下面说说我的理解:《诗经·鲁颂·駉》篇里的"思无邪"之"思"的确是无意义的发语辞,但在孔子引用此言的语境里,"思无邪"之"思"肯定是有意义的实词,"思"就是《诗》三百所表现的"诗思"。这些"诗思"不会是杨伯峻先生翻译的"思想",因为诗确如罗庸所说不是思想的推理和说明,而是诗人的情感和想象之表现,为免烦琐,这里就简单译为"情思"——"情思"乃是情感和想象的简缩。应该承认,孔子是一个真爱诗也真懂诗的人,他不会用道德之纯正或思想之端正来要求"诗"的。正是基于这样的理解,我的解释和翻译也不取程伊川以来的"诚"字之解直至李泽厚的"不虚假"之说,而是直如"思无邪"字面之所言,乃是夫子阅读《诗》三百后的美感之欣然流露。虽然确如郑浩所言,"夫子盖言《诗》三百篇,无论孝子、忠臣、怨男、愁女皆出于至情流溢,直写衷曲",但《诗》三百却并非如郑浩接着所说的是"毫无伪托虚徐之意",恰恰相反,《诗》三百除了个别篇什如许穆夫人所作《载驰》外,大多数诗篇所写情思都出自诗人的拟想、想象、假托,懂诗的孔子当然认识到这一点。就此而言,"思无邪"正是一个无关情思真伪的审美判断。并且,《诗》三百既有《雅》与《颂》之诗,也有不大雅的诗如《郑风》《卫风》里的爱情诗,这些爱情诗被朱子称为"淫诗",但并无根据说当年的孔子也这么道学地看待它们,其实孔子也同样欣赏爱情诗,同样觉得它们是"思无邪"的。即使撇开《郑》《卫》之诗不论,《周南》《召南》确知是孔子很欣赏的,《阳货》篇特地记载了孔子对儿子的提醒:"女为《周南》《召南》矣乎?人而不为《周南》《召南》,其犹正墙面而立也与?"而《周南》《召南》之诗多言男女之情,《周南》的首篇就是婉转缠绵的爱情诗《关雎》,孔子很欣赏这首"思无邪"的好诗,并赞叹"《关雎》之乱洋洋乎盈耳哉"(《论语·泰伯》)的音乐"乐而不淫,哀而不伤"(《论语·八佾》)。必须明辨的是,孔子所谓"淫"并非"淫荡"之"淫",而是"乐感过分"的意思,"乐而不淫,哀而不伤"表现的乃是孔子对音乐的趣味,与诗意无关——孔子并未像汉儒那样把《关雎》曲解为"美后妃之德""正夫妇之道"的道德诗。尽管司马迁说过："古者诗三千余篇，及至孔子，去其重，取可施于礼义，上采契后稷，中述殷周之盛，至幽厉之缺……三百五篇。孔子皆弦歌之，以求合韶、武、雅、颂之音。礼乐自此可得而述，以备王道成六艺。"①从此有了孔子曾按礼义删编《诗经》之论，但这只是司马迁的推测之词，并无什么根据。究其实，孔子是一个"信而好古""述而不作"的人，他当日看到并拿来教学的《诗》三百已有成编，其篇目与后来"三百五篇"（加上有目无文的"笙诗"六篇，则共计三百一十一篇）的《诗经》并无不同，并且孔子"自卫反鲁，然后乐正"的，乃是《诗》三百的音乐而非文辞。所以诚如朱子所揭示的，孔子倘据礼义删《诗》，则《诗经》就不应有那么多"淫诗"啊！这也反过来证明，孔子当日并没有用什么邪正的道德观念看《诗》三百，他的"思无邪"之说乃是对所有《诗》三百而发的赞叹——欣然赞叹全部的《诗》三百都是纯粹的生活经验及基于这些经验的情感与想象的率性表现，则其叹赏之言"思无邪"岂不正是我们今日所谓基于阅读－审美经验而来的审美判断吗？！我们应该承认，从《论语》及相关历史文献来看，孔子其实是一个很有人情味的人，他对男女之情并无严苛不近人情的要求，他生活的时代也没有那样的要求，事实上，那时的社会习俗和婚姻制度倒是每逢"中春之月，令会男女。于是时也，奔者不禁。若无故而不用令者，罚之"②。就连孔子本身也是其父母自由"相奔"的爱之结晶啊！由此可见，历来所谓孔子严守男女之大防的刻板形象乃是后儒强给他的，早该给夫子平反了！

三、"民可使由之不可使知之"究竟是什么意思？

"子曰民可使由之不可使知之"出自《泰伯》篇。这是《论语》中最著名的一个问题句。汉代对此句的训读就埋下问题，牵强的解释也便随之而

---

① 司马迁：《史记·孔子世家》，引文据泷川资言考证，水泽利忠校补：《史记会注考证附校补》第1160—1161页。
②《周礼·地官·媒氏》，《十三经注疏》第733页，中华书局影印，1980年。

生。近代以来，孔子此言引起不少争议，迄今仍无定论。其实，问题并不难解决，下面就先述前人训断，再说说个人意见。

汉魏旧注当然没有标点，但从何晏《论语集解》对此句之注——"'由'，用也，可使用而不可使知者，百姓能日用而不能知也"（转引自①215），可以推知，汉魏人对此句的点读正是"子曰：'民可使由之，不可使知之'"。此后的点读长期一仍其旧。何晏之注是从民的智能不及上解释"民可使由之，不可使知之"。皇侃的疏解是："此明天道深远，非人道所可知也。'由'，用也。元亨日新之道，百姓日用而生，故云'可使由之'也。但虽日用而不知其所以，故云'不可使知之'也。张凭曰：'为政以德，则各得其性。天下日用而不知，故曰：可使由之。若为政以刑，则防民之为奸，民知有防，而为奸弥巧，故曰：不可使知之。'言为政当以德，民由之而已，不可用刑，民知其术也。"（①215）看得出来，皇疏及其所引东晋张凭的解读（张凭有《论语张氏注》），已显现出为政者担心"民知有防，而为奸弥巧"，故而"不可使知之"的政治蒙昧主义色彩。邢疏则将"元亨日新"的深远天道理解为圣人的深远之道，以为民的智力不能理解深远的圣人之道，所以邢疏这样解释孔子此言："此章言圣人之道深远，人不易知也。'由'，用也，民可使用之而不可使知之者，以百姓能日用而不能知故也。"（②374）显然，邢昺又退回到民不能知的能力论上了。朱子的《论语集注》对此句的解释则非常简洁："民可使之由于是理之当然，而不能使之知其所以然也。"（③105）这给人不愿多说、故意简化之感，其实朱子是担心深究此句，会把孔子与愚民主义挂上钩。按，《朱子语类》卷三十五记载："或曰：王介甫以为'不可使知'，尽圣人愚民之意。"①可见朱子确实有所担心，所以他在《论语集注》注释后，紧接着就引了程子之言为孔子撇清了愚民主义的关系："程子曰：'圣人设教，非不欲人家喻户晓也，然不能使之知，但能使之由之耳。若曰圣人不使民知，则是后世朝四暮三之术也，岂圣人之心乎？'"（③105）

---

① 黎靖德编《朱子语类》卷三十五，第3册第937页。

可是，程、朱的解释并未解决问题，"民可使由之不可使知之"的矛盾仍是困扰人的问题，元明清的学者多在"民愚不可能知"或"愚民不可使知"之间拉锯，议论纷纭，难解难分，兹不具引。莫衷一是之际，也有人出来曲折解说、试图调停矛盾。刘宝楠的《论语正义》可为代表。刘宝楠对这两句的"正义"写得迂曲冗长，煞费折中调停之苦心。刘宝楠受凌鸣喈的启发，把"民可"一章与所在《泰伯》篇的上一章"子曰：兴于诗，立于礼，成于乐"联通解读，认为上一章是孔子教弟子之法，下一章"民可"二句是孔子教弟子法的具体化——弟子优秀者如七十二人在孔子的教导下，能兴、能立、能成，也即"可使知之者也"；自七十二人之外的众弟子，尽管孔子也以诗书礼乐教之，但不可能使他们"知道"，他们即是"可使由之，不可使知之"之"民"。其结论是："先王教民，非概不使知者。故家立之塾，党立之庠，其秀异者，则别为教之，教之而可使知之也；若其愚者，但使由之，俾就于范围之中，而不可使知其义，故曰：'君子议道自己，而置法以民。'"（④ 299—300）刘宝楠的这种二分法显得很是曲折而不免牵强。他之所以不惜牵强地曲折解说，其实是因为感到"以民为群下之通称，可使由不可使知，乃先王教民之定法"的说法有"愚民"之嫌，所以他强调"先王教民，非概不使知也"，于是将民区分为"秀异者"和"愚者"二类从而区别对待。如此折中调停，当然并未能解决问题。所以程树德《论语集释》批评道："此说以民指弟子，终觉未安。"（⑤ 687）程树德自己的意见则是："愚谓《孟子·尽心篇》：'孟子曰：行之而不著焉，习矣而不察焉，终身由之而不知其道者，众也。''众'谓庸凡之众，即此所谓民也，可谓此章确诂。纷纷异说，俱可不必。"程树德之见其实比刘宝楠之说更成问题——刘氏把民分为"可使知"与"不可使知"两类而区别对待，程树德则以为庸凡的众民统统愚不可及，眼光真够"高大上"的！

自晚清以来西方的民权思想传入中国，孔子的这两句话因为有"愚民"的嫌疑，引起了更为激烈的争议。诚如严复1913年在一次关于"民可使由之不可使知之"的专题讲演中所说："今案此章圣言，自西学东渐以来，甚为浅学粗心人所疑谤，每谓孔术胚胎专制，此为明证，与老氏'国之利器不可以示人'一语同属愚民主义,与其平日所屡称之'诲人不倦'语矛盾参差,不可合一,此其说甚似矣。"但严复不同意"专制-愚民主义"的批判。他认为:

> 特自不佞观之,则孔子此言,实无可议,不但圣意非主愚民,即与"诲人不倦"一言,亦属各有攸当,不可偏行。浅人之所以横生疑谤者,其受病一在未将章中字义讲清,一在将圣人语气读错。何以言之?考字书,民之为言"冥"也,"盲"也,"瞑"也。荀子《礼论》有云:"人有是,士君子也;外是,民也。"可知此章"民"字,是乃统一切氓庶无所知者之称,而圣言之贯彻古今者,因国种教化,无论何等文明,其中冥昧无所知与程度不及之分子恒居多数。苟通此义,则将见圣言自属无疵。又章中"不可"字乃术穷之词,由于术穷而生禁止之义,浅人不悟,乃将"不可"二字看作十成死语,与"毋""勿"等字等量齐观,全作禁止口气,尔乃横生谤议,而圣人不得已诏谕后世之苦衷,亦以坐晦耳。①

看得出来,严复坚持的仍是"民愚"不可教化说,只是补充说"不可"并非孔子主观上禁止教民之义,而是孔子有感于客观上"民愚"难以教化之苦叹。这还是曲意回护孔子之词。

当此之际,托古改制的康有为也曾为孔子辩护。他在1902年所著《论语注》里说:

> 孔子曰:"道之不明也,我知之矣。智者过之,愚者不及。"深忧长叹,欲人人明道。若不使民知,何须忧道不明,而痛叹之乎?愚民之术,乃老子之法,孔学所深恶者。圣人遍开万法,不能执一语以疑之。且《论语》六经多古文窜乱,今文家无引之,或为刘歆倾孔

---

① 严复:《"民可使由之不可使知之"讲义》,《严复集》第2册第326—327页,中华书局,1986年。

子伪窜之言，当削附伪古文中。①

如所周知，康有为对儒先之言多是"六经注我"地强就己说，说不通处就斥为古文家刘歆之作伪，一棍子把原著打死。如此主观主义的思想态度，显然不是解决问题的办法。

梁启超很可能看过康有为《论语注》的手稿，对乃师的颟顸主观之论不以为然，而思有以救正之。所以，梁启超不久就在《新民丛报》上发表了一则题为《孔子讼冤》的读书笔记，假设"怀疑子"与"尊圣子"二人论学，其中也讨论到"民可使由之不可使知之"两句：

> 怀疑子曰。《论语》曰。民可使由之。不可使知之。此语与老子所谓法令者非以明民将以愚之。有何异哉。是孔子惧后世民贼不能罔民而教猱升木也。夫文明国者。立法之权。皆在于民。日日谋政治思想法律思想之普及。而孔子顾以窒民智者为是。何也。尊圣子云。此子误断句读也。经意本云。民可。使由之。不可。使知之。言民之文明程度已可者。则使之自由。其未可者。则先使之开其智也。夫民未知而使之自由。必不能善其后矣。使知之者。正使其由不可而进于可也。怀疑子无以应。②

把梁启超的句读换算过来，则他对"民可使由之不可使知之"的断句即是"民可，使由之，不可，使知之"。这断句真是别开新面，其解释"言民之文明程度已可者。则使之自由。其未可者。则先使之开其智也"也颇为通达。只是把"由"解为"自由"不免时髦了些。

应该说，梁启超的重新断句比他的新解释更富启发性，颇有"解放思想"的意义。从此至今，一方面，"民愚"和"愚民"之争仍在延续，但不

---

① 康有为：《论语注》第114页，中华书局，1984年。据康氏自序，此书撰成于1902年3月17日。
② 梁启超：《孔子讼冤》，原载《新民丛报》第8号，光绪二十八年（1902）四月十五日，日本横滨。

论持"民愚"不能教说还是"愚民"不可教说者,都是以传统的句读为依据,所争只在如何解释,谁也说服不了谁,兹不赘述;另一方面,在梁启超的新断句启发下,更新的断句不断涌现。据赵友林的《百余年来"民可使由之不可使知之"阐释考》所述,迄今关于《论语》这一章的断句已有十八种之多,大多数是改革开放以来新增的,有不少是脑洞大开的想当然之断。诚如赵友林归纳的那样:

> 其中得到学者呼应、影响比较大的有以下 3 种:"民可使由之,不可使知之""民可,使由之;不可,使知之""民可使,由之;不可使,知之";其他句读往往附和者寡。在对"民可"句进行探讨时,句读问题常常与主旨问题相互交错纠缠,从而使得"民可"句的探讨更加纷纭复杂。从总体上看,这些探讨丰富了"民可"句的内涵和句读形式,但有些说法过于求新立异,往往缺少文献的支持和严密的论证,显得过于随意。①

我同意赵友林的归纳,只是他对这三种影响比较大的断句未加轩轾,显得过于谨慎了。

窃以为,第一种断句也即传统的点读"民可使由之,不可使知之",肯定不合孔子的一贯思想,那其实是前人好顺着辞气点读语句的习惯所导致的误断,后来的种种误解和曲说都因这个点断之误而生,理应纠正了。第二种断句也即梁启超点读之改进版"民可,使由之;不可,使知之"(中间的逗号改为分号),诚然有助于纠正孔子主张专制-愚民主义的误解,但诚如杨伯峻所批评的:"恐怕古人无此语法。若是古人果是此意,必用'则'字,甚至'使'下再用'之'字以重指'民',作'民可,则使(之)由之,不可,则使(之)知之',方不致晦涩而误解。"(⑦81)对杨伯峻的这个批评,我想做一点补充:在先秦两汉的古文中,单用"可"

---

① 赵友林:《百余年来"民可使由之不可使知之"阐释考》,《儒家典籍与思想研究》第 10 辑,北京大学出版社,2018 年。

做谓语者并不是没有，但那一定是承前省掉了实动词或宾语，可《论语》此章则并非如凌鸣喈、刘宝楠所谓是与上一章"子曰：兴于诗，立于礼，成于乐"相关联者，而是独立的一章，则"可"欠缺了承前省，是不能单独做谓语的，所以梁启超的断句在古汉语句法上确实不能成立。于是，剩下的第三种断句就几乎成了唯一说得通的选择。

第三种断句是这样的：

> 子曰："民可使，由之，不可使，知之。"

我对此章的断句正是如此，原以为这只是自己的想法，直到最近为写这篇小文而检索文献，看到赵友林的综述文章《百余年来"民可使由之不可使知之"阐释考》，才知道这样的断句早已有人先发。据赵文所述："持这种断句法的学者，先后有八十年代的王承璐、陈金粟、宋占生和九十年代的梁颖、吴丕、陈乐平、刘章泽、吴全权、商国君等。"真惭愧自己的孤陋寡闻，当然也很高兴"吾道不孤"。这些学者们各有理据，赵文已有叙述，兹不赘述。

依我的体会，《泰伯》篇的这段话反映的是孔子对教民和使民关系的看法。孔子是志在从政也确实从过政的人，即使他有阶级偏见，也知道执政者不可能单独自为而必须"使民"，所以他也很"重民"的。且看《论语》的《学而》篇记孔子之言："节用而爱人，使民以时。"《颜渊》篇记载仲弓问仁，子曰："出门如见大宾，使民如承大祭。己所不欲，勿施于人。"《宪问》篇记孔子之言："修己以安百姓。"《公冶长》篇记孔子之言："其养民也惠，其使民也义。"此外，《颜渊》篇记孔子弟子有若对鲁哀公曰："百姓足，君孰与不足？百姓不足，君孰与足？"《尧曰》篇引周武王之言："虽有周亲，不如仁人。……所重：民、食、丧、祭。宽则得众，信则民任焉，敏则有功，公则说。"这些都应是来自孔子的传教，足见孔子很"重民"也很注意"使民"分寸的。当然，执政者"重民""使民"，可民众并非天然可用，这就需要先行"教化"即"教民"，而孔子不仅自己坚持"有教无类"，而且确有"教民"的主张。《子路》篇记载孔子在卫国看到百姓很多，冉有请教夫子："既庶矣，又何加焉？"孔子答道："富之。"冉有又问："既富矣，又何加焉？"孔子答道："教之。"同篇又记："子曰：'善人教民七年，亦可以即戎矣。'子曰：'以不教民战，是谓弃之。'"诸如此类，都证明孔子是很重视"教民"而"使知之"的，哪有什么"不可使知之"的愚民思想！

并且，要"使民"必先"教民"也是孔子所深知的历史经验。《春秋》是鲁国的史书，《左传》是孔子同时人左丘明为《春秋》所撰之传，孔子赞同左丘明的话——"左丘明耻之，丘亦耻之"，就出自《论语·公冶长》。也因此，孔子拿《春秋》来教学生的时候，也可能会参考左丘明的传吧。即使孔子看不到左丘明所作的传，他也肯定知道《左传》所记载的三个著名的要"用民"必先"教民"的故事。一是《左传·僖公二十七年》补记晋楚城濮之战前三年（即僖公二十四年）："晋侯始入而教其民，二年，欲用之。子犯曰：'民未知义，未安其居。'于是乎出定襄王，入务利民，民怀生矣。将用之。子犯曰：'民未知信，未宣其用。'于是乎伐原以示之信。民易资者，不求丰焉，明征其辞。公曰：'可矣乎？'子犯曰：'民未知礼，未生其共。'于是乎大蒐以示之礼，作执秩以正其官。民听不惑，而后用之。出谷戍，释宋围，一战而霸，文之教也。"①二是《左传·襄公三十年》记郑国子产"从政一年，舆人诵之曰：'取我衣冠而褚之，取我田畴而伍之。孰杀子产，吾其与之。'及三年，又诵之曰：'我有子弟，子产诲之；我有田畴，子产殖之。子产而死，谁其嗣之'"②。晋文公和郑子产的功业和遗爱，孔子是熟悉而且赞赏的。此外，孔子当世的最大时事看点乃是吴越争霸。《左传·哀公元年》记伍员警告吴王夫差："越十年生聚，而十年教训，二十年之外，吴其为沼乎？"③所谓"教训"即教育训练民众，后来越王勾践果然如此"教训"，终于在孔子去世不过四年后就灭了吴。孔子生前熟知或亲闻的这些大事变对他当然都是宝贵的历史经验，使他深切地

---

① 杨伯峻：《春秋左传注》第447页，中华书局，1990年第2版。
② 杨伯峻：《春秋左传注》第1182页。
③ 杨伯峻：《春秋左传注》第1066—1067页。

明白要"使民"必得"教民"的道理,故而有"民可使,由之,不可使,知之"之论。

再者,"民可使由之"里的"由"与"使"其实是同义词,只是由于前面已经用了"使",后文为了不犯重,故而改用"由",而"由"的古训恰为"用",正与"使"字异而义同。"知之"当然可以看成使动用法,但"知"也可以解成为政者对民众的主动教化。仔细体味本章的语气,"使""知"其实都暗含着临民者的某种主动性。并且诚如一些旧注所言,民亦不可一概而论,固然有水准高的,不教即堪用,自然也有水准低的,则教而用之可也。另,揣摩夫子语气,前后两"可"字意味也有所不同,前者固"可"矣,后者偏"能"也。这样一来,"子曰:'民可使,由之,不可使,知之'"一章,似乎可以简洁地翻译成下面的白话——

> 孔子说:"老百姓可以使唤的,就使唤他们;不能使唤的,就教化他们。"

顺便也说说《子罕》篇的"子罕言利与命与仁"章。此章至迟自郑玄就训读为一句①。何晏《论语集解》显然考虑到贬义的"利"与"命""仁"不相匹配,于是特别解释说:"利者,义之和也。"(转引自① 218)皇疏谓:"利是元亨利贞之道也,百姓日用而不知,其理玄绝,故孔子希言也。命是人禀天而生,其道难测……故孔子希说与人也。仁是行盛,非中人所能,故亦希说许与人也。"(① 218)邢疏与皇疏略同。这些注疏都曲顺句读而不得不增字解经。到朱子的《论语集注》,才撤销了对"利"的高调解释,转而采引程子之说:"程子曰:'计利则害义,命之理微,仁之道大,皆夫子所罕言也。'"(③ 109)这样解释"利"是符合孔子和《论语》实际的,但程、朱仍坚持孔子罕言命与仁,那又显然不合孔子的实际。

直到元人陈天祥才看出问题之所在,乃有破有立道:

---

① 参阅王素:《唐写本论语郑氏注及其研究》第104页,文物出版社,1991年。

若以理微道大则罕言，夫子所常言者，岂皆理浅之小道哉？圣人于三者之中所罕言者，惟利耳，命与仁乃所常言。命犹言之有数，至于言仁，宁可数邪？圣人舍仁义而不言，则其所以为教为道、化育斯民、洪济万物者，果何事也？……说者当以"子罕言利"为句。"与"，从也。盖言夫子罕曾言利，从命从仁而已。（转引自⑤730）

从此学人才开始意识到此章的传统句读可能有误，而渐渐改变看法。到了现当代，不少学者都接受了陈天祥"当以'子罕言利'为句"的意见，只是对其后的"与命与仁"，或主张进一步断开为"与命，与仁"，或认为应该四字统断为"与命与仁"，这分歧无关紧要。对"与"字的解释，则趋向于恢复"许与"的古训，而在白话翻译中则用更现代的"赞许""赞同"之类。如钱穆的《论语新解》就将"子罕言利与命与仁"翻译为：

先生平日少言利，只赞同命与仁。

这翻译简洁得当，意思也很容易理解，切合《论语》的语境整体和孔子的思想实际。

四、"小人哉樊须也""唯女子与小人为难养也"之真意

樊迟请学稼。子曰："吾不如老农。"请学为圃。曰："吾不如老圃。"樊迟出。子曰："小人哉樊须也！上好礼，则民莫敢不敬；上好义，则民莫敢不服；上好信，则民莫敢不用情。夫如是，则四方之民襁负其子而至矣，焉用稼！"

此章出自《子路》篇，记言记事很完整，没什么难懂的。唯一的难题是"小人哉樊须也"一句里的"小人"该怎样理解。皇疏以为："小人是贪利者也，樊须出后，孔子呼名骂之。'君子喻于义，小人喻于利。'樊迟在孔子之门，不请学仁义忠信之道，而学求利之术，故云小人也。"（①251）

这是直斥樊迟为贪利小人,并引孔子关于君子小人的名言为据,因此成为最常见的解释。邢疏受何晏《论语集解》所引包咸注"礼义与信足以成德,何用学稼以教民乎"的启发,乃谓:"此章言礼义忠信为治民之要。樊须请学稼者……弟子樊须请于夫子学播种之法欲以教民也。……孔子怒其不学礼义而学稼种,故拒之。……樊迟既请而出,夫子与诸弟子言曰:'小人哉,此樊须也。'谓其不学礼义而学农圃,故曰小人也。"(② 418)这至少澄清了樊迟请学稼不是为了个人获利而是"欲以教民",只因"礼义忠信为治民之要",所以孔子对请学稼请学圃的樊迟有点恨铁不成钢,乃怒骂他是"小人"。对此"小人",邢疏没有解释。俞樾《群经平议》说:"古书言君子小人大都以位而言……后儒专以人品言君子小人,非古义也。"①按《尚书·无逸》记"周公曰:呜呼,君子所,其无逸。先知稼穑之艰难,乃逸,则知小人之依"②,则"小人"就是种田的农夫小民。这或者就是邢昺不加解释的"小人"之古义。朱子《论语集注》对"小人"无注,只引了程门高弟杨时的解说:"杨氏曰:'樊须游圣人之门,而问稼圃,志则陋矣,辞而辟之可也。待其出而后言其非,何也?盖于其问也,自谓农圃之不如,则拒之者至矣。须之学疑不及此,而不能问。不能以三隅反矣,故不复。及其既出,则惧其终不喻也,求老农老圃而学焉,则其失愈远矣。故复言之,使知前所言者意有在也。'"(③ 143)由此可知杨时和朱子都视樊迟为"志陋"学农学圃之小人。刘宝楠的《论语正义》一面解释:"小人即老农、老圃之称。……若士之为学,则由成己以及成物,'己欲立而立人,己欲达而达人',但当志于大人之事,而行义达道,以礼义信自治其身,而民亦向化而至,安用此学稼圃之事,徒洁身而废义哉!"一面又认为:"当春秋时,世卿持禄,废选举之务,贤者多不在位,无所得禄,故樊迟请夫子学稼、学圃,盖讽子以隐也。"(④ 524—525)如此一来,樊迟乃是借请学稼请学圃来暗示孔子应该隐居避世,则樊迟倒是有高远之

---

① 俞樾:《群经平议》,王先谦编《皇清经解续编》第 5 册第 1201 页,上海书店影印,1988 年。
② 此引《尚书·无逸》据《十三经注疏》本第 221 页,中华书局影印,1980 年。

思，夫子骂他是农夫小民，似乎骂错了啊！清毛奇龄、宋翔凤等都不满杨时对樊迟的贬斥和对学稼的贬低。如毛奇龄《四书改错》痛批杨时之说、为樊须辩护道："汉儒原云迟思以学稼教民，盖惧末治文胜，直欲以本治天下，一返后稷教民之始，其志甚大，惜其身沦于小民而不知也。此迟有大志而夫子抑之，且仍以大者告之。"（转引自⑤1160）此后，对"小人"的解释便分道扬镳，一些人坚持势利小人之贬义，一些人则坚持草野农夫小民之古义，至今如此，莫衷一是。暗用前说者如杨伯峻的《论语译注》，直译"小人哉樊须也"为"樊迟真是小人"（⑦135）；采用后说者如钱穆的《论语新注》，乃将"小人哉樊须也"译为"真成一个在野小人了，樊迟呀"。钱穆并解释说："孔子非不重民食，然学稼学圃，终是小人在下者之事；君子在上临民，于此有所不暇。"（⑧243）李泽厚的《论语今读》则把所有"小人"不加区分地原文照搬。

说来可笑，"文革"后期我上中学，正碰上"批林批孔"运动，《论语》的这一章成了孔子的大罪状，是那时几乎人人皆知的孔子"反动言论"，我这个农家小子当然也很气愤孔老二怎么能把想学稼学圃的樊迟贬斥为"小人"呢？那不是赤裸裸的阶级偏见吗！后来上了大学，才知道"卑鄙小人"说和"草野小民"说的来历。此后读到《论语》全书，自己玩味体会此章语境和孔子的语气，渐渐觉得以上两说都不甚切合上下文的语境，也不一定合乎孔子的原意。一则孔子是个一向待人和气的人，在教育上也始终坚持"有教无类""循循善诱""诲人不倦"，这样一个好教育家，怎么会因为樊迟提了两个不合宜的问题，就斥骂他是卑鄙贪利之小人呢？并且，如果樊迟真是个卑鄙势利之小人，孔子还会让他继续当学生吗？可是，我们看到孔子与樊迟的师生关系，并不止于请学稼、请学圃一节，其实直至孔子终老，樊迟都是孔子的学生，他给孔子驾车，向孔子请教其他问题，如"樊迟问政""樊迟问仁"，孔子都很耐心回答，还主动为他讲孝，如此等等，都说明樊迟始终是孔子承认的学生，其身后也名列"受业身通者七十有七人"和《仲尼弟子列传》之中，这些怎么解释呢？二则，孔子诚然有阶级等级观念，但那只是就客观的社会差别而言，孔子在主观上并不势利取人，他更赞赏的是人的德行而非等级出身，也没有瞧不起下层劳动者，自己就坦承"吾少也贱，故多能鄙事"（《子路》），所以孔子才会接受贫贱的仲弓为弟子——仲弓父，贱人，夫子却赞赏说："犁牛之子骍且角，虽欲勿用，山川其舍诸？"（《雍也》）即就本章而论，孔子也并没有瞧不起老农老圃，他只是老实承认在为稼为圃的事务上自己不如老农老圃。然则，夫子又怎么会因为樊须请学稼请学圃，就毫无道理地迁怒于农夫，以至于轻蔑地斥骂樊迟是如农夫一样的"草野小人"呢？诸如此类的疑问，让我渐渐感到两种通行的"小人"说，不仅对樊迟固然言重了，而且也都在无意中给孔子戴上了势利眼镜，所以都未必妥当的。

然则，还有没有比较切合本章语境和孔子真意的理解呢？有的，其实还有一种不很流行的看法，来自金人王若虚。王若虚认为《论语》中的"小人"别有一种意义："其曰'硁硁小人''小人樊须'，从其小体为小人之类，此谓所见浅狭，对大人而言耳。"①王若虚的意思是说，《论语》中也有一种"小人"的用法，指的是体小之人，引申为见识浅且固执之人，乃与成熟有见识的"大人"相对而言。换言之，这等"小人"也即我们今日所谓年龄不大、思想幼稚、不很成熟的年轻人。这给我很大的启发：虽然樊迟是否长得"体小"不得而知，但他向孔子"请学稼"的时候，很可能比较年轻幼稚、思想单纯吧，这或许就是孔子在此章中所谓"小人哉樊须也"之真意，略同于《论语》中也有的"小子"之意。史载樊迟"少孔子三十六岁"（《史记·仲尼弟子列传》），其从学于孔子是比较晚的。本章所记很可能是樊迟初随孔子学习时候的事情。那时还很年轻的樊迟不免思想幼稚，他不明白孔子所教的乃是不能从日常生活里自然学到的礼义文化传统和从政理民之道，而误以为夫子什么都能教，于是向他请学稼、请学圃，他不知道稼与圃之类农事原本是农人父子兄弟之间自然传授的生产经验，他用不着到夫子那里专门去学这些，孔子自然也无法教他这些，所以夫子只能以"吾不如老农""吾不如老圃"来婉拒。同时，我们也要注意，从整部《论语》关于樊迟的记述来看，他不像颜渊、子张那样聪明过人、可以举一反三，而是一个反应比较迟钝、思想比较朴直的年轻人。从《为政》篇

---

① 王若虚：《〈论语〉辨惑·二》，《滹南遗老集》第33页，中华书局，1985年新1版。

记"孟懿子"问孝一章就可以看出,樊迟的反应确实有点慢,接受能力也是比较差的,饶是孔子多么循循善诱,樊迟还是不能理解,孔子不得不对他耳提面命:

> 孟懿子问孝。子曰:"无违。"樊迟御,子告之曰:"孟孙问孝于我,我对曰:'无违'。"樊迟曰:"何谓也?"子曰:"生,事之以礼;死,葬之以礼,祭之以礼。"(《为政》)

同样的迟钝反应,也出现在本章中。如上所说,孔子所教的是礼义文化传统和从政理民之道,至于稼与圃之类农事知识,原是农人父子兄弟之间自然传授的生产经验,孔子哪能教樊迟稼圃啊,他就是想学稼圃也不必来向孔子学啊——这些孔子自然不便向樊迟明说,怕挫伤了他,只能委婉推诿道:"吾不如老农。"可是樊迟还是那么天真,没有明白孔子推诿的意思,仍然固执地继续向孔子"请学为圃",这让孔子很无奈,只能又一次推诿道:"吾不如老圃。"两次碰壁之后,樊迟只能怏怏而退。孔子乃感叹道:"樊迟真是个幼稚的小子啊!在上者崇尚礼,老百姓不敢不尊敬他;在上者崇尚义,老百姓不敢不服从他;在上者崇尚信,老百姓不敢不用真情对待他。如此教化行政,四面八方的老百姓都会背着孩子来跟从的,哪里用得着教他们种庄稼啊!"这些道理在场的其他弟子都懂,可天真迟钝的樊迟就是不明白,难怪孔子要感叹"小人哉樊须也",即"樊迟真是个幼稚的小子啊"。不难体会,夫子此言中感叹与嗔怪兼有,若理解成贬斥、怒骂樊迟,那就过分了,既非樊迟所应受也非夫子所宜言。

我觉得,这样理解"小人哉樊须也",既合乎此章的语境,也比较符合孔子和樊迟的关系。我当过二十年学生又做了三十多年老师,在同学和学生中不止一次碰到过类似樊须这样天真单纯而其实忠厚朴直的人,他们并非"朽木不可雕也"的蠢才,只是开窍晚点而已,遇到好老师的启发,迟早会成才的。樊迟的遭遇正是这样,孔子并未因他天真幼稚就弃他于不顾,仍然耐心地回答他的问题、细心地点拨他,终于有一天樊迟开窍了,问的问题非同一般:

> 樊迟从游于舞雩之下,曰:"敢问崇德,修慝,辨惑。"子曰:"善哉问!先事后得,非崇德与?攻其恶,无攻人之恶,非修慝与?一朝之忿,忘其身,以及其亲,非惑与?"(《颜渊》)

樊迟能提出这样有深度的问题,说明他是真开了窍、会思想了,所以孔子高兴地夸奖他"善哉问",并且很愉快地回答了他的问题。这提醒我们,在解读有关各章时,应考虑到孔子与樊迟师生关系中的这些复杂曲折的情况,给予入情入理的解释,而非孤立地说文解字。

相似的问题也出现在《阳货》篇的"女子与小人"一章里:

> 子曰:"唯女子与小人为难养也,近之则不孙,远之则怨。"

此章除了"小人"问题,还涉及"女子"问题,历来解释多从男尊女卑着眼,所以到了近现代,便成了孔子歧视妇女的铁证而备受非难。汉魏古训已不可见,只有《后汉书·杨震传》载其上书汉安帝:"夫女子小人,近之喜,远之怨,实为难养。《易》曰:'无攸遂,在中馈。'言妇人不得与于政事也。宜速出阿母,令居外舍,断绝伯荣,莫使往来,令恩德两隆,上下俱美。"[①]原来汉安帝放纵乳母王圣及其女伯荣,所以杨震上书劝其赶走阿母、断绝伯荣,为了说服安帝,杨震乃暗用《论语·阳货》此章、明引《易经》的"家人"之卦,自不免断章取义,不足为据。《论语集解》的皇侃疏乃谓:"女子小人并禀阴闭气多,故其意浅促,所以难可养立也。'近之则不逊'者,此难养之事也。君子之人,人愈近愈敬,而女子小人,近之则其承狎而为,不逊从也。'远之则有怨'者,君子人若远之,则生怨恨,言人不接已也。"(① 289)这显然是从阴阳尊卑上看待女子,并视"小人"为君子小人对立意义上的"小人";"小人"通常为男性,却也被打入"阴"的范畴。如此曲折解释是很勉强的。邢疏则谓:"此章言女子与小人皆无正性,难蓄养。所以难养者,以其亲近之则多不孙顺,疏远之则好

---

① 王先谦:《后汉书集解》第615页,中华书局,1984年。

生怨恨。此言女子,举其大率耳。若其禀性贤明,若文母之类,则非所论也。"(② 460)这显然是有鉴于皇疏贱视所有女性、有一棒子打死之嫌,《诗经·大雅·思齐》不也歌颂文王的母亲太任、祖母太姜及妻子太姒之贤德吗?所以邢疏特为这类"禀性贤明"的女性网开一面。朱子的《论语集注》也缩小了"女子""小人"的打击面,以为"此小人,亦谓仆隶下人也。君子之于臣妾,庄以莅之,慈以蓄之,则无二者之患矣"(③ 182)。刘宝楠的《论语正义》认为:"此为有家国者戒也。养犹待也。"(④ 709)然后广引史传以至《易经》为君子远女子小人做证,传统得更有来头。程树德的《论语集释》汇集旧注,然后引明人冯从吾的《四书疑思录》和清人汪绂(初名汪烜)的《四书诠义》,表达了自己的看法:"《四书疑思录》:'人多加意于大人君子,而忽于女子小人,不知此两人尤是难养者,可见学问无微可忽也。'《四书诠义》:'此言修身齐家者不可有一事之可轻,一物之可慢,毋谓仆妾微贱,可以惟我所使,而忽以处之也。安上治民,莫善于礼,而礼必本于身,以惠爱之心,行天泽之礼,乱本弭矣。所以庄以莅之,慈以蓄之。君无礼让则一国乱,身无礼则一家乱,女戎宦者之祸天下,仆妾之祸一家,皆恩不素孚,分不素定之故也。夫子言之,其为天下后世虑者至深且远也。'"(⑤ 1603)这实在是迂腐刻深的礼教－道学之解。

也因此,新文化人对孔子此言均持严厉批判态度。如吴虞就指斥道:"孔学对于女子,尤多不平。……孔子既以女子与小人并称,故视妇女为奴隶,为玩物,主张多妻制。……此不佞所以不能不非孔也。"[①]鲁迅更讥嘲孔子道:"女子与小人归在一类里,但不知道是否也包括了他的母亲。"[②]蔡尚思则批评孔子道:"既认女子全是小人,就可想见男人全是君子了。……孔子的主观片面,竟到如此地步。"所以他斥责孔子"是女性的敌人,男性的恩人"[③]。现代学者则多因循旧注而回避问题,如钱穆的《论语新解》仍沿袭朱子之解,杨伯峻的《论语译注》则不加注释而只有译文:

---

① 吴虞:《对于祀孔问题之我见》,《大夏季刊》第1卷第1期,1929年5月1日。
② 鲁迅:《关于妇女解放》,《南腔北调集》,《鲁迅全集》第4卷第597页。
③ 蔡尚思:《中国传统思想总批判》,棠棣出版社1950年初版,此据上海古籍出版社2006年版第39—40页。

"孔子道：'只有女子和小人是难得同他们共处的，亲近了，他会无礼；疏远了，他会怨恨。'"这译文仍然采信传统的解释。李泽厚一方面确认孔子"这句话相当准确地描述了妇女性格的某些特征。对她们亲密，她们有时就过分随便，任意笑骂打闹。而稍一疏远，便埋怨不已。这种心理特征本身并无所谓好坏，只是由于性别差异产生的不同而已；应说它是心理学的某种事实"；另一方面，秉持现代观念的他又不能不批评孔子此言确有偏见："至于把'小人'与妇女连在一起，这很难说有什么道理。自原始社会后，对妇女不公具有世界普遍性，中国传统对妇女当然很不公平很不合理，孔学尤然。"①这给人奇怪的感觉：新旧论者学者立场不同却看法相似，看来孔子对女性的偏见已无可怀疑了。

新时期以来，学术界也有人出来为孔子此言做辩护，辩护者多从训诂标点入手重新解释孔子此言的意义，由此出现了一些新说。比较有代表性的是廖名春。他认为"女子与小人"中的"与"当训"如"，"与小人"就是"如小人"，且"与小人"乃是"女子"的后置定语。如此缩小了"女子"的范围，进而解释全句道："《论语》此章的'女子与小人'是一个偏正结构，'女子'是中心词，'与小人'则是后置定语，是修饰、限定'女子'的。因此，这里的'女子'不可能是全称，不可能是指所有的女性，而只能是特称，特指那些'象小人一样'的'女子'，'如同小人一样'的'女子'。这种'女子''如同小人'，其实质就是'女子'中的'小人'，就是'女子'中的'无德之人'。"原来孔子此言只是就一些如小人一样的坏女人而言，并没有全然否定妇女的意思。廖名春于是宣告："'五四'以来借《论语》'唯女子与小人为难养也'章攻击孔子极端仇视妇女，'是女性的敌人'的说法可以休矣。"②应该承认，廖名春之论用心良好，但他解"与"为"如"以及"与小人"为"女子"的后置定语之新说，实在迂曲得很，不免强为之说。此类新异的训诂还有不少，大都不足为训，兹不具引。

其实，孔子固然未曾高看女性，却也未必轻看女性，怎么会突然冒出

---

① 李泽厚：《论语今读》第309页。
② 廖名春：《"唯女子与小人为难养也"疏注及新解》，《人文杂志》2012年第6期。

这么一句没来由的轻视之谈？检点以往对"子曰：'唯女子与小人为难养也，近之则不孙，远之则怨'"的解读，有两点是说不通的。一是此句中的"养"被解读为"蓄养"，然则蓄养"女子"，还勉强可解成古人养小妾或如今人养小三之类，男人既然好这一口，也就只能忍耐女子的任性了，可是令人不解的是，人干吗要"养小人"，那不是没事找事、自找麻烦吗？且"小人"既不好养，则赶走便罢，为何却在"近之""远之"之间纠结不下，似乎无可奈何、不养还不行——这说得通吗？二则此句所言"女子与小人"的毛病，也不过"近之则不孙，远之则怨"而已，这实在不是多大多严重的原则问题啊，然则孔子竟然会因为这么点小问题就贬斥"女子与小人为难养也"，这不是过甚其辞吗？可是从全部《论语》看，孔子说话论事一向很通情达理也很有分寸的，他并不是一个前言不搭后语的糊涂人，更不是一个出言夸张过甚其辞的人啊！

正是这两个说不通的问题，让我怀疑向来对孔子此言的解读大多是想当然的望文生义之论，而忽视了孔子此言的具体语境和特定针对性。前面说过，《论语》中的有些语句实在过于简略，加之编辑成书的时候，各章之间也不一定有事实上的或逻辑上的关联，语境不很清楚、意义颇难寻味。但所幸"子曰：'唯女子与小人为难养也，近之则不孙，远之则怨'"不在此列。仔细揣摩一下，此章的具体语境和特定针对性还是可以把握的，而解读的关键是必须把"女子"与"小人"、"养"与"近之则不孙，远之则怨"联系起来，因为它们是一个意义连贯的整体，只有弄清它们之间的关联，才能明白孔子此言的语境、针对性及其确切的意义。

首先，这段话中的"女子"不是指所有女性，而是特指女儿。按，在先秦之时"女儿"也可简称为"子"，如孔子同情学生公冶长无辜遭罪，便"以其子妻之"，即把女儿嫁给了公冶长，这里的"子"就是女儿的意思；如果为了与儿子区别，则可复称为"女子"，如《诗经·小雅·斯干》："大人占之：维熊维罴，男子之祥；维虺维蛇，女子之祥。"这诗句里的"女子"就指女儿。"小人"则如上说"小人哉樊须也"之所言，不是概指品德不好的"小人"，而是指年纪比较小、思想比较幼稚的男孩，即"小子""小儿"的另一种说法。如此，则此章中相并列的"女子与小人"指的就是女儿和儿子，并且是年纪较小的还在少女少男阶段的女儿和儿子。然后，看句中"难养"之"养"，绝不可能是"蓄养"仆妾之"养"，而只能是"养育"孩子之"养"。最后再寻味全句所感叹的问题，的确是为父母者比较头疼的难题——父母养育年少的女儿和儿子，都会感到为难的问题是什么？不就是与子女关系远近亲疏的分寸不好把握吗？所以夫子慨乎言之："近之则不孙，远之则怨"，即跟孩子们过于亲近，他们就不免顽皮放肆，没大没小的，对他们端起为父为母的架子，不甚溺爱而有点距离，以便严格要求他们，则孩子们又会嫌父母疏远而心生怨气。这委实是千古不易的养育子女之难题。教育家孔子也是有儿有女的人，而教育家往往可以教育好别人家的孩子，却无法处理好教育自己子女的问题，其难处就在于，自己同时作为父母和作为教育者的双重身份不好协调，跟孩子太亲近了不行，太远了也不行，分寸怎样才算恰当是很难把握的。孔子身为父亲，在教育自己孩子的问题上自然也难免这种苦恼，所以才有了这句深有体会、颇感无奈的感叹："子曰：'唯女子与小人为难养也，近之则不孙，远之则怨！'"把这句话译成白话，大意如下：

> 孔子感叹道："姑娘和小子都不好养育啊。跟他们亲近些吧，他们就调皮得没大没小，与他们疏远一点吧，他们又会心生怨气。"

同时还应注意，孔子此言也反映了青少年的心理特点。今天的人们都知道，少男少女们正处在尝试建构自我认同的阶段，多少都有点叛逆性，与父母的关系若即若离的，让父母不免为难。孔子之所以感叹养育孩子不易，尤其是与孩子关系的远近分寸不易把握，其实也是因为他发现了子女在这个成长阶段必有这样难调的问题。尽管那时的孔子不会有现代的青少年心理学知识，但他身为父亲又是个经验丰富的教育家，对子女教育问题的特殊困难，当然会有切身的感受和细心的观察，因而才会对人（可能是与老学生们闲聊时说起吧）发出如此深有感触的感叹，我们千载之后读来，仍然能够体会到孔子作为父亲的爱心和无奈。关于孔子女儿的情况，文献记载很少，我们不好推测。儿子孔鲤的情况，《论语》则有所记载，从中可以看出，半大小子的孔鲤对父亲孔子的确有点敬而远之，倒与孔子的学生如陈亢等人的关系较为亲近。因此，陈亢有一天便好奇地探问孔鲤，作为父亲的孔子是否给他开过小灶：

> 陈亢问于伯鱼曰："子亦有异闻乎？"对曰："未也。尝独立，鲤趋而过庭。曰：'学诗乎？'对曰：'未也。''不学诗，无以言。'鲤退而学诗。他日又独立，鲤趋而过庭。曰：'学礼乎？'对曰：'未也。''不学礼，无以立。'鲤退而学礼。闻斯二者。"陈亢退而喜曰："问一得三——闻诗，闻礼，又闻君子之远其子也。"（《季氏》）

从孔鲤的回忆里可以感受到，孔氏父子对彼此都有点小心翼翼，保持着若即若离的微妙距离，但陈亢由此得出"君子之远其子也"的结论，可能是皮相之见。其实，孔子未必有意"远其子"，他只是对一个有意趋避他的儿子无可如何，只能逮住机会就叮嘱他一句，而孔鲤唯唯诺诺地答应了，便赶紧走开——在孔子这个父亲面前，孔鲤大概也觉得有些压抑吧！直到今天我们仍然不得不面对这样有些尴尬的父子或父女关系。我与女儿的关系就是这样。所以读"子曰：'唯女子与小人为难养也。近之则不孙，远之则怨'"真是亲切得感同身受。

准确点说，"唯女子与小人为难养也"这句话里的"养"乃是"教"即"教养"的意思。《礼记·文王世子》亦有言曰："凡三王教世子，必先以礼乐。……立太傅、少傅以养之。"郑玄对"养"的笺释是："养，犹教也。言养者，积浸成长之。"[①]其实，《礼记》此句中的"教"与"养"是互文同义的，这正可作为"唯女子与小人为难养也"之"养"是教养之义的旁证。有趣的是，对孔圣人感叹的父母教养子女之难题，亚圣孟子显然很有同感，从而提出了易子而教的主张，以为："古者易子而教之。父子之间不责善，责善则离，离则不祥莫大焉！"[②]

---

① 《礼记正义》第843页，上海古籍出版社，2008年。
② 语出《离娄上》，《孟子正义》第673页，中华书局，2017年。

余论：孔子、康德与道德的普遍性问题

恰在写这篇小文的过程中，2019 年 6 月 12 日的"凤凰网国学"刊出邓晓芒教授新著《康德〈实践理性批判〉句读》出版发布会的消息，以及邓晓芒与另外两位教授关于"康德及康德道德哲学三人谈"，所谈的核心问题乃是孔子与康德在建立道德普遍性标准上的区别，按邓晓芒的话说，那差别便是："孔子没有建立普遍的道德标准，而康德提供了一个放之四海而皆准的标准。"应该承认，至少在哲学的某些领域如本体论、认识论上，略晚于孔子的西哲柏拉图、亚里士多德之思辨的深度、逻辑的严密，就远非孔子所可比拟的，遑论两千年后的康德、黑格尔！但说到伦理学或道德哲学，那就另当别论了。康德治道德哲学或伦理学，仍然沿袭着他研究认识论所遵循的路径，诉诸人类的理性认识，运用严密的逻辑推衍，经过苦心孤诣的思辨，终于得到三条普遍的道德原则，乃以为道德律大成、永世无可违。但其实，道德的达成并不取决于人的认识而取决于人的自由意志，可人的自由意志究竟如何能让人必然地行事道德，绝对的道德命令究竟如何能令人非如此不可地践行不殆？康德就理屈词穷而无能为力了。此所以纵使人能认识到道德的普遍性，人的行为却未必都能遵循这种普遍性。正唯如此，康德的伟大道德律并不能阻止德国人在两次世界大战中做出丧尽天良的背德恶行。孔子诚然不擅长玄深的思辨，却比康德更早也更深切地洞察到认识未必有助于道德，所以孔子并不追求由认识来获得普遍的道德原则，而相信道德来源于人性的觉悟——正是人性的觉悟让人将心比心，做出合乎人性的道德行为——所谓"己欲立而立人，己欲达而达人"，"己所不欲，勿施于人"，"为仁由己"，"当仁不让"，诸如此类的孔子道德经验之谈也只对有人性的人类而言，并且总是关联着具体情境，因而对不同时代却可能遭遇相似境遇的人产生亲切的感召力。这就是孔子道德言论的具体普遍性，它比康德经由思辨所得到的道德普遍性更近于人也更具感召力："仁远乎哉？我欲仁，斯仁至矣！"此所以孔子的道德言论影响于人的德行之广泛和深远就远非康德所可比拟。也因此，邓晓芒教授为孔子在康德面前感到惭愧，实在比拟不伦。其实，真该惭愧的是我们自

己，我们距康德也有二百年了，早该追问康德的道德哲学未能解决的一个关键问题——倘若人的自由意志并不能必然使人向善，倒有可能使人欣然作恶，甚至以恶为善，如曹操所谓"宁教我负天下人，休教天下人负我"或俗谚所谓"人不为己，天诛地灭"，则对道德的论理普遍性之认识究竟如何才能落实为人的伦理实践的必然性？伟大的康德并没有解决这个问题，邓晓芒教授若能想想辙，则幸甚至哉。

2019 年 6 月 27 日于清华园之聊寄堂

《孟子》所谓"圣之时者也"重诂
——兼释《庄子》所谓"时女"

古人为文著论,遣词造句不免简约些,有时一字一句包含着复杂的意义,但作者觉得其意义是不言自明的,或者是前文已经说过的,就不再解释;后世读者若不细审文本语境、不联系其人文背景,只是孤立地就一字一句做训诂学的说文解字,那是难得中肯而不免牵强武断的。例如《孟子·万章下》有句云"孔子,圣之时者也",这"圣之时者"究竟是什么意思呢?由于原文过简,不易准确把握,所以自古及今的各种释义似乎都沾点边,却又总让人感觉似是而非。同样的例子还有《庄子·逍遥游》里的"是其言也犹时女也"一句,其所谓"时女"究竟何解,自古及今亦众说纷纭,但一直未见有公认的切当之解。窃以为对这样简约的字句,既不能脱离文献训诂学做望文生义的想当然解说,也不能只就一字一句利用训诂学的通转假借之法强为之解,而应在更开阔的文本-人文语境里和更融洽的阅读互动里寻求诠释才是。鉴于自古及今对《孟子》和《庄子》这两句话的解说累积了不少问题,下面就先集中检讨一下历来解说的问题,然后再谈谈个人对这两句话的一点解读意见,以就教于学界方家。

一、"圣之时者也":坚韧"待时"的孔子之卓越

"孔子,圣之时者也"出自《孟子·万章下》,其上下文是这样的——

> 孟子曰:"伯夷,圣之清者也;伊尹,圣之任者也;柳下惠,圣之和者也;孔子,圣之时者也。孔子之谓集大成。集大成也者,金声而玉振之也。金声也者,始条理也;玉振之也者,终条理也。始条理者,智之事也;终条理者,圣之事也。智,譬则巧也;圣,譬则力也。由射于百步之外也,其至,尔力也;其中,非尔力也。"

这"圣之时者也"中的"时"是什么意思呢?由于原文过简,其义确实不易把握,历代诸家的解说也纷歧不一。检讨从汉代到清代的注疏,对"圣之时者也"的解释大体有三种。

一是应时适宜、"惟时适变"之意。代表性诠释来自东汉赵岐之注和相传为宋代的孙奭之疏。

东汉赵岐的《孟子章句》云:"伯夷清,伊尹任,柳下惠和,皆得圣人之道也。孔子时行则行,时止则止,孔子集先圣之大道,以成己之圣德者也,故能金声而玉振之。振,扬也。故如金音之有杀,振扬玉音终始如一也。始条理者,金从革,可始之使条理。终条理者,玉终其声而不细也,合三德而不挠也。"又谓:"智譬犹人之有技巧也,可学而益之以圣。譬犹力之有多少,自有极限,不可强增。圣人受天性,可庶几而不可及也。夫射远而至,尔努力也,其中的者,尔之巧也。思改其手用巧,意乃能中也。"[①] 如此以"时行则行,时止则止"来解释"孔子,圣之时者也",其所谓"时行则行,时止则止"乃行止应时适宜之意。但在孔子与此前三圣究竟谁是以"力"或以"巧"来"中的"的问题上,赵岐显得摇摆不定。

相传宋人孙奭为《孟子章句》所作之疏,开了从"集大成"的角度疏解"孔子,圣之时者也"之先河。孙疏把伯夷、伊尹、柳下惠与孔子相比较,以为"唯孔子者,独为圣人之时者也,是其所行之行,惟时适变,可以清则清,可以任则任,可以和则和,不特倚于一偏也,故谓之孔子为集其大成、得纯全之行者也。……孟子取为三圣,其言又不无意于其间也。

---

① 上引赵岐《孟子章句》,据四部要籍注疏丛刊影印本第81页,中华书局,1998年。

言伯夷但圣之清者也,以其取清而言之矣;伊尹但圣之任者也,以其取任而言之矣;下惠但圣之和者也,以其取和而言之矣;孔子之圣则以时也,其时为言,以谓时然则然,无可无不可,故谓之集其大成,又非止于一偏而已"①。孙奭由此强调了"圣之时者也"的孔子"所行之行,惟时适变"乃"独得为圣之大全"。按赵注已涉及"集大成"与"圣之时"的关系,至孙疏乃成为解释的重心。

二是联系《中庸》的"时中"观来解释"孔子,圣之时者也"。这种观点由朱子开其端。

朱子《四书章句集注》里的《孟子集注》吸收了北宋张载等人的观点:"张子曰:'无所杂者清之极,无所异者和之极。勉而清,非圣人之清;勉而和,非圣人之和。所谓圣者,不勉不思而至焉者也。'孔氏曰:'任者,以天下为己责也。'愚谓孔子仕、止、久、速,各当其可,盖兼三子之所以圣者而时出之,非如三子之可以一德名也。或疑伊尹出处,合乎孔子,而不得为圣之时,何也?程子曰:'终是任底意思在。'"朱子进而联系《中庸》的"时中"观提出了对"圣之时者"之新见,以为"中,去声。此复以射之巧力,发明智、圣二字之义。见孔子巧力俱全,而圣智兼备,三子则力有余而巧不足,是以一节虽至于圣,而智不足以及乎时中也。此章言三子之行,各极其一偏;孔子之道,兼全于众理。所以偏者,由其蔽于始,是以缺于终;所以全者,由其知之至,是以行之尽。三子犹春夏秋冬之各一其时,孔子则大和元气之流行于四时也"②。此后"时中"观成为解释"圣之时者"的重要思路。

三是把"时"与"中的"相联系,谓孔子"因乎应也,圣知兼备,而唯智乃神;巧力并用,而惟巧乃中。此孔子所以独为圣之时"。这种观点具见于清代汉学家焦循的《孟子正义》。

焦循既不赞同理学家的"时中"解释理路,也质疑汉学家赵岐训释

---

① 上引孙奭《孟子注疏》,据《四部要籍注疏丛刊》影印本第 297 页,中华书局,1998 年。
② 上引朱熹《孟子集注》,见《四书章句集注》第 315 页,中华书局,1983 年。

"圣之时"的矛盾①。然后焦循提出了他所认同的解释:"近时通解,智巧即灵明不测妙乎神也,圣力即造诣独到因乎应也。圣知兼备,而唯智乃神;巧力并用,而惟巧乃中,此孔子所以独为圣之时。或云,巧力之喻,是孟子自拟作圣之功。由射于百步之外,望道之比也。孔子之圣,非力可拟,力则人,巧则天也。"②应该说,焦循注意到《孟子·万章下》原文里的"中"是人生实践之"中的"而非抽象义理之"时中",这是合乎原文实际的。但焦氏既谓"圣知兼备,而唯智乃神;巧力并用,而惟巧乃中,此孔子所以独为圣之时",又强调说"巧则天也",则孔子之圣究竟是出于人还是由于天?倘若是得之于天,则孔子又何圣之有?焦氏于此显然也有些摇摆不定。而关键问题是,为什么"圣知兼备,而唯智乃神;巧力并用,而惟巧乃中"就是"孔子所以独为圣之时"?其间的语义-逻辑关系并不清楚,"时"的意义仍有待于解释。

二十世纪以来,也出现了三种观点——有的观点是旧解之发展,有的则是新观点。

一是"与时进化""因时推迁"之论赞,带着鲜明的进化论色彩。代表人物是康有为。

1913年康有为在《〈春秋〉笔削大义微言考自序》里即以"与时进化"观阐发"圣之时者也"之胜义云:"孔子之道,其本在仁,其理在公,其法在平,其制在文,其体在各明名分,其用在与时进化。夫主乎太平,则人人有自立之权;主乎文明,则事事去野蛮之陋;主乎公,则人人有大同之

---

① 焦循曾经质疑说:"赵氏以巧比三子,以力比孔子,三子可学,孔子不可及也。然则两'尔'字宜皆指三子。其至,如清、任、和为三子之力所可至。其中,如孔子'圣之时'为三子之力所不可至。至、中俱承上力字。至为三子之力,中为孔子之力。乃注云'其中的者,尔之巧也'。意殊矛盾,不可详知。又云'改其手用巧,意乃能中',似谓孔子之时,三子力不能及,故改而用巧为清、任、和,则中字转属三子之清、任、和矣。又似谓孔子以时为中的,三子各以清、任、和为中的,三子自知不能为孔子之中的,因思改而用巧为三子之中的,故各用清、任、和也。是孔子以力中的,三子不以力而以巧中的也。以力,则但能至,不能中也。赵氏本义,未知何如,姑拟之以质知者。"见《孟子正义》第674页。
② 焦循:《孟子正义》第674—675页。

乐；主乎仁，则物物有得所之安；主乎各明权限，则人不相侵；主乎与时进化，则变通尽利。故其科指所明，在张三世。其三世所立，身行乎据乱，故条理较多；而心写乎太平，乃神思所注。虽权实异法，实因时推迁，故曰'孔子，圣之时者也'。"①

二是将"时"想当然地等同于"摩登"。这是来自新文化阵营的讥议，代表人物是鲁迅。

作为新文化闯将的鲁迅对古圣人孔夫子是很反感的，所以他在杂文里也就常常捎带着讥嘲孔子是"圣之时者也"。如写于1925年女师大事件中的杂文《"碰壁"之余》，即在痛批陈西滢、李仲揆（李四光）、杨荫榆之余，捎带着讥嘲孔子道："中国人是'圣之时者也'教徒，况且活在二十世纪了，有华道理，有洋道理，轻重当然是都随意而无不合于道的。"②写于1927年的《补救世道文件四种》在回击复古派时，也捎带着讥嘲"圣之时也"的孔子。③这些文章都是对"圣之时者也"的讥嘲性引用，鲁迅并未明确表达他对孟子此言的解释。直到1934年8月鲁迅在《不知肉味和不知水味》一文中才显示了他对此言的理解："孔子，圣之时者也'，'亦即圣之摩登者也'。"④这"亦即圣之摩登者也"可能是当时复古派文人恭维孔子的话，鲁迅虽是反其意而用之，但将"时"与"摩登"相等同，的确反映了他的真实看法。

三是用《中庸》的"时中"观解释"圣之时者"。代表性的学者是哲学家冯友兰。

作为新儒家的冯友兰，显然继承和发展了宋代理学家的"时中"解释思路。他二十世纪四十年代后期在美国的讲演稿《中国哲学简史》中即指出："儒家往往把'时'与'中'联系起来，如'时中'，含义是懂得'适当其时'又'恰如其分'地行事。孟子称孔子：'可以仕则仕，可以止则止，可以久则久，可以速则速。'（《孟子·公孙丑章句上》）正是因此，所

---

① 康有为：《〈春秋〉笔削大义微言考自序》，《不忍》杂志第3期，1913年4月。
② 鲁迅：《"碰壁"之余》，《华盖集》，《鲁迅全集》第3卷第116页。
③ 鲁迅：《补救世道文件四种》，《集外集拾遗补编》，《鲁迅全集》第8卷第199页。
④ 鲁迅：《不知肉味和不知水味》，《且介亭杂文》，《鲁迅全集》第6卷第111页。

以孟子称颂说：'孔子，圣之时者也。'(《孟子·万章章句下》)"① 此说从"时中"的观点指证孟子"圣之时者也"乃是肯认孔子之行事总是"'适当其时'又'恰如其分'"，在当代学术界影响甚广。当代学人又从中引申出"审时度势、合乎时宜"之说、"随时处中、与时偕行"之说及"原则性和灵活性相结合"之说，来解释"圣之时者也"之"时"的意义。

如吴泽在二十世纪六十年代所撰《论孔子的中庸思想》一文里提出了"合乎时宜"说，以为"孟子以孔子为'圣之时者'，'时'之义，宜也。去留进退，务必合乎时宜，看当时实际形势而定，所谓'无可无不可'也。像伯夷、叔齐那样的'清'，柳下惠、少连那样的'屈'，虞仲、夷逸那样的'隐'，乃至伊尹那样的'进'，孔子是不同意的。孟子是深得孔子微义的后继者，他论伯夷、叔齐、伊尹和孔子后接着说：'皆古圣人也，吾未能有行焉，乃所愿，则学孔子也'"② 到九十年代，楼宇烈的《"用中"和"时中"——儒家实践的辩证原则》一文又谓"时中"即随时处中、与时偕行，得其"中"，所谓"经"；得其"时"，所谓"权"。③ 迨至新世纪之初，庞朴在《四圣二谛与三分》一文里比较分析了孟子所言伯夷"清"、伊尹"任"和柳下惠"和"的不同及其等差，然后提出了"原则性和灵活性相结合"说——

> 最高超的当然还是孔子，孟子誉之为"圣之时者也"。"时"本指季节，引申为变更着的情况，以及能根据情况变换对策等等。据说孔子高于上述三圣之处就在于，他并不一味地"清"，亦非不择手段地"任"，也不因"和"而流；而是能根据不变的道理和变化的情况，将原则性和灵活性结合在一起，来决定自己的态度，所谓的"可以速则速，可以久则久（就行止言）；可以处则处，可以仕则仕（就出处

---

① 冯友兰著，赵复三译：《中国哲学简史》第228页，生活·读书·新知三联书店，2013年。
② 吴泽：《论孔子的中庸思想》，《学术月刊》1962年第9期。
③ 楼宇烈：《"用中"和"时中"——儒家实践的辩证原则》，《北京大学校刊》1991年10月20日。

言")。这样的态度,就叫做"时";它既不同于过去三圣的偏于一隅或偏于一中(执中无权,犹执一也),又未离开三圣的清、任与中和;既不泥,又不离,集三圣于一身,所以也叫做"集大成"。①

如此从"中庸"哲学发展出"原则性和灵活性相结合"来解释"圣之时者也",在理论上似乎很圆润,却将"时"变成了一个哲学概念,与孔子之行究竟合"时"与否离得很远了。此外还有一些新解如把"时"解为最能反映"时代精神",实在太时髦了,不说也罢。

对"孔子,圣之时者也"的解释史大体如上,其实可归约为两大类。一类把重点转换成评说孔子究竟是什么样的"圣人",而后便以此作为对"圣之时"的解释。比如说孔子是"集大成"的圣人,是不偏不倚、行止得中的圣人,是"圣知兼备、巧力并用"的圣人,以至于"原则性和灵活性相结合"的圣人,如此等等。这些对孔子之所以为"圣"的解说都确乎言之成理,至少也可以自圆其说。但问题是,孟子为什么不直接这样或那样称颂孔子之为圣,比如为什么不直接说"孔子,圣之中者也!"——孔子自己不也说过"言中伦,行中虑……身中清,废中权。……无可无不可"(《论语·微子》)等等很中庸的话,然则孟子为什么偏要特别强调说孔子是"圣之时者也"?再如孔子确乎算得上"集大成"的圣人,但孟子为什么不直接说"孔子,圣之集大成者也",却要在"孔子,圣之时者也"之后,又别来一句"孔子之谓集大成"。这岂非暗示出在孟子的意识里"圣之时者也"其实另有其义、与"集大成"不能等同吗?所以这类寻求替代性解说的注家和学者,其实都脱离了《孟子》"圣之时者也"原文的规定性,其所释义也都偏离了"圣之时",尤其是"时中"说纯然成了"中庸"哲学的发挥,而与"圣之时"几乎不相干了。另一类则或多或少与"时"相关,如应时适宜、"惟时适变"说,"与时进化""因时推迁"说,"审时度势、合乎时宜"说,以至于"摩登圣人"说、反映"时代精神"说等等。乍一看,这些解说都紧扣"圣之时者也"之"时",但问题是,这类对"时"的解说勉

---

① 庞朴:《四圣二谛与三分》,《浅说一分为三》第109—110页,新华出版社,2004年。

强成说、不免想当然,与孔子的言行实际及其结果不符——如孔子的言行是应时适宜、与时进化、合乎时宜的,则孔子的政治实践就该无往而不利,可是如所周知,孔子辛苦地周游列国,皆以道不合而去,他的仁学仁政主张在那个时代其实是很不合时宜的,甚至简直可说是逆时代潮流而动的,此所以孔子推行仁政的实践才到处碰壁、惶惶如丧家之犬啊!就此而言,这一类紧扣"时"的解释其实都是对"圣之时者也"的曲解。

其实,孔子之不遇时、不得志,乃是他自己及其后学都公认的事实。如《论语·乡党》记载:"色斯举矣,翔而后集。曰:'山梁雌雉,时哉时哉!'子路共之,三嗅而作。"其时孔子看见山梁上的野鸡自由和谐地飞翔,乃感慨地说"时哉时哉",即"得其时呀!得其时呀"。对孔子的借物抒情、感慨不遇,子路亦深为共鸣。荀子也曾记孔子南适楚、厄于陈蔡几近绝路之际,孔子乃自我开解道:"夫遇不遇者,时也;贤不肖者,材也。君子博学深谋不遇时者多矣!由是观之,不遇世者众矣!何独丘也哉?"[①]对孔子不遇时、不得志的遭遇,孟子当然也是熟知的。而孔子尽管不遇时而难酬其志,但他一直不气馁、始终不放弃,特别坚韧地"知其不可而为之"(《论语·宪问》)。这才是孔子卓然不同于此前圣贤如伯夷、伊尹、柳下惠之处。对孔子的这种精神,同样不遇时的孟子可谓感同身受,所以他完全赞同孔子弟子对孔子的评价:"仁且智,夫子既圣矣。""自有生民以来,未有孔子也。"孟子并且无限敬仰地说:"乃所愿者,则学孔子也!"(《公孙丑上》)然则,孟子既深知孔子不遇时、多挫折,他所谓"孔子,圣之时者也"的言说关键,就不会在孔子的言行是否适时得宜上;他既明了孔子的政治追求不能"中的"并无损于孔子之为圣,则其所谓"孔子,圣之时者也"的言说焦点,也不会在孔子的德行是否足够集圣智力巧之大成上。换言之,孟子真正看重的,当是作为圣人的孔子不遇时之时何以待时——这才是"孔子,圣之时者也"的言中应有之义。

由此重审《孟子·万章下》篇里的这段话:"伯夷,圣之清者也;伊尹,圣之任者也;柳下惠,圣之和者也;孔子,圣之时者也。孔子之谓集

---

① 语出《荀子·宥坐》,此据王先谦《荀子集解》第527页,中华书局,1988年。

大成。集大成也者，金声而玉振之也。金声也者，始条理也；玉振之也者，终条理也。始条理者，智之事也；终条理者，圣之事也。智，譬则巧也；圣，譬则力也。由射于百步之外也，其至，尔力也；其中，非尔力也。"有两点值得注意，其一是"孔子，圣之时者也"乃是与"伯夷，圣之清者也；伊尹，圣之任者也；柳下惠，圣之和者也"相比较而言的。伯夷和柳下惠所追求的只是个人德行的完成，其目标并不大，他们也各自求清得清、求和得和地达到了个人目的；伊尹则敢于任事以经国理民，其所求显然比伯夷和柳下惠更大，但伊尹也达到了自己的目标，这是因为他很得时——幸运地遇到了明君成汤，如此君臣遇合，于是得成其业。相比之下，孔子既追求个人德行的完善更有志于推行仁政、经国理民，则其志之大略同于伊尹；但孔子不像伊尹那样幸遇明君，所以难酬其志，如此则如何在不遇时之时坚韧待时，就成了孔子之为圣不同于此前圣贤之处。其二，孟子紧接着指出，孔子尽管不遇时，却努力有所作为，并且善始善终、始终条理，智巧圣力并用，此"由（同犹——引者按）射于百步之外也，其至，尔力也；其中，非尔力也"。这句话的意思是说，圣贤足够有力也不一定能达到目的，就像在百步以外射箭一样，箭能射到百步的距离，靠力是可以达到的；但能否"中的"，却不是有力就可以达成的。而在上述圣贤中，唯有孔子是"不中的"即未达目的者。孟子借此暗示：圣智如孔子却欠缺一样东西，没有它，即使智巧圣力兼备并用也不能"中的"。这欠缺的东西其实也就是"圣之时者也"之所谓"时"。要之，《万章》篇的这段话虽然未对"圣之时者也"之"时"做出具体的说明，但读者只要把孔子与此前的圣贤如伯夷、伊尹、柳下惠比较，即不难发现孔子不遇时的遭遇及其坚韧待时的态度，也就不难体会孟子所谓"孔子，圣之时者也"之大意。

至于《万章》篇之所以未对"孔子，圣之时者也"之"时"做具体说明，乃是因为前面的《公孙丑》篇已对此多所讨论。事实上，作为孟子"七篇"之二的《公孙丑》篇集中讨论的主题就是圣贤之遇时与不遇时的问题。该篇纵论古圣贤如伊尹、管仲等与圣王明君相遇合得以成就功业，证明"遇时"——君臣遇合——是多么重要。相形之下，孔子显然不幸地不遇时。

然而孟子仍置孔子于伊尹、管仲之上，且再次以射者为喻云："仁者如射：射者正己而后发，发而不中，不怨胜己者，反求诸己而已矣。"这就涉及不遇时的孔子如何"待时"的问题——不遇时的孔子绝不消极，也绝不苟和，而是"反求诸己"，正如孔子之自谓："君子无终食之间违仁，造次必于是，颠沛必于是"（《论语·里仁》），且"知其不可为而为之"（《论语·宪问》）。孔子如此坚韧"待时"而不殆，其艰难和坚韧比遇时的圣贤有过之而无不及，此所以殊为难得也。这也就是孟子在《公孙丑》篇纵论圣贤之遇时不遇时的问题时，为什么要特意引齐人之言强调说"虽有智慧，不如乘势；虽有镃基，不如待时"[①]——其所喻义正同于《万章下》所谓纵有射于百步之巧力，可是缺了时运亦未必能中。进而言之，《万章下》篇的"孔子，圣之时者也"，与《公孙丑上》篇的"虽有智慧，不如乘势；虽有镃基，不如待时"，正是互文见义的关系——前篇所谓"孔子，圣之时者也"的"时"字之确诂，就是后篇所谓"虽有镃基，不如待时"之"待时"也。事实上，《公孙丑》篇已清楚地表明，坚韧待时、"反求诸己"、忧民所忧的孔子，正如子贡对他的评价那样"由百世之后，等百世之王，莫之能违也。自生民以来，未有夫子也"。所以在孟子看来，孔子之"待时"并非消极等待，他的坚韧"待时"包含着深远的期待，在未来也必有遇合——将来一定会遇到"将大有为之君"实现其人文理想。而孟子本人也如孔子一样，虽然同样地不遇时，却仍坚定地表示："乃所愿者，则学孔子也！"他也信心满满地期待着将来："彼一时，此一时也。五百年必有王者兴，其间必有名世者。由周而来，七百有余岁矣。以其数则过矣；以其时考之则可矣。夫天未欲平治天下也。如欲平治天下，当今之世，舍我其谁也？吾何为不豫哉！"[②]

说到低，"圣之时者"的问题之所以重要，是因为这关系到儒家的"内圣"如何转化为"外王"的难题。儒者个人的道德修为如果足够好，是可以成就"内圣"的，但要将"内圣"转化为"外王"，那就非儒者个人所可

---

① 《孟子·公孙丑上》，此据焦循《孟子正义》第 183 页。
② 《孟子·公孙丑下》，此据焦循《孟子正义》第 309—311 页。

为，而必须"遇时"即幸遇贤明的王者之认同和推行，才能广施"王道仁政"而成就"外王"之宏业。这就很难很难了，不是朝夕可得可成之事，而不能不做长远的期待。孔子就是集内圣之大成而不幸"不遇时"的圣人，他的不遇时也就成为后来儒者最感遗憾的事情，而他如何在不遇之时坚韧"待时"，也给后世儒者树立了榜样，这些自然也就成为后儒们经常讨论的话题。距离最近的孟子、荀子乃首开其绪。前引《荀子·宥坐》篇记孔子厄于陈蔡之际感叹"夫遇不遇者，时也"即是其例，《孟子·万章下》篇的这句"圣之时者也"也是其例，而最集中探讨遇时不遇时问题的，其实是《孟子·公孙丑》篇。也因此，只有联系《万章下》篇的上下文并参照《公孙丑》篇以及稍后的《荀子》，才可领会孟子"圣之时者也"所强调的重点乃是孔子如何在不遇时的境遇下"待时"之难题。

二、"是其言犹时女也"：朴素"待时"的女子之真美

《庄子·逍遥游》篇畅论逍遥之旨，大体不难理解，但也有个别言词过简而不免费解处。如有一段是肩吾对连叔说他听了接舆之言觉得大而无当、不近人情，并举了接舆所言"藐姑射神人"的寓言作为"狂而不信"之例。连叔听了肩吾的转述，便有了如下的几句评论——

> 连叔曰："然。瞽者无以与乎文章之观，聋者无以与乎钟鼓之声。岂唯形骸有聋盲哉？夫知亦有之！是其言也犹时女也。……"

看得出来，连叔并不以肩吾之说为然，他以为"是其言也"即接舆之言是可信的，只是不易认识，因为要认识事物言论之意义，也需要相当的认识能力，就像瞽者无法认识文章之美、聋者无法体会钟鼓之乐一样，没有这个能力，也就无法理解接舆寓言的意义。连叔的这段评论不难理解，问题只在最后一句"是其言也犹时女也"，突然冒出一个"时女"却未做任何说明，委实太突兀了，让人不免觉得费解。历代注疏者和研究者于是不得不加以解释。

晋人司马彪的《庄子注》谓时女"犹处女也"[①]，现存最早的郭象《庄子注》亦谓："时女犹处女也。时女虚静柔顺和而不喧，未尝求人而为人所求也。"[②]唐人成玄英的疏和陆德明的《经典释文》均因仍此说。显然，"时女犹处女也"之解，是从《逍遥游》前文所说藐姑射神人"若处子"之言而来，只是此说近乎循环论证，后来博雅的王念孙的《广雅疏证》于此虽然有所申论，但"处女"为什么又被称为"时女"？换言之，"时女"究竟是什么意思？从司马彪直至王念孙都未能解释明白，这个似乎不言自明的释义其实一直困扰着后学者。

正是有感于此，宋明学人乃另立新说。首发其端的是南宋人林希逸的《庄子口义》，乃谓："'时'，是也。'女'与汝同。前后解者，皆以此'时女'为'处子'，故牵强不通其意。盖谓如此言语，岂是汝一等人能之。"[③]明人焦竑的《庄子翼》引其自著《焦氏笔乘》亦谓："时，是也。女即汝字。谓知有聋盲，即汝之狂而不信者是也。郭注谓如处女之为人所求，甚谬。"[④]晚清治《庄子》最有成就的郭庆藩在其《庄子集释》里转采林希逸、焦竑之说，并引《诗·大雅·绵》篇"曰止曰时"句为旁证，此说影响日渐广泛——

> 庆藩案："时"，是也。"犹时女也"，谓犹是女也。"犹时"二字连读。《易》女子贞不字，女即处女也。司马训时女犹处女，疑误。《诗·大雅·绵》篇"曰止曰时"，《笺》曰："时，是也。"是其证。[⑤]

今人钱穆《庄子纂笺》和王叔岷《庄子校诠》也采信此说。《庄子校

---

① 司马彪的《庄子注》已失传，此据陆德明《经典释文》第1414页所引，上海古籍出版社，1985年。
② 郭象：《庄子注》卷一，《四库全书》本第8页。按，据《经典释文》："向云：时女虚静柔顺和而不喧，未尝求人而为人所求也。"（上海古籍出版社1985年版第1414页）则郭象注原是沿袭司马彪和向秀之注的。
③ 林希逸：《庄子口义》卷一，《四库全书》本第12页。
④ 焦竑：《庄子翼》卷一，《四库全书》本第11页。
⑤ 郭庆藩：《庄子集释》第31页，中华书局，2004年。

诠》可为代表——

>《释文》:"时女,司马云:犹处女也。"王引之云……钱穆《纂笺》引焦竑曰:"时,是也。女,汝也。谓知有聋盲,即汝之狂而不信者是也。"案司马释"时女"为"处女",王氏(指王引之——引者按)引证甚详,固当。惟于此释"时女"为"处女",恐不符《庄子》之旨。当从焦竑说较长。"是其",复语,其亦是也。"犹"与"即"同义。(焦说已得之。裴海学《古书虚字集释》八,有"即"犹"犹"也之说。)《尔雅释诂》:"时,是也。"此谓(心)知亦有聋盲,即是汝肩吾耳。①

此说显然后来居上,当代学者如曹础基的《庄子浅注》、陈鼓应的《庄子今注今译》等,也都赞成林希逸-焦竑的"时,是也。女,汝也"之解,断言所谓"汝"指斥的就是肩吾其人。

究其实,晋唐人的"时女犹处女"说之所以被取代,未必是由于"处女"之解本身有什么不妥,而是因为此解只满足于指出原著词语的换用,却未能恰当解释庄子为什么要用"时女"替代"处子",其所谓"时女"之"时"究竟是什么意义,此所以未厌人心也。宋明清人因此别有解释,可是他们提出的"时女"犹"是汝"以至"似汝"之新解,问题更多。一则此说在训诂上滥用假借通转之法,武断"时"乃"是"之通假,可问题是"是""时"在那时都并非什么僻词生字,然则《庄子》为什么放着应手的熟字不用,非得把一个熟字假借为别一个字?何况《庄子》原文此段及其前后文多次用过"是"字啊!二则此解将"女"解为"汝"之假借,并断定"汝"即指肩吾。这也很武断——"女"如指肩吾,则"是其言也犹时女也"一句即如王叔岷之所谓"知亦有聋盲,即是汝肩吾耳",这便成了连叔对肩吾的直接指斥。然而如此直言,显然与连叔比较含蓄委婉的态度不合,也无法与上下文贯通——在贯通性上,此解甚至不如"时女犹处女"

---

① 王叔岷:《庄子校诠》第28页,中华书局,2007年。按,"裴海学"当作"裴学海"。

之旧解，旧解至少注意到上文接舆关于藐姑射神人"若处子"的话，所以认为"是其言也犹时女也"乃是连叔对接舆寓言之解说，这个解释趋向无疑更合文本实际，只可惜司马彪和郭象未能对"时女"之"时"给予恰当的解释。

正唯如此，"是其言也犹时女也"中的"时女"究竟该怎么解释，也就成了一个绕不开的训诂难题。如上所述，晋唐人解"时女"为"处女"并不错，问题在于他们没有解释清楚为什么"处子"或"处女"要换成"时女"，"时女"之"时"究竟是什么意思。这其实不难解释。按，"时"古音与"待"同，二字均从"寺"得声，声符相同、相互通用。先秦两汉文献中也确有"待""时"互通的习惯用法。如《易·归妹》："归妹愆期，迟归有时。"王引之《经义述闻》云："王弼曰：'愆期，迟归以待时也。'家大人（指王念孙——引者按）曰：'时'当读为'待'。经言'归妹愆期，迟归有时'。故传申之曰'愆期之志，有待而行也'。《释文》'有待而行也'，一本'待'作'时'，是传之有'待'，亦或借'时'为之，愈以知经之有'时'为'待'之假借也。'待''时'俱以寺为声，故二字通用。"①王念孙《广雅疏证》于《方言》所谓"萃、离，时也"亦有说云："'时'与'待'通。"②《广雅疏证》卷三下："《玉篇》云：《尔雅》'室中谓之跱'，'跱'，止也。"王引之又于其"家大人"之论后，进一步补论了"时""待""止""跱"声近而意同云——

引之云：《玉篇》引《尔雅》"室中谓之跱"，今本作"时"，"时"与"跱"声近而意同。……《尔雅》又云："鸡栖于弋为榤，凿垣而栖为塒。"《王风·君子于役》篇（指"鸡栖于埘"句——引者按），《释文》"埘"作"时"。栖止谓之时，居止谓之时，其义一也。《庄子·逍遥游》篇："犹时女也。"司马彪注云："时女，犹处女也。""处"亦"止"也。《尔雅》："止，待也。"《广雅》："止、待，逗也。""待"与

---

① 王引之：《经义述闻》卷一，万有文库本第 46 页，商务印书馆，1936 年。
② 王念孙：《广雅疏证》第 244 页，上海古籍出版社，1983 年。

"跱"亦声近而意同。"待"又通作"时"。《广雅》:"崒、离,待也。"《方言》"崒"作"萃","待"作"时",皆古字通假。①

要之,"时"与"待"声近而义同,所谓通假字是也,而"时"本有待、处、止之义。王弼解《易·归妹》"归妹愆期,迟归有时"为"愆期,迟归以待时也",明确地释"时"为"待时"。司马彪注《逍遥游》"是其言也犹时女也"句之"时女",其实也是以"时""处"为"待",其所谓"时女犹处女",亦即"待字闺中之女",这解释并不错,恰合荀子所谓"处女莫不愿得以为士"②的"处女"之本义,只可惜司马彪及其后继者只是孤立地就字释义,未能解释清楚作为"处子""处女"的"时女"之所"待"者究竟是什么。这其实也不难补充:"时女"之"时"乃是一个复指词——"时"既通"待",而其所"待"者亦即"时"也。这正与王弼解《易·归妹》"归妹愆期,迟归有时"为"愆期,迟归以待时也"之"待时"同义。换言之,《逍遥游》之所谓"时女"即是"待时之女",而"待时之女"也就是待字闺中之处女。窃以为,这才是"时女"的比较准确的含义。

当然,对"是其言也犹时女也"一句更完整的释义,还要结合《逍遥游》的上下文来贯通理解才行。按,此句前,先是肩吾对连叔说接舆之言大而无当、不近人情,并举"藐姑射神人"寓言为"狂而不信"之例,然后是连叔的评论:"然。瞽者无以与乎文章之观,聋者无以与乎钟鼓之声。岂唯形骸有聋盲哉?夫知亦有之!"连叔不以肩吾之说为然,而认为接舆之言是可信的,但强调说接舆所谓"藐姑射神人"的"淖约若处子"之美不易认识,就像瞽者无法认识文章之美、聋者无法体会钟鼓之乐一样,人如无相应的认识能力,就无法理解接舆寓言的意义。在这之后,连叔又加了"是其言也犹时女也"一句揭示了问题的另一面:接舆所言如藐姑射神人"淖约若处子"之美,正如"待时"也即"待字闺中"的处子一样,她朴素静处以待字,含而不露其美,所以人也就不易认识其朴素之真美。连叔的

---

① 王念孙:《广雅疏证》第357页。
② 语出《荀子》的《非相》篇,《荀子集解》第90页,中华书局,2016年。

话就这样从两方面揭示了朴素之真美难以被认识的难题。如此联系《逍遥游》的上下文，才算对"是其言也犹时女也"一句之意有了不仅准确而且完整、合逻辑的解释。而自林希逸、焦竑直至近人郭庆藩、钱穆、王叔岷等人，诚然都是博雅善训诂的学者，可惜他们只满足于用假借通转之法把"时"解为"是"，"女"释为"汝"即指肩吾，于是这句话就成了连叔对肩吾的直接批驳——这既与连叔的态度不合，也与上下文的逻辑不符，其病正在于孤立地说文解字。

赘言：两"时"字误解之教训

如前所述，清代最杰出的文献训诂学家王念孙早已指出在先秦典籍里存在着"'时'与'待'通"的情况，他并在《读书杂志》论及《荀子·修身》篇"宜于时通，利以处穷"条下，附录了其子王引之的"'时'亦'处'也"之说云——

> 引之曰："时"亦"处"也。言既宜于处通，而又利以处穷也。《庄子·逍遥游》篇："犹时女也。"司马彪曰："时女犹处女也。"是"时"与"处"同义。《大雅·绵》篇"曰止曰时"，犹言"爰居爰处"耳（说见《经义述闻》）。《韩诗外传》作："宜于时则达，厄于穷则处。"未达"时"字之义，而增改其文，盖失之矣。……"[①]

有意思的是，《荀子·修身》篇所谓"宜于时通，利以处穷"，讨论的正是贤人君子遇时不遇时何以自处的问题，这显然是接着《孟子》"孔子，圣之时者也"的话题而来的。而王引之在解释"宜于时通，利以处穷"的"时""处"两字时，绝非偶然地援引了《庄子·逍遥游》篇"犹时女也"一句作为同义通用之例句。这是很明敏的洞见。看得出来，王引之所谓"'时'亦'处'也"与其父王念孙所谓"'时'与'待'通"正相发明，足证

[①] 王念孙：《读书杂志》第 10 册第 45 页，中国书店，1985 年影印。

"时""待""处"是同义而可通用的。只是王氏父子未能进一步说明"时"所待者、所处者正是"时"本身。换言之，"孔子，圣之时者也"和"是其言也犹时女也"两句里的两个"时"字，其实意味着圣人在不得时或处子在未得字之时如何"待时""处时"之义。《孟子》与《庄子》如此不约而同地措辞用字，这表明在战国的时代－思想语境下，"时"的确有着不言自明的共同语义和相似用法。

之所以为这两句话里的两个"时"字之解释大费周章，乃是因为自古及今的各种解释实在累积了过多的问题，所谓治丝益棼、乖离本旨也。而检讨以往各种解释之偏误，也确有值得吸取的教训存焉。一是注解者显然有感于原文用字过简而含义复杂，难就本字本句解释得当，便滥用训诂学的通转假借之法强为之解，却限于孤立地说文解字，而不考虑上下文的贯通，如把"时女"勉强解为"是汝"，这就不免牵强之病，已与本文不相干了。二是注解者没有仔细分辨文本上下文的关联与区别，而随意联系下文来曲成其说，如用孔子是"集大成"的圣人，是不偏不倚、行止得中的圣人，是"圣知兼备、巧力并用"的圣人，是"原则性和灵活性相结合"的圣人，作为对"圣之时者也"的替代性解释，这种偏离了本文的解释是难得中肯的。三是用哲学思辨拔高原文语义，如用中庸哲学的"时中"观来解释"圣之时者也"之"时"，这种解说看似高超，其奈不合原文之实际，则高又何益？四是发挥现代联想的逞臆之说，如用进化论或摩登论来解释"圣之时者也"，这是准新文化人和新文化人想当然的信口放谈，完全不合孔子的实际。凡此等等的弊端，在校读古典文献时是应该警惕的。由此启示我们校读古典文献，一方面仍须有严谨扎实的文献训诂功夫，另一方面则要走出孤立地说文解字的局限，努力在更开阔的文本－人文语境里和更融洽的阅读互动里寻求恰当的解读。

2022 年 2 月 4 日草成于清华园之聊寄堂

反复论辩的"重言"及其他
——《庄子》校读三题

《庄子》以奇妙之词言说玄妙之道，开创了中国"诗化哲学"之先河，所以深得历代道流文士之喜爱。可对我这样一个朴鲁之人，庄子哲学就显然华而不实、碍难肯认了。不过，我仍然喜欢读《庄子》，但我的阅读只是想仔细看看庄子天花乱坠、喋喋不休的说辞，究竟在语文学上是什么意思。这样一种阅读趣味自然不很高大上，但也不失为有趣的消遣吧。就是怀着这种不甚高大上的阅读动机，几年来锱铢必较地读完了历代比较重要的《庄子》校注本——从郭象《庄子注》、成玄英《庄子疏》（郭注之疏）和陆德明《经典释文》中的《庄子音义》、宣颖《南华经解》，直到王先谦《庄子集解》（及刘武《庄子集解内篇补正》）、郭庆藩《庄子集释》、刘文典《庄子补正》、王叔岷《庄子校诠》等。这些注本都遵循文献学的优良传统，近人注本则于文献学外兼用西方语文学方法，其校释很有助于读者理解《庄子》的文义。

当然，由于《庄子》的奇妙文体和不羁之思，有些文句实在不易理解，加上历代的传抄、刻本亦不免讹误和异文，所以这些校注著作也没有完全解决《庄子》的语文问题，可能还存在着一些误断和误解之处。这里就从自己的阅读手记中摘出几条，聊为举隅之谈吧。为了方便起见，下引郭象《庄子注》、成玄英《庄子疏》（郭注之疏）和陆德明《经典释文》等古训，均据郭庆藩的《庄子集释》，不再一一说明。而说来可笑的是，由于是逐字逐句地反复阅读和校读的,我对《庄子》之不厌其烦、反复论辩的文体特点及其在不断重复中逐渐曼衍的思想进路,实在印象深刻,终于有点明白《寓言》篇里所谓"重言"究竟是怎么一回事——这可能是《庄子》研究里的一个不大不小的问题。这里就先从《知北游》《田子方》《庚桑楚》篇的几处文句的校读意见说起,然后再略说对《寓言》篇"重言"问题的看法。

一、玄思的话语套路:《知北游》中的"汝唯莫必,无乎逃物"问题

《知北游》中有一段东郭子与庄子的问答,是颇富玄思的段落,历来的注解几乎一以贯之。这段话并无文字讹误或句读误断问题,兹据郭庆藩《庄子集释》标点本引录如下——

> 东郭子问于庄子曰:"所谓道,恶乎在?"庄子曰:"无所不在。"东郭子曰:"期而后可。"庄子曰:"在蝼蚁。"曰:"何其下邪?"曰:"在稊稗。"曰:"何其愈下邪?"曰:"在瓦甓。"曰:"何其愈甚邪?"曰:"在屎溺。"东郭子不应。庄子曰:"夫子之问也,固不及质。正获之问于监市履狶也,每下愈况。汝唯莫必,无乎逃物。至道若是,大言亦然。周遍咸三者,异名同实,其指一也。……"①

这段话里既有"道"又有"无",于是以"无"释"道"就成了历来的主导性解释。如郭象在关键句"汝唯莫必,无乎逃物"后注云:"若必谓无之逃物,则道不周矣,道而不周,则未足以为道。"②郭象之所以说"必谓无之逃物,则道不周矣",就因为他以"无"为"道"之本,故"无"逃于物,则"道"就不周——缺乏普遍性,也就不足为"道"了。成玄英于"庄子曰:'在蝼蚁'……东郭子不应"一长句后,也加疏云:"大道无不在,而

---

① 郭庆藩:《庄子集释》第 749—750 页。
② 郭庆藩:《庄子集释》第 751 页。

所在皆无,故处处有之,不简秽贱。东郭未达斯趣,谓道卓尔清高,在瓦甓已嫌卑甚,又闻屎溺,故瞋而不应。"①而在"汝唯莫必,无乎逃物"句郭象注后,成玄英之疏又进一步发挥道:"无者,无为道也。夫大道旷荡,无不制围。汝唯莫言至道逃弃于物也。必其逃物,何为周遍乎?"②并在"至道若是,大言亦然"句的郭象注"明道不逃于物"后,又加疏强调说:"至道,理也。大言,教也。理既不逃于物,教亦普遍无偏也。"③王先谦的《庄子集解》认同郭象注和成玄英疏,只在"汝唯莫必,无乎逃物"句后加了一个补注以示强调云:"言汝莫期必道在何处,无乎逃于物之外也。"④郭庆藩的《庄子集释》是《庄子》注疏的集大成之作,但于此段也只增补了一些字词的训诂,大意仍不出郭象注和成玄英疏。直至刘文典的《庄子补正》于此段的解释仍全袭郭象注和成玄英疏,而别无发挥。总而言之,从郭象到刘文典的历代注疏,大都以无为道之本而一致强调道无所不在、处处有之,故无逃于物、普遍无偏也。

　　这个一以贯之的解释,似乎误解了《知北游》里这段话的玄学论辩之本义。诚然,《庄子》在本体论(存在论)上确实上承老子,有所谓有无本末之论,声言"因其所有而有之,则万物莫不有;因其所无而无之,则万物莫不无"(《秋水》),"万物出乎无有。有不能以有为有,必出乎无有"(《庚桑楚》)等等,且以为"无"是第一位的,"有"是第二位的。从这种本体论又派生出"虚静""虚无""无为"的人生观,成为《庄子》哲学之常谈。《庄子》哲学的这种崇无倾向恰与魏晋时期开始流行的佛学"性空"观念相合,所以自此以后的《庄子》注疏就特别地强化了这一点,这便是上述郭象注等对《知北游》此段话的误解之由来。之所以说是"误解",是因为《知北游》的这段话实际上并未涉及"无"的问题,所以用"无"的思想来统摄整个阐释,既不符合这一段话的思想条理,也不符合这一段话的语言修辞。

---

① 郭庆藩:《庄子集释》第750页。
② 郭庆藩:《庄子集释》第751页。
③ 郭庆藩:《庄子集释》第752页。
④ 王先谦:《庄子集解》第190页,中华书局,1987年。

历来的注家似乎都未注意到《知北游》这段对话的话题，乃是导源于老子《道德经》的著名开篇——"道可道，非常道；名可名，非常名"（《道德经》第一章）。按照老子的观点，"道"作为世界的最高的本体或本源，是不可道、不可名的，凡可名、可道者都不是"常道"。庄子是老子思想的继承者和发挥者，他在《知北游》此段里接着老子的话题，设想出"东郭子"与庄子自己的论辩，进一步发挥了老子的玄学思想。庄子的论辩分为两个层次。在第一个层次，针对东郭子"所谓道，恶乎在"的问题，庄子的回答是道"无所不在"。这是老子的原话里隐含而未发的意思——作为宇宙之"常道"或"至道"，道是无所不在、普遍呈现的，所以不择高下，当然也"在稊稗"以至"在屎溺"。可是话说到如此"每下愈况"的地步，东郭子显然有点接受不了。对东郭子的疑惑与抗拒，成玄英的疏至少有一点是揭示得不错的："大道无不在……故处处有之，不简秽贱。东郭未达斯趣，谓道卓尔清高，在瓦甓已嫌卑甚，又闻屎溺，故瞋而不应也。"于是有了庄子的第二层论辩。在此，庄子着重指出东郭子问道之"期而后可"的思想方法问题："夫子之问也，固不及质。……汝唯莫必，无乎逃物。"关于东郭子问道的"期而后可"之迷思，郭象注谓是"欲令庄子指名所在"，这是准确的语文解释。但包括郭象在内的诸家注解，都没有看出东郭子问道的"期而后可"之迷思，正是犯了老子"道可道，非常道；名可名，非常名"所否定的固求指明、期而后可之弊，也没有看出东郭子的思想方法正是孔子所批评的"固""必"之病——东郭子的"期而后可"乃正是"固""必"的表现。这或许是因为在郭象、王先谦、郭庆藩以至于今人刘文典、王叔岷等《庄子》注家眼中，孔门乃是庄子的最大论敌，所以他们也就以为庄子不会吸取孔子的思想和语言。于是他们对庄子批评东郭子思想方法的话——"夫子之问也，固不及质。……汝唯莫必，无乎逃物"之解释，也就完全撇开了显而易见的孔子思想与语言的影响，把这几句并不难懂的话解释得很牵强。即如博雅多闻、治学严谨的王叔岷对"汝唯莫必"之解读，就无视孔门的相关言论，而别出新解云："莫犹无也。古音无如莫。……'唯莫'与'唯无'同。此谓'汝唯莫必，必则无乎逃物'也。必，犹今语'肯定'。"① 如此一来，本是庄子批评东郭子的话，竟成了庄子的肯定之论，这就与庄子的原意大异其趣了。王叔岷甚至据此把《知北游》正文径改为"汝唯无必，无乎逃物"。如此改字、添字以求解，就走到严谨的反面，而不足为训了。

其实，正因为孔门乃是庄子的最大论敌，所以庄子对孔门的思想和言论是下了功夫的，因而是很熟悉的，在《庄子》中涉及孔门师弟的论辩不下百处，孔门的确是书中牵涉最多的前辈思想家。其中，既有对孔门师弟的许多批驳以至丑化，也有对孔门的思想和言论之汲取——这两方面都是存在的。这种矛盾的互文关系是不应忽视的。即如《知北游》此段中的"夫子之问也，固不及质。……汝唯莫必，无乎逃物"二句，就显然借用了《论语》里的"子绝四，曰：毋意、毋必、毋固、毋我"（《论语·子罕》）以及"君子之于天下也，无适也，无莫也，义之与比"（《论语·里仁》），以批评东郭子的思想方法之偏颇，正犯了孔子所谓"固""必"之病。并且，"汝唯莫必"一句里的"莫"字，也正如《论语·里仁》篇里的"无莫也"之"莫"一样训为"慕"②。可历代学者似乎都没有注意到，《知北游》里的"汝唯莫必"与《里仁》的"无莫也"之两"莫"字同训。至于"必"字，朱子《论语集注》即于"毋必"句下加注云："必，期必也。"③而在《知北游》里庄子批评东郭子"汝唯莫必"，指的正是前边东郭子问道之"期而后可"的要求。这在《庄子》里还有同样的用例，如"外物不可必"（《庄子·外物》）等。要之，在庄子看来，东郭子"期而后可"之问"道"，欲指名道之所在，正是孔子所谓思想方法上的"固""必"之病，因为"道"恰如老子《道德经》所强调的那样，是无所不在而又无可称名的至高本体，一旦把"道"指实为某事某物，那就把"道"局限于具体事物，而使道失去"周遍咸"的普遍性，因而也就不成其为"道"了。此即

---

① 王叔岷：《庄子校诠》第 828 页。
② 程树德《论语集释》就于"无莫也"句后引陆德明《经典释文》云："莫，郑（郑玄——引者按）音慕。"并申言："郑读莫为慕者，慕从心，莫声。古本省作'莫'耳。"（《论语集释》第 320 页）
③ 朱熹：《四书章句集注》第 109 页。

"汝唯莫必，无乎逃物"这关键一句的意思。倘若把此句用今天的白话来疏解一下，那意思就是：正因为你（东郭子）一心期望着把"道"指实为必是某事某物，那将不可避免地使"道"局限于某物，而不再是具有最大普遍性的无所不在的"道"了。反观自郭象到王叔岷的注解，几乎一致地把"无乎逃物"解为"至道无逃于物"且以此为"道"的普遍性之所在，并视"至道无逃于物"为庄子的正面意见。这与《庄子》的本义完全相悖了。那原因就在于他们没弄明白从老子到庄子的思想条理和话语套路——正因为"道可道，非常道；名可名，非常名"，所以好"道"之人就绝不能"固""必""慕"以求"道"，否则，"汝唯莫（慕）必"一定会堕入"无乎逃物"的陷阱。

扩大一点看，《知北游》里的这段玄谈论辨其实是古今中外形上学玄思话语的典型套路，尤其成为那些狡黠的思想家或哲学家"顾左而言他"的思想狡计。认真的思想家、哲学家面对这个第一义的本体论之难题，他们在执着的探求之后，总会尽可能地给出答案，如黑格尔的"绝对精神"、叔本华的"意志"、马克思的"物质"是也，然而他们如此说定了也就因此说死了，必定会遭到这样那样的质疑而难以自圆其说。此所以狡黠的玄学思想家、哲学家总会给自己预留金蝉脱壳之计：一方面，他们会宣称第一义的本体无所不在、呈现在万事万物中；另一方面，面对究竟什么是第一义的本体之追问，他们一定会"顾左右而言他"，声称第一义的本体是不能指实的、不可名状的，凡可指实者、可名状者只是某物而已，普遍性的本体是不能被物化的。在中国，这种"王顾左右而言他"的话头，是禅宗高僧的遁逃妙计而屡试不爽。《五灯会元》所记"如何是祖师西来意"之问答就有三百多条，都是问本答末、答非所问的套子。如卷二"天柱崇慧禅师"条："问：'如何是西来意？'师曰：'白猿抱子来青嶂，蜂蝶衔花绿蕊间。'"[①]如卷九"韶州灵瑞和尚"条："僧问：'如何是西来意？'师曰：'十万八千里。'"[②]再如《祖堂集》卷十八记著名的赵州

---

① 普济：《五灯会元》第 67 页，中华书局，1984 年。
② 普济：《五灯会元》第 559 页。

和尚与僧人的问答:"(僧)问:'如何是祖师西来意?'师云:'亭前柏树子。'"①有的禅宗高僧如云门禅师对"如何是佛"这样的根本问题,竟然以"干屎橛"相答。②诸如此类的问答,与上述《知北游》里的玄学论辩颇为相似,都因所问涉及第一义的本体问题,问者本不应固必以求——"汝唯莫必,无乎逃物",答者自然是规避为妙,也就只能"顾左右而言他",以免着了迹象、落了言诠。这种玄思问答话术演变到后来,便成了狡黠地答非所问、让对方丈二和尚摸不着头脑的思想游戏。禅宗所谓"话头禅"即是典型例句。在西方,如存在主义者海德格尔就认为有所谓先于、优于一切存在者之存在,它是一切存在者的基础和本源,所以他称之为"基础本体论"(Fundameutalontologie),并强调作为基础本体的存在既不是时空中的"事实"(客体),也不是超时空的"自我"(主体),故此科学和理性都不可能认识它、概括它,而只能通过人这种存在者显示其意义。于是海德格尔的哲学便成了对这个神秘的存在本体之无限曼衍的思辨追寻游戏——他总是引领着听者和读者兴兴头头地去追寻那个存在的真身,眼看要追寻到了,海德格尔却说,咳,这只是一种事实性的存在,还不是那个存在的本体啊。不过海德格尔会鼓励听者和读者说,另外还有线索可以继续追问啊,于是听者和读者又随着他继续追问,然后,当然又是同样的失落而又继续得到鼓励,如此无限曼衍下去,听者和读者陷溺在这个永远也追寻不到存在真身的追寻过程中。这其实是海德格尔这类形上学家预设的思想-话语套路:他向你保证有所谓存在的真身,但又强调说这个存在的真身不是事实性的存在,不是物化的东西,所以不可认识、不可概括,一如老子所谓"道可道,非常道;名可名,非常名",或庄子所谓道"无所不在"但不可固必以求,"汝唯莫(慕)必,无乎逃物"。狡黠的哲学家都擅长以如此这般的思想圈套让读者陷溺其中,他自己则早已预留了金蝉脱壳之计。古今中外喜欢玩这套思想游戏的大有人在,读者初次看到,无不惊讶其奇妙,看得多了,亦不难猜出那玄

---

① 释静、释筠:《祖堂集》第789页,中华书局,2007年。
② 魏道儒释译:《禅宗无门关》第101页,东方出版社,2017年。

学闷葫芦里早就预装了逃遁的思想－话语狡计,也就索然寡味了。当然,也有人被诱入这套思辨游戏里终生走不出来,津津乐道焉,苦苦思索之,成了玄思的俘虏。

二、无独有偶之误:《田子方》中"慹"与《庚桑楚》中"孰"之臆测

说来有趣,《庄子》笔下的老子似乎是一个很讲究卫生的人,尤其喜欢濯发、沐浴,《田子方》篇里就有一段话讲到老子的"新沐"——

孔子见老聃,老聃新沐,方将被发而干,慹然似非人。孔子便而待之,少焉见,曰……

据说斋戒之礼始于殷商,至西周已成定制。而据《史记·老子韩非列传》,老子曾任"周守藏室之史"[①],大概也因此得以分享沐浴斋戒之礼,到后来老子隐居宋国沛地,仍保持了爱洗头、沐浴的习惯,以之为养生的享受之一。孔子拜访老子,恐怕还是老子担任"周守藏室之史"的时候吧。其时风尘仆仆的孔子来造访老子,正赶上"老聃新沐,方将被发而干,慹然似非人"。按,"沐"的本义是"濯发",广义上则可说是洗涤以至洗澡,这里就且算是老子在"濯发"吧。至于描写老子新沐后情状的"慹"字,古典训诂学家的注疏比较简单。郭象注谓:"寂泊之至。"郭庆藩的《庄子集释》引卢文弨之说:"慹,乃牒反,又丁立反。司马云:不动貌。《说文》云:怖也。"[②]王先谦的《庄子集解》和刘文典的《庄子补正》也都是抄录旧注,没有进一步的解释。王叔岷的《庄子校诠》略有辨析,也只是肯定了《庄子集释》所引"司马云:不动貌"的解释。总之,古训不外两义:一是寂然不动貌,一是可怖的样子。说一个人新沐后寂然不动,已勉强为训了,至于《说文》所云"怖",实在与新沐乎的情景太不相侔,所以不为历来注

---

① 司马迁:《史记》第2139页,中华书局,1982年。
② 郭庆藩:《庄子集释》第711页。

家所取。看得出来，古今注家比较一致地肯认"慹"是"不动貌"，可是一个人新沐后就"不动"了，这有什么好说的？而"慹然"与"似非人"又如何通释？并且"慹然似非人"又何以成为老子不便见孔子的原因？诸如此类的问题表明，用"不动"释"慹"并不是很妥帖，甚且让人怀疑"慹"字是不是用错了？

无独有偶，《庚桑楚》篇有一段南荣趎与老子的对话，这一次老子说到了"洒濯"——

> 南荣趎请入就舍，召其所好，去其所恶，十日自愁，复见老子。老子曰："汝自洒濯，孰哉郁郁乎！然而其中津津乎犹有恶也。……"

这段话并不难懂，所以郭象无注，成玄英则疏解前五句云："（南荣趎）既失所问，情识芒然，于是退就家中，思惟旬日，征求所好之道德，除遣所恶之仁义，未能契道，是以悲愁。庶其请益，仍见老子。"又疏解后三句云："（南荣趎）归家一旬，遣除五德，涤荡秽累精熟，以吾观汝气，郁郁乎平，虽复加功，津津尚漏，以此而验，恶犹未尽也。"按照道家的观点，儒家所推崇的仁义不仅无助于人类，反倒是误人之恶，所以是应该涤除的。就此而言，成玄英的疏解是不错的。只是他对此段对话中的"孰"字之疏解，似乎不很妥帖。因为《庚桑楚》里老子的话，显然是以人日常讲究卫生的"洒濯"作为涤除"仁义"之恶的比喻，并且从其上下文中可以看出，其所谓"洒濯"不是一般的洗头洗脸之类，而应当是热气腾腾地洗个热澡，以涤荡全身秽累，可成玄英之疏却将"孰"解读为"涤荡秽累精熟"而又谓"恶犹未尽也"，这就有点讲不通了——如其"涤荡秽累精熟"，又怎会"恶犹未尽也"？换言之，如其"恶犹未尽也"，就不能说"涤荡秽累精熟"了。这让我怀疑"孰"未必是"精熟"之意，甚至怀疑"孰"不当作"孰"而应该是另一个字，也未可知，作"孰"乃是误抄误刻吧？

两处情景和用字如此相似恐怕并非偶然，则《庄子》这两段对话里的"慹""孰"会不会是同一个字？如果是，又该是哪个字？这让我想起自己的训诂学启蒙老师彭铎先生的教诲。

彭铎先生（1913—1985），湖南湘潭人，毕业于中央大学，乃是著名学者黄侃的弟子。彭先生专治文献训诂之学，精熟先秦汉魏典籍，二十世纪五十年代支援西北，来到西北师范学院（曾一度改名甘肃师范大学）任教。1978年春我考入甘肃师范大学中文系就读，当时的系主任就是彭先生。1979年彭先生为我们开设了训诂学的课程，发的铅印讲义即今整理出版的《文言文校读》。在这门课程和讲义中，彭先生针对我们这些年轻学子读古书难的问题，精心选择了先秦两汉文献中记述同一事件的各种文本，进行比较对勘，指示给我们一种阅读、理解古书的方法。即如初看古书的人掌握词义是个难关，而词义往往可以通过比较对勘去了解，其例如关于"邵公谏厉王弭谤"的记载，《国语·周语》中有句云"是故为川者，决之使导；为民者，宣之使言"，这两句话中的"为"字究竟该怎样解释？参照《吕氏春秋·达郁》中的相关记载"是故治川者，决之使导；治民者，宣之使言"，则《国语·周语》中两"为"字之意义便涣然冰释。[①]彭先生开示的这种方法显然继承了汉学家校理文献的方法，难得的是，彭先生并不泥守汉学家法和文献学的范围，而是有意推而广之，使之成为一种超越了文献校释的读书方法，以至于一种"通过参校材料，对比地去分析问题"[②]的治学方法论。

我得老实承认，彭先生的校读示例给我很大的启发，我觉得对《田子方》里的"慹"字，也不妨参照《庚桑楚》中近似的"熟"字来校读一下。下面删繁就简，只举句子主干——

　　孔子见老聃，老聃新沐，方将被发而干，慹然似非人。孔子便而待之。（《田子方》）
　　老子曰："汝自洒濯，熟哉郁郁乎！然而其中津津乎犹有恶也。"（《庚桑楚》）

[①] 彭铎：《文言文校读》第11、12、97页，甘肃人民出版社，2007年。
[②] 彭铎：《文言文校读》第96页。

看得出来，不论是"慹然"之"慹"还是"熟哉"之"熟"，都是形容人新沐后尚未干爽整齐时的情状，所以窃以为在《庄子》的原初文本里，这两个字很可能是同一个字，而且这两个字的字形也确实很近似啊，可能郭象作注之时所据抄本就已出现了误抄。因此也就要追问一下：那正确的同一个字究竟应该是"慹"字还是"熟"字呢？这又让人左右为难了——因为"慹"字的意思太抽象、太装模作样，很不"自然"；"熟"字则根本不合人新沐后的情状。那么，是否还有另一种可能性——不论《田子方》里的"慹"字还是《庚桑楚》中的"熟"字，其实都是那同一个字之误写？不能排除这种可能性。当然，如果要尝试从这两个误写中校读出那原本正确的同一个字，则那原本正确的同一个字，既必须合乎人新沐后之情状，又必须与"慹"字和"熟"字很相似。然则，那原本正确的同一个字究竟是个什么字呢？窃以为，那很可能是"热"字。一则不论从篆书、隶书来看，"热"字都与"慹"字和"熟"字很相似，二则"热"字也恰合这两段话里所写的人新沐后的具体情状。这里，就且用"热"字替代那两句话里的"慹"字和"熟"字——

> 孔子见老聃，老聃新沐，方将被发而干，热然似非人。孔子便而待之。
>
> 老子曰："汝自洒濯，热哉郁郁乎！然而其中津津乎犹有恶也。"

显然，"热"才是人新沐后的典型情状，所以把"慹"字和"熟"字校改为"热"字后，这两句话就不再费解了。只是第一段话里的"热然似非人"还嫌描述简略、不很具体，而参照第二段话里的"热哉郁郁乎！然而其中津津乎犹有恶也"，就很容易理解"热然似非人"的老子为什么不能立即见孔子了，因为他新沐后闷热郁郁、热汗淋漓、披头散发，自然不是一个上流人士在正常情况下应有的样子，怎么好见客呢？所以也就只能让"孔子便而待之"了。

顺便说一下，在先秦典籍里，"洒濯"或"沐浴"似乎与"热"是相伴相随的搭配。比如《诗·大雅·桑柔》就有句云："谁能执热，逝不以濯?"《孟子·离娄上》亦云:"今也欲无敌于天下而不以仁,是犹执热而不以濯也。诗云:'谁能执热,逝不以濯。'"这些早于或近于《庄子》的用例,或者可以作为《庄子》里"憗"与"熟"当为"热"之旁证吧。

三、由来已久的误解:《寓言》篇所谓"重言"究竟是什么意思?

《寓言》篇虽然列在"杂篇",但它说明了《庄子》的语言修辞特点以至思想表达特点,带有自我总结之意,近似全书的自序,所以还是很重要的。而最重要的自然是开篇那一段提纲挈领的话,由于诸本断句标点无异,这里就据郭庆藩的《庄子集释》点校本引录如下——

> 寓言十九,重言十七,卮言日出,和以天倪。寓言十九,借外论之。亲父不为其子媒。亲父誉之,不若非其父者也;非吾之罪也,人之罪也。与己同则应,不与己同则反;同于己为是之,异于己为非之。重言十七,所以已言也,是为耆艾。年先矣,而无经纬本末以期年耆者,是非先也。人而无以先人,无人道也;人而无人道,是之谓陈人。卮言日出,和以天倪,因以曼衍,所以穷年。……非卮言日出,和以天倪,孰得其久!

这段话揭示了《庄子》的三个语言修辞特点"寓言""重言""卮言",并对这三个特点做了扼要的解释。由于《寓言》篇自身的解释也近乎"寓言"(如"亲父不为其子媒")且夹带着"玄言"(如"天倪"),所以自郭象以来诸家对"寓言""重言""卮言"不能不再做解释,而大都一依《寓言》篇自有的解释来加以进一步的说明,口径颇一致,很少歧义。

关于"寓言",郭象注云:"寄之他人,则十言而九见信。"成玄英疏云:"寓,寄也。世人愚迷,妄为猜忌,闻道己说,则起嫌疑,寄之他人,则十言而信九矣。故鸿蒙、云将、肩吾、连叔之类,皆寓言耳。"陆德明《经典释文》云:"'寓言十九',寓,寄也,以人不信己,故托之他人,十言而九见信也。"①明末清初人宣颖的《南华经解》云:"寄寓之言,十居其九。"②这是对此前注疏所谓"十言而九见信"的纠正。近世注家王先谦、王叔岷等接受了这个纠正意见,至其对"寓言"本身的解释,则与郭注、成疏、陆德明《经典释文》无异。

关于"重言",郭象注云:"世之所重,则十言而七见信。"郭象并在"重言十七,所以已言也,是为耆艾"句后加注强调说:"以其耆艾,故俗共重之,虽使言不借外,犹十信其七。"这就为"重言"的解释定下了调子。成玄英疏就接着郭象注进一步说明道:"重言,长老乡间尊重者也。老人之言,犹十信其七也。"这就是说,"重言"即是耆艾长老之言,所以为人信重也。到了陆德明《经典释文》,就将郭注、成疏确定为一句话:"'重言'谓为人所重者之言也。"③宣颖的《南华经解》更其扼要地总结说:"重言十七"乃是"引重之言,十居其七"之意。④王先谦的《庄子集解》援引宣颖的断言后,又引姚鼐的话作为进一步的解释:"庄生书,凡托为人言者,十有其九。就寓言中,其托为神农、黄帝、尧、舜、孔、颜之类,言足为世重者,又十有其七。"⑤这显然是把"寓言"与"重言"打通了解释的。刘文典的《庄子补正》引郭注、成疏、陆德明《经典释文》,别无补充。王叔岷的《庄子校诠》赞同上述解释,并加按语强调说:"案重言者,借重人物以明事理之言也。《淮南子·修务篇》:'世俗之人多尊古而卑今,故为道者,必托之神农、黄帝,而后能入说。'所谓托古是也。"⑥只有郭庆藩的《庄子集释》引其大伯父郭嵩焘的话说:"家世父曰:重,当为直容切。《广韵》:'重,复也。'庄生之文,注焉而不穷,引焉而不竭者是也。郭(指郭象——引者按)云'世之所重',作柱用切者,误。"⑦按,"柱用

---

① 郭庆藩:《庄子集释》第947页。
② 宣颖:《南华经解》第189页,广东人民出版社,2008年。
③ 郭庆藩:《庄子集释》第947、949页。
④ 宣颖:《南华经解》第189页。
⑤ 王先谦:《庄子集解》第245页。
⑥ 王叔岷:《庄子校诠》第1088页。
⑦ 郭庆藩:《庄子集释》第947页。

切"之"重"读 zhòng，厚重的意思；"直容切"之"重"读 chóng，复叠的意思。郭庆藩并在"重言十七，所以已言也，是为耆艾。年先矣，而无经纬本末以期年耆者，是非先也。人而无以先人，无人道也；人而无人道，是之谓陈人"几句后又附加郭嵩焘的通释云："家世父曰：已言者，已前言之而复言也。《尔雅释诂》：耆艾，长也。艾，历也。郭璞注：长者多更历。《释名》：六十曰耆；耆，指也，指事使人也。是耆艾而先人之义。经纬本末，所以先人，人亦以是期之。重言之不倦，提撕警惕，人道如是乎存。"①郭氏的意见是一个很重要的补正，可惜一直没有引起其他学人的注意。

至于"卮言"，郭象注云："夫卮，满则倾，空则仰，非持故也。况之于言，因物随变，唯彼之从，故曰日出。日出，谓日新也。日新则尽其自然之分，自然之分尽则和也。"成玄英疏云："卮，酒器也。日出，犹日新也。天倪，自然之分也。和，合也。夫卮满则倾，卮空则仰，空满任物，倾仰随人。无心之言，即卮言也，是以不言，言而无系倾仰，乃合于自然之分也。又解：卮，支也。支离其言，言无的当，故谓之卮言耳。"陆德明《经典释文》则补充说："'卮言'字又作'巵'，音支。《字略》云：巵，圆酒器也。李起宜反。王云：夫巵器，满即倾，空则仰，随物而变，非执一守故者也；施之于言，而随人从便，已无常主者也。司马云：谓支离无首尾言也。"卢文弨又辩证说："巵旧作卮……今多省作卮。"②

看得出来，以上历代注家对"寓言""重言""卮言"的解释，其实分歧不大。关于"寓言"，诸家几乎没有分歧，所以此处不论。关于"卮言"，诸家略有分歧，分歧则源于《寓言》篇本身说"卮言"时用酒器"卮"做比方，这就不免导致理解上的分歧。不过分歧也不大——概言之，庄子所谓"卮言"，不过是说自己作文发抒思想，乃是像饮酒一样随兴倾洒、随意而为的随笔，如此与时俯仰、随时曼衍，所以不很严谨吧。关于"重言"之训解也基本上一致，多数注家都强调"重言"乃是援引足为世重的前辈

---

① 郭庆藩：《庄子集释》第 949 页。
② 郭庆藩：《庄子集释》第 947—948 页。

人物之言以强化自己的观点。只有郭庆藩引郭嵩焘的话提出了不同的意见，那是很重要的补正，但郭氏的意见显然未受重视。应该说，《寓言》篇所谓"重言"是一个既简单又重要的问题。说它简单，是因为《寓言》篇原文已说得明明白白——"重言"即"所以已言也是为"，也即郭嵩焘所谓"已前言之而复言也"，可是主流的注疏却把它解释为"引重之言"云云，非常曲折缠绕，反而不得要领、滋生了误解；说它重要，则因为"重言"不仅涉及整个《庄子》的语言修辞特点问题，而且涉及庄子的思想进路、思想特点问题，以至于整部《庄子》的写作过程、文本构成和作者归属等重要问题都与此相关。所以对"重言"的理解，的确关系甚大，不能不有所辨析也。

三十年前我最初通读《庄子》，读的就是王先谦的《庄子集解》本——此书编入"新编诸子集成"第一辑，比较容易到手，所以购来闲时翻阅。记得读到《寓言》篇的"寓言""卮言"之解诂，觉得都还通达，可以接受。可是王先谦对"重言"的解释，只引宣颖所谓"引重之言"，我觉得这与《寓言》篇自身的解释"所以已言也"实在对不上号。其实《庄子》为文常说半句话，省去的就让读者去脑补，"所以已言也"的完整意思并不难补全，那就是"已言而复言之"之意，只是《寓言》篇把"复言"的意思省掉了而已。可是王先谦却把"所以已言也"解释为："已，止也，止天下淆乱之言。"[①] 这就有点刻意求深，把一个简单的词语复杂化了，所以我不大能够接受，也因此记住了"重言"这个词语。再后来读到刘文典的《庄子补正》和王叔岷的《庄子校诠》，也是同样的解释，仍然不能说服我。并且由于刘、王之著比较完整地引录了郭象注、成玄英疏和陆德明的《经典释文》，由此我才发现所谓"引重之言"的解释来头甚早，王先谦、刘文典和王叔岷等大概也是遵循"疏不破注"的训诂学传统吧，所以他们只能沿着这个方向解释得越来越详密，人们也就不敢怀疑了。好在我不是专门研究古典的学者，不大迷信古训，也就仍然保留着自己的怀疑。直至读到郭庆藩的《庄子集释》所附郭嵩焘的说法，真是"于我心有戚戚焉"，很佩服郭

---

① 王先谦：《庄子集解》第245页。

氏治学的实事求是。不过，郭氏毕竟是给《庄子》做注疏而非写论文，难以申论其理据，并且郭氏也与其他人一样，以"重言十七，所以已言也，是为耆艾"绝句，这同样误断了句子、误解了《寓言》篇所说"耆艾"几句的意思。下面就不揣谫陋，略说个人对"重言"问题的一点意见。

按说，《寓言》篇对"重言"的直接解释"所以已言也"并不难懂，不就是郭嵩焘所谓"已前言之而复言也"的意思吗？可是为什么从郭象到王叔岷这些博学的古今训诂学家却要将它曲折地解为"引重耆艾之言"的意思呢？这是我多年深感纳闷的疑问。直到近年反复寻绎《寓言》篇此句的上下文，仔细比勘诸本的句读或标点，才发现历来注家都把《寓言》篇关于"重言"的几句话误断了——

> 重言十七，所以已言也，是为耆艾。年先矣，而无经纬本末以期年耆者，是非先也。人而无以先人，无人道也；人而无人道，是之谓陈人。

这个古今一以贯之的句读或断句，在"所以已言也"处点断，将"是为"与"耆艾"连读，于是下面关于"耆艾"的几句话，也就成了对"重言"的正解：按照中国人的敬老传统，唯其是"耆艾"，所以"耆艾"之言也就必然被人"引重"了。这就是"引重耆艾之言"说的来历。其实，这种断句和基于这种断句的解释，乃是前人好顺着词气语调点读语句的习惯所造成的一个不易觉察的误断和一个不易发现的误解——人们顺着词气和语调读，很自然地觉得在"所以已言也"处该停顿和点断，接着把"是为"与"耆艾"一气连读，也似乎自然而理顺。可是这样断恰恰错了，而且差之毫厘、谬以千里，导致了历来对"重言"的误解。

实际上，《寓言》篇本身对"寓言"和"重言"的解说，用的都是同样的句式、同样的修辞、同样的语义条理。不妨先看《寓言》篇对"寓言"的解说，其辞曰："寓言十九，借外论之。亲父不为其子媒。亲父誉之，不若非其父者也；非吾之罪也，人之罪也。与己同则应，不与己同则反；同于己为是之，异于己为非之。"这里对"寓言"的直接解释，是很简洁的

"借外论之",然后,庄子又用了一个比方、一段近似"寓言"的话——"亲父不为其子媒。亲父誉之,不若非其父者也;非吾之罪也,人之罪也。与己同则应,不与己同则反;同于己为是之,异于己为非之"——来间接地解释"寓言"之"借外论之"的特点,其意诚如郭象注所说:"父之誉子,诚多不信……辄以常嫌见疑,故借外论之。"[①]因为父子是血亲,父亲无论如何也会为儿子说好话,所以他的好话就不大可信,可要是外人说他的儿子好,那就比较客观、比较能取信于人了。显然,父子内外关系只是打个比方来说明"寓言"之"借外论之"之理,庄子无意、读者也不能把"亲父不为其子媒。亲父誉之,不若非其父者也;非吾之罪也,人之罪也。与己同则应,不与己同则反;同于己为是之,异于己为非之"这几句话当作对"寓言"意义的直接解释。比如,能从这几句话里抽象出"非父之言"或"非亲人之言"来作为"寓言"的解释吗?当然不能。庄子的这种话语套路,也同样不多不少地出现在《寓言》篇对"重言"的解说里,可是历来的句读或断句却把几句话误断成了:"重言十七,所以已言也,是为耆艾。年先矣,而无经纬本末以期年耆者,是非先也。人而无以先人,无人道也;人而无人道,是之谓陈人。"如此断句,使得同样打比方的"耆艾,年先矣,而无经纬本末以期年耆者,是非先也。人而无以先人,无人道也;人而无人道,是之谓陈人"几句话,变成了对"重言"的直接说明,于是年长的耆艾之言为人所重,就成了"重言"的意义之所在以至于定义之所是,而完全取代了或者说篡改了"所以已言也"这个直接解说。

弄清了致误之由,则《寓言》篇解说"重言"的几句话,就该像"寓言"那几句话一样,按照同样的话语套路和语义逻辑,把直接解释的话和间接比方的话区别开来、点断开来。下面是纠正后的新断句——

> 重言十七,所以已言也是为。耆艾,年先矣,而无经纬本末以期年耆者,是非先也。人而无以先人,无人道也;人而无人道,是之谓陈人。

---

① 郭庆藩:《庄子集释》第948页。

此处重新断为一句的"所以已言也是为",是古汉语里表示强调的倒装句式,如"唯马首是瞻"之类。《庄子》里近似的话也不少,如"汤之问棘也是已"(《逍遥游》)、"汝又何帠以治天下感予之心为"(《应帝王》)。然后,正如同"亲父不为其子媒。亲父誉之,不若非其父者也;非吾之罪也,人之罪也。与己同则应,不与己同则反;同于己为是之,异于己为非之"几句是比方解说"寓言"一样,"耆艾,年先矣,而无经纬本末以期年耆者,是非先也。人而无以先人,无人道也;人而无人道,是之谓陈人"几句,也是对"重言"的打比方的解说:一个有阅历的人应该根据自己的生活经历,向后辈们言说一些生活经验与教训,且要不断言说、反复言说,成为传说和传统以传诸后世,才算没白活一世,否则再年长,也无足称道,不过是个陈死人而已——这不是翻译,只是略述大意。如此重新断句,"重言"的解释回到"所以已言也是为",再也无须拉扯什么"借重人物以明事理之言也"来加重"重言"的分量了。顺便也纠正一下:历来对"重言"的误断所导致的另一个误解,就是把"重言"逐渐混同于"寓言"。应该说,正由于古今训诂家把"重言"误解为"借重人物(即耆艾——引者按)以明事理之言",则"重言"就必然与"借外论之"的"寓言"相近以至相混。可有趣的是,古今训诂家对如此混同"寓言"与"重言"似乎并无什么违和感,倒是不无欣然之感。如王先谦的《庄子集解》就引姚鼐的话发挥说:"庄生书,凡托为人言者,十有其九。就寓言中,其托为神农、黄帝、尧、舜、孔、颜之类,言足为世重者,又十有其七。"这就把"寓言"与"重言"打通了或者说混同了。王叔岷的《庄子校诠》也强调说:"案重言者,借重人物以明事理之言也。《淮南子·修务篇》:'世俗之人多尊古而卑今,故为道者,必托之神农、黄帝,而后能入说。'所谓托古是也。"就这样,所谓"借重人物以明事理之言"的"重言"就与"托为神农、黄帝、尧、舜、孔、颜之类,言足为世重者"的"寓言",达到了"十有其七"的重合度。古今训诂家可能没有想到,他们的误解所导致的这种重合,几乎取消了"寓言"与"重言"的区别,这肯定不合庄子或《庄子》之本义。

说来,《寓言》篇所谓《庄子》为文好"重言"之本义"所以已言也是为",也即郭嵩焘所解释的"已前言之而复言也",这并非《庄子》所独有,其他先秦诸子如《论语》《孟子》也都不免"重言"的。这一点早就被汉学家、训诂学家发现了。早在东汉末赵岐为《孟子》作注时，就发现《孟子》颇多"重言"，如《梁惠王》上篇前后两段话就是显而易见的"重言"，一是孟子对梁惠王说——

> 养生丧死无憾，王道之始也。五亩之宅，树之以桑，五十者可以衣帛矣；鸡豚狗彘之畜，无失其时，七十者可以食肉矣；百亩之田，勿夺其时，数口之家可以无饥矣；谨庠序之教，申之以孝悌之义，颁白者不负戴于道路矣。七十者衣帛食肉，黎民不饥不寒，然而不王者，未之有也。

二是孟子对齐宣王说——

> 王欲行之，则盍反其本矣。五亩之宅，树之以桑，五十者可以衣帛矣；鸡豚狗彘之畜，无失其时，七十者可以食肉矣；百亩之田，勿夺其时，八口之家可以无饥矣；谨庠序之教，申之以孝悌之义，颁白者不负戴于道路矣。老者衣帛食肉，黎民不饥不寒，然而不王者，未之有也。

赵岐并准确指出："孟子所以重言此者，乃王政之本，常生之道，故为齐、梁之君各其陈之，当章究义，不嫌其重也。"[①] 到宋代，"重言"甚至成了儒家经典童蒙教本的一个很常见的提示标记。宋刊闽刻本何晏《论语集解》，就每于《论语》的重言处，无不夹注标出是 重言 。如在《学而》篇"子曰巧言令色鲜矣仁"后，即加有" 重言 巧言令色鲜矣仁二，本篇《阳货》各一"[②] 以提示学子。这个 重言 的标记，未必是何晏《论语集解》原有的，但至迟也应是南宋人翻刻《论语集解》为教本时所加。并且，这个宋刊闽刻

---

① 赵岐：《孟子注疏》，《十三经注疏》本第2671页，中华书局，1980年。
② 何晏集解：《宋刊论语》第8页，福建人民出版社影印，2008年。

本何晏《论语集解》于"重言"之外，还有重意的标注。如同样在《学而》篇"巧言令色鲜矣仁"后，又加"重意《公冶长》'巧言令色足恭'"①。甚至这个宋刊《论语集注》书名也叫作"《监本纂图重言重意互注论语》"②！显然，"重意"其实也是"重言"的表现，只是不限于语言修辞层面的完全之"重复"，而扩展到思想义理层面的大意之"重复"耳。总之，这两种"重言"确为先秦诸子所共有，而尤以《庄子》之"重言"为最甚。

　　《庄子》的"重言"就集中表现在语言修辞和思想义理这两个层面，前者是狭义的"重言"，后者是广义的"重言"。在语言修辞层面上，《庄子》的"重言"比比皆是——诸如关于"道"或"至道"的妙论、关于"真人""至人""神人"的高论，关于"逍遥"与"遁隐"的美谈，反复出现在各篇中，而引用或生造的黄帝、许由之对话，啮缺、王倪以至于老子、孔子之事迹，这些"借外论之"的人物、事迹、言论作为话语套术，被《庄子》各篇翻来覆去述说着，别有用心地发挥着。即如许由拒绝黄帝让天下的美谈和孔子被围陈蔡的尴尬，在《庄子》里就被拿来述说发挥了各自不下十遍，真让人不能不佩服作《庄子》者竟能如此不厌其烦地"重言"个没完没了！如此等等的"重言"，多到数不胜数，无须举例了。再看《庄子》在思想义理层面的"重意"式"重言"，更是翻来覆去、触目皆是、不胜其重，几乎成了《庄子》思想论辩的一个鲜明特色。诸如对"道"或"自然"的本体论（存在论）之论辩，言与不言、知与不知的认识论之难题，材与不材、有用与无用的反复辨析，物之齐与不齐的价值相对论说，以及有无本末、进退得失的辩证观……诸如此类的问题成了《庄子》反复论辩的主题，以至于《庄子》全书从逍遥自得、滔滔不绝之雄辩，直说到谨小慎微、全身避害之衰论，还是意犹未尽、喋喋不休、不肯罢休。如此这般，《庄子》全书始终围绕着几个基本的思想主题反复论辩、不断曼衍，怎能不"重意"而且"重言"呢？正唯如此，我觉得用反复论辩来综括解释《庄子》"重言"之义，可能是比较恰当的。

---

① 何晏集解：《宋刊论语》第8页。
② 何晏集解：《宋刊论语》第7页。

不难想象，当庄子或那个写《庄子》的人到了晚年，把历年所写各篇集中重读一遍，聪明绝顶的他自然会发现，自己一生为文不少而喋喋不休、反复唠叨，实在重复太多了，以至于"重言"显然成了其语言修辞和思想表述之不可否认的突出特征，于是在《寓言》篇里不得不老实招认："重言十七，所以已言也是为。耆艾，年先矣，而无经纬本末以期年耆者，是非先也。人而无以先人，无人道也；人而无人道，是之谓陈人。卮言日出，和以天倪，因以曼衍，所以穷年。……非卮言日出，和以天倪，孰得其久！"这话既是坦诚的自我总结，也带有自我解释以至于自我解嘲的意味——就像一个耆艾长老必须述说自己的生活经验方能被后辈人称道一样，自己也不得不随兴发抒、随时思考、体会自然、曼衍为文、聊以度日、所以穷年。这很让人同情。记得哲学家冯友兰曾说过："人必须先说很多话然后保持静默。"① 对一个能够写出《庄子》这样独特思想的哲学家来说，不断思考、反复论辩之"重言"便不得不然了。如此这般不断思考、反复论辩的"重言"进程，一方面固然由于著者始终持续思考着一些相近的思想主题，所以重复提出问题以至于重复运用此前的语言修辞如寓言典故之类，也就在所难免了，但另一方面这种持续思考与写作又不同于近人集中时间撰写所谓专著，而是随时随兴地撰写一些"卮言"性的思想随笔，所以在重复中又有所曼衍和发展。

由此而进，对《庄子》的思想进路、文本构成以至于作者归属问题，似乎可以有一点新的理解。按，据《汉书·艺文志》，《庄子》原有五十二篇，晋郭象以为其中十九篇为后人所羼入者而汰除之，留三十三篇，编为内外杂篇并为之作注，从此流行，成为今本《庄子》之祖。对这个三十三篇的《庄子》，宋代以来的文人学者大抵以为内篇为庄子所撰，而颇有人怀疑外杂篇非庄子所作，原因是"文辞浅陋""虚嚣佁劣"，不像内篇那样斐然可观；近代以来随着辨伪－疑古思潮的盛行，连内篇也被认为"殆亦后学所述，未必即出于庄周之手欤"，甚而至于得出"(《庄子》)五十二篇者，盖即汉人所辑自战国至汉初之庄子一派文字之汇编。作非一手，成非

---

① 冯友兰：《中国哲学简史》，《三松堂全集》第 6 卷第 306 页，河南人民出版社，1989 年。

一时，宜其思想庞杂，前后抵牾"的结论。可是，就连做出这个推断的人也不能否认："而外篇杂篇虽繁复庞杂，深浅不一，然其尤精者，如《秋水》《天下》等篇，博大精深，亦足与内篇相发明。"① 并且所谓"庄子后学""庄子学派"云云，其实是莫须有的存在，查无实据，并无其人，如何能说这些莫须有的"他们"才是《庄子》的作者？今日看来，辨伪－疑古论者所言往往是模糊影响之谈，并无充分的证据。在无充分证据的情况下，还是维持郭象所注之三十三篇的《庄子》为庄子所著的成说吧。我们应该看到，第一，《庄子》的内外杂篇不论多么地繁复庞杂、深浅不一，其各篇都体现出如维特根斯坦所谓"家族相似"的共同特征，而很难设想它们是出于众手。事实上，哪怕是《庄子》中比较浅显的篇章，其思想之高调绝尘，后人也难以望其项背，这也就是所谓"庄子后学"查无其人的原因，即使后来好谈玄学论道的魏晋名士也只是把《庄子》当作玄谈的话头而已，并无任何超越《庄子》的思想新贡献。第二，《庄子》各篇既"家族相似"而又深浅不一，那正是著《庄子》者大半生围绕几个基本的思想主题"重言"不已、不断思考、反复论辩而各篇又随兴而作、继又曼衍之结果，也因此，《庄子》的思想和写作便有一个从很新锐却不很成熟的初创，到趋于成熟、畅达斯旨，直至老来颓唐、不免衰飒的过程，回头读来自然"参差不齐"了！换言之，对著《庄子》者来说，已经讨论过的问题不妨再论论，已经用过的语言话术何妨再用用，此诚所谓"已前言之而复言也"。当然，具体到《庄子》各篇，究竟孰先孰后，那还得仔细辨析，而切忌"一刀切"也。

2021年10月15日—11月6日草于清华园之聊寄堂

---

① 齐思和：《〈庄子引得〉序》，见《庄子引得》第2、3页，上海古籍出版社，1986年。

"不知不愠"摭谈

少年时读《论语》,开首当然是《学而》篇。其首章云:"子曰:学而时习之,不亦说乎?有朋自远方来,不亦乐乎?人不知而不愠,不亦君子乎?"以我这个小小乡村少年的体会,前两句并不难懂——那时节我白天上学,傍晚回家干点杂活,晚上做作业、写毛笔字,功课并不紧,还有闲时看看小说,想象古人的生活或外面的世界,当真是很快乐的事啊;并且在僻远的乡村,偶尔有远嫁外乡的姑姊们带着丈夫和孩子归宁,往往惊动一村人都来看望说笑,那也的确是"不亦乐乎"!可是,第三句"人不知而不愠,不亦君子乎?"却让我这个懵懂少年百思不得其解——人家不知道你、不了解你,你并不因此而愠怒,这不是很容易的而且理所当然的事吗,有什么值得称赞的呀?可听夫子的口气,好像还真有人因为别人不知他就动怒,那不是敏感躁狂的神经病吗?我实在不能想象,天下怎么会有这样自寻烦恼还要迁怒于人的"二百五"!所以对"子曰"这第三句话,我很长时间都不知其然更不知其所以然。

后来年齿渐长、阅历渐多,才逐渐明白,"人不知而不愠",委实是很不容易的事。

为什么"人不知而不愠,不亦君子乎"?同样是"子曰"给出了解释:"君子疾没世而名不称焉!"(《论语·卫灵公》)是的,人生在世,都不免有点成名不朽之念,而相传"太上有立德,其次有立功,其次有立言,虽久不废,此之谓不朽"(《左传·襄公二十四年》)的成名不朽之道都太高大上,实在太难了,不是一般人所能想望的。其中"立功"似乎最易为人所见也就最能让人成名,可是并不是随便什么人都有立功的机会啊。如孔子就空有一身本事,却终生悾惶不遇,也就很少立功的机会。至于立德、立言,孔子倒是做到了,可这两样却很难立竿见影地让人成名,而需要一个漫长的从被误解到被理解的过程。孔夫子被尊为"百世之师"以至"至圣先师",那都是后来的光荣,夫子生前皆无与焉——他在当世是很不被理解的,甚至常遭奚落,连老妻都嫌弃他,他终身都在寂寞孤独中度过。就此而言,"人不知而不愠"很可能是夫子之自道苦衷——既是他寂寞自守的自勉之言,也可说是他无可奈何的自我解嘲之词。我们甚至不难想象,纵使长期追随孔子的老学生们,有时怕也难免疑惑孔子声名之微而不无微词吧,于是孔子躬自反省,说出了这样一句自我解释也自我解嘲的话作为答复:"人不知而不愠,不亦君子乎!"夫子此言,真是感慨万千,而安贫乐道,诚然是圣贤气象。

不过,这样的理解总让我有一间未达之感,似乎缺了点什么。间尝思之,夫子此言或者别有缘故、另有深意存焉。盖因古人记言叙事原本简略而精微,"人不知而不愠"之"不知"者究竟为何,《论语》是按下不表、隐约其辞的,过去笼统地理解为"别人不知道(或不理解、不认可)你而你并不因此就愠怒",如此直寻直觉之解,无乃皮相之见乎?仔细想想看,人之不被认识、不被理解、不被认可,本来就是难免而无可如何之事,则人对他人的"不知"之"不愠",也不过平常反应而已,何有于君子!所以,这恐怕不是孔子之本意——窃以为,"不愠"的反应倘要当得起君子之德,则"人不知"者指的一定是更为严重的情况。

然则,哪些情况才算严重呢?那应当是人的人格尊严遭到无端的误解、猜疑以至污蔑和中伤,眼看着他人不知真相、以假为真,而当事人却仍能坦然"不愠",那才是坦荡真君子。

的确,当人无端地被误解、被猜疑的时候,他到底是愠还是不愠,那无疑是严重的考验。比如,"子畏于匡"就是很严重的遭遇。那时孔子带着一帮弟子"将适陈,过匡。……匡人闻之,以为鲁之阳虎。阳虎尝暴匡人，匡人于是遂止孔子。孔子状类阳虎，拘焉五日"（《史记·孔子世家》）。这无疑是很大的误会和侮辱了。学生们很生气，可是孔子却忍耐而"不愠"，他自信命不止此，所以坚决阻止了学生的反击，坦然地等待匡人消除了误解，师徒遂解围而去。更严重的遭遇是"子见南子"。史载卫灵公好色而无能，国中一切全靠夫人南子来维稳。南子的确很能干，只是生得太漂亮而颇多绯闻。南子也很尊敬孔子，那时孔子正带着一帮弟子到处找工作，也有求于南子，所以南子盛装召见，孔子"不得已而见之。夫人在絺帷中。孔子入门，北面稽首。夫人自帷中再拜，环佩玉声璆然"（《史记·孔子世家》）。可是，弟子们并不都能理解孔子的苦心，更瞧不起南子的作风，愚鲁的子路甚至怀疑夫子与南子关系有些不正当。那么，孔子对子路的误解究竟是愠也不愠？从《论语·雍也》篇的记载"子见南子，子路不说。夫子矢之曰：'予所否者，天厌之！天厌之！'"来看，孔子显然是很愠怒的，以至于急赤白脸地赌咒发誓。为什么孔子对此事未能"不愠"呢？大概因为此事关系到一个国君夫人和自己的名声，这对于特别看重道德之清白的孔子来说，当然是更严重的事，使他不由得情绪失控、颇有些"气急败坏"了。圣明如孔子尚且如此，足见面对无端的误解或猜疑，人是很难"不愠"的。我因此有一个大胆的猜想——"人不知而不愠，不亦君子乎"这句话可能是孔子迭经匡人事件、南子事件之后的反思与感叹，也未可知。

当然，还有比误解、猜疑更严重的事情。比如，当一个人遭到某人的严重指控，尽管那指控乃是不实之词，却四处流传，其负面影响甚至及于他的家人，则此人还能淡若无事地"不愠"吗？"曾参杀人"的传言就是这样严重的事例。曾子是踵继孔子的大贤，他的母亲也是公认的贤母。可是据《战国策》所记："曾子处费，费人有与曾子同名族者而杀人。人告曾子母曰：'曾参杀人！'曾子之母曰：'吾子不杀人。'织自若。有顷焉，人又曰：'曾参杀人！'其母尚织自若也。顷之，一人又告之曰：'曾参杀人！'其母惧，投杼逾墙而走。夫以曾参之贤与母之信也，而三人疑之，则慈母不能信也。"《战国策》只记录了曾母态度的变化，而失记了曾子本人的反应，但千载之下的我们仍不难想象，即使稳重沉着如曾子，当看到母亲都误信流言而出逃避祸，他自己恐怕也就再难坚持"人不知而不愠"的不辩解主义，而很可能不得不出来正名和辟谣了。"人不知而不愠"的考验之难，由此可见一斑。

然而，窃以为最难的考验，还是人在知与愠之纠结中如何对待自我怀疑的精神危机问题。

这是因为，一个想得正、行得直的君子未必就一定行得通、走得顺，倒可能因其正直而在无意间碍着了某些小人之进路，从而招致小人的羡慕嫉妒恨，因而被中伤、被陷害，也就在所难免了。自然，君子理当坚持不息，但长此以往、挫折不断，纵使最忠实亲近的人也会积郁而生"愠"的，而正因为是来自亲近人之"愠"，则一旦爆发也就会大大削弱君子的自信，使他对自己的道行产生怀疑。这种自我怀疑的精神危机，在孔子那里就确曾发生过。

那是孔子晚年迁居于蔡国的第三年。其时，"吴伐陈，楚救陈，军于城父。闻孔子在陈蔡之间，楚使人聘孔子。孔子将往拜礼，陈、蔡大夫谋曰：'孔子贤者，所刺讥皆中诸侯之疾。今者久留陈、蔡之间，诸大夫所设行皆非仲尼之意。今楚，大国也，来聘孔子。孔子用于楚，则陈、蔡用事大夫危矣。'于是乃相与发徒役围孔子于野。不得行，绝粮。从者病，莫能兴。孔子讲诵弦歌不衰。子路愠见曰：'君子亦有穷乎？'孔子曰：'君子固穷，小人穷斯滥矣。'"（《史记·孔子世家》）这次遭遇的确很有戏剧性的看点：诸侯的交恶，出仕的机会，小人的阴谋，被围的困境，愠闷问难的学生，弦歌不衰的夫子，"君子固穷"的名言，戏剧般地一幕幕上演，给人非常深刻的印象，所以成了流传最广的孔子故事之一。

可是，这个故事真正值得注意之处，却似乎长期被学界忽视了。第一点是，孔子在这次事件中并非因为"人不知"，而恰是因为贤名甚显，才遭到奸邪小人的嫉妒和陷害，也即是说孔子这次乃是"愠于群小"而"受侮不少"，只是孔子对群小之"愠"并不在意，真正严重的是子路等亲近的学生们也因这次的遭遇而甚"愠"，并且他们的"愠"不是对着群小而是冲着夫子来的。这委实是从未有过的严重情况。正是这第一点导致了第二点，那就是下文里紧接着大书特书的一幕——孔子的自我怀疑及其与学生之间展开的质询。这是非常让人震惊也极其耐人寻味的一幕。且看《史记·孔子世家》在记述了上面的遭遇之后,接着便描写了"子贡色作""孔子知弟子有愠心"的严重情况。这对孔子来说的确是前所未见的大冲击,以至于使他对自己的道行也产生了怀疑。然则,何去何从呢?孔子不得不找来几个大弟子,严肃恳切地征询他们对自己的意见。夫子先后找了三个人——子路、子贡和颜回,问询的则是同一个问题:"吾道非邪?吾何为于此?"这是非常沉痛的自问和质询。三个学生的回答则显然有别。首先回答的是子路,他说:"意者吾未仁邪?人之不我信也。意者吾未知邪?人之不我行也。"这回答明显地有责怪孔子之意,可谓直而愚。接着回答的是子贡,他说:"夫子之道至大也,故天下莫能容夫子。夫子盖少贬焉?"这回答是含蓄地劝孔子不妨降格以求,可谓婉而圆。最后回答的是颜回,这位一向温和谦虚慎于言的颜同学,此次却毫不迟疑地给出了最为慷慨激昂的回答:"夫子之道至大,故天下莫能容。虽然,夫子推而行之,不容何病?不容然后见君子!夫道之不修也,是吾丑也;夫道既已大修而不用,是有国者之丑也,不容何病?不容然后见君子!"这回答无疑是对孔子最为坚定也最为及时的支持,表明颜回才是真正理解孔子之道而且坚定不移追随孔子的人,所以孔子听了他的回答后"欣然而笑"、深受鼓舞而信心弥坚。孔子后来对颜回之死之所以哀痛异常,真是良有以也。可笑后儒如道学之流大讲特讲什么"孔颜乐处",那其实不过是文人附庸风雅之变相而已。

  圣贤其萎,仁恕道存。说到底,生在人间世,别人知道你或不知道你、认可你或不认可你,以至爱你或是恨你,都是无可如何之事;且行走人世间,谁都有可能在无意间碍着了别人的进路,别人因此有所冲撞也在情理之中。无论如何,重要的还是尽其在我地做好自己,并且尽可能待人以恕、与人为善。至于小人的羡慕嫉妒恨,既在所难免,就且随其便吧。夫子于此亦有教言曰:"躬自厚而薄责于人,则远怨矣。"(《论语·卫灵公》)此言恰以不愠而远怨之道示人。那么,遇到得意的小人不妨任其猖狂,离他远点就行了;遇到失意而猖狂者,不吭声就是了,何须介怀呢!

2018年6月4日属草、6月19日订正于清华园之聊寄堂

"好名之疾"漫说

子曰:"君子疾没世而名不称焉!"(《论语·卫灵公》)俗谚也说:"雁过留声,人过留名。"看来好名之念,无论圣凡都其或难免,并且有这种念头也是情有可原、无可厚非的,套用美国心理学家马斯洛的话来说,人既然生存于世,也就有被社会认可的需求也。

说来,人不论出身高下、家庭贫富,在未成名之前都不过是微不足道之存在,因此人才有那么强烈的刻苦以求成名,以便使人知道的执念吧。求成名也即是求人知、求人记住,而要广为人知、被人记住,那自然不是容易的事。古来相传的成名不朽之道有三:"太上有立德,其次有立功,其次有立言,虽久不废,此之谓不朽。"(《左传·襄公二十四年》)其中"立功"和"立德"之不易,自不难理解,不说也罢。即使最次的"立言"一项又谈何容易!"立言"似乎是文人的专利,以至于在文人的眼中,"立言"有时竟比"立功"和"立德"更重要。我们看司马迁的发愤著书说:"古者富贵而名摩灭,不可胜记,唯俶傥非常之人称焉。盖西伯拘而演《周易》;仲尼厄而作《春秋》;屈原放逐,乃赋《离骚》;左丘失明,厥有《国语》;孙子膑脚,《兵法》修列;不韦迁蜀,世传《吕览》;韩非囚秦,《说难》《孤愤》,《诗》三百篇,大底圣贤发愤之所为作也。"(《报任安书》)这显然把"立言"看得比"立功"更重要,至少是把"立言"等同于圣贤之"立德"了。司马迁自己不惜忍辱负重,也是"恨私心有所不尽,鄙陋没世,而文采不表于后也",所以他才发愤著书,以求名留青史。此类刻苦立言成名的好故事在中国很多,人们大都耳熟能详,无须再说。

其实,外国文人也类皆如此。英国人塞缪尔·约翰逊创编英文字典的故事就堪称典型。约翰逊家境贫寒而刻苦学习,渐渐具备了丰厚的学养和出色的写作能力,只是没有学位,无法担任高大上的公职。他不愿碌碌无为过一生,乃于1747年慨然应征编纂一本英文字典(*A Dictionary of the English Language*)。这是一个了不起的大工程,也是极为艰难的苦差事,约翰逊需要一个有地位有名望的赞助人。于是他登门拜访著名的国务大臣柴斯特菲尔德伯爵,不料却因自己的无名而被拒。约翰逊因而发愤自励,带着助手开编,数易寒暑,艰苦备尝,终于在1755年竣工出版,成为史无前例的创举。看到约翰逊成功了,柴斯特菲尔德伯爵却想来摘桃子,他写信祝贺约翰逊,希望他在适当的地方提提自己。对这种无耻的攘名之举,约翰逊写了一封回信予以辛辣的嘲讽:"自鄙人见摈于大人门外,翘首鹄候于大人会客室内,于兹七年矣!大人,七年来鄙人备尝艰辛,而今嗟叹亦无益,鄙人无依无援,大人未曾有一字之慰勉,一笑之恩典……设有人于溺水者奋命中流之际,漠然相对,视若无睹,伺其安全抵岸,方忽急伸援手,反增累赘,所谓赞助人也者,莫非即此辈耶?……在下当初既不曾蒙恩。今朝亦无须感德;天帝既助我独成大业,今何敢欺世惑众,默认身后有所谓莫须有之赞助者?在下言辞或有苛刻不敬,还望海涵。"(《致柴斯特菲尔德伯爵书》)至此,一代鸿儒的一腔怨气才一吐为快。事实上,西方直到二十世纪初,有才无名、步履维艰的文人还是所在多有,卡夫卡和里尔克就是"著名"的例子:卡夫卡籍籍无名、潦倒终身,以至于去世前绝望地遗言把所有作品烧毁,幸亏遗嘱执行人没有那样做;里尔克的际遇比卡夫卡略好一点,生前还有人欣赏他的诗才,但他仍然不得不依附这个显贵者或那个贵妇人,在孤苦寂寞中讨生活。卡夫卡和里尔克的真正成名都是其身后的事了,真是"寂寞生前事,可怜身后名"!

好在成名的"好故事"的主人公们,在未成名前的心态虽然不免愤懑不平,但大体上是健康的和坚韧的,他们的成名之念没有被利欲所玷污,所以他们走的是发愤努力、持之以恒之正道,他们的成功为人类留下的是宝贵的精神遗产，而非满足利欲、虚伪阴险的伪典。

可是，并不是每个人的求名之心都能保持在健康合理的限度内，总有些人好名之心膨胀失范，那就难免蜕变成好名之疾了。事实上，古今中外有不少人就因偏执名念成魔怔，千方百计刻苦求名或阴谋出位，以至于为此倒行逆施也在所不惜，真是花样百出、丑态毕露。

刻苦求名得逞的老典型是苏秦，驱使他刻苦成名的则是其亲人们的"不知"。据《战国策·秦策》所记：起初，苏秦曾以连横之术"说秦王，书十上而说不行。黑貂之裘弊，黄金百斤尽，资用乏绝，去秦而归。羸縢履蹻，负书担囊，形容枯槁，面目犁黑，状有归色。归至家，妻不下纴，嫂不为炊，父母不与言。苏秦喟叹曰：'妻不以我为夫，嫂不以我为叔，父母不以我为子，是皆秦之罪也。'"深受刺激的苏秦发愤攻读："乃夜发书，陈箧数十，得太公《阴符》之谋，伏而诵之，简练以为揣摩。读书欲睡，引锥自刺其股，血流至足。曰：'安有说人主不能出其金玉锦绣，取卿相之尊者乎？'期年揣摩成，曰：'此真可以说当世之君矣！'"于是复出以合纵之术游说诸侯而大获成功，身佩六国相印，真是八面威风。于是富贵归故乡："父母闻之，清宫除道，张乐设饮，郊迎三十里。妻侧目而视，倾耳而听；嫂蛇行匍伏，四拜自跪谢。苏秦曰：'嫂何前倨而后卑也？'嫂曰：'以季子之位尊而多金。'苏秦曰：'嗟乎！贫穷则父母不子，富贵则亲戚畏惧。人生世上，势位富贵，盖可忽乎哉！'"这真是病入疯魔、乐此不疲也。不惜倒行逆施以求名的坏典型，当属古希腊的黑若斯达特斯。公元前356年7月21日，古希腊以弗所的阿尔忒弥斯神庙被人蓄意烧毁，放火者是无名小人黑若斯达特斯。原来此人特想出名，却没有什么本事，做不出什么难得之事成名，他为此烦恼之极，有一天忽然脑洞大开：既不能为善得令名，何妨做一件出格的坏事成就一个坏名声——坏名总比无名强啊。于是他放火烧毁了美丽的阿尔忒弥斯神庙，而且在纵火后主动投案，坦承自己想纵火成名的动机。这真是骇人听闻，把以弗所人都气疯了。为了惩罚黑若斯达特斯，以弗所人处死了他，并禁止任何书籍记载其名与事，但黑若斯达特斯的名字还是被史学家普鲁塔特记下了。小黑不惜遗臭万年的故事，足以说明好名之疾会害人害己到什么地步。

中国人的好名过甚之风，大约发端于东汉的桓、灵之世。当其时，一方面是党锢之祸与宦寺之害甚烈，大大激发了清议的发扬与名节的砥砺。诚如山简所论："是以郭泰、许劭之伦，明清议于草野；陈蕃、李固之徒，守忠节于朝廷。然后君臣名节，古今遗典，可得而言。"（《晋书》卷四十三）但另一方面，恰恰也是由于清流之清议很能树立风声，所以在他们的带动和影响下，一时朝野上下竞以臧否相尚、咸好标榜声气。于是，人伦鉴识之风气日渐盛行，并演变为大张旗鼓的"月旦评"，其影响所及，使人莫不改操饰行、矜赏虚名。正唯如此，那个混乱时代偏多大名人，他们就像今日的大明星一样走红，且不乏趋之若鹜的追星族。比如郭泰（字林宗）原不过一个学子，卒业后游于洛阳，只因得到河南尹李膺的激赏，"于是名震京师。后归乡里，衣冠诸儒送至河上，车数千两。林宗唯与李膺同舟而济，士宾望之，以为神仙焉"（《后汉书》卷六十八）。从此好名造名之风再难止息，到魏晋南朝更成流行风尚，催生了一代又一代一批又一批好名之士，而造名之术也不断创新。所以许多著名的成名故事都产生于汉末魏晋南朝时期，它们成为传诵千古的佳话美谈，直至今天仍然被当作典范事迹，其感染力和欺骗性委实不可小觑。这里就举三个人的故事为例，他们先后生活在汉末、三国与东晋时期，恰好代表了好名之疾的三种形态。

一是道德自高型，此等人好以严正的道德之举博求高名，而不妨暗踩别人一脚，别人还不能则声。东汉杨震"四知却金"的故事就是典范事迹。杨震为官于安帝时期，略早于桓、灵，而其言行实开桓、灵时代好名之风。据《后汉书·杨震传》记载，有一年杨震调任东莱太守，"当之郡，道经昌邑，故所举荆州茂才王密为昌邑令，谒见，至夜怀金十斤以遗震。震曰：'故人知君，君不知故人，何也？'密曰：'暮夜无知者。'震曰：'天知，神知，我知，子知，何谓无知者！'密愧而出"。原来昌邑令王密是杨震以前举荐的青年才俊，如今杨震路过昌邑，王密自然要尽心接待，白天来看望一次，没问题，晚上又来一次，出事了——他送杨震"金十斤"，这触怒了清廉的杨震，他严词拒绝了王密，留下了"四知却金"的故事，从东汉流传到现在，成了反腐倡廉的典范事迹。历来都说这是"真实"的历史故事，可它真是那么回事吗？我有些怀疑。第一点，我要纠正一下，所谓王密送给杨震的"金十斤"，一般都理解成"金子十斤"，这不一定对，我们不能简单地望文生义。其实，东汉流通的钱币是"铜"而通称为"金"，所以"金十斤"就是"铜十斤"，并且东汉的一斤大约相当于我们现在的半斤，这样算来，王密送给杨震的"金十斤"，也不过五斤铜罢了，那就是一个小小昌邑令正常积攒下来的俸禄而已。第二点，我们要注意，杨震明知自己路过昌邑，他举荐过的王密肯定要感谢他，那他为什么还要在那里停留？我猜他是做好了拒绝王密送礼的准备，计算好了这是一定会发生的事，他就耐心地等着，后来果然不出他的所料。说来，杨震大半生以清廉自许，自奉甚俭，有时让人看了很不忍心。王密就是这样，他白天去看杨震，并没想送什么，可是他看到杨震过得太苦了、太俭省了，心有不忍，于是晚上又去一次，我估计是把自己节省下来的俸禄——五斤铜——送上，其意不过是略助杨震之行程而已，哪里是什么贿赂！可是，早就准备好的杨震不由分说，严厉斥责王密一顿，让他羞惭而退。第三点，最耐人寻味的是，这事除了天和神，只有杨震和王密知道，可是为什么很快变成天下皆知的事情，那么是谁说出去的呢？显然，羞惭的王密不会跟人说，剩下的也就是杨震自己了——当然是他自己传播出去的啊，除了他还会是谁？发现这一点让人震惊，真是人心难测啊！由于这个故事，杨震声名大振，以至于他的后代都受这个光辉事迹的恩惠，在东汉末年到三国时期他家是"四世三公"，成了世代簪缨的名门望族。所以，杨震精心设计的这个事件让他一家赚了个够，可怜的王密则被他算计后惨遭世人唾弃而遗臭万年，其实是很冤枉的。看来，这个历来无人质疑的著名故事背后掩盖着并不美好之真相——有人为了成名，不惜设计他人，想想多可恶！自然，我的解读或许理有未周，但此事实在蹊跷得可疑啊！

二是狂妄自大型，此等狂人惯以狂喷乱骂提振声名，其骂则无原则、无是非，徒逞口舌之快，不惜暴戾恣睢，故曰狂喷乱骂，骂的对象却是精心选择的——专挑某些权威人士开骂，于是骂者反倒成了敢于挑战权威的非常人物，从而耸人听闻、名震天下。此类自大好骂的典型人物是三国时期的祢衡。祢衡"少有才辩，而尚气刚傲，好矫时慢物。唯善鲁国孔融及弘农杨修。融亦深爱其才。衡始弱冠,而融年四十,遂与为交友"(《后汉书·文苑传下》)。孔融是大名门之后,小时候就被家人捧成了"让梨"的名童;杨修正是杨震的玄孙,乃祖的好名之疾自然也遗传给了杨修,只是蜕变成了耍小聪明的才子气。他俩与祢衡的共同特点是狂妄自大、眼高于顶而志大才疏,正所谓臭味相投,于是三人相互标榜,而以祢衡最为狂傲。祢衡年方弱冠即口出狂言:"大儿孔文举,小儿杨德祖。余子碌碌,莫足数也。"(《后汉书·文苑传下》)其实,祢衡真会干的实事只是击鼓,由于孔融的极力推荐,曹操乃招祢衡为鼓史。这让狂妄自大的祢衡大不忿,觉得曹操轻看他,于是借机击鼓骂曹,但并无什么理直气壮的正言傥论,所以记载祢衡事迹最详的《后汉书》,也只言其"布单衣、疏巾,手持三尺棁杖,坐大营门,以杖捶地大骂"之骂状,而并没有记述他的骂辞,大概是很不像话,所以略过不记。不过,祢衡的这一骂的确使他名声大震,可他如此骂曹,难道就不怕危险吗?说来,祢衡倒是有恃无恐的,他算准了曹操不会拿他怎么样。盖因其时天下大乱、群雄并起,各路英雄都在招徕人才,曹操尤其求贤若渴,他对祢衡的辱骂自然很不爽,但为了不堵塞贤路和言路,只能宽容忍耐,所以对孔融说:"祢衡竖子,孤杀之犹雀鼠耳。顾此人素有虚名,远近将谓孤不能容之,今送与刘表,视当何如?"而刘表素有爱才乐士之名,对祢衡亦"甚宾礼之"。可是祢衡又犯了老毛病,"复侮慢于表,表耻,不能容"。于是刘表耍了个心眼,把好骂的祢衡送给性急的黄祖,那还有好结果吗?果然,祢衡又故伎重演,但这一次却失算了。一向狂喷乱骂横行无忌的祢衡,总以为天下人都怕他让他,其实他的骂人乃是为了给自己争地位,并不是真的要找死,他根本没想到会碰上一个真横的——江夏太守黄祖是一个粗人,一个不愿无故受辱的大兵哥,他对祢衡就不客气了,诚如老杜所说,"祢衡实恐遭江夏"(《题郑十八著作丈》)。果不其然,"衡方大骂,祖患,遂令杀之"(《后汉书·文苑传下》)。后世文人多以为这是曹操借刀杀人,那是文人们想多了。曹操送走祢衡,实乃远小人、图清静的不得已之举,怎会想到黄祖那一出?后世小说戏曲如《三国演义》《击鼓骂曹》给祢衡加上尊汉反奸的慷慨议论,更属不虞之誉。究其实,祢衡不过是一个以骂求名、拼命搏出位的狂生而已。颜之推说:"孔融、祢衡,诞傲致殒。"(《颜氏家训·文章第九》)这话就比较接近实际了。

三是作达自美型,此等人多以旷达获致美名,实则作达作秀而已。最著名的例子就是东晋王子猷雪夜访戴的故事。据《世说新语》记载:"王子猷居山阴,夜大雪,眠觉,开室命酌酒,四望皎然。因起彷徨,咏左思《招隐诗》。忽忆戴安道。时戴在剡,即便夜乘小舟就之。经宿方至,造门不前而返。人问其故,王曰:'吾本乘兴而行,兴尽而返,何必见戴?'"王子猷是名父之子——王羲之的五儿子,王家本来是琅琊名门望族,南渡后更是高门世族,就住在会稽山阴即今天的绍兴。故事说是有一晚下大雪,王子猷半夜醒来喝酒赏雪,吟咏左思《招隐诗》,风雅得很啊!后来他觉得还不过瘾,想起朋友戴安道在剡即今天的浙江嵊州,于是就命令仆人驾着小船送他到那个地方去访戴安道,看似重情爱友、急不可待的样子。可是刚到戴安道家门口,王子猷突然说回去,不见戴安道了。为什么呢?他说我"乘兴而行,兴尽而返"啊!这个故事很有名,成语"乘兴而来,兴尽而返"就从此而来。这是魏晋风流的一个典范事例,王子猷这位公子哥儿身任公职军职而心不在焉,多么潇洒、多么放达,真是千古美谈!可仔细想想,一个人半夜里让仆人驾船出行,下雪天一路上也不会遇到别人,何况是晚上出行,朋友戴安道自然也不知道他来,那么这个故事是怎么传出去的?说是"人问其故",可既然没人知道,谁会来问啊?我想最大的可能,就是王子猷提前安排好了采访的人,在岸边等他回来,好给他传播这个故事。于是乎,王子猷成名了——他一辈子别无建树,就是造作了这么一个故事,成了那时著名的"网红",并且"流芳百世"。从这个故事可以看出,王子猷风流自赏、高自标置,根本不关心、不在乎朋友,可怜的戴安道只是被他"乘兴"利用,成了他成名的垫脚石。

好名实为逐利——名之所至,利亦随焉,难怪"名利"在汉语里是利益双关的组合词。杨震求名获利已如上述;祢衡好骂求名也志在好位置;王子猷出自"王与马共天下"的王家,什么都不缺,其所以亟求旷达之名,实有望于"任性而为、逍遥自在"之特权。汉魏六朝以来,此类好名成疾的成名故事有加无已,而载记多美其名而略其利,其集大成者便是《世说新语》。此书一直被视为魏晋风度、名士风流佳话之大全,历来都很走销,捃扯发挥者多如过江之鲫。这不能不说是中国文化史和文学史上最匪夷所思的奇迹。降及后世,欺世盗名之徒、沽名钓誉之辈、哗众取宠之流、矫激取誉之士,更是层出不穷而日渐薄劣,实在是自郐以下、可无论矣。

  2018 年 7 月 5 日草拟、7 月 19 日改定于清华园之聊寄堂

关于李白的族裔问题
——学术通信录

一

志熙：

4月15日我要在北京参加台湾统派老前辈陈明忠先生回忆录的新书发表会，活动是14日报到，我提前三天（11日）到，以便跟你、中忱和其他朋友先见面。上一次你帮我订的五道口那个小旅馆我觉得很合适，请帮我订11、12、13日三天。这一次我一定要自己付费，请高抬贵手。

我最近写了一篇《李白族属问题的新铨释》，想听听你的意见，初稿在附档。

吕正惠 2016 年 4 月 4 日 21:42

二

老吕：

我昨天一整天都有事——上午有课、下午面试博士生，吃过晚饭，又看着孩子复习功课。直到今天才得有机会看你的新作《李白族属问题的新铨释》。看后，觉得大作对李白诗风确有独到的见解，有些具体看法足资学界参考。如指出李白诗风的特质——文字简明、意象简单、口语化，以及认为模拟是李白诗艺的起点，这些确实都是事实，但问题是如何解释这些特点的成因。坦率地说，你把这些都归因于李白乃是努力学习汉文化的胡人，试图通过李白诗风的辨析来助成陈寅恪所谓李白是西域胡人的见解，甚至更具体地判定他就是粟特人，窃以为你的辨析和论证说服力不大，而且有些得不偿失。我对李白没有下过功夫，只有一点常识，因为你垂询，我只能略说一二意见，就算是野人献芹吧。

关于李白的族裔，过去从无疑问，只是如你所说，1935年1月陈寅恪在《清华学报》10卷1期上发表了《李太白氏族之疑问》，首次公开质疑李白出身陇西成纪李氏的传统说法。他注意到李阳冰《草堂集序》云，李白祖先"中叶非罪，谪居条支"，"神龙之始，逃归于蜀。复指李树而生伯阳，惊姜之夕，长庚入梦，故生而名白，以太白字之"。范传正《唐左拾遗翰林学士李公新墓碑》云："隋末多难，一房被窜于碎叶"，"神龙初潜还广汉，因侨为郡人，父客以逋其邑，遂以客为名"，"公之生也，先府君指天枝以复姓"。李阳冰和范传正都说，李白一家神龙初由流窜地回到蜀中，李白即生于此。但根据李白《为宋中丞自荐表》，文中称李白年五十有七，而此文作于肃宗至德二载（757），据此推算，李白应生于武后大足元年（701），下距中宗神龙元年（705）尚有四年。按照传统算法，李家到达蜀地时，李白已经五岁，不可能生于四川。陈氏认为，不论是条支还是碎叶，在隋朝末年都尚未隶属于中国政治势力范围，不可能成为中原王朝窜谪罪人之地，他因此断定李白一家"忽来从西域，自称其先世于隋末由中国谪居于西突厥旧疆之内，实为一必不可能之事。则其人之本为西域胡人，绝无疑义矣"。陈氏治学号称精博，且长于考证，但其考证往往"大胆"有余而殊乏"小心"和虚心。上世纪八十年代初，他的《寒柳堂集》出版，我不及购读，直到1988年出差兰州，在甘肃社科院文学所看到有不止一套《寒柳堂集》，乃商诸其负责人，出售一套于我，通读一过，很是佩服，但也疑问多多，尤其是他通过一系列奇险的考证得出一个普遍性的大结论，让我疑窦丛生。陈氏论隋唐制度史，特重种族之别、士庶之别和地域社群集团之别，固然于隋唐史研究很有启发性，但他的一些考证高调自是、好钻牛角尖，则为我所不取。如其断言李白乃胡人即是一例。隋朝很短暂，史书记载有缺，是很正常的事，而陈氏好为立异之新说，轻易质疑旧史旧说，辄发别有所见之论，他忘记了考史是"说有易说无难"了。

其实，条支或碎叶在隋唐时是西域偏远之地，领地很大，当时的内地人没有很清楚的概念，因为那时交通不便、地理学也不发达，李白先人流放条支或碎叶，是他临死时对族叔李阳冰说的，因为那是幼年的事情，李白的记忆也是模模糊糊的，很可能是据唐时"安西四镇"来比方追忆，意思不过是说祖先曾经被流放西域极边陲之地而已，具体的地理位置，李白大概也记不清楚更说不确切，只能笼统地说是"碎叶"，但其先人曾经流放到西域边陲之地，应该是没有疑问的。旧史记载，都说李白出生于蜀中，而据陈寅恪推断，则李白出生于西域，四五岁随父偷偷跑回内地、客居蜀中。如果这个推断可信，则正因为李白幼时曾经在西域生活过，他的性格沾染一些胡人豪放不羁的气概，影响及于他的诗歌艺术，表现出不同于内地诗人之自由奔放的想象和卓特横溢的才情，也是完全可以理解的。如果李白真是胡人，则他长大后来到长安，其卓绝的诗才和奇特的状貌一定同样引人瞩目、时人一定多有记载——那时是"开天盛世"啊，国人自信、文化开放，对胡人不但不歧视，而且往往赞赏有加，而李白又不是小人物，他的"胡人"身份和长相是遮掩不住的，他也无须自卑而遮掩撒谎，则其同时代人一定不会忌讳而当多所记载的，甚至会有进一步添油加醋的渲染夸张，也都在情理之中。可是我们遍检同时代人的记载，一点儿踪影都没有。李白的友人如贺知章、杜甫、高适、岑参、贾至等，没一个人说他原本是胡人或者长相"胡貌"的，也没有人怀疑他的籍贯和族裔，甚至连暗示都没有，这怎么理解？再如，李阳冰是著名书法家并且是当涂令，也算有地位的人，他会乱认一个胡人作族侄，给予悉心照顾并为其诗集编辑作序吗？所以李白不是胡人，向无疑问，其同代人并无异说。陈寅恪却撇开李白同代人的记载，只抓住史书于隋代条支或碎叶记载有缺一点，就断言李白是胡人，他难道觉得李白的同时代人都是瞎子吗？所谓李白的族裔问题，哪里需要标新立异的考证？看看他同时代人的记载，不就明白了吗？说句不客气的话，陈寅恪的考证乃是无事生非地"独标新义"，目的是为他的隋唐史"种族论"找一个大名人做证据，可是他找错了人（当然，李白以至于李唐宗室之远祖也许确有胡人血统，但那是另一个问题，他们至迟到隋末都已彻底汉化了，不再能说是胡人）。郭沫若论史也时有武断，但在李白的族裔问题上却没有此病，他之所以接过来发挥陈寅恪关于李白出生于碎叶之说，乃是为了给当时的现实问题找历史根据，这在接着郭沫若《李白与杜甫》而发的一篇考证文章——殷孟伦的《试论唐代碎叶城的地理位置》里表现得更明显。

回到李白的问题上来，如果他确如陈寅恪所说是胡人而且是在西域生长了四五岁才来到蜀中的胡人，则他的母语一定是胡语，汉语乃是后学的"外语"。然则，我们怎么能够理解李白这么一个胡人在那么短的时间内，把汉语以至于汉文化掌握得那么熟练和内行，成为卓绝千古的汉语大诗人？你的新解释是他刻苦学习，模拟古诗古乐府，诗风文字简明，意象简单，而且相当地口语化，恰恰反证他是一个胡人（你暗含的意思似乎是以他的汉语能力，写不来复杂的诗文）。就表象而论，你说的都是事实，但问题是怎么解释这些事实？它们能作为李白是胡人的证据吗？我看不行。因为这些现象都可以有另外的而且是更讲得通的解释。一则，自汉代以来，文人士大夫学习诗文，例皆从模仿前人之作入手，所谓拟古是通行的习文之道，进而给前人旧题赋以新意，也是通行的创作之道。所以《文选》里才收录了那么多拟古之作啊。唐人也是如此，李白自不能例外。事实上，直到现代人学作旧诗文也是如此。比如朱自清在清华教古典文学，自觉不善于作旧诗，于是拜老诗人黄节为师，学作了许多旧体诗，黄节就常常让他拿《文选》里的诗作为典范去拟作，所以朱自清的旧体诗集《犹贤博弈斋诗抄》多是拟古之作。二则，李白诗风文字简明、意象简单而且相当口语化之特点，其实出自他的性情或才性，并且李白的这种诗风与他对六朝以来绮丽诗风的反思有关，正符合开天之际"复古以革新"的文学潮流。李白不是说"大雅久不作，吾衰竟谁陈？……自从建安来，绮丽不足珍。圣代复元古，垂衣贵清真。群才属休明，乘运共跃鳞。文质相炳焕，众星罗秋旻。我志在删述，垂辉映千春。希圣如有立，绝笔于获麟"

吗？那是他的诗学抱负和自觉的文化使命；又道是"清水出芙蓉，天然去雕饰"，那是他的美学理想。这些都是针对六朝以来的绮丽诗风，而思上继《诗经》和汉魏古诗乐府的朴素明快刚健的诗学传统有以救之，完成陈子昂的未竟之功。三则，李白的诗风也不是一味的文字简明、意象简单和口语化，他的有些诗作如精彩绝伦的《蜀道难》就很不简明，也不口语，更不好懂，所以迄今仍然难明究竟、言人人殊呀，此诗是他年轻时初到长安所作，你觉得那是一个刻苦学习汉语的"胡儿"写得出来的吗？从李白的全部作品包括《春夜宴从弟桃花园序》等文章来看，如果作者不是对汉民族文化历史有深广积累和深切理解之人，而只是一个把汉语文化当外语外来文化刻苦学习的"胡儿"，则要写出李白的那些杰作，恐怕是根本无从想象的事情，不是吗？

当然，你也举出萨都剌、纳兰容若等非汉族文人能写很好的汉语诗词为例，但你当然明白实情是他们的祖先虽不是汉族，他们自己可是早已汉化了，和汉族文人无异，与所谓七岁以后才学汉语作汉文的"胡儿"李白完全不是一回事。以我的愚见，一个非汉族人学汉语汉文化，能学来的是语言口气，不容易学来的是文化神韵。外国人学汉语汉文化也类似。改革开放以来，有些外国学子到中国留学，他们好学加上聪明，也能把汉语口语学说得很好。比如加拿大人"大山"，居然能够说学逗唱表演相声、主持节目，但是写文章、搞创作恐怕就不行了。我不知道你在台湾带过留学生吗，我在清华带过来华留学的研究生，只有失败的教训。其中一个学生，大学和硕士阶段都在中央民族大学留学，申请做我的博士生，面试的时候口语好极了，一般的知识也有，于是我接受了他，可是他后来整整跟我四年，完全无法进入中国现当代文学的研究，最后只好认输，退学回国了，我也如释重负。这给我一个深刻的教训：语言、口语是一回事，深入地研究文学是另一回事，更不用说用汉语创作了。比较好的例子也有，那就是海外华人第二代，他们虽自幼在国外，但汉语仍然是母语，父母家庭仍然是汉文化的氛围，所以他们长大后回母国留学，就比较容易进入状况。李白幼年从西域回归内地重新学习汉文化，情况大概类似吧，他出生在遥远的西域，虽然也难免沾染一些异域文化元素，但其家教应该仍然是汉文化为主，回归内地之后，父母又特别重视他的教育，他也很好学，天赋过人，又幸遇清明开放的时代，所以天才焕发、光芒四射也。这并不难理解，不必别求特解如陈寅恪之所言。

恕我直言，你的别解也不免好奇之过也。好奇立异，是晚近一些学人的通病。自崔东壁以疑古考信相倡于前，今文学派的康有为、崔适、廖平等复煽于后，轻疑载记、标榜新说，遂成风气。"五四"新文化运动以来又有疑古的"古史辨"学派之崛起，该派学人上承清季疑古之风气、远绍欧西"科学"之方法，标榜不疑处有疑，看古代典籍，处处成了问题，于是辨疑蜂起，虽有解放思想、开拓视野之功，但轻率非议典籍、好为立异过甚之论，也是不可讳言的问题。文化保守主义的陈寅恪虽与"古史辨"学派的新文化旨趣不同，但借助博学的考证以逞臆别立新异之说，则其病略同——其所同者，即是好奇立异也。学术上好奇立异之趣味，再加上这样那样的意识形态偏见，就难免聪明人做蠢事。陈寅恪尤好以诗文证史，给人既有别趣又别有深意之感，其实把诗文研究变成了影射史学，如他晚年研究陈端生的弹词《再生缘》和钱谦益、柳如是的所谓"因缘诗"，其本身的研究价值并不大，只是借机影射，所谓抚时感事、一唱三叹，当代学者和假学者纷纷赞扬，我觉得那其实是江郎才尽、济之以影射而已，于文学史学两无所当，哪里够得上一代大师之杰作，真是"可怜无补费精神"也。现代的"古史辨"学派的学术副产品之一，就是所谓"新红学"的考证，其考证并不是没有成就，但他们只因觉得后四十回不合新文化反礼教的意识形态，就武断地剥夺了曹雪芹的后四十回著作权，而断章取义地说那是高鹗的"狗尾续貂"，将后四十回贬斥得一文不值。这种论调发展到周汝昌，简直到了发狂发癫的程度——看他的著作，好像他与后四十回及高鹗简直有不共戴天之仇似的。一部好端端的《红楼梦》就这样成了别有用心的考证之牺牲品。记得上世纪七十年代前期我上中学的时候，正逢毛泽东号召读《红楼梦》，所以托老师借出来读了，当然很喜欢，但并没有觉得那是两个人写的。上了大学后与一个同窗好友成了一对小红迷，几乎把新旧红学的学术著作都借来看了，其结果是非常丧气也非常不服气，只是后来不研究古典文学，所以从未写过文章，但腹诽至今。直到前几年，偶然看到新红学的代表人物俞平伯老先生晚年忏悔说："我腰斩《红楼梦》，有罪！"才略觉释然。

既蒙垂询，只能直陈所见，连带而及于相关问题，信手写来，不无妄言，幸勿介怀。

志熙 2016 年 4 月 6 日 18:00

三

志熙：

没想到你响应得那么快，信写得那么长，反对的意见那么激烈，还好我先给你看，将来面对别人的质疑时，可以比较平心静气。你的看法涉及两大点：关于陈寅恪，关于我写本文的动机。我的回答主要限于这两点。

我承认陈寅恪常常行文武断，惹人反感，他晚年的《论再生缘》和《柳如是别传》是顾影自怜之作，前者结论错误，后者虽然对考察清初江南士人与清政权的关系颇有价值，但其实不必写得那么庞大。再者，最近三十余年大陆自由派把他奉为圭臬，令人反感。但平心而论，现在关于魏晋南北朝隋唐史的几项大论述，都是他先提出来的。譬如，1. 五胡乱华，中原文化不绝如缕，侥幸保留于河西一地，北方统一以后回馈中原；2. 西魏北周宇文氏创立胡汉贵族军事联盟，形成关陇集团，这个集团的势力其后在隋唐时代仍然存在；3. 武则天夺取政权的主要方法在于笼络新进士阶级，以排除关陇集团；4. 安史集团的叛乱，不只是一个军事武力问题，还涉及河北地区的胡化问题；5. 牛李党争是旧贵族与新进士之争。这五点，其中的 2、3、5 点后来都受到强烈的批判。我大学时代就读过《隋唐制度渊源略论稿》和《唐代政治史述论稿》，对后来的反驳意见也看过一些。很多问题陈寅恪话讲得太满，以至于别人可以从许多细节加以反驳，我长时期思考这些问题，认为陈寅恪的主要看法都可以修正其论述方式，从而保留其核心。我并不喜欢陈寅恪的个性，但我认为，陈寅恪的见解在仔细思考前最好不要随意否认。以前傅璇琮曾经反驳陈寅恪的第 2

点,很多论据很明确,我反复思考,比对原始资料,最后还是认为,陈寅恪的见解可以用修正的方式加以维护。我因此写了一篇《武周革命与盛唐诗风》,自认为颇有见解,随信附上,有空不妨看一下。

陈寅恪有很强烈的遗老心态,这一点很不可爱。他很不喜欢"五四"反传统的风尚,问题是"五四"的代表人物有一些是他的好朋友,他不能明言,以免失去他们的支持,其实内心里他很为传统文化的没落感到悲哀。他的遗老心态其实和他的文化保守主义是密切相关的。他其实很知道,西魏北周隋唐这一脉相承的关陇集团有很强的胡人色彩(隋唐皇室都是几代胡汉混血的),但他不太愿意明言。具有反华倾向的日本学者如杉山正明就据此认为,即使隋唐也不是汉人政权,他的书现在在两岸都很风行,我曾经为文反驳,应该已经在大陆发表了,到北京以后会送你一份。陈寅恪还指出安史集团的胡化和中唐文人的复古具有密切关系,他推崇韩愈,推崇宋代文化,都跟他的传统文化情结有关。陈寅恪也是一个极端复杂的人物,是中国面对西化狂潮时的一个特异现象,推崇他的自由派和不喜他的行文风格的人,我觉得都有一点片面。

这样就可以说到我为文的动机,我的目的是要论证汉文化伟大的融合力,我想写一系列文章,说明为什么罗马帝国崩溃以后地中海世界的文化从未复归于统一,而中国在汉帝国崩溃以后,经过三四百年又产生了第二次的大一统。这样,我就想从文学上论证隋唐文学融化了多少异族分子(我在文章中提出,元稹、白居易、刘禹锡甚至韩愈,小焉者如元结、独孤及甚至刘长卿都是五胡的后代,其实引发我的注意的都是陈寅恪的文章)。北魏、隋唐、元代、清代都是塞外游牧民族入主中原,再被融进中国文化之中。如果我们不能有理有据地论述这一点,甚至可能连大陆的年轻人都会被日本的"征服王朝论"及西方的"中国不连续论"(这是我创造的名词,指西方的某一派别,他们把中国分割成许许多多的政权,而不承认中国是始终一贯的)影响。西方人既不可能了解中国文化,也不想用心了解,现在我们必须发展出我们自己的大论述,不然连我们的年轻人都要被他们影响了。

李白是个很独特的例子。我当然知道,拟古是中国诗人入学的门径,但我已指出,李白现存的拟古作品远超过二百首,这已接近高适和孟浩然现存的全部作品,盛唐诗人中,王、孟、高、岑,还有最重要的杜甫,拟古类的作品数量都很少,这就可以看出李白在盛唐诗人中的独特性。另外,汉化异族的后代,和刚开始汉化的异族的头一两代,情况当然可以有所区别。萨都剌和纳兰容若到底是属于哪一类,是可以再讨论的。但是,像新罗人崔致远那样的例子也不能不考虑。古代中国文化具有崇高的威望,正在汉化或者到中国留学的外国人是以最虔诚的心情来背诵中国古籍、学习中国文化的,这跟现代西洋人的心态有极大的区别,应该要分辨。

写太长了,见面喝酒再继续讨论吧。

正惠 2016 年 4 月 6 日 23:03

四

老吕:

因为咱们是老朋友而且是好朋友,所以我的上封信才直陈所见,觉得这样才合乎朋友道义,而我之所以对你的新阐释"响应得那么快,信写得那么长,反对的意见那么激烈",既不是为了维护李白的汉族诗人身份和地位,也不是嫌弃"胡人"——跟这些都没有关系,而纯粹是不赞成你那样的论学方法,觉得你的论述很牵强,既有损于学术也有损于你自己。同样地,我对陈寅恪的史学成就并不否定,我只是不满意他为了证成自己的某些特别的创见而滥用考证,而正因为他成就高、影响大,他的武断考证就特别地贻误后学。

看了你此封来信所说为文动机和撰述计划——"我的目的是要论证汉文化伟大的融合力,我想写一系列文章,说明为什么罗马帝国崩溃以后地中海世界的文化从未复归于统一,而中国在汉帝国崩溃以后,经过三四百年又产生了第二次的大一统。这样,我就想从文学上论证隋唐文学融化了多少异族分子(我在文章中提出,元稹、白居易、刘禹锡甚至韩愈,小焉者如元结、独孤及甚至刘长卿都是五胡的后代,其实引发我的注意的都是陈寅恪的文章)"——我得承认这动机很良善,但我以为其实不仅没有必要,而且你真去这么系统撰述,效果一定适得其反。因为一则人类历史上的各大民族没有纯粹的,汉民族的同化能力尤其伟大,这是尽人皆知的事,无须再去夸张宣传;二则你所举的那些著名文人诗人,其祖上可能都有胡人血统,但到他们及身确已是十足的汉人,人们对此向无异议,你却特别强调他们的"胡人"因素,那会很牵强而且也没有必要,会把严肃的学术变成"别有用心"的宣传,其效果一定会弄巧成拙、惹人反感,而与你的良善动机南辕北辙。我敢断言,事情一定会这样。我的上封信之所以慨乎言之,就是为此,因为学术史上这样的先例、这样的教训实在太多了——不论动机好的还是动机不好的牵强考证、武断学术,都难免歪曲之弊病,因而最终都会被人抛弃。你是深通古典和历史之人,如果你撇开这些政治动机,实事求是地去论评这些作家的文化思想艺术成就,那一定会成为一部好的学术著作,其学术的和宣传的效果也一定不错——此则是所望也。而你目前的学术设想实在是很不值得也得不偿失的。

志熙 2016 年 4 月 7 日 19:42

五

志熙:

　　我到北京后,会把我反驳日本学者杉山正明中国史观的一篇文章给你看,另外,我还想写一篇《中国第二次大一统的形成》,说明为什么汉代四百年大一统在五胡的侵入之后,经过近三百年的混乱,还能恢复汉文化的大一统。从世界史的角度来看,这是举世无双的成就,虽然大家都知道了,但很少人理解为什么只有中华文明才做得到。现在世界上的人不理解中华文明,而中国人自己到现在还没有恢复对自己文化的信心,我觉得这个工作还是应该做做看。我想你等我完成这篇文章再下一次论断。

正惠 2016 年 4 月 7 日 20:06

六

志熙：

  曾经被你痛骂的那一篇论李白文，如今终于修改完毕，请再帮我审查一遍。

正惠 2017 年 4 月 30 日 22:07

七

老吕：

  大作修订稿拜读了，觉得这次的修订很有分寸，对李白诗歌艺术特征的分析很有启发性。你说——

    我个人认为，不论李白是粟特人还是汉族人，他的家庭长期生活于西域则是不争的事实。按照范传正《唐左拾遗翰林学士李公新墓碑》的说法，因为"隋末多难，一房被窜于碎叶"（1462 页）。假设隋末是指隋炀帝大业十三年（617），那么，一直到唐中宗神龙初（705）李家来到四川广汉定居，中间至少有八十八年的时间。这么长的时间居住在遥远的异国异文化之地，很难想象李家的人还能保持汉文化的各种习俗（包括熟悉汉语）。对李白的先世我们可以不作定论，但我们至少可以肯定李白家族已经相当异族化了，他们对于汉语的使用，不可能像中原人士一样纯熟，甚至可能他们的汉语已经忘得差不多了。

  这个说法我也能接受，有助于体认李白诗歌艺术的一些特点之由来，而不像此前坚认李白一定是胡人那样固执了，善哉善哉！

  遵嘱按大陆的版本为大作补足了注释，现在传上。另，我上个月无所事事，写了两篇散文《人与树同在》《砚台的记念》，传上聊博一笑。

问嫂夫人好。

志熙 2017 年 5 月 2 日 16:24

八

志熙：

  你的认可让我非常高兴，如果不是你上一次的严厉批评，也就没有这一稿的小心翼翼，并且努力想以具体的论证来说服人。我觉得这个论题还可以说得更详尽，但现在急着把这篇文章收进即将编好的一本小书中，就只能暂时到此为止。

  你的两篇散文我都看了，非常喜欢。你们西北的农民，真是有历史、有文化，长期坚韧地生活在并不特别好的土地上，所以才能成为中华文化的摇篮。福建的农民到达台湾后，由于土地肥沃，生活容易，性格上就显得浮夸而冲动，并且容易自满，实在是有点浅薄。希望你以后多写这种文章，让现在不了解农业文化的人，能够认识到中国自有立国之道。

正惠 2017 年 5 月 3 日 15:53

唐宋文学对谈录

——从《第二个经典时代：重估唐宋文学》说开去

题记

  三联书店于2019年6月推出了新竹清华大学教授吕正惠先生的《第二个经典时代：重估唐宋文学》，并于8月间寄赠我一本。吕正惠先生是我的老朋友，他的这本关于唐宋文学的专题论文集，视野开阔而论述专深，很是引人入胜。我读后即致函吕先生略述感想，吕先生随后回复，如此往复，对该书及唐宋文学诸问题有所讨论。现在录出刊布，既为个人友谊之存念，亦或可供关心此类问题者参考。应该说明的是，由于是随手的书信文字，言谈不免率直随意，显然不够谨严细致，读者谅之。

解志熙 2019 年 9 月 15 日记于清华园之聊寄堂

发件人：解志熙
发送时间：2019 年 8 月 28 日 04:56
收件人：吕正惠
主题：关于唐宋文学

老吕：

我8月15日晚收到三联书店寄来你的新著《第二个经典时代：重估唐宋文学》，当即翻阅一下，觉得内容丰富，很吸引人。只是我第二天就赶赴河南开封，参加那里举办的吴福辉先生八十华诞暨学术思想研讨会，以及中国近代文学第一届暑期青年讲习班（主要是全国各地的博士生）。吴福辉是我的老师兄，他的八十大寿，我无论如何不能缺席；母校拉我出一趟公差，也无法拒绝，只能勉力而行。此行携带的唯一读物就是你的这本新著，一路阅读近半，21日回京后仍不忍释手，昨晚终于读完。今天无事，顺手略述感想、聊表祝贺吧。

我知道，你上世纪七十年代攻读硕博时的学术出发点就是唐宋文学，后来的学术工作虽然由于某些原因而有所转移，但你最大的学术兴趣显然还是在唐宋文学上，所以从未停止这方面的探求。本书收录了你当年的一些论作以至近年的成果，所论涉及广泛而分析专精深入，述学文体简练从容，不是一般学究的论文集可比的，允称近年唐宋文学研究的重要收获。

与一般论者不同，你的唐宋文学论有一个超越文学的大历史视野，正如两篇序论之所言，唐宋时代是"中国文化的第二个经典时代"或"中华文化的再生时代"，这是高屋建瓴、纲举目张之论。的确，我们比较中国与世界其他文明的异同，自然会发现，伴随着秦汉大帝国而来的先秦两汉文化，是中国文化的第一个经典时代，与之相仿的古希腊－罗马时期的文化是西方文化的第一个经典时代，但随后的世界史上，除了中国在隋唐迎来新的大一统和以唐宋文化为主的第二经典时代，任何其他文明都没有帝国复兴和经典再造的第二个机会——欧洲的文艺复兴虽然复兴－再造了古希腊文化，却迎来了民族国家的分立时代，此后欧洲再也没有统一过。可是，中国在元代的短暂统治之后，很快迎来了明清大帝国的创建和理学－汉学的繁荣时代，在近代的外忧内患之后又迎来了中华民族的再度复兴和国家的现代重建。中华文明和中国历史中这些反复上演的"治乱兴衰史"，在人类历史上确实是绝无仅有的。

我也一直在思考为什么中国会这样幸运，而思考的初步结论是，中国人首先得益于居处在一块巨大的自成一体的大陆地区，很早就发展出成熟的农耕经济、进入相对稳定的"土地社会"（这是我生造的一个社会发展史概念，以取代毛病多多的"封建社会"概念）。被海洋和沙漠分割的那些地域本来就不利于统一，滋养出来的是分裂独立的发展趋向，至今依然。中国人所居处的这片内陆地区虽然在某些时候会分裂为多个方国（这是我借用的一个概念，以取代易滋误解的"诸侯国"概念），但各方国的割据一定是短暂的，最后必定会重新统一，重新建立起以农业经济为主体的、土地社会形态的统一大帝国。而促成其反复走向统一的原因，则在于生活在这一大片土地上的人们生产－生活方式的相互接近和经济交流的不可阻遏。借用现代制度经济学的术语来说，这种得天独厚的地理－经济环境，使得统一成为中国这片大地上最节约社会成本也最便于经济民生的政治选择，所以统一的确是民心所向，也因此大一统向来就是中国的政治理想和中国政治思想的主流。如郭沫若论秦楚历史时所说的，春秋战国时期各诸侯国、各派思想家，其实都倾向于统一华夏，问题只在由谁完成统一以及如何完成统一而已——他说这是"当时的一般具有见识的人"普遍意识到的历史要求："春秋、战国时代，尤其是战国末年，中国实在已经到了'车同轨，书同文'的地步，只等有一个国家来收获这政治上的大一统的功绩。当时的列国中最有资格的便是秦、楚两国，刘向有两句话，'横则帝秦，纵则楚王'（见《战国策叙录》），把当时的情形说得最为扼要。"又谓："周秦诸子同是主张大一统的，但大别也可以分为两派，主张德政的人例如儒家则大抵反对秦国，而主张刑政的人例如法家，则每每不择手段，而倾向于维护秦国。"[①] 与此同时，从先秦到两汉也形成了与大一统趋向相适应的主流意识形态观念和国家治理制度安排的传统——那便是以儒学为主的人文主义思想文化导向和以皇权来维系国家统一、实施中央统治郡县的政治治理制度。这三样相互配合，成为漫长的土地社会时期之中国长治久安的立国基础，其最早的成功实践是在两汉时期，中华民族的主导族群从此被称为"汉人"，的的确确是良有以也。

当然，正如你所看到的，在中国历史的演进过程中，也不时出现削弱

---

① 郭沫若：《屈原研究》，《郭沫若全集》历史编第 4 卷第 92 页，人民出版社，1982 年。

以至破坏这种统一安定局面的力量。所谓削弱－破坏的势力主要是来自北方游牧民族的侵凌、帝国内部藩镇割据的分裂势力之坐大，以及佛、老宗教迷信势力的扩大导致虚无－颓废－享乐之风的盛行和户籍的大量缩减。这也正是你的这本书大力表彰韩愈的原因，因为韩愈所处的中唐时期，这几种破坏因素同时俱来，韩愈是最敏感地发现问题也最勇敢地提出批判和救治之道的人，他因此积极参与平藩的军事行动、维护国家的统一，大声疾呼"排佛老"、旗帜鲜明地主张"原道"即"恢复儒家之道"，当仁不让地"抗颜为师"，更致力于古文的复兴，如此等等的文化与政治行为，都旨在恢复"汉文化"的正道，显然有利于国家的统一和人文文化的健康发展，影响远及于宋代。所以，你这本《第二个经典时代：重估唐宋文学》以韩愈打头，后面且再次论及他，真是别具只眼。的确，唐宋时代是中华文明的第二个经典时代，这是一点也不错的。窃以为这个从唐到宋的"第二个经典时代"的一致目标，就是一度湮没的"汉文化传统"之复兴，所以从唐到宋的这一系列复兴运动——古文运动、新乐府运动、复兴儒学的理学运动，或可统称为"唐宋的汉文化复兴运动"，不知以为然否？这复兴乃是复古以革新，所以在文化思想上又有新的开展。而"五四"新文化运动领袖们从单纯的"任个人"的个人主义立场和反载道的纯文学观点着眼，攻击韩愈不遗余力，尤其是周作人师弟们，一直是喋喋不休反韩愈的急先锋。你在论韩愈文中对此也有反思，还了韩愈一个历史的公道，颇合我心。

有趣的是，我的硕士导师任访秋先生1935年夏在北大国学门研究生毕业后，受其导师周作人的影响，撰写《中国小品文发展史》，以为"唐既统一天下，照一般专制政府的惯技，一定继之而来一个思想的统一。……论者谓其束缚思想，较之汉武帝罢黜百家、一尊儒术可谓有过之而无不及。至于文学思潮，由隋以来即直奔向复古的道路上去。最初是陈子昂、李太白对诗歌的提倡复古，继之以权德舆、独孤及、柳冕、韩愈对散文之提倡复古。诗歌复古的结果，走到写实，而注重社会的现状的路上。散文复古的结果，是'文以载道'，此所谓道乃孔孟之道，载道者乃是借文章来阐明发挥孔孟之圣道"。又谓："在北宋初年，本来是古文二次的复兴期，欧阳修自命是传韩退之的衣钵，而东坡则是出于永叔之门的，所以他们的思想总归是囿于一曲，而不能弘通。至东坡早年的文章，譬如制策之类，完全学韩愈，就文学而论，不值得称道。"在稍后撰写的《中国文学史讲义》中，任先生也对韩、柳主导的唐代古文运动弃置不论，对韩愈的人、文、诗尤为不屑，所以有这样的讥议——

  退之最初本是极倔强的人，但遭了这次打击（指其元和十四年谏迎佛骨而被贬为潮州刺史——引者按）后，锐气顿消，马上可变了那副刚直的面孔，反来阿谀乞怜了。当他到了潮阳之后，给宪宗上表，先说那里地方的恶劣，他年已衰迈，受不了那种折磨；次说他"单立一身，朝无亲党"，假若天子不怜恤他没有人肯替他讲话；接着说他受性愚陋，人事多所不通，但好学问文章，将来那种歌功颂德的文章，自己敢说胜任而无愧；末了又说了一大堆谄谀的话，劝宪宗把自己的功业应定之于乐章，告之于神明，东巡泰山，奏功皇天，俾可垂之万世而不朽。表上遂改授袁州刺史。
  …………
  不过我总觉得退之的诗缺乏朴质与自然，所以令人感不到亲切的意味。他学工部的奇险，结果流而为虚矫，学太白的豪放，结果流而为粗犷。至于李、杜两人的长处，所谓空灵飘逸与恳挚质实，则彼实概乎其未之闻。至退之的作品，为什么竟走上这样一条路？我认为还不外他的思想与修养的关系。我们试读他的散文《原道》，就可以看出他是以道统自任的一个人，而他的朋友张籍也曾劝过他来担负道统（《新唐书·一七六·张籍传》）。因此他就不能不故意的装腔作势，摆出规矩尊严的样子来。加以他又是不能忘情名利的热衷者，他劝他的儿子要努力读书，因为惟有读书，才能够富贵利达。……这种纯以利禄来诱导子弟，就可以晓得退之这个人的修养是如何了。像他这样不真率的人，怎能写出真率的诗呢。

我在十年前整理任先生这些著作后所写的《古典文学现代研究的重要

创获——任访秋先生文学史遗著二种校读记》①一文中，不得不推本溯源，指出任先生的误断来源于"五四"新文化运动先驱者们的偏见，而不自量力地为韩愈做了一点辩护——

其实呢，所谓封建时代的士大夫，当遭贬左迁而不得不上书"谢恩"之际，对皇帝说一点软话，乃是官场的常理常例，又何嫌于退之？何况退之"认错"的官话套话，也未必就没有皮里阳秋的意味在，岂能按字面意思句句当真？至于韩愈做诗希望儿子读书上进以期将来"比肩于朝儒"（《示儿》），亦是那个时代的人之常情，他能够那样坦白地写出来，而不故作淡然萧散之态，正见出其为人做诗的坦直真率、表里如一，又何损于他的思想与人格？

推原任先生之所以对韩愈有此讥议，以至对整个唐代古文运动都弃置不道，其实还是缘于他仍受限于新文化、新文学和新学术观念之影响。从这些"新"的立场上看，"文以载道"的古文，由于其所载之道，既不合近代"人的文学"在思想和政治上的正确性，也不符合"纯文学"的艺术正确性和纯粹性，自然难免遭否定之灾，而韩愈则因为是这个道统和文统之开山，也就首当其冲，成了最遭批判的古典作家了。批判最激烈也最持久的，就是任先生的导师周作人。按，自二十世纪三十年代以来，为了抬高所谓独抒性灵的"言志"小品，周作人极力非难"载道"的古文之首领韩愈，写了不少声讨文章，简直视韩愈为不可饶恕的假道学、戕害文学的罪魁祸首。而说来有趣的是，周作人之狠批韩愈，不仅遵循着"载道"有害"作文"的新理念，而且沿袭了宋代一些理学家颇嫌韩愈为道不纯、作文害道、人品与文品皆有缺的旧说法，却不解韩愈之"不纯""有缺"，正是他与故作正经的伪道学之不同处，正足见其为人为文之可爱也。然而，乃师周作人对韩愈和古文的批判，实在相当深刻地感染了任先生。由于截至1938年周作人尚未公开附逆，所以任先生这部文学史讲义

---

① 此文也收入本书中，但下述引文为讨论所必需，故此存而不删。

的先秦至唐代部分，仍然颇多援引周作人的观点，而任先生对韩愈和古文的看法，显然与周作人如出一辙。这种出自新文化、新文学理论逻辑的批判，当然有其必然性和合理性，可也确实带着新的傲慢与偏见，而不免苛求和曲解了古人。究其实，韩愈乃是针对中唐以来藩镇割据、佛老糜费、民不聊生、国将不国的现实，而思有以矫之，于是才重倡古典人文主义思想和古典艺文的传统，岂可以其"文以载道"之不合于现代文学的理念和理想，就不加分析地予以拒斥？并且诚如钱锺书先生所说，在古代文论中，分体言之，则"诗以言志""文以载道"，合而观之，则同一人既可写"言志"之诗也可做"载道"之文，并不觉得有什么矛盾，今人又何须从狭隘的纯文学观出发去特意褒"言志"而刻意贬"载道"？更何况，从中外几千年的文学史来看，文学又何尝能纯和可纯到仅只是为文而文地独抒性灵趣味——从某种意义上说，"不纯"的生活感想和深挚的道德感怀乃是文学创作的初衷，唯此才能使文学言之有物、充盈坚实，然则，有感而发、有所持守的"文以载道"，即使不合于今，又何足为古文的千古不赦之罪？

令人欣慰的是，经过抗战的洗礼，任先生的文学史观发生了很大的转变，这在他写于抗战年月的《中国文学批评史述要》里多有表现，即如我在那篇札记里特别表彰的他对韩愈评价之新变："窃以为，任先生这样辩证中肯、深入贴切的评论韩愈，乃是《中国文学批评史述要》一书的最见精彩之处，而他能如此发为实事求是、体贴入微之论，显然包含着对自己先前简单化的偏见和遮蔽的自我纠正，同时也可能暗含着任先生身处万方多难、民族危亡的抗战时代，对民族文化和先贤情怀之感同身受的亲切体认吧。"到了1957年，任先生还写了《论韩愈和柳宗元的散文》一文，肯认"唐代中叶在文坛上的复古运动，今天看来，它不只是文学上的复古，而且也是思想上的复古。不过我们必须明白，这种复古正如梁启超评论清代学术的话：'以复古为解放'（《清代学术概论》），也就是借复古的口号，来进行文学的革新。而这种革新，是符合当时的时代要求的，因而是有它的积极意义的"。记得我在1983年春节前夕考任先生的研究生时,还看过这篇文章,而那年的一个考题也恰巧就是比较韩柳的散文,应该就是任先生出的题目。由于这些原因,我读你新著里的两篇关于韩愈的论文以及《唐宋古文》《古文文气论举隅》诸篇,感到格外地亲切,很赞成你的深切的文化分析。

我也很喜欢你的新著中讨论宋诗宋词的《被唐诗和宋词夹杀的宋诗》《宋词的再评价》以及《南宋诗论与江西诗派》诸文。如你所指出的,近代以来的学术界长期流行着的,是据王国维"一代有一代之文学"之逻辑而扬宋词贬宋诗的观点。这实在是似是而非的新教条,不符合宋代文学的实际。你的这几篇论文,破除了王国维以来简单的进化论文学史观,从宋代文学史的实际成就出发,还了宋诗一个历史的公道,同时也给予宋词一个恰当的估价。

我很高兴你注意到胡适的词学观比王国维的词学观更有历史感(顺便说一下,最早比较王、胡词学观异同的是任访秋先生,他1934年就发表了《王国维〈人间词话〉与胡适〈词选〉》)。你赞成胡适的观点,认为"**词要成为重要的文学体裁,成为能够与五、七言诗比肩的形式,也要从它的民间文学时期更进一步的文人化,更进一步的提升**"。这真是一语中的之论,据此,你重论宋词的发展路径及其令人惋惜的歧途,可谓切中要点也击中要害之论——

> 北宋中叶以后,词的发展就是循着这个方向来进行的。不过,就结果而论,词的这一文人化的过程,并没有把词提升为更重要的诗体,反倒把词发展成一种五、七言诗主流之外的奇花异草,美则美矣,但终究不是堂庑特大的殿堂。中间的关键就在于,词的文人化是循着两种途径来发展的。一种是苏、辛的路,即一般所谓的豪放派;另一种是周、姜的风格,即所谓的婉约派。词的文人化过程所以没有走上康庄大道,就是因为周、姜一派终于占了上风,而成为词的正宗。
>
> 苏、辛等人的作风,用胡适的话来说,是把词当作一种"新的诗

体"，用词来作他们的"新体诗"。所以，词的内容扩大了，"可以咏古，可以悼亡，可以谈禅，可以说理，可以发议论"；词的风格多变了，"悲壮、苍凉、哀艳、闲逸、放浪、颓废、讥弹、忠爱、游戏、诙谐"无所不包。换句话说，词变成诗的一体，是五七言古、律、绝之外的第七种诗体。诗人可以写五古、写七律，也可以写词。不过，词是一种新出的形式，表现力比较强，弹性比较大，因此，更值得尝试，更值得拓展。

如果词是按照这一方向充分发展，那么，它可能继五言、七言之后，成为中国诗的第三种重要形式。它的潜力不会在宋代就被发挥净尽，它还可以在元、明以后继续为绝大部分的诗人所应用，而成为诗人最主要的表达媒介。这样的词就是康庄大道的词，是诗歌国度里与五、七言鼎足而三的诗体。

然而，这样的词却在南宋中叶逐渐式微，而为另一种文人化的词所取代。这另一种词在北宋中末叶为柳永、周邦彦开其端，在南宋中叶为姜夔所复兴，此后一直凌驾于苏、辛一派的"新体诗"，并在清朝得到某种程度的拓展。这一系统的文人词，现代学者有过种种的阐释、种种的评论，但似乎还没有把它独特的本质说明清楚。因为它的性质的确很特殊，是中国文学中一种全新的感受、全新的表达模式。用最简单的话讲，这是挫败文人的自怜心境的表现。

我们可以简略地分析这一派词人的身份与遭遇。他们的远祖柳永是个长期流落江湖的未第之士，落魄到为歌楼舞榭的女子填写歌词；他们真正的宗师周邦彦，是长期沉沦下僚的小公务员。到了南宋，他们的重要成员，姜夔、史达祖、吴文英是江湖清客，凭着他们的文学在权贵之门讨生活；周密、王沂孙、张炎也是如此，只不过多了一种亡国王孙的悲哀。

他们的词基本模式是这样的：每到一个地方，一定回想到自己的过去，特别是过去的一段情事，沉湎于回忆之中，并以目前的流落自伤自怜。像周邦彦的《瑞龙吟》、姜夔的《暗香》、吴文英的《高阳台》、张炎的《月下笛·万里孤云》都是最典型的作品。

表面上看起来，他们的词好像和唐人绝句"去年今日此门中"所表现的今昔之感相类似，其实却大有不同。他们的词把往事扩大描写，在他们细腻的笔触下，回忆起来的往事不论多么哀伤，却总是有着令人回味的美感。他们就沉湎在美的伤感之中，表面上自怜自艾，其实却有另一种"满足"存在于其中。这种独特的抒情美感，在中国的诗歌中，的确是前所未有的。他们为中国的诗歌开创了一个特殊的天地、特殊的境界。

这是一个细腻而美好的世界，然而，我们不能说，这是一个广阔的天地。这个世界不论多么特殊，多么有价值，总是无法跟欧阳修、王安石、苏轼、黄庭坚、陆游、杨万里所代表的那一个无所不包的宋诗天地相比。然而，它却被常州词派、晚清词人，以及他们在民国时代的"遗族"抬高了，变成词的正统，变成词之所以为词的价值之所在；正如王国维、胡适等人之抬高五代、北宋那种具有民间风格的浑成自然的小词一般。(《宋词的再评价》)

由此，你比较宋词与宋诗的成就，对褒宋词而贬宋诗之见提出了有理有力的驳难——

综合以上所说，词可以分成三种：早期的词，描写人的单纯而基本的感情，具有民歌风味的直率与深挚；周、姜一派的文人词，表现落魄而挫败的文士的心境，把往事转化为美丽的哀愁世界，并进而沉湎流连于其中；苏、辛一派的文人词，无所不写，无所不包，实际上已成为宋诗的一体。

就评价来讲，王国维"境界说"的拥护者，以及五四白话文学的信徒，最推崇第一种词；常州词派和晚清词人在民国的"后代"，标举第二种词。这两派的学者都不敢轻忽苏、辛一派，但在他们心目中，真正的词是第一种或第二种。认为这两种词最富有词的特色，最足以在诗之外独树一帜。他们所谓"唐诗、宋词"的词，其实主要是指第一种和第二种。

说词在诗之外独树一帜,这是任何人都可以同意的。但是,他们的评价不只如此而已。他们把宋词抬高,认为是宋代文学的代表,它的价值胜过宋诗,这就不太能令人信服了。

　　对于这样的评价,我们可以问两个问题:首先,究竟是从宋诗那里可以看到宋代文人生活与性情的全貌,宋代文化的特质呢,还是从宋词那里?这个问题应该是很容易回答的。从这个问题的角度,我们就可以看到,宋词的世界,比起宋诗来,有多么的狭窄。这样的世界,不论多么精美,要说它足以代表宋代文学,无论如何是说不过去的。第二个问题是:宋代的大词人,有哪一位的成就足以跟宋代的大诗人相比?如果我们不算接近宋诗的苏东坡(他本身就是宋代第一个大诗人)和辛稼轩(他的确可以和宋代的大诗人相比而无愧色),还有谁呢?周美成吗?还是姜白石?还是吴梦窗?

　　有人马上会抗议说,这不公平,不能这样比,周美成、姜白石、吴梦窗自有他们的价值。这个我也同意。我要问的是:周、姜、吴的成就是和苏、黄、陆"同级"的吗?如果不是,那么,宋词何以能够比宋诗更重要呢?如果宋词的拥护者说:周、姜的世界是苏、黄所没有的,这样的比较没有意义;这是否就意味着:在宋诗的大世界中,并不妨碍宋词那种精美的小世界存在?如果是这样,又何以能肯定宋词是一种更重要的文类?所以,结论应该是:在宋代文学中,宋诗是主要的;宋词在它的范围内虽然很好,却总是次要的。我们应该这样重新来摆定宋词,才能还给宋代文学一个完整而真确的面目。(《宋词的再评价》)

我在此长篇抄引了你的论述和辨析,因为你说出了我这个古典文学爱好者长埋在胸中想说而无能说出的话,并且说得如此合情合理、非常富有说服力,足以祛除长期笼罩在这个问题上的疑议,是宋代诗词比较的中肯之论。此外,你对唐宋诗差异的比较判断、对作为宋诗代表的江西诗派及其诗学观念如何形成而又为何不得不被"超克"的论述,也简明得体、实事求是,深获我心。对你的总体结论——"真正代表宋代文化的,是宋诗,宋代古文,还有理学"——我略有不同意见,宋代文化在我看来,古文在韩、柳之后,大为发煌、无施不可,超越唐代,允称第一,理学在韩文公的草创之后得到精深的发展和完成,当居第二无疑,宋诗则在伟大丰富的唐诗之后仍有所拓展,拥有梅、欧、王、苏和南宋三大家,当居第三,词则殿后耳。

由此,我想对你关于宋诗和宋词局限性之原因的判断做一点补充。我觉得你对宋诗的特点的概括是很准确到位的,你比较了唐宋诗的不同,以为——

> 宋诗和唐诗有什么不同呢?我们可以简单地说,唐诗是"激情"的诗,宋诗是日常生活的诗。唐诗所表现的感情大多是比较特殊、比较不平凡、比较异于日常生活平淡的感情的。因此,唐诗的感情总是显得比较豪迈、比较悲凉、比较激动。相反的,宋诗则注重日常生活的平淡感情。譬如以"悲哀"来说,人生的"悲哀"是常有的,但并不是每天都有;就每天常表现的感情来说,平平常常的感情该比"悲哀"感情较为常见。然而,在表现感情时,唐诗总是比较重视"悲哀"的一面,而宋诗总是选择比较平淡的一面,所以日本著名的汉学家吉川幸次郎就曾说过,宋诗是对唐诗的过度注重人生的悲哀面的克服。也就是说,唐代的诗人比较侧重人生感情的不平凡的一面,而宋代诗人则承认人生以平凡为主,并愿意表现人生中平凡的感情。
>
> 从另一个角度来看,唐诗是比较浪漫的,而宋诗则是比较"现实"的(就"现实"一词的较好意义来说)。又因为就一般人的性格来说,青年人总是比较浪漫,而中老年人在历经了人生的种种阶段以后常常比较能够认清现实,由绚烂归于平淡。所以,我们可以比喻地说,唐诗是青年人的诗,而宋诗则是中老年人的诗。或者,用吉川幸次郎的比喻来说,唐诗譬如"酒",宋诗譬如"茶",因为酒是强烈的,而茶则平淡,必须慢慢品尝。
>
> 以上我们从整体上把唐、宋诗加以对比,并从这一对比中简要地

突显出宋诗的特质。下面我们就更具体地举例说明宋诗描写事物和表达感情的方式，这样就能更清楚地看到宋诗的真面目。

  一般而言，唐诗的"抒情性"是特别突出的，因为只有透过"抒情"的方式才能把"激情"适切地表达出来。至于叙述、描写、议论通常只作为"抒情"的辅助，这些成分很少会客为主而成为诗的主要成分。宋诗则不然，宋代的诗人常常故意把叙述、描写、议论的成分加重，把抒情的成分减少，因此读起来的感觉就像押韵的"文"，而不是诗。(《被唐诗和宋词夹杀的宋诗》)

你也指出真正形成宋诗面目的，是苏东坡尤其是黄庭坚以下的江西诗派，他们是学杜甫和韩愈的，他们的学习也颇有些成绩，这既给宋诗带来了特点，却也造成了宋诗的局限。如你所引的张戒《岁寒堂诗话》的批评："自汉魏以来，诗妙于子建，成于李杜，而坏于苏、黄。……子瞻以议论作诗，鲁直又专以补缀奇字，学者未得其所长，而先得其所短，诗人之意扫地矣。"以及严羽《沧浪诗话》的比较批评："盛唐诸人惟在兴趣，羚羊挂角无迹可求。故其妙处透彻玲珑不可凑泊，如空中之音、相中之色、水中之月、镜中之象，言有尽而意无穷。近代诸公乃作奇特解会，遂以文字为诗，以才学为诗，以议论为诗，夫岂不工？终非古人之诗也。盖于一唱三叹之音有所歉焉。且其作多务使事不问兴致，用字必有来历，押韵必有出处，读之反覆终篇，不知着到何在，其末流甚者，叫噪怒张，殊乖忠厚之风，殆以骂詈为诗，诗而至此可谓一厄也。"我的问题是，如此努力学杜韩的宋诗，看来走的是正路啊，他们的抒写也确乎扩大到以日常生活为诗，诗路似乎更宽广了，却为什么会走到张戒和严羽所批评的那样一条末路？诚然，张戒和严羽的确看出了宋诗的问题，可是他们开出的药方仍然是效法盛唐诗，似乎那样就能解决宋诗的问题、使之达致盛唐诗的成就。当今的不少论者认同张、严的论调，我则不以为然，因为以李白为代表的盛唐诗路再也不可重复，困守长安和流转蜀中的杜甫所开拓的诗路才是真有前途的大道，但宋代诗人努力学杜甫，为什么就只学到杜甫的皮毛技巧而不知杜甫的真功夫何在呢？我觉得，你对这个问题没有做出进一步的恰当解答。

在我看来,人们长久没有意识到李白和杜甫不仅代表了唐诗前后期的分别,更代表了整个中国古典诗歌前后期的分别,这分别的重大差异在诗学态度的不同。诚如你所指出的,李白及其之前的中国诗歌是"抒情的"而且是"浪漫的抒情的",其中主导性的是士大夫才士的个人英雄主义的抒情感怀,因而也如你所说是"不平凡的"或"自命不凡的",连带着的是怀才不遇的感慨、英雄失路的悲怀及聊以自慰的超然出尘之念等等,都是非同一般的抒情。可是,这种抒情到盛唐的李白和王维已臻于总结性的顶峰,再无余蕴可写,写了也无以超越李白和王维。早年的杜甫也是如此,他追随李白、四处漫游,看他早年的代表作《望岳》所写"会当凌绝顶,一览众山小",其抒情态度活脱脱一个小李白。但是如你我前几年所讨论的,在杜甫的保存得非常完整的诗作中,早年的诗作寥寥无几,我曾经推断说那不是自然地散佚了,而是晚年的杜甫有意删却了,只保留《望岳》等少数几篇略可观者以为存念,其原因是经过困守长安尤其是流离秦川、辗转蜀中,杜甫的诗学态度发生了根本性的转折,诗在他不再以个人英雄主义的抒情为满足,而转换为推己及人因而富有深广人间-人道关怀的生活经验作为抒写的重心,用杜甫自己的话来说便是"诗尽人间兴""穷年忧黎元"是也。杜甫的这个诗学态度的自觉转变极其重要,其意义有如现代德语大诗人里尔克之所谓——

> 诗并不像一般人所说的是情感(情感人们早就很够了)——诗是经验。为了一首诗我们必须观看许多城市,观看人和物,我们必须认识动物,我们必须去感觉鸟怎样飞翔,知道小小的花朵在早晨开放时的姿态。我们必须能够回想:异乡的路途、不期的相遇,逐渐临近的别离;——回想那还不清楚的童年的岁月;想到父母,如果他们给我们一种快乐;我们并不理解他们,不得不使他们苦恼;想到儿童的疾病,病状离奇地发作,这么多深沉的变化;想到寂静、沉闷的小屋内的白昼和海滨的早晨,想到海的一般,想到许多的海,想到旅途之夜,在这些夜里万籁齐鸣,群星飞舞——可是这还不够,

如果这一切都能想象得到。我们必须回忆许多爱情的夜，一夜与一夜不同，要记住分娩者痛苦的呼喊和轻轻睡眠着、翕止了的白衣产妇。但是我们还要陪伴过临死的人，坐在死者的身边，在窗子开着的小屋里有些突如其来的声息。我们有回忆，也还不够。如果回忆很多，我们必须能够忘记，我们要有大的忍耐力等着它们再来。因为只是回忆还不算数。等到它们成为我们身内的血、我们的目光和姿态、无名地和我们自己再也不能区分，那才能得以实现，在一个很稀有的时刻有一行诗的第一个字在它们的中心形成，脱颖而出。（里尔克《布里格随笔》）

杜甫诗学态度的转换与此类似，并且这个从个人情感的抒发到关怀深广的生活经验之抒写的转换，不仅标志着杜甫个人诗学态度以至生活态度的重大转变，而且也是整个中国古典诗歌诗学态度转换的标志线。我们只要比较一下李白和杜甫的两首题材相近、旨趣迥异的诗作，如《宿五松山下荀媪家》和《又呈吴郎》，就可明白其间的巨大差异。前者写道——

我宿五松下，寂寥无所欢。
田家秋作苦，邻女夜舂寒。
跪进雕胡饭，月光明素盘。
令人惭漂母，三谢不能餐。

后者写道——

堂前扑枣任西邻，无食无儿一妇人。
不为困穷宁有此？只缘恐惧转须亲。
即防远客虽多事，便插疏篱却甚真。
已诉征求贫到骨，正思戎马泪盈巾。

李白的诗固然也表达了对田家女的同情，但"令人惭漂母"一句一下子暴露出诗人自负王霸之才的高高在上态度，仍不脱传统才士个人英雄主义的抒情模式。杜甫的诗则完全放下了士大夫的架子，那样设身处地地为战乱时世里的"无食无儿一妇人"设想——我记得这是杜甫写其在夔州搬家的诗，据说吴郎是老杜不得不将女儿托付与之的女婿，而此时已近穷途末路的老诗人仍然体贴入微地关怀着一个无亲无故的老妇人，写下了这首再三叮嘱吴郎善待老妇人的诗作，其人间关怀之伟大，让人至今深为感动。这才是杜甫抒写的生活经验和人间关怀之超越既往、忧愤深广之所在。老杜之诗几乎篇篇可读且多百读不厌者，道理就在于此。

可惜的是，中晚唐以至宋元明清诗人，虽然大都推崇杜甫的诗作成就，却罕有人认识到杜甫的这个诗学态度的转换才是他的诗作之所以伟大的真正根源，他们学杜只得其皮毛，骨子里爱好的还是李白式的抒情。中唐的两大家元稹和韩愈是最早推崇杜甫的人，可是元稹赞誉的仅仅是杜甫"尽得古今之体势，而兼人人之所独专"（《唐故工部员外郎杜君墓系铭并序》）的艺术完备性，所以元好问批评他"少陵自有连城璧，争奈微之识碔砆"（《论诗三十首》之十）。韩愈从杜甫那里学到的也只是以文为诗、排比铺张等技巧而已。到了宋代诗人，如你所说，他们以日常生活经验为诗的抒写态度，当然是从杜甫那里学来的，但问题是他们所写的"日常生活经验"仅限于士大夫的日常生活经验范围，并无杜甫生活经验的丰富性和人间关怀的深广度。究其实，宋代诗人的日常生活经验稀松平常，仍局限于士大夫的小趣味，他们用心的乃是取法杜甫不惜拗屈破格的语言技巧来使自己平凡的日常生活经验显出一些"不平凡"的色调，这不过是皮毛的技巧，并非杜甫的真用心。这也就是从梅饶臣到黄庭坚苦学杜甫终于不惬人意的原因。我们读梅饶臣的如厕诗等，固然不免觉得无聊无味，即使读黄庭坚古雅的《题竹石牧牛》之类诗作，也觉诗意无多，抒情勉强得很。事实上，黄庭坚及江西诗派诗人较佳的诗如《登快阁》等等，仍接近李白的抒情范式。所以，张戒和严羽虽然看到了宋诗的问题，但其诗学理想仍是盛唐诗，那其实是不可再现的辉煌和无法返回的老路。

同样的问题也存在于宋词中。宋词在发展中的确一直有很强的坚守"词之初"的"守体""尊体"势力，从周邦彦、李清照到姜夔和吴文英，都持守着"词别是一家"的守律婉约侧艳传统。但如你所说,也有从苏东坡到辛弃疾的大力拓展,他们自觉到文人词其实是一种新诗体,词要进一步发展壮大,可以也必须向诗看齐,由此他们拓展出了词的豪放一派。你因此认为"苏、辛一派的文人词,无所不写,无所不包,实际上已成为宋诗的一体",这看来是词的康庄大道了,可是你又说:"词的文人化过程之所以没有走上康庄大道,就是因为周、姜一派终于占了上风,而成为词的正宗。"(《宋词的再评价》)这逻辑让我不大能够理解——在词的自由竞争中,既然已有苏、辛开出的豪放一条正路,这条康庄大道怎么就必然地会被周、姜的婉约一派压下去了呢?难道在词的领域里起作用的当真是"以小博大、以弱胜强"的逻辑吗?!余窃有疑焉,或许你说的并非真正的原因。在我看来,宋词中最近诗的豪放派词,其问题也正如宋诗,它所看齐、追慕的只是以李白为代表的古典浪漫派一路抒情诗的范型——苏、辛的词不就是古典浪漫派抒情诗的词化版吗?!在这方面,我有一番不忍回首的阅读经验。1978年我上大一时读了选本里的辛词二三十首,喜欢得很,适逢邓广铭先生编注的《稼轩词编年笺注》也在那年重版,于是立即托同学从书店抢购一册,赶紧拜读,结果是读了一小半就读不下去,后来勉强读完了,兴味索然,临毕业时把书也送了人,再后来复购复读不止一次,印象都不大好。我再三反省,还是不得不承认选本好些,辛词的佳作也就那二三十首,词全集里的重复和敷衍之作太多了。推原稼轩之所以如此,还是因为他的"以诗为词"所追慕的乃是李白所代表的浪漫抒情诗风。诚然,由于稼轩是爱国将领且确是干才,所以他的浪漫抒情也确实写出了一些沉郁悲壮的好词,但如此浪漫抒情的诗风在词里是不可持续的,反复歌咏就不免单调以至浮夸。当然,稼轩也向杜甫和韩愈学习,以文为词、以议论为词、大掉书袋,非常潇洒自如地抒写其日常生活经验,但那只是士大夫的日常生活经验,在经验的开掘和关怀的深化上并不具有杜甫的深度、广度和诚意,而更近乎李白的率性抒写,甚至使词堕为随意应酬人情之具,写了大量可有可无的寿词,大大降低了词的抒情品格。换言之,以稼轩为代表的豪放派词,并没有完成由浪漫的个人抒情向蕴含深广人间关怀的生活经验抒写之转换,于是最有可能成为"词中老杜"的辛稼轩终归止步于"词中李白"的境界。后来那些学稼轩词的人如刘过,并无稼轩的经历和情怀而勉强为之,也就只剩粗豪和狂放了。

总之,在我看来,宋诗和宋词的成就之所以不如唐诗,其原因是一样的——都没有认清在李白的总结性辉煌抒情之后,杜甫走向生活经验抒写的转折和开拓意义,因而陷入当转未能转的困局。但此意很可能只是我这个古典文学爱好者的臆测之词,此处聊述所见,略慰老吕之苦辛吧。此信从早写到晚,耗费整整一天一夜的光阴,刺刺不能自休,也够你看一阵的了,一笑。

专此奉闻,即祝安好。

志熙拜上 8 月 28 日晨

发件人:吕正惠
发送时间:2019 年 9 月 12 日 21:43
收件人:解志熙
主题:回复:关于唐宋文学

志熙:

你在这么短的时间之内,就读完我的新书,并且写了这么长的评论,让我非常感动。自从我在 1992 年加入台湾的"中国统一联盟"之后,我就被台湾文化界归为"统派学者",认为我的文章充满了"政治性",不需重视,我在台湾就成为文化界的边缘人物。后来,经大陆一些朋友的帮忙,我的文章开始在大陆刊物和网站上发表,逐渐有人阅读,我才终于摆脱"孤立"状态。不过,我到底出身于台湾,大陆学者和朋友对我比较客气,大陆读者对我的背景也比较陌生,加上我又不上网,很少读到读者的反应,所以我其实很少收到评论。一个写作者,总是希望能得到一些响应,所以你的响应特别让我感动,如庄子所说,一个长期离群索居的人,闻跫音则喜。只是每日陪侍老母,回复难以一挥而就,且容我慢慢写来吧。

二十世纪九十年代台湾对中国文化的藐视性的评论可谓铺天盖地,而二十世纪八十年代中期以来的大陆就是西化派当道了,他们对中国文化的评价也好不到哪里去。从那时开始我就立誓要为中国文化平反。我比较喜欢历史,对中西历史事件比一般人要熟悉,所以我主要重新阅读许多历史著作,借此思考中西文明的差异。作为中国人,我们一定会注意到中国文明的绵延性,以及中国历史上长期大一统的独特现象。我研究的是唐宋文学,从这个范围来思考,我终于醒悟,经过两晋南北朝的大动乱,中国重新恢复统一,是世界史上少见的。隋唐的大一统,其重要性绝不下于秦汉的大一统。我们中国人从小熟读唐诗宋词、唐宋古文,我们很少意识到,唐宋文化是和先秦两汉文化并存于我们的思想之中,它们其实是和秦汉的大一统及隋唐的大一统相呼应的。两次大一统既有延续性,又有差异性,将这两者加以比较,对中国文明的特质会有更清楚的认识。经过长期的思考,我写了《中国文化的第二个经典时代》和《韩愈〈师说〉在文化史上的意义》这两篇文章。我很高兴你很赞同这两篇文章的基本看法。

  关于大一统,我们两人的看法基本上是一致的。中国具有世界上最大的农业区,不论是两河流域、尼罗河流域、印度河流域,都不足以相比。而且,中国广大的农业区被四周的高山、沙漠、大海所包围,相对来讲比较孤立,所以长期以来循着自己的模式往前发展,能长期保持独立与自主,不像两河流域、埃及、印度那样频繁受到外来势力的侵犯。另外,中国的农业区,是从黄河流域扩展到长江流域,再扩展到洞庭湖、鄱阳湖以南,最后扩展到海南。当一波波的塞外游牧民族冲进黄河流域,黄河流域的农民不断地往南迁徙,最后终于让中国的农业区扩展到海南,达到了极限。这么庞大的农耕文化,就是中华文明的基础。你说中国"这种得天独厚的地理－经济环境使得统一成为中国这片大地上最节约社会成本也最便于经济民生的政治选择,所以统一的确是民心所向",此言真是深获我心。中国在每一次的长期分裂之后,只要出现一股可能统一的核心力量,各地的割据政权几乎都立即败降,原因很简单,农民只想过和平安定的日子,不想打内战,不愿意支持那些不想统一的割据政权。

  我从小就听到一种讲法,说西方实行民主政治,政权和平转移,所以战争很少,中国常常改朝换代,因此战争不断(我好像记得钱穆在某一本书中也谈到这种讲法,并且加以批判)。这真是胡说八道,是对历史的全然无知。不说别的,单说近代西方。自从西方近代民族国家形成以来,各国之间不断地争霸,战争绵延不绝。汤恩比就曾说过,欧洲自十六世纪至1914年,只有1559—1568、1648—1672、1763—1792、1815—1870、1871—1914年这几个短暂的全面和平时期,其他时间都在打仗(参看《历史研究》第859页,上海人民出版社,2010年)。欧洲争霸战最后酿成惨绝人寰的两次世界大战,这还没有把他们在海外发动的殖民战争算进去。中国的每一个朝代,除了少数例外,一般都可以维持两百多年。相比来讲,中国的改朝换代战争相隔的时间比较久,分裂的时间比较短,所以中国历史上的战争,主要是和塞外游牧民族的战争,内部其实以和平为常态,游牧民族最终也都一一融汇于华夏文明之中。我还记得,李零曾经说过,西方的战争远比中国多得多,所以他们写《世界战争史》,只重视西方,因为西方的战争的确很发达,波澜壮阔,充满戏剧性。这也间接证明,中国文明远比西方更重视和平。确实如你所说,大一统最节约社会成本,最便于经济民生,所以早在南宋时代,宋、金的人口合起来已到达一亿(这是何炳棣的讲法,现在已得到学界承认)。

我写完博士论文以后,对晚清、"五四"以来关于唐宋文学的一些主流看法逐渐产生怀疑,主要问题有两个:其一,贬抑韩愈;其二,抬高宋词,贬低宋代诗文。汉末以降,佛、道盛行,儒家势力衰微;中唐之后,儒家思想逐渐复兴,韩愈是关键人物。宋代以后,儒家的正统地位完全确立,因此宋人都推尊韩愈。晚清以来,中国人逐渐受到西方思想影响,一方面开始反封建、反儒家,另一方面又推崇所谓民主,认为思想应该多元化,不应定于一尊。这种思潮自然有其现代的合理性,但对孔子、宋明理学、韩愈的批判显然简单化了。只是孔子与理学已经深入中国的人心,再怎么样批判,都无法加以撼动,而韩愈只是一个文学家,因此遭受新文化派的批判最久最深。我写博士论文时,熟读韩愈诗文以后,发现我越来越喜欢韩愈这个人,而且也完全了解,在唐代大一统之后,如果要维护社会秩序,一定要重新确立儒家的正统地位,在这方面,韩愈的贡献最大,他实在是中国文化史上极为重要的一位人物。在大陆的古代文学研究界,为韩愈抱不平的人大有人在，但似乎还无法完全恢复韩愈的地位。你对我的看法非常支持，而且在信中为此讲了许多话，可见你也是拥韩派，让我非常高兴。

"五四"新文化的代表人物，如陈独秀、胡适，都赞成简单的文学进化论以至文体进化论，反对古代诗文用典繁多，不够平民化，因此矫枉过正，常常以少用典甚至不用典作为评判文学优劣的标准（连王国维都如此）。他们从来就没有想过，如果西方文学把希腊神话和基督教经典中的典故全部去除，那么西方文学还有什么深度可言。既然如此，如果我们抛弃自己的文化经典，抛弃我们传统思想的固有因素，那么，我们的新文学就充满了我们刚刚接受来的、还处于皮毛阶段的西方思想，这样的作品怎么会有深度呢？"五四"新文学运动还有一种偏见，即认为文学一定是要"纯粹"的。他们根本不了解，即使在西方，"纯文学"的观念也是在浪漫主义兴起以后才逐渐产生的。就是在这种观念的作祟下，他们贬低古文，又认为宋代诗歌是纯粹的士大夫作品，不够平民化，因此他们就推尊最接近白话的宋词。

最奇怪的是，跟白话式的宋词一起流行的，竟然还有晚清常州词派以来特别被抬高的周邦彦、姜夔、吴文英、王沂孙一派的既重格律又不断用典的词人。这种风尚本来应该是"五四"新文学家特别反对的，但婉约派词风和常州派词学的影响力却至今未衰，实在令人大感意外。我的朋友常说，我因为看不懂他们的词才反对，其实他们的词我绝对读得懂，而且承认他们有某种艺术性，但把这些人——特别是吴文英和王沂孙——推尊为宋词大家，我很难认同。

最后要谈到你对宋诗和稼轩词的批评，你认为他们作品所描写的经验，太过囿于士大夫的生活和趣味。你的看法非常深刻，宋代以后一切的士大夫文学都有这个缺陷。我原来非常沉迷于诗词中的世界，但二十世纪七十年代台湾逐渐面临政治、社会的巨变时，我开始关注现实政治，突然对诗词感到厌烦。当时我在一篇短文中曾经这样讲："仔细观察传统文人的生命形态，我们可以说，孤独感来自生命的虚掷与浪费，来自生命的落空所导致的自我认定的困难。当生命即将消逝，在'日月掷人去'那种不容自己控制的时间的逼迫下，深深体会到'有志不获骋'的创伤，这时，一种难以言喻的孤独的暗影就会袭上心头。这种孤独是传统文人一切的寂寞感的总源头。"我又说："当然，传统文人也有他们发泄生命的方式，他们可以纵酒，在酒精中'飞扬跋扈'，显现出生命力的本质依然存在，他们可以肆意挥毫，把胸中的不平之气泄之于外，留下许多欹崎磊落的书法。他们可以吟诗填词，把长期的郁闷与孤独表现在文字上，写出许多后世传诵的名作。所以这一切，综合地凝聚在纵酒高歌、当席挥毫、诗篇滚滚而出的诗仙李白这一形象上。"当时我正在旁听高友工教授的课，他在课堂上一再鼓吹中国的抒情传统，我很不以为然，因此花了很长时间写了一篇《抒情传统与中国文学形式》，大力抨击弥漫于士大夫作品中的抒情质量，这是我早年自觉比较满意的一篇文章，那时我所向往的是西方文学中的悲剧精神。

十多年后，我就碰到了充斥于两岸的对于中国文化的批判与毁谤，又反过来想要为中国文化讲话。在那一段非常苦闷的时期，我有几个月时间天天读东坡文集，竟然有了另一种体会。在宋代那种政治环境下，一个士大夫要真正能够"行道"，根本是不可能的，即使受到神宗重用的王安石也不是真正行了他的道（这一点是要详细论说的，目前我没这个能力）。这个时候，他们要如何自处呢？我读东坡在黄州、惠州、儋州的作品（包括书简），受惠良多。一个人在那种环境下还能活得自在，一点也不颓唐，真不容易。我对稼轩也非常同情，那么大的才干，那么强的生命力，被迫长期赋闲，如果不纵酒挥毫，不发疯才怪。不过，你所指出的稼轩词的缺憾，确实击中要害，不能不承认。最重要的是，你指出了豪放派的词所以没有发展得很好，并不纯是因为受到姜夔、吴文英一派词人的挤压，基本的关键还是在士大夫的心态，我原来的想法是应该修正。顺便说一下，我在读东坡时，也读了一点黄山谷，没想到也越来越喜欢。如果要我细读吴梦窗，我宁可读山谷，我觉得宋代士大夫人品端正，为人正直，知道怎么忍受生命中的缺陷与"不可能"，黄山谷是典型的例子。你对江西诗派的批评，我也能理解，但我们中国至今也只能出现一位杜甫，这实在无可奈何。

另外，我为宋诗打抱不平，其实真正的意思是要为宋代诗、文打抱不平。一般文学史中，花在讲宋词的篇幅，都远远超过讲宋代诗、文的部分，实在是太偏颇了。我没有想过宋代古文和宋代诗歌到底哪一部分的成就较大的问题，因为我把它们视为一体。你认为古文的成就胜过宋诗，我觉得这个问题好像不是很重要。我想强调的是，宋代诗、文是宋代文学的主殿，而词只不过是"偏殿"而已。虽然宋代士大夫文学的"平民性"远比不上杜甫，但在宋代，士大夫和农民的距离还不是很大，因为科举士大夫这个群体是在宋代才完全成型的，很多士大夫都是因为考上进士才从农民阶层晋升的，而且很多人退休以后还是作为地主阶级回到农村居住。苏轼和黄庭坚都说过，如果他们没有考上进士，他们就是农民。明清以后，士大夫和农民的界线就比较深，所以士大夫文学与农民的距离就更大了。这也是宋代诗、文远胜明清诗、文的原因。

我对中国士大夫文学抒情精神的重新评价，和对西方文学的重新思考有密切关系。西方近现代文学的基本出发点就是对于个人自由的推崇，而所谓个人自由，就是要让每个人的能力发挥到极限，尽可能不受到社会的限制。这种理想说起来很好听，做起来后果就严重了。西方文明因个人自由的无限发挥而国力增强之后，再下来他们就可以"自由地"去征服世界上的任何地方，占领人家的土地，奴隶人家的人民，掠夺人家的资源，在这种情况下，西方就会批评被征服者，说"谁叫你们不争取个人自由，谁叫你们忍受专制统治"。说白了，所谓西方自由主义，就是尽力发挥个人的欲望，征服世界上所有的一切。这种文明在文学上的极致表现，就是十九世纪的西方小说。我曾经在一篇文章中写道：

> 从西方现代小说所以产生的社会背景来看，我们就能理解西方现代小说的特质。现在我觉得，西方现代小说最精采的人物描写（特别是那种极其精细的心理分析），根本的出发点还是对于个人欲望的极端重视。从中产阶级兴起的背景看，这是从私有财产的重视，逐步发展到工业化及法国大革命后对财物积累的极大兴趣，最后变得像巨兽一样，贪婪地想要据有一切。读巴尔扎克和后期的狄更斯，

我们可以清楚地看见这个巨兽的出现。狄更斯极端痛恨这一头巨兽，但对此无可奈何，为此阴郁不已；而巴尔扎克则以兴致勃勃的眼光看着巨兽如何一步一步地形成，既充满了赞叹，又深深怀着恐惧与悲悯之情。说到底，这头巨兽无非是中产阶级"英雄"的异化而已。

这个在十九世纪上半期业已形成的中产阶级巨兽，事实上是持续了至少三百年以上的历史发展的成果，从意大利的地中海商人，发展到西班牙、葡萄牙的地理大发现，英国、荷兰、法国的海外冒险，再到英国工业化与法国大革命。它的故事是太复杂、太生动了。对这些故事，巴尔扎克和狄更斯，以及十九世纪的重要英、法作家不可能不熟悉。想想看，十八世纪的迪福就能写出《鲁宾逊飘流记》，比他看了更多历史事件的巴尔扎克和狄更斯，当然会发展出情节更为复杂的大部头小说。为了描绘这个庞大的、几乎难以掌握的社会，巴尔扎克和佐拉愿意倾其一生来写《人间喜剧》和《卢贡·马喀尔家族史》，这本身就具有象征意义——巴尔扎克和佐拉似乎也就成了西方中产阶级兴起过程中的文学领域的"英雄"。(《抒情传统与中国现代文学》，《现代中文学刊》2011年第5期）

我也会因此想到莎士比亚四大悲剧，那是产生于文艺复兴时期个人主义英雄时代的悲剧。不论是麦克白、李尔王，还是奥塞罗，都是充满欲望的人物，最后欲望压碎了他们，酿成了悲剧。哈姆雷特清醒地认识到，欲望可以促使人杀掉自己的丈夫或大哥，然后奸夫淫妇结合成为国王和王后，而这两人分别是哈姆雷特的叔父和母亲。当哈姆雷特知道这一切，对人生的失望让他对复仇也再不那么感兴趣。如果说，巴尔扎克描写的是资本主义的金钱恶魔，那么，莎士比亚所写的就是尚未被金钱完全控制（那时候西方资本主义刚兴起，金钱的累积还不够多）的"人的欲望"的心中之魔。

中国人早就知道"欲不可纵"，所以很早就开始提倡中庸之道，要求喜怒哀乐"发而皆中节"。一个是"节欲"的文明，一个是"纵欲"的文明。鲁迅说："我看中国书时，总觉得就沉静下去，与实人生离开；读外国书——但除了印度——时，往往就与人生接触，想做点事。"(《青年必读书》）这是从缺点论中国文明，从优点论西方文明。从文学看也是如此，中国文学平稳雅致，优游从容，西洋文学波澜壮阔，惊心动魄，看起来似乎优劣立判。从文明选择的角度来看，我们是要选哪一种呢？三十几岁时，我极度喜爱西方的悲剧性作品（主要是小说），将近六十时，我重新认识了理性而且智慧的宋代士大夫，他们知道人生是不可能圆满的，却能以极清明的理智安排自己的生活。我同意你批评的他们的缺点，但也许只能二选一。当然，宋代士大夫可以走杜甫的大道，可惜他们的胸襟都比不上杜甫，确实让人感叹。

我那篇《中国文化的第二个经典时代》忘了提及曾经影响我最深远的宋代文化经典——司马光的《资治通鉴》，这是无论如何赞美都不为过的伟大历史著作。从这本书就可以理解，中国文明如何把智慧建立在对漫长历史的认识上，这和西方文明把知识与真理建立在理论的建构上，也构成绝然的对比。我比较敢肯定地说，我们对于世界的认识，是逐步走过来的、逐渐积累起来的，而不是突然发现上帝或真理而得到的，我们是实践论，西方是形上学。

没想到我也写了这么多，感谢你的支持，感谢你的鼓励，我会继续努力。明天是中秋节，就抄上最能给我们安慰的几句东坡词：

　　人有悲欢离合，月有阴晴圆缺，此事古难全。
　　但愿人长久，千里共婵娟。

此信断断续续写了好几天，聊报你的认真阅读之忱吧。

正惠 9 月 12 日

发件人：解志熙
发送时间：2019 年 9 月 13 日 10:10
收件人：吕正惠
主题：回复：关于唐宋文学

老吕：

今早起来，把你的复函又仔细地看了一遍。你对中西文学以至文明的比较，我完全赞同。引起我兴趣的，乃是你说："最奇怪的是，跟白话式的宋词一起流行的，竟然还有晚清常州词派以来特别被抬高的周邦彦、姜夔、吴文英、王沂孙一派的既重格律又不断用典的词人。这种风尚本来应该是'五四'新文学家特别反对的，但婉约派词风和常州派词学的影响力却至今未衰，实在令人大感意外。"恰巧我也关注过这个问题，这里就补说一下我的感想。

在我看来，常州派的词学把周邦彦、姜夔、吴文英、王沂孙一派既重格律又不断用典且一贯好为侧艳的词抬高为词的正统，这其实是将一种经验性的词之风格高抬为先验性的词之本质——或可称之为词的原教旨主义吧。但他们显然也意识到这种词毕竟格局小、意境浅，所以便发明了一种读不破体的读词法，即谭献所谓"作者之用心未必然，读者之用心何必不然"，谭献的发明导源于张惠言把温庭筠侧艳之词的典型之作《菩萨蛮》解释为有屈原"《离骚》'初服'之意"之类寄托的"创造性误读"。这种有意的误读，后来成为守体尊体一流词学家的拿手好戏。直到前几年还有人大讲特赞梦窗词的什么"骚体造境法"，几近于"痴人说梦"却自以为是"独得之秘"。更值得反思的是，在常州词派及其近现代的传人那里，这种词的读法竟然演变成了词的写法，他们以为只要坚守香草美人的修辞传统，就足以传达出深广的别样寄托。我曾经以沈祖棻三十年代开笔的词作《浣溪沙》为例，揭示了这类词人面临的尴尬困境——

沈祖棻被公认为李清照之后最杰出的女词人，她的词作确实出色当行，如1932年春她在大学词选课上的第一篇习作《浣溪沙》就出手不凡："芳草年年记胜游，江山依旧豁吟眸。鼓鼙声里思悠悠。　三月莺花谁作赋？一天风絮独登楼。有斜阳处有春愁。"这首词让她的词学老师汪东激动不已，四处为之延誉，使年轻的女词人获得了"沈斜阳"的美名。这确实是一首言近旨远的旧词，其时"九·一八"事变发生不久，国民党政府不事抵抗，故都新京的南京市里仍然到处莺歌燕舞,仿佛江山依旧,但年轻的女词人却不随时浮沉,而有悠悠鼓鼙之思,她的春愁也非一般儿女之情,而乃对民族危机的感怀——据后来成为其丈夫的程千帆先生的笺释,"末句喻日寇进迫,国难日深"。这笺释自然是可以凭信的,但问题恰在于如果没有这样的笺释,读者是很难从"有斜阳处有春愁"这样出色的旧词句和典型的旧意象里感受到如笺释所说的新时代意识。这其实并不是读者的接受能力问题而是由于"旧瓶装新酒"局限了作者——人们即便借助笺释得以理解作者的深层寄托,仍然会感到用那样的旧词句表达这样的新寄托实在捉襟见肘、难免牵强。所以,这一词例固然表明在现时代要写出像旧词一样的旧词是完全可能的事情,但它也同时证明要使词这种传统的倚声之道传达新时代的心声,那即使是才华杰出如沈祖棻者也难望运用自如。(《暴风雨中的行吟——抗战及四十年代的新诗潮叙论》)

其实,被奉为近代词学大师的朱祖谋所为"彊村乐府",也是如此作词的。看他一个大老爷们,一旦写起词来,却装扮成一个扭扭捏捏的小女子或老怨妇,真是何苦来着,岂不可笑杀人也么哥!可是,婉约派的词风和常州派的词学,却也深深地影响了现代中国的所谓"现代派诗",这也是胡适和冯至之所以批评三十年代的"象征派－现代派诗"的原因——这个说来话长,大过节的,且罢且罢。

中秋节到了,祝老伯母、嫂夫人和老吕兄节日快乐——我也得给妻女做鱼煮虾去了!

志熙 9 月 13 日上午

发件人:吕正惠
发送时间:2019 年 9 月 13 日 16:01
收件人:解志熙
主题:回复:关于唐宋文学

志熙：

　　中秋节还麻烦你反复阅读我的文字，并代为订正，你所订正的地方我都同意。

　　常州词派和晚清词人进入民国之后的持续影响，你好像不只在谈沈祖棻时有所讨论。的确，关于这一派学者用张惠言的解读法释读梦窗、碧山的词，有时候显得很好笑。有些人还变本加厉地把柳永、周邦彦和姜夔的全部词作都加以编年，将一些很简单地写歌妓的词都解释为与柳、周、姜生平中的某一件事相关以至专为某一个女人而作，如此滥用考证，荒唐至极。这种著作还被人大加吹捧，宋词研究界如此变态，实在让人忍俊不禁。至于朱祖谋的"彊村乐府"之类，不过是进入民国的遗老不愿意接受民国现实的哀吟而已。当代学者刻意别寻寄托的词学研究更是可怜无补费精神。以后有空了，我们可以合作写一篇文章谈这个问题。

　　台静农先生也喜欢沈祖棻的词，他送我的唯一一幅字，写的就是沈祖棻的三首词，因为是业师手书，我看得很熟。记得第一首是《鹧鸪天》，我至今还能背出："何处清歌可断肠，经年止酒剩悲凉。江南春水如天碧，塞上寒云共月黄。　波渺渺，事茫茫，江乡归路几多长？登楼欲尽伤高眼，故国平芜又夕阳。"这是沈祖棻抗战时期流亡四川的作品，清歌丽词，感慨婉转，显然北宋格调，但很难表达一个现代人面对国不成国之现实的沉痛感。你说沈祖棻的《涉江词》"固然表明在现时代要写出像旧词一样的旧词是完全可能的事情，但它也同时证明要使词这种传统的倚声之道传达新时代的心声，那即使是才华杰出如沈祖棻者也难望运用自如的"，我觉得这是比较公道的话。

　　祝你们全家中秋团圆其乐融融。

正惠 9 月 13 日下午

"小山"吟望"塞下秋"
——读词小札二题

一、罗衾如"小山"如何？——"小山重叠金明灭"臆测

晚唐词人温庭筠的《菩萨蛮》词十四首之首篇是很有名的，全词如下——

> 小山重叠金明灭，鬓云欲度香腮雪。懒起画蛾眉，弄妆梳洗迟。照花前后镜，花面交相映。新帖绣罗襦，双双金鹧鸪。

这首词并不难懂，比较费解的只是第一句里的"小山"究竟何指，历来说法不一，聚讼纷纭。新时期以来，常有学者缕述"小山"的各种说法而申说其一，比较完整的综述是安徽大学王娜娜 2013 年发表的《温庭筠〈菩萨蛮〉词十四首研究述评》一文，其第三小节"对'小山重叠金明灭'之'小山'所指为何的考辨"，即综述和总结了截至新世纪第一个十年的六种说法：山眉说、山枕说、小梳说、屏山说、博山炉说和发髻说。为便讨论，引录如下——

（一）山眉说　这种说法的代表是夏承焘先生，依据是"唐明皇造出十种女子画眉的式样，有远山眉、三峰眉等等。小山眉是十种

眉样之一"。

（二）**山枕说** 吴世昌认为"小山，山枕也。枕平放故能重叠"。依据有二：一是"山枕之名《花间集》屡见"；一是温庭筠词中有"山枕隐浓妆"（《菩萨蛮》）、"山枕腻"（《更漏子》）的词句。

（三）**小梳说** 代表有沈从文、董志翘等。沈先生认为"温庭筠词：'小山重叠金明灭。'所形容的，也正是当时妇女头上金银牙玉小梳背在头发间重叠闪烁情形"，又举元稹诗"满头行小梳"（《恨妆成》）作为例证。董志翘赞同沈氏的结论。他认为："（与眉额、山枕、屏山说）相比之下，沈从文先生的说法结合唐画实证及同时代其他词人的词作，显得较为合理。"

（四）**屏山、屏风说** 持有该说的是俞平伯、吴小如、叶嘉莹等。这是目前学术界较通行的解释。清代许昂霄《词综偶评》说："'小山'盖指屏山而言。"李冰若《栩庄漫记》说："'小山'当即屏山，犹言屏山之金碧晃灵也。"俞平伯更进一步，解释"小山"说："'小山'，屏山也。其另一首'枕上屏山掩'，可证。"又云"'金明灭'三字状初日生辉与画屏相映"。吴小如认为："据日本今天所保存的唐代习俗，断为此实床头枕后之小屏风，'小山'乃屏上所绘之金碧图案。"叶嘉莹通过具体分析，一一否定山眉、山枕、小梳等说法后，提出了山屏一说，并举《菩萨蛮》（十一）中"无言匀睡脸，枕上屏山掩"句作证。

（五）**博山炉说** 张筠在其硕士论文《温庭筠〈菩萨蛮〉十四首新探》第一章中梳理了关于"小山"的不同解释，并逐一指出了这些解释的不足，并在详实材料的基础上，联系具体的词作，提出了这样一种新见解。

（六）**发髻说** 金克木认为，"小山分明是说妇女挽髻睡觉，睡醒后发髻高低不平，宛若小山"。如果说金言属于主观臆测的话，那王子今《温庭筠词"小山重叠金明灭"图解》一文针对相关的文献内容，特别是结合壁画资料进行论析得出的认识："小山"形容"高髻"，就有一定的说服力了。[①]

这些说法，有些是古人旧说，有些则是今人新解。王娜娜似乎也难以肯认哪一种说法较优，只好采取相容并包、多义并存的态度，让读者自主选择："至于'小山'到底为何物，就研究者而言是见仁见智的。我们研究文本的最终目的是使作品更好、更广泛地被接受，为读者消释疑虑。而不同的读者可以依据不同的证据，或者根据自己的理解倾向，来形成自己不同于他人的感受。原因在于，'这样的多重之义在词中都可以适用，可以并存'。"

其实，之所以不断出现异说却没哪种得到普遍认可，恰恰反证这些说法都有牵强勉强之处。西北大学的张筠 2005 年在其硕士论文里曾总评山眉、山枕、小梳、山屏诸说之偏云——

> 但细细考究，此四说皆有不完善之处。如山眉说，有"唐明皇令画工画《十眉图》，一曰鸳鸯眉，又名八字眉；二曰小山眉，又名远山眉；……"一例为证。然俞平伯先生就曾以"'眉山'不得云'重叠'"驳之，叶嘉莹先生亦提到词中第三句云"懒起画蛾眉"，则与前边提眉重复，"这种重复显得凌乱，不能造成一种感发的效果"。山枕说则较为难解，山枕是似山状的枕头，如出土的"五代印花葡萄白釉瓷枕"，中间低低凹下，两头翘起，恰似小山。这样的枕头现在农村、城市老人的床头还可见，质料则多为石膏、陶瓷，名贵的有玉石枕，试想如此坚硬的山枕如何作重叠之状，且"金明灭"又作何解，可知此说最不确切。而小梳说，查《花间集》中"梳"字，仅云"斜月梳、镂玉梳、背犀梳、象牙梳"等，未提"山梳"只字，则"重叠""金明灭"虽与发间金背小梳相切，而"小山"作梳何解？此外叶先生亦认为"下句说'鬓云欲度香腮雪'，鬓边的头发遮掩过来，是头发流动的样子，如

---

① 王娜娜：《温庭筠〈菩萨蛮〉词十四首研究述评》，《湖北文理学院学报》2013 年第 6 期。

果头发上插了那么多梳子,就不能'鬓云欲度',头发不能在脸上流动了"。至于山屏说,则颇受认同,且温词又多有例证,如"金鸭小屏山碧"(《酒泉子》)、"晓屏山断续"(《归国遥》)、"枕上屏山掩"(《菩萨蛮》)、"鸳鸯映屏山"(《南歌子》)等,而"小山重叠"亦可解为画屏上山峦重叠起伏之状,如李珣词云"翠叠画屏山隐隐"(《浣溪沙》)、牛峤词"画屏山几重"(《菩萨蛮》),然"金明灭"又该作何解?吴小如先生说是"屏上所绘之金碧图案,当其受到日光照射,自然熠熠生光,明灭不定"。叶嘉莹则说"屏山上是有一种金碧螺钿上的美丽的装饰的"。但此二说是二先生发挥想象之,而查唐五代的词,则无一首词、一句词提及山屏是金光明灭的;《花间集》中"山屏"一词提及次数甚多,亦无形容屏风上的"金碧图案"或"金碧螺钿"的。[①]

不满旧说的张筠也提出了自己的"博山炉"新说,可其新说也同样够曲折的——释"小山"为卧旁必有之"炉",已有点胶柱鼓瑟了,进而断定必是"博山炉",更近乎刻舟求剑,乃谓"炉为金制,自然金光明灭"[②],但比山枕还坚硬的博山炉如何"重叠"呢?这恐怕是一个更难解释圆通的问题。所以张筠的新说之牵强其实无异于旧说,甚至比旧说更迂曲费解。

诚然,古典诗词与现代人相距甚远,其中的一些风俗、名物以及历史背景,现代的读者不很明了,有碍于理解。于是,过去的许多学者就用考证之法来解读旧诗词,虽有所创获,也不免刻舟求剑之难和牵强附会之弊。上述五种说法——山眉说、山枕说、小梳说、山屏说以及博山炉说,都来自考证甚至考古,其所考证或考古出来的东西,在温庭筠的词作中或同时稍后的其他人的诗词中,也或曾出现过,它们要么是实物如各种梳子,要么是明喻如"山眉""山枕""山屏""山炉",但"小山重叠金明灭"里的"小山"却是暗喻,要证明它所暗喻之物即是"山眉""山枕""山屏""山炉"或小梳等实物,那实物就得合乎"像小山"且能"重

---

① 张筠:《温庭筠〈菩萨蛮〉十四首新探》第4—5页,西北大学硕士学位论文,2005年。
② 张筠:《温庭筠〈菩萨蛮〉十四首新探》第5页。

叠"并能"金明灭"三个条件才行。可是,复按上述五种东西,虽都能合乎一个条件,甚至不无合乎两个条件的,却没有全合三个条件的。事实上,面对温庭筠如此"任性"的暗喻,再渊博的考证,也只是一种假说,而注定了难为确解。即使温词《菩萨蛮》第十一首中"枕上屏山掩"之明言,也不能拿来证明其第一首中"小山重叠金明灭"之"小山"所暗喻的必是"屏山",因为这里不存在必然的逻辑关系,何况温庭筠会如此重复描写吗?

此所以二十世纪四十年代,还是年轻学者的程千帆先生曾批评那种专靠考证来解读旧诗词的做法之偏颇,而主张对词章的解读应该"以意逆志"、发挥文学的领悟力即想象力——

> 若夫考据重实证,而词章重领悟,此则人亦知之。然其("其"指当时大学里的古典文学教师——引者按)教人悟入处,仍从考据下手,则犹是蔽于时也。盖词章者,作家之心迹,读者要须不以文害辞,不以辞害志,以意逆志,是为得之。孟氏之言,实千古不易之论。古今作品,固多即目惟见,羌无故实,不悉主名,而极惊心动魄荡气回肠之能事者,若仅御之以考证者,岂不无所措手足乎![1]

在那时的古典文学研究界,考证是学术正确之主流,程千帆能有这样明达的主张是很不容易的,显示出他在古典的文史修养外别有现代的文学视野。自然,"以意逆志"的文学领悟力或想象力,也得合乎诗词的具体语境和人情物理,而不能凭空想象更不能私心自用。即如关于"小山"的"发髻说",原是金克木先生的诗意想象。金先生认为"这不过是将睡懒觉起床的美人头当做了一幅山水风景画",这确是比较合乎此词情景和意境的想象,但他随后的解释却有点私心自用。他说:"古时妇人'长发委地',晚上拆除昼间流行发式后当然不能披头散发去睡觉,必须换(挽?)

---

[1] 程会昌(程千帆):《论今日大学中文系教学之蔽》,《斯文》第3卷第3期,1943年2月1日。

成便装的髻,又必须用簪子扣住,再用金钗加以固定。到了早晨起床,头发已不匀不平,高高低低好像一座又一座小山峰头重叠了。随着头的晃动,金簪金钗自然忽隐忽现忽明忽灭了。欧阳修词说:'水晶双枕畔,犹有堕钗横。'苏东坡词说:'敧枕钗横鬓乱。'凡是见过旧式女人早晨梳妆的都知道这情景。"① 对旧式女人卸妆后的发型,金先生可能别有所见,但问题是女人晚上拔掉金簪金钗卸了妆后,却"又必须用簪子扣住,再用金钗加以固定",如此翻来覆去的行为,岂不矛盾得让人难以想象?其实,旧时妇女晚上卸妆后把头发打个纂儿,惯用简单的木钗竹簪之类固定一下,以便晨起后头发不致太乱,何须再用自己珍爱的金钗之类复加固定?那不是糟蹋东西而且多此一举吗?这与金克木先生所举欧阳修词句"水晶双枕畔,犹有堕钗横"和苏东坡词句"敧枕钗横鬓乱"未必矛盾,因为"水晶双枕畔,犹有堕钗横"和"敧枕钗横鬓乱"所写,乃是美女的特殊情况——美女在情急之下或没情绪之际,来不及卸簪钗或索性不卸簪钗就睡,也是其情难免的事。至于女人晨起之初的发型,虽然勉强可说像座"山",但要呈现出如金先生所谓"好像一座又一座小山峰头"的重叠景象,那是可能的事吗?即使可能,这个女人得有多大的脑袋才行?除非这个女人是梳双鬟的小丫鬟,晚上懒得解簪钗而睡,早晨起来才勉强可有两座"小山",但温庭筠这首《菩萨蛮》所写的美女,会是一个丫鬟吗?怎么看也不像啊!且若第一句里的"小山"是写头发,则与第二句里的"鬓云"重复,雅善属词的温庭筠会如此遣词造句吗?

或许,上述对"小山"的考证和想象,都把问题复杂化了,而真正的答案可能很简单。这让我想起一个著名的故事:据说美国航天部门首次准备送宇航员上太空,在失重情况下用圆珠笔、钢笔根本写不出字来,于是航天部门用了很多时间很多钱去发明太空笔,还是不行,只得征询公众的意见。一个小男孩建议道:"试试铅笔行吗?"问题就这么简单地解决了。

我对聚讼纷纭的"小山"问题也颇有同感。记得还是在"文革"后期上

---

① 金克木:《诗人和学人》,见龙协涛编《华梵灵妙:金克木散文精选》第397页,海天出版社,2001年。

高中时候的一个假期里，我从自己的语文老师兼班主任那里借到一套《中国古代文学作品选》铅印讲义回家读，其中就有温庭筠的这首《菩萨蛮》，当时读过并不觉得难懂——不就是写一个懒女人不想起床、起床了又不想梳洗的事吗——所以也就没有多想；直到1978年上了大学，真正接触古典文学了，再读这首词并且听老师讲解它，才发现"小山"还有那么多不同的说法，而不论哪种说法都难以让我完全信服。在那时还是小青年的我看来，"小山"其实不难解，而说来可笑的是，直接启发了我的理解的，则是自己上大学时候的一点生活经验——那时我盖着堂兄送的一床绸被子，因为懒惰，早晨醒来，每每赖床不起，常常瞥见被子一叠一叠地堆积在身上，实在很像重叠的小山或浪峰，彩色的绸被面在灯光或阳光的映照下，也真个是"金明灭"呢。也因此，在那时我的心目中，很自然地觉得《菩萨蛮》词的首句"小山重叠金明灭"所写情况，正相仿佛耳。直至现在，我仍然认为自己早年的这点直觉是有道理的。显而易见，这首《菩萨蛮》词的女主角应该是一个家境很不错的美女，只因丈夫外出或尚待字闺中吧，她不免孤独寂寞、无情无绪，就不愿意起床，起床了也不想快点梳洗打扮。后文既说她"懒起画蛾眉，弄妆梳洗迟"，则此前的"小山重叠金明灭，鬓云欲度香腮雪"，就是先写她醒后赖床的情景——身上盖着的锦被或曰罗衾，一叠一叠地堆积如小山，绸缎的被面在光照下有明有暗，显出"金明灭"的光景，纷乱的鬓发拂过如雪的香腮，真是很美而且她也自知其美，可是这一切美给谁看呢？所以她也就懒得起床打扮了——不就是这么个情景和意境吗？

窃以为，把"小山"解为罗衾锦被之类，既合乎像"小山"且"重叠"亦且"金明灭"三项条件，也合乎这首《菩萨蛮》词的具体情景和整体氛围：上片第一句"小山重叠金明灭"近乎全景镜头，写美人初醒、罗衾加身堆积如小山、当起而不起的慵懒情态，第二句"鬓云欲度香腮雪"则是一个特写镜头，写初醒的美人鬓发不免凌乱，却更衬得香腮似雪之美，她虽然无情无绪，可也不能总赖床啊，于是有了第三四句"懒起画蛾眉，弄妆梳洗迟"，当然，她也不能老闹情绪啊，何况是年轻美女，凡事总会望好处想，正如孙犁小说里所写的中国女人那样："可是青年人，永远朝着愉快的事情想，女人们尤其容易忘记那些不痛快。不久，她们就又说笑起来了。"① 这也就有了下片里那位美女仍自努力打扮、顾影自怜的情景："照花前后镜，花面交相映。新帖绣罗襦，双双金鹧鸪。"看起来又是一个快乐的美女了。

我得老实招认，解"小山"为罗衾锦被之类，出自我小青年时候的生活经验之启发和近乎小资情调的一点文学想象。成年后的我虽然以文学研究为职业，但并不是研究古典文学的，所以对自己早年的这点猜想和想象，纵然"自信甚坚"，也只是藏诸心中，从未对人言说。直到去冬的一天，与台湾来的古典诗学专家吕正惠先生等朋友聚会聊天，不知怎么就说到"小山重叠金明灭"的问题了，而仍然是言人人殊、莫衷一是。于是我被迫说出自己小青年时候的这点私见，吕先生认为不无道理，劝我不妨写出来。适值近日得闲，乃信笔写出，聊供学界参考吧。倘若有人要我做考证、拿证据，我得坦率地再次声明："小山"是个暗喻，再博学的考证也无法论定它必是某某，所以就不再劳神费心了。

二、何处"塞下秋来风景异"？——范仲淹《渔家傲》词考释

当然，即使属于文学范畴的古典词章，如其事关重大、旨趣严肃，就需要考证之助才能准确理解，否则泛泛读过，不免囫囵吞枣地想当然赏析，反会错失其中寄托、误解其中滋味。

范仲淹的《渔家傲》就是一首常被泛泛读过的词作。按，被誉为北宋名臣之首的范仲淹虽然作词不多，但其《渔家傲》词却是与《岳阳楼记》一样传颂千古的名作，全词如下——

> 塞下秋来风景异，衡阳雁去无留意。四面边声连角起。千嶂里，长烟落日孤城闭。
> 浊酒一杯家万里，燕然未勒归无计。羌管悠悠霜满地。人不寐，

---

① 孙犁：《荷花淀》，《孙犁文集》第1卷第94页，百花文艺出版社，2002年。

将军白发征夫泪。

"胸中有数万甲兵"的"小范老子"果然吐属不凡,一股沉雄慷慨之气,力透纸背,一腔苍凉悲壮之音,荡气回肠,确乎上承传为李白所作之《忆秦娥》词,下开有宋一代庄重之词的先河,与一般艳婉之词判然有别,诚所谓慷慨悲壮、沉郁顿挫,无愧为传颂千年之名作也。

过去学者多以"婉约""豪放"的二分法论词,颇有不合处,故此处以"艳婉""庄重"二类代之。其实,与"庄重"词相对应的乃是"轻艳"词——以"轻艳"来概指唐宋词的一种主导风格,显然更为恰切得体,但考虑到"轻"字很容易被误解为贬义,所以改用"艳婉"二字。而必须注意的是,一般艳婉之词如温庭筠的《菩萨蛮》之类,类皆抒叙士女的日常生活情感如离情别绪,并无严肃的社会关怀和庄重的思想寄托,其中人物也无所谓特定性,他们究竟是何人、生活在何时何地,都无关紧要,也无碍理解。但像范仲淹的《渔家傲》这样的庄重之词,抒叙之事大,感慨之弘深,用后来常州词派的说法,即是"词中有事,词中有史",读者倘不明就里,而泛泛读过、想象当然,就难解其寄慨之究竟,甚至不免误解了。

对《渔家傲》的误解,很久以前就有了,其源头是魏泰《东轩笔录》卷十一所记——

> 范文正公守边日,作《渔家傲》乐歌数阕,皆以"塞下秋来"为首句,颇述边镇之劳苦,欧阳公尝呼为穷塞主之词。及王尚书素出守平凉,文忠亦作《渔家傲》一词以送之,其断章曰:"战胜归来飞捷奏,倾贺酒,玉阶遥献南山寿。"顾谓王曰:"此真元帅之事也。"[①]

按,范公在其当世即被朝野公认为人杰、士范、名臣,他很少作词,倘撰有《渔家傲》词数阕,则必人皆宝爱传抄,是可以想见的,怎么可能只遗存一首?至于欧阳修则是范公在政治上的坚定支持者,陟黜同其进退,怎

---

① 魏泰:《东轩笔录》第126页,中华书局,1983年。

会如此不晓事而出口轻薄？且魏泰所记文忠词也不见于欧阳修集中①。然则，欧阳修是否当真不晓军事边事之艰难呢？同样是魏泰所撰的《临汉隐居诗话》就记载了他悯念边兵的故事："晏元献殊作枢密使，一日雪中退朝，客次有二客，乃永叔与学士陆经。元献喜曰：'雪中诗人见过，不可不饮酒也。'因置酒共赏，即席赋诗。是时西师未解，永叔句有'主人与国同休戚，不惟喜悦将丰登。须怜铁甲冷透骨，四十余万屯边兵。'元献怏怏不悦，后尝语人曰：'裴度也曾宴宾客，韩愈也会做文章，但言'园林穷胜事，钟鼓乐清时'，却不曾恁地作闹。"②可是，这样一个不惜"作闹"以提醒执政顾念边兵辛苦的欧阳修，怎么又会在送"王尚书素出守平凉"时变成了一个吹吹拍拍的马屁精？这是殊为难解的事。窃以为，这两段事关欧阳修的故事，恐怕都出于魏泰的杜撰。魏泰此人生活于神宗至哲宗朝，性无赖，好著述，多杜撰，他大概只知道范仲淹曾经守边，不能细考其详，而只笼统言"守边日作"。他说范词"颇述边镇之劳苦"，显然指的是范词末三句"羌管悠悠霜满地。人不寐，将军白发征夫泪"，而所谓文忠《渔家傲》词断章"战胜归来飞捷奏，倾贺酒，玉阶遥献南山寿"，很可能就是魏泰自己的拟作。其实魏泰不过市井无赖，只因不甘寂寞，所以也舞文弄墨，为求文名而胡编乱造，他何尝明白什么边事军事，只不过想当然作豪言壮语耳，他甚至不知范词中慨叹"燕然未勒归无计"者和"将军白发征夫泪"之"将军"是何关系，竟误为同是范公一人，乃轻薄地讥嘲范公为"穷塞主"。可是，魏泰的误解连同他所杜撰的故事却流传甚广，到了元末明初瞿佑的《归田诗话》，乃进一步臆定《渔家傲》为"范文正公守延安"作，并不胜惋惜地批评范词"意殊衰飒"，③从此成为定论。

现当代的词学专家对《渔家傲》词的评价，多针对"意殊衰飒"的传统

---

① 按，所谓欧阳修的《渔家傲》词，唐圭璋编《全宋词》据《东轩笔录》录此三句，孔凡礼编《全宋词补辑》则据《诗渊》二十五册收录了一首包括此三句在内的完整《渔家傲》词，但以为作者是庞籍而非欧阳修。

② 魏泰：《临汉隐居诗话》第11页，中华书局，1985年。另，黄彻《䂬溪诗话》亦载此事，当采自魏泰所记。

③ 瞿佑：《归田诗话》上卷《渔家傲》条，第13—14页，中华书局，1985年。

论调,几乎一致肯定范公此词下开苏轼、辛弃疾等豪放词风之功绩。这是一个显著的进步。但也不能不说,现当代的词学专家对范词的平反是不彻底的,这倒不是他们不愿意,而更可能是他们所要研究的词太多了,具体到范仲淹的这首《渔家傲》,也就不能特别用心细考详论。或许正因为如此,现当代的词学专家虽然对范公此词的评价都很高,但对此词所牵涉到的一些关键问题,仍沿袭了魏泰和瞿佑以来的传统说法。比如:其一,对范公此词中所写"塞下"究在何处、此词为何事何人而作、作于何时的问题,词学专家们仍然含糊视之,或以为概指"西北边疆",或谓即指"延州"也即今延安一带,于是此词也就仍然被断为范公守延安时作,乃泛写守边艰苦的边塞词,并无特定指向;其二,对范公此词中慨叹"燕然未勒归无计"者和"将军白发征夫泪"之"将军"的关系,词学专家们几乎没有分疏,大多仍默认为同一人。于是,他们虽然很想反驳所谓穷塞主"意殊衰飒"的传统论调、为范仲淹辩护,但他们的反驳和辩护却显得勉勉强强、曲曲折折。如著名词学家夏承焘先生论此词反映的将士之"苦闷"云——

> 范仲淹所处的时代,正当北宋与西夏的民族矛盾日趋尖锐。他的《渔家傲》词,反映了将士的边塞生活与苦闷心情,这和他要求政治改革的不能实现,北宋王朝的不自振作,因而长期受到北方少数民族的欺凌有关。从词史角度看,他的《渔家傲》下开苏轼、辛弃疾豪放派的词风。当时的达官贵人如欧阳修也是词家,但他的词的题材局限在儿女相思的狭隘生活圈子里,所以他看不惯范仲淹的反映边塞生活的《渔家傲》,讥笑它是"穷塞主词"。①

夏先生晚年喜欢豪放词,所以他推崇范公此词开两宋豪放词之风气,但又隐隐觉得词中"羌管悠悠霜满地。人不寐,将军白发征夫泪"不无"苦闷"、难言"豪放",于是委婉解说、曲折辩护,这辩护其实是勉强的。更有趣的是,宗尚婉约词的女词人兼词学家沈祖棻先生解读此词,乃避言

---

① 夏承焘:《范仲淹的边塞词》,《唐宋词欣赏》第62—63页,北京出版社,2009年。

"豪放",转而从情感矛盾的分析入手,力求使矛盾达成辩证的统一云——

> 一方面,边塞寒苦,久戍思乡;另一方面,责任重大,必须担负,这是词中所描写的一对矛盾。词中篇幅绝大部分是写前一方面的,但只用"燕然未勒归无计"一句,便使后一方面突出,成为这对矛盾的主要矛盾面,正如俗话所说的"秤砣虽小压千斤"。用传统的文学批评术语来说,就是:"发乎情,止乎礼义。"
>
> 作者虽然身为将军,但并非高适《燕歌行》中所谴责的那种"战士军前半死生,美人帐下犹歌舞"的将军,所以能够体会普通将士们的思想感情,他们对家乡的怀念和崇高的责任感。①

其实,担当责任和久戍思乡都是将士们的真实情感,他们未必会觉得这二者之间有什么解不开的矛盾,真正的难处乃在于他们对这二者要同时承担;而问题是只要解释者把范公视为词中之"将军",则"将军白发征夫泪"之"衰飒"就几乎无可讳言了。正唯如此,另一位学者艾治平先生虽然也推许范公此词"开宋代豪放词的先河",但还是不无遗憾地指出此词确实不够"豪放"的"衰飒"之病云——

> 写"塞下",由远而近,由广阔的范围到具体的"孤城",苍凉悲壮,境况与"大漠穷秋塞草衰,孤城落日斗兵稀,身当恩遇常轻敌,力尽关山未解围"(高适《燕歌行》),虽相仿佛,但气象较之盛唐的诗,却衰飒多了。②

应该说,艾治平先生的话确是由衷的诚实之言——由衷地表示推许,也诚实地表示遗憾。而他显然也与其他学者一样,没有怀疑到魏泰之作假,反而接受了魏泰的说法,承认《渔家傲》词中慨叹"燕然未勒归无计"者和

---

① 沈祖棻:《宋词赏析》第9页,上海古籍出版社,1980年。
② 艾治平:《宋词的花朵——宋词名篇赏析》第9页,北京出版社,1985年。

"将军白发征夫泪"之"将军"是同一人，因此也就不能不致憾于范公此词的"衰飒"了。

然则，范仲淹作《渔家傲》词的真情实况如何呢？这就不能不考释两个关键问题了。

第一个问题是，范公此词究竟作于何时何地？或者说为何事而作？一般认为，此词作于范公守边时，且多认为守边即守延安时，于是要么含糊解"塞下"为"西北边疆"，要么径解之为"延州"即延安，这就失于笼统了。其实，从宝元元年（1038）元昊正式叛宋称帝、宋与西夏的战争爆发，到康定元年（1040）三月范仲淹复天章阁待制、知永兴军，直到庆历三年（1043）四月范仲淹与韩琦并除为枢密副使、八月再除参知政事离开陕西（当时的陕西包括甘肃部分地区如环州庆州等地），再到新政受阻，庆历四年（1044）六月范仲淹出为陕西、河东宣抚使，则范公之守边非止一年，其间北宋与西夏的战争也有一个攻守易位的曲折过程，岂能一概而论、笼统解词？略做分析即可知，康定元年是西夏进攻、宋军防守阶段。此年年初，西夏军攻破金明寨、进围延州，围歼前来救援的宋刘平、石元孙军于延安附近的三川口，二将被俘，朝野震惊；三月宋仁宗乃委范仲淹以抵抗的重任，使其复官天章阁待制、知永兴军，四月改陕西都转运使，五月又迁龙图阁直学士、与韩琦同任陕西经略安抚副使，八月并代张存兼知延州。于是范仲淹在延州整军备战，随后派兵夺回塞门寨，修复金明寨、万安城，稳住了宋军在延州的阵脚。这一阶段，西夏军攻势凌厉，宋军则仓皇防守。然后，从康定元年九月到庆历二年（1042）夏，宋军在范仲淹的指挥下，进入了以攻代守的积极防御阶段。此一阶段，范仲淹遣任福破袭白豹城，迫使西夏军撤退，并重用当地将领狄青和老将种世衡等，遣狄青攻取芦子平，遣种世衡筑清涧城，遣朱观等袭破西夏洪州界郭壁等。由于这些积极的防御政策，所以虽然庆历元年元昊倾国入侵，败宋军于好水川，在别的地方却都未得手。而范仲淹虽然反对一些人的大举进攻主张，但直到庆历二年三月，他仍组织了有效的小规模攻势防御，可谓虎口拔牙，在庆州西北的马铺砦（今属甘肃华池县）抢筑大顺城，使西夏军不敢再犯环庆。从庆历二年夏范仲淹经略环庆到他庆历四年六月宣抚陕西、河东,是宋军以守代攻以逸待劳阶段。此时范仲淹重用老将种世衡,使摇摆于宋、夏之间的环州诸羌归心于宋,又派种世衡于环州重筑细腰城,进一步稳定了宋军的防御,边境局势趋于稳定,西夏见无机可乘,遂开始请和。明白上述攻守交错的曲折过程,我们就不难明白,范公的《渔家傲》词不可能如旧说那样作于康定元年或庆历元年,因为康定元年西夏攻势汹汹,宋军仓皇应战,范仲淹组织抵抗之不暇,哪里有暇抒"燕然未勒"之豪情?其实,直到庆历二年三月的抢筑大顺城仍是虎口拔牙之举,两军交错进攻,边境并不和平,这与《渔家傲》所写边地局势显然比较稳定的情况也不相符。看得出来,《渔家傲》虽写将士守边,却没有渲染军情紧急、两军对峙之状况,而着重抒写的是守边将士日对千嶂之艰苦与深夜思乡之寂苦,这表明此词的历史背景当是庆历二年夏之后西夏军对"白豹、金汤皆不敢犯,环庆自此寇益少"(《宋史》本传)而宋军处于以守代攻以逸待劳阶段的情况。大体的写作时间则可能在庆历二年的秋天到庆历四年的秋天之间。

要确定此词比较具体的写作时间,则牵涉到对"将军"以及"孤城"的考释。这正是此词的第二个关键问题——词中所谓"将军"究竟是范公自指或泛指一般将军,还是特指军中某老将?传统的和现代的解释,大多数都认定慨叹"燕然未勒归无计"者和"将军白发征夫泪"之"将军"同属一人,也即同是范仲淹之自指。这就颇有误解了。一则,范公是以文臣出任边帅的,他作为一方统帅,自然会有"燕然未勒归无计"之壮志难酬的感叹,但他不是军中一将领,当然也不会是"将军白发征夫泪"之"将军"了。二则,宋代的风尚重文轻武,文臣的地位名望远高于武将,范仲淹不仅是著名文臣而且自视为儒臣,他以著名文臣出任边帅,虽然很爱护部下诸将,却不大可能把自己也视为一介"将军"。此所以当年轻的张载在康定用兵时上书范仲淹,想来军中报效,成就一番功名,范仲淹却反责张载道:"儒者自有名教,何事于兵!"[①] 也因此,当庆历二年四月仁宗诏命除范仲淹为邠州观察使,廪禄优厚,范仲淹却反复上表辞让,其理由亦如郭

---

① 吕大临:《横渠先生行状》,见《张载集》附录,第381页,中华书局,1978年。

正忠先生在所译《范仲淹传》之注释中指出的:"范仲淹不肯接受廪禄比龙图阁直学士优厚得多的观察使衔……甚至表示要辞去一切军职,其主要原因,一方面是考虑到统率并团结军士的实际需要;另一方面,也是希望保留自己儒臣文士的清高身份。"① 然则,如此看重自己儒臣文士清高身份的范仲淹,还会在词中自称为"将军"吗?应该说不会的。

既然"将军白发征夫泪"之"将军"不是范公自指,则解释为泛指军中的"将军"也可通。但这未必合乎范仲淹之本意。范公率军守边之时,简拔将才是很有眼光的,如狄青、种世衡都是由于他的识拔和重用,才得以建立功勋、成为一代名将的,其中最受范公厚爱和重用的是种世衡。种世衡比范仲淹还大四岁,久沉下僚,当康定元年西夏犯延州时,范仲淹接受了种世衡筑清涧城的建言,并让他负责筑城,才使延州得到重要屏备,转危为安。庆历二年,范仲淹经略环庆遇到的最大问题,乃是环州与西夏交界处的羌族素不为宋用而与夏戎潜连、助为边患,范公深知种世衡素得羌人心,于是奏调种世衡知环州,极大地改善了与环州诸羌的关系,使其转心向宋;庆历四年范仲淹又命种世衡在环州诸羌所在地重筑细腰城,此时已是白发老将的种世衡带兵昼夜奋战,帮助范仲淹完成了这项重大的战略举措,巩固了西北边防。但种世衡也因此患病,得不到休养。当范仲淹得知爱将病剧的消息,当然很关心也很感念。可是筑完细腰城不久,转眼到庆历五年(1045)正月,种世衡就病逝了。范仲淹乃为爱将写下了感人至深的墓志铭,特别表彰了种世衡结连环州诸羌和奋力重筑细腰城的功勋云——

> 庆历二年春,予按巡环州,患属羌之多,而素不为用,与夏戎潜连,助为边患。……乃请于朝,愿易君理环。朝廷方以清涧倚君,又延帅上言,人重其去,命予更择之。予谓夏戎日夜诱吾属羌,羌爱其类,益亦外向,非斯人亲之,不能革其心。朝廷始如其请。……明年,迁东染院使,充环庆路兵马钤辖,仍领环州。惟环西南,占

---

① 郭正忠译注:《范仲淹》第 25 页注②,中华书局,1985 年。

原州之疆,有明珠、灭臧、康奴三种,居属羌之大,素号强梗,在原为孽,寖及于环,抚之狠不我信,伐之险不可入。北有二川,交通于夏戎,朝廷患焉。其二川之间,有古细腰城,复之可断其交路。又明年,予为宣抚使,乃谕君与原守蒋偕共干其事。君久悉利病,即日起兵会偕于细腰,使甲士昼夜筑之。夏戎固忌此城,君遣人入虏中以计款之,兵遂不至。又召明珠等三族酋长犒抚之,俾以御寇。彼既出其不意,又亡外援,因而服从——君之谋也。君处细腰月余,逼以苦寒,城成而疾作。以庆历五年正月七日甲子启手足,神志不乱,享年六十一。①

按,庆历二年三月泾源路宋军也曾拟于细腰属羌地内筑堡,因敏珠儿、密桑二羌族隔断而未能施行,所以该路宋军准备讨伐这两个羌族,但范仲淹不愿激化矛盾,他奏请朝廷,调来最得羌人心的种世衡,使羌人归心,顺利筑城。筑城之役当在范仲淹庆历四年六月出为陕西、河东宣抚使后不久,观上引范公给种世衡所写墓志铭所言"庆历二年春,予按巡环州……明年,迁东染院使(指种世衡——引者按)……又明年,予为宣抚使,乃谕君与原守蒋偕共干其事(事即筑细腰城——引者按)",可推知"又明年"即庆历四年。此年六月范公宣抚陕西等边地,不久即命种世衡筑细腰城,而种世衡"处细腰月余,逼以苦寒,城成而疾作",其时已入秋,范公自然惦念积劳成疾的老部下,所以庆历四年秋最有可能是他写《渔家傲》词的时间——设若词题"秋思"是可信的,则"秋"应即是庆历四年的秋天,而"秋思"所致思的"将军白发征夫泪"之"将军",即使不是专指老将种世衡,也一定有身虽老病而仍坚韧地奋斗在边疆的种世衡之影子在范公的心目中吧。

准此,则《渔家傲》词乃可通释无碍:"塞下"应即是作为抗战最前沿的环州,而非笼统的"西北边疆"或"延州"——当时的延州虽然是抵抗

---

① 范仲淹:《东染院使种君墓志铭》,《范文正公集》卷十三,第190—192页,商务印书馆,1937年。

西夏的前沿重镇，却不是最前线，而且延州附近也没有诸羌，何来"羌管悠悠霜满地"之情景？其实，悠悠羌管乃来自归心于宋并且成为宋军边防力量一部分的环州诸羌；"孤城"自当是环州诸羌所在地带的细腰城，至今环县西南仍有遗迹存焉，那确是黄土高原"千嶂里"的一座"孤城"；至于"将军白发征夫泪"，实乃身为统帅的范公对守边将士寂寞与苦辛的同情体谅之词——史称范公"为政尚忠厚，所至有恩"（《宋史》本传），然则，主帅这样同情地体谅守边将士日日固守千嶂孤城之苦辛和长夜思乡耿耿难眠之寂苦，不正表现了范公的仁人忠厚之心吗？与"衰飒"何干！

2016年4月16—25日草于清华园之聊寄堂

断句背后的知与识
——以三则诗文评为例

一

　　学习中国古代文史，断句是必备的基本功。虽然近一个世纪以来，新式标点流行，许多古代经典都有了不止一个标点本，但是进一步地深入研究，还可能碰到并未标点的古籍，那只有靠自己断句了。并且，即使已有标点的典籍，甚至权威的整理点校本，也不能保证就绝无错误，所以后人在引用之时，也还得有所斟酌才是，此诚所谓"尽信书不如无书"。

　　因为这个缘故，某年我给报考清华大学文学专业的研究生出一门近乎"文学通识"的科目"文学基础"（包括中外文学）的试题时，第一道大题就有意出了几则诗文评的断句——

给下面的诗文评段落断句（15分）

　　1. 乙卯冬陈去非初见余诗曰奇语甚多只欠建安六朝诗耳余以为然（张戒《岁寒堂诗话》卷上）

　　2. 退之评伯夷止是议论散文而以颂名之非其体也（王若虚《滹南遗老集》卷三十五）

　　3. 此即昔人所谓东坡诗如大家妇女大踏步走出山谷便不免花面丫

头屏角窥人扭捏作态之意（柳亚子《磨剑室杂拉话》）

每则都不长，也不很难，充其量每则也就一个小难点，标点之后只要意思对、说得通，粗细可以不计——我在所附的答案里特地写出打分的要求是："引号、冒号之差可以忽略，逗号、顿号可以互换，第三小题断为长句亦可，每小题一个难点（在答案里用带框表示），断对给3分。"也即撇开标点的或粗或细不论，只要点对每句的难点，也就可说是点对全句了。这个要求是比较宽松的，按说，大部分考生起码可以答对两小题，至少也能答对一小题吧。

但结果是，七十多名考生，我记得全答对了三个难点的只有一人，答对两个难点的也不过三两个人，其余几乎都失手了。对这个结果，我既有点吃惊，也不完全吃惊。因为乍一看这几句话都不难，似乎只要顺着辞气，都能很容易地点出，但我既然拿来出题，那就在暗示考生，看似平顺之处其实潜藏着问题，可是大部分考生都没有理会我的暗示，这让我不免惊讶；而之所以不吃惊，则是这些考生的误断也并非偶然，因为凭着对辞气的感觉来给古典文章断句，本来就是学术界比较通行的做法，这些学生也只是犯了常见的错误而已。他们的错误，几乎毫无例外地出在每句的那个很容易顺着辞气滑过去的难点上，即下面加黑的部分——

1. 乙卯冬，陈去非初见余诗，曰："奇语甚多，**只欠建安六朝诗耳**。"余以为然。
2. 退之评伯夷止是**议论散文**，而以颂名之，非其体也。
3. 此即昔人所谓东坡诗如大家妇女，**大踏步走出山谷**，便不免花面丫头屏角窥人扭捏作态之意。

二

事实上，上述误断几乎是"经典性"的：一些通行的版本和援引它们的论著往往如此。

先看《岁寒堂诗话》里的"乙卯冬陈去非初见余诗曰奇语甚多只欠建安六朝诗耳余以为然"一则,几部通行版本和整理校点本,都犯了同样的断句错误。一是王云五主编的《丛书集成初编》本《岁寒堂诗话及其他一种》(商务印书馆1939年版),这个版本虽然没有用新式标点,但所施句读却与后来的标点本一般无二——

乙卯冬。陈去非初见余诗曰。奇语甚多。只欠建安六朝诗耳。余以为然。

二是今人标点的丁福保辑《历代诗话续编》(中华书局1983年版)所收《岁寒堂诗话》,其错误正与上述学生的标点一模一样(吴文治主编的《宋诗话全编》本同此误断)——

乙卯冬,陈去非初见余诗,曰:"奇语甚多,只欠建安六朝诗耳。"余以为然。

三是陈应鸾编著的《岁寒堂诗话校笺》(巴蜀书社2000年版)。陈应鸾先生是研究《岁寒堂诗话》的专家,他的《岁寒堂诗话校笺》似乎是仅见的校注本,点校认真,注释博雅。陈先生的校笺本不同于前两种版本者,就是他在"建安六朝"之间增加了一个顿号——

乙卯冬,陈去非初见余诗,曰:"奇语甚多,只欠建安、六朝诗耳。"余以为然。

这固然显示出陈先生的格外认真,但他所加的这个顿号仍然表示建安诗与六朝诗的并列之意,与不加顿号者并无差别。至于当今研究中国古代诗文评或古典文论的学术著述,在引用《岁寒堂诗话》里的这几句时,也有不少人同样如此标点,兹不一一列举了。

究其实,上述三种标点都犯了同样的错误。我们只要略为细心看《岁寒堂诗话》的上下文，就不难明白：陈与义（字去非，号简斋）和张戒都是把建安诗和六朝诗视为诗的两个不同的等级，并且他们都更为推崇有风骨的建安诗。陈与义对张戒诗的评价"只欠建安，六朝诗耳"，那是说张戒的诗与建安风格的诗相比还有距离，但已达到了六朝诗的水平。这个评价对并非名诗人的张戒，已算是很高看了，所以张戒欣然引为知言。而就在这几句话之后，张戒紧接着就说："及后见去非诗全集，求似六朝者，尚不可得，况建安乎？"这清楚地表明他是把建安诗和六朝诗视为两个等级，不在一个档次上。也因此，如果把上句标点成"只欠建安六朝诗耳"之连读，或"只欠建安、六朝诗耳"之并列，则"建安六朝诗"也就没有等差，而是同等并列的关系，就与张戒的原意正相反，且也使陈与义的评语在"只欠建安"之后没有了下文，成了半截子话。所以正确的断句应该是——

  乙卯冬，陈去非初见余诗，曰："奇语甚多，只欠建安，六朝诗耳。"余以为然。

再说通行的《滹南遗老集》及其点校本对"退之评伯夷止是议论散文而以颂名之非其体也"一则的标点，也同样有误。即如收入《丛书集成初编》的《滹南遗老集》（商务印书馆1935年版），以及中华书局1985年据《丛书集成初编》重印的《滹南遗老集》，虽然没有用新式标点，但所施句读也与后来的标点本并无不同——

  退之评伯夷止是议论散文。而以颂名之。非其体也。

胡传志、李定乾的《滹南遗老集校注》（辽海出版社2006年版）似乎也是此集唯一的校注本，该书对这几句的标点则是这样的——

  退之评伯夷，止是议论散文，而以颂名之，非其体也。

以上几个版本的句读或标点也都犯了同样的错误，而当今的不少学术著述，比如几乎所有关于中国古代散文史的研究论著，差不多都会引用王若虚的这几句话，也就有不少人跟着犯了同样的断句错误。实际上，王若虚的意思是批评韩愈的《伯夷颂》题为颂体，却大发议论，写成了散文，所以名实不符也。也因此，这几句话的正确标点应该是这样的——

> 退之评伯夷，止是议论，散文而以颂名之，非其体也。

推究通行标点的致误之由，大概一是没有注意到原文的文章辨体之意，二是被现代的"议论散文"概念所误导——所谓"议论散文"是一个晚近才有的亚文类概念，王若虚是金代人，那时怎么会有这样现代的概念呢！对古人文章的断句，不能如此不假思索地想当然啊。

至于对柳亚子《磨剑室杂拉话》里的"此即昔人所谓东坡诗如大家妇女大踏步走出山谷便不免花面丫头屏角窥人扭捏作态之意"一则之误断，则出自《柳亚子文集·磨剑室文录》。柳亚子是近现代文学史以至政治史上的重要人物，国家有关机构对他的文集的整理出版是很重视的，组织了堪称高水平的编辑队伍，文集前并有邓颖超和屈武的纪念文章做代序，不可谓规格不高，从"出版说明""编者的话"来看，编纂者的工作态度也很慎重。可是，此书的断句却不无问题，误植也不少，有的错近乎不可思议。即如"此即昔人所谓东坡诗如大家妇女大踏步走出山谷便不免花面丫头屏角窥人扭捏作态之意"一则，就被断成这样——

> 此即昔人所谓东坡诗如大家妇女，大踏步走出山谷，便不免花面丫头，屏角窥人，扭捏作态之意。

柳亚子的文章写得很风趣也很"通俗"，并无艰深之处，他所谓"昔人"当是《随园诗话》卷一所记的林艾轩："林艾轩云：苏诗如丈夫见客，大踏步便出去；黄诗如女子见人，先有许多妆裹作相。"柳亚子可能是凭记忆写出，把林艾轩所谓"丈夫"误记成了"大家妇女"，这也没有什么关系。总之，不论《随园诗话》所记林艾轩语，还是柳亚子的"杂拉话"，都是比较苏东坡和黄山谷两人的诗风之不同——东坡诗有大家风度，山谷诗则不免小家子气。这些话委实没什么难懂和难点的，点读得粗一点，也就是"此即昔人所谓东坡诗如大家妇女大踏步走出、山谷便不免花面丫头屏角窥人扭捏作态之意"。不知为什么却被错点成那样。年轻学子知识不足，有所疏误，自然可以谅解，知名专家出此错，实在难以理解。

三

　　比较而言，古典的诗词歌赋曲以及骈文等广义的韵文还好点读，因其语言的音韵节奏特点有助于句式的整饬规范，读者顺着辞气节奏就可以大体标点出来；比较难点读的反而是较为自由的散行文字，因为文言的散行文章，其句式既缺乏韵文的格式，也不遵循口语的节奏，读者凭着辞气停顿去点读，固然可以点读个大概，但有些繁复或奇崛的句子，就不能仅凭辞气去点读了，而必须参照上下文的语境和语言背后的意思以及文字之外的知识，才能达致准确的理解，做出正确的断句。上述几个例句之所以被误断，其根源都在于背景知识之不足。

　　当然，没有人能做到无所不知，知识是逐渐积累起来的，人在某时某刻都难免遇到知识的盲点，那就不妨多翻翻书、多问问人，慎重细心一点，而切忌鲁莽从事，更不能想当然。尝记有人把柳亚子一篇文章中的"卿贰"断分上下句，而不知"卿贰"乃是封建时代的高级京官阶层，"卿"指大理寺正卿，"贰"是各部侍郎，略等于现在的副部级吧，所以古代士人能"致身卿贰"，已是很足以"夸耀士林"的事了。这样的古代历史知识，即使是初次碰到，只要翻翻辞书就能索解，自可避免鲁莽灭裂的断句。至于独立进行古代文史的研究，自然会碰到许多没有点校的典籍，那就要调动知识储备，务必小心断句，进而做出正确的学术判断。我曾拜读一本讨论古代思想史的专著，随手翻阅了五六页，却见每页几乎都有一两个断句错误，只得废书不观——如果连所引古人文句都频频断错，则该书的思想史分析还可信赖吗？

2016 年 2 月 24 日草于聊寄堂

关于鲁迅、《狂人日记》与新文化的反思*

一、回归说渊源:我与近代文学研究的短暂因缘

  重回河南大学,在我的确是很高兴的事,因为河大是我曾经受教的母校和工作十年的所在。说来惭愧,我与近代文学研究只有很短很浅的关系,而那渊源就始于河南大学。1983年秋天,我从甘肃来到河南大学读研究生,主导师是任访秋先生。任先生1935年在北大研究生毕业,是周作人唯一的研究生。任先生后来成为研究古代文学的名家,又是现代文学研究的开创者之一,二十世纪六十年代以后又转向近代文学研究,所以他是难得的兼通古代、近代和现代文学的著名学者。我来求学的时候,年近古稀的任先生给我们讲了一门课"中国新文学的渊源",这当然受他的导师周作人的《中国新文学的源流》的影响。因此,任先生把新文学的渊源上溯到晚明的思想解放运动如王学左派,还有公安派的文学革新运动,一直讲到清末民初的文学改良运动。我们由此跟着学习了一点明清文学和近代文学。我的第一篇作业,你们都想象不到,是关于李贽文学思想的。我认真读了李贽的《焚书》《续焚书》,三百字一页的稿纸写了有一百页的作

---

* 2019年8月19晚在河南大学"中国近代文学第一届暑期青年讲习班"讲,许萌据录音整理,解志熙订正。

业,眼睛高度近视的任先生居然把它看完了。我那时候完全不会写文章,啰里啰唆,不知道写了什么。我的第二篇作业写的倒是近代文学的。那时看阿英编的《晚清文学丛钞》小说理论卷,知道近代的小说界革命是维新派的梁启超、严复等人提倡起来的,学术界一般比较重视的也是资产阶级维新派的小说理论,因为按照时间来看,资产阶级维新派的小说观念是打头的,但是我读《晚清文学丛钞》的小说理论卷,发现稍后还有一些人,比如黄摩西、徐念慈和王钟麒等人,他们都是资产阶级革命派,但他们讲小说的时候,反而比较重视小说的审美性、艺术性问题。这一点恰恰被学术界忽视了。我就写这个。这是我写的第二篇作业,任先生推荐发表了,成了我发表的第一篇学术论文,题目大概是《简论革命派的理论贡献与晚清小说理论的深入发展》,你们看题目有多么长多么教条,发表在《河南大学学报》1985年第2期上,后来河大的张如法老师还把这文章的观点吸收到任先生主编的《中国近代文学史》里,我自己很感惭愧,此后再也不敢看这篇文章,抛掷在集外了。

到了1986年夏天我快毕业了,就跟你们的会长、我的师兄关爱和,还有我另外一个师兄袁凯声,合写了一篇文章,也涉及近代文学。那时正是文学新观念、新方法潮流很热的时候,学术研究要开拓新局面。热点问题之一就是近代、现代、当代文学的分期问题,大家都感觉到过于细碎的分科、分期倾向是不利于学术发展的。分得那么细,没有一个整体的观照、统一的思路,各个二级学科都各自守着自己的小地盘,互不往来,这是成问题的。关爱和、袁凯声和我在河大这里受到任访秋先生的影响,熟悉一点近代,我们的专业是现代,也关注当代文学。所以当时我们三个年轻的研究生还不是那么封闭,那时关老师已经工作,就在河大中文系任教,我和袁凯声即将毕业,师兄弟三个商量着合写了一篇文章,参加关于近现代文学分期问题的讨论会——1986年的后半年,北京的中国社科院文学所正好开一个关于近现代分期问题的讨论会,我们合写的文章由袁凯声带去参会,我则去北大上学了,没参加会议。据说我们三个人的文章被认为是主要的观点之一,也被采编到会议的学术报道里去了,现在还能查到,更有趣的是还赢得了著名学者樊骏先生的称赞,他称我们三个是"河南大学三剑客",只是此后就剩下关老师、袁老师两个剑客,我则"学剑不成",半路上逃跑了。

我没想到这个关于分期问题的合作文章,还带来一个更严重的后遗症。到了1987年的寒冬腊月天,我的大师兄关爱和,那时候他已经出任河大中文系的副主任了,他严肃地叫我赶快从北京回河大来,说有紧急事情。师兄叫我,那得回来啊。我不知道要干什么,回来才发现面临一个严峻的任务。那时河大邀请全国的学者编了一本《中国近代文学史》,任访秋先生担任主编,1988年由河南大学出版社出版,后来修订了,又由中华书局重版,你们应该都看过吧?那书的前面有一个很长的"绪论"。按说这个"绪论"应该由主编任先生来写,可是河大有人担心任先生到底年纪大了,写这么一个"绪论",可能会老套一点,与全书不协调,所以建议我们三个年轻人来写这个"绪论",使它有新意一点,开拓一个新局面,关老师为学科点考虑,也觉得只能如此做。但我感到这个事儿不大对,拼命地抗拒,不想写啊。可是最后还是禁不住两位师兄的"大义"劝说,只得从命。我们三个商量计划出了一个大纲,然后从开封来到郑州关爱和老师的家里,准备分头写出文章,然后合改。我当时准备撒腿回北京,可是没有跑脱——关爱和老师说不行,你得把它写完才能走,我就故意刁难他,说那我得吃黄鳝才写。1987年那个时候市场上的黄鳝很少,关爱和老师骑着一个破自行车,在全郑州跑了大半天,终于买到几条黄鳝,回来就气愤愤地说:"给你个吃货,做了给你吃,吃完就写文章!"我吃了黄鳝,就没办法了,只得硬着头皮写。然后我就发现,这里面有大问题,这是我的一个重大的学术教训。原先觉得那个提纲还勉强收得圆——我们有时候想提纲的时候想得很好,想得很有逻辑,可真去写那个文章的时候,你却发现具体的例证、史料跟不上,能够拿来支持我们观点的材料,还是人所共知的那些材料,我真去写文章才发现依据人所共知的材料去论证一个新观点,那是太困难了,所以我勉强地写了几页纸,就撇下不管啦。你们看,当师弟、当弟弟有个很大的好处,就是可以在师兄和哥哥面前耍赖。我撒腿就走,把任务丢给了两位师兄,随你们怎么办吧!他们就辛苦地把这个文章完成,成为那个《中国近代文学史》的"绪论"。据出版后的反馈说，这个书受到好评，而最受好评的就是这个"绪论"。这侥幸得让我暗自惭愧，很不好意思啊，后来一直不敢提这个文章。

这就是我跟近代文学研究的渊源。你们看，我对近代文学实在是一知半解，由此获得了一个深刻的教训，就是当你想出一个大纲，自以为有一个很好的理论逻辑，可是你具体写起来，因为不熟悉文献，史料掌握得不充分，你的具体论述可是太困难了，勉勉强强地缝制那个东西，难免七扭八歪，到处都是缝隙。我跟近代文学研究的关系到此为止。因为有了这点关系，有时我思考现代文学问题的时候会多少从近代的角度来考虑一下，这是一个好处。

二、随喜说鲁迅：关于《狂人日记》的若干感想

所以，我对近代文学其实不能发言，只能勉强找个题目，是我最近写的一个学术随笔《蒙冤的"大哥"及其他——〈狂人日记〉的偏颇与新文化的问题》。这个题目比较接近近代文学，跟这里的胡全章老师商量了一下，他说可以讲这个题目。那个随笔文章是怎么写起来的呢？你们知道，2019年是"五四"运动一百年，2018年是《狂人日记》发表一百年。我不是一个很著名的学者，但也算是一个资深研究者吧，所以从去年到今年，我接到一系列的会议邀请和刊物的约稿，我把所有的邀请和约稿全推掉了，决心不去参与写歌颂或者反思"五四"的文章。那样的文章要歌颂什么、要反思什么，我大致都知道的，我不想"咸与热闹"，就尽可能推掉。可是最终有些事与愿违，到今年4月份，上海社科院的一家刊物《探索与争鸣》找来一个年轻的跟我有点私交的学者，组织一系列的笔谈，请现当代文学的一些资深学者写文章。他们大概觉得不应该缺了我，就勉强我也写一篇短文，说是："就四五千字的一个短论嘛，解老师，那有什么难的？你怎么也给我们写一篇嘛！"我实在推不掉，就说好吧，于是就像一个不很虔诚的人"随喜"去进香一样，写了这个随笔文章。只是我一贯做不了大题目的文章，只能找个小点的题目来写，于是想到，不如就讲讲《狂人日记》吧，借此来反思一下鲁迅思想的偏颇和"五四"新文化、新文学运动的问题。

这其实也是我的老想法。我告诉你们一个小秘密吧：中国社科院的文学所有一年正筹备在第二年召开"五四"运动纪念大会，向当时的北大中文系邀请了三个人，一个是我的导师严家炎先生，一个是"青年学者"钱理群先生，加上我这个学生。我们自己报题目，我报的题目就叫《"五四"神话的消解》。到了第二年三四月，你们知道有事情了，并且事情闹得越来越大，那个会议主要组织者却希望严老师和我师生两个人去吵架，让会议热闹一点。他们把动员我去的任务交给钱理群先生。到了5月初，钱理群先生给我打电话说："志熙，你去不去？"我用了鲁迅的话，鲁迅在《祝福》里面说"沸反盈天"，你们都知道这个词吧？我说："都什么时候了，时局已经沸反盈天，我们还哪有劲去凑热闹？师生两个人吵架，大家看热闹？我不去了！"我反问钱理群先生去吗，他说他也不想去了，后来大概还是去了，我没有去。所以那个《"五四"神话的消解》的文章，我也就没有写完。现在又被诱逼着写这样一个关于"五四"百年纪念的文章，我选了《狂人日记》的小题目，小问题好讲些。这是一个随笔小文，写完是一万字多一点，刊物的编辑又觉得我的文章长了，他说："解老师，别人的文章都是四五千字，你这个长了。"我说你们嫌长了，就抽下来吧，我本来就不想写嘛。可是他们又不好意思撤稿，要求我同意他们删减，我当时在老家看望母亲，就委托他们删。他们就把那个一万余字的文章删减到五六千字，登了出来。同时也发在《探索与争鸣》的微信平台上，你们是可以看到的，只是它是被删减版。总之，这是临时匆忙赶出来的文章，从一个小题目来讲大问题，这是讨巧的写法，我得承认。

《狂人日记》大家都很熟悉，鲁迅大家当然也很熟悉，鲁迅是很伟大的，大家都说他很伟大，我也觉得他很伟大。现在我却要说《狂人日记》这个小说并不是那么伟大，好像故意跟人抬杠似的，其实倒也不是那个样子。一是从艺术的角度，鲁迅写这个小说，没有准备好，是应钱玄同的催促，帮那个"五四"文学革命者的忙，因此才勉强写了这个小说，写得不免匆促。鲁迅后来也说这个小说写得"逼促"，在艺术上是不甚均衡也不很成熟的。

《狂人日记》刚发表不久，后来成为著名学者的傅斯年立刻评论说："就文章而论，唐俟君的《狂人日记》用写实笔法，达寄托（Symbolism）的旨趣。"我觉得傅斯年真聪明，他用"寄托"来翻译"Symbolism"，非常好。紧接着他又赞誉说"这是中国近来第一篇好小说"①，这评价是很高的。直到新时期之初，学术界重新开始对中国现代文学进行研究、从更宽泛的现代化角度研究鲁迅小说的时候，严家炎先生重审了《狂人日记》的艺术特征，认为它是写实主义与象征主义的结合，其实还是重复了傅斯年的观点。隔了那么多年，他们都指出《狂人日记》的艺术特点是写实主义与象征主义的结合，都认为这是一篇好小说。严家炎先生甚至认为，"从思想上说，它（《狂人日记》）可以说是一篇新的《人权宣言》"②，评价很高。

我觉得，《狂人日记》这个小说确实有写实主义和象征主义结合的特点，但结合得不太好。鲁迅稍后回复傅斯年的时候也说："《狂人日记》很幼稚，而且太逼促（就是太仓促——引者按）。照艺术上说，是不应该做的。来信说好，大约是夜间飞禽都归巢睡觉了，所以单见蝙蝠的能干了。"③夜间鸟都归巢睡觉了，但是蝙蝠是晚上出去觅食的，我们都知道蝙蝠像鸟，其实不是鸟。鲁迅自比是蝙蝠，有时候也自比是枭——猫头鹰。鲁迅这话其实是说，当时新文坛太寂寞，我就是临时帮帮忙、凑凑数而已。这篇小说由于各种原因，其实不成熟、写得逼促。可是，我们不信鲁迅的话，因为我们把鲁迅过于伟大化了，老觉得鲁迅的话是客气、是自谦，对吧？鲁迅的话当然有谦虚的成分，但也不全是谦虚。因为这篇小说确实是被催出来的，鲁迅那个时候对中国社会现实很绝望，他也参加过几次变革，但都失败了。他对中国很绝望，觉得中国像个打不破的铁屋子。他在北京教育部任职的时候，晚上就躲在破屋里看佛经，抄古碑，思想是比较消沉的。这时候他的老同学钱玄同就在一个晚上跑来了，问他抄那个干什么？鲁迅说不干什么。然后钱玄同就劝鲁迅参加《新青年》，参加新

---

① 记者（傅斯年）：《〈新青年〉杂志》，《新潮》第1卷第2号，1919年2月1日。
② 严家炎：《论〈狂人日记〉的创作方法》，《北京大学学报》1982年第1期，1982年3月2日。
③ 鲁迅：《对于〈新潮〉一部分的意见》，《新潮》第1卷第5号，1919年5月1日。

文化运动。鲁迅觉得没有希望,铁屋子是打不破的,但是钱玄同说,将来也许铁屋子里有几个人醒来,那说不定就有救啊。鲁迅觉得我的绝望和他的希望,都是未来的事情,我无法用我的绝望证明他的希望不合理,说服不了他啊。而且钱玄同这个人非常会约稿,非常会缠人,没完没了的。鲁迅为了避免他叨叨,于是答应给《新青年》写稿,就写了《狂人日记》。当然鲁迅心里也是同情《新青年》这些人搞新文化新文学的。不管怎样,这篇小说确是仓促写出来的一个作品。

《狂人日记》当然有它了不起的地方,它的确尝试把写实主义和象征主义结合起来,这篇小说出版以后获得了很高的评价。比如北京大学教授张定璜,是读法国文学的,他写了一篇著名的评论,叫《鲁迅先生》。他说《狂人日记》1918 年发表,在这四五年前,杂志上流行的是苏曼殊的小说,他把苏曼殊的小说比如《绛纱记》等跟鲁迅的《狂人日记》一比,发现那中间的距离太大了——他说苏曼殊的小说还是中世纪的浪漫传奇,而读鲁迅的小说如《狂人日记》,你突然发现"我们由中世纪跨进了现代"[①]。这是张定璜的评价,评价很高啊,我觉得这也是对的。《狂人日记》是我们新文学的一个创世之作,这很重要。但它确实是仓促写出来的,创作不太从容。所以这个小说在写实主义和象征主义的结合上做得并不好。一方面写实确实做得很地道,比如写实主义地描写那个狂人,那个迫害狂患者,写得真好。鲁迅是学医的,有医学知识。里面那个狂人的迫害狂患者心理,鲁迅写得非常真实。可是狂人写得越真实,越表达不出那个宏大的主题,就是要揭露家族制度和礼教的弊害。鲁迅单写狂人的病态心理,不就是一个病理学的记录吗?那就没意思了,宏大的批判主题无法表达。然则怎么办呢?于是乎鲁迅只能采取所谓象征影射的办法来补救,就是在那个狂人的疯言疯语里面,隐含着某种暗示、某种微言大义——所谓文化批判、文化反省的微言大义。我们至今对《狂人日记》主题的认定,都是从"狂人日记"的那些微言大义里边得出来的判断,这些个微言大义就是我们所谓的象征,通过象征手法提点出宏大的主题,指斥几千年的中国文明

[①] 张定璜:《鲁迅先生》,《现代评论》第 1 卷第 7 期,1925 年 1 月 24 日。

历史其实是吃人的历史，等等。只是这个宏大的主题是通过微言大义、疯言疯语表达的。我们并不能通过一个迫害狂患者的真实生活状况，自然而然地获得这个深刻的思想，可见写实和象征结合得不好。

在鲁迅的创作里，写实和象征融合得很好的例子也有。比如你们也知道，鲁迅的《野草》里面最有名的作品是《过客》。《过客》写一个中年的过客，他不知道自己从哪儿来，不知道自己到哪儿去，甚至不知道自己叫什么名字。他在旅途过程中遇到老头和小姑娘，他问前边是什么，小姑娘说前面是鲜花，老头说前边是坟墓。我们知道，这些写的是日常经验，同时我们也明白这篇作品的意义肯定不是到日常经验为止。就一个普通人的日常经验，他总知道自己姓什么，自己从哪儿来，自己到哪儿去，可是这些东西在《过客》里同时都含着象征的意义。《过客》把写实和象征结合，结合得天衣无缝，真是自然而然。而《狂人日记》没做到，鲁迅的写作有些仓促，并且鲁迅是第一次提笔写白话小说，所以在艺术上还不很熟练。我们看鲁迅后来写家庭兄弟关系、反思家族制度的小说《弟兄》，那是1925年写的，那个时候鲁迅和周作人兄弟两人已经产生了矛盾，然后鲁迅写了这个叫作《弟兄》的小说。这个小说并不那么有名，但从艺术上看，这个小说写大家庭里两兄弟的关系及其潜在的矛盾，写得更好更恰当。而反观《狂人日记》呢，那个真正的主题都是借助狂人的疯言疯语来表达，这些疯言疯语你无法完全信以为真，鲁迅把那个狂人写得越真实，读者就越是知道那不过说疯言疯语而已，不会把它当真的。可是我们的研究者却一直把狂人的疯言疯语当真了，以为里边有了不起的反封建思想，是吧？这就成了问题。鲁迅借助狂人的疯言疯语，把几千年中国的历史和文化全盘否定了，这就有点过火，让我想到子贡批评那些妖魔化殷纣王的话。你们知道殷纣王是一个很坏的帝王，很多历史传说讲他坏得一塌糊涂，说他挖空心思折磨人来取乐、来博取妲己的欢心。可是孔子的弟子子贡不相信，他说"纣虽不善，不若是之甚也"。因为过甚其辞，反而启人疑窦。鲁迅后来也引用过子贡的这句话，可他在写《狂人日记》时要表达宏大的主题，发现单靠写实主义不行，不得不动用象征主义，就有意借狂人的疯言疯语，对中国几千年的历史文化传统做出过甚其辞的否定。这样一来，写实主义与象征主义没有完全结合好，没有达到自然浑成，写实与象征实际上是分裂的。可是学术界的解读，抛开了那个写实，而完全以象征为主，是吧？我们认定那些疯言疯语就是真理，这样可以充分肯定这部小说。当然，学术界是从新文化的意识形态立场上来肯定《狂人日记》的，这个可以理解。可是从艺术上来讲，《狂人日记》做得不是很好，有些过甚其辞。作为比较，我们看《孔乙己》，写得多么自然圆熟，描写不过分、不过甚其辞，一切都显得那么真实。但同时你感觉到《孔乙己》的意义，不仅仅是致力于揭露封建士子四体不勤、五谷不分，怎么受到封建科举制度的毒害——没有这么简单，我们能够感觉那里边别有深意，写出了人们对"苦人的凉薄"，揭示出国人普遍的人性麻痹症。可是《孔乙己》又写得如此朴素自然、如此含蓄蕴藉，对它的言外之意，我们也就很自然地领受了。而《狂人日记》没有做到，但这可以理解，这个作品毕竟是第一篇急就的白话小说，艺术上难免不成熟的地方。我们长期以来对它的解读，是有意地利用狂人那些疯言疯语，并且刻意地提升了它、拔高了它的象征意蕴。其实，《狂人日记》在艺术上不很成功，显得很"逼促"。

这是我讲的第一点——创作"逼促"给《狂人日记》的艺术带来了问题。

进而说到鲁迅这个作品借助狂人的疯言疯语表达对我们历史文化传统的攻击和批判——意在揭露家族制度和礼教的弊害，这个我们都知道。这个攻击和批判有它合理的地方，但是也确实有过甚其辞的地方。比如对于中国几千年的文明，狂人说他翻开历史一看，那就是"吃人"二字，这也只能是疯言疯语吧。可是我们一百年来都把这疯言疯语当作真理。其实中国是一个人文主义发展比较早的国家，至少从春秋战国时期，中国的人文主义就形成了。中国实际上是一个具有悠久人文主义传统的国家，可是"五四"以来新文化人却批判说，中国几千年的历史一团漆黑，封建礼教就是宗教神权统治，如此等等，其实不是那样的，中国实际上是人文主义很早就发达的国家。尤其是以儒家、墨家、道家为代表的人文主义，它们几千年对中国人的生活影响很大，人性、人的道德意识很早就醒觉，宗教迷信的势力比较弱，这些都是中国文化很好的一些地方。当然也有吃人的情况，但那是特例，不能把它夸大到那么过分的地步。相比之下，我们看看西方，看看别的民族，有几个国家能跟中国相比？比如西方，古希腊罗马其实也是很残酷的奴隶主统治，杀人不眨眼的战争，中世纪的宗教裁判极其残酷，那才叫吃人。所以中国并不比西方坏，中国恰恰是人文主义比较发达的国家。当然，到了"五四"时代，新文化人想提倡新的人文主义，比如强调人的个性，这些都没问题，但是传统人文主义仍然有很好的东西，不能把传统的人文主义与现代的人文主义简单地对立起来，不应把中国几千年的历史文化传统全部否定掉，可是新文化界在这一点就过甚其辞了，显示出这些新文化人年轻气盛，有很大的片面性和极端性。在这里面，鲁迅提出他的人学理想，他在日本写的那几篇论文，比如在《文化偏至论》《摩罗诗力说》里边，就表达了他的文化观念和人性观念。最著名的话，你们应该知道的，就是他认为近代中国最需要的是什么呢？他认为最需要的不是经济发展、科学技术、议会民主，而是"掊物质而张灵明"，中国这么一个贫穷的国家，原来缺的不是物质经济的发展，而是"灵明"即精神，他认为精神才是最重要的，所以他要"掊物质而张灵明"。然后呢，他又主张"任个人而排众数"，"任个人"这种极端个人主义的新人学观念，就是从鲁迅开始的，这种思路当然也贯穿到《狂人日记》，我的老师严家炎先生就赞誉《狂人日记》是小说版的中国人权宣言。那时也出现了理论上的中国人权宣言，就是周作人在《狂人日记》之后紧接着写的那个《人的文学》。在《人的文学》里边，周作人跟鲁迅一样的，口气大得很，他充满仇恨地说，中国几千年的文明其实都是野蛮的，中国人枉生了几千年，过的都是非人的生活，如今还要从头"辟人荒"，哎呀真是惭愧，不过周作人觉得还来得及。哎呀，原来几千年来中国都是一个野蛮国度，急需从头"辟人荒"。《人的文学》是理论性的人权宣言，而《狂人日记》是文学化的、小说化的人权宣言。周氏兄弟两个如此桴鼓相应地推动了"五四"的以个性主义为主的新人学思潮。

如此高调的新人学观念有没有问题呢？当然有的。一方面，它对中国的传统人文主义和古代的历史文化，表现出非常简单化的否定；另一方面，新的人学主张也极其片面和简单化。是不是就像鲁迅所说的那样，我们这个"沙聚之邦"只要"任个人",每个人的"个性张","沙聚之邦"就很自然地"转为人国"?事情就是那么容易吗?仿佛治大国如烹小鲜那么简便易行、马到成功吗?其实没那么简单。有时候知识分子是想当然、说大话,什么"个性张""沙聚之邦"就"转为人国"。好像易如反掌,其实立人思想没那么容易实现的。你想立人,可是有多少人有资格去"任个人",那时全国不过一二十万新知识人,他们有多大能耐在所谓"沙聚之邦"里去"任个人"?那复杂繁难得很呢,根本就没那么简单。而且这种"任个人"的个人主义,除了"任个人"之外,还有没有更健全的人的标准、人的价值观念呢?没有。好像只要"任个人",做个敢打敢骂敢怒敢哭的个人就行了,然后就自然而然地就变成有个性的个人,然后这个国家就会变好了,真这么容易吗?如果变成"狂人"怎么办?现在学术界讲到人的启蒙的时候,总要援引康德的《论启蒙》,却忘了康德同时有其伟大的道德哲学。康德的道德哲学讲的是什么?那是强调人之所以为人,是因为人是有道德的,而康德的道德哲学的第一条道德律,就是强调人要按照你认为是普遍规律的法则行动,道德才能成立,所以这一条也叫作道德的普遍律,意思是说道德不能只适用于你一个人,同时也适用于别人,才具有普遍的道德意义。这其实也就是孔子所讲的"己欲立而立人""己所不欲,勿施于人"的意思。康德道德哲学的第二条道德律,强调人是目的,就是你的行动在任何时候都把人视为目的,永远不能看作手段。这让我们想起孔子的"为仁由己""仁者爱人""仁以为己任"的话。孔夫子不愧是伟大的古典人文主义者,他的仁学强调"为仁由己"的主动性,强调"立人"首先意味着对他人的尊重、把他人也当作人,不是"任个人"的"立人","任个人"的"立人"走到尼采所谓超人的地步,那很可能不把别人当人的,因为"任个人"的个人觉得"朕归于我"、我就是真理,我想怎样就怎样,然则这种纯任个人的人,不把别人当人怎么办?这种"任个人"的人变成一种极其自私自利的人怎么办?变成像曹操那样"宁教我负天下人,休教天下人负我"怎么办?变成"人不为己天诛地灭"的个人主义怎么办?所以纯然"任个人"的新人学,未必能立起"人"来的。这个"任个人而排众数"的新人学,所要树立的人很有可能是没有道德底线的人,那就问题大了。而周氏兄弟等新人学论者，是没有人的道德意识的。在他们看来，好像只要"任个人"即放任个人就行了。那么人变成原始丛林的个人主义怎么办？变成自私自利的个人主义怎么办？新人学呐喊着要"立人"，但没有道德意识，立出来的是好人还是坏人？那可是差之毫厘、谬以千里了。如果只要"任个人"就够了，任何有违个人的都是坏的，个人可以肆意践踏别人，那该怎么办？我们在生活中碰见这样的个人主义者还少吗？从近现代以来，打着这样的"任个人"的旗号，自私自利、成为精致的利己主义者的还少吗？并滋生出专革他人命的革命个人主义者，也多得是。所以我觉得鲁迅在这里面批判传统的文化、传统的人文主义，有点过头了。其实，传统人文主义尤其儒家的仁学，在现代仍然可以作为对个性主义的补充。新文化人其实不必把传统的仁学思想和新的人学观念对立起来，是吧？可惜的是，在新文化人那里，传统的仁义道德却统统被贬斥成"吃人"的东西，他们提倡的新人学理想变成了没有道德的东西，如此没有道德的"立人"，人成为动物怎么办？像动物一样只顾自己怎么办？为了个人利益而任意伤害践踏他人怎么办？从这个角度来讲，中国的古典人文主义有些东西如孔子的仁学思想，是值得后人重视和珍视的，同样的，我们在重视康德的《论启蒙》之余，也不要忘掉康德伟大的《道德形而上学》，抛弃或忘掉这些东西，只标榜一种"任个人"的个人主义，那是半吊子的无道德的人学。由此反省"五四"新文化人的人学思想，确实是有问题的，不仅是缺着胳膊少着腿的，甚至可以说是缺少灵魂的人学。那就很可能变成尼采式的"超人"——那种恣意践踏他人的超人，瞧不起庸众的超人，狂妄自大的超人，丧心病狂的超人。"任个人"的新人学变成了自私自利的护法，是吧？康德的道德普遍律强调人觉得道德的必须同样适用于别人，这才叫人的道德，而非所谓"朕归于我"，自个儿就是真理，那不行的。孔子也是这么讲的："己欲立而立人，己欲达而达人。"所以，"五四"新文化人的人学理想，其实潜藏着很大的漏洞和问题，是有严重弊端的。到了抗战期间，那么多新文化人附逆投敌却坦然自若，就是惨痛的教训。

所以抗战胜利以后，朱自清先生曾经反思"五四"以来的新人学思潮，认为它把传统人文主义简单当作吃人的礼教彻底否定掉，这是很有问题的，后果很严重。朱自清是一个很诚实也很严肃的人，我参考了他的看法。我在《蒙冤的"大哥"及其他》那个小文章里有一段话，我就念一念吧——

> 诚然，鲁迅的激烈言说在现当代中国产生了广泛深远的积极影响，但消极影响也无须讳言：当鲁迅借狂人对中国历史文化传统的全盘否定被视为无可怀疑的历史真实之后，后起者竞相效仿此种"深刻的片面"之论，终于蜕变为批判论者装饰其"深刻"的修辞皮毛，却使中国的历史文化传统蒙冤至今；而鲁迅所一再鼓吹的个人主义新人学——所谓"惟有此我，本属自由""朕归于我，而人始自有己"的个人，带着"先该敢说，敢笑，敢哭，敢怒，敢骂，敢打"的革命勇气，成为从事"辟人荒"的"立人"胜业的"新人类"，但倘无超越的神明之警戒或仁义精神之引导，则个人主义的"新人学"也会趋于"朕归于我""我即真理"之极端，张狂到任性妄为甚至丧心病狂之境，催生出周作人之类"赤精的利己主义"者，和专革他人之命、践踏他人自由的革命－自由投机主义者。诸如此类自私的个人主义者和自是的革命－自由投机主义者，在现当代中国是层出不穷的。由此反省一下，作为新文化"人权宣言"的《狂人日记》及其相关杂文，是不是有些自迷于"人的自觉"却"人而不仁"呢？！

这里"人而不仁"的"仁"是仁义。我自小是个农家孩子，儒家思想对我有影响，大人们在孩子们很小的时候就教导他们要做一个仁义的人。我家乡人对一个孩子的最好评价就是说"这个孩子真仁义"。你们读上海著名女作家王安忆写得很好的小说《小鲍庄》，那里边的小孩捞渣，从小就是一个仁义的小孩。别小瞧农民，他们接受了儒家的仁学观念，崇尚仁义的人要求小孩要仁义、要善待他人，也就是说为人不是简单地"任个人"就够了。

事实上，"五四"新文化人尤其是周氏兄弟大力倡导的那种"任个人"

的新人学，后来也确实产生了严重的弊病。所以到了抗战胜利之后，作为"五四"运动过来人的朱自清先生，检讨"五四"新文化运动蛮横地贬斥古代人文主义、放任个人的新人学观念的偏颇，有非常痛切的反省。朱自清说："'五四'运动以来，攻击礼教成为一般的努力，儒家也被波及。礼教果然渐渐失势，个人主义抬头。但是这种个人主义和西方资本主义的个人主义似乎不大相同。"[①] 我补充一下，西方真正的个人主义、自由主义是要负责任的，自由同时意味着要负责任、要有担当。朱自清接着说在中国"结果是只发展出任性和玩世两种情形，而缺少严肃的态度。这显然是不健全的。近些年抗战的力量虽然压倒了个人主义，但是现在的中年人和青年人间，任性和玩世两种影响还多少潜伏着，时代和国家所需要的严肃，这些影响非根绝不可"。这种消极的自私的个人主义，投机取巧、任性妄为，弊害甚大。所以朱自清痛切地批评道："这二十年来，行为的标准很分歧；取巧的人或用新标准，或用旧标准，但实际的标准只是'自私'一个。自私也是于时代和国家有害的。"这是朱自清在抗战胜利以后沉痛的反省，反省了"五四"新文化运动对古典人文主义简单的否定，他们贬斥仁义道德是吃人的，一脚踏到底；反省流行于现代中国的个人主义不如西方个人主义那么健全，发展成任性的、不负责任的个人主义，结果是要么变成周作人那种精致的个人主义者，要么变成那种热狂野蛮的革命投机主义者。他们都可以拿个人主义来说事儿，拿个人自由来为自己的自私妄为以至于附逆行为辩护，的确存在这样的问题。

应该说，朱自清对"五四"新人学流弊的反省是切中要害的，极富历史感和思想深度的。可叹的是，"五四"和周氏兄弟的崇拜者们，至今对"五四"以来的新人学之偏颇缺乏反省，于是新时期以来再次高涨的新人学思潮也就依然故我地沿着"任个人"的惯性向下滑行。我自己也常遭遇到任性的个人主义者，看到他们总是慷慨悲壮地拿鲁迅的话尤其是其新人学来说事儿，真是屡见不鲜。当然，好的个人主义是现代社会所需要的，

[①] 朱自清：《生活方法论——评冯友兰〈新世训〉》，《朱自清全集》第3卷第44—45页，江苏教育出版社，1996年。

但个人主义却并不必然都是好的。那种只知纯任个人的立人之道，只会助长任性玩世、自私狂妄的个人主义，只能离"人国"愈来愈远。健全的个人必须而且首先要把别人当作人来尊重。就此而言，"己欲立而立人，己欲达而达人""己所不欲，勿施于人"的儒家仁学思想，的确是值得我们珍惜的精神遗产。

我在那篇小文章里也说到，《狂人日记》那种分裂的描写，那种宏大的新人学主题，尤其是对仁义道德的凌厉攻击，就把那个狂人的大哥给丑化了。其实我们看看，狂人的大哥并没有多少问题是吧？一个弟弟出了心理上的毛病，大哥还是尽心尽意地照顾他。可是小说却借助象征的写法，把那个大哥漫画化以至丑化了，隐含作者最后跟读者达成的一种共谋，把那个大哥变成一个莫须有的吃人者，一个没有人味的封建家长，这真让大哥蒙冤了！其实，以我对中国传统家族和礼教的了解，包括我个人的生活经验，我知道这些描写并不具备普遍的真实性。中国传统文化尤其是儒学礼教，其实是很讲人情、很有人情味的，并不是人吃人的，比西方要好多了、有人情味多了，所以鲁迅对那个大哥的描写其实是不公道也不人道的。鲁迅自己也是封建大家庭长大的，他从小为什么那么孝敬，对弟弟们那么友爱呢？那都是传统文化教育出来的。可是，恰恰在鲁迅和周作人获得新观念、成为新人学的鼓吹者之后，两兄弟却闹得不可开交了，以至成为不相谋面的长庚启明，从此分道扬镳了。在这之前，鲁迅的祖父犯事儿，父亲有病，鲁迅年纪那么小，十几岁就开始履行长孙长子长兄的职责，照顾弟弟、照顾母亲，牺牲自己，自觉自愿，很了不起，那是吃人的吗？鲁迅的道德是哪里培养出来的？不就是儒家文化吗？鲁迅身为大哥，他恶待过弟弟吗？是吃人的吗？当然不是。与西方比一下，最典型的比如说英国的贵族继承权，只有嫡长子才能继承家业，其他子女是没有份儿的。为什么西方殖民主义会很发达？修女和传教士那么多呢？因为假如你不是嫡长子，而是弟弟或者妹妹，那么你接受教育后，女的要么去当修女，要么去当家庭教师，就是《简·爱》里面的简·爱；没有财产继承权的弟弟，也只有去经商或到殖民地去当兵、传道。中国不是这样，所有的儿子都是平等的，都有财产继承权，长兄对弟弟妹妹还要特别照顾。所以在中国大家庭里大哥最难当，大哥是要仁义的，我自己都能体会到啊。我常对关爱和老师开玩笑说，谁让你是觉新、我是觉慧呢？我是师弟我就可以耍赖呀。他就一直让着我，一直照顾我，那是很有人情味的。你们能相信关爱和老师是一个吃人的封建大哥吗？绝不能那么说吧？我自己的亲哥哥也是一个仁义的大哥。鲁迅当然也是传统的人文教育培养出来的嘛！他是那么好的一个长孙、长子、长兄，那么负责任，那么孝敬，那么照顾弟弟，这不挺好嘛！你怎么能在小说里把大哥写成那样呢？以莫须有的罪名与读者共谋，最后把这大哥糊弄成了一个吃人恶魔。我所谓"蒙冤的大哥"，广义上是说整个传统文化都是蒙冤的，新文化人的批判是不公道的。同时他们提倡的那种新人学太简单化了，是缺乏道德灵魂的新人学，那是有问题的。这是我借着评论《狂人日记》进而对"五四"新文化提出的一点小小的质疑。

当然，《狂人日记》还是算得上一个杰出的作品，一个开创性的创作。我只是说它在艺术上有点仓促，思想不完善。中国那时候需要改革、需要思想的突破，《狂人日记》因缘际会而作，难免在思想上有点片面、有点极端，这也可以理解。但是我们不能永远把这个作品当作正确无误的圣经，以为它对整个中国历史文化传统的否定都是正确无误的，那实际上只是鲁迅在思想文化上要破旧立新的话语策略而已。如果我们信以为真，以为中国历史多么黑暗，中国文化多么不值一提，那么这个民族是怎么走过来的？全世界唯独中华几千年文明能够延续下来，岂不成了咄咄怪事吗？你们知道，文人有时是自高自大的，比如有一个鲁迅非常佩服的晋代人叫阮籍，阮籍有一句很狂妄的大话，他瞧不起刘邦项羽，放言道："时无英雄，使竖子成名。"在中国历史上文人真正成为文化政治的主导力量，唯一的一次就是在"五四"那个时代，那真是一个特殊的时代，北洋政府很无能，国家极为纷乱，反倒给文人提供了机会，他们掀起"五四"新文化革命，开创了中国历史文化的新阶段。这是文人唯一一次唱主角的机会，我也要开鲁迅们的玩笑说："时无英雄，使竖子成名。"不是吗？当然，我知道鲁迅的崇拜者们听了这句话，一定气愤填膺，但他们可能意识不到，他们为此生气，那其实是很"封建"的气啊！

三、随机答问录：关于鲁迅思想的偏颇及其他

学员一提问：鲁迅立人思想中的"个人"，我觉得更多是相对于封建时代的文化，对于人的发现和再造。您是怎么看的？

解老师：其实鲁迅的"立人"概念也来自传统，孔子不是说过"己欲立而立人"吗？只是鲁迅彻底调转了方向，转向了"任个人而排众数"，提倡一种极端的个人主义，其所"立"之"人"，缺少为人的道德底线，只要纯粹"任个人"就好了，可这样立出来的个人未必就是好人啊，那鲁迅就不管了。这不值得怀疑吗？鲁迅干吗就不该被怀疑呀？我们干吗要把鲁迅神化呢？鲁迅自己也有一个著名的话："从来如此，便对吗？"我在这个文章里面说，我们对《狂人日记》从来高度肯定，那就对吗？怎么鲁迅就不可怀疑，鲁迅就没毛病？这天底下谁没毛病？谁都有毛病，鲁迅当然也有。把鲁迅神化是毫无必要的，鲁迅也是有脾气、有偏颇的人，当然鲁迅是有天分的、有思想的，他在新文化开创之初对传统的仁义道德之否定，是出于策略性考虑，讲得极端一点，难免有偏颇和流弊，对传统并不公正。中国是一个传统的内陆农业国家，强调家族和谐，强调社会秩序的稳定，比较抑制个人，这是很自然的事情。到了要现代化的近现代，我们要强调点个人的权利，那是可以的也是应该的。但是不能把个人主义讲得没有原则，以为"任个人"就可以了。放任个人纵情任性地敢打敢骂，自己是绝对正确的，自己就是真理，别人不在话下，这对吗？谁给你这样的权力？"任个人"地为所欲为，就是对的？"任个人"以后的新人有没有人的灵魂，有没有人的道德观念？全没有。好像只要"任个人"就够了，这怎么得了？那人变成原始丛林那种个人主义怎么办？变成不把他人当人的恶人怎么办？这些恶果都是可能发生的。周氏兄弟就这样抛出一个"任个人"，拒斥人的道德传统，那是有大问题的。而我们长期忽视了周氏兄弟的这个缺失。就像我刚才说的，我们讲康德时就讲他的启蒙观，却忘了康德伟大的道德形而上学，看看康德的三大道德律吧。第一条道德的普遍律，就是跟孔子讲的一模一样。一个人为人要有道德，你的道德观一定同时适用于他人。如果只适用于你一个人，变成"朕归于我"、我就是真

理，我可以不把别人当人呐，那麻烦就大了。你看有些自由主义者，有些狂热的革命者，他以为他有绝对的个人自由、有任意杀伐的革命权力之后，就不把别人当人。我爱自由，我搞革命，我一切很崇高，可以不把别人当人，是吧？鲁迅在写到下层社会的时候，觉得那些人是愚昧、落后、麻木的，就不像人。真是那样吗？以我对中国社会的了解，中国大多数老百姓的国民性没那么坏，中国人一是勤劳，全世界没得比；二是善良，也是全世界没得比；还很仁义，全世界没得比。坏在哪里了？鲁迅有时候自己也有点犹疑。比如他的小说《一件小事》里面写到那个人力车夫拉着一个小知识分子走，路上无意中发现一个老太太倒了，当然那个老太太也不是碰瓷，那个小知识分子觉得不关我的事，可是人力车夫反而把那个老太太扶起来送走，他觉得那是个可怜的老人，他不能一走了之。你看看这个普通的劳动者比知识分子更有仁心。我是农村人，农民世代相传，大都很仁义、很善良、很勤劳的，人性坏哪儿了？鲁迅把普通的老百姓说得那么愚昧落后，那么缺乏人性，觉得国民性那么糟糕，其实你知道这是为谁说话呢？是为了给知识分子争话语权嘛，以为知识分子最重要，因为国民性太差了，需要知识分子来启蒙和改造他们，是不是？所以掩映在启蒙论背后的就是知识分子的自高自大。其实谁跟谁啊？我的老祖父跟鲁迅年龄差不多，他就常让我吃惊，他也有思想，有时候甚至很复杂呢！他面对生存的态度，我觉得有时候比鲁迅还伟大。我曾写过一首诗嘲讽鲁迅对死亡问题的作张作致。我的祖父和父亲都是农民，我眼见祖、父两代对生死之通达，鲁迅都比不了。不要小瞧老百姓，中国普通老百姓就是仁义、善良、勤劳，全世界没得比。瞧不起他们，以为他们人性不足、没有个性，那是知识分子的傲慢与偏见。"五四"新文化新文学的国民性批判，实际上是为知识分子说话的，让知识分子显得特别重要，这个世界离了他们是不行的，革命离了他们就不会好，可是知识分子自己闹革命也不成，闹革命是要集体闹的，这与个人主义冲突，所以也不行。于是，自以为高明的知识分子成了"既不能命又不受令"的绝物。但无论如何还是知识分子高明！鲁迅也有这种知识分子的傲慢和自大。

学员二提问：如何看待作家创作动机与写作内容之间的关系？文中用西方嫡长子继承的例证是否能够恰切地展开论述？

解老师：这个是大约的说法。西方也有国家处理得比较好的，但是英国的贵族嫡长子继承制是剥夺其他儿子和女儿的继承权的，所以好多女性变成修女或者家庭教师，男的就去当传教士或去从军打殖民战争，这是很糟糕的。中国家庭也有"兄弟阋于墙"啊，坏事例肯定是有的，但总体来讲中国的家族制度不剥夺次子庶子的权利，兄弟都有财产继承权，并且兄长有照顾弟弟、妹妹的义务，这是他作为长子长兄的道德教养。弟弟也要尊敬兄长，视长兄如父。而且，中国人在个人奋斗的时候，他会得到整个家族的支持，所谓家族不完全跟个人奋斗相矛盾。中国的个人主义和西方的个人主义不同，西方的个人主义真是很孤独，家人对你没责任，可是中国的个人奋斗者有个好处就是整个家庭都在支持你，明白了吗？所以不见得我们的家族制度就一定不容忍个人奋斗，有时候全家的人都会尽力支持你去闯。当然个人成功以后，也会有很大的家庭负担，要回馈家庭，那是必然的，是吧？所以"五四"那一代人搞新文化运动，对旧文化的批判有一些极端偏颇的地方，比如鲁迅对家族制度和礼教道德的否定，其实是出于一种推动文化革新的策略之考虑，所以把话说得言过其实，否定得过分一点，这样才能推动文化的更新，否则传统文化有它的惰性，你要改变它可是太难了，因此就把它说得毛病多一点，以至于言过其实一点，那是为了推动大家去变革。用鲁迅的话来说，这个屋子太过封闭了，我们要开个窗户，人家不同意。你干脆说把这房子给扒了烧了，人家就妥协一下，好吧，你弄个窗户吧。如此言过其实一点，这是策略。但是你知道，这种策略思维也会形成惯性的。鲁迅开始是有这个策略考虑的，他私下里对中国传统文明是有肯定的。比如二十世纪三十年代他有一个最好的日本朋友内山完造。内山完造在卖书之余也会写一点介绍中国风土民情、礼俗文化的散文，在那些文章里边他经常夸中国。鲁迅就抗议说："老板呐！这不行，我不赞成。因为你这么讲，中国人是会骄傲的。"明白吧？我们还是要变革，不能让中国人骄傲。后来有个人叫尤炳圻，把内山完造的书翻译成中文出版，尤炳圻给鲁迅写信讨教，鲁迅就回信说：内山完造作为异国的人来介绍我们的风俗人情，让我们惊喜地看到，我们还有这么多优点。又说，想想我们这个民族，一再受北方蛮族的侵略，竟然支撑到现在，其实是伟大的。但是我们不能讲那么多优点，免得国人骄傲、不思进取。所以我们当然要理解鲁迅，他为了推进中国文化和社会的变革，而有意对传统文化批判得严厉一点、偏颇一点也在所不惜，对个人的热烈鼓吹则攻其一点、不及其余。但策略手段用多了用久了它就会变成目的。我感觉到鲁迅发展到后来，偏颇成了思维和言说的习惯，那些极端偏颇的意见就成为他对整个中国的定论了，这是有问题的。他觉得要使自己的批判引人注目，获得社会的反应，非得那么极端言说不可，说得多了他自己也相信了。而这些极端激进之论，年轻人更容易相信啊，于是从策略性的文化历史批判变成了文化历史的原罪定论，这就出问题了。可是，很多鲁迅的崇拜者从来不反省鲁迅带着策略性考虑的文化批判，完全把鲁迅的话当作对中国历史文化的真实判断。他们经常会学着鲁迅说，中国几千年就是做稳奴隶的时代和没做稳奴隶的时代，中国永远就是个打不破的铁屋子，中国几千年的历史文明就是人吃人的历史，这没问题吗？世界上哪个民族的历史经得起这么酷评、能这样去审问——用这么抽象的人学标准去衡量，那还了得！这样的历史文化反省看似深刻，其实是有很大问题的。鲁迅喜欢显示自己很绝望，绝望于中国几千年就那么黑暗，绝望得厉害。有时候你感觉到，他甚至是以自己的绝望来自傲，来宣示举世皆醉吾独醒，我越绝望就越深刻啊。开始我还相信他的真诚，后来看得多了，不胜其烦也不以为然：你这是干吗呀，整个民族的历史，最后剩下你一个人是绝望的深刻、孤独的伟大！这值当吗？是真的吗？其实是大有问题的。鲁迅去世后的八十多年，中国还顽强地存在着，中国人的日子也好起来了呀！所以我们也别把鲁迅神化，他是人，我们也是人嘛。鲁迅写那些东西的时候才三四十岁嘛，并且他弄文学、文化、思想也是半路出家，不可能无所不知、绝对正确。鲁迅当然是一个伟大的天才，可是鲁迅读过的书，我们也读过一些吧？甚至也读过他没读过的；鲁迅经过的事情我们固然没有经过，但我们经过的事他也没经过嘛。他在动脑子，我们也在动脑子。彼亦人我亦人，谁跟谁呀！最不该把一个人神化、绝对化，鲁迅最反对的就是无原则地崇拜一个人。可是鲁迅没想到,他的思想做派哺育了一批又一批崇拜者,并且鲁迅也是很有虚荣心的人,他大概也很高兴自己能有一些崇拜者,却没想到他们会变成无原则的崇拜者,把他当成神一般的偶像来崇拜。这实在没有必要!

学员三提问:如何处理中国现代文学数量庞大的文献,从而使其服务于自己的研究?

解老师:这个也是难题。关于古代的文献,前人喜欢用汗牛充栋和浩如烟海两个词来形容。其实古代文献没那么多,截至清代的统计,总数大概是八万册多点,它是有限的。近现代以来,由于出版传媒的发达,文献倍增,那才真叫浩如烟海,实在太多了。有时候我偶尔到一个书店里去,我就完全绝望了。我觉得自己写什么东西呀!你写那个书放在架子上,谁认得?谁看啊?是书看人呢,傻待着等人看,真是太可怕了,量太大了。所以我们现在面临的问题是文献太多。不像古代文献就那么多东西,而且它也经过历代的整理,有类书,有别集,有总集。经过清代和现代的整理研究,古典文献大体清楚,就那么多东西。近现代以来的文献太多了,它的问题就在于太多。但是你想想这也是好事,你别悲观,你从积极方面考虑,正是有那么多的文献,所以在文献上还有很多生荒地需要我们去开拓。这正好嘛!如果一切都有人做得井井有条,都做好了,你还干什么呢?你没得干嘛!你想想唐诗宋词研究,你要有点突破,那太难了嘛!几乎每个诗人词家都被人研究过了。可现代的东西,你随便看随意做,东西太多了,问题太多,并且大量的东西没人整理,这给我们提供了用武之地嘛。只是你一开始面对那么大量的文献,想全部都读,那太难了吧?应该根据自己的专业选择、选题,一步一步地去读,慢慢地扩展,有些东西是要专题去搜寻,有时要浏览,大量地漫无目的地浏览。一方面要有目的地去读,你要做作业,要写论文,就要有目的地去整理专题资料。同时还要借助别人的研究提供的线索,现在还有很多数据库,为你提供了很大的方便。另一方面,任何专题研究都不能穷尽文献,你还要漫无目的地、非功利地博览文献。一些真正重要的发现,很可能是在漫无目的的浏览阅读中发现的。

你如果太有目的，有时候反而找不到。在这个浏览过程中，你了解了当时的出版状况、文化状态，比如文化界在讨论什么热点问题，这些是有关联性的，慢慢地你就都了解了，你感兴趣的东西在脑子里装着，突然有一天，这些东西都串起来了，你发现它们不是孤立的，原来这个刊物跟那个刊物不照面，但有人在这个刊物上发文章是针对那一个刊物上的另一个人的，就像隔山打牛一样，你慢慢就了解了隐藏其间的关联，一个个孤立的东西慢慢就建立了联系，从中发现一个共同的现象、共同的问题，于是就有了研究的兴趣和目标，是不是？我告诉你们实话，我当年离开河南大学的主要原因，就是我当时在河大找不到近现代的原始文献，这让我非常痛苦。因为我从北方那个大学毕业回来以后，已经有那么一个学术习惯，就是从原始文献做起，旧刊物、旧报纸，就集聚在北大和北图。河南大学很可惜的，它也是民国时期的著名大学，但是抗战和解放战争时期到处搬迁，仓皇之中能保存的就是古籍善本，近现代文献几乎全扔了。所以做近现代文学研究的，在河南大学最困难的就是没有多少原始文献。那么，我的研究怎么做呀？我只能看二手文献做跟风文章，我又不愿意那样做，那时候也没有数据库，我真感到无法可想。我要早知道后来会有数据库，我就不离开河南大学了。我当年在河大写我的第二本书——《美的偏至——中国现代唯美—颓废主义文学思潮研究》的时候，基本上靠我在北大读书时所做的几十本读书笔记，中间有些资料不全，我只能托人在北京、上海代我复制，那太麻烦人了。我也不可能随时到北京、上海去查，也没有那么多经费让我跑啊。我当时还年轻，不想混日子，才三十岁多一点嘛，怎么办呢？想了又想，那就换个地方，到资料文献好找一点的地方，我只能这么做了，所以我才离开了河南大学。其实河大的老师、领导对我很好，我在这儿待得很愉快，还成了家生了孩子，小日子过得很好，我干吗离开呀？就是因为没原始文献看，学术做不下去。没想到离开以后，过了两三年吧，大量的原始文献通过数据库上网了。这个让我后来很后悔，但是既然走了，没有回头路了，只能这么做下去。

学员四提问：读书研究时怎么处理版本的问题？

解老师：这个看你怎么做，你要看它最初的创作状况，当然要看它最初的刊发本。但有的刊发本会比较草率，可能随后初版本会做一些修订，所以初刊本或者初版本是比较保险的。有些作品是作者后来在第二版做了重要的订正，但是没有添加别的。比如说冯至的《十四行集》第一版印得很草率，连作者序言都丢掉了。后来冯至修订的第二版纠正了一些误印，还加了序言，这个第二版就很好。有些作品的刊发本后来没有收集，有些刊发本在收集或再版的时候会有较多的修改，你要研究这中间的变化，就要把那个刊发本或初刊本与后来的修订本对照，追究差异之所在及其原因。我们研究近现代文学，要尽可能看当年的刊发本或初版本，可以了解近现代文学的最原始的状况。根据后来修改的版本进行研究，那就是另外一回事了。我自己受的最大的刺激就是三十年前，一个外国学者——欧洲的一个汉学家，他研究中国现代文学、比较文学，研究茅盾。他有一次就跟我说，你们中国学者的东西我不能看。我说为什么呢？他说，第一，你们研究茅盾，研究三十年代茅盾的《子夜》，研究他的"农村三部曲"，可是你们用的版本是五十年代的《茅盾文集》本。那是当代修改的版本，不是现代的版本。你们研究的是三十年代的茅盾创作，可是用的是五十年代的修改本，这个是完全不行的。这是第一条，修改的文本我不能用，你们中国学者却连版本都不讲。第二，你们中国学者没有学术道德，没有学术纪律。我看到某个学者关于茅盾或者其他作家的研究文章，我以为他的文章是新观点，可是我再看看再查查，另外一个人又写了一个同样观点的文章，第三个人还是这样的观点，好些人的文章是同样一个观点，没有任何说明，我不知道谁是谁的了，这怎么行？这在西方是绝不容许的呀！他的这些话对我刺激很大。而这位学者为了探寻茅盾早年一篇文章的究竟，所付出的劳动是最好的例子。你们知道茅盾（沈雁冰）最初编《小说月报》的时候，他要介绍西方文学，写过一篇关于邓南遮的论文，邓南遮是意大利的唯美主义者，后来也是法西斯主义者。这篇介绍文章写得很成熟，我自己看了有点怀疑，但是我没有追究下去。我当年写《美的偏至——中国现代唯美—颓废主义文学思潮研究》那本书的时候，也用了这个文献。可是这位西方学者，他二十世纪六十年代在中国留学认识茅盾，他就一直带着这个问题，后来他在新时期之后有一次到北京来时告诉我说："解先生，我找到了茅盾写的那篇关于邓南遮的文章的底本，是在马克思写《资本论》的伦敦大英博物馆里找到的，茅盾（沈雁冰）的那篇关于邓南遮的文章有一个外国的底本，那不是他自己的文章，而是他编译的。"你看，原本是在大英博物馆收藏的一个报刊上找到的，是西方人写的，茅盾只是编译。这位先生为了弄清这个文章的真相，整整坚持了四十年，终于在大英博物馆找到了。一个西方学者对文献的追溯，大海捞针一样，苦心没有白费，四十年后终于找到了。这种严谨的态度值得我们学习。"五四"、二十世纪二十年代的时候，茅盾的知识水平有限，那个时候也没有严格的学术标准，人们介绍外国文学的时候，把外国人的文章编译过来当作自己的东西，这在当时不足为怪，但后来的研究者对此要有警惕。我们研究一个作家，要注意他的思想、他的文学修养逐渐成熟的过程，他年轻的时候很可能拿外国人的评论文章，编译过来用自己的名字发表，你把它当作这个作家本人写的那就成问题了。我们一定要有这种警惕和追究的精神，学术就是学术，来不得半点虚假。现代学术有它的文献标准，同时学术界也要有点学术道德。弄虚作假的东西迟早是会露馅的，虽然有的时候可能侥幸得逞，但迟早会露馅的。所以我们最好是从严要求自己，对文献做严肃的批判性考订，用起来才觉踏实。

学员五提问：鲁迅的神话是如何一步步确立的？

解老师：鲁迅的同代人绝不会把他神化，比如钱玄同、胡适都不会这样。后来鲁迅名气越来越大，其伟大的创作成就和深刻的思想见识很吸引人，越来越受推崇。他去世前后左翼对他很推崇，尤其是左翼里面受鲁迅影响很大的那一批弟子特别崇拜鲁迅，周扬那一派左翼人士，对鲁迅就没有像他的弟子一派那么崇拜，当时的周扬一派至少没有把鲁迅神化。鲁迅的神化是从鲁迅自己的弟子辈开始的，就是从冯雪峰、胡风、萧军等开始的，这几个弟子逐渐把鲁迅悲壮化、神话化。同时还有瞿秋白的揄扬，影响很大的。后来再加上毛泽东对鲁迅的高度评价，进一步加重了他的分量，提高了他的地位。到1949年后鲁迅完全被经典化、神话化了。有鉴于此，二十世纪八十年代王富仁先生和钱理群先生都强调回到鲁迅本体，强调鲁迅的复杂性和矛盾性，不再把他当作一个政治上永远正确的神化人物，注意到他也有复杂矛盾的地方，有彷徨绝望的时候，鲁迅也是人，努力还原一个人间化的鲁迅……这些都是鲁迅研究的新进展。但是，新时期对鲁迅神话的祛魅是未完成的。鲁迅仍然被神化，被神化的不再是他在政治上的永远正确，而是他在思想精神上的永远正确、在文化批判上的绝对深刻、在生命沉思上的绝望的深度……他还是被当成神圣的偶像。比如王富仁先生说鲁迅是中国文化的守夜人，那差不多像过去人们说孔子一样："天不生仲尼，万古长如夜！"同样的，天不生鲁迅，中国就黑暗得"长如夜"了。其实，无须这么夸张，我甚至觉得，那样说孔子还有点道理，那样说鲁迅可就不一定了，鲁迅没有孔子那么伟大，那恰恰因为他总想追求深刻，失去了孔子那样的质朴性。我是个古典文史哲的爱好者，最近写的一篇文章就是关于《论语》的。我长期以来觉得古代的圣人孔夫子很可能比现代的圣人鲁迅更伟大、更有人情味，因而也更可爱。我觉得真是这样。鲁迅确实在各方面被人神话化了，而且不客气地说，成名后的鲁迅之言行也颇有"装"或"作"的成分。事实上，周氏兄弟都是比较会"装"会"作"的人，鲁迅常常装悲壮，使自己显得很崇高很深刻，其实没有必要；周作人则一直装低调，说自己不懂这个不懂那个、所知有限呀，你看多自谦。于是，就有许多人无限地崇拜鲁迅的悲壮，觉得他那么悲壮，言行哪有错误啊；还有人特别地推崇周作人的低调，觉得那低调实在高妙得不得了。可是，如此装悲壮和作低调，渐渐变成习惯、变成表演，怎么办？那是会有问题和危害的。当然我这样说并不是向鲁迅学习，以所谓"不惮以最坏的恶意，来推测中国人"的态度来推测鲁迅，我只是一个长期研究文学的人，也多少有些生活经验了，有时读鲁迅就不免怀疑，他真是那样悲壮吗，还是做给人看的？鲁迅常常悲壮地沉痛地批评别人，有时其实是批错了的，可是崇拜者总觉得鲁迅那么悲壮沉痛，他即使批错了具体的人事，在文化思想上一定是正确的，因为他有伟大的动机，哪怕他对具体人事批错了，也无损于其批判思想的普遍正确性和无比崇高性——常有人用这样的逻辑为鲁迅辩护以维护其伟大。比如鲁迅和施蛰存关于《庄子》和

《文选》的论争，施蛰存说搞新文学的也应该学习点古典文学如《庄子》和《文选》，并举鲁迅为例，说他也喜欢《庄子》。鲁迅就很生气，小题大做地把施蛰存狠批一顿，甚至说施蛰存已准备做异族统治下的顺民了！施蛰存只好忍耐。晚年的他坦白说，自己并不服气鲁迅夸大其辞的批评。的确，事情是一码归一码嘛，最好就事论事，别把问题扩大化，从具体问题转移目标，然后弄出一个崇高悲壮的东西来压人，那样是不行的。再比如，鲁迅也曾经警告左翼作家说"辱骂与恐吓决不是战斗"。可是现代中国文坛上的辱骂与恐吓就是从鲁迅开始的。鲁迅从与《现代评论》派论战开始，就把思想论敌不当人，贬斥之为狗为猫，开了这样一个骂人的坏风气。所谓使酒骂座，他打笔仗又很执拗，骂人文章没完没了，别人只能退避三舍。他成为左翼作家以后，又写了《"丧家的""资本家的乏走狗"》来批梁实秋，那不就是辱骂与恐吓吗？他的这种作风影响没影响年轻的左翼作家？当然影响了嘛！可是鲁迅又反过来摆出一副正确的架势说："辱骂与恐吓决不是战斗。"鲁迅也常常悲壮地说自己遭受了许多来自左翼内部的暗箭，可是鲁迅自己对别人放暗箭了没有？鲁迅放的暗箭实在不少，杂文里比比皆是。比如他很挑剔胡适，总是拐弯抹角地挖苦胡适，经常会拿胡适来说事，而胡适一直忍着不吭声，看看谁更有风度！有人说鲁迅那是在进行文化斗争，可是文化斗争也是人与人之间的斗争，也要把人当人吧？是不是？不能说你有一个崇高的目标，就把自己的言行悲壮化、正确化，而理所当然地不把别人当人，那样行吗？革命的文化人骂人是狗是猫，就对了，资产阶级作家不能如此回应，有这样的道德特权吗？如果道德成为特例特权，这成什么事儿？道德必须有普遍性，"己所不欲，勿施于人"嘛。当然，鲁迅也有自我批评，可是他往往是为了显示解剖自己比解剖别人更严厉，这多么高人一等，谁能跟他比啊，你看看！鲁迅诚然是伟大的作家，但他确实也是褊急的人，这有他性格的原因，还有病痛的原因，是不是？病痛的原因有时候使他偏激一些。他也会突然莫名其妙地发火，好好的人，比如茅盾和郑振铎都是很好的左翼作家或准左翼作家，鲁迅有时却把这些人为难得要命，茅盾和郑振铎觉得鲁迅伟大，就让着他吧。大家就这么长期地让着他，也会惯坏他，对不对？你知道把一个人长期惯着，会怎么样？他一定会恃宠而骄！

学员六提问：以鲁迅为代表的新文学作家提出"任个人"的思想，是不是把西方思潮中国化的一种策略或者手段？

解老师：你说的这种可能性是有的吧。不管怎么说，"五四"新文化人不可能不受中国传统文化的影响，因为他们大多是中国传统大家庭出身，"立人"一词就来源于孔子啊。但我们要注意，不要又弄成了一个传统决定论，是吧？鲁迅等新文化人对西方的东西是不大怀疑的，他们觉得西方的东西都很好，连书也要只读西方的。对进化论、个人主义等各种主义完全拿来，当他们把这些东西发挥得片面极端的时候，我们却不能把他们片面发挥的问题也归罪于传统文化的影响，那就变成循环论证了。事实上，孔子的仁学思想是"己欲立"与"立人"相对待的，并没有那种片面性。所以，我觉得有些事情还是一码就归一码，是吧？比如近现代的新文化先驱提倡进化论，让中国人从越古越好的崇古尊古思想传统里走出来，走向进步、走向现代化。这是好事情好思想嘛！并且，因为旧中国是传统的农业社会，比较维护家庭的和谐和社会的整体利益，个人主义相对比较弱，虽然不能说一点没有，毕竟欠缺些，所以在现代的确有提倡个人主义的必要。其实，好的思路是把传统的仁学思想与现代新人学如个人主义结合起来，而不要把它们之间的关系搞得那么矛盾对立，不要抛弃一面而偏到另一面。但鲁迅等"五四"新文化人为了推动文化的革新，就刻意把传统的仁学与现代的人学对立起来，故意把传统文化说得一团糟，以为西方的个人主义就能包治百病，对个人主义没有提出任何道德标准，以为只要"任个人"就可以了，个人立则"沙聚之邦""转为人国"！这就把问题简单化了。当然，我们在具体地分析的时候，不能脱离当时的情况，必须明白新文化人是为了破旧立新推动文化变革，不得不过甚其辞、矫枉过正一些。但是，过甚其辞、矫枉过正不能成为一种思想惯性或者说思维定式，如其如此，就会造成很大的问题。一旦出现偏至，我们不能说这种思维定式是传统文化决定的，那最后就变成一种循环论证，一个永远也走不出去的怪圈，是不是？同时代的人比如胡适，为什么没像鲁迅那样偏激？胡适讲个人自由的同时，特别强调个人自由也意味着责任和义务，而且胡适也没有采取激进的方式，他的文章叫《文学改良刍议》，不叫《文学革命论》。由此可见，胡适和鲁迅都出生于传统文化大家庭，都是父亲早逝、由母亲抚养长大的人，可是你看，两个人是不一样的，胡适就相对温和宽容得多。所以我们不要把鲁迅的某些不好的东西归结于传统，把反传统反出来的弊病又归罪于传统文化的决定论，这会变成循环论证。同学们一定要明白，我无意否认鲁迅的伟大，鲁迅对旧文化的批判，在当时是出于某种文化革新策略的考虑，他心里对中国文化和历史还是有所肯定的。只是他当时觉得别多说中国文化的优点，那会让国人懒于改革。但他的过分片面之词说多了以后，会形成一种定式和惯性，就不免产生负面影响了。鲁迅也是人，也有人的虚荣，他觉得这样说能赢得群众、赢得青年的鼓掌，让他显得悲壮和崇高，于是成为言说习惯，发展到后来，显然带有自我表演的成分。如此一来，论战策略变成了战略，言说手段变成了目的，那就难免出问题，可即使出问题，他好像也在所不惜了。

札谈鲁迅
——学术通信节录

一、关于鲁迅的"生命观"

××兄：

你好。关于鲁迅"生命观"的大作刚寄来的时候，我就拜读过一遍，当时因为别的事情干扰，未能复函说说我的感想；这次到××估计会见到你，所以行前将大作打印了一份，又仔细看了一遍，准备在见面时和你交换一下意见，但此行匆匆，仍然未能详谈。其实我对这个问题并无研究，未必能说出中肯的意见。不过有感于我兄的信任，还是说一点我的读后感，供你参考吧。

大体上说，我是赞成你的基本观点以及你对有些人把"中间物"意识当作鲁迅的生命哲学核心观念的批评的。诚如你所说，鲁迅的生命哲学是有其本体论的，那就是受西方意志主义和生命主义哲学如叔本华、尼采、柏格森以及摩罗诗人等的影响，以生命意志或生命力作为世界的普遍本体，并以此为据来展开他的文化偏至论，进行文化批评和社会批评，而不是什么"中间物"意识。当然，鲁迅是有"中间物"意识的，但如你所指出的，"中间物"仍然是清晰的进化论观念，无法构成鲁迅的"生命本体论"。我在1988年曾经写过一篇小文《鲁迅遗产的代价——从"历史的中间物"谈起》，认为"从根本上说这一观念是近代科学理性和近代人文理性相结合的产物","代表了一代进步文化人普遍的人文自觉",也就是说这个观念并非鲁迅的独特心得,在当时是很普通的思想意识,含蓄地表示我不大赞同汪晖、钱理群二位对这个观念的推崇备至,并且我还生造了"存在的中间状态"观念以补充"历史的中间物"观念的线性进步论的不足。所以对后来有人咋咋呼呼地以"中间物"为核心谈什么鲁迅的生命哲学,我是不以为然的。当然,如你所说,鲁迅的生命本体论和进化论是有一定关系的,并且我同意你的看法,那就是比起进化论之乐观的历史进步理念来,鲁迅更多地吸取了进化论的"生存竞争"观念,因而"更多地强调个体生命的主动性","在竞争与进步之间,鲁迅似乎无法建立一座畅通无阻的必然性桥梁"。我觉得这是大作让人眼睛为之一亮的独特发现,此外,你关于生命本体论在矛盾对立中运动以及鲁迅文化社会批判中的生命体验之阐释,也都显示出难得的细心和独立的思考。

至于进一步修改的建议,有这样几点:

其一,大作对鲁迅生命观念的演变过程及其内在的转化逻辑揭示得不太清楚,需要进一步加强。我觉得鲁迅早期在日本接受"新神思宗"哲学和"摩罗"诗学等,初步形成了他的生命本体论,但鲁迅年轻时的思想偏于"浪漫"(广义的),富于激情,所以他基本上把生命"意力"视为一切存在普遍具有的本体与原动力,虽然他已经看到"英哲"式的个人的独特生命存在,但在"立人"与"立国"的统一逻辑下,他那时的生命本体论注重普遍的启示,而且颇为乐观和理想化。但在"五四"之后的彷徨期中,鲁迅特别感受到"孤独个体"(顺便说一句,这个概念是我1987年在钱理群老师主持的一次重读鲁迅的座谈上提出的,随后在1988年所写的短文《两难而两可的选择——也谈鲁迅"心灵的探寻"》中正式使用了它)的生命体验,那体验特别深入地触及杰出个人的孤独的生命意识,如生命意义的终极虚无,个体生命的有限性、必死性,个体与群体的不可调和的对立,以及孤独个人由此而来的绝望的反抗等等,这就"黑暗"和"悲观"得多了。这个转变也可以说是从普遍的生命本体论到个体的生命存在论的演变。大作其实已经注意到这种变化,但对这变化的前后侧重点及其之所以变化的内在理路揭示得不够清晰和圆润。我建议你不妨以"从普遍的生命意志到个人的生命独在——论鲁迅生命哲学的演变及其文学显现"为题，加强文章在历时描述上的清晰度和理论分析上的逻辑性。

其二，我觉得你似应注意对鲁迅的生命观念进行分层的处理，因为鲁迅曾经在多重意义和不同场合下谈论生命问题，这些谈论固然有关联，但又有不同的侧重点和针对性，所以不能笼统地不加区分地阐述这个问题。例如鲁迅在进化论、人本论、人道主义和个人主义的意义上，在哲学思考和文化社会批判时，所谈论的生命问题就有不同的意味，并且如他自己所说，他"为人"和"为自己"的设想也是不一样的，所以他在"五四"时期的小说杂文中言说生命的进化、人类的进步，显得热情乐观、坚定不移，可在《呐喊·自序》等文中却隐约其辞地暗示他那些话是说给正在做着好梦的年轻人听的，是听从先驱者的"将令"而说的，他自己是未必相信的，他心底其实另有自己的确信，那些东西就黑暗得多了，但因为那时的先驱者不主张消极，而且鲁迅也担心对年轻人有消极影响，所以他当时并不明说自己的确信，而总是拣些"光明的话"说给人听，自己的内心却在孤独地咀嚼着别样的滋味，这滋味和体验直到写《野草》和《写在〈坟〉后面》等文时才有所吐露。所以鲁迅的生命观问题确实相当复杂，你在论述时当然不必面面俱到，而必然有所侧重和整合，但还是要适当说明鲁迅生命观的复杂性，注意他对生命问题的言说是有不同层面以至于不同阶段的。

其三，我赞同你的两点修改计划，对有些人的观点应该明确表示不同意见，说明为什么不同意，指明那些人对鲁迅生命哲学的归纳以及阐释上存在什么问题。不这样，别人还以为你在炒冷饭，其实你的文章是有新意的，而我一贯主张批评应该直接和坦率，当然批评是学理性的，不是争意气。至于文章因此会长一点，那没有关系，倒是如果太短了，问题可能会说不清楚。所以不要担心长度。

其四，个别地方希望你再斟酌一下，如第二段说"一个杰出的文学家不可能在40岁左右才形成自己的基本思想"，就鲁迅而言他确实早慧，但中外历史上也不乏大器晚成的人，所以不能这么绝对。另外，你在讲到鲁迅的生命本体论和进化论的关系时，涉及严复、康有为等人，但似乎疏忽了鲁迅的老师章太炎的"善恶俱分进化论"，其实章太炎的观点对鲁迅是有影响的，鲁迅对进化是否进步的犹疑、偏至的文明观，与章太炎似乎有点关系。

在天津会议期间的晤谈，我兄独立思考、不人云亦云的品格就给我留下了深刻印象，后来又得知你以文学博士和教授的身份去读哲学博士学位，这不是一般人能理解和想象的，所以对我兄益增敬佩。由此也感受到我兄的不耻下问是出自真诚，所以才不揣浅陋，直抒对大作的感想和修改建议如上。但我对这个问题确实涉猎不多，缺乏研究，而且每个人的文章自有其思路，不是别人能够完全理解的。所以我的感想和建议很可能是不对和不妥当的，只是有感于我兄为学之诚，所以不敢不竭诚一抒所见，聊供我兄参考而已，岂敢自是？误解和不当之处，相信你能够谅解而不以为忤。你根据自己的想法来修改就是了，不必在意我的意见。……

专此奉答，即颂近祺。

来京时请到舍下聊天。

弟　解志熙拜复
2005 年 7 月 27 日

二、别有所指的"蔷薇"之刺

××兄：

你上封信即以"关于鲁迅《无花的蔷薇》的讨论，最后竟然不知道如何结论，请示高见"相询，我没有回答，是因为大作关于周作人的"蔷薇的梦"之失去与鲁迅的"无花的蔷薇"之关联的讨论，涉及的是影射问题，而我对影射毫无研究，你的垂询岂不是问道于盲？所以我回信只能顾左右而言他也，没想到你又来函追问，好像这是我的问题而不是你的问题！你既然提出了问题，就该开动你的聪明脑袋去思考答案啊，一笑！

对此类含沙射影的问题，研究者苦苦思索是难有结果的，那就不妨考证一下嘛！周氏兄弟为文本来就喜欢影射别人，兄弟之间怕也难免相互影射，那就查查啊。诚如大作所言——

"蔷薇"作为周作人翻译的趣事,按说鲁迅应该是知道的;"蔷薇"在评论《阿Q正传》文章中的出现,鲁迅不仅更是知道的,而且应该是清楚地记得的;而"蔷薇"在绝交信中的出现,则是鲁迅不能忘怀的,并且成为鲁迅的一个具有特殊的伤心意义的敏感词。由此鲁迅以"无花的蔷薇"作为文章的题目,应当不仅仅有出典于西语的意义,而且更重要的是具有值得考释的特殊意义吧?

的确,"蔷薇"乃是周氏兄弟二人之共喻,当然各自可以有所发挥。周作人的"蔷薇的梦"可以广义地解释成有爱的生活吧,兄弟之爱、男女之爱,都可以包括;至于鲁迅的"无花的蔷薇"诸作多为讽刺、批判《现代评论》派以及控诉"三一八"惨案而发,似乎和周作人没有关系,但如你所说,这些文章都是在周作人主持的《语丝》上发表的,所以鲁迅当然也有顺便给周作人看看的意思在,从后面这一点来探究,则鲁迅的"无花的蔷薇"就很可能有影射、撩拨周作人之意了。然则有没有呢?且来看看。

其一,《无花的蔷薇》的第二节里说——

> 记得幼小的时候看过一出戏,名目忘却了,一家正在结婚,而勾魂的无常鬼已到,夹在婚仪中间,一同拜堂,一同进房,一同坐床……实在大煞风景,我希望我还不至于这样。

这是什么意思?不就是说自己是夹在周作人夫妇生活中的多余人、像个无常鬼吗?所以不愿再讨嫌、自觉告退了,也即是说弟弟的生活是"有花的蔷薇"即有女人爱的,自己是"无花的蔷薇"即没有女人爱也,孤独得只有刺,借此刺一下"妇唱夫随"的周作人夫妇吧。

其二,同样是在《无花的蔷薇》的第七节里引陈西滢的话"周氏兄弟等等都是曾经研究过他国文学的人",然后在第九节里特意发挥说——

> 但我愿奉还"曾经研究过他国文学"的荣名。"周氏兄弟"之一,一定又是我了。我何尝研究过什么呢,做学生时候看几本外国小说

和文人传记,就能算"研究过他国文学"么?

这是转过来讽刺周作人,也提醒周作人:我可没有忘记咱们是"周氏兄弟",虽然兄弟俩已经分路扬镳了。

其三,最重要的是《新的蔷薇》的开头——

> 因为《语丝》在形式上要改成中本了,我也不想再用老题目,所以破格地奋发,要写出"新的蔷薇"来。
> ——这回可要开花了?
> ——嗡嗡,——不见得罢。

这是什么意思?窃以为这是鲁迅在给周作人打招呼,也在向周作人夫妇示威:"我要做有花的蔷薇了",不再是孤独的有刺的让你们不舒服的"无花的蔷薇"了,也即是说,我也有爱人了哎!爱人是谁,许广平是也。

按,从《无花的蔷薇》到《新的蔷薇》诸文,作于1926年2月27日至5月23日之间,而许广平和鲁迅在1925年10月间即已定情,1926年"三一八"惨案后,5月鲁迅入山本医院治病,许广平床前身边照顾周到,二人感情很好了,并且可能正在商量着一同南下之事。所以写于1926年5月23日的《新的蔷薇》乃有"这回可要开花了?"的话啊!虽然句末用了"?"号,可那口气却是欣然自得得很啊!至于"嗡嗡,——不见得罢"则可能是模拟他人的怀疑之词,怀疑者大概也包括周作人夫妇吧。对这些"嗡嗡声",鲁迅是不会理会的,其多年的积郁一朝得解,那种欣然得胜的报复之快感,周作人大概能够体会到吧。

这就是我对你的影射分析的考证性补充,未必有当,而技且穷矣,聊供参考吧。

专此奉答,即祝笔健。

解志熙 2018年9月19日 16:49

三、关于《故事新编》

（一）关于《采薇》

××：

我春节后去看×老师，才知道你来过，你这个年龄，正是特忙的时候——孩子、教学、家务、学术，真是事不打一处来，难免行色匆匆，我很能理解。

虽然见面很少，和×老师倒是常常说起你，这不是出于师友之私心，而是确实觉得你学术态度端正，很有学术潜力，我们才有所关心的。尤其是看了你写的几篇关于张爱玲的论文，深思明辨、不同一般，我是很欣喜的，不免更有所望焉。×老师和我都勉强算得是学术上的过来人了，看看以往学界一些起点很好的学者后来却原地踏步、难以为继的教训，觉得你正处在一个很关键的学术转进期，方向选好了，以后会有比较大的发展，而倘若不慎走偏了或钻了牛角尖，那是很可惜的，此所以不免越俎代庖地为你考虑也，请谅解。而我之所以建议你进一步研究沦陷区的妥协主义文学思潮，一则因为你的张爱玲研究很不错，有很好的基础了，二则也是觉得这是个很重要的课题，一般研究者大都缺乏"问题意识"，往往流于泛泛之谈甚或迷醉于作翻案文章，而你是有思想能力的，倘能用心于此，一定会大有所成的。至于你说对沦陷区文献不是很熟，那不是难解决的问题。事实上，我在写关于张爱玲那篇文章之前，也不很熟悉，所以才请别人来写啊，后来被迫进入这个领域，看了一些原始文献，于是也就有了那篇文章。现在许多原始文献都能在网上看到，稍微用点功，是不难弥补的。

关于鲁迅，我没有什么研究，也一直避免进入这个过于热闹的领域。窃以为鲁迅研究的一个最大的通病，就是几乎所有的研究者都容易对他做刻意求深的"钻研"，结果总是把他"整成"了这样那样高高在上的孤家寡人、批判一切的思想大师、永远怀疑的痛苦灵魂。对鲁迅的这种不由自主的过分阐释，数十年来经久不息，使我对他躲之唯恐不及。我也希望你多少有点警惕。你认为《采薇》——

这篇小说涉及鲁迅如何看待知识分子身份与道路选择。既有骨气又迂腐的伯夷叔齐既要超然世外又要关心世事，正体现了儒家思想中始终充满张力的"仕与隐"的矛盾。同时，伯夷叔齐的"清""气节""特立独行"这些被传统中国文人崇尚的价值，在历史上也存在争议，尤其是与"王道"（"天命""正统"等）存在着矛盾。到了现代中国，"清""气节""特立独行"也逐渐失去价值，最后到了毛泽东那里，夷齐就成了"开小差的逃兵"、没出息的"民主个人主义者"。而鲁迅恰恰站在这两种对立的观点之间，那么他也显得不无"矛盾"了。与《采薇》类似，《出关》《起死》也在延续这个关于知识分子的思考。这里，既关系着鲁迅对传统文化的判断，也关系着他对现代知识分子身份的认知。

可以看出你是在认真地思考，但似乎也有点想多了——如果这些小说是别人写的，你大概就不会如此多虑了吧。其实，鲁迅写这些小说，很可能是随机的，并不一定立意要借此思考知识分子的出路问题——为什么那就一定是在思考知识分子的问题呢？当我们这样想的时候，我们的潜意识里其实是觉得知识分子蛮重要的啊，瞧他们多痛苦、多矛盾啊，一笑。可是我们看看《理水》，鲁迅却把实干家大禹与知识分子进行对照的叙写，我们是否可以从中推导出另一个具有普遍意义的命题——他在批判知识分子的弱点呢？我想最好不要这样。《采薇》有可能只是鲁迅顺手取材于历史，对迂腐守旧、不明实际、不识通变的教条主义有同情之讽刺，未必与儒家思想中的"仕与隐"之矛盾有关涉。在中国传统里，"仕与隐"的矛盾有两种情况：一是在一个王朝内部，士人是出仕还是退隐，所谓达则兼善天下、穷则独善其身而已，这其实不算多大的问题；另一种情况是在王朝易代之际，前朝的士大夫如何在新朝自处，那就比较严重和严肃了，算是道德的考验。问题是，即使从儒学传统来说，伯夷、叔齐都与这两种情况不大相关。《易传》不云乎"汤武革命，应乎天而顺乎人"，孟子不也有"闻诛一夫纣矣，未闻弑君也"之论吗？鲁迅能不知道么，他怎么会在"仕与隐"的范畴里讨论这个问题呢？再看看鲁迅对实干家曹操的赞誉和对"知识分子"祢衡的讥嘲,你就会知道,鲁迅在创作里未必会把知识分子看得那么重要,所以特别苦心思索这样的问题了。在鲁迅笔下,那些古人或者就只是不同的人格类型或典型而已。

我的意思不一定对,只是怕你钻牛角尖,所以故意这样唱反调,目的是希望你尽早结束这个问题,来做沦陷区文学研究——说到底,我还是有一点私心啊。

专此布达,即祝顺利。

解志熙 2015 年 3 月 24 日下午

(二) 关于《理水》

××兄:

前后两封信都收到,大作及修订稿也都拜读了。最近参加学生答辩、考试等事,诸多纷扰,迟复为歉。

我觉得,大作对《理水》的研究是有推进的。你认为:"在《理水》中,不是大禹治水的英雄壮举成为文本的中心,而是大禹在世的整体存在性结构成为首要表现对象;不是大禹的崇高言行成为文本的中心,而是种种紧张、纷扰与喧嚣的境遇成了文本的基本存在。"并联系鲁迅当时的生存处境,指出鲁迅在种种缠绕和生存困境中自有其坚确践行的意志——

> 他的坚确践行意向在大禹身上获得了对象化体现。《理水》中,鲁迅并未让大禹与无聊的专家学者、荒唐的大臣官吏、畏葸可笑的各色庸众"缠斗",而是将两者关系进行了相对平和的处理。大禹虽对上述种种极为厌烦与反感,甚至以"放他妈的屁"进行最为粗鲁的批判,但却以"远之""无讼"的态度与方法对待。他勇敢地担负着种种无聊无耻的攻击,承受着种种可笑可鄙的谰言的同时,更是将全部的生命与所有的精力投注于"理水"的实际工作之中。他以朴毅的态度、笃实的立场、坚确的践行获得了超越。这种"朴实"与"坚确",不需要浓墨重彩的色调,也不需要瑰丽奇特的想象;不需要恢

宏壮丽的场景，也不需要圆熟老到的渲染。即使作品借大禹之口对一同奋斗的"同事"予以肯定，也仅仅用"只见一排黑瘦的乞丐似的东西，不动，不言，不笑，像铁铸的一样"的白描予以简明表现。这是"有真意，去粉饰"的"白描"，不仅与无聊虚伪、荒唐滑稽的专家学者、大臣官吏等形成了鲜明的对比，更是让鲁迅的《故事新编》增添了沉雄粗拙、朴素坚毅之美。

大作也对《理水》的"油滑"给出了新的解释。我觉得你的这些阐释确是令人耳目一新的新见。同时，我也觉得大作对鲁迅的理解和分析仍有神圣化和过度阐释之嫌。

一个作家哪怕是写历史小说，也会暗含着他的某些现实的生存体验，这是人莫不然的，鲁迅也不例外，所以你追究《理水》背后的这一切，自然言之成理，但窃以为不必完全以作家的潜在动机来解释作品的意义。在通常的意义上，我们把《理水》看作鲁迅重振"民族自信心"的叙事，想确立一种求实实干的人格典范之叙事，这也没有什么不可以的，与你的探究并不矛盾。你对鲁迅的认识，似乎仍然坚信鲁迅的一切都极为崇高、严正、神圣，包括他的国民性批判，包括他的深刻的绝望以至于他与其他人的争斗，都无不以为鲁迅是神圣庄严和正确无误的。其实，鲁迅的国民性批判也充满了启蒙知识分子的高调与偏见，他的绝望的深刻除了确证了他自己的深刻之外，其绝望也是虚妄和无谓的，他与其他人的争斗也并不都是他正确，比如你引鲁迅的话"无论是何等样人，一成为猛人，则不问其'猛'之大小，我觉得他的身边便总有几个包围的人们，围得水泄不透"，想想看，晚年的鲁迅不也是被人围起来的"猛人"吗？在他与周扬等人的论争中，他自己就没有错吗？周扬等不过是几个革命文学青年，只不过没有完全听从他的领导，所以他就不喜欢了，其实胡风认识鲁迅，还是周扬介绍的，而胡风之讨鲁迅喜欢，不就是他很会奉承鲁迅吗？鲁迅固然中过别人的暗箭，但他自己就没有给别人给战友放过暗箭吗？我尤其不以为然的是他去世前夕好几次谈"死"，那样拿死大做文章，表明他还是不甘寂寞终老，没有看透啊，其实又何必呢……

有感于你的求正之忱,无以为报,只好胡乱拉杂说一些,聊博一笑吧。

顺祝笔健。

解志熙 2017 年 6 月 13 日 11:57

(三)关于《补天》

××:

你昨天的两封信都收到了。我昨天忙着处理《丛刊》第三期的后续事务,没有能给你及时回信,歉甚。

鲁迅研究,我一向不愿介入,所以不很操心。当然,鲁迅的作品还是读的,你这篇文章讨论鲁迅小说《补天》,想听听我的意见,那就顺便说说吧。你文章的基本意思在提要概括得相当完整了——

> 文章以《补天》的文本为中心,以具体历史语境为参照,从自序、版本、异题、译作四个维度,结合《补天》所在初版本《呐喊》小说集和《呐喊·自序》以及与《补天》同时发表且主题关联密切的译作《时光老人》参照对读,认为《补天》的创作意旨体现鲁迅对自己从文之路及其启蒙立人行止进行文学形象化表达的自我省思与整体观照,是一篇在文学表达的象征意义上带有鲁迅"自我指涉"性质的作品。具体表现在:一是女娲"梦醒"隐喻了鲁迅"从文之路"复杂的心路历程;二是女娲"造人"隐喻了鲁迅通过文学改造社会——"立人"的写作追求及其对启蒙的忧思;三是女娲"补天"隐喻了鲁迅自担"历史中间物"且"知其不可而为之",笃定"补天"的抉择与践履。相比同时期在《呐喊·自序》袒露心绪时欲说还休的节制与审慎,鲁迅在《补天》隐现的心境显得更开阔与复杂。在此意义上,《补天》的创作意旨不仅更形象地呈现了鲁迅笔下自我镜像,还在思想和写作方式上对此后的《故事新编》创作足具开创价值与范式意义,在"故"事"新"编背后可能也潜隐着鲁迅对现实发言的深层寄寓。

你的文章围绕上述思路，进行了详细的文献校读和考释论证，文章是有说服力的，尤其是揭示出《补天》是鲁迅"自我指涉"性质的作品，这是以往研究论说不足的，你现在充分揭示了这一点，很有新意。

我因此想到鲁迅在《故事新编》序言中对《补天》的创作初衷与"陷入油滑"的说明——

> 第一篇《补天》——原先题作《不周山》——还是一九二二年的冬天写成的。那时的意见，是想从古代和现代都采取题材，来做短篇小说，《不周山》便是取了"女娲炼石补天"的神话，动手试作的第一篇。首先，是很认真的，虽然也不过取了弗罗特说，来解释创造——人和文学的——的缘起。不记得怎么一来，中途停了笔，去看日报了，不幸正看见了谁——现在忘记了名字——的对于汪静之君的《蕙的风》的批评，他说要含泪哀求，请青年不要再写这样的文字。这可怜的阴险使我感到滑稽，当再写小说时，就无论如何，止不住有一个古衣冠的小丈夫，在女娲的两腿之间出现了。这就是从认真陷入了油滑的开端。油滑是创作的大敌，我对于自己很不满。（《故事新编》序言）

鲁迅的说明有两个要点：一是他一开始是很认真地"取了弗罗特说，来解释创造——人和文学的——的缘起"，女娲补天的故事乃是他选取来表达这个主题的题材，二是他随后看到时人对《蕙的风》的批评，忍不住在作品中插入了"小丈夫"等讽刺时人的细节，因此使《补天》"陷入了油滑"——也就是由于这个油滑不庄重的细节，破坏了整部作品的严肃庄重的创作旨趣，也破坏了作品的艺术统一性。自王瑶先生以来的研究者，都按照鲁迅的这个说明来解释《补天》，但出于对鲁迅的尊敬和完美化，也纷纷为其"油滑"辩护，无非是说这个讽刺现实的油滑细节很有意义，因此，"油滑"不但不是鲁迅自己所说的过失，反而是过人的创造云云。我得老实说，对这类好心为鲁迅的"油滑"辩护的说法，我一直不以为然。在我看来，鲁迅的自我检讨是真诚的，但他还是控制不住自己，后来在其他一些篇章里进一步"油滑"了，只要比较一下《故事新编》里"油滑"的作品和不"油滑"的作品如《铸剑》，我们看得很分明：插入"油滑"以讽刺现实人士的细节，固然达到了讽刺的目的，但这是得不偿失的，原作的艺术严肃性和统一性被破坏了，严肃的小说创作旨趣被油滑讽喻的杂文效果给带累了，很不值得——鲁迅如果想讽刺现实，那就另写杂文好了，何必出此下策！从某种意义说，你的这篇论文继承和发展了王瑶先生的思路，把鲁迅的一篇"故事新编"的历史小说几乎完全现实化、"鲁迅化"了——通过你的仔细发掘和文献校读，《补天》变成了鲁迅的一篇"自我指涉""自我镜像"性质的小说。诚然，"自我指涉""自我镜像"的小说是有的，如郁达夫的小说的"自叙传"色彩是显而易见的，鲁迅的《故事新编》也不能说完全没有这种成分，但恐怕没有达到郁达夫小说"自叙传"那样的程度，那时的鲁迅可能还没有那么强烈的借小说"自我表现"的冲动。并且，我最大的疑问是，当我们把《补天》这样的历史小说几乎完全解释成鲁迅借历史想象来变相地"自我指涉"、"自我镜像"、自我悲壮化的叙事，那到底是丰富和提高了这篇小说的意义，还是贬抑和削减了这篇小说的意义？后期的鲁迅是比较自恋自大而且自我悲壮的，但二十年代前期的他还是比较自我克制的。因此，我担心你苦心揭示的这些"深层底蕴"，未必是这篇小说的真好处，反倒让鲁迅提前显得可笑地自我悲壮化了。如果真像你说的那样，则我对这篇小说就毫无敬意了，奈何！

我很抱歉，这很可能不是你希望的意见，但既蒙垂询，只能实话实说，说得不一定对，你的文章你负责啊——你认真思考、用心良苦地写了这篇文章，现在的论述是可以自圆其说的，所以不必在意我的这些信口乱道！你可以向别的刊物投稿的。

顺便说一下，好像不仅你一个如此，近些年来，对《故事新编》过于深刻的阐释似乎成了一种学术风气，前几年一位很有才华的年轻学者曾经与我讨论过《采薇》，思路颇近似。

新年将到，即祝快乐。

解志熙 2018 年 12 月 16 日 11:01

（四）关于《奔月》

××：

你的信和文章早收到了，我前一阵接连到外地出差，回来后又诸事纷扰，迟复为歉。

今天看了你关于《奔月》的文章，觉得大体不错，在两个方面显然很有进步。一是能从多种角度综合考察作家的文学行为、解读一篇文本，因此所论就比较周详和深入；二是文章的写作技术颇有进步，结构安排层次井然、逐层深入，语言力求准确到位。这些都是优点，说明你近一年的学习，确实有比较显著的进步。

问题也有。比如过于追求概括的集中化，如你把鲁迅此一时期的文学活动概括为"以追忆为主题的文学活动"，这样说也大体成立吧，但你为了集中概括，也将《故事新编》的写作概括为"对民族神话史的追忆"，以便纳入"追忆"的大系统中去，这就有些牵强而且没有必要了。其实，"故事的新编"与个人生命史的记忆，也可以说是两码事啊，不把"民族神话史的追忆"纳入"追忆"的大系统，就不能说明其创作的由来和意义吗？不见得，所以这种纳入就显得有些牵强了，你不得不强为之说，勉勉强强的。再如，《故事新编》如《奔月》里当然也有鲁迅自身生命体验的投射，所以你由此探讨《奔月》自无不可，但要注意分寸——当你把这一时期鲁迅的文学活动都看成他的自我疗救行为，因而也把后羿的几乎所有言行和心态都与鲁迅的生活挂上钩，那你就要想想，这样的阐释到底是扩大和深化了对作品意义的理解，还是削弱和缩小了作品的意义？因为，按照你的逻辑分析下去，落寞的后羿的身心反应似乎都成了鲁迅自身困境的反射，则鲁迅是否有些可笑的自负和可怜的自恋呢？从你的分析，我倒觉得他简直有些顾影自怜了啊！所以，我们在研究中既要注意作家与作品之间必有的复杂关联，也要注意把作品与作家适当区隔开来，否则，作品里的一切都成了作家自身的反映，那反而会缩小作品的意义，并且让读者看不起作家，觉得他很可笑的。

你的文章，当然功不唐捐，算得上一次很认真有益的学术练习，但你也要注意：鲁迅研究，因为人满为患，于是研究者力图深化、细化，这就不免导致了钻牛角尖之病,刻意求深、刻意复杂化是普遍的问题,你对此要有警惕。

好好读书,多多练笔,但不要急于求成、刻意求新,那可能会适得其反。

祝好。

解志熙 2019 年 4 月 24 日 19:30

四、《庄子》《文选》论争的表与里

××:

我当然记得你,记得你在 2017 年选修了我的"中国现代文学文献学"和"二十世纪中西文学思潮比较专题"两门课程,你的文献课作业——对刘梦苇朋友"苏哥"的细致考辨以及你帮我校录的刘梦苇作品,给我留下了深刻印象,我上学期末整理《孤鸿集——刘梦苇诗文辑存》的时候,还把你的作业翻出来参考过啊。如今在疾疫流行的时候,你埋头读书,认真探讨鲁迅和施蛰存关于《庄子》《文选》的论争,提出新的认识,我是很欣慰和赞赏的。

…………

你应该知道,对这个问题的是非之认识曾历经曲折:从二十世纪三四十年代直到八十年代前期,文坛学界的主流观点是一边倒地维护鲁迅的伟大正确,认为错全在施蛰存身上;自八十年代中期以来直到新世纪的现在,学界对这个论争的真相有所认识,渐渐趋于折中调和之论,认为鲁、施各有对错,但仍然慑于鲁迅的伟大,故此仍多曲意回护之谈。报刊上颇多此类文章,我随意检索了一下,随手调出一篇文章《施蛰存同鲁迅的交往与交锋》(发表在《中国现代文学研究丛刊》2000 年第 3 期),就是这样的典型之作。该文缕述了那些人所共知的事实,最后的结论是折中调和、各有对错而终究又是回护鲁迅的——

> 施蛰存与鲁迅的交锋，人们历来认为，一定是鲁迅的正确，施蛰存的错。但我认为，鲁迅不一定全对，施蛰存不一定全错，人非完人，谁能无过，鲁迅也有判断错误的时候，这方面的例子还是有一些的。施蛰存的问题是没有把鲁迅当大师和伟人看，如同他的小说把英雄、伟人世俗化一样，他把鲁迅也世俗化了。所以论争起来也企图与鲁迅平起平坐，这是施蛰存的不清醒。

你看，他在这里一方面说"鲁迅不一定全对，施蛰存不一定全错"，这无疑是一个进步；可是紧接着他又说"施蛰存的问题是没有把鲁迅当大师和伟人看，如同他的小说把英雄、伟人世俗化一样，他把鲁迅也世俗化了。所以论争起来也企图与鲁迅平起平坐，这是施蛰存的不清醒"，难道就因为鲁迅是大师和伟人，别人就该让着他而委屈自己，甚至自觉地不与鲁迅"平起平坐"？这是多么可笑的逻辑、多么可怜的态度，既有失于公正也有违乎现代意识啊！公道点说，并非这位作者一人如此持论，事实上，新时期以来所有想为施蛰存说点公道话的学者，最终都不得不发一点曲意回护鲁迅的论调。这样的鲁迅研究不正与鲁迅的精神相反吗！

你的文章显然与上述折中回护的曲折论调不同，因为你站在一个更高的立足点和更为开阔的视野来看问题，你把鲁迅、施蛰存关于《庄子》《文选》的论争，放在二十世纪三十年代前期中国政治与文学的分化对抗的大背景下加以分析，所以你所叙说的事实虽然与人无异，但你的结论却迥然有别，最后得出了这样的大判断——

> 《庄子》与《文选》之争的核心问题，一是由字汇的复古与创造之争引出的非功利主义文艺观与大众化文艺观的冲突，二是国难之中个人立场的退却与进取之间的冲突。国共竞争与政治分立虽然是此次论争的背景，但是在论争中本身并不见得重要。

你的着眼点确实高出于此前论者，故此不为琐屑义气所迷惑，也不屑为折中调和之论，断然跳出双方各自对错多少的纠缠，而直指隐含其后的大是非——非功利主义文艺观与大众化文艺观的冲突,以至国难之中个人立场的退却与进取之间的冲突:此诚所谓能得其大者也。

可是,我对你的论述也有点怀疑。诚然,你的看法超脱了双方是非对错各占多少的纠缠,把论争提高到当时文坛派别及其文学观和人生态度的基本分歧上来看,这确实提升了对这场论争的认识高度,但问题可能恰恰在于你的看法过高了,于是不免空洞不切实际——你并没有弄清这场论争的真正背景和症结,所以也就忽视了鲁迅的真正用心之所在,和他在某种别有用心之下故意拿施蛰存说事的论战策略,以及由此造成的对施蛰存的不公!这也怪不得你,事实上迄今几乎所有论者都没看清这场论争的真正背景和症结及鲁迅论战策略必有的误杀。

当然,你说的"由字汇的复古与创造之争引出的非功利主义文艺观与大众化文艺观的冲突","国难之中个人立场的退却与进取之间的冲突"确实存在,但那并不是鲁迅与施蛰存之间的真正问题——鲁迅其实很明白,那时的施蛰存只是一个文坛小角色,一个爱好现代主义风尚的年轻作家,他并不保守,他的读《庄子》之议充其量不过是年轻文人附庸风雅之论而已,算不得什么大问题;鲁迅也知道,施蛰存虽然从左翼转向自由主义,但他仍然非常同情左翼、关心社会改造,也因此鲁迅才与施蛰存有不少合作,并且鲁迅的名文《为了忘却的记念》就是施蛰存冒险发表的啊,鲁迅难道会认为这样的施蛰存是个在"国难之中个人立场退却"的人吗?不会的。然则,鲁迅又为什么偏要拿施蛰存开刀、挑起《庄子》《文选》的论争呢?那是因为鲁迅别有所指,但他却不能也不愿直接批判那个目标,施蛰存是个文坛小角色,正好发了一点擦边的小议论,于是被鲁迅顺手拿来说事,借题发挥、隔山打牛以至敲山震虎也!

鲁迅真正不满的是什么呢?是当时的某个新文学大佬一边提倡晚明小品以至于魏晋文章的风雅趣味,一边宣扬闭户读书、主张苦中作乐、准备"苟全性命于乱世"的"赤裸的利己主义"人生态度!这个文坛大佬是谁呢?你现在应该明白了,他就是鲁迅的二弟周作人,从二十年代中期以来,周作人日渐偏到这样一条附庸古典风雅、苦中作乐作文、"苟全性命于乱世"的"赤裸的利己主义"的路上("赤裸的利己主义"是冯雪峰批评周作人的话，此言被钱理群先生改造为"精致的利己主义"）。那时的周作人身后有一大群追随者，施蛰存不过是个搭"知堂"风雅便车的小角色而已。只是由于周氏兄弟的"失和"，身为大哥的鲁迅仍然力求做个好"大哥"，不能也不愿公开批判周作人——在后来周作人故意显摆消极而且附庸风雅的"五十自寿诗"事件中，鲁迅还故作公正地责怪廖沫沙等年轻的左翼批评者不懂周作人的"寓沉痛于幽闲"，甚至反批评那些批判周作人对国事消极的人乃是要卸责于知识分子云云（原话记不真切了，大意如此吧）。鲁迅既然不好拿周作人开刀，恰好就近碰上施蛰存这个搭"知堂"顺风车的小角色（施蛰存提倡读《论语》《庄子》《文选》《颜氏家训》以及主编《中国文学珍本丛书》等等，都是偷偷跟周作人及其徒弟沈启无学样的），就成了鲁迅借题发挥、隔山打牛、敲山震虎的抓手！或许确如众多鲁迅论者所说，鲁迅借题发挥的"大题目"宏大正确，但对于施蛰存来说可真是无妄之灾，难怪他要鸣冤申诉、不大服气呢，而他越是不服气，鲁迅的打击就越尖锐无情，最后终于上纲上线到完全不顾实际地断言："施蛰存先生却是合齐士与颜氏的两种典型为一体的，也是现在一部分的人们的办法，可改称为'北朝式道德'，也还是社会上的严重的问题。"这也就是指斥施蛰存预备好要当异族的顺民了！鲁迅还发挥其杂文惯用的批判修辞术，把施蛰存丑化地命名为"洋场恶少"。于是，这场文学论战就越来越变味了，终于变成为了争胜就可以不负责任地肆行人身攻击的丑斗了。

窃以为，鲁迅和施蛰存关于《庄子》《文选》的论争之背景和症结就在于此，而其教训也很深重。鲁迅的论战杂文，其大目标未尝不正当，但往往借题发挥、夸大其词、强词夺理、上纲上线、不顾实际以至于伤及无辜。对此，鲁迅曾以自谦而其实自傲的口气自我解说道："我的坏处，是在论时事不留面子，砭锢弊常取类型，而后者尤与时宜不合。"（《伪自由书·前记》）他故作深刻地以"不合时宜"抬高自己任性地把别人当作坏类型来大张挞伐的行径，使其合理化而且悲壮化，其实被他抓来说事的坏类型有不少未必真那么坏，而是鲁迅随手随机抓取来且毫无顾忌地予以放大和丑化，以至于不惜用刻毒的杂文笔法将之污名化，如骂《现代评论》派的陈西滢是北洋军阀的帮闲文人以至于叭儿狗,骂《新月》派的梁实秋是"'丧家的''资本家的乏走狗'",骂周扬等不太听从他指挥的"左联"年青领导人是革命的"奴隶总管",骂施蛰存是"洋场恶少",如此等等,不一而足。鲁迅的论战杂文就这样无往而不胜,鲁迅的崇拜者对此无不赞誉之至,而对被鲁迅伤害的具体人物则轻描淡写地予以忽略不计,仿佛有了伟大的批判精神就可以不择手段批判,可以"无情打击"别人。其实,当批判手段被发挥到无所不用其极之极端,最终会导致伟大正当的批判精神走向颠覆的。

我对鲁迅兴趣不大、谈不上什么研究,因为你垂询,只能谈谈我的印象和感受如上。我的看法自然不一定妥当,而且啰里啰唆的,聊供你参考吧——你的文章你负责啊,一笑。

前几天我写了一篇关于冯至的札记,其中说到冯至1947年10月19日借讲"鲁迅在北大"之机,故意把鲁迅说成"当时敢于说话的三大杂志"《语丝》《现代评论》《莽原》的共同"首脑人物",其意乃在借鲁迅的名头为陈西滢和《现代评论》暗说公道,而并非不知究竟地乱捧鲁迅,反倒很可能隐含着冯至对鲁迅派论战杂文的某种反思。旁证是冯至在讲了这番话仅仅月余的1947年12月28日,又撰文专论"批评"与"论战"之别,乍看似乎对二者并无轩轾,其实比较肯定的乃是陈西滢等人的批评性随笔的平情说理之风度,而对论战性杂文的嬉笑怒骂之做派则提出严肃的警告,最后的结论更是慨乎言之——

> "平理若衡,照辞如镜",是批评家应有的风度,"予岂好辩哉,予不得已也",是论战家在自身内感到的不能推脱的职责;批评家辨别是非得失,论战家则争取胜利;前者多虚怀若谷,后者则自信坚强;前者并不一定要树立敌人,后者往往要寻找敌人;前者需要智力的修养,后者则于此之外更需要一个牢不可破的道德:正直;批评如果失当,只显露出批评者的浮浅与不称职,若是一个论战家在他良心前无法回答那些问题,他便会从崇高的地位翻一个筋斗落下

来，成为一个无聊而丑恶的人。①

这辨析切中肯綮，尤其是对论战杂文的危险之警告——若一心克敌制胜因而道德自高、师心自用、无所不为、任性而作，往往会走向反面、跌入丑恶——是值得杂文家们深长思索的。

专此奉答，即祝安好。

解志熙 2020 年 3 月 2 日 23:35

---

① 冯至：《批评与论战》，《冯至全集》第 4 卷第 128 页，河北教育出版社，1999 年。

新女性的旧词章之爱
——漫说吕碧城的词

解老师：

您好。刊物将出版旧诗研究专辑，有一海外学者文，论吕碧城词的现代性，我刚刚编辑完，但因为外行，提不出什么意见，且其文写得洋气，一般研究者恐怕也无力对付。思前想后，只能请您抽暇写一点匿名评审意见，供其修改时参考？谢谢您！

××敬上
2016年3月1日凌晨

××：

我昨天上午有课，下午和晚上则督促孩子复习功课，没有来得及回复你的信。今天有空了，就略说几句吧，但不是你所要求的对那篇论吕碧城文的匿名评议——那篇文章自有其言说理路，提意见让他修改，他可能不容易也不愿意修改，倒不如就那样发表吧。我的意见，只涉及研究者如何坚持实事求是的学术态度而不要对研究对象作刻意拔高之论——不少学者在这个考验面前往往失去分寸，所以我顺口说说，你看看就可以了，不必转给原作者。

说来有趣，你转来的这个文章，首先让我想起了西北师大××老师十多年前的一篇论吕碧城的文章，刚才在计算机里搜寻了一下，居然找到了当年她和我沟通的电子邮件。你知道，××老师是我的老学姐。2004年我应命去西北师大给你们一班研究生讲课时，得以与她再见面，知道她正在研究近现代的女性文学，涉及吕碧城，于是约她就此写一篇文章给我。恰好我对吕碧城也略知一二，看了她的文章初稿，觉得她注意到了吕碧城的一些矛盾和问题，但她还是不免好心地为之弥缝，努力地提升吕碧城的"现代性"，这其实不甚符合吕碧城其人其文的实际，也减弱了论文的价值——并不是把研究对象说得很有价值才能确证论文自身的价值，实事求是地分析作家的矛盾，论文才会有真价值。于是我提出了一些修改建议，主要是建议她在吕碧城的矛盾性上多做文章。××老师从善如流，对文章做了修改，给我转来第二稿，我看后在2004年10月19日给她回了第二封信，下面是那封信的节录——

  这次修订进展很大，抓住了真正的问题，不是泛泛而论，分析相当细致深入，所以读起来引人入胜。我觉得没有大问题，《丛刊》是可以用的。同时，也有点小小的修改意见，供您参考：
  一、题目索性定为《徘徊在现代与传统之间——吕碧城文学创作的矛盾性之解析》，这样更明了些。
  二、在最后一部分还可以加强对吕碧城矛盾性原因的分析。除了您所指出的那些因素外，也可能还有别的原因。我觉得，吕碧城既是近现代之交得新风气之先的"新女性"之先驱，同时又是最后几位传统的"才女"，这两重身份之间是有矛盾的，而在当时的背景下吕碧城是难以克服这矛盾的——她虽然不无现代的感受和追求，但往往又不由自主地以传统才女的形式表现出来。这不仅因为在她心里甚至在她的潜意识里有根深蒂固的传统才女意识，而且她也明白在当时的环境下，她的一些"非常可怪"的言行只有借助"才女"的外套，才可望被传统宽容以至欣赏。所以她就不能不自觉地用传统才女的规范要求自己，并期望当时的社会能在这样的范围和标准里接受她。这对她是挺重要的，是她在当时的社会上立足扬名的基础，所以她特别在乎这一点。但因此一来，她就不能不委屈自己的"现代性"了。包括在文学上，她必须借助传统的形式以至于传统的感受方式和想象方式，更别说语言了。其实这种情况，也不独吕碧城一个，她的老师严复不也如此吗？严复译介西方思想，却有意选择古文来表达和表现，因为非如此不能被当时的士人接受，非如此不足以表现自己的"才识"，我记得严复在被恩赏"同进士"出身后曾写诗纪念，得意之情溢于言表。严复至终都不写白话文，也表明在他眼里，"传统"的认可是多么重要，为此，他是不惜牺牲其"现代性"的。那个过渡时代的所有先进人物的价值观就是如此矛盾，吕碧城恐怕也不能例外。

随后，××老师又对文章做了进一步的修改，最后就以《徘徊在现代与传统之间——吕碧城文学创作的矛盾性之解析》为题，发表在《中国现代文学研究丛刊》2005年第2期上。文章的提要说："吕碧城是20世纪中国一个充满矛盾的文化名人，她写作的内容激进、前卫，却坚持使用传统话语，徘徊在现代与传统之间，她的文学思维在中国近现代文化转型期很有典型性。本文从较深的层面解析了吕碧城文学创作的矛盾性，认为吕碧城文学思维的现代性主要集注于社会意识与女权主义思想的某些方面，而非思想文化上彻底的现代性转化。这是她所处的文化背景，她的学养、气质以及她的'新女性'与传统'才女'的双重身份所决定的。"我觉得在吕碧城研究中，××老师的这篇文章可能是迄今唯一着重分析吕碧城徘徊在现代与传统之间的矛盾性的论文，与越来越拔高叫好之作不同，比较之下，还是××老师的文章平实中肯。

回头再说你转来的这篇论吕碧城词的论文。作者留学多年，对西方的流行理论话语和学术方法显然比较熟悉，并且自说是在十多年前就发表过相关文章，可知在学术上出道也有一段时间了。这样的海外留学学者，当然要发挥其"西学新学"的优势，反过来对中国文学的某些现象做别开生面的新阐释。此文作者的创新有两点，颇为精细，却也都不无可议之处。

第一，是对吕碧成守旧的传统才女文学观念做时髦的女性主体主义的辩护。按，吕碧城本来是偶然机遇、暴得大名，其实有点名实不符，当然也未可苛求。她是因为失去父亲和家产，个人性格比较倔强，乃奋力出来自己打拼，遂以才女以至奇女子的面貌出现在京津，得到晚清的一些名公巨卿之助——这些人在那个"洋务－维新"渐成风尚的过渡时代，是能够接受吕碧城这样的新女性的，事实上，吕碧城的才女和奇女子形象也是他们有意塑造出来的——于是他们赞助她开办女学，虽然为时甚短、收效甚微，但吕碧城却由此获得了新女性先驱的名头和资本。其实还是她的老师严复了解她，说她"素乏师承，年纪尚少，二十五岁。故所学皆未成熟。……初出山，阅历甚浅，时露头角，以此为时论所推，然礼法之士疾之如仇"（严复1908年《与甥女何纫兰书》）。吕碧城1921年赴美游学，与冰心等几乎同时，其学养却不能与第一代女作家相比。但吕碧城在中国女界确是"老资格"，这成了她的大包袱。新文化运动以后，她看自己无法与更新的新女性争胜，便反过来强调传统和正统，倒也使自己"别具一格"。看她在二十世纪二十年代所写的《女界近况杂谈》，坚持文化守成的立场，其中之一节就是你转来的文章开头所引的那一则短文（引文丢了这一则的小题目《女子著作》）——

> 兹就词章论，世多訾女子之作，大抵裁红刻绿，写怨言情，千篇一律，不脱闺人口吻者。予以为书写性情，本应各如其分，惟须推陈出新，不袭窠臼，尤贵格律隽雅，情性真切，即为佳作。诗中之温李，词中之周柳，皆以柔艳擅长，男子且然，况于女子写其本色，亦复何妨？若语言必系苍生，思想不离廊庙，出于男子，且病矫揉，讵转于闺人，为得体乎？女人爱美且富情感，性秉坤灵，亦何羡乎阳德？若深自讳匿，是自卑抑而耻辱女性也。古今中外不乏弃笄而弁以男装自豪者，使此辈而为诗词，必不能写性情之真，可断言矣。至于手笔浅弱，则因中馈劳形，无枕葄经史、涉历山川之工，然亦选辑者寡视而滥取之咎，不足以综概女界也。

这是吕碧城在二十年代后期说的话，"词章"的范围略同于文学，吕氏所谓

"词章"主要指她所爱好的词,这爱好无可厚非,并且她也说要"推陈出新,不袭窠臼";但问题是她坚持作词必须合乎婉约阴柔的传统,矢志勿违,并且转守为攻,你说词为艳科、过于阴柔吧,她说那正是女性的本色呢。当然,这本色乃是传统的才女之本色,是词的传统之本色,所以对传统的坚守是她创作的前提。正因为如此,文化守成主义者吴宓倒是她的知音,他1931年曾自告奋勇地为吕碧城的词集《信芳集》作序,说"《信芳集》确能以新材料入旧格律……而艺术及词藻,又甚锤炼典雅,实为今日中国文学创作正轨及精品"。由此可见吕碧城也如"学衡派"一样,是半新半旧的过渡人物。可是,吕碧城的这样一种自以为守正而其实守旧的观念,在你转来的文章作者那里却得到了非常时髦的辩护。他援引法国女性主义学者西苏(Hélène Cixous)的"阴性书写"概念,说吕碧城是在对男性的差异性思考中,有意建构阴性气质,突出女性主体的位置,弥补了"女性精神"在当时文坛的缺失,强调描写私人情感的合法性与重要性。可是论文作者似乎忘记了,吕碧城所坚守的词的范式正是在男性主导下建立起来的——旧词中比比皆是的"弱女子"形象及相沿不衰的"弱女子"式的阴柔词风,就是按男性的价值观念和美学趣味塑造出来的,吕碧城却肯认这个旧传统是女性及其著作之"本分"和"本色",这岂不是阴差阳错地接受了男性的规范,还谈什么独立的女性性别意识呢?

　　第二点创新是,作者对吕碧成的域外诗词创作,努力给予现代性的好评,认为吕碧城用女性主义的意识、恢宏佚荡的想象力,对域外的自然山水与文化空间进行的改写,显示了其开放豁达、世界主义的文化襟抱,也是她浪迹天涯的个人生命主体性的体现。为此,作者运用现代批评中的"空间"概念以至于拉扯上地理大发现,其实毫无必要,简单的几句话就能讲明白的道理,何须如此复杂论说!诚然,那时一个中国女子能长期到欧美生活,也不容易,其视野因此拓展,也是事实,将异域风光写入诗词,也算"新事物"吧,但吕碧城的域外风光词其实新意无多、主体性薄弱。我们看吕碧成最得意的一首域外风光词是怎样的境界——

破阵乐

  欧洲雪山以阿尔伯士为最高,白琅克次之,其分脉为冰山,余则苍翠如常,但极险峻,游者必乘飞车 Teleferique,悬于电线,掠空而行。东亚女子倚声为山灵寿者,予殆第一人乎?

  浑沌乍启,风雷暗坼,横插天柱。骇翠排空窥碧海,直与狂澜争怒。光闪阴阳,云为潮汐,自成朝暮。认游踪、只许飞车到,便红丝远系,飘轮难驻。一角孤分,花明玉井,冰莲初吐。

  延伫。拂藓镌岩,调宫按羽,问华夏,衡今古,十万年来空谷里,可有粉妆题赋?写蛮笺,传心契,惟吾与汝。省识浮生弹指,此日青峰,前番白雪,他时黄土。且证世外因缘,山灵感遇。

论文作者赞扬说,此词开篇即气势雄浑,奇横开阔,将山川的混沌与开天辟地相较,立刻将地理的风景置于大历史的布景下。"骇翠排空窥碧海,直与狂澜争怒。光闪阴阳,云为潮汐,自成朝暮",以情写景,突出的是它的闳丽壮阔,波诡云谲。"玉井",原为星宿名,在此借指冰雪覆盖的山顶,而有君子之德的莲花显然是自喻。换头"延伫",有一个行旅者的自我身姿,而"十万年来空谷里,可有粉妆题赋",更是顾盼自豪,再次声明女性作者的身份,自矜于自己作为女性与杰出诗人的双重身份——这可说是推崇备至了。但其实,吕碧城不过是自夸我这么一个东方才女,居然能远涉重洋见此美景并且做"倚声"(即填词)赞美之,算是第一人啊,究其实不脱传统的"才女"和"奇女子"自矜自傲之虚荣,并且此词袭用旧词的词藻和格套来写西方山峰,完全把异域风光中国化而且是中国传统化了。比如用女性化的"红丝"形容缆车之巨粗的钢缆,就拟于不伦。而这篇文章的作者却发挥想象力,以为红丝指"飞车"(Teleferique),乃夸赞吕碧城将飞车想象为红线,是暗示一种女性自我面对山灵他者时的浪漫关系,这里的权力关系,不是传统的窥视者、观察者或是被物恋化的女性,而是心灵的融洽与交流——这真是创造性的阐释了,像我这样老实的读者,是怎么也不可能有如此的奇思妙想的。事实上,吕碧成的大多数异域风光词,若去掉题目和小序,完全类同于传统的写景词,根本看不出什么异域性,更别说什么现代性和世界性视野了!

看得出来,这篇文章的作者是有学养也有才华的,他也意识到自己的创新之论不一定圆满,对吕碧城其人其文的限度以至于矛盾,也有所体认。比如他在文章的开头部分赞扬了吕碧城对婉约词的阴柔体性之坚守,随后就指出,吕碧城提倡写(女性的)"性情之真",指向一种返璞归真的境界、几未被男性染指的文化再现系统,但可以肯定地说,这个未被男性染指的文化再现系统是根本不存在的,这里的"性情之真"也就带有了几分虚妄的意味——这是平实中肯之论。同样的,我们也可以指出,吕碧城对词的体性之认可,也是把传统成规视为本质性的教条。吕氏醉心佛学,应该知道"物无自性",词又哪有什么先验的本质必须据守?作者在后面又准确指出,吕碧城的域外词作显然是在调动中国的诗学意象典故存储,召唤经典的抒情时刻,对他者文化的熏染、涵化(acculturation),从而将域外写作变成一种文化翻译的行为,繁复的典故与意象交织成一张巨大意符的网,将不熟悉的文化空间覆盖或归化,由此,罗马废墟获取了它的中国印记;并正确指出了这种写作行为的危险——这一类近乎是"归化翻译"(domesticating translation)的行为也存在潜在的危险,即当一种崭新的空间与意象被中文的诗学语言与文化脉络整合之后,文化差异也随之消弭,对于读者而言,很难读出《玲珑四犯》中的异域空间特征,只有小序与第二段中的"大秦"(指古罗马)明确点明地点。在解读《念奴娇》时,方秀洁有类似的观察,指出在吕碧城手中,异域的现象可以被包容一切的古典传统同化、僭用——这也是切中要害之论。然则,论文作者所意识到的这些"虚妄"和"危险",与他的整个文章的主导性赞扬论调岂不矛盾?他本应努力追寻这种矛盾的感受,深入分析其原因,自会写出一篇实事求是的好文章,可他却滑过问题,强为之说而难以自圆,真是可惜了。

这里面的学术教训有二。其一,文史研究者对一切研究对象,一定要从自己的阅读感受出发去探讨其然和其所以然,力求平实平情而论,而切忌怀揣"奇货可居"之念和刻意创新之心，忘乎所以地套用一些时髦理论话语去夸张之、拔高之。即如吕碧城的词作，我们平心去读，自不难发现其画地自限、成就平平而已，既不足以当"三百年（词坛）第一人"（钱仲联等人的廉价评语）之誉，更没有多少"现代性"可言，即使描写异域风光，充其量也不过在地理风光上对词的题材有所"扩容"而已，并非真有什么过人的革新，比诸沈祖棻的《涉江词》都差远了，何足以如此夸张品评、弄出那么一大篇自己都未必相信的夸夸其谈？其二，文史研究者对自己悉心研究的对象浸淫既久，往往会产生一种偏爱心理和维护心态，于是情不自禁地多说好话，使"美言"成了不由自主的学术潜规则，而不能平心静气、实事求是地批评分析其得失了。这或者人情难免吧，但确是学术之大忌。

拉杂说来，费辞如许，就这样吧。

祝博士论文进展顺利。

解志熙 2016 年 3 月 2 日上午

解老师：

谢谢您对论吕碧成文如此迅捷而专业的评论。本来昨天就要回您的信，但收到您的意见后，我着即稍作润辞，以匿名评审之意见转交作者，想等她正式回复后，再作覆书，或将是一番激烈之讨论，也未可知。但刚刚收到作者的微信，表示"意见虽然语气严厉，但指出的问题值得注意"，直至周末才能有正式的回复。这样，就先写信给您，通报一下。

我非常同意您对此文的看法，您指出的问题的确具有普遍性，实际上，这一问题在近代作家乃至现代作家的研究中，都普遍存在着。当代文学评论更不必说。如您所知，我目前正在撰写有关穆时英的博士论文，尤其需要这样的提醒和警惕：对任何一作家，应做实事求是之分析，对其然和其所以然予以分析，而不必借用理论拔高之，美化之。

您在来信中谈及××老师的论文，那的确是吕碧城研究中的一篇重要论文，我在港台学者的有关研究中屡见征引，而且曾经报告给××老师,她也非常高兴。然而也有研究者对此文熟视无睹,却不惜引用许多港台学者不甚相关之作品。崇洋媚外,可以至此乎?

阅读您的评论后,也引起了我的两点感想,不揣谫陋,写在这里,算是对您的意见的补充吧:

一、"海外学者"的身份,有时引人注意,成为我们批评的对象,他们的研究的特点,似乎多表现在理论的武装和文本的"过分解读"上。但这或许是由于,他们主要的对话对象是西人,是外文读者,所以不惜援用理论,或与外国作家比较云云,有时恐怕也是被迫为之。此文由英文论文和在国外出版的英文专著之一章翻译、改写而来,必然带有此种痕迹。另外,必须指出的是,此文所援用的理论,在古典文学者或许要大摇其头,但在我们这个专业的人来说,应该都是见怪不怪的"老理论"了。

二、对吕碧城词作的评论,此文洋洋洒洒,有数万字之多,主要的精力就放在文本的解读上。一篇有关古诗词的研究论文,除了语文学的探讨、故实之考证,要对文本做深入的分析、"新批评"式的解读,似乎并不容易,当代如叶嘉莹等人有过示范,这篇文章走的也是很典型的力图探讨其文化意涵的这一路。具体观点虽可商榷,但在写法上似可借鉴。我现在理解的论文或学术写作,应该不只有解决问题式这一种样式,能讲一个故事或充分展示一主题之多面向、复杂性,是不是也可以成立呢?

您的回忆,也让我再次回想起您在西北师大为我们教书的快乐时光。谢谢您。

祝您晚安!

××敬上
2016年3月3日晚间

××:

你其实不必把我的随谈作为匿名评审意见转给原作者看的,倒不是我有什么担心,而是依我的经验,这样的作者学风文风已定,是很难改的,还不如就那样发表来得省心。原作者说我的"意见虽然语气严厉,但指出的问题值得注意"，这已很不容易了。我写信给你，随意谈谈意见，本不预备给她看，自然也就无须注意口气的节制客气，不料你却转给她看，虽有所润饰，毕竟难改整个语调，她看了难免要觉得严厉。而我之所以给你写那封长信，也是机缘，因为我以前给××老师论吕碧成的文章提过建议，她最初的毛病近乎这个作者，只是没那么玄乎，××老师从善如流，后来的修改也不错，几乎可以说是翻了个儿，我不知道那文章在海外的反应，你说是"屡见征引"，我很为××老师高兴。

我之前没有注意到原作者是位女性。我在随谈中没有说的两点教训：一是从事任何研究，必须具备基本的学养，否则就难免望文生义、捕风捉影了；二是在拥有基本学养之后，还应该有学术的诚信，不能为所谓学术创新而逞臆妄论、自欺欺人。这在我确是慨乎言之。这个学者其实是有学养的，她难道看不出吕碧城的那些词的真相？可是为什么非得强为之说、作拔高之谈？此所以可惜可叹啊！

祝好。

解志熙 2016 年 3 月 4 日下午

金声玉振有遗响

——杨振声佚文片谈

当"五四"文学革命开展之后,杨振声服膺胡适的新文学主张,迅速投入新文学和新文化运动,成为《新潮》社的骨干和早期新文学的闯将。在创作上,那时的杨振声显然深受鲁迅影响,致力于问题小说和乡土小说的写作。由于他年龄较大(比胡适还大一岁),富有生活经验,为文练达,所以其小说创作比同时的青年作者写得更稳重有底蕴、更简练有余味。1919年杨振声赴美留学,专攻教育学与心理学,1924年学成归国,先后任教于多所大学,后来并介入清华大学、青岛大学、北京大学和西南联大等院校的管理领导工作,成为民国高教界的实力派人物和著名的教育专家。这一时期的杨振声利用自己的特殊身份热情提携文艺新人、积极筹办刊物,对二十世纪三四十年代的校园文艺以至于整个北方新文坛发挥过重要的组织与领导作用。难得的是,在繁重的管理工作之余,杨振声始终不忘创作,其小说与散文不断有佳作问世。新中国成立之初,年过花甲的杨振声热情焕发,创作了长篇童话《和平鸽旅行团》。只是杨振声对自己文字的结集出版一向不甚措意,仅在1925年出版过一部长篇小说《玉君》,抗战胜利后曾预告出版短篇小说集《幽欣集》,但也未见下文。1956年杨振声病逝后,人民文学出版社于次年出版了杨振声小说选集《玉君》。整整三十年后的1987年,人民文学出版社又推出了孙昌熙、张华编选的《杨振声选集》。以上三书是比较可靠的杨振声作品集。此外,旧报刊上还隐埋着杨振声的不少散篇文字。新时期以来坊间也出过一些"杨振声选集"或"文集"之类的书籍，但大多因人成事、乏善可陈，或者抄撮失校、不足为据。

先辈的文学遗产是值得后人珍惜的，为今之计、当务之急，还是全面仔细地搜集杨振声的文学遗产，认真负责地编校出一部比较可读可据的杨振声文集为是。我十多年来一直留心于此，曾于2015年校订、复原过杨振声的一些随笔，重新披露于刊物，供学界参考。近两三年来进一步扩大搜寻面，不断有可喜的新发现，收获渐近完备，乃集中精力校订，近顷终于编校成约五十万言的《杨振声文存》，略可告慰于寂寞甚久的杨振声先生。这里选出杨振声原发于《大公报》上的三篇文字，先行分享于学界同行，顺便也略说个人的读后感。

一、《一只戒指》：温柔动人的抗战小说

从1919年到1947年，杨振声贡献出了至少二十个短篇小说，虽然总量不很大，也足够出版两个短篇小说集了；而像他这样坚持不辍近三十年的新小说家几乎绝无仅有，且在小说的社会视野和人性探析上不断有所拓展，在小说的艺术创造上则精益求精、从不马虎，其中七八篇都堪称艺术精品。这些短篇小说中的十九篇早已找到。令人欣喜的是，最近又找到杨振声的一篇小说，这便是抗日小说《一只戒指》，它同时刊于《大公报》天津版和上海版1937年2月1日第12版"文艺"副刊第294期，作者署名"希声"，是杨振声的笔名。那时的《大公报》天津版与上海版共用一种纸型，两版所刊此篇文字完全相同，此据《大公报（天津版）》校录，原报间有排印错误，则不改原文，加校注说明。下面就是《一只戒指》的原文——

一只戒指

"号外，号外，快看号外呀，官军收复百灵庙啦！"卖报小儿跑

着嚷。街头上随着这声音充满了兴奋之色。有的人已经看过一次号外了,他情愿再买第二份一字不差的消息,温习一遍。

她盖上打字机,下午班。整理整理头发,披上大衣,出了公司门,沿着长街往家走。街上下课的小学生,下班的学徒,下市的菜担子,拥挤着。号外所宣播的喜悦与兴奋,挂在每一店铺柜台前的一行脸上,表现出每个人走路的姿态上,浮荡在满街飞扬的报纸以至于小贩肩上的菜担子。

她,一个细长的身材,在人群中蜿蜒着,忽然挺立于《江声报》之门首。一双温柔而多怀思的眼睛,随着一群人的目光落在门首一张字条上:"本馆代收绥远战士寒衣捐款。"

人们向报馆踊跃的出入着,她不自觉的打开了手中的小提包,手与眼搜寻了一回,只有几毛钱。可是她随着踊跃的人流走进报馆,心中怀抱着这几毛钱的惭愧。在快到账房的小窗子前,她心中一跳,面上潮晕了一阵微红。在谁人都不觉察的时候,她敏捷的脱下了右手的金戒指。似乎带点忸怩的微笑,她把金戒指递了过去。

"是捐款罢?"收款的人把眼从面前的收款簿上顺着送金戒指的手向上望着脸问。她点点头。

"那末,我写个什么名子呢,小姐?"收款人把铅笔尖停在收款簿上问。

"无名氏罢。"她笑着答。

出了报馆,她心里比进去时松快多了。可是另一种回忆又掩罩了她的心头与眉头。她帐①然的回了家。

她的一群弟弟妹妹也都从小学下了课,这是一共四个,都比她年岁少的多。是她继母生的。她知道怎样处理这个家庭,在高中毕业后,她去学习打字,就在一家公司里作了打字生。虽就她的家庭经济状况而论,她可以在中学毕业后要求入大学,像一般经济状况远不如她的女子们。但她并未这样要求。还把作事后每月五十元的

---

① 从上下文看,此处"帐(幛)"当作"怅(悵)",原报可能因为两字形似而误排。

薪水交四十元给她的继母,她的继母因此就对她很客气,比一般继母都显得好。可是她在家庭中的真正朋友,却是这一群年岁远比她少的二妹,同三个弟弟——蓉,超,俶,杰四个人。

像一窝工蜂挤到饭桌子上的时候,他们发现了大姐姐脸上的忧郁。

"你怎么不高兴,大姐姐,官兵不是收复了百灵庙吗?"超,有充足的理由质问她。

"我怎么不高兴,我正高兴的想哭呢!"她勉强笑着说。

四个小脸望着她,不明白这理由。

杰右手从腰间掏出一把童子军的小刀,左手抓住一块面包头,"大姐姐,看,我杀贼给你看"。擦的一声割作两半,他笑了,大姐姐也笑了。

俶把筷子擎到眼上对面包瞄准,"拍,拍,拍,拍",他口中喊他用的是机关枪。

这一顿饭,就在绥北战场上吃过了。离开桌子后,蓉、杰每人揪着大姐姐的一只手向院子走,超同俶在后面屁股上推。在过门坎的时候,几乎把大姐姐推了个斛斗①。

"大姐姐,你手上的戒指那里去了?"蓉发现了大事,仰着脸问。

她不答,只是笑。那三个也都挤到右手边,查看这奇迹。"那去了,大姐姐?"一齐问。她还是笑而不答。

夜间,她在屋子里悄悄的流泪,那一帮小流氓在他们的睡房里开秘密会议。俶以为是掉了,蓉不以为然,认为被人偷去。提杰议②组织巡查队各地去找。超又主张去报警察。结果通过了议决案,是大家凑钱买一只送大姐姐。各人计算起积蓄来,蓉最多,自过年积下的赏钱,再加上每月母亲给的零用都攒起来有十五元八毛。超最

---

① 此处"斛斗"当作"觔斗","推了个觔斗"即推得栽跟头。可能是作者笔误或因"觔""斛"形似而误排。

② 此处"提杰议",原报误排,当作"杰提议"。

少，有三元九。加上本月的月钱合共四元四。他们并不知道一只金戒指值多少钱。四人合股已有三十余元。傲怕不够，主张卖他干爹新赏他，还舍不得用的一支自来水笔。

第二天《江声报》上便有这样一段启事：

本馆代收绥远战士寒衣捐款，有无名女士捐来金戒指一只。当经至金店估价，定为七元。有×先生已出代价十四元，声明有肯多出价者情愿出让。

夜间，她又在屋子里悄悄的流泪，那一帮小流氓又在他们的睡房里开秘密会议。

第三天《江声报》又登一段启事：

本馆代收无名女士金戒指，又有×先生已出代价二十一元。声明有肯多出价者仍愿出让。

这天夜间，她已换上睡衣，把下身伸入被筒里，靠着枕头看书。右手无名指上脱去戒指后的白圈把她又从书里引到回忆上去。这戒指是她生母留给她的唯一纪念，现在是她唯一的安慰了。母亲死时她还少。站在床沿，手还摸不到母亲的脸。母亲侧过脸来望了她半天，摘下手上的戒指交给她，教她留着长大了好带，并且记着母亲的话。当时的印象很深，她至今还记着。母亲仿佛是说，"以后在旁人跟前不能任性，诸事要陪小心。比不得自己的母亲"。她当时并不甚懂。后来母亲死了。父亲娶了继母，她才从经验中领略到母亲说话的深意。继母来后，把一切可以纪念母亲的东西都收起来或是毁掉了，这戒指便成了母亲唯一的纪念，她的唯一安慰。于今是没有了！他①知道母亲一定赞成她的捐款，可是……嘭的一声门开了，四位小豪杰一齐窜将进来。超揪住她的左手，傲抱住腿，杰扑在前怀，两手盖住她的眼，蓉爬到床里边，拉住了她的右手。

"你们这群小强盗，要谋害我吗？"她笑嚷。

就在这时，蓉从口袋里掏出一只金戒指，套在大姐的右手无名

---

① 此处"他"当作"她"，原报误排。

指上，不大不小，正遮住了那指上的白圈。

"大姐姐，这只戒指我们已经替你找着了。"蓉给她带上时说。

他们强制执行成功后，放了大姐，都坐在床沿上望着她笑，像一行晒太阳的海豹。

她抬起右手，看看戒指，再看看这一行四个天真的脸。她不由的把杰紧紧的抱在怀里，吻着他，两眼滚下泪来。

作品一开篇就提到"官军收复百灵庙"，这是绥远抗战的著名战役，也是这篇小说的特定时事背景。按，日本通过发动"九一八"事变侵占东北之后，侵华野心进一步膨胀，此后不断向华北推进。到1935—1936年策划冀东和察东"独立"，组织伪蒙古军不断挑衅，日军也频频"练兵"于北平郊区，华北危殆。1936年11月15日，在日本关东军的怂恿和指挥下，伪蒙古军首领德王和卓特巴扎布举兵进攻绥远。阎锡山、傅作义的晋绥军在国民政府中央和全国人民的积极支持下，奋起抗击日伪的进攻，是为绥远抗战，从11月到12月历经红格尔图战斗、百灵庙战斗和锡拉木楞庙战斗。其中尤以百灵庙战斗影响最大，此役傅作义率部击溃来犯的伪蒙军，收复百灵庙，并击毙在伪蒙古军中的日本"顾问"多人，日伪的嚣张气焰大受挫折。随后，西安事变发生并且和平解决，日伪军停止进犯，绥远抗战胜利结束。绥远抗战是1937年7月全面抗战的前奏，极大地激发和鼓舞了全国人民的抗日热情和战斗意志。

《一只戒指》就具体而微地表现了普通人民的抗日热情。作品的主人公是一位年轻的职场女性，她下班回家途中看到"百灵庙收复"的捷报，正赶上当地报馆代收绥远战士寒衣捐款活动，于是情不自禁地随群众涌入报馆，却发现手头带钱不多，于是"在谁人都不觉察的时候，她敏捷的脱下了右手的金戒指。似乎带点忸怩的微笑，她把金戒指递了过去"。这无疑是一份饱含爱国情的重礼，而这只戒指对她自己其实有着难以割舍的纪念意义，因为——

这戒指是她生母留给她的唯一纪念，现在是她唯一的安慰了。……继母来后,把一切可以纪念母亲的东西都收起来或是毁掉了,这戒指便成了母亲唯一的纪念,她的唯一安慰。于今是没有了!

所以她回家后不免惆怅,但并不后悔,而让她没有想到是,她的这份重礼进一步激发了人们的捐助热情,最后又被自己的几个可爱的小弟妹们联合拿出积蓄赎买回来了!由此,这群小弟妹们既挽回了亲爱的姐姐最珍贵的纪念物,也为抗战做出了自己的小小贡献。作品就这样从侧面着眼、以小见大,围绕一只戒指的捐献和赎回,写出了普通民众的爱国支前热情,而又融汇着深厚的母女之情、亲切的姐弟妹之情,而全篇不过短短二千余字,叙事简洁却又细腻熨帖,情感的把控恰到好处,给人生动而又温柔的美感,无疑是抗日小说中的佳作。

其实,杨振声乃是中国现代文学史上最早的抗日小说作者。早在1928年,他就率先发表了抗日小说《济南城上》,有力地表现了济南人民奋起抗击日寇的战斗意志。这和杨振声少年时代即目睹日军在山东飞扬跋扈的经历有关。晚年的杨振声回忆起自己在家乡山东蓬莱小学、中学念书时碰到的怪事之一即是——

> 又一次,黄昏时候我出城,刚走近城门楼,耳边嘣的一声爆响,吓了我一跳。定神一看,一个撅着八字小胡,穿水手衣服的日本人正在打城楼上的鸽子。一枪不中,他又要放第二枪,那群鸽子已扑楞楞地飞开了。他叽哩呱啦骂些我不懂的话,把枪往肩上一横,大踏步闯进城去,如入无人之境!我喘了一口粗气走出城来。"哦!那不是一只日本兵船?"它正耀武扬威地逼临着我们的海岸,像一个无赖骑在你脖子上,他还在你头上得意地呲着牙狞笑!①

这成为杨振声一生"最难忘记"的记忆之一,正因为有这种切肤锥心的民

---

① 杨振声:《回忆"五四"》,《人民文学》第55期,1954年5月。

族创痛，杨振声才会成为抗日小说的最早作者。后来在南渡的西南联大，杨振声又奉献出另一篇抗日小说《荒岛上的故事》，生动展现了海岛渔民机智勇敢抗击日寇的志气。惜墨如金的杨振声在二十世纪二、三、四十年代接连奉献出三篇抗日小说，而且都写得相当出色，没有丝毫"抗战八股"痕迹，这是很难得的。

二、《〈大公报〉万号纪念》：慷慨论议的骈体文章

此次搜集杨振声佚文，补充了不少议论性的论文和杂文，下面这篇慷慨议论的骈体文章，则是随意翻阅旧报时偶然发现的，不意典雅复现于世，令人惊讶而且欣喜——

《大公报》万号纪念

自胜国①末造，以迄于今，外侮波及，内忧伊始。败衄倾覆之下，飘风激矢之中，由共和而帝制，由帝制而割据，割据之余，继以兼并。于是绿林青犊之群，应运而生；黑山白马之众②，称天而治③。举凡东西各国之善政，冒而袭之，以文其盗贼之身，而为聚敛

---

① "胜国"，被亡之国，因亡国被今国所胜，故又称被亡之国为胜国，这里指清朝——作者身处民国，故视清朝为胜国。
② 典出南朝徐陵《与王僧辩书》："绿林青犊之群，黑山白马之众，校彼兵荒，无闻前史。"按，王莽统治末期各地农民起义蜂起，如著名的绿林军、赤眉军，青犊军则略晚起。还有黑山军崛起于太行山和燕山一带，黄巾起义失败后，其余党多投奔黑山军，黑山军首领为张燕。又，东汉末年公孙瓒是北方最强大的军阀之一，据《后汉书》记载："瓒常与善射之士数十人，皆乘白马，以为左右翼，自号'白马义从'。乌桓更相告语，避白马长史。"乌桓"乃画作瓒形，驰马射之，中者辄呼万岁，虏自此之后，遂远窜塞外"。作者在此用绿林、青犊、黑山之典，或许隐指工农红军；用公孙瓒白马义从之典隐指当时统治北方的奉系军阀张作霖和张宗昌——至作者撰此文的二十世纪三十年代初，奉系军阀的势力已从东北扩展到华北以及山东一带。
③ "称天而治"隐射直系军阀冒用中华民国名义宰制中国、欺蒙天下。

之具。二十年中，几无清议。所谓言论机关，或饮盗泉而意存侧媚；或怀刑戮而喋若寒悍①。董狐可作，南史不废②，仅于大报③见之。今当贵社举行万号纪念，感慨兴起不能无言，乃祝之曰：世变之成，谁为为之？推源本始，无能文辞④。二十年中，大道多岐，傍午交煽⑤，趋尚骈枝。匪祸乘间，嘘毒潜吹。死气交缠，痛甚孑遗！誓挽末流，大报是资。华北一星，中天长垂。⑥不为威屈，不为利移⑦，新者无间，旧者不欺，磨而不磷，涅而不缁。⑧强果⑨窃兵，宰割编萌。⑩巷议者诛，街谈者刑⑪，清议道消，兴颂不行！厥惟大社，社论纵横，

---

① 相传为东汉末黄宪撰《天禄阁外史》（经考证，此书实为明人王逢年撰造）卷七之《去蜀》篇云："弱者怀荣恩，疑者怀刑戮。""怀刑戮"之"怀"是担心而畏惧之意。另，此句末字"悍"是原报误排，当作"蝉"。

② 董狐是春秋晋国史官，秉笔直书权臣"赵盾弑其君"。南史是春秋齐国史官，亦直书权臣"崔杼弑其君"。

③ 此处"大报"指《大公报》，作者因骈文的四六句法而简缩之，且"大报"也兼有"贵报"的尊敬之意。

④ "无能文辞"颇费解，或当作"无能为辞"，感慨难言也。疑作者手写简体"为"被原报误认误排为"文"。

⑤ "傍午"通作"旁午"，纷乱、频繁、交错以及四面八方之意。如《汉书·霍光传》"受玺以来二十七日，使者旁午"；柳宗元《寄许京兆孟容书》"诋诃万端，旁午构煽"；杨衔之《洛阳伽蓝记》："尔朱荣不臣之迹，暴于傍午。"此处"傍午交煽"意指"五四"新文化运动以来各种思潮纷繁交错、激荡偏至的混乱状况。

⑥ 《大公报》本社在天津，它是华北最大的报纸，也是当时中国最有公信力和影响力的著名大报。

⑦ 语出《孟子·滕文公下》："富贵不能淫，贫贱不能移，威武不能屈，此之谓大丈夫。"

⑧ 语出《论语·阳货》："子曰：'不曰坚乎，磨而不磷；不曰白乎，涅而不缁。吾岂匏瓜也哉？焉能系而不食？'"孔子的意思是自己有坚定的操守，所以既磨不坏也染不黑，并表示自己不愿做那中看不中用的匏瓜。

⑨ 此处"强果"颇费解，勉强可解为军阀倚势凌人之强势，而窃疑"强果"或当作"强梁"，原报可能因"梁"之手书潦草近似"果"字而误认误排。

⑩ "编"是"编户"的简称——中国自商鞅变法以后历代均把平民编入政府户籍，称为编户；"萌"古通"氓"，《说文》："氓，民也。"此处的"编萌"概指平民百姓。

⑪ 《国语·周语上》："厉王虐，国人谤王。……王怒，得卫巫，使监谤者，以告，则杀之。国人莫敢言，道路以目。"又，汉张衡《西京赋》："街谈巷议，弹射臧否。"

精言微义，莫之与京。恭逢纪念，用赞高明。何以奉祝，茂彼春荣。何以奉贶，砚直衡平①。

本文原载《大公报（天津版）》1931年5月22日第8版"《大公报》壹万号"纪念栏，署"青岛大学教授杨振声先生"。这是一篇骈体文，原报句读不尽妥当，遂于标点略有改订；而属辞典雅，为便阅读理解，乃略加笺释。文章用典虽多，意思并不难懂：《大公报》是知名大报，到1931年已是具有全国性影响的著名舆论机关，适值一万号纪念，作为著名作家且是高教界名流的杨振声应邀与庆，乃为文祝贺。文章痛切回顾中国近代以来内忧外患之困局，言辞慷慨悲壮，热切呼吁主持舆论的《大公报》秉笔直书、议论公正，亦可谓掷地有声。

之所以感到惊讶，是因为此文乃是新文学作家公开发表的骈体文，这是非常罕见的。当然，近现代的旧派文人仍沿袭旧文学传统，颇喜显摆风雅，不无骈体之作，而大多袭用古典格套、陈陈相因，其实乏善可陈；甚至各派军阀、党国要人在宣言论辩之时，函电交驰以至快邮代电，也常用其捉刀人代拟的骈体文字，而大率不出四六公文格套，浮嚣可笑，不值一哂。至于新文学阵营，虽然前三辈的新文学作家大都自幼受过古典文言的训练，但因为坚守"破旧立新"的白话文学立场，所以虽然在交际应酬之际不可能完全不作旧体文字，但很少公开发表，只视为个人的应酬，游戏笔墨而已，而于骈体文则绝少染指。这又因为在旧文学中，骈体文是最难作的，其难并非说骈文的技巧有多高难，而在于用典难：骈文的规范是不能直陈其事、直抒其情的，而例皆用古典典故代言，可要使古典典故完全切合今人今事，那实在是"戛戛乎其难哉"！此所以不少新文学作家如鲁迅等都可以写出地道的古文和旧诗，却几乎不写骈体文。即使被认为最有家学渊源的俞平伯也究竟只是个有些旧才气的新文学作家，看他写点晚明

---

① "砚直衡平"中的"砚"字，原报字迹漫漶不清，勉强认录为"砚"，有待考证。按，唐人张少博《石砚赋》云："或外圜兮若规，或中平兮如砥。"刘勰《文心雕龙·知音》谓："无私于轻重，不偏于憎爱，然后能平理若衡，照辞如镜矣。"此处"砚直衡平"大概是勉励《大公报》的文章议论要坚持公平正直之意。

风的古文小品颇能乱真,其旧体诗即使写得佶屈晦涩也不难成篇,可是看他为其长篇旧诗所写的骈文小序,就左支右绌、捉襟见肘,反复修改也不见好。自然,现代文人偶尔也有成功的骈体之作,如清华大学教授浦江清的《闻一多教授金石润例》——

> 秦玺汉印,攻金切玉之流长;殷契周铭,古文奇字之源远。是非博雅君子,难率尔以操觚;倘有稽古宏才,偶点画而成趣。浠水闻一多教授,文坛先进,经学名家,辨文学于毫芒,几人知己;谈风雅之原始,海内推崇。斫轮老手,积习未除;占毕余闲,游心佳冻。惟是温麐古泽,仅激赏于知交;何当琬琰名章,共榷扬于艺苑。黄济叔之长髯飘洒,今见其人;程瑶田之铁笔恬愉,世尊其学。爰缀短言为引,公定薄润于后。①

这是一篇典雅的骈体小启,用典切合,揄扬得体,而又口吻调利,颇为清新可喜。但这成功也仅限于短篇吧,再长恐怕就难免堆砌滞涩以至于装腔作势之病了。再如广为流传的《老舍四十自拟小传》——

> 舒舍予,字老舍,现年四十岁,面黄无须。生于北平,三岁失怙,可谓无父;志学之年,帝王不存,可谓无君。无父无君,特别孝爱老母,布尔乔亚之仁未能一扫空也。幼读三百千,不求甚解。继学师范,遂奠教书匠之基。及壮,糊口四方,教书为业,甚难发财;每购奖券,以得末彩为荣,亦甘于寒贱也。二十七岁时发愤著书,科学哲学无所懂,故写小说,博大家一笑,没什么了不得。三十四岁结婚,今已有一女一男,均狡猾可喜。闲时喜养花,不得其法,每每有叶无花,也不忍弃。书无所不读,全无所获,并不着急。教书做事,均甚认真,往往吃亏,亦不后悔。如是而已,再活四十年也许能有点出息!不过不可能了。②

---

① 浦汉明编《浦江清文史杂文集》第18页,清华大学出版社,1996年。
② 老舍、胡絜青:《京腔北韵》第96页,商务印书馆,2018年。

这则短文是老舍的游戏文字,谐谑自嘲,生动有趣,而骈散并行、文白夹杂,其实还算不上严格的骈体文,只能说是现代散文中多用骈语俪句之作,但用得很妙,显出特别的风趣。

这种情况在杨振声的白话散文中更常见。七八年前校读杨振声的随笔,就发现他很喜欢骈语俪句,当然是经过现代改造的骈语俪句。如《批评的艺术与风度》所谓"巧言令色者,不但'面从',而且'面谀',于是批评之道,扫地以尽","当我们自身被批评时,我们始深知其然,可是到了自己批评人家时,我们又忘其所以然"。[1]《邻居》的一段更通俗可喜——

> 然而,既是邻居,到底不同路人。虽平素不相闻问,却时时声气相通。东邻的太太与老妈子吵架,你听到;西舍的太太骂孩子,你也听到。日里邻居的孩子们闹,夜里邻居的孩子们哭,你都不得安静。鸡鸣狗叫,打电话,刷马桶,都像在你自己的院子里。至于邻家爆炒羊肉,你闻到葱香与羊腥;晒铺盖,你闻到汗臭;掏毛房,你闻到……说是"声气相通",的确一字不假。[2]

如此等等,不一而足。那时就觉得杨振声一定很喜欢骈文,却完全没有想到他居然会写出《〈大公报〉万号纪念》这样一篇庄重典雅的骈文!与上述浦江清戏拟风雅的小启不同,也与老舍自拟小传的谐谑自嘲不同,杨振声的这篇《〈大公报〉万号纪念》的确立意庄重,所以属笔造语非常考究,文气亦可谓潜气内转而自如,选用典故达到了最大程度的切合,而议论之正大、感慨之悲壮、瞩望之殷切,更是力透纸背,令人读来耸然动容、肃然起敬。然而有得必有失,这样的骈体文委实给人过于望之俨然之感,而缺乏好文章所必有的亲切感。

---

[1] 杨振声:《批评的艺术与风度》,重庆《中国青年》第7卷第4—5期合刊,1942年11月1日。

[2] 杨振声:《邻居》,昆明《生活导报》第51期,1944年1月1日。

说来,杨振声确乎是中国古典骈文的爱好者。他在纵论中国语言文字之特点所赋予中国文学的独特美感时,曾经不止一次抬举骈体文章、赞赏对偶句式。一则曰:

> 我们都承认中国语言,比之欧洲复音字,是由单音字造成的。一字一音,整齐划一,音有四声,声韵易调。故在文学上容易演成整匀的句调,对偶的骈文。在诗之初起,尚是长短间出(如三百篇中之诗,短至三字,长至九字之句常有。但四字句已占八九),至汉而后,便由五古七古而五律七律,而五绝七绝,日趋于形式音节的匀整;不惟韵文如此,就在散文也由东汉的字句匀整经晋媿①六朝而变成骈俪与四六。看了这种文学的势趋,我们不能不承认中国的单音字造成中国文学的特点,这种比字对声,在欧洲的语言是不可能的。文学的形式太整,当然拘束了内容的忠实表现,但是它的字匀句调,也自有它的本身美。②

再则曰:

> 对偶文,如:天地,日月,男女,等等,一种东西,要对起来,真是好看!文章之中,对偶文句,实在很多,又有四声之变迁,音韵之调和,这不能不说是中国文学中独有之色彩!外国文章之中虽然也有,但不若中国之美妙!如《易经》里面的"满招损,谦受益",《书经》里面的"觏闵既多,受侮不少",《论语》里面的"九合诸侯,一匡天下",《离骚》里面的"朝领③木兰之零露兮,夕餐秋菊之落英",《月赋》里面的"白露暧④空,素月流天",六朝文里面"气霁地

---

① 此处"媿"字是原报误排,当作"魏"。
② 杨振声:《中国语言与中国戏剧》,《晨报副镌》之一《剧刊》第5号,1926年7月15日。
③ 此处"领"字是原报误排,当作"饮"。
④ 此处"暧"字是原报误排,当作"曖"。

表，云领①天末，洞庭始波，木叶微脱"。这类句子，各种文章里面，倒是不少，声也好！词也妙！音韵相应，词调相和，念起来很好听，很漂亮！大约内中是含有"美"的成分！后来四六文章，每令人讨厌！如："此木为柴山山出，因火成烟夕夕多"，看来似是一种玩意儿！这虽是对偶文章，但似已逸出文章的范围了！②

这里对骈体文和对偶句的赞美很中肯，对四六文的反思也一针见血。从自出机杼的骈体文蜕变成官样文章的四六表启，实在走向了刻板僵化之途，绞尽脑汁的博雅用典和一味齐整的句式成了徒有其表的装饰，掩抑以至挤空了内容的生动丰富性和作者的独特个性。这样徒有其表的文章何有于文学？但是，仍以汉语为基础的现代文章却不必排斥骈语俪句。事实上，在散行文字中适当参用一些骈语俪句，不仅可以调剂文气、优化文章修辞，而且的确可以做到"立片言而居要，乃一篇之警策。虽众辞之有条，必待兹而效绩"③。在这方面，杨振声的随笔文字能在生动流利的白话口语流程中，适当融入精彩的骈语俪句，确是成功的范例。

三、接近真实的见证：《谈沈从文的近状——杨振声由北平来书》

此番搜集杨振声文献，最出乎意料的是发现了他当年就沈从文自杀事件所写的一封信。原信写于 1949 年 5 月 30 日，节录发表在《大公报（香港版）》1949 年 6 月 18 日第 7 版 "各地通信" 栏。原报上的标题是先小字一行 "杨振声由北平来书"，然后是大字一行 "谈沈从文的近状"，则大字才是正题、小字乃是副题。下面是据原报整理出的 "杨振声来书"——

---

① 此处 "领" 字是原报误排，当作 "敛"。
② 杨振声讲，孟庆霖记：《中国语言文字之特点》，《燕京大学校刊》第 19 期，1929 年 1 月 25 日。
③ 语出陆机《文赋》，见郭绍虞主编《中国历代文论选》第 1 册第 172 页，上海古籍出版社，1979 年。

谈沈从文的近状——杨振声由北平来书

××贤弟：

……从文无恙。接到你的电报，我马上去回电，可是电报费要两千多人民券，带的钱不够，就打不成。不怕你笑话，在我们，今天这是个不少的数目，特别是后天就要过五月节了。还是写封信罢。

从文的情形是如此：在北平解放前后，有些文章刺激了他，后来他读到了一些批评的文字，认为都是对他的。不安与失眠，加深他的病态，曾去医院，住了几天，渐渐好起来，现在差不多精神复原了，昨天下午，我还同他到北海公园散步来。目前他在学校的博物馆作事，弄弄磁器，比上课好。目前我们本应当让过去死亡，自己才能重生。从文只是作的过分点罢了，精神的挣扎，过分的表面化了。等到他自己也认为那一幕戏没作好，弄成了笑话时，便可一切无事。之琳来，带下的药，谢谢，我身体已好了，只恨自己不再年轻些，还可以对这个民族文化大转变的大时代多作点事情。你几时会到北平来玩玩，这边的朋友都想你。

振声　五月卅日

按，原报在杨振声信前还有大字排印的三行提醒文字："曾受刺激入医院留医／提起过去就感到惭愧／杨振声说：他的精神挣扎过分表面化了"。这相当于内容提要。信前又有《大公报（香港版）》编者的一段按语："这是北大教授杨振声先生由北平寄致香港好友的信，信中专谈小说家沈从文在北平的生活。杨先生的短信中流露了献身于新中国新时代的热情，不改'五四'当年文化战士的风貌。他所提到的沈从文却是新旧交替期中一个具有知识分子典型性的人物，沈的精神受戟刺，可说是革命时代一种难免的现象。编者"。这个"编者"应该就是杨振声致信的那位居港友人，然则这位"居港友人"究竟是谁呢？这或许不难找，因为当时居港的杨振声友人并不太多，稍微推究一下，可能就是正在香港《大公报》的萧乾。萧乾

1948年10月在杨刚的指引下赴香港策动《大公报》转向，至1949年8月启程北返，9月到达北京；杨振声写此信时，萧乾正在香港《大公报》从事策动工作；并且杨振声乃正是提携过沈从文和萧乾的文坛前辈，三人关系特别密切，则萧乾居港期间听到沈从文自杀的消息，自然很关切，情急之下只能驰函询问在京的杨振声。于是有了杨振声这封回信——看此信开首称收信者为"贤弟"，而那时杨振声在港友人中可称"贤弟"的，应该就是萧乾了。

看得出来，这封信的前面部分被略掉了，至于究竟略掉了什么内容，现在已难以推知其详了，但不难想见，前面的部分之所以被略掉不刊，很可能因为这部分所说关乎沈从文自杀之私密，不足为外人道吧。不待说，像沈从文这样一个著名的文人突然自杀，那是不能不令人震惊的，因此关于他自杀的原因，当然也会有不少的传言与议论，但出于对沈从文的同情和尊重，人们很少将传言与议论形诸文字。即如吴晓铃先生是和沈从文在西南联大合开过大一国文课的老朋友，他晚年在悼念沈从文的文章里仍含糊其辞地说，沈从文自杀之初"社会上流言蜂起，语涉不经，无足信。我倒认为许是屡经颠沛，思想上经不住天地翻覆变化"[①]。所谓"语涉不经"的"流言"究竟是什么，吴先生晚年的回忆依然是一笔带过。可是，既然当年"流言蜂起"且"语涉不经"，则未必纯属空穴来风，沈从文的自杀也就未必像当今论者所说的那么"正经悲壮"也未可知。显然，吴晓铃先生的纪念文章葆守着为文厚道的人文传统，只将沈从文的自杀归因于不能适应天地翻覆之巨变，至于当年"语涉不经"之"流言"，或因其涉及天地翻覆巨变之外的个人私密吧，所以吴先生乃厚道地表示"无足信"，却又留下了"语涉不经"的话头，给人不忍明言、欲说还休之感，甚至不无引人猜详的言外之意。

说来无聊，在学术研究中猜谜好像是很神秘高妙的课题类型，而爱好猜谜的研究者其实知道，诸如"沈从文自杀之谜""穆时英被杀之谜"等等猜谜课题是根本不可能找到他们所要的那个谜底的，我甚至觉得那些爱好

---

① 吴晓铃：《从文先生纪念》，《吴晓铃集》第4卷第65页，河北教育出版社，2006年。

猜谜的学术研究者私心里倒是衷心希望千万不要找到谜底，以便他们一直能够把如此神秘的猜谜学术无限地进行下去，直至层累地制造出一些越来越高深莫测的学术政治神话。对此类猜谜学术，笨拙如我者只能敬谢不敏，而窃以为，对于某些一时疑莫能明的难题，如果找不到可靠的文献史料，则暂时搁置不论可也，直至找到了或者说遇到了可靠的文献史料，则据实平情而论即可。即如杨振声的这封"谈沈从文的近状"的信，乃是目前所能获得的出自亲近者的唯一证言，因此是足资学界参考的。

杨振声与沈从文的关系的确非比寻常——二十世纪三十年代初杨振声破格聘请沈从文到国立青岛大学任教；三十年代中期又邀请沈从文加入中学教材编写工作，稍后又带领沈从文编辑《大公报·文艺》，随后放手让他主持编务；抗战爆发后杨振声又聘请沈从文任教于西南联大，以至被穆旦批评道："沈从文这样的人到联大来教书，就是杨振声这样没有眼光的人引荐来的。"[①]抗战胜利后，又是受胡适之命负责北大复员的杨振声聘请沈从文为北大教授，让沈从文终于扬眉吐气；而当沈从文在四十年代末身心疲弱之际，又是杨振声把他邀请到颐和园的霁清轩休养，直至沈从文自杀之后与复原之际，杨振声仍然尽心陪护沈从文散步，给他安慰、帮他纾解……如此二十年不离不弃的亲密关系，远远超过了沈从文与胡适、徐志摩的关系。

当沈从文自杀前后，杨振声作为长期帮助他并且近在其身边的亲密老友，自然是最可能了解其中底细和隐情的，所以焦急的萧乾只能写信问询杨振声，而其中底细或隐情很可能就见于杨振声给萧乾的这封信的前半部分，只是毕竟事关他人之私密，不宜公开披露，所以发表的时候被删去了。剩下的后半部分是可以披露出来的，杨振声在此坦率地揭示了沈从文在政治上的过虑，这过虑对自以为勇敢而其实比较胆怯的沈从文而言的确是真实的心理感受。事实上，学界长期忽视的一个事实是，沈从文自抗战胜利后被聘为北京大学教授以来，是受宠若惊、得意扬扬的，乃至以"胡

---

① 杨起、王荣禧：《淡泊名利　功成身退——杨振声先生在昆明》，见昆明市政协文史学习委员会编《抗战时期文化名人在昆明》（二），云南人民出版社，2002年。

适之先生尝试的第二集"自居且自以为必有大作用,"这个作用便是'自由主义'在文学运动中的健康发展",于是他主动请缨,不断发表文章、接连接受采访,积极发起对左翼－解放区文学的批判,并号召其同道要坚定地"从各种挫折困难中用一个素朴态度守住自己"。① 不待说,在沈从文的文学批判中当然也包含了他维护现存政治秩序、反对革命的立场,而他其实是确信或者说算定革命乃是不可能成功的,所以才那么无所顾忌地展开批判的锋芒,显得特别地高调也特别地咄咄逼人。可没想到,革命居然成功了,沈从文也就特别地尴尬且深感愧悔——《大公报》编者为此信所加提要里有沈从文"提起过去就感到惭愧"之说,大概也采摘自杨振声的原信,当是沈从文此时的心理真实。然则如此尴尬和惭愧的沈从文何以自处?自杀以谢过似乎成了他自以为唯一可行的自救之道。这诚然有点过了,但对情急之下的沈从文来说,倒也是完全可以理解之举。此所以杨振声在信中要说:"目前我们本应当让过去死亡,自己才能重生。从文只是作的过分点罢了,精神的挣扎,过分的表面化了。等到他自己也认为那一幕戏没作好,弄成了笑话时,便可一切无事。"这是切近实际的真诚证言,也是耐人寻味的中肯判断。就此而言,所谓沈从文的"悲剧"虽然包含着政治因素,但究其实恐怕并非真正的"政治悲剧",倒更像是"性格的悲剧"。好在沈从文很快就恢复了,而且从此确实"一切无事",既保全了婚姻、维护了家庭,后来在学术上也终成正果。这是很让人欣慰的,杨振声先生泉下有知,也一定会为老朋友感到高兴的。

顺便纠正一下关于沈从文与杨振声关系的一个误解。二十世纪八十年代中期有出版社要出杨振声选集,请沈从文写序,结果是序未能用,误解却延续至今。据杨振声之子杨起说——

> 1985年,一家出版社准备再版父亲的文集,萧乾先生建议由沈从文先生写序,但是在那篇所谓的序写完之后,几乎是一篇批判文

---

① 以上引文见沈从文:《从现实学习》,连载于《大公报(天津版)》1946年11月3日、10日"星期文艺"。

章。沈先生连篇使用"听说杨振声如何如何""听说杨振声怎样怎样",生怕父亲"牵连"到他。萧乾先生实在看不下去,只好把那篇序拿下,由萧乾先生自己写了一篇"代序"。其实,萧乾先生之所以建议沈从文写序,是觉得沈从文跟父亲渊源匪浅……正是因为有了这样的渊源,萧乾先生才建议沈从文给父亲的文集写序。没想到竟然找错了。①

按,杨起1982年2—3月间就请沈从文写序了,而沈从文其实在1978年就想为老友杨振声写点什么,现存序稿的第一部分就写于1978年11月,但不过千言,略述生平而已,显然只是一点准备工作。到了1982年2—3月间沈从文两次起草作序,看得出来他是郑重其事的,很想为老友说点话,却仍然未能充分展开,显出心有余而力不足的迹象。由于那时一本书的出版周期长,半年一年间根本不可能出版,事实上《杨振声文集》也即孙昌熙、张华编选的《杨振声选集》是直到1987年才出版的。正因为杨振声集的出版并非急活,无奈的沈从文也就没有急着赶写。不幸的是1983年2—3月间沈从文两次中风,这显然大大影响了他的思维与写作,此后的文章往往写不成篇,如散文《无从驯服的斑马》《凤凰观景山》等都未能完篇,更何况给老友写一篇论定其生平成就的序言呢。再后来沈从文的病情每况愈下,脑出血、脑血栓导致身体偏瘫,迨至1985年已无法执笔了。所以杨起1985年收到的沈从文序文稿,仍只是此前三次起笔而均未能完篇的旧稿。这作为序诚然不完善,则不用可也,而无须苛求沈从文了。因为以沈从文这一时期的健康而言,思想断片、文思不属、难以成篇,是可以想见的——究其实,沈从文还是很念旧情的人,他写不好序,非不愿也,是不能也。

2021年6月7—8日匆草于聊寄堂

---

① 杨起口述、陈远撰文:《杨振声:湮没无闻许多年》,季培刚《杨振声年谱》引用的是杨起的重新修改稿,此据《杨振声年谱》第815—816页,学苑出版社,2015年。

"艰"的人生与"涩"的文章
——略说冯至文论兼及京派和《现代评论》

一、古典与外典：冯至文论《涩》笺注

冯至先生是著名的新诗人和卓越的散文家，一生却很少谈诗论文，只在二十世纪四十年代写过寥寥数篇言简意赅的诗论，收入《冯至全集》的有《新诗蠡测》和《关于诗》（又题《关于诗的几条随感和偶译》）二篇，且前篇是残篇。去年王家新、方邦宇补全了《新诗蠡测》，王贺也辑录出冯先生的另外三篇诗论《论新诗的内容和形式》《诗的还原》《自由体与歌谣体》，这些新发现一并刊发在《中国现代文学研究丛刊》2019年第3期。至于收在《冯至全集》里的文论，则只有冯先生晚年给友人文集所作的几篇序言，似乎没有自出机杼的文论。

其实，冯至先生在二十世纪三十年代确有一篇精心的文论《涩》，惜乎《冯至全集》未收。查《冯至全集》附录的《冯至年谱》在1930年下有记录云："本年还有《涩》，刊于北平《朔风》杂志第一卷第四期。"①不知《冯至全集》为何失收，以致研究者们长期不知此文之存在。按，《朔风》是北平孔德学校的刊物，1930年3月创刊，主要作者有岂明（周作人）、李星华（李大钊之女）等。冯至1928年暑假后任教于孔德学校，所以也成为

---

① 《冯至年谱》，《冯至全集》第12卷第636页，河北教育出版社，1999年。

《朔风》的作者,《朔风》第 1 期（1930 年 3 月 20 日出刊）就有他的《译 R. Deheml 诗二首》,《涩》则刊发在《朔风》第 4 期,1930 年 6 月 20 日出刊,其作者"冯至"也必是诗人冯至无疑。为便读者和研究者参考,现在就把《涩》的原文校录如下,并对其所用古典与外典略加笺注——

涩

"诗到无人爱处工"[①],古人的这句真是不错;遥闻勃朗宁[②]写诗时,常常甚至于故意艰涩,这也很有趣味。

我总爱读涩的文字,因为人生就是那样地"涩"得可爱。一看就爱了,该是表面的吧;从万象中感到"艰涩",然后从"艰涩"中体会出人生之可恋,苦茗一般,那是怎样地意味深长呀!

人间似乎是没有直线的事。悠悠数千年,人类到底进化了多少,诚然很是疑问。"各尽所能,各取所需"的社会,也许终归是一种理想而已。有信仰的人是有福了,他永久有一个明天的光明的美梦;而看透了人生,觉得不太好,也不太坏,将来既不光明,也不黑暗,因此而更自加警惕,黾勉地生活着,体验着,于无可奈何中为人类作点好的事情的人们,我却更爱他们。

每见同辈少年,稍不如意,辄怨天尤人,不肯稍为自省,甚而至于作出许多失态的样子,那真是有点儿太不智慧。说起来踏踏实实的人生真是无须乎火山似的热情,更不必卖假药,所需要的只是一点智慧而已。圣人不云乎,人之所异于禽兽者几希。[③]——再者,

---

① 这是宋代诗人陆游《明日复理梦中意作》诗的一句,全诗如右:"白尽髭须两颊红,颓然自以放名翁。客从谢事归时散,诗到无人爱处工。高挂蒲帆上黄鹤,独吹铜笛过垂虹。闲人浪迹由来事,那计猿惊蕙帐空。"

② 罗伯特·勃朗宁（Robert Browning, 1812—1889）,英国诗人,为诗好刻深,善用戏剧独白诗表现深隐的人性。

③ 语出《孟子·离娄下》,完整的语句是:"人之所以异于禽兽者几希。"冯至的引文漏掉了"以"字。

那里会有"如意"呢？纵使您旦夕追求的理想社会当真实现。常常自满的人，你把他放在猪圈里，他也会像猪一样地肥胖起来，心虚的人就是升入天堂也未必会怎样自得吧。①——数百年前东瀛有一法师曾引彼土哲人之言曰："愿得无罪而赏谪居之月。"②实在是有旨哉！有旨哉！

我不但不希望天官赐福，手持白玉如意走入我的梦中，我反而想多多地遇见几件不如意的，艰涩的事以了此一生。我的道路太贫乏了：由小学而中学，由中学而大学，由大学而中学教员，由中学教员又该怎样"而"呢，那真是费人猜测，其实也很容易猜测：拉洋车的"普罗"，及汽车上的"布尔"，③我恐怕此生都无分去了解他们的心情，分担他们的忧乐了：自己仿佛蜷居在一个角落里，当代志士自然要嗤之以鼻，坎井之蛙，不足以言海也。④有时自己也起一点好奇之心，出门访访朋友，万一朋友才出门，不能遇见，我绝不想埋怨那些"布尔"，他们在访友之先能有电话可以告知，并且有汽车可以赶得很快，那时我正不妨看看朋友的门前的土是黄的还是黑的，数一数墙上的标语又贴了多少层，并且研究研究树上之所以有虫子者，此何故也。比起西窗剪烛来，或者更算是一件很堪自慰的，丰富的旅行吧。涩中趣味，也就正在于此。万一忙里尚能有闲暇存在，

---

① 此处"心虚"不是做错事怕人知道或缺乏自信心之"心虚"，而是"虚心"之意，其意源于基督教，如《圣经·新约·马太福音》5:3—12云："虚心的人有福了！因为天国是他们的。"又《圣经·新约·路加福音》6:20亦云："耶稣举目看着门徒说，你们贫穷的人有福了，因为上帝的国是你们的。"（以上并据《圣经》和合本）

② 此句出自日本吉田兼好（1282—1350）和尚的笔记《徒然草》里的"忧患"一则，该则全文如右："有遭逢忧患感到悲伤的人，不必突然发心剃发出家，还不如若存若亡的闲着门别无期待地度日更为适宜。显基中纳言曾云，'愿得无罪而赏谪居之月'，其言至有味。"引文当是根据作人（周作人）的译文《〈徒然草〉抄》，《语丝》第22期，1925年4月13日。

③ "普罗"，普罗列塔利亚的简称，源于拉丁文proletarius、英文proletariat，原指古罗马的最下等级，现代指无产阶级。"布尔"，布尔乔亚的简称，源于意大利文borghesia和英文bourgeoisie，指资产阶级。

④ 坎井之蛙不足以言海，典出《庄子·秋水》。

哪怕是几分钟呢，也可以打开一本古今人士从艰涩的生活体验出来的，用心血写成的艰涩的文字，像啃木头似地啃着，甜也好，苦也好，就使是一两行，只要能咀嚼出一点人生的回味来，此身幸福即如飨用太牢了。

古有苏东坡，近有梁任公，一提起他们两位的尊名，我就有点怕，因为他们的文章太"通畅"了，照这样子"通畅"下去，颇使人有"人们就此顺流而下，已一泻无余，尽可以无须再望下活了"之感。例如有男女二人，年方"笄""冠"，一见倾心，再见而誓定终身，不数见而很快地被呼为爸爸妈妈；人生若都是如此顺利，未免太荒凉了，把许多有意味的事这样草草了结，而无精致的体会，则数十年的光阴是怎样的多余呀。把身体缩得那样短，而拖了一个长而又长的无聊的尾巴在后边！——所以我对于屡次失恋而不至灭性的"拔契劳"①不胜衷心佩服；如果真有白发夫妇，依然能保持情人的心情，有喜怒有哀乐地生活着，那我真要做首长诗来赞美，惊为尘世神仙了！

信笔写来，离题已渐远，恐得不切题之讥，把笔放下，从头重看了一遍，却一点也不"涩"，于是不禁赧然，其实也很容易解嘲，就是所谓"不如意的，艰涩的事"我经验的还很少呢。

漏洞在所不免，还有许多意思也没有写了进去，限于篇幅，有机会时下次再谈吧。

一九三〇，六，十，灯下随笔。

---

① 拔契，又作"拔契"，一种蔓生灌木，味微苦，可入药，祛风湿、散瘀血、拔热毒。"拔契劳"可能是劳碌不以为苦之意。近日孟庆澍兄看过此文初稿后来函指出："原文中的'拔契劳'加有引号，所以也可能是音译过来的词，或许是'bachelor'（单身汉、未婚男子）的音译，从原句'所以我对于屡次失恋而不至灭性的"拔契劳"不胜衷心佩服'来看，也解释得通，因为多次失恋而不至于扭曲人格的单身汉当然是可令人钦佩的。如果说是草药，则和屡次失恋没什么关系了。"这个解释显然更好，感谢庆澍匡我不逮，附记志谢。

二、"智慧"之辨析:"艰"与"涩"的趣味辩证法

1929年冬冯至考取河北省的官费留学,只因河北省经费拮据而暂缓出国。《涩》写于1930年6月,正是冯至出国将去未去之时,也是他对自己1928年以来的创作有所不满而行将停笔之时。当此之际写下的这篇论文之作《涩》,无疑带有反思文坛风气和自我振拔的意味。

冯至反思的乃是"五四"以来的浪漫－抒情文学风尚,这又可分为熟滑明快和感伤自恋两种趋向。熟滑明快的抒情之远祖是苏东坡,近宗则是梁启超,二者兼有达观的人生观和笔端常带感情的风格,他们似乎达观了人生,也理顺了人生,一切说来都不在话下——故此如冯至所批评的,他们所为"文章太'通畅'了,照这样子'通畅'下去,颇使人有'人们就此顺流而下,已一泻无余,尽可以无须再望下活了'之感"。这种文风在"五四"后激情澎湃的新文化热潮中发扬光大,形成了激扬文字、痛快淋漓而不免抒情恣肆、说理浮泛的流行风。感伤自恋的抒情则把传统文人怀才不遇的抒情老调与"五四"后"生的苦闷""性的苦闷"的新浪漫主义思潮相结合,文学创作于是成了新青年作家们自曝苦闷、自伤自怜之具,诚如冯至所批评的,"每见同辈少年,稍不如意,辄怨天尤人,不肯稍为自省,甚而至于作出许多失态的样子"。这两种浪漫－抒情的文学风尚,要么熟滑明快有余、要么感伤自怜过甚,都对生活和人性的复杂性体会不足,欠缺深度、节制和余味,故此引起了冯至的反感和反思。

冯至对"五四"以来的浪漫－抒情文风的反感与反思,一方面当然源于他少年时期遭逢忧患(家道中落、失去母亲、孤独求学)所形成的性格气质——这是一种内敛自制的性格气质,它使冯至早年诗作自然而然地趋向于含蓄节制、抒情"幽婉",而本能地对过于浪漫恣肆、感伤抒情的夸张文风有所不满。但必须注意的另一面是,当冯至完成《昨日之歌》和《北游及其他》两部出色的诗集、于1928年夏重返北京之后的两年多来,他自己的创作也徘徊在一个进退失据的低迷期,所作诗文也未能幸免浪漫－抒情风气之感染。事实上,冯至自1928年夏回京后的两年间,在《新中华报副刊》《华北日报副刊》以及《骆驼草》等报刊上发表

了数量不菲的诗文,这些诗文除个别作品略有可观外,大多是身边琐事的抒写和个人感触的抒发,格调颇为感伤纤弱,甚至给人感伤过甚、穷斯滥矣之感。对此,1930年6月的冯至显然也有所意识,所以此时发表的论文之作《涩》,其实也包含了对自己在这个低迷期所作诗文的不满和反思——这也是冯至一直不愿收集这一时期诗文的原因,迟至1985年的《冯至选集》始少量酌收,直到去世后出版的《冯至全集》才将这些散逸诗文集中收集起来。

看得出来,此时直接启发并推动了冯至的反思与自我反思的,是来自京派文学元老周作人的影响。这并非偶然——当冯至在1929年末到1930年夏滞留北平期间,正好接近了周作人的文学小圈子,并与周作人的得意弟子废名合办文艺周刊《骆驼草》,那正是京派文人的始发地。事实上,冯至此时特别推崇的富于"涩"之趣味的文章典范,就是苦雨斋主人周作人。周作人本是"五四"文学革命的元老、倡导"人的文学"的人文理想主义者。只是1921年9月的一场大病和1923年7月的兄弟失和,如同两记重锤打破了周作人的人生"玫瑰梦",让他发现了人性的暗弱点和人生的不完全,深深体会到颓废的"人间苦",从而对人生由"信仰归于怀疑",放弃了人性-社会改造的理想。但周作人的明智过人之处在于,他在洞察"人间苦"、看透人生虚妄之后,既不再执迷人生却也不厌弃人生,而是折中西方的唯美-颓废主义和东方佛道的释然达观观念,着意要在"不完全的现世"里"忙里偷闲""苦中作乐",显示出一种以品味人生涩苦为美感的唯美-快乐主义的人生态度,他的如品苦茶一般平和冲淡地品味人生之苦因而颇给人涩味之美感的苦雨斋散文,正是这种唯美-快乐主义人生态度的表现。由此,周作人展示了一种因为自觉到人生颓废之苦故此转而以唯美-快乐主义来自我调适的人生智慧。这种"智慧"也可简洁地概括为"苦中作乐"的颓废-唯美辩证法。①

---

① 为免烦琐,此处只是简要说明周作人由颓废到唯美的人生-艺术辩证法之大概,详细分析可以参看拙著《美的偏至——中国现代唯美—颓废主义文学思潮研究》第二章第一节,上海文艺出版社,1997年。

《涩》所谓由人生之"艰"到文学之"涩"的趣味辩证法，就脱胎于周作人因颓废而唯美的辩证法。在《涩》的开篇冯至就不胜向往地宣称："我总爱读涩的文字，因为人生就是那样地'涩'得可爱。一看就爱了，该是表面的吧；从万象中感到'艰涩'，然后从'艰涩'中体会出人生之可恋，苦茗一般，那是怎样地意味深长呀！"这背后就隐含着苦雨斋主人周作人的趣味。《涩》特别赞扬的一种明知人生"不如意"却能静观欣赏的智慧，乃引"数百年前东瀛有一法师曾引彼土哲人之言曰：'愿得无罪而赏谪居之月。'实在是有旨哉！有旨哉！"这被引为智慧典范的东瀛哲人言行，正是"知堂"周作人译介的日本南北朝时代僧人兼好法师（1282—1350）的随笔《徒然草》之第一则《忧患》及所引显基中纳言之名言——

> 有遭逢忧患感到悲伤的人，不必突然发心剃发出家，还不如若存若亡的闭着门别无期待地度日更为适宜。显基中纳言曾云，"愿得无罪而赏谪居之月"，其言至有味。

究其实质而言，兼好法师的这则随笔所昭示的，恰好是如何用唯美－快乐主义的趣味态度来面对忧患人生的智慧，所以他的名著《徒然草》被近代日本学者北村季吟赞誉为"文章优雅，思想高深"，而译介者周作人更是对《徒然草》饶有趣味的智慧态度赞赏有加——

> 《徒然草》最大的价值可以说是在于他的趣味性，卷中虽有理智的议论，但决不是干燥冷枯的，如道学家的常态，根底里含有一种温润的情绪，随处想用了趣味去观察社会万物，所以即在教训的文字上也富于诗的分子，我们读过去，时时觉得六百年前老法师的话有如昨日朋友的对谈，是很愉快的事。[①]

周作人所昭示的这种因颓废而唯美的人生－艺术辩证法，诚然是既有智慧

---

① 以上两段引文俱见作人（周作人）：《〈徒然草〉抄》，《语丝》第22期，1925年4月13日。

又有美感且很方便——只须一念"觉悟"就能超然欣赏"忧患"人生，所以它对"五四"人文理想落潮之后遭逢种种人生苦恼的不少新文学作家，的确具有很大的启发性和感染力。也因此，自二十年代后期以来在"知堂"周作人身后便尾随了一大批追随者，他们成为后来京派文学的基本班底。如俞平伯、朱自清、朱光潜、废名、沈从文、卞之琳、何其芳等人，就先后深受"知堂"周作人的这种人生－艺术"智慧"之感染，成为追随"知堂"之"智慧"的新风雅之士，其所为诗文无不表现出超然静观人间不完满之苦乐、平和节制人性理欲之冲突的新风雅趣味。冯至也是曾受周作人启发和感染的一位，他在1928年夏返回北平之后，人生和创作都处于一个进退失据的低迷期。于是冯至一方面随顺着当时浪漫－感伤的文学风气，写了不少抒叙身边琐事、个人哀乐的诗文，另一方面也对自己随波逐流随顺的这种文学风气渐觉不满而想有所改变。恰在此时，冯至与周作人及其追随者废名等接近了，"知堂"周作人所昭示的人生智慧和文学趣味，让颇感进退失据的冯至看到了希望，于是便有了《涩》这篇论文之作。在此文中，冯至先是慨叹"人间似乎是没有直线的事。悠悠数千年，人类到底进化了多少，诚然很是疑问"，这是一代新青年在"五四"退潮后颇为理想幻灭而苦恼的声音。然则，如此不完满不如意的人生究竟该怎么过呢？到了1930年的夏天，冯至终于获得了"觉悟"，醒悟到"踏踏实实的人生真是无须乎火山似的热情，更不必卖假药，所需要的只是一点智慧而已"。随后，冯至便在《涩》中悉心阐述了一种反"艰"难为"涩"美的"智慧"，一种豁然达观于"艰"的人生和"涩"的文章反而更有趣味更有美感的趣味辩证法——"人生若都是如此顺利，未免太荒凉了，把许多有意味的事这样草草了结，而无精致的体会，则数十年的光阴是怎样的多余呀"，"从艰涩的生活体验出来的，用心血写成的艰涩的文字，像啃木头似地啃着，甜也好，苦也好，就使是一两行，只要能咀嚼出一点人生的回味来，此身幸福即如飨用太牢了"。就其根底和渊源而论，冯至推举的这种反"艰"难为"涩"美的"智慧"或者说趣味辩证法，显然与周作人自二十年代中期以来反复宣示的颓废－唯美辩证法——因为自觉到"人间苦"无法克服故而转向"苦中作乐"的审美静观——如出一辙。

如今回头看,《涩》其实是冯至自1928年夏以来两年间创作陷于低迷乃自努力振拔的理论结晶。对冯至的这个低迷期及其不甘低迷的自我振拔,学界似乎一直未曾注意到。即如我自己在三十年前分析冯至的创作历程时,就把他1928年初所写长诗《北游》的现代性探索与他二十世纪四十年代初在《十四行集》等诗文中的现代性探索直接勾连起来,断言"《北游》既是结束又是开始,它基本上收束了前此那种浪美唯美的个人抒情,而开启了更为现代性的探索和思考"[①]。这个判断把二十年代末的冯至与四十年代初的冯至过于光滑地连接起来,而忽视了其间的曲折,如冯至自1928夏到1930年夏的低迷期及其自我振拔的努力。在三十年前,是不大容易看到冯至自1928夏到1930年夏的这些诗文的,故此无从辨析。所幸1999年出版的《冯至全集》已收录了这些诗文,学界对冯至这个阶段的创作仍漠然置之,似乎太粗心了。

剩下的一个有趣的小问题是,既然《冯至全集》已收录了冯至自1928夏到1930年夏的诗文,则为什么却不收他不满其创作低迷而思有以自我振拔的《涩》这一篇?按说,《涩》的原文并不难找,《冯至全集》附录的《冯至年谱》已记录了此篇的出处。然则,是不是冯至先生有遗言不收此文呢?这不好推断,但我能想象和理解:冯至稍后很可能对《涩》也不满意,甚至不愿让人看到它。说来,冯至自走上创作道路以来,不论为文为人都很严肃朴素,只在1928年夏到1930年夏陷入一段低迷期,并在自我提振的愿望下写了《涩》这篇宣示以"涩"美对治"艰"难之"智慧"的聪明文论。但他也应很快就自觉到其所揭示的以"涩"美对治"艰"难的"智慧",与周作人所宣扬的以"苦中作乐"的唯美-快乐主义态度对待"人间苦"之"智慧"一样,都不过是知识分子聊以自慰的聪明之见,说穿了,乃是一种不愿也不敢严肃正视"艰"与"苦"而只想聊以唯美达观的趣味态度自慰自适的精神胜利法。这种看似聪明的"智慧"其实既不能引领人严肃对待人生的艰难、自觉承担人生的责任,也不能使人写出深入体验人生

---

① 解志熙:《生的执著——存在主义与中国现代文学》第152页,人民文学出版社,1999年。按,该书于1989年完成,1990年由台湾智燕出版社初版。

的大雅文章，而只会催生出一些自以为"智慧"的聪明文章。虽然京派作家们对这种聪明"智慧"和聪明文章颇为沾沾自喜，故而长期执迷于其中，但冯至却很快意识到这种人生态度和文学趣味的无担当和不严肃，于是与之分道扬镳了。这或者就是冯至虽然写了《涩》这篇富于唯美趣味的文论，后来却不见下文甚至不愿再提它的原因吧。

冯至之所以能这么快从京派文人陶醉其中的聪明"智慧"里走出，无疑得益于他为人为文的严肃品性——正是这种严肃的品性使他感到自己其实不能用周作人式的聪明"智慧"来唯美地回避"艰难"的人生。事实上，即使在1928年夏到1930年夏那段人生与创作的低迷期中，冯至也没有完全丢失这种严肃的精神和承担的意识。即如他写于1929年初的一首诗就题为《艰难的工作》，严肃恳切地抒写着面对艰难的工作而要努力负重前行的志趣——

> 上帝呀给了我这样艰难的工作——
> 　　我的夜是这样地空旷
> 　　正如那不曾开辟的洪荒：
> 他说，你要把你的夜填得有声有色！
> 　　后[从]洪荒到如今是如此地久长，
> 　　如此久长的工作竟放在我的身上。
> 上帝呀给了我这样艰难的工作。①

更值得注意的是，就在写出《涩》这篇聪明文论后不过一周，冯至就写出了他的第一篇朴素大雅的好文章《蒙古的歌》。文章记述了聆听一首歌唱牧民朴素生活情感的蒙古民歌之感动："他们的马死了，他们在荒原里埋葬这匹马，围着死马哭泣：老人说，亲爱的儿子，你不等我你就死去了；壮年说，弟弟呀你再也不同我一起打猎了；小孩子叫叔叔，几

---

① 冯至：《艰难的工作》，《新中华报副刊》第46号，1929年1月16日。按，上引此节诗倒数第三行首字"后"（後）当是"从"（從）之误排。

时才能驮我上库伦呢；最后来了一个妙龄的女子，她哭它像是哭她的爱人。"那位来自俄罗斯的"唱歌人的态度却是严肃的"而非赏玩的，冯至特意记下他对蒙古牧民执着人生态度的赞叹——

> 我们文明人总爱用感情来传染人，像一种病似的。至于那鲁钝而又朴质的蒙古人，他们把他们的爱情与悲哀害羞似地紧紧地抱着，从生抱到死，我们是不大容易了解，不大容易发现的。①

正是由《蒙古的歌》开篇，冯至用十四年时间写了十三篇散文，结为《山水》集，其严肃恳切的人生态度和朴素大雅的艺术格调，超越了一切京派文人赏玩人生趣味的聪明文章，成为唯一可与《野草》《朝花夕拾》媲美的现代散文杰作。后来的《十四行集》和《伍子胥》更直面艰难人生从而开掘出深长的诗意，时人谓其境界迥然有别于京派的诗意美文云——

> 冯的作风是紧严的，他出过寥寥的几本集子，《十四行集》即是一个最好的说明。《伍子胥》的写法，极别致，有近于传记小说，可是夹入了极浓郁的诗味。如果说散文杂文化是一条路，这正是散文诗化的另一条路了，可又不同于废名的那种散文。②

冯至曾一度与废名合编《骆驼草》，此刊成为京派文学的始发地；但冯至很快就告别废名和京派，走上深耕艰难人生的文学道路，朴素恳切地抒写出庄重深刻的人间诗意，废名则一直停歇在知堂的"智慧"树下，沾沾自喜地卖弄着诗趣禅意的妙语妙悟，二人的境界确然有别。

三、冯至的公道话：讲鲁迅不忘肯定《现代评论》

冯至与鲁迅渊源不浅：他早年旁听过鲁迅的课，稍后并与鲁迅有直接

---

① 冯至：《蒙古的歌》，《骆驼草》第6期，1930年6月16日。
②《文坛消息》(作者佚名)，《华声》半月刊第1卷第2期(长春)，1946年11月15日。

交往，1935年9月从德国留学回国之后，曾特地去拜访了鲁迅，表达自己的感念和敬意；鲁迅显然也对青年诗人冯至有相当良好的印象，并且格外高看——1935年3月鲁迅为《中国新文学大系·小说二集》作序，本来谈论的是"五四"及二十世纪二十年代的小说，却特地加了"连后来是中国最为杰出的抒情诗人冯至"一句——如此好评一个新诗人，在鲁迅几乎是绝无仅有的例外。可是，由于谦虚缄默的个性，冯至在鲁迅去世后很少写作回忆评论文字。看《冯至全集》所收其一生谈论鲁迅的文字也不过寥寥三五篇：最早的是写于1948年5月的《鲁迅先生的旧体诗》，其次是写于"文革"末期的《笑谈虎尾记犹新》，然后是新时期之初的《鲁迅与沉钟社》。

实际上，冯至最早的鲁迅论说乃是1947年10月19日的讲演"鲁迅在北大"。那时冯至正任教于北大，适逢鲁迅逝世纪念日，作为鲁迅学生和著名作家学者的冯至应邀讲演。讲演的基本内容被赵镇乾（可能是北大学生）记录下来，发表在1947年10月31日出刊的《时与文》周刊第2卷第8期。《冯至年谱》没有记录这次讲演，中国社会科学院文学研究所鲁迅研究室编纂的《鲁迅研究学术论著资料汇编》第4卷倒是收录了这个讲演记录，但湮没于长卷中，无人注意。其实这个讲演别有意味。原文不长，下面先录出来，再略说其特见——

冯至讲"鲁迅在北大"

十月十九日，为鲁迅逝世十一周年，北大举行纪念晚会，由冯至教授演讲"鲁迅在北大"，大意如下：

鲁迅先生是民国九年到北大来的，那时正是"五四"以后，新文艺作品比现在单纯，幼稚，然而那里面带着一种睡醒后的新的声音。鲁迅先生和周作人是这时的两大吸引读者的作家，他们的文章经常的登在《晨报副刊》上。那时的《晨报副刊》是学生们主要的课外读物，学生们每晨爬起来，便找《晨报副刊》，如果有鲁迅先生或周作人的作品，不管是一段甚至一个字，都要互相传诵，当天就寄给外地的朋友；外地的朋友发现有他们两人的作品时，也用快递寄到北平来。

鲁迅先生在北大是兼任讲师，开一堂"中国小说史"。（说到这里，冯至先生挥手向东南角上一指）在红楼第三楼，伴着那小钟的间，就是鲁迅先生当年的讲堂，每星期五下午二至三时，有他的一堂课。最初两三年，听讲的只有二十余人，到冯先生去听讲时（十二年），已增加到百余人，其中不仅有中文系外文系的学生，还有其他各系的学生；不仅有北大的学生，还有外校的学生。

鲁迅先生的教材，先是手编的《中国小说史略》，教法也并无奇特之处，也是念一遍后，再抽出几个问题讲一讲。虽然，就在这样的指点中，学生们得到了不少的宝贵智识。鲁迅先生曾告诉冯先生他们：汉唐宋诸统治较久的朝代所以歌功颂德的作品多，乃因统治者已将不利于他们的文章查封了，毁灭了。又告诉他们：一个强盛的朝代，极愿与外国文化交流；只有在本身有病的朝代，才排斥国外文化的输入。……十三年，《中国小说史略》印成，鲁迅先生便改教《苦闷的象征》，借这书作桥梁，他发表了许多珍贵的文艺理论。

鲁迅先生从民国九年来北大，到十五年离开北大，这几年中的写作，有个显明的分野。民十三年以前，他写的很少，只出了《呐喊》等两三本书。十三年，曹锟贿选胜利，引起全国的不满，冯玉祥便打进北平；同年，曹锟下野，孙中山先生来平与段祺瑞等协商国事，人民都把希望寄托到孙先生身上。这时，文化界很活跃，《语丝》，《现代评论》和《莽原》是当时敢于说话的三大杂志，鲁迅先生便是这三大杂志的首脑人物。此外，鲁迅先生组织未名社奖励翻译，又给年青作家出版"乌合丛书"。这几年中，他自己写的东西也很多，如《彷徨》《华盖集》《朝花夕拾》……这许多书，当时就有广大的读者群，不过，那时的许多人都只觉得文字美，没有人像今天这样明白其中的含义。今天，人民都大彻大悟了！

（十月二十二日寄自北平）

若就鲁迅研究而论，冯至的这篇简短的讲演所谈"鲁迅在北大"的事迹，也都是人们耳熟能详的事情，并无什么特别出人意料之处；真正值得注意的，倒是其中连带而及的两点。

一是冯至肯认在二十年代前期"鲁迅先生和周作人是这时的两大吸引读者的作家"。这本来也是事实，只是由于周作人在抗战时期曾经附逆，1947年且正在服刑期间，可谓声名狼藉、人人唾弃，而鲁迅的声名则一路飙升、如日中天，当时学界文坛的主流论调也多把周氏兄弟分别而论、褒贬分明。但1947年的冯至却在这次纪念鲁迅的讲演里，如实地把周作人与鲁迅并举为"这时的两大吸引读者的作家"，并无忌讳地肯认周作人早年的贡献和影响，这种实事求是而不随时毁誉的态度就颇为难得了。当然了，冯至可能只是因为所讲的是鲁迅，故此顺便提及"周氏兄弟"的另一个——周作人——而已，未必是有意为周作人发言声张也。

二是冯至特别强调说："这时（指1924—1926年这一时期——引者按），文化界很活跃，《语丝》，《现代评论》和《莽原》是当时敢于说话的三大杂志，鲁迅先生便是这三大杂志的首脑人物。"这话看似顺口随意而谈，其实暗寓公道于言外，特别地耐人寻味。诚然，冯至把鲁迅主持的《语丝》和《莽原》誉为"当时敢于说话"的杂志，这自是符合实际之论，并不出人意料。真正令人意外的是，冯至也把《现代评论》拉进来与《语丝》和《莽原》并誉为"当时敢于说话的三大杂志"，这就不同于流俗之见了，并且又说"鲁迅先生便是这三大杂志的首脑人物"，这就更是饶有意味而很值得探究了。因为如所周知，鲁迅不但不是《现代评论》的"首脑人物"，反倒是其"首脑人物"陈西滢之论敌！对此，冯至不可能不知道，然则他为什么要在这个时候如此言说呢？窃以为，这肯定不是由于冯至一时糊涂了，而其实暗含着他对一种刻意抬高鲁迅及《语丝》派而过于贬低陈西滢及《现代评论》派的流行论调之纠正。

按，《语丝》与《现代评论》的对立、鲁迅与陈西滢的论战，已是二十世纪三四十年代的鲁迅研究界大讲特讲的事情，而几乎所有的鲁迅论者都好以鲁迅之非为是非，一方面把鲁迅抬举为坚持正义战无不胜的伟大战士，另一方面则把陈西滢及《现代评论》贬斥为北洋军阀的帮闲以至帮凶。这种流行的片面之见是不符合实际的，尤其对《现代评论》的"首脑人物"陈西滢很不公正。其实，陈西滢和《现代评论》在当年确是进步敢言的，其反封建、反军阀以至反帝爱国主义的立场与鲁迅及《语丝》派文人并无二致，差别只在陈西滢所代表的《现代评论》派比较理性平和一些，周氏兄弟所代表的《语丝》派则比较激进且更激于感情义气一些。事实上，周氏兄弟正因为激于感情义气加上好争胜的气质，于是把斗争的目标转向陈西滢和《现代评论》，频发斗气争狠之论，非彻底击倒对方则"决不能带住"。冯至作为当年的读者和年轻作者，对这两派的同异自是心知肚明的，后来看多了鲁迅论者的片面之论，也应是不以为然而又觉得在纪念鲁迅的时候不便直言明辩，于是便故意把鲁迅说成"当时敢于说话的三大杂志"的"首脑人物"，其意乃在借鲁迅的名头为陈西滢和《现代评论》暗说公道耳，而并非不知究竟地乱捧鲁迅，反倒很可能隐含着冯至对鲁迅派论战杂文的某种反思。

那旁证就是在讲了这番话仅仅月余的 1947 年 12 月 28 日，冯至乃为文专论"批评"与"论战"之区别，乍看似乎对二者并无轩轾，其实比较肯定的乃是批评性随笔的平情说理之风度，而对论战性杂文的嬉笑怒骂之做派则特别提出了警告，最后的结论更是慨乎言之——

> "平理若衡，照辞如镜"，是批评家应有的风度，"予岂好辩哉，予不得已也"，是论战家在自身内感到的不能推脱的职责；批评家辨别是非得失，论战家则争取胜利；前者多虚怀若谷，后者则自信坚强；前者并不一定要树立敌人，后者往往要寻找敌人；前者需要智力的修养，后者则于此之外更需要一个牢不可破的道德：正直。批评如果失当，只显露出批评者的浮浅与不称职，若是一个论战家在他良心前无法回答那些问题，他便会从崇高的地位翻一个筋斗落下来，成为一个无聊而丑恶的人。[①]

[①] 冯至：《批评与论战》，《冯至全集》第 4 卷第 128 页，河北教育出版社，1999 年。

这辨析切中肯綮,尤其是对论战杂文的危险之警告——若一心克敌制胜因而道德自高、师心自用、无所不为、任性而作,往往会走向反面、跌入丑恶——是值得杂文家们深长思索的。

顺便说一下,抗战胜利后复员平津的高校师生,有"平津诗联"之组织,带有明显的左翼倾向,冯至也参加了。所出《诗联丛刊》每期有一个点题的"正题",如第2期(1948年7月24日出刊)就作《复仇的路·诗联丛刊2》。大概预计第1期《牢狱篇·诗联丛刊1》出版之时(实际出版时间是1948年6月11日)接近诗人节(民国的"诗人节"在旧历的端午,1948年的端午正是6月11日),所以冯至特为《牢狱篇·诗联丛刊1》写了一则短文《纪念诗人节》。这也是冯至的一则集外佚文,我受诗人长女冯姚平之托在去年找到了,就辑录在下面,供研究者参考——

纪念诗人节

把传说上的屈原的死日定为诗人节,含有承受屈原的精神与态度的意义。屈原的精神是"长太息以掩涕兮,哀民生之多艰";屈原的态度是"虽体解吾犹未变兮,岂余心之可惩?"前者是分担人民的痛苦,后者是坚持自己的道路。

这种精神与态度,在中国诗人中除却屈原只有杜甫曾经充分表现出来:杜甫在四十岁时"穷年忧梨[①]元,叹息肠内热",到五十五岁费过十多年流离的痛苦,仍然是"不眠忧战伐,无力正乾坤";他之所以这样,是由于他执着的性格,他说过,"葵藿倾太阳,物性固难夺"。

此外中国的诗人还很多:有超逸的,有澹泊的,有怪诞的,有自命深刻的,但那些人在这两个人面前都黯然失色了。他二人的精神完成他们伟大的人格,他二人的态度使他们写出沉重的诗篇。

我们努力于新诗的人,要从他们的精神里学作人,从他们的态

[①] 此处"梨"当作"黎",当是原刊误排。

度里学作诗。

不求超逸澹泊之风雅，亦不玩自命深刻之聪明，而衷心关怀多艰的民生，独立承担自身的苦乐并体贴地分担人民的痛苦，冯至正是如此执着才写出沉重而庄重的大雅诗篇，不是吗！

2020年2月9—22日草成，3月10日订正于聊寄堂

"默存"仍自有风骨

——钱锺书在上海沦陷时期的旧体诗考释

在近现代,旧体诗词的写作仍在继续。虽然诗人词人们即兴抒怀、纪事应酬的旧诗词写作行为,大多是积习使然、惯性而为,确乎新意无多且技艺陈旧,但搁置了它们作为诗词的艺术独创价值不论,其历史的认识价值还是不容忽视的,有助于文学史研究之"知人论世"也。钱锺书在上海沦陷时期的一些散佚诗作,就从一个侧面反映了他在艰难时世里的为人风骨、处世原则和担当精神。在那样的时地做出这样的文学行为,是很不容易的,可惜这些诗作却长期不为人知。下面就先录钱诗本文然后略做考释——考察其关心之所在及其相关的人、事、诗之情伪,力求在具体的历史语境和人文关联中做出比较确切的解读。

一、蛰居诗言志:钱锺书写于沦陷时期的旧体诗拾遗

夜坐[①]

试扪舌在尚成吟,野哭衔碑尽咽音。
生未逢辰忧用老,夜难测底坐来深。

[①] 此诗原刊《国力月刊》第2卷第9—10期合刊,1942年10月20日。署名"默存"。

忍饥直似三无语,（东坡以虀饭戏刘恭父,谓饭菜盐三者皆无）

偷活私存四不心。（方密之削发为僧口号云"不臣不叛不降不辱"）

林际春申流寓者,眼穿何望到如今?

叔子来晤却寄①

斗室谈诗席尚温,堂堂交谊不磨存。
是非莫问心终谅,悲喜相看语屡吞。
志在全躯保妻子,事关孤注赌乾坤。
思君梦入渔洋句,残照西风白下门。

重阳独登市楼有怀李拔翁病翁去岁曾招作重九②

新来筋力上楼慵,影抱孤高插午空。
四望忽非吾土地,重阳曾是此霜风。
肃清开眼输宾客,衰病缠身念秃翁。
太息无期继佳会,借栏徙倚更谁同?

得龙丈书却寄③

缄泪书开未忍看,差堪丧乱告平安。
尘嚣自惜缁衣化,日暮谁知翠袖寒!

---

① 此诗原刊《国力月刊》第2卷第12期,1942年12月20日。署名"钱默存"。
② 此诗原刊《国力月刊》第3卷第1期,1943年1月20日。署名"钱默存"。
③ 此诗原刊《国力月刊》第3卷第1期,1943年1月20日。署名"钱默存"。

浩劫①身名随世没,危邦歌哭尽情难。
哀思各蓄怀阙笔,和血题诗墨不干。

漫兴②

诗书卷欲杜陵巅,耳语私闻捷讯传。
再复黄河收黑水,重光白日见青天。
雪仇也值乾坤赌,留命终看社稷全。
且忍须臾安毋躁,钉灰脑髓待明年。

颂陀表文③惠赠《黄山雁宕山纪游诗》《箫心剑气楼诗存》并以蒲石居未刻诗属定敬呈二律④

市朝大隐学湛冥,阅世推排验鬖星。
得助江山诗笔敏,难浇垒块酒杯停。(丈止酒有诗)
纫蒲转石征心事,说剑修箫足性灵。
此日生涯惭故我,廿年辜负眼长青。

不屑酸吟饭颗山,自然真气出行间。
纸穿用必狮全力,管测文曾豹一斑。(丈以余未睹其已刊诗故悉举相赠)
换骨神方参药转,解尸仙术比丹还。
语言眷属犹堪结,况许姻亲两世攀。

---

① 原刊"浩"后一字漫漶不清,下句开头是"危邦",从对偶的角度猜测,上句开首或是"浩劫",姑录待考。
② 此诗原刊《国力月刊》第3卷第2期,1943年2月20日。署名"钱默存"。
③ 此处"文"当作"丈",原刊误排。
④ 此诗原刊《国力月刊》第3卷第7—8期合刊,1943年8月15日。署名"钱默存"。

大梁刘季高汇所撰读史论兵之文为《斗室文存》乞点定赋赠[1]

吾乡老辈差能说，二士风流子得如。
惠麓酒民托洴澼，（袁宫桂《洴澼百金方》）
宛溪居士纪方舆。（顾祖禹《读史方舆纪要》）
千年赴笔论青史，万甲撑胸读素书。
磊落伊予拼懒废，只供商略到虫鱼。

病中得步曾文[2]书却寄之二[3]

博物从知君子宜，诗人况自爽天机。
楚骚草木征刘杳，毛传虫鱼疏陆机。
山水友多词有托，（宋王质《绍陶录》有山友水友诸则，皆咏鱼鸟草木，以慨身世）
园田居近望难归。（渊明有《归园田居》诗，丈返赣掌太学，因故乡阻兵，匡山读书而迄未返也）
待看演雅宗风继，鸥没江南事大非。

吴眉孙先生示卖书词赋此慰之[4]

寒江注目忘鸡虫，语借萧郎气自雄。（原词有云："自我得之，自我失之，何用慨然！"）
欲喻武康山下鬼，世间无限楚人弓。

---

[1] 此诗原刊《国力月刊》第3卷第7—8期合刊，1943年8月15日。按，该诗紧接着《颂陀表文（丈）惠赠〈黄山雁宕山纪游诗〉〈箫心剑气楼诗存〉并以蒲石居未刻诗属定敬呈二律》排印，署名"前人"，则"前人"即"钱默存"。

[2] 此处"文"当作"丈"，原刊误排。

[3] 此诗原刊《国力月刊》第3卷第9期，1943年9月20日。署名"默存"。

[4] 此诗原刊《学海》第2卷第3期，1945年3月15日。署名"默存"。

立方腹笥凤心师，（毛西河仲兄云："厚心堂藏书不过抵姚立方腹笥"）

不假青箱作护持。

留与他年增故实，藏书诗配卖书词。

四余把卷心空在，十厄摧薪语更哀。

叹我穷无书可卖，吴侬监本只痴呆。（范石湖曰："我是苏州监本呆"）

以上九题十二首诗，只《得龙丈书却寄》一首收《槐聚诗存》，但诗题改为《得龙忍寒金陵书》，且每句都有修改，其余十一首都不见于《槐聚诗存》，学界似乎也未注意到这些诗，可以确定它们是钱锺书的集外佚诗，而又写在抗战时的沦陷区，其意义自然不容小视。

同时，还在蓝田国立师范学院主办的《国师季刊》第 6 期（1940 年 2 月出刊）上找到钱锺书的另外八首诗，均署名"默存"——

得孝鲁书却寄

得书苦语短，寄书恨路长，争似不须书，日夕与子将。
前年携妇归，得子为同航，翩然肯来顾，英气把有芒。
谓曾识名姓，睹我作旁行。对坐甲板上，各吐胸所藏。
子囊浩无底，我亦勉倾筐。相与为大言，海若惊汪洋。
哀时忽拊膺，此波看变桑。寻出诗卷示，鸷悍乌可当！
散原若映庵，批识烂丹黄。命我缀其后，如名附三王。
别子何太凤，子身落南荒。有子心目间，从兹不能忘。
寄诗勿遗远，笔辣似蘸姜。缘情出旨语，譬姜渍以糖。
耆旧都敛手，未老与争苍。独秀无诗敌，同声引我伦。
张号齐于韩，坡谓走且僵。才难姑备位，免子弦孤张。
隔岁归复晤，追欢若追亡。流连文字饮，谐谑抵鄱阳。

哂我旧刊诗，少游是女郎。乃引婵娟来，女弟比小仓。
我笑且骇汗，逊谢说荒唐。稍复商出处，憎命文相妨。
舍命以谋生，吾妇语悲凉。子曰食蛤蜊，沃之一巨觞。
南皮忆昔会，当日只寻常。秋风吹我去，各看天一方。
载愁而携影，来此涠阴乡。弥天四海人，一角闭山房。
惟幸亲可侍，不负日堂堂。君平岂弃世，被弃如剑伤。
赖子念幽独，不吝寄篇章。亦云寡欢绪，失我枯诗肠，
浪仙井欲废，子瞻泉不汪。袁先惊溘逝，言笑隔渺茫。
花落成恶谶，并无半面妆。推排老辈尽，子亦万夫望。
三十年匪少，斯言黄潽尝。已觉多后起，不见吾侪狂。
云龙虚有愿，何日随颉颃。寄书恐不达，作书恨不详。
安得不须书，羽翼飞子旁！

余与君遇于欧洲归舶。君言在俄时睹杂志有余所为英文，遂心识之。余舟中和君论诗，所谓"身行苦寂寥，可人不期至。东涂西抹者，惭子知姓字"是也。

君有舟中与余谈两绝云："莫向沧波谈世事，方忧此海亦生桑。"余题君诗二绝有谓："气潜足继后山后，笔韧堪并双井双。"非溢美耳。

余在昆明，君寄示《还家》诗云："妇孱犹堪看，儿啼那忍嗔？"余复书谓："君诗甚辣，此则似蜜渍姜，别是风味。"

余二十四岁印诗集一小册，多绮靡之作，壮而悔之。君见石遗翁《诗话》采及，笑引诚斋语谓曰："被渠谱入《旁观录》，五马如何挽得回。"又曰："无伤也，如'干卿底事一池水，送我深情千尺潭''身无羽翼惭飞鸟，门有关防怯吠狨'等语，尚可见悦妇人女子。"遂相戏弄。

君来书附哭袁丈伯夔诗有云："忍事早知生趣少，吞声犹有罪言存。"丈去春赋《落花》八章，遍征诗流和之。英尽枝空，遂成诗谶。

余蓄须而若渠书来云剃发作僧相戏作寄之

藏身人海心俱远，各居空谷无与侪。（君长国立艺专校迁晋宁）
跫然不闻足音至，搔头剃面何为哉？
一任猬刺世都笑，窃喜鹫秃君可陪。
圆顶知现尊者相，长髯看作老奴猜。
剃发莫如草务尽，艺须愿比花能栽。
纍纍勿失罗敷婿，摆助苗长良所该。
青青堪媚陆展室，胡竟图蔓除其荄。
休教野火烧便绝，留待他日春风吹。
相逢已恐不相识，彼此问客从何来。

镜渊寄示去年在滇所作中秋诗用韵酬之

入春三月快初晴，又遣微吟杂雨声。
压屋天沉卑可问，荡胸愁乱荠无名。
旧游觅梦高低枕，新计摊书长短檠。
拈出山城孤馆句，应知类我此时情。

夜坐

吟风丛竹有清音，如诉昏灯掩抑心。
将欲梦谁今夜永，偏教囚我万山深。
诗飞忽去生须捉，念远何来渺莫寻。
便付酣眠容鼠啮，独醒自古最难任。

寓园树木

阅世长松下,读书秋树根。
来看身独槁,归种地无存。
故物怀乔木,羁人赋小园。
况逢摇落节,一叶与飘魂。

除夕

别岁依依似别人,脱然临去忽情亲。
此时方作千金惜,平日宁知尺璧珍。
欲仗残灯驻今夜,终拼劫火了来春。
明朝故我还相认,愧对风光百态新。

宗霍先生少著惊才比相见乃云二十年不为诗强之出数篇以两宋之格调用六朝之字法此散原真得力处俗人所不知也用前韵奉赠一首

达夫五十作诗人,况复才华子建亲。
严卫真看同好女,(全谢山《文说》二,谓善为文者,卫之如处女,养之如婴儿)
深藏端识有奇珍。
峰峦特起云生夏,纨縠文成水在春。
戴笠相逢忍轻负,互期掉臂出清新。

叠前韵更答宗霍先生

名辈当时得几人,别裁风雅子能亲。
已同蜜酿千花熟,岂作楼妆七宝珍。
赠什小儿如获饼,温言寒谷欲回春。

谁云诗到苏黄尽，不识旌旗待一新。

以上八首诗都是钱锺书任教蓝田国立师范学院时所作。其中四首收入《槐聚诗存》中——《寓园树木》即《槐聚诗存》集中系于1939年末的《山中寓园》，《除夕》即该集中系于1940年之首的《乙卯除夕》，《镜渊寄示去年在滇所作中秋诗用韵酬之》即该集中系于1940年的《山居阴雨得许景渊昆明寄诗》，《夜坐》即该集中系于1940年的《夜坐》，但这四首诗入集后，不仅诗题有改动而且诗句多所修改；至于其余《得孝鲁书却寄》《余蓄须而若渠书来云剃发作僧相戏作寄之》《宗霍先生少著惊才比相见乃云二十年不为诗强之出数篇以两宋之格调用六朝之字法此散原真得力处俗人所不知也用前韵奉赠一首》和《叠前韵更答宗霍先生》四首，则悉被《槐聚诗存》刊落。近年也有研究者偶尔涉及这四首诗，如《得孝鲁书却寄》已见录于范旭仑的《容安馆品藻录·冒景璠》[①]，而李洪岩的《钱锺书与近代学人》则提及钱锺书赠马宗霍的两首诗，并转引了《余蓄须而若渠书来云剃发作僧相戏作寄之》一诗[②]。考虑到这八首诗作在近年的正式出版物上似乎未见重刊，所以一并附录于此，以便关心钱氏旧诗的研究者和读者参阅。此外，还搜集到《题友人某君诗集两首》（转辑自署名"风"的《诗话一则》，见《京沪周刊》第3卷第3期，1949年1月23日），以及钱锺书的旧体诗小辑《且住楼诗十首》（刊于《京沪周刊》第3卷第1期，1949年1月9日）。但最近检索文献，发现《题友人某君诗集两首》已有人论及[③]，至于《且住楼诗十首》均已见收于《槐聚诗存》（有的诗题和诗句略有更动），所以此处也就不再收录了。

这里只就钱锺书写于上海沦陷区的十二首诗略做考释，其余八首则只

---

① 范旭仑：《容安馆品藻录·冒景璠》，http://www.tianya.cn/publicforum/Content/books/1/94323.shtml，2007-5-18 10:34:00。

② 李洪岩：《钱锺书与近代学人》第84页，百花文艺出版社，2007年。

③ 刘铮：《"公真顽皮"——钱锺书近人诗评二则》，见《万象》2005年4月号，收入刘铮《始有集》，浙江大学出版社，2012年；又，宫立：《钱锺书佚诗与潘伯鹰》，见2013年7月24日《中华读书报》第7版。

做参考而不具论。

二、世乱交有道：钱锺书在沦陷区的诗书酬应之讽劝

钱锺书写于上海沦陷区的十二首诗，除《吴眉孙先生示卖书词赋此慰之》三首外，其他九首都刊登在蓝田国立师范学院的刊物《国力月刊》上，那显然是他寄去发表的，其明心见性之寄托灼然可感。按，1939年11月钱锺书应其父之命，到蓝田师范学院工作了一年半，1941年暑期辗转回上海治病并与妻子杨绛团聚，年末太平洋战争爆发，日军进占租界，失去归路的钱锺书不得不滞留于上海沦陷区。这十二首诗就作于1942—1945年之间的上海沦陷区。诚如钱锺书当时的一首诗所说，"危邦歌哭尽情难"（《得龙丈书却寄》），而旧体诗词这种既可隐约表现而又可以含糊其辞的文体，倒不失为聊且应酬、略抒所怀的形式——在彼时彼地，滞留文人的聚会晤谈以至诗酒交际，实乃苦中作乐、相濡以沫之举，而在这种场合，便于即兴言志、托词寄怀的旧体诗词也就派上用场了。

《重阳独登市楼有怀李拔翁病翁去岁曾招作重九》和《颂陀表文（丈）惠赠〈黄山雁宕山纪游诗〉〈箫心剑气楼诗存〉并以蒲石居未刻诗属定敬呈二律》，就反映了钱锺书与老辈文人的交往及其曲折的家国情怀。看得出来，钱锺书与李拔可、陈病树、孙颂陀这样的旧式文人交往，并不完全是因为共同的传统诗学趣味，更包含了对这些老辈文人在敌伪控制之地能够坚守民族气节、绝不随波逐流之风骨的敬佩。即如写给孙颂陀的二律中所谓"纫蒲转石征心事"，就表达了对孙颂陀坚韧的民族意志之赞誉。那时诗酒聚会、相敬为国也不是容易的事，即如《重阳独登市楼有怀李拔翁病翁去岁曾招作重九》一诗当作于1942年的重阳，而查《槐聚诗存》1941年有《重九日李拔可丈招集犹太巨商别业》，即此处所谓"去岁曾招作重九"也。可是到了1942年的重九日，却难以再聚首了。于是徘徊市街的钱锺书，亦如安史之乱中的杜工部之"花近高楼伤客心，万方多难此登临"一样，他独登市楼，"四望忽非吾土地，重阳曾是此霜风"，暗含的感慨也就不只是说出来的"太息无期继佳会，借栏徙倚更谁同"之简单，作

者对坚守气节的老辈之怀念和对国家兴亡之关怀，都尽在不言中。那时，一些老辈文人因为坚守志节，生活不免陷入困顿，以至到了卖书为生的境地。如著名藏书家吴眉孙在上海失守之初即是花甲老人了，却坚贞自守，每逢"八一三""七七"之日，都作词寄怀，而即使困顿到忍痛割爱、卖书为生，他仍然豁达以对，写了一首《沁园春》词，苦中作乐道："自我得之，自我失之，何用慨然！况天荆地棘，时忧兵火；桂薪玉粒，屡损盘餐。炳烛微明，巾箱秘本，能得余生几度看？私自喜，喜未论斤称，不直文钱。　也知过眼云烟，只晨夕相依五十年。记小妻问价，肯抛簪珥；骄儿开卷，解录丹铅。良友乖违，宫娥惨对，此别销魂最可怜。还自笑，笑珠飞椟在，旧目重编。"吴眉孙把这首词给钱锺书看，钱锺书当然明白其无奈的苦情和不屈的坚守，于是写了《吴眉孙先生示卖书词赋此慰之》，安慰老人"楚弓楚得"不必介怀，并赞扬老人腹笥胜过藏书，今日割爱卖书，不妨"留与他年增故实，藏书诗配卖书词"，又以自己"穷无书可卖"的境况来衬托吴眉孙"有书可卖"之可羡。沦陷区文人如此苦中作乐、相濡以沫、相敬为国，今日读来仍让人感动不已。

《大梁刘季高汇所撰读史论兵之文为〈斗室文存〉乞点定赋赠》是写给同辈友人的诗作。按，刘季高（1911—2007，后任复旦大学教授）当年也羁留沪上，与钱锺书同任教于震旦女子文理学院，于是刘氏便将所撰读史论兵之文稿《斗室文存》呈请钱锺书点定。显然，刘季高是与钱锺书气类一致、志趣相投的文友，他的读史论兵之文，其实与钱氏之父钱基博所撰《孙子章句训义》、《德国兵家克劳塞维兹兵法精义》（与顾谷直合译）、《德国兵家之批判及中国抗战之前途》、《欧洲兵学演变史论序》一样，虽都是秀才的"纸上谈兵"之作，却也都不无借他人之酒杯浇自己之块垒之意。钱锺书答诗所谓"千年赴笔论青史，万甲撑胸读素书。磊落伊予拚懒废，只供商略到虫鱼"，自然也是同其慷慨、相濡以沫的同情之论。

此外，钱锺书还与一些外地文人诗书往还。比如植物学家兼宋体诗人胡先骕，就是钱锺书的前辈诗友。《病中得步曾文（丈）书却寄》二首就是他写给胡先骕的诗函。《槐聚诗存》收录了第一首，但改题为《胡丈步曾远函论诗却寄》，其中声言"旧命维新岂陋邦"，显然是与胡先骕的相慰相勉之词，从中不难感受到钱锺书深切的家国情怀和坚定的民族信念。可惜的是，《病中得步曾文（丈）书却寄》的第二首却被《槐聚诗存》刊落了，所以拾遗于此。事实上，这第二首更切合胡先骕的身份与境况——他既是"博物君子"又是"古典诗人"，他的植物学研究诚然发扬光大了刘杳《离骚草木虫鱼疏》和陆机《毛诗草木虫鱼疏》的传统，他的田野考察之有助诗兴也类似于陶渊明的田园劳作。据钱锺书诗中的夹注，其时执掌"太学"即身为中正大学校长的胡先骕，似有辞职归隐之意，所以钱锺书乃有末二句的劝慰："待看演雅宗风继，鸥没江南事大非"，上句当然是希望胡先骕继续作诗，下句则是劝阻他不要辞职退隐——该句其实檃栝了杜甫《奉赠韦左丞丈二十二韵》诗句"白鸥没浩荡，万里谁能驯"。按，杜甫的这两句五言诗意原是从《列子·黄帝篇》所谓鸥鸟忘机的寓言故事引申而来，已经比较晦涩了，钱锺书则受限于七言句式而不得不简缩为"鸥没江南事大非"，这"显然"地更其晦涩了。旧体诗的语言形式对抒情诗意的束缚以致发生"以辞害意"之弊，于此可见一斑。至于胡先骕的心生退意，其实并非如钱诗字面上所说的那么简单。实情是1942年1月西南联大学生掀起倒孔（孔祥熙）运动，波及中正大学，引起当局的不满，要求严惩学生，胡先骕则坚持不做处理，因此受到教育部长陈立夫和江西省主席曹浩森的指责。胡先骕乃愤而三次提出辞呈，他的准备"鸥没江南"也正是为此，而最终胡先骕也确于1944年4月18日在全校师生的欢送中挂冠而去。

  同时，钱锺书也遭逢一些附逆文人的诗书倾诉或者说乞怜性的交际。在沦陷区那样的环境里，是不免要碰到此类人物的。然则钱锺书是如何应对这类佞朋的呢？这里不妨先看看《槐聚诗存》里最长也最重要的一首诗《剥啄行》。按，此诗作于1942年，那是抗战最艰难的年月，沦陷区里的一些汉奸文人们却弹冠相庆，觉得自己侥幸走对了路，有些佞朋甚至来拉钱锺书下水。《剥啄行》就是钱锺书如何应对这类佞朋的一份完整纪事。在那时写这样的诗，自不免多用典故而诗意隐晦，好在全篇以纪事为主，基本情节还是比较清楚的，主客的立场也泾渭分明。诗的前半记述一位"过客"造访、极力劝诱钱锺书下水——

>　到门剥啄过客谁，遽集于此何从来？
>　具陈薄海苦锋镝，大力者为苍生哀。
>　旧邦更始得新命，如龙虎起风云随。
>　因余梁益独崛负，恃天险敢天心违。
>　张铭谯论都勿省，却夸正统依边陲。
>　当年蛙怒螳螂勇，堪嗤无济尤堪悲。
>　私门出政贿为国，武都惜命文贪财。
>　行诸不义自当败，冰山倒塌非人推。
>　迂疏如子执应悟，太平兴国须英才。

看得出来，这位"过客"显然是所谓"云从龙、风从虎"的"识时务"者，一个附逆文人，他所追随的"大力者"，应该就是声称为了拯救天下苍生于危难而不惜与日本侵略者讲"和平"的汪精卫氏。汪氏的"还都南京"、建立汪伪政权，被这位"识时务"的附逆文人推许为"旧邦更始得新命"，即中兴了"中华民国"是也；至于西迁于重庆的国民政府，则被"过客"认为是"仗恃天险""负隅顽抗""行诸不义"的蒋记私门政权，因而必将失败。所以他力劝钱锺书不要迂疏固执，还是出来"咸与和运"为好——"太平兴国须人才"呀！那么，钱锺书是怎么回答这位"过客"之劝诱的呢？诗的后半这样写道——

>　我闻谢客蹶然起，罕譬而喻申吾怀。
>　东还昔岁道交趾，余皇衔尾沧波湄。
>　楼船穹隆极西海，疏棍增槛高崔巍。
>　毳旌毡盖傅蜡板，颇黎窗翳流苏帷。
>　金渠玉鉴月烂挂，翠被锦茵云暖堆。
>　大庖珍错靡勿有，鼋脑鲸脍调龙醢。
>　临深载稳如浮宅，海童效命波蹊开。
>　吾舟逼仄不千斛，侍侧齐大殊非侪。
>　一舱压梦新妇闭，小孔通气天才窥。

海风吹臭杂人畜，有豕彭亨马虺隤。
每餐箸举下无处，饥犹喂虱嗟身羸。
船轻浪大一颠荡，六腑五脏相互回。
邻舫吕屠笔难状，以彼易此吾宁为。
彼舟鹢首方西指，而我激箭心东归。
择具代步乃其次，出门定向先无乖。
如登彼岸惟有筏，中流敢舍求他材。
要能达愿始身托，去取初非视安危。
颠沛造次依无失，细故薄物何嫌猜。
岂小不忍而忘大，吾言止此君其裁。
客闻作色拂袖去，如子诚亦冥顽哉！
闭门下帏记应对，彼利锥遇吾钝椎。
此身自断终不悔，七命七启徒相规。

在此，钱锺书以追叙自己当年回国的过程和心态，作为对那位"识时务"的"过客"之回答。按，钱锺书是 1938 年秋挈妇将雏、乘坐法国邮船 Athos II 号回国的，一路颠簸、艰苦备尝，有时甚至吃不饱饭。其实，那时钱锺书留欧的庚款奖学金还可延长一年，借此暂时苟安于异国也并无不可，并且那时钱锺书也已在欧洲汉学界崭露头角，即使留在欧洲也不难找到工作。可是钱锺书还是火速返国，而就在他回国的途中却看到有人乘着豪华客轮逃离邦国、远适异域——"彼舟鹢首方西指，而我激箭心东归"。然则钱锺书为什么要急着回国呢？因为他自觉对危难的祖国有责任，只有托身祖国才心安，所以也就不计个人的安危利钝了："要能达愿始身托，去取初非视安危。"回顾了这番心路历程，钱锺书乃坚定地对"过客"表示"颠沛造次依无失""此身自断终不悔"，可谓掷地有声，断然不容纠缠。"客闻作色拂袖去""闭门下帏记应对"——在企图诱劝的"过客"悻悻离去之后，钱锺书就写下了这首《剥啄行》，堪称踵继杜工部即事名篇之歌行，其明心见性之旨趣、凛然不屈之节操，显然超越了韩愈《剥啄行》的谐谑风趣。或谓这样的诗作在《槐聚诗存》中是"仅见斯篇"，因而叹赏有加。而由于此诗对"过客"并未指名道姓，后来颇有人孜孜考证，只因文献有阙、不过推想而已，近来也有人以为此诗或是钱氏拟想之词，未必属实。

其实，当钱锺书蛰居上海沦陷区期间，确有不止一个佞朋来访、来函纠缠，多是为其附逆行径"诉委屈"的，间或也不无拉钱锺书一同"下水"之意。比如李释勘、龙榆生和冒孝鲁之流，他们或曾是钱锺书的父执辈，或曾是钱锺书青年时期的诗友，后来因为这样那样的"苦衷"而附逆。这类人也略有等差。有的人如李释勘在附逆之后自知无趣，也就不再来叨扰钱锺书。但有的人如龙榆生和冒孝鲁则特能黏人，而钱锺书在与他们的诗书往来中，则直谅以待、委婉讽劝、克尽朋友之责。事过境迁之后，钱锺书对这些诗作大多未予保留，显示出得饶人处且饶人的宽厚，与一般所谓钱氏自恃聪明过人因而待人不免刻薄之传闻有所不同。即使个别收录在《槐聚诗存》中的诗作，如沦陷时期写给冒孝鲁、龙榆生的几首诗，也因为这样那样的改动，加之缺乏可资参证的相关文献，所以往往给人含糊其辞、不明所之感。下面就以辑录在此的几首钱锺书佚诗为主，再参考相关文献，略为考校一下钱锺书到底是如何应对冒孝鲁、龙榆生的诗书纠缠的，目的是还原历史，并借此说明即使在相同的境遇下，文人们也会有不同的文学行为，显现出迥然有别的文格与人格。

三、直谅对佞朋：以钱锺书与冒孝鲁、龙榆生的应对诗为例

先说冒孝鲁（原名景璠，又名效鲁）吧。此人自负诗才，尤为迷信陈散原一路的宋体诗，兼好李义山那一派哀感顽艳之诗，所作类皆浮泛应酬、张狂自喜而已，在旧体诗人中也不过三流角色，所以旧诗坛祭酒陈衍对他从来不屑置评。而让冒氏足以自慰的，是他及时地且持之以恒地攀附上了钱锺书，这终于使他获得了某种声名。事实上，冒孝鲁几乎可说是以大半生锲而不舍地攀附钱锺书而出名者。他的执着攀附固然满足了钱锺书的某种虚荣心，所以乐得送冒氏一些不用负责的"夸奖"，但其实钱锺书之写宋体诗，不过随和一时风气、取便交际应酬而已，他对宋体诗并不像

冒氏那样执迷不悟,这只要看钱锺书在《围城》里以冒孝鲁为模特而刻画的那个宋诗迷"董斜川"的形象之可笑可悯,就知过半矣。

饶是如此,"君子爱人以德",钱锺书对这位诗友在抗战中的出处还是很关心的。最近,刘聪先生发掘出了原刊于上海《社会日报》上的钱锺书诗作二十五首及冒氏诗作多首,时间在 1939 年 2 月至 9 月间,其中钱诗十八首不见于《槐聚诗存》。而最值得注意的是 3 月 21 日《社会日报》所刊钱锺书(其时钱在昆明)诗作《得孝鲁上海航空书云将过滇入蜀诗以速之》:"御风掣电有书贻,千里真知不我遗。出亦处袴吾孰放,归同伏枥子宁疲。天非难上何忧蜀,地岂易居终惜夷。来及春晴好游赏,相逢二月以为期。(二月后昆明即为雨季)"及冒氏在 4 月 2 日《社会日报》上的答诗《次韵答默存昆明见寄》:"明珠尺璧肯轻贻,远道驰书慰滞遗。用世一夔宁恨少,追风十驾岂知疲。名场自笑甘痴钝,客路何尝有坦夷。见说汉庭须少壮,百端休遣老如期。"刘聪先生对二人此次酬唱之意义,有准确的阐释——

> 据诗意,冒孝鲁可能原有入蜀谋事的计划。钱锺书得知后欣喜非常,催促友人尽快动身,途中经昆明时可得一聚。而冒在答诗中,颈联自笑名场痴钝,尾联则嗟老伤时,可推知此事最终未果。从两首诗的文字上,我们也能嗅出钱、冒二人在思想旨趣上的一点差异。除互道友谊外,钱诗中感叹的是"地岂易居终惜夷"等家国之恨,而冒诗则似乎更多着眼于"用世""名场"等个人怀抱。四十年代后,冒孝鲁赴任汪伪行政院参事,钱、冒二人的友谊曾出现过"一场波澜"。不得不说,二人日后的分歧,在此时的诗作里就已经可以看出一点端倪。①

所谓"二人日后的分歧",也见于他们日后的诗书酬答。比如钱锺书诗《得孝鲁书却寄》大概作于 1940 年年初,《槐聚诗存》未收,其实算是钱诗中

---

① 刘聪:《〈社会日报〉上的钱锺书诗》,载 2013 年 6 月 16 日《东方早报》。

最值得玩味的篇什。作此诗时，钱锺书在蓝田国立师范学院任教，而滞留沪上的冒孝鲁已露苟且偷生之意——"舍命以谋生，吾妇语悲凉"当是概括冒氏来书中语，而作为朋友的钱锺书自不免为他担忧，所以钱氏此诗写得绵长而深情："稍复商出处，憎命文相妨……推排老辈尽，子亦万夫望……云龙虚有愿，何日随颔颅。寄书恐不达，作书恨不详，安得不须书，羽翼飞子旁！"可谓瞩望殷切而意含规劝也。然而，冒孝鲁并不像钱锺书那样真把"出处"当回事，他只关心自己的妻儿老小。稍后其父冒鹤亭亲到南京拜会汪精卫等为他谋得一职，于是冒孝鲁便在1942年到南京伪行政院任职，与梁鸿志、陈白雅合称伪府"三大才子"，日常则与钱仲联、龙榆生等附逆文人诗酒酬酢甚欢，同时当然仍不忘继续纠缠蛰居沪上的钱锺书，而写给钱锺书的诗书满篇皆是文过饰非的乞怜诉苦之词。如1942年所作《夜坐一首寄默存》——

    天荒地变人悲吟，不改沉冥劫后心。
    忍死须臾期剥复，观空索漠证来今。
    未甘庄叟沟中断，苦忆成连海上琴。
    裹影一灯疑可友，虫声如雨撼秋林。①

冒氏所谓"天荒地变人悲吟"云云，其实也就是人们熟知的张爱玲所谓地老天荒的"苍凉感"，及其因此而更加迫切地追求乱世里的现世安稳之选择："这时代却在影子似地沉没下去，人觉得自己是被抛弃了。为要证实自己的存在，抓住一点真实的，最基本的东西。"②也即她的腻友胡兰成为她一语道破的人生选择："时代在解体，她寻求的是自由，真实而安稳的人生。"③冒孝鲁的"诗辞"说得吞吞吐吐、遮遮掩掩，其真意亦不过如此，于是他所谓的"不改沉冥劫后心"也就成了一句自欺欺人的门面话。对此，

---

① 冒孝鲁：《叔子诗稿》第50页，安徽文艺出版社，1997年。
② 张爱玲：《自己的文章》，《新东方》第9卷第4—5期合刊，1944年5月15日。
③ 胡兰成：《评张爱玲》（第二篇），《杂志》第13卷第3期，1944年6月10日。

钱锺书是怎么回答的呢？那就是辑录在此的钱氏佚诗《夜坐》，两相对照，诗格人格之高下立判，尤其是"偷活私存四不心"及其夹注"方密之削发为僧口号云'不臣不叛不降不辱'"，可谓针锋相对的提醒。按，方密之即明遗民方以智，他入清后即披剃为僧，遁迹山林，而不忘恢复，节概可风。而钱诗末句所谓"眼穿何望到如今？"仍传达出殷切的瞩望之情。

显然是既受窘于钱锺书的严正不苟，也有感于钱锺书的殷切期待吧，冒孝鲁很可能于1942年冬特意回上海面见钱锺书请求谅解。所谓"有理不打上门人"，钱锺书乃于冒氏去后回复了一首诗，态度略为缓解，那便是辑录在此的《叔子来晤却寄》一诗。在这首诗中，钱锺书虽然客气地说"堂堂交谊不磨存。是非莫问心终谅"，表示谅解冒孝鲁之为伪官是"志在全躯保妻子"，但是仍然强调"事关孤注赌乾坤"，即坚持抗战是关系国家命运的大事，马虎不得。按，"赌乾坤"之典出自李白《经乱离后天恩流夜郎，忆旧游，书怀赠江夏韦太守良宰》诗句"天地赌一掷，未能忘战争"和韩愈《过鸿沟》诗句"谁劝君王回马首，真成一掷赌乾坤"，而李白、韩愈诗之典又源自《史记·高祖本纪》——刘邦、项羽约以鸿沟中分天下，项羽东归，而刘邦西去途中则用张良、陈平之计，回马追杀项羽，遂亡楚而建立了大汉的江山社稷。钱诗尾联"思君梦入渔洋句，残照西风白下门"，更明用清初诗人王士禛感怀明亡的《秋柳》诗名句，意在提醒冒孝鲁不要重蹈明末文人士大夫的亡国之路，亦可谓感慨系之。然则，对钱锺书的这番苦心劝告，冒孝鲁又作何感想呢？《叔子诗稿》中系于1942年末尾的《次答默存见寄》，大概就是他对好友的回答吧——

    白鸥浩荡谁能驯？漫说粗官可救贫。
    且得长歌聊遣日，但明吾意岂无人？
    死生师友言宁负，肮脏情怀汝最真。
    老柳白门渐衰飒，相思林际梦春申。[1]

---

[1] 冒孝鲁：《叔子诗稿》第53页。

所谓"次"不是"次韵",而是继《夜坐一首寄默存》之后的"第二次"答钱默存也。这次冒孝鲁的答复是把老友体谅的恕辞据为当真的"知心"之论,而对钱锺书的规谏和提醒则装糊涂不理会,完全辜负了钱氏的一片苦心。其实从1939年算起,则钱锺书对冒孝鲁的讽劝已不止两次了,到了此时诚所谓事已至此、言尽于此、再说无益了,钱锺书也就从此置之不理。其实那时钱、冒二人的空间距离很近:一个在南京,间或也会回上海,而另一个则"默存"沪上。可是在《槐聚诗存》和《叔子诗稿》里却看不到二人在1943—1946年之间有任何诗书唱和之作,足证交道之不存了——对钱锺书来说,这是做人的原则问题。

再说龙榆生。此人在词学上论编颇多,论多属常识,编有功普及,深造则不足,而一生病痛端在好名贪位,故颇多钻营投机之举,处心积虑攀附有名望有权力者以求出名出位。

譬如龙榆生最爱炫耀他与朱祖谋的关系,实则在彊村一生所交词友中,龙氏年最小而且时最短——交往不过三两年而已,只是他虚心问学、勤于做事,常为彊村老人代劳,所以1931年朱祖谋乃将自己校词常用的两方砚台赠送与龙榆生。在彊村老人那里,这个赠与不过是对龙榆生之虚心有礼表示感赏而已,并无别的深意。然而龙榆生却是个"有心人",他立即请另一位词坛前辈夏敬观(字剑丞,号呋庵)为自己画了一幅《上彊村授砚图》以为纪念,1932年1月又急忙刻了一枚"授砚楼记"印章,公诸同人,随后便不厌其烦地请吴湖帆(1932)、汤定之(1934)、徐悲鸿(1935)、方君璧(1943)、蒋慧(1943)、夏敬观(1948年再绘)等绘制《彊村授砚图》(或"受砚图"),没完没了地招邀学界和政界名流题跋,并且说什么朱祖谋给他双砚时就亲托夏敬观为他绘制了"授砚图"。[1] 如此一来,龙榆生也就将自己打扮成词学泰斗朱祖谋临终前慎重选择的词学传灯者或传法者,借机来抬高自己的学术地位。看龙榆生此后的文字,几乎不放过任何机会强调这一点。这种做法显有卖死人头之嫌。实际上龙榆生连彊村门人都算不上,彊村老人给他双砚原不过是人情之举,哪里有什么

---

[1] 参阅龙沐勋(龙榆生):《苜蓿生涯过廿年》(续),《古今》第22期,1943年5月1日。

"传灯""传法"之意？倘若老人的举措真有如此重大意义，则龙榆生在彊村去世之初所写《朱彊村先生永诀记》里为什么毫无记述？并且最初为之绘图的夏敬观也在其题词里明确说，他当初并非受彊村老人之命绘图，而是"为榆生世兄写授砚图"①，孰料随后在龙榆生那里却变成朱祖谋"托夏吷庵先生替我画了一幅上彊村授砚图"。由于龙榆生刻意这么说，别人也就顺水人情地随口附和，于是事情也就渐渐地弄假成真了。龙氏之攀附为章太炎的"弟子"，也采取了近似的移花接木式的粘贴之策，真可谓费尽心机。

至如政坛大腕胡汉民、汪精卫、邹鲁、梁鸿志、陈公博，直至陈毅和毛泽东等，更是龙榆生一生接连攀附的对象。这里只说他与胡汉民、汪精卫的关系。其实龙榆生和胡、汪二氏本无渊源，只是在1933年秋初，易大厂出示其与胡汉民唱和诗稿，龙榆生凑趣附和，算是与胡氏拉上了关系；汪精卫原是朱祖谋在清末出任广东学政时之诸生，而从政后颇喜卖弄斯文，所以龙榆生便借出版《彊村遗书》和创办《词学季刊》之机拉汪氏赞助，算是扯上了关系。二十世纪三十年代中期，龙榆生自觉有点名气了，欲在暨大谋取更高的位置，遂在1935年春自告奋勇赴南京面见教育部长王世杰、侨务委员长陈树人，说是反映暨大情况，实乃自我推荐，然而并未得到重用——夏承焘本年赋送龙氏的《江城子》词题注有"榆生掌教春申，不得酬其志"，说的就是此事。正当龙榆生负气之际，胡汉民、邹鲁招他出任中山大学中文系主任，于是龙榆生便于1935年9月南下广州，算是略酬其志了。不幸胡汉民于次年5月去世，失去了依傍的龙榆生只得重返上海再觅教职，一时不免困难。随后抗战爆发，龙榆生先是与维新政府的梁鸿志拉拉扯扯，接着便与脱离抗战阵营的汪精卫接续上关系。此时的汪精卫已身败名裂，平日与他交往的大名士们大都躲之唯恐不及，于是他倾诉"苦闷"的对象便"降尊纡贵"到龙榆生这个小角色。正唯如此，龙氏对汪氏的"眷顾"颇有点受宠若惊，以为找到了大靠山，遂半推半就地接受了伪职：先是出任汪伪政府的立法委员、伪中央大学文学院教授，并

---

① 转引自张晖：《龙榆生先生年谱》第40页注①，学林出版社，2001年。

兼任过陈公博的私人秘书和汪精卫宅家庭教师，后来终于做到了伪中央大学中文系主任、文学院长等职，算是得到了一展"平生抱负"的机会。

"卿本佳人，奈何做贼！"而佳人即使做了贼也总是难忘其佳人的身份和脸面，于是向人自诉委屈不得已之词，也就絮叨不休了。龙榆生的诉苦乞谅之词尤多，当他决定从逆之际及其之后，就一直不断地向以前的师友写信写诗写词，反复表白自己的苦衷以乞求原谅。由于龙氏在抗战前曾与钱基博、钱锺书父子同在光华大学任教，多少有点交情，所以他在1942年的岁末也给蛰居上海的钱锺书寄去了乞怜的一信一诗，其信现已无存，而钱锺书也徇情给他回了一封信并且附上一首诗，钱信也已不存，诗便是前述那首《得龙丈书却寄》——

缄泪书开未忍看，差堪丧乱告平安。
尘嚣自惜缁衣化，日暮谁知翠袖寒！
浩劫身名随世没，危邦歌哭尽情难。
哀思各蓄怀阙笔，和血题诗墨不干。

此诗首联当是钱锺书看过龙榆生乞怜的来书之后的客气安慰之词。颔联则含有一个"今典"和一个"古典"：前一句很可能是因为龙榆生来书说及吕碧城劝他信佛之事，钱锺书因而鼓励他不妨借学佛逃禅以保持名节，后一句则显然檃栝自杜甫的《佳人》诗名句"天寒翠袖薄，日暮倚修竹"。按，杜甫的《佳人》诗写一个在乱世中流落无依的良家女子，艰苦自持，幽居空谷，与草木为邻，保持高洁。从寄托诗学（词学）的观点来看，此所谓"佳人"也可说是老杜之自比自喻，而钱锺书之所以檃栝《佳人》名句，当然有劝诫龙榆生这个"佳人"之意。所以颈联即劝谕龙榆生看淡名利、节制感伤。最后的尾联可谓卒章显志："怀阙笔"即用古代遗民惯以"阙笔"暗寓铭感不忘前朝之例，与龙榆生共勉身处沦陷而心存国家正朔也。应该说，钱锺书此诗对龙榆生既有谅解又有劝勉，算是克尽了朋友直谅之道。而龙榆生在看到钱锺书的谅解之词后，显然是颇感慰心，所以他接着又回了一首《得默存书却寄》给钱锺书——

> 喜传高咏挟霜清，虱处悠然听凤鸣。
> 愿入泥犁宁化俗，终衔石阙且偷生。
> 百年无分身能隐，两世深期道益明。
> 寄谢尊翁相厚意，江鱼出没泪纵横。

按，此诗未收入龙榆生的诗词合集《忍寒诗词歌词集》，它与钱锺书的《得龙丈书却寄》诗一同刊于蓝田国立师范学院的刊物《国力月刊》第3卷第1期（1943年1月20日出刊，署名"龙沐勋"），那当是钱锺书一同寄去发表的。这首诗最引人注目的当然是颔联"愿入泥犁宁化俗，终衔石阙且偷生"两句，它们可说是龙榆生的辩解和表白。"泥犁"者，梵语"地狱"也，而"愿入泥犁宁化俗"，乃是龙榆生为自己附逆行为做辩解的"诗化"说法，他在当时和此后曾反复陈述此意，比较简明的说法则见于其弟子任睦宇的回忆之转述——

> 汪精卫成立伪府，在未征得同意的情况下，突然宣布了榆生先生为立法委员。后人每以此为榆生先生诟病。据我所知，实有难言之隐。龙师母曾亲口告诉我，当这一消息发表，榆生先生非常惊愕，当时渴望和我长谈商量，以定去就。而我为了家事，久稽乡间。榆生先生多夜不能交睫，忧思冥想，终抱万死不屈之心，存万一有可为之望，以为我不入地狱，谁入地狱，便鼓勇尝试。①

这也就是说，龙氏是抱着"我不入地狱，谁入地狱"的决心而屈身于伪政权下从事文教工作也。龙氏再致钱锺书诗所谓"终衔石阙且偷生"，自然是对钱氏诗句"哀思各蓄怀阙笔"之劝勉的答复，乃暗示自己虽忍辱偷生而心存家国，言行自有分寸，让钱锺书放心。尾联"寄谢尊翁相厚意，江鱼出没泪纵横"，仍是乞怜之词，末句典出汉乐府："枯鱼过河泣，何时悔复及。作书与鲂鲐，相教慎出入。"这似乎表示龙氏还多少有点追悔不慎

---

① 任睦宇：《悼念龙榆生先生》，《文教资料》1999年第5期。

失足之意呢。

其实,龙氏家属所谓"难言之隐",龙榆生此前就已多所表白了——他是但怕别人不理解,所以根本没有隐含。如在抗战胜利前夕所写纪念汪精卫的两篇文字中,龙榆生就反复表白说"予于十载前,以词学受知于汪先生"①,汪氏出逃之南后,对他又格外眷顾,这使他"感深前席,梦回午夜"②,而他本来"志在育才,无情禄仕",只是为了"不负先生知遇之明……且以激于先生'为苍生请命,为千古词人吐气'之语,勉至金陵。五年之中,专心教育。自参加筹备中央大学复校,以迄于今"③云云。龙榆生在抗战胜利前一月的这番表白,仍深情款款、毫无悔意——其所表白之"隐",是他之所以附从汪精卫,乃是因为汪氏是他的"知音"、对他太好了,以至他"感深前席,梦回午夜"、情实难拒,乃舍身相从也;其所表白之"衷",则是他追随汪氏,无关政治、不为"禄仕",而只"专心"教育也。

实情果真如此吗?那倒未必。如前所述,龙榆生与汪精卫的关系本就没有深厚到难解难分的地步,即使确乎深厚如其所言,但知己之情与国族命运究竟孰轻孰重,龙榆生这么个聪明人能不明白?他明白得很。事实上,抗战前的龙榆生也曾是一个慷慨激昂的爱国之士,其1935年所作《水调歌头·乙亥中秋,海元轮舟上作,用东坡韵》词,就赫然有这样的词句:"休叹浮萍离合,试问金瓯完缺,二者孰当全?"④显然,"浮萍离

---

① 箨公(龙榆生):《忍寒漫录》,《同声月刊》第4卷第3号第96页,1945年7月15日。
② 龙沐勋(龙榆生):《梅花山谒汪先生墓文》,《同声月刊》第4卷第3号第68页。附按,龙榆生攀附汪精卫,还有一可鄙之事:因汪精卫好陶诗,而李宣龚有陶集景宋钞本,极为珍贵,龙榆生乃唆使夏剑丞从李宣龚处托言借出,献给汪精卫(顾廷龙曾听沈剑知述及此事,见《顾廷龙年谱》第303页,上海古籍出版社,2004年)。而在汪精卫死后多年,龙榆生仍不忘给汪翻案——1964年香港《春秋》杂志所刊题为《最后的心情》之"汪精卫政治遗嘱",基本可断定出自龙榆生手笔(参阅高伐林:《汪精卫政治遗嘱真伪悬案》,日本新华侨报网,2013年2月27日)。龙氏为汪氏翻案即为自己翻案也,所以冒孝鲁悼龙氏诗云:"到死不曾辜死友,相哀毕竟是书生。"
③ 箨公(龙榆生):《忍寒漫录》,《同声月刊》第4卷第3号第96页。
④ 龙榆生:《忍寒诗词歌词集》第40页,复旦大学出版社,2012年。

合"以喻友情也,"金瓯完缺"以喻国家也。这表明龙氏原是知道轻重而并不糊涂的,如此则他后来为一点"知遇之恩"竟至屈身从逆,也就并非真情了。究其实,所谓为"知遇之恩"而屈身,不过是龙氏的托词和说辞而已,旨在把自己打扮成一个重情义的汉子,聊为投机附逆遮丑也。比较而言,龙氏在1949年后所写的《干部自传》倒是半真半假地道出了其附逆之因由——

> 由于我痛恨蒋帮走狗在文教界的胡作非为,因而对蒋介石领导的国民党反动政府发生了同样的厌恶和绝望,动摇了我对"抗战必胜"的信心。恰巧汪精卫从河内转来上海,我在《中华日报》上读到他的《落叶词》,不免引起若干同感。一九三九年的冬末,汪住在愚园路,从褚民谊处知道我的地址,就派他的随从秘书陈允文来看我,说汪很想念我,听到我身体不好,准备给我一些友谊上的帮助,并不要我替他做任何工作。①

骂"蒋介石领导的国民党反动政府",当然是说给共产党听的,未可当真,但对抗战前途失去"信心"的确是真——这才是龙榆生与汪精卫沆瀣一气的真正原因;至于"蒋帮走狗在文教界"有所掌控,但也未必至于"胡作非为"的地步,龙榆生真正"痛恨"的乃是过去的蒋政府教育部没有拿他当回事,未能让他执掌暨大文学院耳。这也就暗含着他之依附汪精卫,其实有权力之企图,而未必会满足于汪氏"给我一些友谊上的帮助,并不要我替他做任何工作"。汪精卫对此自然心知肚明,所以几番接洽之后,即于南京发表龙榆生为伪政府立法委员、伪中央大学教授的任职令。龙氏家属说他得此消息后"非常惊愕""忧思冥想"以至长夜痛哭,这话也半真半假。"非常惊愕"是假——其实对贪图名位的龙榆生来说,那职位乃是心照不宣的默契而且是"必需"的,甚至可能还不够;至于忧思痛苦到长夜

---

① 这段话转引自张晖《龙榆生先生年谱》第97页,此处为省篇幅,删去了引文中无关重要的夹注。

痛哭，也可能当真发生过，但也可能是哭给别人看，甚至是说给别人听的，并且他也没有痛苦或痛哭很久，不过一天即离沪赴宁就任去了。其实，龙榆生倘使当真不愿从汪，则他不去就职也没有什么——如果汪精卫跟他的关系如他所说的那样铁，自不会因他不去赴任，就会对他有什么不利之举；而他不去赴任，那自然意味着他不愿与伪政府合作，则渝方的"中统"或"军统"也不会对他这么个文人下手。可是龙榆生竟然很快去赴任了，而且不久就主动打破了他所谓汪精卫"并不要我替他做任何工作"之约定，而多次发表怒斥抗战、热吹"和运"的政治言论，对汪精卫可谓极尽帮衬阿谀之能事。

例如，龙榆生到南京就职不久，就在汪精卫的赞助下创办了一份发表和研究旧诗词的刊物，而龙榆生给这个刊物起的名字是《中兴鼓吹》，那当然是吹捧汪伪政府"中兴"了中华民国也。面对这种热昏的吹捧，汪精卫还算保持了一点清醒头脑，给龙榆生去信说："现在全面和平尚未实现，'中兴鼓吹'四字，似太弘大。……可否易为《同声月刊》？"[①] 该刊乃继《词学季刊》而起者，算是一个纯学术和纯文学刊物，原本可以与政治无关，可是龙氏为该刊所写的"缘起"，却不忘乘机攻击"同仇"之抗战而极力揄扬和平之"和运"——

> 晚近以来，欧风东渐，中日朝野，震于物质文明，竞事奔趋，驳忘厥本。驯致互相轻侮，同种自残，祸结兵连，于今莫解，言念及此，为之寒心！……然则感情之隔阂，恒赖声律以化除。今欲尽泯猜嫌，永为兄弟，以奠东亚和平之伟业，似非借助于声情之交感，不足以消夙怨而弘令图。此本刊为东亚和平，不得不乘时奋起者二也。
>
> 慨自诗教陵夷，士风颓败，举国上下，浮伪相蒙。本真既漓，邦本莫固。以是日言团结，而精神之涣散依然。竞唱同仇，而士习

---

① 汪精卫：《双照楼遗札·与龙榆生·五》，《同声月刊》第4卷第3期第46页，1945年7月15日。

之嚣张益甚，赌国运于孤注，等民命于弁髦，焦土堪哀，孑遗谁恤？每诵灵均"临睨旧乡"之句，与子美"吾庐独破"之篇，未尝不恻然于中，潸然堕泪。将欲化暴戾之气，以致祥和，革浇诈之风，更归淳笃，又非恢复温柔敦厚之诗教，难以为功。此本刊为力挽狂澜，不得不乘时奋起者三也。①

随即，龙榆生就发表了支持汪伪"和运"的政论《怎样促成全面和平的实现》，与汪精卫的文章并排在刊物的"和平文献"栏。龙文一开头就是一首慷慨激昂的"明志诗"——

> 报国惟凭笔一枝，墨痕和血济艰危。
> 当时积毁寻常事，便作春蚕我不辞。

看得出来，龙榆生为了"和运"而不恤人言、甘当春蚕的态度可真是够坚决的；而其政论也积极呼应着日伪的"和平"主张，攻击抗战是"自欺欺人"、败局已定，毫不客气地"正告重庆政府诸君：你们的抗战任务，现在也应该为国脉民命，宣告中止了"，因此他声称"要唤醒一般有志之士，牺牲一切，来从事和平工作"，并得意地"奉劝国内知识阶级诸君，以及旧时的伙伴们"道："租界上是渐渐的不容许你们藏身了！……你们也应该'有动于中'了吧！"②这样一副得意洋洋的汉奸嘴脸，与龙榆生向"旧时的伙伴们"写乞谅的诗函时委委屈屈的可怜相，真可谓判若两人，但其实都真实地表现了其人格之实在的各一面。随后，龙榆生又发表了追和汪精卫《落叶词》而成的自度曲《悲落叶》（崔嵚拟谱，初刊《同声月刊》第1卷第10号，1941年9月20日，即今《忍寒诗词歌词集》第69页的《梦江南》二首），借机吹嘘汪氏云："叶落倘回春……生意一番新。"此后的龙氏

---

① 《同声月刊缘起》，《同声月刊》创刊号，1940年12月20日。按，"缘起"是龙榆生8月前写的。
② 上引诗文俱见龙沐勋（龙榆生）：《怎样促成全面和平的实现》，《民意月刊》第1卷第3期，1940年8月15日。

对汪氏更为卑谦,尊称其为"府主"犹嫌不够,竟至于谀称之为"明主",并动情地激励一位汪伪将领道:"明主忧勤孰当省,所赖将军有奇节,剥复之机料不远,长歌相赠情转切。"①龙榆生如此拥戴汪精卫这个"明主",果然获得了他所渴望的回报,被任命为伪中央大学文学院院长和南京文物保护委员会博物专门委员会主任委员等职。自以为著名学者的龙榆生,是很看重这些个位置的。当然,这离他所向往的"王者师"地位还差得很远,所以他意犹未尽,在汪精卫病重将赴日治疗前夕,还写了《求才与养士》一文,大讲现代版的"王者师"故事,最后说:"我抱着热诚来祈祷着,如果各方面的领导人物,都能够注意到这个问题,那末中国的复兴,也就不难计日而待了。"②只可惜不久汪精卫就走了、死了,龙榆生不得不开始新的政治投机……一个原本不无才学的古典文学研究者,玩起"文化政治"之道和"学术江湖"之术来,竟然如此娴熟而且乐此不疲,真让人叹息而且惋惜。③

如此看来,龙榆生的附逆虽然在他自己确乎不无纠结,但其实也并无复杂的"冤情"可申诉,他当年的友人如夏承焘、钱锺书等都看得清楚,但今人却未必都知道底细,并且近些年来,此事被一些古典文学学术史研究者及其爱好者炒得很热闹、弄得很复杂,而一般读者倘不明就里,也就未必能理解钱锺书答诗之意味了,所以在此不免多啰唆了几句。

---

① 龙榆生诗《癸未端午后一日与腾霄将军相见金陵,赠以长歌》,《忍寒诗词歌词集》第87页。
② 龙沐勋(龙榆生):《求才与养士》,《求是月刊》第1卷第2号,1944年4月15日。
③ 张晖《龙榆生先生年谱》对龙氏附逆之叙述,多采用谱主自己及其家属学生的说法而未加辨证,至于龙榆生的"明志诗"及政论如《怎样促成全面和平的实现》《由纪念孔子想到我们从事和平运动者的责任》等,皆付阙如,或未之见也。另,张晖在该书第130页憾言:"苏昌辽先生告曰:先生(指龙榆生——引者按)书房内一直悬挂着潘伯鹰所撰的一副对联:'才华邳县弹筝手,词笔彊村授砚图。'苏先生以上联典故隐晦,询问了许多人,至今未得其解。"按,"才华邳县弹筝手"可能出典于清人王猷定的《汤琵琶传》:"汤应曾,邳州人。善弹琵琶,故人呼汤琵琶。"潘伯鹰可能把"汤琵琶"误记为弹筝手了,但也可能是受限于联语的字数音节,而不得不改"弹琵琶手"为"弹筝手"——此处顺便补说,聊表对这位英年早逝的学者之纪念。

现在不妨回头再看看钱锺书的答诗《得龙丈书却寄》。按，钱锺书后来对该诗至少做过三次修改。第一次修改是在1951年，钱锺书曾给一些师友看过这个改本，比如吴宓1951年3月23的日记就录存了钱锺书的这个改本①。其最重要的改动，当是将原句"浩劫身名随世没"改为"负气身名随劫灭"。"负气"二字非常准确地点出了龙榆生附从汪氏的真实原因：他其实是不满此前既有的名利地位，觉得是受了不应有的压抑，所以才追随了汪精卫。龙榆生的这个"负气"之举，钱锺书当年就应该看出来了，只是"意深墨浅无从写"耳。此诗的第二个改本附录在钱锺书1984年4月2日回复龙榆生弟子富寿荪的一封信里，其中"负气身名随劫灭"一句仍予保留，其他字句略有歧异，但未必是有意修改，或乃复函时凭记忆书写故而有差也。第三个改本即收入《槐聚诗存》的《得龙忍寒金陵书》——

> 一纸书伸渍泪酸，孤危契阔告平安。
> 尘多苦惜缁衣化，日暮遥知翠袖寒。
> 负气身名甘败裂，吞声歌哭愈艰难。
> 意深墨浅无从写，要乞浮提沥血干。

此本将原诗题里的"龙丈"直接改为"龙忍寒"，把"负气身名随劫灭"改为"负气身名甘败裂"，属词用语更富春秋笔法。而钱锺书1984年致富寿荪的信也明确说，此诗"语带讽谏，足窥当时世事人事，亦见'文章有神交有道'耳"②，并且在"交有道"三字下加点了着重号。按，"文章有神交有道"出自杜甫诗《苏端、薛复筵简薛华醉歌》，而钱诗之"语带讽谏"正所以勉尽交道也，且其讽谏之意在最初的文本里就有了，只是比较隐含、略留颜面也。譬如"尘嚣自惜缁衣化，日暮谁知翠袖寒"二句，何尝不是

---

① 参阅《吴宓日记续编（1949—1953）》第1册第96页，生活·读书·新知三联书店，2006年。
② 第二个改本《得榆生先生金陵书并赠诗即答 一九四三年》及钱锺书致富寿荪函语，俱见陈梦熊《富寿荪所存钱札四通》，载《钱锺书评论》第1卷，社会科学文献出版社，1996年。

婉而多讽。前面说过,"尘嚣自惜缁衣化"乃指龙榆生的词友吕碧城劝他信佛事——从1938年到1942年,吕氏多次致函龙氏劝其信佛,其实是教他以逃禅出家之法保全节操,但龙氏却一直因为尘念太深而犹豫不决,并可能将其犹豫告诉了钱锺书,而钱诗所谓"自惜"其实是有歧义或多义的:"自惜"固然可以理解为"自爱"因而"缁衣化",但"自惜"也可以理解为"自怜",而一个"自怜"者是否能断然"缁衣化",那可就不无疑问了。至于"日暮谁知翠袖寒"所隐栝的老杜《佳人》诗句"天寒翠袖薄,日暮倚修竹",乃赞颂佳人不畏天寒日暮翠袖薄而独倚修竹不改高洁,而钱氏诗句却暗含疑问——试想一个自怜日暮翠袖寒的佳人还能保持高洁吗?此所以钱氏最后有"哀思各蓄怀阙笔"之议,仔细体会"各蓄"一词,实含有你自你我自我、各自好自为之之意,可谓寓婉讽于劝勉而言尽于此矣。那证据就是,当龙榆生又写来了一首词——

鹧鸪天

有限年光逐逝波,秋心人意两蹉跎。
梧桐策策传霜信,络纬幽幽吐怨歌。
啼宛转,影婆娑,平生只觉负恩多。
谁能得似南朝柳,一任惊风撼弱柯。

这又是一首乞怜乞谅之词,它紧接着前面钱、龙两首酬答诗而发表于《国力月刊》第3卷第3期(1943年3月20日),当是龙榆生再次写给钱锺书的,而饶是龙榆生此次的"吐怨歌"唱得如何"啼宛转",钱锺书都不想再搭理他——双方的交际也就从此中断了。

诗书交际,文人惯习。钱锺书和冒孝鲁、龙榆生之间的诗书酬应,其实并无多少新鲜诗意和诗艺可讲,值得注意的乃是此类酬应折射出的人生态度之差异,那倒是颇为微妙的。

四、慷慨抒怀抱:"默存"待旦的家国情怀与担当精神

"心画心声总失真,文章宁复见为人。高情千古闲居赋,争信安仁拜路尘!"元好问的这首论诗诗可谓感慨系之。的确,言不顾行、人文分裂的诗人文人,是代不乏人的,冒孝鲁、龙榆生之流就在此列。二人原都是热衷名利所以不免苟且之人,而皆自命风雅,会写点旧体诗词,于是便用诗词来掩饰和修饰其卑下苟且之行,并希望因此得到友人的原谅。这虽然也可以说是讳饰诈伪之艺术,然而古人云"诗道性情"——从人性的角度看,冒孝鲁和龙榆生的这种自我修饰、自欺欺人的诗词写作行为,也是其人性人情之所应有者,并非不可理解。读者只要稍微细心点,其实也不难看出其人其诗之情伪破绽的。

当然,元好问的说法也是有激而片面之言,其实人与人不同,岂可一概而论。远的不说,即使同样滞留上海沦陷区的文人学者,就有不少人或秘密抗争或洁身自好,坚守住了为文与为人的底线。即如著名作家和学者、前暨南大学文学院院长郑振铎蛰居沪上,眼见日人乘机掠夺中国文化遗产,他心急如焚,每日四处奔走,不惜破财以至借贷,竭力收购珍贵典籍,与日人对抗。同时郑振铎还关心着年轻作家的成长,特意托人劝说张爱玲不要随便发表作品,建议她写了文章可以交给开明书店保存并可先付给稿费,等河清海晏再印行,虽然张爱玲并没有听从他的建议,而郑振铎的一片爱才之心实可感念。又如才华杰出的翻译家、批评家李健吾,因腿疾不能随暨南大学南迁,遂一度失业在家,而其时正"荣任"华北伪政府教育督办的周作人,托人传话给老学生李健吾,劝诱他"回到北平来做北大一个主任罢",但李健吾坚决拒绝了:"我写了一封回信给那个人,说我做李龟年了,唐朝有过这个先例,如今李姓添一个也不算怎么辱没。"[①] 由此李健吾下海成了演员和编剧,解决了一家的生活问题,抵挡住了汉奸老师的诱降。后来李健吾被日伪抓进监狱、备受折磨,但他坚强不屈、绝不苟且。再如年轻的小说家芦焚,先是在"孤岛"悉心创作反映"一二·九"

---

① 李健吾:《与友人书》,《上海文化》第 6 期,1946 年 7 月 1 日。

学生爱国运动的长篇小说三部曲,上海全部沦陷后有些无耻文人盗用他的笔名发表作品,他立即在报上声明,并制造回乡隐居的假象,其实蛰居在上海的一间小小"饿夫墓"里,于饥寒交迫中写作不辍,却绝不在敌伪报刊上发表一个字……如此一心一意守望抗争的文人学者岂止二三人!有人甚至牺牲了生命,如被敌伪杀害的朱惺公、陆蠡等。

钱锺书也是蛰居海上、"默存"待旦的一位。那时的他已是才华杰出、享誉士林的青年学者,但他绝不把自己特殊化,而尽其在我地自觉承担着一个国民的职守和为人的正道,日常在一个教会学校任教并兼任一些年轻学子的家庭教师以维持生活,课余则怀着深深的忧患意识,锱铢必较地埋头写作诗论《谈艺录》和长篇小说《围城》,在与师辈及小友的诗书交际中相濡以沫、相互砥砺、守望待旦,而对一些动摇妥协的师友则克尽讽劝之责。最让人动容的,是在"默存"的漫漫长夜里,钱锺书尝夜不能寐而赋诗明志,发出了"偷活私存四不心"(方密之削发为僧口号云"不臣不叛不降不辱",《夜坐》)的誓言;或在日间访友慰情而不值,乃独登市楼、极目四望,遂兴"四望忽非吾土地,重阳曾是此霜风"(《重阳独登市楼有怀李拔翁病翁去岁曾招作重九》)之感怀;至于耳语私闻我军克复失地的消息,则兴奋如老杜闻官军收复河南河北一样,情不自禁地写下喜极欲狂的诗章如《漫兴》——

> 诗书卷欲杜陵颠,耳语私闻捷讯传。
> 再复黄河收黑水,重光白日见青天。
> 雪仇也值乾坤赌,留命终看社稷全。
> 且忍须臾安毋躁,钉灰脑髓待明年。

古人云"时穷节乃见",信然。在钱锺书的现存诗作中,《夜坐》《重阳独登市楼有怀李拔翁病翁去岁曾招作重九》和《漫兴》,无疑最为坚定也最为尽兴地表达了诗人"默存"待旦的爱国情怀和尽其在我的担当精神。不待说,在彼时彼地写作这样的诗并且将它们寄回大后方发表,其实是不无危险的,然而作者还是慷慨抒怀,写了,寄了,发了。如此言行如一、诗人不二，足见钱锺书并非如有些高人所说是什么"天下之至慎者"，更非一些妄人所谓对民瘼国运等大是大非超然复漠然的"乡愿"。如今遥想钱锺书当年蛰居默存之际、夜坐待旦之时，竟如此勇敢地写出这样笔挟风霜、风骨凛然的诗篇，不能不让人肃然起敬。

此诚所谓：默存仍自有风骨，锺书何曾无担当。学界对这样一个钱锺书是有点忽视了。

顺便说一下，从钱锺书写于沦陷时期的这些诗作如《夜坐》《漫兴》等来看，他的诗风似乎在发生着某种变化，那就是从好为议论说理而不免"生涩奥衍"的宋体诗风格，渐自转换为慷慨任气而且气韵浑成的"三唐"（初盛中）诗之格调了。就抗战时期的旧体诗写作而言，这种转换带有相当的普遍性，它其实是时代精神、诗学传统与诗人心灵相交感的结果。此所以一个署名"立凡"的人在抗战当时，就敏锐地观察到旧体诗写作风气的此种转换，因而写了这样一首"立凡论诗绝句"云："同光遗老凋零尽，国运于今亦转昌。漫把人才夸两宋，行看诗笔迈三唐。"那时还是年轻学人的王季思先生，在看到"立凡"的这首论诗绝句后，乃欣然表示赞同，并推而及于新诗坛——

> 现在，同光的诗人老的老，死的死了，宋诗的时代可说已经过去，而跟着来却是全国大团结与全面抗战。我们的民族已在逐渐的回（恢）复了青春。在诗坛上不管是新诗也好，旧诗也好，无疑的，她的作风将是唐诗的，而决不是宋诗的。在目前，这风气已在逐渐的转变。①

抗战以来新旧诗坛创作的主导取向，确乎更近于唐诗的格调和气象。此诚所谓"文变染乎世情，兴废系乎时序"。钱锺书写于沦陷时期的旧诗格调之转换，就是具体而微的证明。

2013 年 9 月 5 日—10 月 16 日草于清华园之聊寄堂

---

① 上引"立凡"的论诗绝句及王季思的评论，均见王季思：《唐风之复起》，浙江省立严州中学《文学月刊》第 1 卷第 4—5 期合刊，1939 年 10 月。

文学的语文学研究之重申
——以《古诗十九首》的研究为例

"五四"新文化运动以后，现代学术也于焉兴起，文学研究的科学化与文学化同时并进。一方面，携带着科学威力的西方实证主义学风，尤其是西方近代的语文学——历史语言学方法传入中国，并与同样被认为比较具有科学性的汉学学术传统相结合。这集中表现在古典文学研究领域，便是对古典文学的文献考证研究呈一时之盛。诸如关于楚辞汉赋和小说戏曲的考证文章，不断出现在各种学术刊物和文艺报刊上，这些文章以其"科学化"的考证引人注目，大大推进了古典文学研究的学术水准。另一方面，随着"五四"文学革命而来的纯文学观念也逐渐渗透到古典文学研究中，促使人们把以往视为"经"的文本如《诗经》或视为"不正经"的闲书如小说戏曲当作纯文学作品来看，由此，文学作为语言艺术尤其是诗歌的语言艺术特性，得到了现代研究者的关注。如胡适、傅斯年、俞平伯、顾颉刚等在二十世纪二十年代对《诗经》的研讨，就力图恢复《诗经》作为文学的本来面目。可惜的是，这两种趋向往往分途而进，没有能够自觉地结合起来，长期占据学术主流的是强调科学化、历史化的文献考证学风。

有鉴于此，到了三四十年代之际，在古典文学研究领域就有人质疑过重文献考证的学风。如那时还是年轻学者的程千帆先生在1942年就批评"近代学风之一于考据"的偏颇，提醒学者们注意"词章"的文学性，努力领悟其文心之妙和语言艺术之能——

> 若夫考据重实证，而词章重领悟，此则人亦知之。然其（"其"指当时大学里的古典文学教师——引者按）教人悟入处，仍从考据下手，则犹是蔽于时也。盖词章者，作家之心迹，读者要须不以文害辞，不以辞害志，以意逆志，是为得之。孟氏之言，实千古不易之论。古今作品，固多即目惟见，羌无故实，不悉主名，而极惊心动魄荡气回肠之能事者，若仅御之以考证者，岂不无所措手足乎！①

当然，在文学研究中要弄清作家的身世情况、作品版本、典故用事、修辞惯例等问题，这些都还用得着文献考据之法或者说历史语言学的方法，但是要进一步领悟和说明作家的文心之妙、作品的艺术之美，那就需要把文学文本作为语言艺术作品进行细致的语言艺术分析了。而并非偶然的是，朱自清、俞平伯、浦江清等资深学者以及金克木和程千帆等年轻学者，在三四十年代之际不约而同地开启一种把实证性的文献考证与艺术性的语言分析相结合的文学语文学研究。诸如俞平伯的《诗的神秘》和《读词偶得》、浦江清的《词的讲解》、朱自清的《诗多义举例》等论著，就试图在新文学观念之下把文献训诂传统发展成一种注重语言艺术分析的文学语文学研究。这种趋向稍后在《古诗十九首》研究中得到卓有成效的发挥。

按，自从萧统把那十九首"古诗"收入《文选》以来，《古诗十九首》就一直受到后人的喜爱和推崇，训诂笺释与评点解读代不乏人，到了清代对《古诗十九首》的研究则达到了第一次高潮。经过清人的考释，《古诗十九首》乃汉人之作已成共识，只是究竟是西汉还是东汉则各有所持。到了二十世纪二三十年代，不少现代学者竞相考证《古诗十九首》的作者与时代，他们的历史意识更强，文学观念更为现代，文献考证也更为严谨，渐渐趋于认同《古诗十九首》乃是东汉末年无名的中下层士人之所作。到了二十世纪三十至五十年代，《古诗十九首》的研究迎来了第二次高潮。一方面，继承着文献训诂传统的成果不断推出，而以隋树森的《古诗十九

---

① 程会昌（程千帆）：《论今日大学中文系教学之蔽》，《斯文》第 3 卷第 3 期，1943 年 2 月 1 日。

首集释》（中华书局 1936 年出版）为集大成之作。另一方面，一批更为现代的学者也相继推出了更新的研究成果，如朱自清的《古诗十九首释》（1941）、金克木的《古诗"玉衡指孟冬"试解》（1948）和马茂元的《古诗十九首探索》（1957 年出版，1981 年重版时更名为《古诗十九首初探》），这些论著吸取了古典文献学的考证训诂成果，又借鉴了西方的语文学－语义学批评，将《古诗十九首》的研究推向一个新的研究高度。

朱自清的《古诗十九首释》是为《国文月刊》的"诗文选读"专栏而写的连载文章，可谓《古诗十九首》研究的承上启下之作。文章一开篇就说明其文学语文学的分析方法道——

> 诗是精粹的语言。因为是"精粹的"，便比散文需要更多的思索，更多的吟味；许多人觉得诗难懂，便是为此。但诗究竟是"语言"，并没有真的神秘：语言，包括说的和写的，是可以分析的；诗也是可以分析的。只有分析，才可以得到透彻的了解；散文如此，诗也如此。有时分析起来还是不懂，那是分析得还不够细密，或者是知识不够，材料不足，并不是分析这个方法不成。这些情形，不论文言文、白话文、文言诗、白话诗，都是一样。不过在一般不大熟悉文言的青年人，文言文，特别是文言诗，也许更难懂些罢了。①

看得出来，朱自清先生的这篇长文既广泛地采撷了传统的文献考释成果，又进一步接受了西方语文学及其最新发展如新批评的语言分析之启发，所以朱先生此文在文献考释上非常精心，又在诗歌语言艺术的分析上十分精细，对诗人的创作初衷和艺术用心、所继承的修辞惯例和自出机杼的语言艺术创新，都颇有体贴入微的分析和委婉尽致的解说。可惜，朱先生此文只写了九首而止，未能全部完成。所幸的是，随后的金克木和马茂元完成了朱自清的夙愿。

《古诗十九首》第七首《明月皎夜光》里的"玉衡指孟冬"一句，似乎

---

① 朱自清：《古诗十九首释（一）》，《国文月刊》第 1 卷第 6 期，1941 年 2 月。

牵涉到西汉武帝太初元年（前104）以前所用的建亥历，这是肯认《古诗十九首》为东汉作品的最后一道难关。这道难关被富有天文学修养的金克木解决了。1948年金克木发表了《古诗"玉衡指孟冬"试解》，他区分了"孟冬"作为节令和作为一日时刻的两种用法，认为"由全诗已说秋天，可知'玉衡指孟冬'是说一日的时刻而不是说一年的节令。就时刻说，孟秋或仲秋的下弦月时（阴历二十二、三日）或后一二日，夜半与天明之间，玉衡正指孟冬（亥，西北）……与太初前后无关。那么，五言诗成于西汉初年的最有力的一个客观证据便瓦解了"[1]，金克木并圆通地解释了全诗的语境和意境，终于使这个困扰了学界多年的难题涣然冰释。

马茂元先生是桐城派殿军马其昶之孙，富有家学渊源，并入无锡国专学习，打下了扎实的古典文献训诂基础，后来他也积极吸取新的文学观念和文学研究方法，如朱自清所倡导的文学语文学的分析方法和马克思主义的社会历史批评方法。1957年马茂元出版的学术专著《古诗十九首探索》，就融合了文献训诂学的传统、社会历史批评的视野和更贴近诗歌的语言艺术分析。该书不仅在长篇前言里对《古诗十九首》的语言艺术成就做出了系统的归纳与总结，而且对每首诗的注解体例，也特别强调了从诗的语言艺术特性进行解读的原则——

> 诗是语言的艺术，是最精粹的语言。一首诗所构成的完整形象，它的每个组成部分都起着一定的作用。一个句子、一个词以至一个字的作用，都体现出诗人深刻的构思，和诗的严密组织。这就要求我们在注释工作中，不仅是一般地解决文字训诂的问题，而是要通过注释进一步阐明诗的内容和它的文学语言因素。[2]

又谓"注诗和说诗，真不是一件容易事。这不仅是掌握材料的问题，而是要'以意逆志'，根据诗的特点，就具体的作品进行具体的分析和论证"[3]。

---

[1] 金克木：《古诗"玉衡指孟冬"试解》，《国文月刊》第63期，1948年1月。
[2] 马茂元：《古诗十九首探索》第52页，作家出版社，1957年。
[3] 马茂元：《古诗十九首探索》第55页。

全书正是"根据诗的特点"尤其是语言艺术特点，进行了精细的文本分析、精彩的艺术解说，成为《古诗十九首》研究的力作。

说来，文献学或语文学（Philology）在中西都是源远流长、历久弥新的学术传统。孔子是中国文献学的创始人，他为了传承文化、教育学生，对传统的诗书文献进行整理，并联系历史和语境，对《诗》三百等经典做出了举一反三的解释，给学生们留下了珍贵的遗训；孟子则进一步提出了读诗要"知人论世""以意逆志"的解读方法，对孔子的文献学做出了重要的语文学补充。随后在汉代，先秦经典借助文献学而重生，被后世称为"汉学"。魏晋以来，文学渐受重视，到了梁昭明太子主持编纂《文选》，成为集大成的文学总集。唐代的李善运用治经的文献训诂方法为《文选》作注，厥功至伟，但不免有"释事而忘义"之偏，稍后的五臣注则以释义为主，虽然不免浅薄之讥，但以释义补正李善单一释事之偏的用心还是好的。释事与释义的综合，就是比较健全的语文学研究了。宋明之间，学者议论纷纭，只有朱子的《诗集传》和《楚辞集注》兼顾释事与释义，《朱子语类》与学生论诗，也特别提出要注重"本文"的意思及其语言特点，这是文学语文学批评的重要进展。汉学在清代复兴，并从经学推广到史学、子学以及包含文学的集部研究。即以杜集而论，就涌现出几部影响深远的文献－语文学著作，尤其是仇兆鳌的《杜诗详注》、浦起龙的《读杜心解》、杨伦的《杜诗镜诠》三书，兼顾史实考证与语文解读，显现出文献－语文学研究的综合趋势。文献学在西方叫作Philology，通译"语文学"，也是大有来头的——Philology表示的是一种对学问、文献及其讨论之爱，与所谓爱智慧的哲学相对应。古希腊的语文学后来发展成为对语言的历史发展研究之专称，一直不绝如缕；到了十九世纪，历史语言学研究在欧洲学界兴起，成为Philology的主流，主导了西方近代的人文历史研究。"五四"之后，西方的历史语言学研究方法传入中国，与中国的古典文献学相结合，深刻影响了现代中国的人文学术，如傅斯年主持的历史语言研究所成就迭出，被称为"史语派"。在文学研究方面，胡适、傅斯年、俞平伯、顾颉刚等人在二十世纪二十年代对《诗经》的讨论，着意将《诗经》还原为文学，就兼采中国的古典文献学和西方的近代语文学方法，开了文学语文学研究在中国的发展之端绪。

到了二十世纪三四十年代,朱自清、俞平伯、浦江清、钱锺书、余冠英、吴世昌、程千帆、沈祖棻、金克木和马茂元等人对古典诗词的研究,更进一步把中国的文献训诂学传统与西方现代的文学语言分析方法结合起来,形成了中国文学研究中的文学语文学学派。朱自清、金克木和马茂元的《古诗十九首》论著,就是这种研究的典范之作。冯至对杜甫和歌德的研究,也是文献考证与语文学的解读相结合,所以考释俱佳、成就卓著。今日文学研究新方法纷纭变换,但我们必须牢记的是,文学毕竟是语言的艺术而且文学语言乃是历史地生成的,所以回顾这些前辈们的苦心探索,重新呼唤文学语文学研究之开展,或者不失为务本归宗之举?

从文学语文学的角度来看,《古诗十九首》的一些疑难句其实可以得到恰当明快的解释。即如第七首《明月皎夜光》里的"玉衡指孟冬"一句就或可进一解。金克木先生的考证把"玉衡指孟冬"区分为说一年的节令和说一日的时刻两种情况,进而指出《明月皎夜光》里的"玉衡指孟冬"是指一日的时刻——"孟秋或仲秋的下弦月时(阴历二十二、三日)或后一二日,夜半与天明之间,玉衡正指孟冬(亥,西北)……与太初前后无关"。这考证很博雅也很精细,但问题是如果"玉衡指孟冬"指一日的时刻这种情况在一千多年来几乎无人知晓,那金先生的这个考证的说服力就大大减弱了。事实上,也并不需要如此烦琐的考证,我们从语文学的角度就可以对"玉衡指孟冬"做出合理的解释。的的确确,《明月皎夜光》全诗说的是秋天的情况,但其中的"玉衡指孟冬"一句与此并不矛盾。传统的训诂之所以觉得此句不合季节,是因为传统训诂学家孤立地说文解字,把"指"当作"指实"和"实至"来理解了,但名家哲学早已指出"指非指也""指非至也","玉衡指孟冬"里的"指"乃是预期性的"指向"之意,也即是诗人的一种主观"意向",意思是继秋之后,玉衡接着就该指向冬天,以此隐喻人的生意寥落,每况愈下耳,而并非说其时已是实际上之孟冬。英国诗人雪莱《西风颂》的名句"如果冬天来了,春天还会远吗"是人所共知的。同样的,既然秋天来了,冬天还会远吗?不难想象,那个作《明月皎夜光》的东汉无名诗人秋夜望月抒怀,他感到秋意已浓,不禁想到秋深之后孟冬也即将来临,进而想到同门皆高举远引而唯独自己进身无路,犹如由秋徂冬之日趋寒窘,感叹自己的命运真是每况愈下。"指"的这种"指向之"而尚"未至焉"的用例,在后来的古典诗歌里也不乏其例,如杜牧的《清明》诗名句"借问酒家何处有?牧童遥指杏花村"和龚自珍的《己亥杂诗》其五名句"浩荡离愁白日斜,吟鞭东指即天涯",也都是"指向之"而尚"未至焉"之意。

"中国文学研究 70 年"学术研讨会发言稿

2019 年 5 月 21 日草于清华园

大手笔与小金针
——重读《宋诗选注》感言

不久前,清华大学的一些同学成立了"好读书"协会,旨在清华校园里推广钱锺书先生"好读书,读好书"的理念,倡导清华同学们养成读好书的习惯,提升同学们的阅读品位。大概是听说我过去曾经对钱先生的小说有所评论吧,所以负责的同学约我给他们自编自印的《好读书》杂志写点关于读书的文字。尽管琐事缠身,我还是欣然应允了。因为在多媒体当了教学之道、视觉术抢了人眼之球的今天,还有不少同学想好好读书、读读好书,委实是难得的好事。

然则,古今中外,书籍无数,什么样的书才是好书呢?这恐怕又众说纷纭、莫衷一是了。幸好有一条人所公认的阅读经验,或许可以算作好书之为好书的检验标准,那就是"好书不厌百回读"。而钱锺书先生的《宋诗选注》正是这样一部经得住人们反复阅读的好书,所以这里就说说我的一些阅读感受吧。

《宋诗选注》初版于1958年,然而"余生也晚",直到1979年这本书重版了,一时间成为非常紧俏的著作,我好不容易托人从新华书店"走后门"才购得一本,拿到书可能已是1981年的春天了。这时我正在读大四,古典文学的经典文本和关于它们的重要研究论著已读过一些,原以为《宋诗选注》也跟同一系列的"古典文学普及丛书"如马茂元先生的《楚辞选注》、余冠英先生的《汉魏六朝诗选》和《唐诗选》、胡云翼先生的《宋词选》等差不多，一读才发现大不一样。当然，这些先生都是优秀的古典文学专家，他们的著作也都值得参考，但共同的特点或缺点是不免学究气和教条味，社会历史的背景知识讲了很多而对诗歌艺术的精细解析则很少，并且缺乏学术个性，好像从一个模子里倒出来的。《宋诗选注》就不同了，钱先生对宋诗赖以产生和发展的社会历史背景也有所叙述，但要言不烦、大气磅礴而又灵气充沛、极富美感。如序言开篇讲宋王朝的光荣与窘迫，就是迥异时流的大手笔——

> 宋朝收拾了残唐五代那种乱糟糟的割据局面，能够维持比较长时期的统一和稳定，所以元代有汉唐宋为"后三代"的说法。不过，宋的国势远没有汉唐的强大，我们只要看陆游的一个诗题：《五月十一日夜且半，梦从大驾亲征，尽复汉唐故地》。宋太祖知道"卧榻之侧，岂容他人鼾睡"，会把南唐吞并，而也只能在他那张卧榻上做陆游的这场仲夏夜梦。到了南宋，那张卧榻更从八尺方床收缩为行军帆布床。……

随后，钱先生又指出宋代诗人继辉煌的唐诗之后在艺术上也处于既幸运又不幸的困局，身在困局中的他们试图有所拓展和推进，却不敢冒险突围，所以虽然颇有些极精细的小收获却难有突破性的大作为，宋诗的特色和缺点正是由此而来。对此，钱先生的叙述和分析同样是精彩不凡的大手笔。令人想象不到的是，序言里叙说宋代诗人面临的困境及其写作的焦虑，居然从古希腊亚历山大大帝生怕英雄无用武之地的苦恼讲起——

> 据说古希腊的亚历山大大帝在东宫的时候，每听到他父王在外国打胜仗的消息，就要发愁，生怕全世界都给他老子征服了，自己这样一位英雄将来没有用武之地。紧跟着伟大的诗歌创作时代而起来的诗人准有类似的感想。当然，诗歌的世界是无边无际的，不过，前人占领的疆域愈广，继承者要开拓版图，就得配备更大的人力物力，出征得愈加辽远，否则他至多是个守成之主，不能算光大前业

之君。所以，前代诗歌的造诣不但是传给后人的产业，而在某种意义上也可以说向后人挑衅，挑他们来比赛，试试他们能不能后来居上、打破记录，或者异曲同工、别开生面。假如后人没出息，接受不了这种挑衅，那末这笔遗产很容易贻祸子孙，养成了贪吃懒做的膏粱纨绔。有唐诗作榜样是宋人的大幸，也是宋人的大不幸。看了这个好榜样，宋代诗人就学了乖，会在技巧和语言方面精益求精，同时，有了这个好榜样，他们也偷起懒来，放纵了摹仿和依赖的惰性。瞧不起宋诗的明人说它学唐诗而不像唐诗，这句话并不错，只是他们不懂这一点不像之处恰恰就是宋诗的创造性和价值所在。明人学唐诗是学得来维肖而不维妙，像唐诗而又不是唐诗，缺乏个性，没有新意，因此博得"瞎盛唐诗""赝古""优孟衣冠"等等绰号。宋人能够把唐人修筑的道路延长了，疏凿的河流加深了，可是不曾冒险开荒，没有去发现新天地。用宋代文学批评的术语来说，凭借了唐诗，宋代作者在诗歌的"小结裹"方面有了很多发明和成功的尝试，譬如某一个意思写得比唐人透彻，某一个字眼或句法从唐人那里来而比他们工稳，然而在"大判断"或者艺术的整个方向上没有什么特著的转变，风格和意境虽不寄生在杜甫、韩愈、白居易或贾岛、姚合等人的身上，总多多少少落在他们的势力范围里。……鄙薄宋诗的明代作者对这点推陈出新都皱眉头，恰像做算学，他们不但不许另排公式，而且对前人除不尽的数目，也不肯在小数点后多除几位。

如此这般的困局和苦恼并非宋代诗人所独有，事实上几乎所有的后代作家面对前人的辉煌成就，都会有如何推陈出新的压力，只不过宋代诗人的境遇和反应特别典型而已。所以，这是文艺史上的一个普遍的难题，1973年美国学者哈罗德·布鲁姆推出的著作《影响的焦虑》讨论的就是这个问题，那本书成了西方当代批评的杰作，而西人有所不知的是远在中国、早在1958年，钱先生就在《宋诗选注》的前言里把这个现象、这个问题解析得一清二楚了。

与这些大手笔、大判断相辉映的，是钱先生对具体诗作精彩纷呈并且饶有趣味的注解。

由于时代的推移和语言的变迁,古典诗文对后世的读者来说总是有距离感的,加上诗又是一种精微的语言艺术,而古典诗歌又特别的简约含蓄,所以今天读来更难免雾里看花般的影影约约。这就需要专家给予一些注释以至解释。做注解并不是一件容易的事情。不少学问很好的专家学者在古典诗词的注解上最常犯的一病,就是"释事而忘艺"。所谓"释事"指的是对古典诗词中的典故之注解以及对所牵涉到的历史背景之考证等等,这样的注释和考证当然有助于读者的理解。但问题是不少专家学者喜欢"以诗证史"、常常把诗歌文本当作历史文献进行详尽无遗的考证,却完全忽视了诗词是一种语言艺术而非历史的纪实,这就有些本末倒置了。也许是为了纠正这种缺失吧,就出现了一些偏重解读古典诗词艺术的注解以至于进行诗词篇章分析的欣赏文章,可惜的是许多注家对所谈的艺术往往是知其然而不知其所以然,故此大多语焉不详,而常见的欣赏文章多半是印象式的感受,给人唠叨费词却莫名其妙之感。钱先生不仅是博通中外的学问家,而且是精于艺术鉴赏的批评家。有鉴于上述问题,尤其是把诗歌艺术与历史文献混为一谈的问题,他在本书的序言里特别强调:"文学创作的真实不等于历史考订的事实,因此不能机械地把考据来测验文学作品的真实,恰像不能天真地靠文学作品来供给历史的事实。历史考据只扣住表面的迹象,这正是它的克己的美德,要不然它就丧失了谨严,算不得考据,或者变成不安本分、遇事生风的考据,所谓穿凿附会;而文学创作可以深挖事物的隐藏的本质,曲传人物的未吐露的心理,否则它就没有尽它的艺术的责任,抛弃了它的创造的职权。考订只断定已然,而艺术可以想像当然和测度所以然。在这个意义上,我们不妨说诗歌、小说、戏剧比史书来得高明。"这段话表达了钱先生对艺术与历史、考订史实与欣赏艺术的原则性分疏。《宋诗选注》的注解就严守这个分际,所以对典故的注释和史实的考证甚为节制,只限于必需的范围,而对诗的艺术特点和诗人的艺术慧心则着力发挥,这是《宋诗选注》最为出彩之处。

例如对南宋著名诗人范成大的名作《州桥(南望朱雀门北望宣德楼皆旧御路也)》的注解。《州桥》全诗只有短短四句二十八个字——

>　　州桥南北是天街，父老年年等驾回；
>　　忍泪失声询使者："几时真有六军来？"

钱先生加了两条注解。第一条是在诗的副题后，是这么说的："宋孝宗乾道六年（1170），范成大出使到金，因此经过了淮河以北的北宋故土，写了七十二首七言绝句和一卷《揽辔录》。这首写的是北宋旧京汴梁的州桥——《水浒》里杨志卖刀的天汉州桥。"这是对诗的写作背景的题解。宋王朝南渡到临安（今杭州）后，只知向金国称臣纳贡以换得暂时的苟安，并没有发愤恢复中原的意思，但北方的遗民百姓仍然日思夜盼着王师的到来。北方人民的这种心情肯定是真的，可是他们当真能像范成大描写的那样，在已成敌占区的汴梁大街上拦住南方使臣、悲痛地询问王师何日恢复中原吗？由于范成大的使者身份，所以读者很容易觉得这首诗是纪实之作，人们一向都是这样理解的。然而不然，据钱先生的考证，这不可能是真实的事情，而只是范成大的艺术想象。不过，钱先生并没有用考证来否定范成大的诗，反而更加突出了这首好诗敢于超越生活表象而深入揭示人物内在心情的杰出艺术造诣。且看钱先生在第二条注解里的出色发挥——

>　　这首可歌可泣的好诗足以说明文艺作品里的写实不就等于埋没在琐碎的表面现象里。《揽辔录》里写汴梁只说："民亦久习胡俗，态度嗜好与之俱化"；写相州也只说："遗黎往往垂涕啧啧，指使人曰：'此中华佛国人也！'"比范成大出使早一年的楼钥的记载说："都人列观……戴白之老多叹息掩泣，或指副使曰：'此宣和官员也！'"（《攻愧集》卷一百十一《北行日录》上）比范成大出使后三年的韩元吉的记载说："异时使者率畏风埃，避嫌疑，紧闭车内，一语不敢接，岂古之所谓'觇国'者哉！故自渡淮，虽驻车乞浆，下马盥手，遇小儿妇女，率以言挑之，又使亲故之从行者反复私焉，然后知中原之人怨敌者故在而每恨吾人之不能举也！"（《南涧甲乙稿》卷十六《书〈朔行日记〉后》；据《金史》卷六十一《交聘表》，韩元吉使金在大定十三年，就是乾道九年。）可见断没有"遗老"敢在金国"南京"的大

街上拦住宋朝使臣问为什么宋兵不打回老家来的,然而也可见范成大诗里确确切切地传达了他们藏在心里的真正愿望。寥寥二十八字里滤掉了渣滓,去掉了枝叶,干净直捷地表白了他们的爱国心来激发家里人的爱国行动,我们读来觉得完全入情入理。韩元吉《南涧甲乙稿》卷六《望灵寿致拜祖茔》:"白马冈前眼渐开,黄龙府外首空回;殷勤父老如相识,只问'天兵早晚来?'"和范成大这首诗用意相同。参看唐代刘元鼎《使吐蕃经见纪略》:"户皆唐人,见使者麾盖,夹观。至龙支城,耆老千人拜且泣……言:'顷从军没于此,今子孙未忍忘唐服,朝廷尚念之乎?兵何日来?'言已皆呜咽。"(《全唐文》卷七百十六)

此诚所谓"事未必然而情未必不然",文艺创作的能事正在于此。

钱先生的确是一个别具慧眼的批评家。《宋诗选注》的注解往往略人所详、详人所略,显示出独到的艺术洞察力。对许多注家大注特注的字词典故、历史事实之类,钱先生只选最必要的加注,凡不注而无碍理解的或读者可以自行解决的问题,统统略去,笔墨非常简省;可对那些关系到艺术创造的"机密"而一般注家却语焉不详的地方,钱先生绝不马虎放过,往往不惜笔墨予以"破解"。为此他常常会连类而及,举出许多类似的诗词文例,并着力从艺术美学的高度加以深入浅出的解释,使读者在引人入胜的阅读中深切体会到诗人艺术创造的苦心和慧心。随手再举一例,如对王禹偁的《村行》的注解,原诗如下——

> 马穿山径菊初黄,信马悠悠野兴长。
> 万壑有声含晚籁,数峰无语立斜阳。
> 棠梨叶落胭脂色,荞麦花开白雪香。
> 何事吟余忽惆怅?村桥原树似吾乡!

应该说,这首田园诗写得明白如话,即使没有注释,读者也能阅读无碍。可就在人们轻轻放过的地方,钱先生却抓住"万壑有声含晚籁,数峰无语立斜阳"二句,加了一条很长的注解。这是一条解读诗艺的注解,但这条注解竟然从逻辑学和哲学讲起——

> 按逻辑说来,"反"包含先有"正",否定命题总预先假设着肯定命题。王夫子《思问录·内篇》所谓:"言'无'者,激于言'有'而破除之也。"诗人常常运用这个道理。山峰本来是不能语而"无语"的,王禹偁说它们"无语",或如龚自珍《己亥杂诗》说:"送我摇鞭竟东去,此山不语看中原",并不违反事实;但是同时也仿佛表示它们原先能语、有语、欲语而此刻忽然"无语"。这样,"数峰无语""此山无语"才不是一句不消说得的废话(参看司空图《诗品》:"落花无言",或徐夤《再幸华清赋》:"落花流水无言而但送年",都是采用李白《溧阳濑水贞孝女碑铭》:"春风三十,花落无言")。改用正面的说法,例如"数峰毕静",就减削了意味,除非那种正面字眼强烈暗示山峰也有生命或心灵,像李商隐《楚宫》:"暮雨自归山悄悄。"有人说,秦观《满庭芳》词:"凭阑久,疏烟淡日,寂寞下芜城"比不上张昇《离亭燕》词:"怅望倚层楼,寒日无言西下"(《历代词人考略》卷八),也许正是这个缘故。

诸如此类启人神智的注解,在《宋诗选注》中可谓比比皆是。这样的注解已不仅是传统的"说文解字"意义上的注释,而是极富美学意味和理论含量的艺术批评。

诗一向被认为是文学艺术中最精微的,作诗者妙手偶得或苦心成就,往往将其艺术心得视为独家之秘,不与人道,所以元好问《论诗三首》之三有所谓"鸳鸯绣了从教看,莫把金针度与人"的感叹。也正因为如此,一般读者面对好诗常常觉得神秘莫测而难知究竟。钱先生自己从事旧体诗的写作多年,可谓甘苦自知的过来人,而又是极为博雅的学者和极具慧心的批评家,所以他的《宋诗选注》才能够写得那么气势不凡而又风趣幽默,既以高屋建瓴的大视野和提纲挈领的大手笔取胜,更以发幽阐微的艺术慧心和深入浅出的开解功夫引人入胜,不少好诗之所以成为好诗的艺术秘密，经他的发掘和揭示，真令人有豁然开朗之感。并且，与《谈艺录》《管锥编》等写给专业研究者看的著作不同，《宋诗选注》是面向读者大众的普及读物，在如何把精微高古的古典诗词深入浅出平易近人地介绍给普通读者方面，钱先生的这个选本取得了难得的成功。即使是一个非文学专业的读者，只要拿起《宋诗选注》，也准保会读得津津有味，而且它还会吸引你一读再读、反复吟味。我自己的专业虽然不是古典文学，但自二十多年前第一次读到《宋诗选注》后，从此难以忘怀，到现在已不知翻读过多少次了，先后已有两本被我翻破，手头的这本已是第三回购置的了，而每次翻开重读它，都有一种初次相逢的新鲜感。

读书诚乐事，好书共欣赏。在今天这样一个让人倍感忙迫的时代，抽空读点诗，至少不失为调剂身心的休息方式或聊以忘忧的艺术消遣，所以略为介绍如上，但愿正在为学业和职业而忙迫的同学们以及其他人士，能够从《宋诗选注》中获得一点阅读的快乐。

2008 年 12 月 18 日于清华园之聊寄堂

古典文学现代研究的重要创获
——任访秋先生文学史遗著三种校读记

一

这里校录的是先师任访秋先生的三部文学史遗著《中国小品文发展史》《中国文学史讲义》和《中国文学批评史述要》,它们撰写于二十世纪三四十年代,乃是任先生早年的著述,而在先生生前都没有机会出版,留下的是部分石印讲义和更多的手稿,至今已约七十年了。

《中国小品文发展史》手稿装订一册,封面题"《中国小品文发展史》(上册)附中郎以后的散文,三四,十一月十一日订于陈仓",稿凡一百〇一页,最后一页手稿后有"二六,一,十九日于洛阳"的字样。据此推测,大部分手稿当写于1936年,到1937年1月19日只写出了上册,全书并未完成。按任先生的计划,全书的重心"源流"篇,包括萌蘖期——由魏至隋(220—617)、中衰期——由唐至明中叶(618—1566)、大成期——由明末叶至清中叶(1567—1794)、凋悴期——由清中叶至民国初(1795—1919)、复兴期——现代(1920—1940)五个部分。现存手稿只写到大成期,并且大成期也略过最重要的公安派,而只写出了"袁中郎以后晚明的散文"。推究起来,当时的任先生可能因为已撰有《袁中郎研究》,觉得只需压缩一下就可以移入本书,所以暂时略过了这部分,转而叙述"袁中郎以后晚明的散文",而完成这部分稿子已是1937年初,其后可能因为教学及其他事务而暂时中断了写作，更不料随后是长达八年的抗战，所谓"三四，十一月十一日订于陈仓"也只是就原稿略加删订，并未做全面修订，亦未补足全稿。参考手稿中引用时贤的文字，则基本上可以确定现存书稿撰写于1936年至1937年之初。记得二十世纪八十年代的什么时候与任先生闲聊，他曾对我说过，自己早年撰有一部"小品文史"，一直没有出版过，我当时听过也就罢了，未及索阅，直到现在才得以拜读遗稿，一窥究竟。

《中国文学史讲义》装订四册：第一册题"《文学史讲义》第一卷"，讲述上古至秦统一的文学；第二册题"《中国文学史》第二编"，讲述汉至隋的文学；第三册题"《中国文学史》第二章　唐"，讲述唐代文学，主要是唐诗；第四册题"《中国文学史讲稿》"，讲述五代宋元明文学。其中，前三册是"河南省立洛师"的石印讲义，第四册则是未及印发的手稿。现在统名之曰《中国文学史讲义》。可以肯定，这部《中国文学史讲义》乃是任先生在洛阳师范任教时（1934—1939）编写的，但具体写作过程，则尚需考证。先生哲嗣任亮直君所编《任访秋先生生平著述系年》于1935年年末说："年底，完成《中国文学史讲义》先秦至隋两卷及唐代诗歌部分的撰写，存有石印本。"①这恐怕不很准确。任先生虽然没有留下完整的撰写记录，但也有一些线索可寻。比如在这部文学史讲义石印本第二册的末尾，就有"一九三六，一二，三一，二卷终"，由此可知，截至1936年的岁末，从先秦到隋的两册（卷）讲义都写完并随即印发了，而关于唐代文学的第三册石印讲义，也可大体推断是在紧接着的1937年写出并印发的，因为随后的1938年战况转急，学校四处播迁，事实上再也没有条件石印讲义了，此所以第四册就只存手稿，而且从内容看也较前简略，留下了匆促成文的痕迹，并且清代以后的文学史也不及续写，则第四册很可能写于洛阳师范1938—1939两年辗转迁移的间隙。至于这部文学史讲义开始撰写的年月，则大约可以推定在1934年，因为本年任

---

① 任亮直：《任访秋先生生平著述系年》，见《任访秋先生纪念集》第237页，河南大学出版社，2004年。

先生才在洛阳稳定下来，担任洛阳师范的中国文学史课程，并且在他的这部《中国文学史讲义》之开宗明义的"绪论"中，引时贤关于中国文学史的著作多种，都截止于1934年——最晚的是宋佩韦的《明代文学》，出版于1934年9月，这似乎也可以反过来证明，任先生至迟在1934年后半年即已开编这部文学史讲了。总而言之，这部《中国文学史讲义》的编撰经历了1934—1939年间的五个年头，规模宏大而又立意创新，所以任先生几乎全力以赴、精心结撰，全书也已接近完成，现存书稿的学术水准无疑称得上当时的中国文学史写作之佳作，可惜由于战乱的干扰和工作的调动，致使全书未竟全功。此次校录，石印部分由清华大学博士研究生张芬同学录出，手稿部分则由我录出，并对全书做了统一的校订。

《中国文学批评史述要》手稿装订三册，封面分别题作"《中国文学批评史》上册，三五，十一，一，订"，"《中国文学批评史》中册之一，三四，十一月十二日于宝鸡"，"《中国文学批评史》中册之二，三七，二，三（二？）十三"。按，任先生1940年转任河南大学讲席，开设了两门新课，一门是"新文学研究"，1941年开课，因此着手撰写了学术界第一本《中国现代文学史》（上册由南阳《前锋报》社于1944年5月印行）；1943年"新文学研究"课程结束，又改开"中国文学批评"课程，于是开始编写"中国文学批评史"讲义，现存手稿上册和中册之一、二分册，纵论先秦至明初的中国文学批评，颇有不同时贤的特见，而手稿颇为整齐，很可能是为了出版之用而有所订正的誊清稿；然而兵荒马乱，终于没有机会付梓，作者也不免意兴阑珊，余剩部分也再未续写。到了晚年，任先生检点旧稿，不免觉得弃之可惜，于是又让其长婿周恭夫先生（河南省电力局高工）抄录出一份稿子，现存原稿上还有任先生为便抄写而改繁体为简体、改草书为正书的痕迹，时在二十世纪八十年代前半期。那时我正跟任先生学习，曾经听他说过想出版这部文学批评史，并且亲眼看到周恭夫先生业余认真抄录文稿的情形。此次整理，先拿到的即是周恭夫先生的抄录稿，由清华大学研究生王会楠同学据以录出，而考虑到周先生毕竟是学理科出身，我不免担心抄稿万一有误，所以后来又复印了原稿，据以重新校录一过。鉴于名为《中国文学批评史》的著作已颇多，而任先生这部书稿比较简要，其特点并不在涉及面的周全和论述的详赡上，而在其整体把握的扼要清通和转折分合的中肯分析上，所以特此更名为《中国文学批评史述要》，这样或许更为恰切些。

可以说，现在呈现在此的这几部书稿，是按照任先生的遗稿一字一句校录的。而我作为校订者所做的整理工作，则主要集中在这样五个方面。一、订正笔误、疏通字句。任先生的文稿大体上是整齐的，并且为文也很清通，但毕竟是未正式出版的讲义和手稿，也存在着一些字词的笔误和一些不甚通顺而有碍阅读的句子。校订者根据上下文义做了必要的订正和修改，凡所订正和修改，都加注说明原稿的情况，万一校订者误改了，则原稿仍可覆按和复正。二、核对引文，改正疏漏。这几部书稿纵论先秦至元明的中国文学和文学批评，其间引文是很繁多的，涉及大量的古典文献，而先生手录引文时也不免有误漏之处，加上战时的条件限制，所引诸书只能就近取便，于版本是无法特别讲究的。所以校订者尽可能依据目前公认的较佳版本，一一核对了引文，凡有错讹和缺漏径为改补，而所改补处则加注说明原稿情况，以便覆按，即使校订者改错了，亦可复原。三、理顺层次、订正标题。因为是手稿，各书的结构分层不免有前后不一致之处，而各层级的标题也存在着不很整齐的情况。因此校订者做了一些统一和修订工作，然而改订未必都妥当，所以凡所改订之处，都加注做了说明，以便覆按。四、在原稿的天地头，也有任先生的一些批注，多是他当年或稍后重读原稿时顺手写下的补充和修订意见，这次校录时也酌情吸收到正文中。五、校订者于原稿个别有疑义处，也酌加了一点注释和辨证，略述相关情况和校订者的意见，聊供读者和研究者参考。

按，任访秋先生 1929 年夏从河南一师毕业后，随即考入北平师范大学国文系，一边学习，一边勤奋写作以赚取学习费用，在当年北平的报刊上发表了不少学术论文；1933 年夏大学毕业后即赴洛阳师范任教，开始文学史的撰著，1935 年秋又入北京大学研究院深造，师从周作人、胡适之，专攻晚明文学，1936 年夏以《袁中郎研究》的论文通过研究生答辩，秋季重返洛阳师范任教；1940 年转任河南大学讲席，自 1946 年秋随河南大学迁居开封，从此直到终老，一直生活工作在河南大学和开封。应该说，这三部论著都是任先生二十世纪三四十年代的用心之作。那时在河南从事古典文学研究的学者并不乏人，但多是传统的旧学问。比如以治《文选》学而闻名学界的河南大学教授段凌辰先生，依然规模黄季刚、刘师培，追步骆鸿凯，把经学、汉学的方法移用于《文选》，加上一点文章辨体，并无新的方法与意识；治古典而学术趋向较新的河南籍学者是张长弓（燕京大学）、李嘉言（清华大学、西南联大）二先生，但他们三四十年代多在外地工作。所以，在二十世纪三四十年代的河南，能够真正预流新思潮、新学术而全力开展中国文学史之研究者，几乎只有任先生了。这一时期，任先生发表了数十篇古典文学的研究论文（其中部分结集为《中国文学史散论》，师友社1948年印行），广泛涉及从先秦到明清的中国古典文学；但现在看来，真正能够代表他这一时期学术水平的集成性成果，还是这三部文学史著作，可惜由于战乱的时世，它们都未能完成全稿、及时问世。虽然如此，这三部未完成的文学史论著仍然有着不容忽视的现代学术史意义：它们不仅代表了任先生当年最好的学术水平，而且就当时国内学界文学史研究的整体水准而言，也允称有大见识之佳作。至其局限与问题，也与新文化思潮和现代学术的新傲慢与新偏颇之通病相关。对其创获与问题，我在校订过程中亦不无感触，下面就谈谈若干感想，以就正于学界友朋。

二

就像中国文学的其他部门一样，小品文也自来无史，有之，则自任先生的《中国小品文发展史》始（迄今也只有两部断代的小品文论著——吴承学先生的《晚明小品研究》，江苏古籍出版社，1998年；尹恭弘先生的《小品高潮与晚明文化》，华文出版社，2001年）。任先生这部书稿对自魏晋以来直至明末的中国小品文的曲折发展历程，做出了相当清晰的叙述和得当的论衡，可以说是一部简明扼要、铨叙精审的古典小品文史。而任先生能够在七十多年前着意为小品文作史，显然得力于当时的新文学观念，比如文学进化观、纯文学观和个人主义、抒情主义的文学新观念等等，都在本书中有充分的表达，它们事实上是作者为中国小品文做历史正名的基本理据。可以想象，在一个仍然坚持古文、骈文正统地位的旧派文人那里，是不可能写出也不屑去写小品文史的。只有任先生这样受过新文化、新文学理念洗礼的新一代文学史家，才会写出这部令人耳目一新的小品文史。正是通过他的颇富新意的历史清点，古典散文艺术之林，因为小品文的重新发现，而得到了不小的丰富和充实。而特别值得注意的是，任先生这部论著在小品文的辨体方面颇有明敏透辟的观察。比如他以为"近人有谓小品文乃由赋演变而来者，赋至唐宋渐渐散体化，于是而有小品文。此因彼不知六朝已有小品，故有是论。然而若就小品之内容而言，谓与赋有关，亦非过言。盖两汉以来之赋，抒情如贾谊，写景如相如、二谢（惠连、庄），体物如祢衡、徐干，彼等之作，登峰造极。唐以来作者，无能嗣响。但起而代之者，非后来李白、杜甫之俦，而实为袁中郎、张宗子、祁彪佳之流。其内容同，其形式则不同。亦犹诗至五代变而为词，至元变而为曲，其躯壳虽异，而其精神则一也。故小品文者，实代赋而兴之新文体也"。又谓："散体比较朴质自然，而少拘束，用以说理叙事固宜，即用以抒情亦无不可。唐宋作者如柳子厚、苏东坡、黄山谷等，当其写应制或说理文字时，则道貌岸然，可是在不经意与友人尺牍或描摹山水时，则清冷隽永，意味无穷。故知古文实为写小品最适宜之工具。六朝作者，其词采犹不脱俳偶之习，自唐以后下逮晚明一般作者，已几于全用散体矣。故晚明实为吾国小品文之全盛时期，彼以古文之形式，而实以辞赋之内容，故融为纯文艺之散文。此诚治文学史者所不可忽者也。"这些都是超越前修、有别时贤的文学史洞见。

看得出来，任先生的这部小品文史著深受鲁迅、周作人的影响。这并非偶然。周氏兄弟是公认的中国现代散文之大家，这只要看看郁达夫编选的《中国新文学大系·散文二集》几乎用了一半的篇幅选录周氏兄弟的散文还觉得美不胜收，就可知他们二人在现代散文史上的分量。而不论是鲁迅还是周作人，在重建中国散文的过程中，都既取资于西方文艺，也发扬了本土传统：鲁迅通过译介厨川白村的《出了象牙之塔》和鹤见祐辅的随笔集《思想·山水·人物》，向中国文坛和读者介绍了随笔（essay）这种外来散文文体，同时鲁迅也是对"魏晋文章"和"晚唐杂文"特别有研究的文学史家，他的文章尤其是晚年的杂文显然深深汲引于此；而周作人则是最早向中国介绍"美文"的概念（1921）并带头付诸创作实践的人，三十年代他更从"载道"与"言志"的分野出发，重新梳理了中国本土的散文史，尤其着意提倡"言志"的晚明小品，甚至以之为"新文学的渊源"。任先生年轻的时候就非常崇敬鲁迅的道德文章，被人视为"拥鲁派"，而周作人又是他在北大读研究生时的导师，可谓亲承音旨、与闻绪论，所以来自二周的创作启迪和观念濡染，自然就深刻地影响了甚至左右了任先生的散文史观。这只要看看他在论魏晋文章和晚唐杂文时多援引鲁迅的观点，而在涉及唐宋古文运动和晚明小品时则频频引用周作人的观点，就可以一目了然了。不过，任先生显然也意识到二周的观点虽有一致之处，却也不无矛盾——事实上周作人大力张扬"言志"的晚明小品文，其目的就是要对抗所谓新"载道"的左翼文学，包括鲁迅的杂文——所以任先生在接受二周观点的同时，也尽可能地调停他们观点的矛盾，那便是着重吸取周作人文学观中表彰异端、反对正统、批判现实的积极一面，从而与鲁迅的观点相协调，而剔除了二十世纪三十年代以来周作人日益明显的消极思想和隐逸趣味。我甚至有一个推测，那就是任先生在抗战末期重理这部小品文史却未能续写，很可能与他眼见周作人后来的附逆而碍难下笔有关。此外，嵇文甫先生（他是任先生在河南一师时的老师，二十世纪三十年代前期任教于北大哲学系）的著作《左派王学》（1934年开明书店出版），也显然深刻地影响了任先生的学术思想，使他特别关注王学左派的思想解放运动与晚明文学革新运动的关系。

　　要说这部《中国小品文史》之值得斟酌的问题，那便是如何处理小品文与其他"中国文章"之间的关系，尤其是小品文与古文的关系了。任先生写的是小品文史，所以少讲古文和骈文，那自然可以理解。问题乃在于他那种拔高小品、贬抑古文乃至骈文的态度。受"五四"以来反对文道正统、标榜异端思想的新观念之影响，尤其是受二周对非骈文的魏晋文章、非正经的唐末杂文、非古文的明清小品之推崇的影响，任先生将这些旁枝斜出的文章都纳入小品文的范畴,并将之确立为中国文章进化之顶端,以与传统上居于正宗地位的骈文,尤其是与正经的古文相抗衡。这确是新的文学史观主导下的新发现,但这种反转过来的"正宗""异端"观念,在彰显了一些东西的同时,也同样遮蔽了一些东西。其实,小品和古文、骈文各擅胜场,共同推进了中国文章的繁荣。倘若大量的古文和骈文了无足观,可观的中国文章只剩下抒情的小品,那岂不是另一种贫乏?并且,即就文体而论,骈文、古文是否就完全与小品不可通融呢?比如,魏晋六朝的抒情小赋,是否也可以说是清新的小品?而唐宋古文家在正经的载道文章之外,也有许多抒情寄怀的篇什,它们是否也可以算小品?再者,即使韩愈的载道文章是否就与言志截然对立?设若他确是出于真心信仰而为、针对时弊而发、率性抒情而作,如不少著名的赠序,是否也有一顾的价值?可是,由于深受周作人标榜思想解放、反对韩愈以来的"道统""文统"之论的影响,任先生以为:"唐既统一天下,照一般专制政府的惯技,一定继之而来一个思想的统一。……论者谓其束缚思想,较之汉武帝罢黜百家、一尊儒术可谓有过之而无不及。至于文学思潮,由隋以来即直奔向复古的道路上去。最初是陈子昂、李太白对诗歌的提倡复古,继之以权德舆、独孤及、柳冕、韩愈对散文之提倡复古。诗歌复古的结果,走到写实,而注重社会的现状的路上。散文复古的结果,是'文以载道',此所谓道乃孔孟之道,载道者乃是借文章来阐明发挥孔孟之圣道。"又谓:"在北宋初年,本来是古文二次的复兴期,欧阳修自命是传韩退之的衣钵,而东坡则是出于永叔之门的,所以他们的思想总归是囿于一曲,而不能弘通。至东坡早年的文章,譬如制策之类,完全学韩愈,就文学而论,不值得称道。"事实是,唐宋两代都是思想比较自由开明的时代,且韩愈之在唐、程朱之在宋,都并不是得势的思想之主流,而唐宋两代的古文家其实是"以复古为革新"的,其文学与思想的关系也相当复杂,是不可一概以所谓"载道"而拒斥的,若笼统用"思想统一""文以载道"来蔑弃唐宋两代的古文,则不免是一种新的傲慢与偏见。很可能是意识到这样一刀切的简单化,任先生也多少做了一些补救,比如特意表彰了柳宗元的山水小品、苏东坡的书札题跋。

尤其是对苏东坡的文章，任先生恐怕实在于心难以割舍，但又受反载道论的影响而碍难肯定他的思想和古文，于是便大力推举东坡出于天才的非正经文章——书札题跋之类。可是东坡的书札题跋再好，恐怕还是难以同他的那些古文名作相比美吧。而问题是，推崇反载道的小品文，在任先生那里几乎成了一个新教条，以至于他赞誉明末李流芳等人的小品文"在这方面的成绩又岂是归有光等一流古文家所能企及的"，这恐怕也不是符合文学史实际的判断（任先生稍后撰写的《中国文学史讲义》末章则说："震川为嘉靖间革命使者。当王世贞名震一时之际，而彼独抱唐宋诸家遗集，与二三弟子讲授于荒江老屋之间，毅然与世贞相抗衡，诋之为'庸妄巨子'。后世贞对之亦颇心折。所以震川对一时之影响，实远过王、唐二人之上。同时又下开有清桐城一派之先声。其文屈折变化，极其自然，于八家中与欧阳永叔最近。"这就中肯多了）。由此可见，即使再新再好的文学新观念，一旦成为教条，也很可能阻碍人们对文学史的实际做实事求是的分析。应该说，像任先生这样的"新偏见"在现代学术中并不少见，它们在现代学术建立的过程中自是难免，但我们今天重理现代学术史却不能不对此有所反思，从而有可能在前辈的基础上把现代学术真正向前推进一步。

三

与作为专题史的《中国小品文发展史》不同，《中国文学史讲义》是一部文学通史，其学术规模无疑更为宏大，学术难度也更高，因而所耗心力也更为繁剧，而任先生的学术立意也更为高远。那时，任先生刚从新文化和新学术的中心北京归来，可谓风华正茂而且训练有素、学有所成。所以在该书"绪论"中，他总结了截至1934年现代学术界在中国文学史研究方面的既有成果之得失，除了肯定"专体的研究颇有几部杰出的，如王国维的《宋元戏曲史》、鲁迅的《小说史略》、刘毓盘的《词史》，陆侃如、冯沅君所合著的《诗史》，都是精心结撰"之作外，对断代史与通史的既有成果则少所许可，尤其致憾于通史之作，以为"就近年来所出版的中国文学通史来看，几乎连一部令人满意的作品都没有"。在此基础上，任先生提出了自己关于通史的研究旨趣，特别强调的乃是科学的方法、历史的解释和客观的态度，可谓理据充分、持之有故，显示出跃跃欲试的学术豪气和超迈前人的学术抱负。

果然，这部文学史讲义出手不凡，充满了迄今仍然值得珍视的历史洞见和文学卓识。

举其荦荦大者，比如第二编讲述"周至秦的文学"，乃断制为"周民族的文学""楚民族的文学""秦民族的文学"三章，即以周、楚、秦三民族的兴衰更替为线索来叙述周秦文学之演变，最终结之以南北文学的由分到合与秦的统一，诚可谓纲举目张而条理井然。按，任先生所说的周民族、楚民族、秦民族，乃是后来汉民族的三个先导族群，仿照当时"方国"的说法，称之为"方族"或许更为恰当些。而迄今为止的文学史论著讲到中国文学的这个奠基期，都是先《诗经》后《楚辞》，从西周到东周而至秦……缕缕铺叙，视野不免局促，而从未见有如此综观时空、概括为三大民族文学者，而任先生的这种概括，也显然更符合中国上古的社会史与文学史之实际，所以给人实事求是而又举重若轻之感。

再如第四编讲述唐诗，任先生力破初、盛、中、晚分期的琐碎与矛盾，而力推胡适之以安史之乱为界区分为前后期之说，于是乃以李、杜作为前后期的枢要诗人，纵论唐诗前后期之变迁大势云——

> 从唐高祖武德初，到唐玄宗的天宝初，中间约历一百三十余年。这是一个太平时代，社会既安定，人民生活自然也就优裕，所以一般文人大可以优哉游哉的来过他们的创作生活。不过这时在文坛上正是南北两派的文学融合的当儿，因此在风格上也就极不一致：有的承齐梁之遗风，而愈趋于雕饰化、规律化，四杰、沈宋可为代表；有的受北方英雄文学的影响，来想像着边塞的从军生活，而故作大言壮语，岑参、高适等可为代表；还有不满于六朝文章的绮丽，而极力提倡复古的，陈子昂、张九龄等可为代表；另外还有倾慕陶、谢而专来歌咏自然之美的，王维、孟浩然等可为代表，就中尤以李

白能兼擅各派之长,简直可作为这期的总代表。

　　自从天宝之乱以后,唐代的政治就日趋杌陧,贞观开元的盛世,也再不来了。所以这时的诗人,他们受着时代的震撼,眼看着政治的黑暗,人民的痛苦,也就不能再歌颂什么太平了。他们要描写时事,要把自己切身所感到的痛苦,一般人民所感到的痛苦,都如实的一一宣泄出来。固然有些不尽是如此,但他们的作品似乎也比前一期来的着实的多。即如颓废派的作者杜牧之,他的作品中所表现的个人生活,虽然也极端的放纵,但总带几分感伤的情调,与李白之狂歌纵酒、企慕神仙者自是不同。另外在诗歌本身的演进上也有着显著的变化:中国诗歌的格律到了杜工部可以说是登峰造极了,自他之后,一般的作者有的是步他的后尘,来斤斤于字句的推敲,有的觉着形式上没什么研讨的余地了,于是就在内容上来开辟新的途径,因之就有孟郊、贾岛等之苦吟,卢仝、李贺等之怪癖。到了最后,变无可变,于是就有一些作者来沿南朝宫体之余波,专从事于爱情的描写。诗到这个时候,意境上形式上,都已到了山穷水尽的地步,于是,词也就趁着这个时机而产生了。

整个第四编就是按照这样精辟的洞见来安排章节、铨叙唐诗史的,所以同样给人纲举目张、井然有序、品评得当之感,确非大手笔莫办,显示出深造自得者的自信和从容。

　　任先生对中国文学史的大见识,特别表现于一些专章的"余论"一节。尽管这些专章已经比较详细地叙述了一个时代的文学历程,但作者显然意犹未尽,还有一些综观前后时代的重要文学史识需要集中表达,于是乃于章末特设"余论"一节,所论往往是承前启后的文学史演进之大势和文学流变之关键,所以特别地精警透辟而启人思索。例如在叙述了两汉文学的发展之后,任先生写了这样一节"余论",纵论两汉文学之史的意义及其后续演变云——

　　我们现在试统观两汉文学在文学史上的地位。除了那些汪洋浩瀚的赋,为本期特有的产品外,其余如诗歌、散文,似乎都可以说是魏晋六朝文学的一个序幕。乐府本身固有它不朽的价值,但要专就这一点来说,不仅量的方面不能成为大观,即在质的方面,也不能令我们十分的满意,因为有些地方表现的粗疏与幼稚,是不能讳言的事实。所以站在文学史的观点上来看,与其说乐府的价值在于它本身的优美,无宁说它的价值在于它能孕育出新兴的五言体。所以在魏晋能产生出像子建、嗣宗、渊明、康乐诸伟大的五言诗的作家,你不能说这不是多少受乐府之赐。说到散文,汉代的大致可分为三派:一是承先秦的余波的,二是开古文一派的先河的,三是开骈文一派的先河的。其间尤以后者的演进的痕迹为最明显,从西汉的董仲舒起,似乎已开了一个小小的源头,后来渐渐的扩大起来,竟成了滔滔汩汩之势,大有不达于海而不终止的样子。从仲舒到伯喈,这种剧烈的变化,使你不能不惊,但由伯喈而到齐梁时期的庾子山同徐孝穆,似乎又是必然的趋势。所以我们把两汉魏晋南北朝,在文学史上分为一个段落,在此段落中又分为四个小的段落:两汉为第一期,一切都是做了个开端。魏晋为第二期,不管诗歌同散文,都如日到中天,臻于极盛的境地。南北朝为第三期,渐渐的倾向于形式的雕琢,内容渐趋于贫窭,已大有江河日下的趋势了。隋为第四期,终于南北统一,因为与异民族的文化的交融,于是文学就不得不舍旧而谋新,走到一个新的时代去!

而在讲述了魏晋文学之后,任先生又有这样一段"余论"——

在这个段落中文学上的成绩,已远非两汉所能比。先就诗歌来说,从三世纪初到五世纪初,仅仅不过二百年左右,产生了三个伟大的诗人——曹植、阮籍与陶潜。尤其是陶潜,在中国诗歌史上除了屈原同杜甫,可以说没有再能比得上他的了。魏晋本是五言诗的黄金时代,而陶潜的作品,更是使五言的进展达到了最高峰。唐代五言诗的作者辈出,有谁能来超过他?所谓王、孟、储、韦要算是最擅长五言的作家了，但还不能望他的项背，其余的，更不必说了。赋的方面虽说大变汉人之旧，但要站在文学立场上看，无宁说比汉人还要高出一筹。散文方面比诸两汉似乎有点逊色，过去一向人都是这样说。的确！从这一期中，那还能找出司马迁那样纵横不可一世的大家呢？不要说史迁了，即如班固之渊雅典丽，也很难觅得匹敌。至于嵇康的清竣，渊明的闲适，在质的方面何尝不好，但这不过是一池一沼之秀美，比着那汪洋浩瀚、风起云诡的江海大观已差得多了。又何况那才既拙而学复俭的文士们，来装点词采，以自炫耀，不更将为班、马所笑吗？不过，魏晋确是中国文学复兴的时代，因为思想的解放，政治的紊乱，士大夫阶级的苦闷，都足以促进文学的发展。所以这一期，在总成绩上之超过两汉，自是无足怪的。

同样精辟的，还有在讲述了南北朝文学之后的那一节纵论南北文学特点及其由分趋合大势的"余论"。诸如此类的"余论"，大抵从文学史的上下文着眼，扼要总结一时代文学的文学史意义，真正是要言不烦、语语中的，显示出任先生对中国文学史发展大势和关键环节委实是烂熟于心，所以发为议论，才能独出心裁、深切著明、得其体要，而这些文学史洞见，不仅在二十世纪三四十年代的文学史论著中颖然秀出，即使在今天那些写得越来越繁重的文学史著作中也甚为罕见，所以至今读来仍然让人深深感佩其以少总多、启人神智的力度与美感。

在二十世纪三四十年代的文学史著中，任先生的这部文学史讲稿还有两个与众不同的特点。

其一是特别注意从学术思想史的角度来看文学问题。本来，中国古代文史哲不分家，文学思潮常常与学术思潮相交融、共消长，这是一个历史的事实，而任先生在河南一师的老师嵇文甫先生乃是著名的中国思想史专家，在北大研究院的导师之一胡适之先生更是赫赫有名的中国思想史权威，受这两位老师的深刻影响，任先生治中国文学史，也便特别注意从学术思想的角度看文学问题了（这事实上成了任先生一生治文学史的突出特点）。比如论到贾谊的文章风格——语言夸张、常带感情而析理明晰，从而肯认他确"是一位颇有政治眼光的文学家",更进而考究贾谊文章特点之源,则以为"这些特点,我们要追溯它们的渊源,第一是受着纵横家的影响;第二是受着《楚辞》的影响;第三是受着法家的影响。本来贾生的思想,就不主一家,儒法杂糅,而又羼以纵横,且富于诗人的气质,受屈原的熏陶也很深,所以他的作品就形成这样一种特殊的风格"。这不能不说是发人之所未发、道人之所未道的创见。再如讨论到中国歌咏自然的一派诗歌之起源时,便推原到道佛思想的影响及诗人信守之真伪,从而做出了相当深入惬当的区分与评骘——

咏歌自然的诗歌,与道佛的思想实在有着极密切的关系。中国的诗歌在魏晋以前,还没有产生出有意识来歌咏自然的篇什。到了魏晋以后,因为社会环境的恶劣,与道佛思想的勃兴,于是士大夫为的要"苟全性命于乱世",就产生出陶渊明与谢灵运两位伟大的诗人。不过陶的修养较深,人格亦高,所以他的作品极其朴质而自然。至于谢呢?虽然也一样的来描写自然,但因过于求工,结果反不免于做作。自此之后,在中国诗史中无形就树下歌咏自然的派。在这派中又可分为田园和山林两种。前者是咏歌田家的生活,所谓自然也不过是作者描绘生活时的背景而已。后者是歌咏个人隐居的生活,但常常有专一刻画自然的篇什。本来中国的文人自来就有入世与出世的两派。入世的自然是处处关心国计民生啦,至于出世的大半都是以道佛思想为主,以守命安命自足,而鄙弃世人之汲汲皇皇为利禄而奔驰。不过出世也有真假之分。真的一派,他们的确是看穿了人生,而自己甘心长为农夫以殁世,他们的胸怀是冲淡的,他们的生活是悠闲的,所以他们的作品才是真正自然的。陶渊明的诗就是这一派。至于所谓假的,大都是热衷于名利,但是宦途坎坷,于是故而隐居,以自鸣高。他们并不是真个爱好自然,又不是实在忘情利禄,所以他们的作品常常是"心缠机务,而虚言人外",实在是不自然的。谢灵运就属于此派。到了唐代,颇有不少的作者来追迹陶、谢,前期的如王绩、孟浩然、王维、储光羲、祖咏都是。不过天分有巧拙，造诣有深浅，因之成绩自然也就极其不同。

如此将思想、世情与诗歌综合联系进行分析，得出的判断自然就明敏而中肯了。

与此相关的另一个特点，即是努力运用辩证的思想方法来看待文学的流变及其与社会的关系。任先生的这种思想方法之萌芽，当然与作为马克思主义哲学家的嵇文甫之最初的启发有关，而在二十世纪三十年代又深受"最懂得辩证法"的鲁迅之沾溉（三十年代的任先生即被文坛视为"拥鲁派"）和蓬勃开展的马克思主义新史学之影响。于是任先生在撰写这部文学史讲稿的过程中，便自觉地运用辩证的观点来观察文学史的问题，力求在广泛复杂的关联中深入发掘文学与社会之矛盾运动的辩证关系，从而发为深切透辟之论。比如，论到东晋文学趣味的流变与其时社会现实之隔阂的奇特关系，任先生便辩证地分析道——

> 这一个时期，可以说是中华民族的衰微时期。胡人对汉民族的凌逼同压榨，对中原文化之践踏与扫荡，真是无所不用其极。社会是那样的混乱，人民终天在黑漆漆的地狱中过日子，按平常的情理来说，在文学上自然应该产生出比杜甫的《北征》同《奉先咏怀》一类的诗歌还要沉痛的作品才是。事实上大谬不然，这类作品很难从当时作家的集子中找到。反之，倒产生了些虚无缥缈的游仙诗，同恬淡闲适的田园诗。这种原因，一则由于时代的不安，一些文人不得不遁逃到另外的一个世界中来，暂且隐身；再一方面，则由于老庄方士思想的炽盛。本来老庄同依附于老庄的方士，从魏晋以来就渐渐的在思想界抬起了头，正始文人几无不受他们的影响。到了西晋的初年，似乎因为政治上的统一，文学大有走向唯美化的趋势，但不久大乱一起，社会震动，一般诗人的作品，就又渲染上了游仙与遁世的色调。不过，文学之唯美化的趋势并未中止。与所谓闲适诗人陶渊明并世的谢灵运，虽然在咏歌自然这一面，不无受老庄思想的熏染，但在技巧上则纯粹是从太康文学一脉相传下来的。所以

> 我们可以说，东晋的文学乃正始同太康两种极不相同的文学的源流之并时再现。

那时的任先生还是一个不过三十岁的青年学者，却能如此辩证地看待时代与文学的复杂关系进而准确考镜文学变迁之源流脉络，实在不能不让人佩服其辩证通达的思想方法。

以上所说，多是关于一些文学史大问题的大判断，至于具体到一些文学作家和作品，任先生此著也颇多发明。虽然这部文学史讲义篇幅不大，文字比较简明，但对于一些名家名作则不惜重点突出，叙述品评颇为详赡而且富于学术个性。比如讲到陈思王曹植，任先生就有相当细致的分析，而结尾更回顾学术史，提出了对子建诗学渊源与影响问题的个人观点——

> 过去论子建诗者，钟嵘说他"出于国风"，以后都无异辞。这话固然不错，但我觉得这还有点偏不概全之病。实际《楚辞》、乐府给子建作品的影响也极大。即如《妾薄命》之与《九歌》《招魂》，《美女篇》之与《陌上桑》，很明显的有着源流的关系。子建的思想是儒家的，很有用世之志，但没机会来使他表现，故抑郁而不得志，所以他的作品上承屈原而下开工部。又因他生长在富厚的境地中，所以风格高华，无丝毫寒俭之色。钟嵘说"陈思之于文章也，譬鳞羽之有龙凤，女工之有黼黻"。的确是一点也不错。

这无疑比传统观点更接近曹植的实际。再如张籍之被视为韩派诗人，是历来相传的定论，胡适的《白话文学史》虽然指出白居易"认张籍为同志"[①]，但还是为张籍与韩愈的交情所限，而没有把他直接列为白派诗人，其他二十世纪三四十年代的文学史论著，也都在韩派诗人的范围里来论张籍。可是，任先生却独排众议，断然将张籍置于白派诗人之列——

---

① 胡适：《白话文学史》上卷第382页，新月书店，1929年第三版（按，此第三版其实指第三次印刷）。

文昌是韩愈的好友，一向都把他列进韩愈派诗人中。不过就他的作风说，与其把他放进韩派，无宁把他放进白派更为合适些。白居易的文学主张，是"歌诗合为事而作"，他平生推评的并世作者除元微之之外，就要数到文昌了。

检点同时论者，也只有钱锺书先生同持是论——《谈艺录》论张文昌诗，以为"其多与元白此唱彼于，盖虽出韩之门墙，实近白之坛坫"①。按，钱先生的《谈艺录》写于二十世纪四十年代上海沦陷期间，而任先生的观点则在三十年代末的石印讲义里就提出了，可谓慧眼所见略同。

　　此外，还有一个值得注意的特点是，作为一个受过新文学、新思潮洗礼的现代文学史家，任先生对中国古代文学作家作品的看法，显然多了一层世界文学的视野或者说比较文学的眼光，因之综合观照、得会其通，一些向来聚讼纷纭的问题，到他那里也就迎刃而解了。即如对于陶渊明的《闲情赋》和《桃花源记》的批评，就是典型的例子。关于前者，任先生给予了非常同情体贴的现代阐释——

　　为萧统所讥为"白璧微瑕"的《闲情》一赋，在现在我们看来，倒是很有趣的一篇文章，写一位害着单相思的男子，因为实际不能与所爱的女子接近，所以就幻想着只要能使自己变为她的日常所用的衣物，得与她常常接近就好了，可是又怕这些衣物过时了，会为她所抛弃……因为"考所愿而必违，徒契阔以苦心"，于是就想到郊外去散步，也许偶然之间，可以碰到她。但终于是白走了一趟，这时天也黑了，外边只刮着冷冷的风。于是又盼望着就寝，在梦中或可同她相逢，可是偏偏就"惘惘不寐，众念徘徊"，害起失眠症来。不得已，又起来走到门外，望着天边的行云，想托它把自己的一片相思之情带给她，可是行云呢，竟无语而逝。这番深情终究无由申诉，末了只有任它去了。周作人先生在他的《苦竹杂记·文章的放

---

① 参阅钱锺书：《谈艺录》第110页，开明书店，1948年。

荡》中曾论过梁简文帝的"文章且须放荡"的话,中引英国霭理思"文学是情绪的操练"一语,来说明简文帝的话是对的。从这看来,则渊明虽有《闲情》之作,当也无伤于他为一位隐逸的高士也。

关于后者,任先生则接过梁任公的观点而进一步发挥道——

> 《桃花源记》是写他自己理想的乡土,梁任公称它为"唐以前的第一篇小说"。为了这篇东西,后来引起了许多无谓的揣测:唐人像王维(《桃源行》)、韩愈(《桃源图》)、刘梦得(《桃源行》《游桃源一百韵》)都认为渊明所写的乃是仙境;到了宋代的王荆公(《桃源行》)、苏东坡(《和桃花源诗》)都否认唐人之说,这自然是比较唐人要高明一点,不过他们仍不免拘泥于一方,认为桃源也许是实有其地;直至任公才算一语道破了渊明写这篇东西的真意。本来文学有写实、有理想,渊明生逢乱世,退隐田园,所有的诗篇都是他自己的生活的写照,从他的诗中,看不到乱离的描写,不过时或有一二愤慨之语罢了,但你能说他对于时代不关心吗?不过他不愿从正面来表现,他写出自己的理想乡,正是要借此来反映他所处的是一个乱离的社会。后人不明白这一点,来任意的推测,结果渊明的真意,竟被他们所曲解了。

正是这种有别于旧派学者的世界文学视野和比较文学的眼光,才使任先生能够快刀斩乱麻,彻底廓清历来旧说之迷误,而直探渊明为文苦心于一千五百年之后。再如论到汤显祖的《牡丹亭》,任先生联想到歌德的《少年维特之烦恼》,于是自然地予以比较品评——

> 考诸西洋文学,其写爱情之作而摇动青年男女之情感至深而且巨者,唯歌德《少年维特之烦恼》一书,可以同她比并。一为东方,一为西方,一写女子之怀春,因梦竟相思以至于死,一写男子之眷恋其友人之妻,以无由结合至于自杀。前者道出几千年来在旧道德

压迫下的女子之苦闷，后者写在社会习惯下被拘束的男子之烦恼。东西相照，先后辉映（按歌德生于西历一七四九年，距义仍之卒仅百余年），同为青年男女所倾慕而顶礼之作，岂得不谓文学史上之佳作哉。

而难得的是，任先生在比较品评中西文学时，并不止于类比，也很注意区分其间的差异。比如在评价白派诗人时，任先生使用了"写实"这个西洋文学的批评术语，但又慎重地区分了元白的写实与西方近代的写实之差别——

> 近代的写实主义，大抵是专来表现社会的黑暗，而不随便发议论，也可说是专写病案，而不开药方。只不过提出问题，让读者去评判，去解决罢了。可是乐天同微之就不然了，他们是要来讽喻，同西汉的经生们拿三百篇当谏书的意味颇有点相同。他们不采取正颜厉色的方式，而拿诗歌来从容讽谏，所以不但要指出病状，而且还要列出医治的方剂，希望当道能够随时采纳。这种差异的产生，我觉得还是政治背景不同的缘故。近代的写实主义，乃是产生在民主政治之下，自然是以博得大众的注意为目的，而九世纪的写实主义，是产生在专制的政治之下，所以不能不偏重在天子这方面。元白的新乐府中，之所以不免常常要羼进大量的说理成分，的确也是无足怪的。

如此见同而知异，较诸当时和后来学术界简单照搬西方文学概念术语来论中国文学的做法，就慎重而且明达得多了。

从总体上看，这部文学史讲义讲述先秦到唐诗的部分，写得比较从容详赡、深入浅出、新见迭出，而宋元明部分则显得比较简略而乏深入独到之论。考其原因，一则当然与抗战战局的转变有关。先秦到唐诗部分，写于战前和抗战之初，那时作者生活比较安定、研究条件也比较好，所以得以从容地考究与写作；而1938年之后战局转急，不断颠沛在乱离途中的作者，自然没有条件和心情仔细续写了，而不得不草草结束，以至清代文学没有来得及续写。二则恐怕与作者的学术准备有关。应该说，二十世纪三十年代的任先生对先秦到唐代的文学已有独立的研究，学术准备比较充分，而对宋元明清文学，除了关于晚明诗文尤其是小品文有比较充分的研究基础外，对其余词、曲、小说都还缺乏独到的研究（四五十年代之交，任先生的学术兴趣才转向宋元明清的俗文学以及近现代文学），所以这部早年的文学史讲义论词、曲、小说的部分，多依据学界既有的研究成果。比如讲词，就多依据王国维和胡适之二家之论（任先生1934年在北平即撰有《王国维〈人间词话〉与胡适〈词选〉》一文，同时又看到胡适的《宋词人朱敦儒小传》一文）而加以折中综合，于是将两宋词人简单区分为温婉派、豪放派和清淡派三支，所谓清淡派其实只有朱敦儒一人支撑，却于一代大词人李清照未置一词，这不能不说是一个大缺憾。其实李清照与朱敦儒都是由北到南的词人，如果说南宋词坛真有所谓清淡一派，《樵歌》的作者朱敦儒何以当之？一代才女李易安或许更适合为其开山人物吧。

当然，关于宋代以前的文学，这部文学史讲义也有措置未安之处。比如，讲唐代文学而只限于唐诗，对韩、柳主导的唐代古文运动则弃置不论，这也不能不说是一个重大的缺失。而造成这个缺失的原因，倒未必是任先生对古文缺乏研究，而是他的文学观念里还存在着新的傲慢与偏见。从这部文学史讲稿里可以看出，二十世纪三十年代后期的任先生虽然已经认识到"中唐实是文学上的革新时代，韩、柳是努力于散文的革新，而元、白则是努力于诗歌的革新"，但实际上他推尊的乃是元、白，而对韩愈的人、文、诗则颇为不屑，所以有这样的讥议——

> 退之最初本是极倔强的人，但遭了这次打击（指元和十四年因谏迎佛骨而被贬为潮州刺史——引者按）后，锐气顿消，马上可变了那副刚直的面孔，反来阿谀乞怜了。当他到了潮阳之后，给宪宗上表，先说那里地方的恶劣，他年已衰迈，受不了那种折磨；次说他"单立一身，朝无亲党"，假若天子不怜恤他没有人肯替他讲话；接着说他受性愚陋，人事多所不通，但好学问文章，将来那种歌功颂德的文

章，自己敢说胜任而无愧；末了又说了一大堆谄谀的话，劝宪宗把自己的功业应定之于乐章，告之于神明，东巡泰山，奏功皇天，俾可垂之万世而不朽。表上遂改授袁州刺史。

…………

不过我总觉得退之的诗缺乏朴质与自然，所以令人感不到亲切的意味。他学工部的奇险，结果流而为虚矫，学太白的豪放，结果流而为粗犷。至于李、杜两人的长处，所谓空灵飘逸与恳挚质实，则彼实概乎其未之闻。至退之的作品，为什么竟走上这样一条路？我认为还不外他的思想与修养的关系。我们试读他的散文《原道》，就可以看出他是以道统自任的一个人，而他的朋友张籍也曾劝过他来担负道统（《新唐书·一七六·张籍传》）。因此他就不能不故意的装腔作势，摆出规矩尊严的样子来。加以他又是不能忘情名利的热衷者，他劝他的儿子要努力读书，因为惟有读书，才能够富贵利达。……这种纯以利禄来诱导子弟，就可以晓得退之这个人的修养是如何了。像他这样不真率的人，怎能写出真率的诗呢。

其实，所谓封建时代的士大夫，当遭贬左迁而不得不上书"谢恩"之际，对皇帝说一点软话，乃是官场的常理常例，又何嫌于退之？何况退之"认错"的官话套话，也未必就没有皮里阳秋的意味在，岂能按字面意思句句当真？至于韩愈作诗希望儿子读书上进以期将来"比肩于朝儒"（《示儿》），亦是那个时代的人之常情，他能够那样坦白地写出来，而不故作淡然萧散之态，正见出其为人作诗的坦直真率、表里如一，又何损于他的思想与人格？

推原任先生之所以对韩愈有此讥议，以至对整个唐代古文运动都弃置不道，其实还是缘于他仍受限于新文化、新文学和新学术观念之影响。从这些"新"的立场上看，"文以载道"的古文，由于其所载之道，既不合近代"人的文学"在思想和政治上的正确性，也不符合"纯文学"的艺术正确性和纯粹性，自然难免遭否定之灾，而韩愈则因为是这个道统和文统之开山，也就首当其冲，成了最遭批判的古典作家了。批判最激烈也最持久的，就是任先生的导师周作人。按，自二十世纪三十年代以来，为了抬高所谓独抒性灵的言志小品，周作人极力非难载道的古文之首领韩愈，写了不少声讨文章，简直视韩愈为不可饶恕的假道学、戕害文学的罪魁祸首。[①]而说来有趣的是，周作人之狠批韩愈，不仅遵循着"载道"有害"作文"的新理念，而且沿袭了宋代一些理学家颇嫌韩愈为道不纯、作文害道、人品与文品皆有缺的旧说法，却不解韩愈之"不纯""有缺"，正是他与故作正经的伪道学之不同处，正足见其为人为文之可爱也。然而，乃师周作人对韩愈和古文的批判，实在相当深刻地感染了任先生。由于截至1938年周作人尚未公开附逆，所以任先生这部文学史讲义的先秦至唐代部分，仍然颇多援引周作人的观点，而任先生对韩愈和古文的看法，显然与周作人如出一辙。这种出自新文化、新文学理论逻辑的批判，当然有其必然性和合理性，可也确实带着新的傲慢与偏见，而不免苛求和曲解了古人。究其实，韩愈乃是针对中唐以来藩镇割据、佛老靡费、民不聊生、国将不国的现实，而思有以矫之，于是才重倡古典人文主义思想和古典艺文的传统，岂可以其"文以载道"之不合于现代文学的理念和理想，就不加分析地予以拒斥？并且诚如钱锺书先生所说，在古代文论中，分体言之，则"诗以言志""文以载道"，合而观之，则同一人既可写"言志"之诗也可做"载道"之文，并不觉得有什么矛盾，今人又何须从狭隘的纯文学观

[①] 周作人最早提到韩愈，是1921年1月1日发表在《新青年》第8卷第5号上的《〈旧约〉与恋爱诗》一文，不过顺口提及："中国从前有一个'韩文公'，他不看佛教的书，却做了什么《原道》，攻击佛教，留下很大的笑话。我们所以应该注意，不要做新韩文公才好。"发表于1924年5月14日《晨报副镌》的《"大人之危害"及其他》一文，仍然比较谅解地说："当时韩文公挥大笔，作《原道》，谏佛骨，其为国为民之心固可钦佩，但在今日看来不过是感情用事的闹了一阵，实际于国民生活思想上没有什么好处。"此后几年便很少说道韩愈。可是进入二十世纪三十年代以后，周作人在大力提倡独抒性灵的晚明小品的同时，也逐渐增多了而且日益加重了对韩愈与古文的挞伐，如《中国新文学的源流》(1932)、《谈韩退之与桐城派》(1935)、《关于家训》(1936)、《宋人的文章思想》(1936)、《谈方姚文》(1936)、《〈瓜豆记〉题记》(1936)、《读书随笔》(1936)、《谈孟子的骂人》(1937)……至1939年所写《国文谈》一文，还借钱玄同之口大骂韩愈与古文，此后亦持续批判，直至八十多岁，还写了《反对韩文公》一文，可谓始终而不懈。

出发去特意褒"言志"而刻意贬"载道"？① 更何况，从中外几千年的文学史来看，文学又何尝能纯和可纯到仅只是为文而文地独抒性灵趣味——从某种意义上说，"不纯"的生活感想和深挚的道德感怀乃是文学创作的初衷，唯此才能使文学言之有物、充盈坚实，然则，有感而发、有所持守的"文以载道"，即使不合于今，又何足为古文的千古不赦之罪？

由此看来，新文化、新文学和新学术的观念，在使任先生获得超乎往常的视野和卓识的同时，确也不免使他有所遮蔽和偏见。因此如何克服新的遮蔽和偏见，从而对中国文学史做出更富历史同情的批评和更合历史实际的分析，对年轻的任先生来说尚需时日以深长思之。

四

令人欣喜的是，到了二十世纪四十年代的中后期，经过持续不断的战火洗礼和深思熟虑的学术思索，人到中年的任先生在学术上显然地趋于成熟，所以才能于继续发挥新见卓识之外，自觉地克服年轻时的遮蔽与偏见，特别体贴把握中国文学史上的重要现象和问题的复杂性，从而做出更为辩证中肯的分析。这在他此一时期的学术论著《中国文学批评史述要》里多所表现。

如所周知，在关于中国文学的现代研究里，中国文学批评史是成绩最为显著的一个部门。自 1927 年陈钟凡先生出版了比较简略的《中国文学批评史》之后，到任先生完成他的这部中国文学批评史论著的中册之第二分册的 1948 年初，在这短短二十年间，先后出版有郭绍虞先生的《中国文学批评史》（上册 1934 年出版，下册 1947 年出版）、罗根泽先生的《中国文学批评史》（1934 年出版先秦至六朝部分，1943 年至 1945 年又出版了增订的《周秦两汉文学批评史》《魏晋六朝文学批评史》《隋唐文学批评史》和《晚唐五代文学批评史》）、方孝岳先生的《中国文学批评》（1934 年

---

① 参阅中书君（钱锺书）：《评周作人的〈中国新文学的源流〉》，《新月》第 4 卷第 4 期，1932 年 11 月。

出版）和朱东润先生的《中国文学批评史大纲》（1944年出版）。郭、罗二著都是考镜源流、详述历程的鸿篇巨制，允称扛鼎之作；方、朱两书，则以批评家为主，评骘短长，诚所谓片言居要，颇有精审之论。然则，在这种情况下，任先生撰写这部篇幅不大的中国文学批评史，又所为何来、特点何在？

一则当然是为了教学之需。按，任先生1943年在河南大学开"中国文学批评"课程，此时除了朱东润先生的著作尚未出版外，其他郭、罗、方三人战前出版的著作，任先生应该都是看过的（书稿中明确提及的是郭著）。就教学而言，郭、罗的著作均详赡繁富而都不免博而寡要，未必适合教学之用；而方著篇幅简短、时见精义，却不免过于具体以至零乱而缺乏史的概括勾勒，其实也不大适合教学之需。这应该就是任先生撰写他的《中国文学批评史述要》的直接动机。不过，这并不是任先生撰写此书的唯一动机。事实上，任先生自二十世纪二十年代末走上学术之路以来，即对中国文学批评史上的问题颇感兴趣，三十年代更有独立的思考，部分成果已写入《中国文学史讲义》，此后也一直持续钻研、思考转深，比如在1940年随河南大学迁徙于嵩县潭头之际，任先生即撰写了《〈文赋〉疏证》的专著（现存手稿）……而随着研究和思考的深入，他对中国文学批评史的问题，显然有了不同于时贤的独到看法，乃谋著述以自表见，这应该说是他撰写这部中国文学批评史论著的另一个重要动机。

诚如舒芜先生晚年评论他的父亲方孝岳的《中国文学批评》时所说："文学批评是为文学本身服务的，文学批评史的研究也应该为文学史的研究服务，这一点可惜并不是文学批评史家们经常记住的。"[①]舒芜先生并将此概括为"文学与批评一贯的原则"。这是不错的。但当舒芜先生由此进而发挥说："其实，根据'文学与批评一贯'的原则，也只有对一国文学本身是内行，然后对这一国的文学批评，方能是内行。"[②]这话若在近代以前

---

① 舒芜：《重印缘起》，见方孝岳《中国文学批评》，生活·读书·新知三联书店1986年重印。
② 同上。

说出，自然无可疑议，但若就"五四"以后而论，则纵使相当内行于一国文学，也未必就是能够明了一国文学之究竟的充要条件了。事实是，千百年来可称本国文学之内行的人成百上千，可是堪称懂得中国文学几千年究竟大势的人并不算多，而真正比较系统和科学的中国文学史研究，乃是从"五四"以来才开始的。即如方孝岳先生，其所以能够对中国文学批评家有些精见卓识，固然因为他自幼沾溉于桐城文学的传统，但也显然有得益于新文学观念感染之处，所以他才能跳出桐城派的牢笼看问题，而其所以又未能对中国文学批评有更大的见识与判断，则恐怕又与他终究不很了解域外的外国文学、视野只限于一国文学有关。此所以西谚有云："只知其一者，是为不知。"当然，对方孝岳先生这类新旧过渡时代的学者，是应该谅解而无须苛求的。任先生比方氏年纪略小，但自童蒙及少年时代，受的仍然是传统教育，却又不必受科举应试之限，所以对古典诗书之熟习，并不让于传统士子，甚至眼界更为开阔些，而稍长入新式师范、大学、研究院，更系统接受新文化、新文学的教育和现代学术以及传统治学方法的训练，成为既有旧学根底又有现代眼界的新一代文学史研究者。其"现代眼界"表现之一，就是具有比较开阔的"世界文学"视野，尤其是比较了解西方文学和文学观念，故此当他们研究中国古典文学时，就不仅"对一国文学本身是内行"，而且还有来自世界文学的比较会通以至跨学科的眼光，因而也就能够"对一国文学本身"之变迁大势"识其大体，明其究竟"了。

此所以这部《中国文学批评史述要》虽然比较简要，却绝不简单，而独具手眼和创见。在开宗明义的第一章，任先生就参考西方的文学批评概念，提出了研究中国文学批评史的两条方法论。第一就是应该从"文学批评与文学演变之关系"着眼，他以为——

> 文学批评与文学作品，就关系上说，是互为影响互为因果的。盖批评之产生，最初由于对流行作品之分析与归纳，其结果批评之倾向常与一时作品之风尚相应合，故文学批评之转变，恒随文学之趋向为转移。……至批评、创作中间相互影响之枢纽，又常在于后

者。大抵文学本身，最初自有其演进之趋势，在此趋势未达至顶点之时，有一二学者出，窥出此种之趋势，因设为理论以推波助澜，助长其发展，加速其演进，于是风气以成。迨风气既成，而此趋势转眼即达于最后之境地，于是追风趋时者纷纷而出，因之流弊亦随之而生。当此时期，又有一二明哲之士睹此趋向已无由再行发展，如循此而不变，只有江河日下，愈趋卑陋，于是遂倡为新的理论，而大声疾呼以矫之。于是所谓文学上之革命运动以兴。及此种运动成功之后，创作又走入新的方向，过一时期，又有流弊，于是再有人以另一种理论出而矫之。如是循环往复，遂形成所谓文学史与文学批评史。

这不正是舒芜先生所谓"文学与批评一贯的原则"之更为辩证的说法吗？当然，此前的文学批评史研究者，事实上也不可能脱离文学的实际来研究文学批评史，但发为自觉而且辩证的方法论之思考者，乃是任先生，而"文学与批评一贯"之典型表现，就是笼罩一时以至一个时代的文学思潮，那正是任先生文学批评史研究的重点所在。同时，任先生又提出研究文学批评史的第二个方法论，即必须注意"文学批评与学术思想演变之关系"，他以为——

> 文学批评之产生，最初往往附丽于哲学思想，即由某种哲学观以观察文学，而得到某种之见解。即以吾国先秦而论，儒家思想为积极的入世主义，故其文学观即为实用主义的。道家为消极的遁世主义，故其文学观即为自然主义的。稍后则文学批评之风气又常随哲学思潮以为转移。即如在两汉为儒家一尊时代，因之当时之文学批评，鲜能逃出实用主义轨范范围之外者。魏晋南北朝为老庄及佛学盛行时代，于是两汉时代文学批评之风为之一变，自然主义与唯美主义遂代之而兴。此后而隋唐，而元明，文学批评几无不与学术思想互为消息，故吾等研究中国文学批评之演变，应把握其所以演变之枢纽。此枢纽为何？一曰文学本身之趋向，二曰时代思潮之演

变。明乎此，则中国文学批评之演变，及其所以演变之故，可以知其大略矣。

自然，以往和并时的文学批评史研究者，事实上也不可能不注意文学批评与学术思想的关系，但发为自觉而且辩证的方法论者，仍然是任先生——如前所述，二十世纪三十年代的任先生受其两位老师嵇文甫和胡适之的影响，已很注重学术思潮与文学思潮的关系，至此乃发为自觉的方法论，并一生持守而不息，成为他研治文学史的一个显著的特点。而事实上，任先生研究中国文学批评史以至整个中国文学史，还有一个没有说出的方法论，那就是来自外国文学修养的比较观照之手眼。应该说，正是以上三条方法论的结合，使得任先生的中国文学批评史研究，虽不能与时贤的著述在详博具体上争胜，却显著地具有了迥异于时贤的特点和优势。

那特点和优点之一，就是对"中国文学批评之演变，及其所以演变之故"，能够"识其大体，明其究竟"。而要做到这一点是很不容易的。即如郭绍虞先生在其《中国文学批评史》里，也试图扼要概括，将整个中国文学批评史分为三期：一、文学观念演进期（周秦、两汉、魏晋南北朝）；二、文学观念复古期（隋、唐、宋）；三、文学批评之完成期（元、明、清）。正如任先生所批评的那样："顾此等分法，余觉其甚为笼统，未能显示其错综之变化。故本书不从其说。"而任先生则以上述三种方法论作为观察的角度，而综观整个中国文学批评史，于是乃能"识其大体，明其究竟"，以为自先秦至清末的中国文学批评，就其演变之大势而论，可概括为三大思潮交替错综发展的六个时期。那三大思潮就是实用主义、自然主义和唯美主义，六个时期则为周秦、两汉、魏晋南北朝、隋唐宋元、明、清。其中尤以对先秦至唐宋时期的文学批评史源流演变之大势的论析，最为得其体要而且圆通得当。如第二章概论中国文学批评史之演变大势，首先指出先秦哲人各自发挥其思想，而以儒、道、墨最为著名，后来"墨家思想中道夭殂，惟儒道二家源远而流长，而其影响亦至巨，整个之中国文学批评，其思想基础几无不源于此二家"。而"儒家重实用；道家重自然"，既是中国哲学也是中国文学上之实用主义和自然主义思潮的源头。

接着纵论两汉至唐宋的文学批评史，乃将文学与世变、文学与学术、创作与批评融为一体，发为考镜源流、洞察错综之卓见——

> 汉初当大乱之后，学术思想悉承先秦余波，此时文学，楚辞之风最盛。循此以进，则颇有渐趋于唯美主义之势。无如自汉武帝时，罢黜百家独尊儒术，政府遂以通经为仕进之阶梯。以后经学渐盛，而一般经学家之文学观，悉以儒家为准，故彼等之见，无非实用主义者。渐渍渐久，此等观念影响于整个社会，以扬子云之辞赋家，最后亦薄文辞，而目之为雕虫篆刻。以王仲任思想之反时流，而其文学观亦仍不脱实用主义之窠臼。杨、王二子尚且如此，则其余可以知矣。
>
> 东汉末年，君昏臣嫚，政府横征暴敛，人民不堪其苦，因而爆发黄巾起义，接着又发生董卓之乱。迨董卓既平，遂分而为三国。西晋统一仅短短数十年间，天下又分崩离析。此时期可谓中国政治最不上轨道之时期。因大乱之故，于是名、法、老、庄及西方之释，遂乘机而起，儒家思想已失其统治之效力。此时反映于文学批评者，为自然主义与唯美主义之代实用主义而兴起。所谓自然主义，乃系受老庄思想影响之作家，彼等以自我表现为目的，无视格律，而更不含丝毫实用之观念，此派可以叔夜、嗣宗、渊明等为代表。唯美主义派乃系沿南方文学发展之趋向而产生者。此派之见解实肇端于相如与子云，至曹丕《论文》出，遂大张旗鼓，以后陆机继之而加以发扬，至沈约、刘勰出，而此派之理论遂臻于完成。当唯美派全盛之时，一时希声附和者遍天下，因之流弊丛生，于是久已潜伏之自然主义派、实用主义派遂起而矫之。由此发展，遂酿成唐代之复古运动焉。
>
> 隋代为时甚暂，一切均为唐开其端。唐初文学批评，其趋向有二：在诗歌上，有自然主义派之反齐梁，陈子昂、李白可为此派之代表；另外则有实用主义派之沿齐梁，杜甫可为此派之代表。在散文方面，仍为实用主义之反齐梁，独孤及、萧颖士等可为此派之代

表。至唐之中叶，韩、柳、元、白出，不论彼等在诗歌上见解有何不同，但其为实用主义则一致。韩、柳从散文方面倡复古之运动，而元、白则从诗歌方面向复古发展。总之，彼等均为儒家思想之信徒，其反对六朝之无所为而为之文学观，实毫无二致也。

唐末五代唯美派之伏流又起，至北宋之初欧阳修出，又从事于二次之复古运动。但实用主义派为实用计，故主于文质并重，虽注意内容，但并不轻忽形式。试观韩愈虽反齐梁，但推尊扬、马，可以知矣。但当北宋中叶，一般道学家出，彼等因受道家自然主义之影响，故轻视文采，但又受孔、孟实用主义之影响，故特别尚用，因此遂以古文家之重文为足以害道。至南宋朱子出，始矫周、程诸子之偏，而中国传统之文学观，遂于焉以成。

如此将实用主义、自然主义和唯美主义三大文学思潮在一千八百多年间的源流变迁及其错综调和之大势，解说得一清二楚、各得其所，却只用了寥寥千余字，真是言简意赅、笔力千钧！比较而言，此前或同时的文学批评史著作，在详博或精细上皆有足多者，但像任先生这样洞察关键、提纲挈领的大手笔和大见识，则似乎不多见，而在当今写得越来越繁细或时新话语连篇累牍的文学批评史论著中，就更为罕见了。

显然，实用主义、自然主义和唯美主义这样的概念术语都来自西方，甚至跨越了学科，因此把它们移用来概括中国文学批评思潮，就必须注意它们的适用范围而不得不有所订正。对此，任先生是很注意分寸的。比如，实用主义这个概念，现在往往被笼统地当作功利主义的同义语，概指一切有伦理道德、社会政治追求的文学取向，所以从古代儒家、法家的文学主张以至现代的革命文学主张，都被称作实用主义的或功利主义的。但任先生却对实用主义与功利主义做了分疏，以为"实用主义派为实用计，故主于文质并重，虽注意内容，但并不轻忽形式"，而仅以功利主义指称墨家、法家的文学主张，对于唐宋以来的实用主义文学主张也给予了具体的分析："窃以实用主义派自唐以后分为两支：退之、永叔等以实用为主，而实窃取唯美派之长；而理学家则比较接近自然主义，及走于极端,则内容上为实用主义的,而在形式上则为自然主义的。"这就中肯得当多了。至于用"自然主义"来概称中国文学主潮之一,任先生是经过一番慎重仔细的考究的。事实上,任先生起先使用的概念乃是"浪漫主义",但后来几经考虑,觉得还是用"自然主义"这个概念更为恰当贴切些,所以遂把"浪漫主义"改换为"自然主义",现存手稿上还有个别涂改未尽之处。在中国,自然主义的文学思潮当然导源于老庄,而到魏晋时期乃臻于极盛。在任先生看来,中国的自然主义文学思潮与西方的自然主义是完全不同的,而更近似于西方的浪漫主义文学,它们往往能在文坛守旧沉闷之际,以回归自然、自由表现相号召,发挥出显著的解放作用。即如——

> 从嗣宗到渊明这一派自然主义的作家,有些地方很有点近于欧洲十八世纪的浪漫派,其返回自然,一也。主于自由表现,二也。轻视社会之规范,三也。对旧时代之思想,是革命的态度,四也。将个人之见解寄托于理想的故事之中以表现之,五也(如渊明的《桃花源记》)。所不同者,仅浪漫派主于表现奔放的热情,而此派则否耳。(按,欧洲之浪漫主义为老庄思想与希腊思想混合而成,而中国则纯为老庄的,故重收敛而不重发扬。晚明文人稍有不同,即因受王学影响所以重发扬而不主收敛,故晚明文学为浪漫主义的。)所以至此派对后世之影响,以其在内容上重视自我的表现,在形式上主于信腕直寄,不拟古,不模古,无视一切的格律,故写出之作品,其风格之高者,则清新活泼,一片化机;即其次者,亦如天马行空,不受羁勒。故在中国文学上,凡当文坛风气流于拘泥迂腐、陈陈相因之际,往往宗法此派者一出,即顿改旧观,而视听为之一新焉。

这是非常明澈精辟之论。看得出来,任先生是在西方浪漫主义文学思潮的启发下,才在中国发现了近似的文学思潮的,但在一番比较考究之下,他最终还是放弃了西方的浪漫主义概念而决定启用中国固有的"自然"论,而之所以如此,乃是因为在他看来,如其中国本土的概念已足以为一种主导性的中国文学观念、文学思潮命名,那就尽量不用异域的概念。这自然是一种更为成熟的学术态度和风度。应该说,"自然主义"确是一个更明快也更符合中国文学实际因而更具有本土特色的概括,所以毫无疑问,用它来为中国的一种主导性的文学观念以至于文学主潮命名,乃是任先生对中国文学史研究的一大发明和贡献——由于他的这一原创性的概括,中国文学批评史以至中国文学史上的许多颇为纠缠的问题,都可涣然冰释了。

尤为难得的是,任先生并不以三大思潮的概述为满足,更进而着力揭示这三大思潮在中国文学史上如何"错综之变化"的复杂情况,提出了一些非常深入地辩证分析中国文学史复杂实际的卓见。比如,关于隋唐时代的"文学复古",似乎是个显而易见的事实,而一般学者向来都认为,支撑这一时期文学复古的思想观念就是儒家的实用主义。但任先生却指出,在隋唐之际针对唯美主义而进行文学复古运动的,其实有自然主义和实用主义两种思潮——

> 唯美主义派的文学,到了齐、梁已经是登峰造极了。这时反对这种潮流的可以说有两派:一是实用主义派,是就内容上来立论,不是说这些作品无裨实用,就是说这些作品有害于世道人心。李谔、王通之论,最可以作为这派的代表。二是自然主义派,是就形式上来立论,认为这些作品太矫揉造作,不是出于真心之所发抒。王绩、陈子昂、李白,可以作为这派的代表。

稍后在唐代真正完成了文学复古运动之大业的,乃是杜甫和韩愈等,而杜、韩之关怀世道与治道,似乎显然地宗奉着儒家的实用主义了。然而,任先生却从唐代文学与此前南北朝文学("北朝文学重实用,偏于所谓实用主义;南方文学重华美,偏于所谓唯美主义")的关系着眼,指出以杜甫、韩愈为代表的成功而且成熟了的文学复古论者,乃是经过了唯美主义的洗礼,所以其文学观实际上是实用主义与唯美主义的一种错综之综合和辩证之扬弃——

> 就在文学批评上,实用主义派也又重新抬起了头。初则,由北

朝的几个文人发端，到了唐代，继起者引端赓绪，于是就造成了震撼一代、影响百世的复古运动。不过，我们要以为唐代的实用主义派与六朝以前的实用主义派，在创作的见解和态度上完全相同，那就错了。因为这是经过一个唯美主义全盛阶段以后的实用主义。虽然在口号上他们是反对唯美主义的，而实际是经过了一番扬弃的过程的。他们遗其皮毛而袭其精神，所以才造成了韩、柳二人在散文上伟大的建树。至于诗歌，工部的作品同见解，更可以看到他是如何的在镕铸南北文学之长，而奠定了他的诗圣的地位。明乎此，才能了解由隋到元这一段的文学同文学批评。

这实在是辩证分析、切中肯綮的洞见与卓识，为此前和迄今的许多研究者所隐约有感却未能阐明者。而任先生之所以能有如此见识，则无疑是得益于他的辩证的思想方法。前面说过，自二十世纪三十年代接触到马克思主义以来，任先生就尝试着运用其历史观，尤其是辩证法，来观察和分析中国文学史上的复杂问题。到了四十年代，任先生对马克思主义的辩证思维尤为服膺而心仪，运用起来也更为得当和得体。这在那时研治古代文学的学者中是很少见的。当然，任先生并没有把马克思主义当作教条，他着意领会的乃是其辩证地观察复杂问题的思想方法。正因为如此，他这一时期的文史学研究，才特别注意文学史的"错综之变化"和"扬弃的过程"，故而颇多发覆烛隐的精彩之论，至今读来仍然给人深刻的启发。

任先生对一些大问题如三大文学思潮千百年来的"错综之变化"的辩证分析，其精彩已如上述；至其对一些重要的作家和批评家的文学观念发展变化之"扬弃的过程"的辩证剖析，也同样精深透辟。这个则可以他对韩愈文学观念及文学趣味的辨析为例证——前边已说过三十年代的任先生对韩愈之新的傲慢与偏见，及对韩愈与古文运动之简单化的文学史措置，现在正不妨看看四十年代的任先生对韩愈的看法有何改变，也是很有意味的一件事。

此时的任先生当然仍旧认为韩愈是个文学上的实用主义者，但是他却不再简单地因为韩愈的"文以载道"和反对佛老而否定其文及人了，倒是热情地赞誉韩愈"在散文上伟大的建树"等等，而尤为精彩的是他对韩愈文学思想及文学趣味复杂性的辩证分析——

  一般的说来，退之是宗信儒家思想的，那么他的文学主张自然不成问题的是属于纯粹实用主义啦。其实不尽然。反之，他倒是受唯美派的影响甚深。这话说来似乎颇为费解，因为他不是主张复古，主张反唯美主义吗？可是我们只要把他的论文的话仔细加以分析，就可以晓得这里面有它们的矛盾的统一在。

  首先退之对于文章的技巧是最重视的。你说他遵道，无宁说他是重文。……至他自己，也确切在写文上下过极深的功夫。……他这种对文章惨淡经营的态度，不是同唯美主义派完全相同吗？他对文章要"终其身而已矣"的精神，不很有点近于曹丕把文章视为"不朽之盛事"的见解吗？他所说的"唯陈言之务去，戛戛乎其难哉"，不是与陆士衡所说的"谢朝华于已披，启夕秀于未振"的主张完全吻合吗？所不同者，不过是唯美派主张自由抒写，而他主张明道；唯美派在形式上趋于排偶，而他则主张散体就是了。

  其次，还有一点是他折中于唯美与实用两派的铁证。他原是提倡复古，而反对当时骈俪之作的。……他虽是如此，但同李华、独孤及、梁肃、柳冕等则不同。李等不满意于六朝浮靡之作，同时等而上之，连屈原、宋玉、枚乘、司马相如、扬雄等也都在攻击之列，说他们"不近风雅"（李华），说他们"华而无根"（梁肃），说他们"亡于比兴"（柳冕）。可是退之则不然，他虽提倡复古，但他并没有明昭大号的反对六朝的文章，甚至对屈、宋、扬、马之徒，推挹备至。他在《进学解》中说："沈浸酡郁，含英咀华，作为文章，其书满家。……下逮庄、骚，太史所录；子云、相如，同工异曲。"又道："汉朝人莫不能为文，独司马相如、太史公、刘向、扬雄为之最。"（《答刘正夫书》）前边一句是自述其在作文上所得力的古人的著作，后边一句说他在汉代文人中所最佩服的几位作者。所以退之的文章不只是法六经、史迁，而且是学屈、宋、扬、马。他的文章体制，虽是以北方的散体为主，但他受南方辞赋的影响也非常的深。所以他对于唯美派的作品，可以说是能够袭其精而遗其粗。从刘彦和、颜之推两人所主张的实用与唯美两派调和折衷的理论，所谓"以理致为心肾，气调为筋骨，事义为皮肤，华丽为冠冕"（《颜氏家训·文章篇》）的理想，到退之的文章，可以说完全实现了，也无怪后世推他为文章的山斗，而东坡誉之谓"文起八代之衰"了。这种地方非从理论上来探讨，是不会洞彻的了解的。

恕我孤陋寡闻，此前还真没有看见学界有谁对韩愈的文学思想和文学趣味，做出像任先生这样深入中肯的分析。应该说，像韩愈这样的文学大家，大家都是比较熟悉和关注的，而韩愈的人、文、思想之特点也都堪称鲜明，唯其如此，人们也就往往只根据那鲜明而不免单纯的印象而论韩愈，却常常忽视了掩映其后的复杂性，此所以任先生要说"这种地方非从理论上来探讨，是不会洞彻的了解的"。而任先生此处所谓"理论"，除了一般的文学理论而外，其实还特指马克思主义哲学的辩证思维方法——没有这个思想方法，任先生是不可能做出韩愈的文学观念乃是"矛盾的统一"的判断的。窃以为，任先生这样辩证中肯、深入贴切的评论韩愈，乃是《中国文学批评史述要》一书最见精彩之处，而他能如此发为实事求是、体贴入微之论，显然包含着对自己先前简单化的偏见和遮蔽的自我纠正，同时也可能暗含着任先生身处万方多难、民族危亡的抗战时代，对民族文化和先贤情怀之感同身受的亲切体认吧。当然，这部中国文学批评史讲稿对重要的文学作家和批评家的精彩论述，并不止于韩愈一人，其他如分析陆机、钟嵘、沈约、刘勰的文学思想之转换，辨析李、杜和元、白文学观念之同异，以及对道学家文学观之分疏，都有相当独到的观察和思考，此处就不一一缕述了。

至于此书比较明显的弱点，或者乃在用"唯美主义"来标示中国文学的一种主潮了。诚然，从汉代司马相如、枚乘、扬雄等等"极丽靡"的辞赋，到魏晋六朝的所谓"文之自觉"及声律论和宫体诗的发达，再到晚唐的温、李和两宋的婉约艳冶且重声律之美的诗词，还有宋初的所谓西昆体诗文……中国文学史上确实有这么一股文学思潮在激荡起伏，它们与西方唯美主义文学也确有相似之处，但究其实毕竟不同科；至于明代前后七子的文学复古运动，更与唯美主义表里不同，很难说是"唯美主义的复古运动"了。当然，任先生当年使用这个概念，恐怕也是不得已——他显然有所发现而又苦于无以名之，于是才起用了"唯美主义"的概念，并且加以限定，用来指称中国文学史上比较崇尚和追求文学的艺术形式之美的一派，但毕竟有些牵强，不如"自然主义"那样切合中国文学的实际而且富于中国文论的特色了。

在中国文学研究的现代化进程中，像任先生这样的得与失都是应有和必有的事，而其成功的经验和失败的教训，则值得后继者深长思索和总结。毫无疑义，中国古典文学的现代研究，已不可能也没有必要斤斤计较于"一国文学本身"之中，而必须参照外国文学，才能洞达其变迁大势和是非曲折。当然，以外例中而恰如其分的事情并不多，此所以任先生既经使用了"浪漫主义"的概念，几经考虑又决然放弃，还是换用了更合中国文学实际也更具中国特色的"自然主义"概念；而"自然"的观念虽然在古代中国向称发达，但起用它来标识中国文学以至中国思想的一股主潮，在任先生也并非手到擒来那么容易，而显然受了西方浪漫主义观念的启发。在这过程中，综合观照而又折中损益，乃是必然的工作和必须的工夫。循着任先生的这个成功的先例，则所谓中国的唯美主义文学，似乎也可从中国文论中生发出比较贴切的概念来概括。比如，"丽靡主义"或许就是一个比较合适的概念——古人早有"辞人之赋丽以淫""极丽靡之辞""诗赋欲丽""诗缘情而绮靡"以至"词为艳科"等等说法可为张本，而挚虞在其《文章流别论》里也早就指出"丽靡过美，则与情相悖"，所以由"丽"而降及于"靡"，也恰如其分地显示了"丽靡主义"文学思潮之由合理必臻于极端的特性。自然，这只是我的一点粗浅的感想，遗憾的是再也不能向访秋师当面讨教了。

五

访秋师去世之初，哲嗣任亮直君即以整理出版先生的遗著为己任，数年间孜孜矻矻，颇有进展，然而亮直君辗转病榻、僶勉从事，其苦心可感而困难实多。职此之故，同门集议商略此事，乃决议由众弟子分任之。《中国小品文发展史》《中国文学史讲义》和《中国文学批评史述要》三部书稿，就是分到我头上的任务。整理先师的遗稿，在我当然是责无旁贷，只是由于这三部书稿都是关于古典文学的论著，这对学习现代文学的我，实在不能不说是勉为其难的事，并且又是手稿，所以从辨认录入到校理订正，都不很容易，加上教学及其他事务的搅缠，进展就不免缓慢了，直至今年暑假，才算全部校订完毕，可以交付出版了。

校订遗稿的过程，对我当然也是一个难得的学习机会。所以校订既竟，缕述学习感想如上，间或也夹杂了自己的一些随兴的联想和信口的评论，则自知不免荒腔走板以至于胡说八道矣；但不论对与错，就其所知而知无不言、言无不尽，才是为学为徒的态度，所以想象宽厚的访秋师的在天之灵也未必以之为忤，而在我亦所以报先生施教之恩也。不觉中，先生辞世已逾十年，余亦从此违教无状，如今回忆师生因缘、从学往事，岂仅哀痛感激而已！

2011年8月25日—9月21日谨撰于清华园之聊寄堂

"现象比规律更丰富"
——王瑶的文学史研究片谈

一、"诗化"还是"史化"?
——从朱自清、王瑶与林庚的分歧谈起

1947年5月,林庚出版了他的《中国文学史》的完整版。这部并不很厚的书纵论数千年的中国文学史,体现出一以贯之的"诗"的文学史观,那是一种生机主义的循环史观和浪漫主义的文学观的混合物,全书分为"启蒙时代""黄金时代""白银时代"和"黑暗时代"四编,各编的章目也充满诗意。如第一编"启蒙时代"下的第一章"蒙昧的传说"讲神话传说,第二章"史诗时期"讲卜辞、易经及《诗经》中的《大雅》和《颂》,这些都还好理解,而第三章"女性的歌唱"不说具体内容就很难猜测是讲什么了——其实乃是讲《诗经》中的《国风》及《小雅》等抒情诗,而即使知道是讲这些,人们恐怕也不大能理解那怎么就是"女性的歌唱"?当然,如果我们明白这只是一个诗人在讲文学史,也就可以不求甚解了。

《中国文学史》是林庚十多年心血的结晶,所以他颇自珍惜,特意请其老师朱自清先生作序。朱自清很欣赏林庚的诗人才气及其艺术直觉,序末这样赞扬其"诗"的特点云——

> 著者用诗人的锐眼看中国文学史,在许多节目上也有了新的发

现,独到之见不少。这点点滴滴大足以启发研究文学史的人们,他们从这里出发也可以解答些老问题,找到些新事实,找到些失掉的连环。著者更用诗人的笔写他的书,虽然也叙述史实,可是发挥的地方更多;他给每章一个新颖的题目,暗示问题的核心所在,要使每章同时是一篇独立的论文,并且要引人入胜。他写的是史,同时要是文学;要使著作也是创作。这在一般读者就也津津有味,不至于觉得干枯琐碎,不能终篇了。这在普及中国文学史上是会见出功效来的,我相信。①

话都是好话,可略为玩味,也不过说这是一部写得好看、富有启发、有助普及的文学史读物而已,评价并不高。从序首的一段话则不难推知朱自清之所以如此评价的原因了——

> 文学史的研究得有别的许多学科做根据,主要的是史学,广义的史学。这许多学科,就说史学罢,也只在近三十年来才有了新的发展,别的社会科学更只算刚起头儿。这样,我们对文学史就不能存奢望。②

朱自清的这种"史化"立场,与林庚的那种"诗化"的文学史研究趣味,可谓判然有别。可以想象,秉持如此立场的朱自清要给林庚的著作作序,那其实是很感为难的;但朱自清身为师长,还是尽力说了一些好话,而又标出了自己的和而不同之立场。这"不同"还有更有趣的表现,那就是该序在林庚书中只被标题为"朱佩弦先生序",可在收入朱自清的文集《标准与尺度》时,却有一个加问号的正题"什么是中国文学史的主潮?"③对林庚

---

① 朱自清:《什么是中国文学史的主潮?——林庚著〈中国文学史〉序》,《朱自清全集》第3卷第210—211页,江苏教育出版社,1988年。
② 朱自清:《什么是中国文学史的主潮?——林庚著〈中国文学史〉序》,《朱自清全集》第3卷第208页。
③ 朱自清:《标准与尺度》第130页,文光书店,1948年4月初版。

的这部如此诗化地畅论中国文学史之主潮的著作来说，朱序正题的这个问号，实在含蓄得足够意味深长。

王瑶与林庚的年纪相差不多，又是同出朱门的师兄弟，则相互商量学问正自不必客气，所以他的书评《评林庚著〈中国文学史〉》[①]写得非常率直，一开篇就直截了当地说——

  这是一部新出版的中国文学史。它不仅是著作，同时也是创作；这不仅因为作者的文辞写得华美动人，和那一些充满了文艺气味的各章的题目（例如讲五言诗的一章题为"不平衡的节奏"，讲山水诗的一章题为"原野的认识"），这些固然也是原因，但更重要的是贯彻在这本书的整个的精神和观点，都是"文艺的"，或者可说是"诗的"，而不是"史的"。

  写史要有所见，绝对的超然的客观，事实上是不可能的。写一部历史性的著作，史识也许更重于史料。这本书是有它的"见"的，而且这像一条线似地贯穿了全书，并不芜杂，前后也无矛盾；这是本书的特点，但相对地也就因此而现出了若干的缺点。

在王瑶看来，林庚的《中国文学史》的"特点"和"缺点"其实是互为表里的——这本书的精神和观点都是"'诗的'，而不是'史的'"。所谓"诗的"即是其特点，而"不是'史的'"则是其缺点。王瑶随后的长篇评论，就非常有力地揭示了这两个方面如何互为表里、制约着林庚的文学史研究：一方面是"六经注我"式的"诗化"叙事，使全书构成了一个自圆其说的逻辑，但另一方面则是文学史的复杂实际被林庚高度地简化了。对这样一种文学史研究方式，王瑶是颇不以为然的，所以他提出许多批评意见，几乎没有任何肯定，到了文末王瑶更揭橥了自己的文学史研究立场，那是一种

---

① 本文初刊《清华学报》第14卷第1期（1947年10月出刊），按当时的惯例，题目径用林庚原书名，似乎是收入《王瑶文集》（北岳文艺出版社1995年版）第2卷里新编的《中国文学论丛》时，才改题为《评林庚著〈中国文学史〉》。下面的引文来自《清华学报》，不再一一出注。

可以简称为"史化"的文学史研究主张——

> 我们相信,文学史的努力方向,一定须与历史发展的实际过程相符合,须与各时代的社会生活和思想文化相联系,许多问题才可能获得客观满意的解答。朱佩弦先生在序中说,"文学史的研究得有别的许多学科做根据,主要的是史学,广义的史学",正是从事研究的人所应注意的。

王瑶对朱自清的呼应,是很有意思的。因为据王瑶稍后的回忆,他当日写这篇书评,原本就是应朱自清的要求而为,而朱自清作为这篇书评的第一个读者,对王瑶的批评乃是由衷的赞赏[①]——王瑶其实说出了他想说而不便说出的话,所以朱自清亲手将王瑶的书评交给《清华学报》发表了。这表明,朱自清的序言和王瑶的书评乃是相互配合、前后呼应的,而给了王瑶自己和他的老师朱自清以底气的,就是王瑶即将完成的文学史著《中古文学史论》——这部著作乃正是坚持"史化"的研究路子而取得成功的一部文学史著,显著地推动中国文学史研究从幼稚的童年时代进而迈入比较成熟的年代,所以朱自清对之赞赏有加。

当然,王瑶也是一个具有强烈现代意识的学者,他自然明白一个现代的研究者难免现代的价值立场,但即使如此,如何体贴地理解和认识历史,在他仍是第一位的学术追求。这可以说是一种"历史化"的或者可简称之为"史化"的文学史研究理路。对此,王瑶确与自己的老师朱自清是完全一致的。1948年8月,王瑶的《中古文学史论》全部完稿、即将出版,他在"后记"中追述朱自清的殷切关怀,尤其强调了他们师生二人对于文学史学的一致看法云——

[①] 参阅王瑶《中古文学史论·初版后记》,《中古文学史论》第313页,北京大学出版社,1986年。按,由于《王瑶文集》尤其是《王瑶全集》所收《中古文学史论》错讹百出,所以下引该书均据北京大学出版社1986年版。

我自己对于文学史的看法，和朱先生是完全一致的。多少年来在一起，自信对于朱先生的治学态度也有相当的了解，也常常在一起讨论；这书又都是经他校阅过的，或者尚不至和他的看法差得太远。朱先生对文学史的看法是怎样的呢？他在《古文学的欣赏》一文中说：

> 人情或人性不相远，而历史是连续的，这才说得上接受古文学。但是这是现代，我们有我们的立场。得弄清楚自己的立场，再弄清楚古文学的立场，所谓"知己知彼"，然后才能分别出那些是该扬弃的，那些是该保留的。弄清楚立场就是清算，也就是批判；"批判的接受"就是一面接受着，一面批判着。自己有立场，却并不妨碍了解或认识古文学，因为一面可以设身处地为古人着想，一面还是可以回到自己立场上批判的。

作者也从来是遵从着这个方向去努力的，虽然成绩并不尽如人意。他在给林庚作的《中国文学史》的序文中说："文学史的研究得有别的许多学科作根据，主要的是史学，广义的史学。"去年《清华学报》复刊，朱先生嘱作者为林庚此书做一书评；那时作者正患腿疾不能出门，书评写好后托人带给朱先生，他来信说：

> 昭琛弟鉴：书评已读过了，写得很好。意见正确，文章也好。虽然长些。我想不必删。你进城见了哈大夫么？腿的情形如何？为念！邵先生处已将稿子送你修正否？
> 　　祝好
>
> 自清十二·十一·

这篇林著文学史的书评登载在《清华学报》第十四卷第一期，曾提出了一些作者对文学史的研究和写作的意见，也就是我写这本书的态度；蒙朱先生赞同，在我是很欣慰的。①

朱自清所谓"自己有立场，却并不妨碍了解或认识古文学，因为一面可以设身处地为古人着想，一面还是可以回到自己立场上批判的"，这可以说是"史化"的研究文学史的态度之要义。有了这种态度，历史在我们眼里也就不可能是"一切历史都是合理的"之简单承认既成事实主义，也不可能是"六经注我"、强历史就范于"当代性"或"现代性"的主观主义，而是尽可能设身处地地理解历史的是非曲直，则批判地继承云云其实也就不言而喻了。在这里面，拥有今天的价值立场，其实并不很难，甚至可以说是很容易的事——任何一个文学史家都不难有这样那样的"当代性"或"现代性"的价值立场，比如掩映在林庚的"诗化"笔墨之下的，就是一种"反映着五四那时代"的当代意识，一种生机主义的历史观和浪漫主义的文学观的混合物，而真正困难的，乃是作为当代人的我们能否不那么"六经注我"地、强历史就范于我地理解和剪裁过往的文学史？这实在非常困难。检点一个世纪以来的文学史研究，有多少人栽在了各种"诗化"的当代性追求上，而真正富有历史感的文学史又是何其稀少啊。

王瑶的《中古文学史论》就属于那少见的杰作之列。

二、在"美化"与"酷评"之间
——名著《中古文学史论》是如何炼成的

《中古文学史论》所讨论的范围，从汉末开始而终于梁陈，略当八代，历年四百。这四百年既是中国历史上最为纷乱动荡的时期，也是中国文学史上最为纷乱难治的时段。而王瑶先生却非常难能地克服了困难，成功地对这四百年间的文学史做出了极具历史感、学理性和系统性的学术清理，贡献出一部迄今难以超越的学术杰作。事实上，近百年来的中国文学史研究，对别的任何阶段或朝代的文学之研究，都没有产生可与《中古文学史

---

① 王瑶：《中古文学史论·初版后记》，《中古文学史论》第312—313页。

论》相媲美的著述，倘就其学术的完满度而言，也只有鲁迅的文体史著作《中国小说史略》堪与比肩。

迨至上世纪八十年代以来，中古一段文学史又成为研究的热点，不断有新著推出。诸如关于中古诗歌史的专著就有好几部，而关于中古文学思想史或文学批评史的著作也出了不止一种，但坦率地说，拿它们与王先生的《中古文学史论》相比，可都差远了。犹记上世纪八十年代后期读到一部中古诗歌史的专著，其篇幅超过《中古文学史论》的二倍之上，但所论只不过把诗歌史的常识，用著者自以为新鲜的美学理论乔装打扮了一番而已，显得华而不实、浮夸之极。再后来读到罗宗强先生的《魏晋南北朝文学思想史》，看到他一方面力主"历史的还原"，另一方面却又在学术创新的压力和"当代性"的诱惑下，极力突显魏晋南北朝文学所谓"文学的自觉"之非功利和为艺术的主线，于是对曹丕的《典论·论文》的名言"盖文章，经国之大业，不朽之盛事"做出了不同寻常的修辞学解释，以为不是直言判断而是比喻修辞，[①]从而着意强化了其"非功利"的意义。至于对这一时期最伟大的文评著作《文心雕龙》，罗先生则进行了煞费苦心的重新解读，终于使自己认定"《文心雕龙》所表述的文学思想，并非如学界所曾经认为的那样，与其时之文学主潮异趣，它们之间，其实是一致的"[②]。记得多年前初读罗著，看到这么优秀的学者居然也被学术创新的焦虑和"当代性"的诱惑，引领到与其标榜的"历史的还原"大相径庭的地步，不禁既同情又感叹。回头再看王瑶先生的论述，比如对曹氏兄弟文学观异同的解读，那才真正称得上还原历史的探本之论——

> 普通以为子桓、子建兄弟对文学的看法不同，因为曹丕《典论论文》认为文章是"经国之大业，不朽之盛事"，而曹植《与杨德祖书》中却说"辞赋小道，固未足以揄扬大义，彰示来世也。昔扬子云，先

[①] 罗宗强：《魏晋南北朝文学思想史》第16—17页及第40页注㉖，中华书局，1996年。
[②] 罗宗强：《魏晋南北朝文学思想史·后记》，具体论述参见该书专论《文心雕龙》的第六、七、八章。

朝执戟之臣耳，犹称壮夫不为也。吾虽德薄，位为藩侯，犹庶几戮力上国，流惠下民，建永世之业，流金石之功，岂徒以翰墨为勋绩，辞赋为君子哉！若吾志未果，吾道不行，则将采庶官之实录，辩时俗之得失，定仁义之衷，成一家之言"。表面上看起来，这两种论调完全不同，但细细分析，他们对文学的看法和意见，还是一致的；不同的只是政治地位和文章的口气而已。曹丕的论述对象是建安诸子，是他的掾属，所以在"今之文人"下，绝不述及曹氏人物；是以一种居高临下的带教训的口吻说的。这些人的地位自然难建立永世的大功业，但为了"年寿有时而尽"，想求"名挂史笔"的另一方面的不朽，却是大家一致的要求；于是劝他们做文章好了，这就可以不朽，也可以帮他经国；所以把文章的地位抬得特别高。其实大家都是想要"声名自传于后"的，而且都以为立功业的名会更大一点，不过曹丕大权在握，要做即能做，所以不必再有此要求了。而且站在领袖地位，也得遏制一点别人进取名利的欲望，所以他的说法自然和曹子建的不同了。子建既在政治上没有那样欲为即为的地位，他自然以建立功业为"名挂史笔"的最好方法，而且那篇文章又是一封私人书信，是向知己表白自己的口气；借扬雄的地位来说明如果还有一点建立功业的地位和机会，是绝不自甘于翰墨的。在属文中，子建以为"成一家言"的学说，其不朽的程度较辞赋为高；其实曹丕也是这样看法，所以他特别推崇著《中论》的徐干。所举的"西伯演易"和"周旦制礼"的例子，也并不是诗赋。一个时代对文学的观念，总比较有个一般的尺度，这时大家对于不朽的要求太强烈，但对文学的看法却还是一致的。不幸的是子建始终没有找着"建永世之业"的机会，于是最后也只好以"骋我径寸翰，流藻垂华芬"来自慰了。①

这个解释在鲁迅论说的基础上更进一步，堪称切中肯綮的分析、发覆烛

---

① 王瑶：《中古文学史论》第223—224页。

隐的解说。至如《文心雕龙》，王瑶先生也据《原道》《宗经》《征圣》《正纬》诸篇指出，刘勰首先旨在"说明万物皆是道的表现，而文也是原于道的。……因为经是无所不容的，所以各种文体皆源出于六经"[①]。如此则《文心雕龙》就未必与当今论者所谓那一时期脱离政教的非功利文学主潮合拍了。两相比较，王瑶的看法无疑更为切合《文心雕龙》的实际，谨慎地避免了按某种"当代性"来强为之说、"诗化"地重构历史之弊。

毋须讳言，学界后来对魏晋六朝文学的研究，近乎生吞活剥地接受了鲁迅所谓"用近代的文学眼光看来，曹丕的一个时代可说是'文学的自觉时代'，或如近代所说是为艺术而艺术（Art for Art's Sake）的一派"[②]的说法，又不断地以某种"当代性"予以诗化的发挥，而没有意识到鲁迅当年的讲演本不免"立异新奇"以吸引听众之处，所以其所谓"文学的自觉时代"的说法就不无夸张、略带戏论之意味。其实，鲁迅所谓"文学的自觉时代"，不过是强调汉末曹魏时代的文人始"有意为文"以发抒性情、求致文名不朽而已，这与他说唐人传奇乃是"有意做小说"近似，岂可当真理解为"为艺术而艺术"？在西方，真正的文学独立意识乃是十九世纪以来才有的新趋向，在中国则更是晚近以来才萌芽的新现象。所以，王瑶对鲁迅的这个半开玩笑的说法，就非常谨慎而未做刻意的发挥。比如所谓"文学的自觉"的一个突出表现，就是文学批评在魏晋六朝发生和发达起来了，但与一般文学史研究者好按西方文学理念来替中国文学批评拼凑理论系统或体系的做法不同，王瑶更注重中国文学批评特点之探寻，以为一则魏晋以来文学批评之开展，实受东汉人物品藻之风的影响，所以多侧重于具体的作家评论而非理论体系之演绎，二则由于文学地位的提高，人们需要向经典作家作品学习，于是有总集的次第编纂和文章的分类揣摩，遂使文体辨析成为中国文学批评的一大特色。这些看法乍看似乎"卑之无甚高论"、理论性不是很足，却审慎地避免了过犹不及的过度阐释而更切近文学史的实际。

王瑶这种注重对文学史实际之审慎阐释的研究思路，在他的《中古文

[①] 王瑶：《中古文学史论》第 80—81 页。
[②] 鲁迅：《魏晋风度及文章与药及酒之关系》，《鲁迅全集》第 3 卷第 504 页。

学史论·初版自序》里有言简意赅的申说——

> 本书的目的,就在对这一时期中文学史的诸现象,予以审慎的探索和解释。作者并不以客观的论述自诩,因为绝对的超然客观,在现实世界是不存在的;只要能够贡献一些合乎实际历史情况的论断,就是作者所企求的了。[①]

按,以往学界对《中古文学史论》成就之成因的讨论,比较多地强调鲁迅的《魏晋风度及文章与药及酒之关系》对王瑶的积极影响,并强调朱自清严谨学风对王瑶之熏陶等等,这些当然都是事实,但局限于此,似乎不足以说明王瑶的史学立场及其成就之由来。其实,王瑶这段自道宗旨的话,颇有言外之意和学术针对性,对理解他的文学史学思路可谓意义重大。

其一,为什么王瑶特别强调对文学史诸现象要"予以审慎的探索和解释"?窃以为,这很可能暗含着他对当年的一场关于魏晋文学－美学论争的教训之反思。

事情的起因是著名美学家、中央大学哲学系教授宗白华,在刘英士主编的《星期评论》第10期(1941年1月19日)上发表了《论〈世说新语〉和晋人的美》一文。宗白华一开篇就亮明了自己的偏爱——

> 汉末魏晋六朝是中国政治上最糟,社会上最苦痛的时代,然而却是精神史上极自由、极解放、最富有智慧、最浓于宗教热情的一个时代,因此也是最富于艺术精神的一个时代。

随后,宗白华便依据《世说新语》,归纳了"晋人"或"魏晋人"的美感和精神特性,大要如次:"(一)魏晋人表现于生活上人格上的自然主义和个性主义,解脱了汉代儒教统治下的礼法束缚","(二)自然美——山水美——的发现","(三)魏晋时代人的精神是最哲学的,因为是最解放和

---

① 王瑶:《中古文学史论》第4页。

最自由的。所以对于人生和宇宙全体的一股深挚的情调，所谓'人生情调'和'宇宙情调'也特别显著"，"（四）晋人的'人格底唯美主义'培养成一种高级的社交文化，语言措词的隽妙，后世莫及"，"（五）晋人之美，美在神韵"，"（六）晋人的美学是'人物底品藻'"。最后总结道："总而言之，这是中国历史上最有生气，活泼爱美，美的成就极大的一个时代"，能"截然地寄兴趣于生活的过程而不计目的，显示晋人唯美生活的典型"。稍后，宗白华又对此文做了一些修订补充，重新发表于他自己主编的渝版《时事新报》副刊"学灯"第 126 期（1941 年 4 月 28 日）和第 127 期（1941 年 5 月 5 日）上。而就在这个增订稿前的"作者识"里，宗白华自述写作宗旨道："魏晋六朝的中国，史书上向来处于劣势地位。鄙人此论希望给予一个新评价。……这次抗战中所表现的伟大热情和英雄主义，当能替民族灵魂一新面目。在精神生活上发扬人格底真解放、真道德，以启发民众创造的心灵，朴俭的感情，建立深厚高阔、强健自由的生活，是这篇小文的用意。"如此"当代性"的学术目的，乃正是宗白华"美化"或"诗化"魏晋人生而无视其黑暗面的缘由。

这种论调很快就遭到批评。如一个署名"介子"的人在重庆《三民主义周刊》第 1 卷第 22 期（1941 年 6 月 10 日）上发表了《晋人的颓废》一文，针锋相对地说——

> 汉末魏晋六朝，在中国历史上是一个黑漆一团的时代，不仅政治糟，社会糟，乃至国人的精神气魄，公私生活，无一不糟。倘若中国还需要恢复固有的民族精神的话，则最要不得的，莫过于晋朝人。
>
> 但是近来颇有不少人在赞美晋人，认为晋朝是中国人最富有人的美感和艺术精神，最浓于宗族的热情一个时代，甚至于把晋人的生活比之于荆、关、董、巨简淡玄远的山水画。我不否认晋朝人所表现的一种静态的美，和他们在艺术上的相当成就；但是我们却不能因此就把晋人在另一方面所表现的萎靡颓废、醉生梦死、骄奢淫逸、残忍冷酷等等，来统统加以掩盖，更不能因此就将他们那种堕

落不堪的生活所遗留给后人的恶果，也轻轻抹杀。

这个批评正是针对宗白华而发，所以稍后宗白华的答辩《关于晋人的颓废》在《星期评论》第 31 期（1941 年 7 月 4 日出刊）发表时，主编刘英士在文后的编者按里就附注了宗白华的《论〈世说新语〉和晋人的美》和介子的《晋人的颓废》之出刊处供读者参考。按，"介子"显然是个笔名，然则他到底是谁？我初步判断，"介子"很可能就是经济史学家傅筑夫①。作为

---

① "介子"和傅筑夫都是《星期评论》和《三民主义周刊》等刊的作者。傅筑夫（1902—1985）早年与鲁迅有交往，相与讨论古代神话，后转攻经济学，1937 年 1 月至 1939 年 5 月自费留学英国伦敦大学政治经济学院，师从罗宾斯（L. Robins）教授研究经济理论，又在陶尼（H. Tawney）教授指导下研究经济史，也受该院著名政治学家拉斯基（H. J. Laski, 1893—1950）的影响。1939 年 7 月傅筑夫学成回国，在重庆国立编译馆任编纂工作，与刘英士是同事，日常发表的文章多是经济评论和经济史论文。而"介子"则可能是他发表杂文、散文时的笔名，如署名"介子"的散文《闲话伦敦》（刊于《星期评论》第 2 期，1940 年 11 月 22 日），编者刘英士在编后记《最后的补白》里说："《闲话伦敦》是篇迟到的海外通信，作者当然是个留英学生。本期未接读者来函，姑以此代通讯，编者认为十分荣幸。"按惯例，编者在编后记里是要介绍作者及其供职单位的，可刘英士对到"介子"却有意不详其所在，一如介绍"子佳"（梁实秋）的《雅舍小品》而故意装糊涂，显见得"介子"是他比较亲近的人，或许是应其要求而故意不说明，只交代说"介子"是一位留英学生。而从《闲话伦敦》来看，这篇通讯并不是当时从伦敦寄来，乃是回国以后的追忆，其中特别写到抗战初期在伦敦的一次援华演讲会上，伦敦大学政治经济学院的著名学者拉斯基的讲演，这其实暗示了作者自己是该院的留学生；而同样署名"介子"的《闲话伦敦之二——谈同情心》（刊于《星期评论》第 25 期，1941 年 5 月 23 日），回忆自己的留英生活道，"有一次，我和一个中国同学，到陶尼教授家里去吃茶，随便谈到中国问题"，这无意中透露了"介子"作为陶尼学生的身份——诸如此类的点滴留英回忆，其实都是傅筑夫的经历。至于"介子"这个笔名的来历，也似有典故——历史上实有傅介子（？—前 65）其人，当西汉昭帝时，楼兰王屡次杀害汉使臣，傅介子主动请缨率将士赴楼兰，诛杀楼兰王安归，而另立尉屠耆为新王并改其国名为"鄯善"。傅筑夫之取笔名"介子"，很可能是联想到历史上的"傅介子"而来。并且，傅筑夫深受鲁迅影响，而这种影响也体现于"介子"的《晋人的颓废》一文中——不仅该文的观点显然受鲁迅的讲演《魏晋风度及文章与药及酒之关系》之影响，而且文中多次用"阿Q"来比拟晋人自欺欺人的作为。凡此，都表明"介子"实际上就是傅筑夫。

一个受过鲁迅影响而后来又专治中国经济史的学者,"介子"即傅筑夫在《晋人的颓废》里特别注重拿晋代社会政治经济民生之黑暗,来反照名流士大夫的清谈风流之美背后的污浊。所论条分缕析,而痛加贬斥,颇近于酷评。文末则联系现实、斩钉截铁地断言——

> 晋人就是这样糊里糊涂、有意无意的造成了中国历史上一个黑暗时期,并给后来中国人的萎靡颓废的生活,奠下一个牢不可破的基础,直到现在我们依然可以看到许多自命为"才子"或"名士"的糊涂虫,都还充分表现着晋人的流风余韵。所以不管晋人在艺术上的成就是怎样,他们的生活方式是要不得的。本来我们不应当诋毁古人,但是为了使中国人像人,这个群魔乱舞的黑暗时代,却不可使之重现。而且即就艺术而论,真正的美,也是汉唐的刚健雄伟,生力弥漫,而不是晋朝人的萎靡颓废、矫揉造作。

一个著名美学家和一个匿名的经济史学家之间围绕"晋人的美或颓废"而生的这场争论,诚可谓"美化"与"酷评"的针锋相对,却都包含着为"当代性"而说法引喻的学术企图,虽然两人的观点恰好相反,却都折射出对复杂历史实际之不免简单化和片面性的理解。

王瑶作为专研中古文学史的青年学者,对这场学术争论不可能不关注,所以耐人寻味的是,王瑶在随后的《中古文学史论》里明确地采取了事实与价值的二分法。在"初版自序"里他就针对所谓"八代之衰"的说法而坦言:"我们和前人不同的,是心中并没有宗散宗骈的先见,因之也就没有'衰'与'不衰'的问题。即使是衰的,也自有它所以如此的时代和社会的原因,而阐发这些史实的关联,却正是一个研究文学史的人底最重要的职责。"① 所以在王瑶那里,对文学现象之有同情的历史理解是第一位的,价值评判倒在其次,从而避免了诗化之礼赞和道义之酷评的两种简单化。再如,在讲到垄断了政治的门阀士族也垄断了文学时,王瑶认为"我们当

---

① 王瑶:《中古文学史论》第4页。

然不能依作者的门第品评作品的高下",这显然是一种现代的价值立场,但他紧接着却没有用这种价值立场去酷评魏晋六朝文学,而是强调"我们虽然不能说名门大族出身的人底诗文一定好,但文学的时代潮流却的确是由他们领导着的"①这一历史事实,于是研究者也就必须撇开当代的价值评判,尽可能贴近历史去研究世族士大夫主导下的文学究竟怎样以及为什么那样的问题了。在讲到魏晋文论的特点时,王瑶也反复强调了这种价值与事实的二分法。如论及魏晋时期如何把政治上的才性品鉴理论运用于文学批评时,他强调"这种理论运用在文学批评上是否合理,那是一个价值问题。但中国文论之直接受这种理论的影响,却是一个存在的史实"②,所以文学史研究者也便不能不追根溯源、探讨原委了。再如该书《拟古与作伪》一篇,专论魏晋文人的拟古与托古作风,这种作风常遭近人否定性的评价,以为是没有创造性甚至是有意作伪,但王瑶却不能满足于此种现代性的价值评判,而强调"魏晋人的有这种风气,自是事实,那么这种情形究竟是在什么样的动机下产生的呢"③?于是追寻历史事实、分析事情原委,指出彼时文人的拟古和托古写作行为并非有意作伪,那在当时乃是一种被视为正常的学习方式、和古人竞争的方式以及立言撰史的方式。这无疑是极富历史感的洞见。诸如此类的二分法处理,在《中古文学史论》运用颇多,所谓"当代性"或"现代性"的价值判断不再是研究者刻意追求的目标,而被限制为一种参照或参考视角,居于主导地位的乃是对文学史实际之有同情的理解和审慎的阐释。推原王瑶对历史实情之所以持如此"审慎的探索和解释"的态度,很可能是他从刚刚过去的"晋人的美或颓废"之争中吸取了学术的经验与教训吧。

其二,王瑶审慎的探索和解释文学史现象、力求做出合乎历史实情之论断的学术态度,当与他长期接受以"释古"为标识的清华学派之熏陶和训练有最大的关系。1988年末在清华大学纪念朱自清的座谈会上,欣闻

---

① 王瑶:《中古文学史论》第30页。
② 王瑶:《中古文学史论》第110页。
③ 王瑶:《中古文学史论》第196页。

清华大学中文系之重建，王瑶讲述了深情的回忆——

> 应该看到，清华中文系不仅是大学的一个系，而且是一个有鲜明特色的学派。清华大学中文系的成就和贡献，是和朱先生的心血分不开的；朱先生当了十六年之久的系主任，对清华中文系付出了巨大的精力。朱先生在日记中提到要把清华中文系的学风培养成兼有京派海派之长，用现在流行的话来说，就是微观与宏观相结合；既要视野开阔，又不要大而空，既要立论谨严，又不要钻牛角尖。他曾和冯友兰先生讨论过学风问题，冯先生认为清朝人研究古代文化是"信古"，要求遵守家法；"五四"以后的学者是"疑古"，他们要重新估定价值，喜作翻案文章；我们应该采取第三种观点，要在"释古"上用功夫，作出合理的符合当时情况的解释。研究者的见解或观点尽管可以有所不同，但都应该对某一历史现象指出它之所以如此的时代和社会的原因，解释它为什么是这样的。这个学风大体上是贯穿于清华文科各系的。朱先生在中文系是一直贯彻这一点的。清华中文系的学者们的学术观点不尽相同，但总的说来，他们的治学方法既与墨守乾嘉遗风的京派不同，也和空疏泛论的海派有别，而是形成了自己的谨严、开阔的学风的。这种特色也贯彻在对学生的培养上。……清华中文系的许多学者都强调时代色彩，都力求对历史作出合理的解释，而不仅仅停留在考据上。这个学派是有全国影响的，在社会上发生了很大的作用。[①]

这是学术界第一次提出有清华学派之说，而清华学派其实不限于中文系的朱自清、闻一多和浦江清等学术名家，而且也包括了研究哲学的冯友兰、研究史学的陈寅恪以及研究佛学和玄学的汤用彤（他出身清华并曾任教于西南联大）等学术大师，转益多师的王瑶显然从他们那里都有所受益，从而对清华学派的基本精神——"应该对某一历史现象指出它之所以

[①] 王瑶：《我的欣慰和期待》，《润华集》第83—84页，中国社会科学出版社，1992年。

如此的时代和社会的原因,解释它为什么是这样的"——有至为深刻的体会。事实上,在现代的三代学人中,王瑶乃是接受学术训练最为严格和持久的人——1934年9月王瑶考入清华大学中国文学系,开始系统的学习,1937年抗战爆发后被迫辍学数年,但并未放松自修,到1942年5月辗转抵达昆明在西南联大复学,次年6月完成极为出色的毕业论文《魏晋文论的发展》,随即考入清华大学文学院中国文学部,师从朱自清攻读研究生,陆续完成关于魏晋文学的不少专论,1946年4月集为《魏晋文学思想与文人生活》,作为清华大学研究院的毕业论文——至此十二年过去了,王瑶这十二年艰苦曲折的求学历程,也正是清华学派发展壮大的过程。研究院毕业后,王瑶任教于清华大学中国文学系,继续致力于中古文学的研究,1947年9月开设"中古文学史专题研究"等课程,到1948年5月底完成《中古文学史论》全书时,他已是出类拔萃的青年学者了。这个漫长的严格的受训与成才过程,是许多前辈、同辈和后辈学者不曾经历的,而王瑶正是在这个过程中打下了极为扎实的文史基础,获得了开阔的学术视野,养成了"应该对某一历史现象指出它之所以如此的时代和社会的原因,解释它为什么是这样"的"释古"学风。没有这些工夫和功夫,《中古文学史论》的出现是不可想象的。

《中古文学史论》无疑是扎实厚重、体大思精的顶尖学术杰作,将朱自清所谓"广义的史学"——"文学史的研究得有别的许多学科做根据,主要的是史学,广义的史学"[①]发挥得淋漓尽致。作为一个文学史家的王瑶非常清楚,对文学史现象的研究是不可能在所谓纯文学的范围里解释自治的,而需要扎实的史学修养、开阔的人文视野、知人论世的批评传统和新的社会历史分析方法之结合,这充分体现于本书的各篇章。

即如首篇《政治社会情况与文士地位》,着重论述魏晋六朝时期的一个最大的社会政治情况——门阀士族制度如何形成为主导整个社会政治经

[①] 朱自清:《什么是中国文学史的主潮?——林庚著〈中国文学史〉序》,《朱自清全集》第3卷第208页。

济的制度安排，于是握有政治经济特权的高门士族，也就"理所当然"地成为在文化和文学上居于优势地位的力量，因而这一时期文学的特点，不论好与坏，也都与这一制度安排息息相关。所以作者在篇末强调说——

> 我们虽然不能说名门大族出身的人底诗文一定好，但文学的时代潮流却的确是由他们领导着的。因为当文化和政治经济同样地为他们所把持保有的时候，不只他们在学习的环境地位上方便，而且诗赋文笔等的风格和内容，也都一定是适应着他们的生活需要的。他们清谈老庄，文学上便盛行着淡乎寡味的玄言诗；他们崇尚嘉遁，文学上便有了希美山林的招隐诗。他们的作品绮靡，可以形成"俪典新声"的一般风气；他们注重事义，也可以使"文章殆同书抄"。在当时的诗文里，看不到一般社会生活的反映，因为作者们本来不需要看的；他们自己只是生活在公宴游览的圈子里。寒士如果成名了，那就说明他已经钻进了那种上层士大夫的生活，他虽然出身寒素，但已变成华贵之胄的附庸了。因为一个寒士如果把文义当作进仕的手段，则他的作品一定须受到大家的称赞，那就不能不用心摹学当时一般的作风和表现内容；也许他的诗文比别人的还好，但他只能追随而不能创造一种新的潮流，因为他的身份资望都不够。①

这里显然运用了社会历史的以至政治经济的分析，但没有丝毫教条味，也没有强古人就范于今的酷评，而切中肯綮地对当年的历史实情究竟是怎样的、为什么会那样做出了实事求是的分析，令人读后真有茅塞顿开、豁然贯通之感。作者的史学态度之沉稳固然让人叹服，而过人的史学功夫也让人钦佩不置。事实上，现代史学界对门阀士族问题的讨论持续不断，而王瑶虽非专研此一问题的历史学者，但他的这篇《政治社会情况与文士地位》无疑是彼时的集大成之作，所以长期无人超越，直到二十世纪八十年代北大历史系田余庆先生的论著《东晋门阀政治》出现，才算有了迟到的

---

① 王瑶：《中古文学史论》第30—32页。

超越王瑶此篇之专著。王瑶的史学功底于此可见一斑。

该书第二篇《玄学与清谈》，也同样精彩。按，魏晋玄学与清谈，既是哲学史和思想史上的重要现象，也深广地影响到那一时期的文学与美学，所以也是中古文学史上绕不开的问题。王瑶在该篇中，一方面综合了哲学史、思想史和学术史的研究成果，清晰地梳理出从经术转变为玄学、从清议转变为清谈的历史过程和逻辑层次，进而指出玄学与清谈的合流及其趋于浮夸之势，而另一方面也有他独到的发明，那就是他敏锐地发现玄学清谈不仅是一种抽象的思想探讨，而且"已成了士大夫生活间的必要点缀，因为这可以表示他们的尊贵和绝俗"①。由此，王瑶准确揭示了魏晋文士思想、生活和文学行为之间的某种一体化特征——

> 清谈既成了名士生活间主要的一部分，自然所谈的理论也会影响到他们的立身行为和文章诗赋的各方面。而且玄学理论是当时学术思想的主流，自然也会对文学发生影响。阮籍的"当其得意忽忘形骸"，陶渊明的"好读书不求甚解，每有会意，便欣然忘食"。以及竹林之游、兰亭禊集；《世说新语》及各史传中许多记载着的著名逸事；都和清谈同样地是他们生活中的主要部分；而且也都是玄学思想影响下的具体表现。文论的兴起和发展，咏怀咏史，玄言山水的诗体；析理井然的论说，隽语天成的书札，都莫不深深地受到当时这种玄学思想的影响。而且流风未已，远被齐梁。②

这就将玄学清谈从抽象的哲思落实为士大夫的生活趣味、美学趣味和文学趣味，使之成为现形足观的现象、具体可感的对象，而王瑶正唯能如此综合观照，才会有这样圆通透辟之论。

当然，王瑶也充分意识到文学史研究与一般历史研究的差异，因为文学史乃是对"文学"的历史研究，所以自有不同于一般历史研究的"文学

---

① 王瑶：《中古文学史论》第45页。
② 王瑶：《中古文学史论》第54页。

性",同时王瑶也充分地自觉到文学史研究与文学批评、文艺理论的差异,因为文学史乃是对文学的"历史"研究,所以必须有"历史性"。在这两个至关重要的文学史学方法论问题上,王瑶显然深受鲁迅的启迪。对此,王瑶在《中古文学史论》的"初版自序"里有简略的交代,后来他在二十世纪八十年代中期所写的"重版题记"里,又做出了详细的追述和清晰的分疏——

> 由本书的内容可以看出,作者研究中古文学史的思路和方法,是深深受到鲁迅《魏晋风度及文章与药及酒之关系》一文的影响的。鲁迅对魏晋文学有精湛的研究,长期以来作者确实是以他的文章和言论作为自己的工作指针的。这不仅指他对某些问题的精辟的见解能给人以启发,而且作为中国文学史研究工作的方法论来看,他的《中国小说史略》《汉文学史纲要》《中国新文学大系·小说二集导言》等著作以及关于计划写的中国文学史的章节拟目等,都具有堪称典范的意义,因为它比较完满地体现了文学史既是文艺科学又是历史科学的性质和特点。文学史作为一门独立的学科,它既不同于以分析和评价作品的艺术成就为任务的文学批评,也不同于以探讨文艺的一般的普遍规律为目标的文艺理论;它的性质应该是研究能够体现一定历史时期文学特征的具体现象,并从中阐明文学发展的过程和它的规律性。……他(指鲁迅——引者按)能从丰富复杂的文学历史中找出带普遍性的、可以反映时代特征和本质意义的典型现象,然后从这些现象的具体分析和阐述中来体现文学的发展规律,这对文学史研究工作者是具有方法论性质的启发意义的,至少作者是把它作为研究工作的指针的。①

不过,以往学界对王瑶的文学史学思想之研究,似乎过分集中于他受鲁迅思路和方法影响的某一点上,即"从丰富复杂的文学历史中找出带普

---

① 王瑶:《中古文学史论》第2—3页。

遍性的、可以反映时代特征和本质意义的典型现象"。这一点当然很重要，比如"药酒女佛"等文学现象，确属最能代表魏晋六朝文学特色的典型现象，所以王瑶继鲁迅之后，在《中古文学史论》中写了《文人与药》《文人与酒》及《隶事·山水·宫体——论齐梁诗》等专论，做出了更翔实的梳理和更进一步的补充，几乎达到了"题无剩义"的完备程度。但是，王瑶文学史学的另外两个基本点——对文学史不同于文学批评和文学理论的"历史性"，和不同于一般史学的"文学性"之强调，包括对"典型文学行为"的开创性研究，则似乎被学界忽视了，所以在此略做补叙。

如上所述，王瑶所理解的文学史不同于文学批评和文学理论之处，乃在于它必须"研究能够体现一定历史时期文学特征的具体现象，并从中阐明文学发展的过程和它的规律性"。这里面包含三个关键词——具有代表性的具体现象即"典型现象"，文学发展的过程，和文学发展的规律性——其中最后一项"规律性"已近于文学理论了，所以此处不谈，剩下的两项即文学典型现象和文学发展过程，才是文学史之"史"的特性之所在，尤其是文学发展过程，对文学史研究来说可谓至关重要，试想文学史研究如果不讲"文学发展过程"，则它的"历史性"何以体现？这也就是王瑶晚年为什么要反复批评文学史研究不是作家作品论的集合之意，其目的就是要强调文学史的这个"历史性"，而最能体现这个"历史性"的就是"文学发展过程"。王瑶的《中古文学史论》的成功之一，就是特别善于在这个"文学发展过程"上做文章——不论是讲"文学思想"的篇章，还是讲"文人生活"的篇章，或者讲"文学风貌"的篇章，无不体现出鲜明的历史发展之层次。即以"文学风貌"编的五篇而论，从《曹氏父子与建安七子》到《潘陆与西晋文士》到《玄言·山水·田园——论东晋诗》再到《隶事·声律·宫体——论齐梁诗》和《徐庾与骈体》，将这一时期文学的每一阶段之特色和前后演变的发展层次，疏解得何等鲜明。至于这一时期的几个典型文学现象"药酒女佛"，不也呈现出演变或嬗变的历史层次吗？所以王瑶的中古文学史研究之成功对后来者的一个重要启示，就是文学史必须抓住"文学发展的过程"，即使对作家作品的研究，文学史之不同于文学批评，也在于它是把作家作品放在"文学发展过程"的历史视野里来透视和阐释的。

至于对文学"史"的"文学性",王瑶也坚守不殆。在《中古文学史论》里,不仅论文学的社会政治思想背景诸篇,最终都是为阐释文学问题服务的,而且论文学风貌诸篇,每每抓住最能代表某一阶段文学的典型作家、最能说明某一文体的典型文本,具体分析、详为解说,诚所谓既见林又见木,所以令人对相关文学现象印象深刻、体会转深。即如论宫体诗之起源则以沈约为代表,特意选析其《梦见美人》和《携手曲》二诗,而以梁简文帝为宫体诗的典型诗人,因其影响后世甚大,所以选析简文帝诗《率尔成咏》和刘缓、刘遵诗各一首;论骈文则概述其源流特点之后,乃以徐陵和庾信为典型作家,同样选析其典范例文。这其实是把文学批评吸收到文学史研究中,从而大大强化了文学史论著对文学本身的品评。

但窃以为王瑶的中古文学研究的最出色之特色,乃是对典型文学行为的分析——那是一种超越了狭隘的文学文本分析之局限而力求人与文一体化的统摄性阐释。这种阐释思路当然导源于鲁迅关于魏晋风度及文章的讲演,不过在鲁迅乃是由于融会贯通所以自然而然地顺手拈来,到王瑶则自觉地发扬光大,如《文人与药》和《文人与酒》。至如《论希企隐逸之风》一篇则堪称深造自得之作,王瑶在该篇中将名士们希企隐逸的思与诗,和实际人生的躁进与势利,视为互通互补之两面,从而对名士们的思想言语行为和实际生活行为之矛盾,做出了令人耳目一新的精辟分析。此处不妨引他论潘岳的完整一段为例——

> 潘岳《闲居赋》云:"身齐逸民,名缀下士。"又言"仰众妙而绝思,终优游以养拙"。序中言其"览止足之分,庶浮云之志"。当然也是一种希企隐逸的思想。但元遗山《论诗》绝句三十首中有云:"心画心声总失真,文章宁复见为人,高情千古闲居赋,争信安仁拜路尘?"《晋书·潘岳传》云:"岳性轻躁,趋世利,与石崇等谄事贾谧,每候其出,辄望尘而拜。构愍怀之文,岳之辞也。"元遗山当然是以他一生的行为来批评的;但这些人既以为隐逸可"为隐而隐",没有其他的外在目的,则他们在诗文中所表现的希企隐逸的思想,也仅

只表示一种对于隐逸的歌颂。我们不但能用史实来证明这些作者们没有做到这样超脱,甚至他也根本就没有想尝试地这样去做。因为这种思想既然是当时的主要潮流,作者自会受到社会思想的影响,而且大家既都视此为高,则即使做不到,也无妨想一想。顾炎武《日知录》云"末世人情弥巧,文而不惭,固有朝赋采薇之篇,而夕有捧檄之喜者,苟以其言取之,则车载鲁连,斗量王蠋矣"。这是从来如此的实情,在魏晋时期,我们也只能说诗文中的思想和作者平生的行为大半不符合;但若由此便断定他们做文章时是故意说谎话,却也不见得。《朱子语录》云:"晋宋人物,虽曰尚清高,然个个要官职。这边一面清谈,那边一面招权纳货。陶渊明真个能不要,此所以高于晋宋人物。"陶渊明不但希企隐逸,而且实际上归田躬耕了,这当然不是一般名士所能做到的。但我们所论的是一般的希企隐逸之风,这些名士们的主要矛盾虽是言行不符,但他们底希企隐逸在主观上却还是衷心的。他们不满意自己现实的生活,怕不能常保,怕名高祸至,因而想要摆脱;当然也不过只是想想而已,并没有真正来尝试解脱。这就是他们生活中的矛盾——现实与想象的矛盾,所以嵇康临刑时,又想到"今愧孙登"了。这种表现在诗文里的希企隐逸的思想,虽然和他们一生的事迹格格不入,但这企求还由他们的生活和思想中产生的。他们并不是说假话,的确是有这样的想法。[①]

再如论梁简文帝的宫体诗,同样精辟地揭示出他以诗的拟想行为代替实际的纵欲行为之"意义":"这正是梁简文帝的成功处;他不必如齐郁林王的放鹰走狗,和如东昏侯的捕鼠达旦,《梁书·本纪》且评之为'实有人君之懿'。这和梁武帝的皈依佛教是一样的,虽然生活的环境和形式没有改变,但总算可以不必极端地纵欲了。象其他出身门阀的文士们一样,他们找到了一个发泄的寄托。"[②]如此将生活和文学打成一片来辩证解说,文学超越

---

① 王瑶:《中古文学史论》第 191—192 页。
② 王瑶:《中古文学史论》第 280—281 页。

文本的局限而呈现为人的行为，很有立体感和穿透力。这样一种文学行为分析委实显著拓展了文学研究的境界。

三、从"进步"回归"保守"
——王瑶对《中国新文学史稿》的得失之反省

1936年6月29日，胡适致函其私淑弟子罗尔纲，批评他研究清代军制等等的学术计划"系统太分明"，而特别强调说："凡治史学，一切太整齐的系统，都是形迹可疑的，因为人事从来不会如此容易被装进一个太整齐的系统里去。"[①]这话大概也包含了胡适对自己早前的学术雄心的某种自我反省吧。就此而言，胡适后来之未能续写《白话文学史》和《中国哲学史》的下卷，与其说是他不能，不如说是他不愿再把复杂的历史装进一个太整齐的系统里去。

由此来看王瑶在二十世纪四五十年代的学术转型，就很值得玩味了。写《中古文学史论》时的王瑶，是那么尊重历史本身的复杂性因而审慎于自己的历史阐释，他本有足够的理论能力去构筑一个解释中古文学的"整齐的系统"，却不愿按照或一种当代性来成就所谓一以贯之的解释；然而写《中国新文学史稿》时的他却像换了一个人一样，毫不迟疑地按照一种当代意识形态来结构"中国新文学"的历史叙述，一如胡适早年用新文化和新文学的意识形态来建构"古代中国文学史"一样，虽然二者的所执并不相同，相同乃是都乐于用某种当代性来建构一个"太整齐的系统"，那只能是一个简单化和片面性的系统。所以《中国新文学史稿》也如同《白话文学史》一样，只能算是学科史的名著，而不能成为学术名著。

当然，作为学科史的名著，《中国新文学史稿》的地位和贡献都是确定无疑的。这里只说它的局限和问题，比如那种宁"左"勿右的片面性也同样影响深远，而新时期以来学界在总结《中国新文学史稿》的得失时，

---

① 胡适1936年6月29日致罗尔纲函，《胡适全集》第24卷第313—314页，安徽教育出版社，2003年。

总是比较乐意把成就归于王瑶个人，而把缺点归罪于《新民主主义论》及其文艺思想的影响和限制。其实，与其说《新民主主义论》及其文艺思想影响和限制了王瑶，不如说它们适合了王瑶——作为二十世纪三十年代的左翼文学青年，王瑶的政治立场本来就偏"左"，只是四十年代受到清华"释古"学派的节制，尤其是朱自清既宽容又冷静的态度，时时提醒着年轻的王瑶不要在思想上走极端、在学术上走偏锋，后来老师去世了，革命成功了，新中国一时欣欣向上，这让年轻的王瑶倍受鼓舞、满心欢喜，而又不再受老师的节制，于是因缘时会的王瑶，其学术雄心和政治热情同样高涨，而赶写《中国新文学史稿》，就既是他在学术上的抢先之图，也是他发自衷心地奉给新中国、新政治体制的献礼。此所以激扬文字、纵论新文学的"史稿"很快写出，为他在新中国之初赢得了进步的学术政治地位。虽然不久之后，王瑶就迭遭批判，但很难说他当初写《中国新文学史稿》就是被迫适应之作，毋宁说那原是王瑶自觉自愿地适应"当代性"政治－文学体制之作。

如今回头来看《中国新文学史稿》的学术得失，借用经济学的术语来说，那其实是"结构性"的问题而不是枝节性的问题，所以说来话长，而本文已经冗长不堪了，所以就长话短说吧。事实上，该书的整个论述是按照符合或不符合当代性的先进思想来划线的，于是一边是进步的革命的文学——从《新青年》左翼到二十世纪三十年代的左翼文学以至四十年代的左翼－解放区文学，得到了极为突出的强调，而另一边则是对不那么进步的以及非左翼的文学统统贬抑。如此自觉地按照当代性的价值判断来论现代文学史，这与王瑶当年写《中古文学史论》之尊重历史的复杂性因而审慎地有同情地就事论事、就史论史的态度，可谓大异其趣了，而得失也很显然——《中古文学史论》是一部至今难以超越的学术杰作，《中国新文学史稿》则只是一部应时之作。而问题的严重性在于，由王瑶开拓的这个"应时而作"的现代文学史研究趋向，成了我们的现代文学史研究的一个最具生命力的传统，迄今盛行而不衰，几乎可以说是"积重难返"，只不过所应之"时"或者说所追求的"当代性"也在"与时俱进"而已。比如，近二十年来一些学界先进试图按照启蒙主义、自由主义、文学本体论等等先进的思想观念，来统领中国现代文学史以至二十世纪中国文学史的研究，那不就是另一种与时俱进的"当代性"的思想和价值立场吗？而当学者们乐此不疲地这样做的时候，他们最爱援引的历史哲学，几乎毫无例外的是克罗齐的名言"一切历史都是当代史"和科林伍德的名言"一切历史都是思想史"。这样的"当代性"与王瑶五十年代发挥的"当代性"，不过五十步笑百步而已。

所谓"新时期"已经过去了三十多年，中国现代文学史或二十世纪中国文学史之更新的"太整齐的系统"，有的勉强建立起来了，但虚弱得很也简单化之极，有的仍只是雄心壮志而有待于建设。有意思的是，新时期以来的王瑶先生却似乎退回到比较保留以至"保守"的立场，这种立场要而言之，乃是从《中国新文学史稿》对"当代性"以至"规律性"的执迷，回转到《中古文学史论》对历史的尊重和对现象本身的关注，因之自我反省与学术重申兼而有之。这里只举《关于中国现代文学研究工作的随想》为例。此文是王瑶1980年7月12日在"中国现代文学研究会学术讨论会"上的发言，作者虽然自谦为"随想"，其实乃是新时期现代文学研究拨乱反正的纲领性文献，其中令人印象深刻的——至少对我影响至为深刻的——乃是这样两点。

其一是对现代文学学科的历史性之确认和重申。他说——

> 作为一门学科，现代文学史也有它自己的性质和特点，我们必须重视这种质的规定性，充分体现这门学科的特点。文学史既是文艺科学，也是一门历史科学，它是以文学领域的历史发展为对象的学科，因此一部文学史既要体现作为反映人民生活的文学的特点，也要体现作为历史科学、即作为发展过程来考察的学科的特点。文学史家要真实地反映历史面貌，要总结经验、探讨规律，就必须在丰富复杂的文学现象中概括出特点来。文学史是一门历史科学，但它不同于艺术史、宗教史、哲学史等别的历史科学，这是很清楚的；但文学史作为一门文艺科学，它也不同于文艺理论和文学批评，这就没有引起我们足够的重视。虽然这三者都是以文学现象作为研究

> 的对象，有其一致性，但也有各自不同的特点。例如讲作家作品，文学批评可以评论一个作家或者分析他的几部作品，文学史虽然也以作家作品为主要研究对象，但不能把文学史简单地变成作家作品论的汇编，这不符合文学史的要求。作为历史科学的文学史，就要讲文学的历史发展过程，讲重要文学现象的上下左右的联系，讲文学发展的规律性。用列宁的话说，历史科学"最可靠、最必需、最重要的，就是不要忘记基本的历史联系，要看某种现象在历史上怎样产生，在发展中经过了哪些主要阶段，并根据它的这种发展去考察它现在是怎样的"（《列宁全集》第29卷430页）。要正确地阐明文学的发展，就必须从历史上考察它的来龙去脉，它的重要现象的发展过程。①

这里被突出强调的是现代文学史作为一门历史学科的历史特性——"要讲文学的历史发展过程，讲重要文学现象的上下左右的联系，讲文学发展的规律性。……要正确地阐明文学的发展，就必须从历史上考察它的来龙去脉，它的重要现象的发展过程"。我有理由相信，这里面其实包含了王瑶先生对他的《中国新文学史稿》之"当代性"的某种反省，不是吗？

其二是淡化文学史研究对"规律性"的追求，而特别强调"现象比规律更丰富"。按，"规律性"乃是马克思主义社会历史研究特别看重的东西，新时期之初的王瑶不可能直接批评它，甚至还不得不提它，但他采取了淡化的策略，强调文学史研究应更重视文学现象——

> 文学史不但不同于文学批评，也不同于文艺理论。虽然文学史和文艺理论都要探讨和研究文艺发展的规律，但文艺理论所探讨的文艺的一般的普遍规律不同于文学史所要研究的特定的历史范畴。文学史必须分析具体丰富的文学历史现象，它的规律是渗透到现象

---

① 王瑶：《关于中国现代文学研究工作的随想》，《中国现代文学研究丛刊》1980年第4期。

中的,而不是用抽象的概念形式体现的;因此必须找出最能充分反映本质的现象,从文学现象的具体面貌来体现文学的发展规律。列宁在《哲学笔记》中指出:"现象比规律更丰富",因为"任何规律都是狭隘的、不完全的、近似的";"反对把规律、概念绝对化、简单化、偶像化"。所以不但不能"以论代史",而且也不能"以论带史",因为"原则不是研究的出发点,而是它的终了的结果";"原则只有在其适合于自然界和历史之时才是正确的"(恩格斯《反杜林论》)。我们进行研究时当然要遵循马克思主义文艺理论的指导,但它绝不能成为套语或标签,来代替对具体现象的历史分析。不讲文学现象,就不能构成文学史。①

应该说,王瑶对"现象"的重视在新时期的学界是受到重视的,但我也得坦率地说,这重视是片面的,甚至是买椟还珠的——学界一般比较重视的是"现象"的文学史方法论意义,至于王瑶由此对历史规律性的质疑和对历史存在的本体论之重申,却完全被忽视了。其实,历史作为一次性的实存,乃是"现象先于本质"或"现象重于规律"的,所谓"本质""规律"云云,如果不是大而无当、华而不实的理论概括,就是从我们的当代性意识所生发出来的某种抽象的理论建构而已。而这样那样的理论概括或理论建构,总是会"生生不已"而"后来居上"的,但待其喧嚣过后再去重审之,则几乎都难免高度地简化以至简单化之弊,而难符复杂的历史现象之实际。就此而论,歌德的名言"理论是灰色的,而生活之树长青",恰可改为"理论是灰色的,而历史之树长青"或"规律是灰色的,而历史之树长青"。窃以为,当王瑶借用列宁的名言"现象比规律更丰富"来针砭现代文学研究对"规律"或"本质"的执迷、对"定性"的偏好时,那其实是包含了深切的自我反省而值得学界深思的。因为,现代文学研究对"规律"或"本质"的执迷、对"定性"的偏好,就是从《中国新文学史稿》开始的,

---

① 王瑶:《关于中国现代文学研究工作的随想》,《中国现代文学研究丛刊》1980年第4期。

比如贯穿其中的对新文学"是和政治斗争密切结合"的规律之肯认,对现实主义、革命现实主义作为新文学发展正道之独尊,对新文学之"新民主主义"性质之执着,就显而易见,而新时期的王瑶则清醒地意识到偏执于"规律"和"定性"的文学史研究,无论动机如何美好,都会把现代文学史的复杂实际简单化、片面化。然而有趣的是,转向"保守"的王瑶却很快就被我们这个惯于追求先进的"当代性"的学科超越了,足见对"当代性"的执着追求,差不多成了现代文学史研究难以摆脱的惯性。

就我个人而言,的确是在试图超越而摔了一跤之后,才理解王瑶先生为什么会回归"保守",并从而领悟到学术研究在力求创新的同时也得多少保持那么一点"保守"的精神之必要。

这里我说的是王瑶先生对现代文学起点问题的"保守"看法。盖自二十世纪八十年代以降,学术思想比较解放了,新观念、新方法热盛极一时,文学研究界开始了研究新局面的开创。在这种情况下,近代、现代、当代文学研究各自封闭、相互脱节的研究格局招致了普遍的不满,而打通观照的统一化研究趋向也应运而生。我记得在1986年夏秋之际还曾召开过一次全国性的"近代、现代、当代文学分期问题"的学术研讨会。当时我刚进北大学习,没有参加那次会议,但我曾和河南大学的师兄关爱和、袁凯声合写了一篇论文提交会议。我们的主张是用"中国文学逐步走向现代化的进程"这样一个说法将近、现、当代文学打通,作为一个整体来研究。这种观点当然不免受了"二十世纪中国文学"概念的感染,但也不完全是这影响的结果,而自有我们自己的学术渊源。因为我们的导师之一任访秋先生早就如此主张并且早有《中国新文学渊源》等著述在,而任先生二十世纪三十年代中期在北京大学读研究生时的导师之一就是作《中国新文学的源流》的周作人(另一个导师是胡适)。当然,任先生并不是简单地照搬周作人的观点,因为他自己对明清文学有专深的研究,并在专研晚明思想史的嵇文甫等左翼学者的影响下,将周作人的观点从右向"左"(此处"左"不等于"极左")发展了;而当任先生在八十年代初给我们讲授"中国新文学渊源"课程时,他也只是强调自晚明以迄于清末自有一支内在的新文学渊源,并没有否定"五四"文学革命的突破性意义。但在我们几个青年学子手中，就难免发挥过分了。可在当时，我们的以及与我们类似的观点似乎颇受欢迎、相当流行，记得我们三个人的观点就被当作主要意见写入1986年那次会议的综述中，我们也因此而被樊骏先生戏称为"河大三剑客"，那是让年轻的我们颇为沾沾自喜的。所以当我随后读到王瑶先生的《关于现代文学史的起讫时间问题》一文，就觉得王先生有些保守，因为他在那篇文章中坚定地宣称："我是主张中国现代文学史仍然应以'五四'作为它的起点的。"[①] 其实当年的王先生并不是容不得年轻人的学术创新，他之所以坚持那样"保守"的观点，是因为就文学史的实际而言，"'五四'以后的新文学的历史特点是如此显著"[②]，而此前却并不显著之故；同时也因为他在理论上坚持要求完整准确地理解"现代"的含义："现代文学史的起点应该从'现代'一词的涵义来理解，即无论思想内容或语言形式，包括文学观念和思维方式，都带有现代化的特点。它当然可以包括反帝反封建的民主主义的内容，但'现代化'的涵义要比这概括得多。如前所述，同今天的文学仍然一脉相承的许多特点，都只有从'五四'文学革命讲起，才能阐明它的发展脉络和历史规律性。"[③] 但当时的我们却被打破陈说的创新热和纵论历史的宏观热冲昏了头脑，哪里听得进王先生的告诫。直到1988年我们师兄弟三个又受命为即将出版的《中国近代文学史》撰写一篇"有新意"的绪论时，我才发现近代、现代中国文学的历史联系远不像我们当初想象的那么怡然理顺，要把中国文学"现代化"的起点从"五四"前移，在理论想象上很不错，但实际上我们可引为根据的还是那点人所共知的老材料，并不足以支持我们的新说。所以我在很不情愿地为那个绪论草拟了大纲之后，自觉无法对付具体论证的难题，便把难题留给了两位师兄，自己耍赖开溜了。这件事给了我一个深刻的教训，从而对王先生"保守"背后之严肃的历史意识和慎重的治学态度也有了较为亲切的理解，从此不敢在根据不足、把握不大的情况下轻言创新之

[①] 王瑶：《关于现代文学史的起讫时间问题》，《王瑶文集》第5卷第50页，北岳文艺出版社，1995年。

[②] 王瑶：《关于现代文学史的起讫时间问题》，《王瑶文集》第5卷第51页。

[③] 王瑶：《关于现代文学史的起讫时间问题》，《王瑶文集》第5卷第58—59页。

论和宏观研究。

受此教训，我对于前些年的一种学术新见——"没有晚清，何来五四"之论，即认为"五四"前六十年的晚清文学，尤其是小说，早已自发地具备了比较充分和多样的现代性，并断言这种现代性甚至比"五四"以后的文学更健全，晚清反倒是受了"五四"的"压抑"而未能自由发展下去云云——也不敢贸然接受。这并不是说它不好，也许倒是它听起来特别地雄辩滔滔、美妙诱人，反让我有些怀疑近现代中国文学史上居然发生过如此美丽的错误。历史学虽然允许而且赞成各种学术创新，但一个够得上严肃的历史研究者，包括文学史研究者，其实都明白历史并不是一个可以任人随意打扮的小姑娘，而即使穿上帝王衣服的刘禅仍然难免阿斗相。所以不管论者多么贬低以鲁迅、胡适为代表的"五四"新文学，都改变不了绝大多数人的这样一个历史印象，那就是真正使得中国文学站立在现代世界文学之林而无愧的，并不是论者所鼓吹的晚清小说繁荣、都市文化崛起之类，而是鲁迅及其他新文学作家的创作。

这并不是要刻意厚"今"薄"近"，只是因为这是个无可更改的事实，而事实总是胜于雄辩。因此，回到王瑶先生的治学态度上来，应该说他晚年在学术上的某些"保守"并不是固执己见的理论偏执，而是对基本的文学史实际的尊重和对自己诚明的学术良知的信守。这的确是文学史研究中最基本的东西。疏忽或歪曲这些基本的东西，随心所欲地解构－重构历史，则不论有多高妙多时髦的理论——现代的、后现代的——都是华而不实之论，而无助于对中国近现代文学历史的认识。而近年学界在现代文学的起点问题上之新见更有甚于此者，此所以重温王瑶和任访秋等前辈学者在这个问题上的提醒，或者可以让我们清醒一点。我很高兴地注意到，吴福辉先生在评述任访秋先生的近代文学研究时特别强调说——

> 他（指任访秋先生——引者按）的近代文学"过渡说"的总述，至今仍有绝大的指导意义。比如它可以让我们在现代性研究的问题上降温。因为掌握住晚清文学"过渡"这一基本的性质判断后，就不会对这一段文学的"现代性"做出过分的阐释，而目前在学术界确乎

有这个危险。另外,"过渡说"也可以克服我们为了寻找现代文学的起点,一定要在晚清确定一部标志性作品或一个标志性年份来的"热劲"。我不是绝对地反对这样做,也对这种努力表示尊重,但既然都是晚清"过渡文学时代"的产物,千方百计寻觅出某部标志性作品所具有的某些现代性因子,这些新因子很可能在另一部作品中也有。《海上花列传》具备的若干现代性,《孽海花》就没有了吗?而按照任先生所做晚清和五四文学的关系研究,只有《新青年》上鲁迅的《狂人日记》,一旦披载问世,才会发生新思想、新文体、新语言的爆炸性效果,引动历史真正转折的到来呢。①

这是切中学术时弊之言。事实上,王瑶先生和任访秋先生所要"保守"的,都是文学史研究的历史感,而我们这个学科却往往会因为这样那样的"当代性"热情而疏忽了历史感。

王瑶先生晚年在学术上的回归"保守",还表现为他在新方法热之时却反其道而行地重新关注传统的考证学。他的这种关注并没有来得及形成文字,而只是在1987年秋季某天我和我的同窗的博士资格考试中,王瑶先生出乎意料地拿这个问题考问我,所以给我留下了非常深刻的印象。我曾经在关于任访秋先生的一篇回忆里说及此事,这里就照抄如下——

> 考试前钱理群老师即警告我们师兄弟俩说:王先生好给不知山高水深的学生一个下马威,以杀杀其没来由的虚骄之气,而以王先生的博雅,他的问题也就往往出其不意,打学生一个措手不及而几乎从不失手的。所以我和我的同窗当时是怀着极为惶恐的心情走进考场——王瑶先生的书房的。而事情也真如钱老师所警告的那样,在各位主考老师一一考问过我们之后,袖手旁观的王瑶先生果然笑呵呵地向我们师兄弟俩发动了"突然袭击"。他首先用一个有关古代白

---

① 吴福辉:《任访秋"三史贯通"的学术范式及其意义》,《汉语言文学研究》2013年第4期。

话小说的版本学问题把我的那位极富才情的同窗掀下马来，接着又乘胜追击，考问我：胡适提倡的"大胆的假设，小心的求证"的治学方法与西方实证－实验主义思想和中国清代汉学家的治学方法有无关系？王先生提这样的问题确实出乎我的意料，因为这完全是一个非文学的学术思想史问题，今日看来虽是常识，在当时却属冷僻问题，但侥幸的是这个问题本身倒并未难住我。这是因为我在河南大学求学期间，曾经很幸运地从任先生那里得到过一些学术思想史的熏陶和指教。记得那时任先生给我们开过一门专业课——中国新文学的渊源。在这门课中，任先生不仅把中国新文学与晚明以来的近世文学革新思潮联系起来考察，使我们大开眼界，而且纵论中国学术思想与中国文学变迁的关系，使浅学如我者闻所未闻。而为了听懂任先生的讲课内容，我在课外不得不认真补习中国学术思想史的知识，因而对从皮锡瑞到周予同的经学史论著，对章太炎的《訄书》、梁启超的《清代学术概论》、钱穆的《中国近三百年学术史》等学术史名著以及曹聚仁的通俗著作《中国学术思想史随笔》等均曾涉猎，至于胡适推崇清代汉学家的文章亦不陌生。应该说，幸而先有任先生给我的这点学术思想史"家底"，我才能较为从容地应对王先生的问题——记得当时曾举高邮王氏关于《战国策》中"左师触詟愿见赵太后"一语中"触詟"为"触龙言"之误的推断被70年代长沙马王堆汉墓出土帛书所证实的事为例，说明汉学家基于经验的推断亦有暗合西方近代归纳法之处，但汉学家的治学方法终竟停留在经验性条例的水平，而未能提升为具有普遍意义的方法论。王先生对我的这番回答似乎颇感意外而又较为满意，因为当时像我这样的青年学子大都耽迷于外来的新方法、新观念热之中，而于中国古典学术传统所知甚少，而王先生本人却正关注着近代以来中国古典学术传统的现代转化问题（这一点我是事后才知的）。[1]

---

[1] 解志熙：《深恩厚泽忆渊源——悼念任访秋师》，《中国现代文学研究丛刊》2000年第4期。

按，王先生所谓从清代汉学家的治学方法到胡适提倡的"大胆的假设，小心的求证"的治学方法之共同处，也就是文史研究中讲求论从史出的文献考证之法。而坦率地说，我当时虽然侥幸地答对了王先生的问题，却长期不解他为什么要在那个新方法热的时候重提这样传统的治学方法。直到差不多十年之后，看够了我们这个学科在新新不已的"当代性"中凯歌行进而其实仍陷于"以论带史"以至"以论代史"之中不能自拔的时候，我才猛然意识到王先生当年重提传统的文献考证之学，其实暗含着对我们这个学科新新不已的"当代性"之保留，甚至可以说他的"保守"姿态颇有些针锋相对的意味。的确，要治疗我们这个学科"以论带史"以至"以论代史"的"当代性"之顽疾，最对症的药就是传统的文献考证之学了，它至少可以提醒我们在追求"当代性"之时，除了这样那样时新的"理论根据"外，也得多少讲求点"历史文献"的根据吧。

我得老实承认，王瑶先生当年对我的这番考问，其实就是我在1996—1997年之际反复强调现代文学研究应该有点"古典化和平常心"，"现代文学研究要想成为真正的学术，必须遵循严格的古典学术规范"的源头之一。过去之所以不愿说出来，是因为不想落个攀附名家之名，如今在王瑶先生百年诞辰之际坦白道出此中原委，聊表个人的尊敬和纪念吧。

2014 年 1 月 20 日草成于清华园之聊寄堂

善用比较优势　成就不可替代
——《严家炎全集》拜读感言

严家炎先生的全集出版了，这不论对严先生本人还是我们这个学科，都是值得庆贺的事。盖自二十世纪六十年代初进入现代文学研究、介入当代文学批评，直至新世纪的今天，严先生在学术和批评上已经辛勤耕耘了整整一个甲子。这是多么的不易，又是何等的光荣！六十年来，不论在逆境里还是在顺境中，严先生都不忘学术和批评，一直坚持独立思考，努力衡文著史，成为新中国文艺的参与者和见证者，更成为现代文学学科的代表性学人和主要领导者，其丰富而独特的学术经历几乎是独一无二的，其卓越的学术贡献也几乎无出其右者。也因此"劳苦功高、德高望重"这八个字，在严先生就并非谀词，他实在是当之无愧的。

在此我想回顾一下严先生的前四部书——《知春集》《求实集》《中国现代小说流派史》和他参与编写的《中国现代文学史》——所给予我的深刻教诲和深长记忆。记得二十世纪七十年代末我在西北师大求学的时候，用的教材就是严先生参编的这部《中国现代文学史》，所以这部书乃是我的现代文学启蒙书。后来才得知这部三卷本教材的将近一半都是严先生所写或重写的；同时，我也因为对《创业史》的热爱，拜读了收有严先生批评文章的论文集《知春集》；到1983年后半年我赴河南大学读现代文学研究生，不久就看到严先生新出的论文集《求实集》，它是引领我进入现代文学研究的学术指南，今日重新翻出此书，看到书页间布满了我当日拜读时所画的标记和写在天头地脚的感想——我得承认，严先生这本论文集在治学态度与思想方法上对我的深刻影响，至今仍无可替代；再后来我跟严先生读书，考前已在学术刊物上拜读过先行发表的《中国现代小说流派史》的若干重要章节，此书出版前又有幸细读校样，深受教益，记得校样还是我送到人民文学出版社的林乐奇先生手里的。应该说，这四部书标志着严先生学术的三个阶段，所以重读这四部书，也可回顾一下严先生逐步前进的学术步履——"步履"这个词借自洪子诚老师的文章《纪念他们的步履——致敬北京大学中文系五位先生》，其中也涉及严先生。我想借此回溯一下严先生的学术进程，看他是如何发挥其在批评和学术上的"比较优势"，把自己"炼就成"一个卓越学者的，这对我们这个学科的继往开来或者不无启示意义。然后再略说我阅读《求实集》和《中国现代小说流派》的体会——窃以为这两本书代表了严先生在现代文学史研究上的成就和贡献，那是不可替代的成就和贡献。不过，需要说明的是，这次全集里收入的《知春集》和《求实集》都是重编的，有删有增，不复当年的样子了，而我这里要谈的仍以当年的《知春集》《求实集》为准。

一、《知春集》和文学史编写：严先生学术起步的"比较优势"

我们知道，严先生原本爱好创作，却在1956年进入北京大学师从杨晦、钱学熙二先生攻读文学理论，1958年成为《文艺报》特约评论员，参与当代文学批评，这年夏又因应教学之需提前留校，成为现代文学史的教员，1961年又受命参与唐弢主编的《中国现代文学史》的编写。如此四五年间跨越了三个不同的领域，使严先生得到了多方面的学术训练，借用经济学的术语来说，严先生在起步阶段获得了"比较优势"，这在同代学者中是很少见的。

这个比较优势可以从《知春集》和《中国现代文学史》看出。这两部书迟至1979—1980年才问世，但里面收集的其实大多是严先生在二十世纪六七十年代的文学批评和文学史研究成果。这是严先生学术的起步阶段，一个相当长的起步，但这个起步却非同寻常——严先生正是由此获得了学术上的比较优势,他此后又很善于发挥这种比较优势,长期保持着这种优势,此所以他能在新时期的现代文学研究界一马当先、成就杰出,成为众望所归的学术领袖。

第一点,严先生出身于文艺理论专业,这使他的现代文学研究和当代文学批评富有独立的理论思考和概括能力,而不像一般批评家只满足于印象式的批评或一般文学史研究者习惯于按照既定的或流行的理论教条来编织文学史。我至今还记得上大学的时候读三卷本《中国现代文学史》,印象最深的是书前的那个长篇绪论(这个绪论后来以《中国现代文学发展中的几个基本问题》为题收入《求实集》),那是对整个现代文学史的一个大概括,就其重要性而言,这个绪论理应由主编唐弢先生来写的,可是却由严先生执笔。为什么由年轻的严先生执笔?因为他在全体编写人员中是最有理论修养和概括能力的。尽管受制于那时意识形态与文艺理论的限制,严先生的绪论仍然写得自有主见、提纲挈领而且论述严谨,即使在述学文体上也从容舒展、稳重大气,而不像后来的一些新编教材那样给人创新气势有余而理论阐述颇为勉强之感。也正是基于这种深入文学现象的理论思考和概括能力,严先生才能在新时期率先提出中国现代文学是中国文学的现代化进程的论断,引领了中国现代文学研究新局面的开拓。

第二点,严先生最初的得名之作不是文学史研究,而是文学批评。从二十世纪六十年代到七十年代,严先生一直参与当代文学批评,尤其是小说批评,为柳青的《创业史》、姚雪垠的《李自成》等长篇小说撰写了多篇评论。当然,许多与严先生同代的学者也写过评论,可是严先生的评论的确是卓越不凡,特别是他接连为《创业史》写了几篇独抒己见的评论,那不是一般的印象之谈,而是深入结合社会实际和作品实际的翔实分析,发人之所未发、道人之所未道,真是令人佩服的批评洞见。只要想想六七十年代在小说批评方面很重要的两位批评家是大名鼎鼎的茅盾和著名的侯金镜,然后就数年轻的严先生了,严先生与他们两位鼎足而三,成为当代小说批评史绕不过去的三个名家,就知道严先生批评造诣的非同一般了。与此同时,我记得严先生还写过《论徐志摩诗的艺术特色》那样出色的新诗论文,比诸同时期许多研究新诗的学者那种印象式的评点要出色得多。看得出来，具体批评的实践培养了严先生对作品的艺术敏感和细致解读文本的能力，正是这种能力也使得严先生后来的现代文学史研究比如小说流派史的研究非同寻常：他总是在大的文学史视野之下，又能以相当精准的艺术判断和富有说服力的文本分析取胜，这在众多的研究现代文学史的学者中是很特出的。

第三点，严先生1961年受命参与中国现代文学史的编写，受到了当时可能是最好的学术训练。作为主编的唐弢先生在给严先生的《求实集》作序时，曾经透露了他们编写文学史几条"原则"："一、采用第一手材料，反对人云亦云。作品要查最初发表的期刊，至少也应依据初版本或早期的印本。二、期刊往往登有关于同一问题的其他文章，自应充分利用。文学史写的是历史衍变的脉络，只有掌握时代的横的面貌，才能写出历史的纵的发展。三、尽量吸收学术界已有的研究成果。个人见解即使精辟，没有得到公众承认之前，暂时不写入书内。四、复述作品内容，力求简明扼要，既不能违背原意，又忌冗长拖沓，这在文学史工作者是一种艺术的再创造。五、文学史采取'春秋笔法'，褒贬从叙述中流露出来。"这里除了第三条是集体编写不得不约束个人学术创见外，其余四条都是研治文学史最基本也最主要的工作规范，它们对严先生影响很深，他也是做得最好的一位，如唐弢先生所说："家炎同志孜孜不倦，持之以恒，真是在各方面做得较多较好的一个。"（《〈求实集〉序》）通过这一漫长的编写工作，严先生养成了尊重原始文献、从实际出发的治学态度。待到新时期之初完成编写工作的时候，严先生对现代文学原始文献的熟悉程度、对现代文学史的通盘把握之深广，及其一丝不苟的工作作风，除了唐弢先生之外几乎无人能比，所以他在编写工作中成为挑重担的角色，与樊骏先生并列为唐弢先生的左膀右臂，以认真负责而又淡泊名利的"严骏"二先生并称。唐先生在《求实集》序中赞誉严先生的为人："他正直，有点固执，肯承担责任，对于工作，即使不能说是忘我，也很少有为个人的利益着想或者打算的时候。"这是很中肯的评价。三卷本的《中国现代文学史》是个集体项目，严先生无疑是最为尽心尽力的。我当年细读此书，很好奇具体章节到底是谁写的。后来才辗转得知那三卷书几乎近半都是严先生所写或重写的，足见严先生为那个项目付出了多大心血，他却默默不计个人名利。一个人能够担当重任而不计个人名利，这是很不容易的。当然，严先生吃亏之余也有收获——他为此阅读了大量原始文献、熟悉了现代文学的基本情况，这就比其他诸位先生获得了学术上的优势。事实上，从二十世纪六十年代初开始，严先生一直孜孜不倦、持之以恒阅读了海量的现代文学原始文献，对整个现代文学史的情况了然于胸——在整个现代文学研究界的第二三代学者中，论掌握原始文献之多、对现代文学状况之熟，无人能与严先生相比。而他由此养成了论从史出、实事求是、论议精严的学术作风，为他后来的现代文学史研究奠定了坚实的基础。

要之，上述三点——独立思考的理论概括能力、良好的艺术判断力和文本分析能力，加上严谨求实的治史态度，与严先生同代的学者或者具备其一以至有二，但少有像严先生这样三者俱备而且逐渐综合融通为一体的。应该说，学术起步时期的严先生很善于学习且勤于实践，使自己获得了如此难得的综合能力，在同代学者中具有了显著的比较优势。不难想象，一旦遇到一个思想比较开明、学术比较自由的时代，严先生的比较优势必能得到出色的发挥。

二、《求实集》：引领整个现代文学学科拨乱反正的论文集

幸运的是，严先生遇上了改革开放的新时期，于是多年的积累与积郁、重建现代文学学科的责任感，使具备了比较优势的严先生率先贡献出一系列有理有据、拨乱反正的重要论文，结集为《求实集——中国现代文学论集》，1983年11月由北京大学出版社出版。《求实集》里的论文多写于1979—1982年间。严先生在跋中交代，之所以命名为《求实集》，"最主要的，还因为集子中的文章乃是求实精神的产物"。唐弢先生为该书所写序中也指出，在坚持实事求是的精神、推进学科的拨乱反正方面，"几年来经过深入思考，家炎的成就斐然可观"。

1979—1982三年间的现代文学研究界，正处在拨乱反正的关头。自二十世纪五十年代到"文革"时期，越来越"左"的政治路线助长着越来越

"左"的文学批评，那时的现代文学研究日益狭窄而批判的范围日益扩大化，造成了许多"冤假错案"，如丁玲、胡风、冯雪峰、萧军等等的冤案；同时，实用主义的批评风气大为流行，具体表现是一些学者和批评家依据一种自以为革命的政治实用主义的庸俗社会学的文学观，认为在现代文学时期的一些作家作品虽然曾经是进步的，可是到社会主义的新中国就落后了甚至走向了反面，如姚文元对巴金小说的批评。如此等等的冤假错案和奇谈怪论，到了新时期亟需清理平反。可是当此之际，像王瑶先生这样的老前辈年事已高，只能发表一点"原则性"的意见，而无力进行学术上的清理；更多的第二代学者则满足于作再翻案文章，其理论逻辑其实与当年的大批判一般无二，只不过翻了个个儿而已。严先生《求实集》的杰出之处在于，其中一系列"中国现代文学史研究笔谈"，选取了一些典型的案例，将平反工作提升到理论的高度，深入地辨析和澄清了一些重大的理论是非问题，不论在实证上还是在理论上都达到了当时的最好水平，因而产生了广泛的学术影响，对整个现代文学研究的拨乱反正，就具有了实证性的示范意义和普遍性的指导意义。

比如，《从历史实际出发，还事物本来面目——中国现代文学史研究笔谈之一》，重申了文学史研究的历史主义原则，认为"只有坚持从历史实际出发，才能科学地评判现代文学史上发生的那些争论，才能破除历来陈陈相因、沿袭下来的一些并不正确的说法，才能纠正历史上的一些冤案和错案"。其中举的事例有东北解放区对萧军的批判。如果按照当年编选的《萧军思想批判》里的资料，似乎那些批判也有根据。可是，严先生说"如果自己动手去翻翻一九四八年东北出版的《文化报》和《生活报》上的原始材料，就会感到萧军遭遇的真是天大的冤案"。然后严先生叙述了他查阅旧报刊的所得，并进行了具体细致的分析，确凿而又痛切地证明当年的批判乃是断章取义，对萧军来说真是无妄之灾。如果不从历史实际出发、不从文本的实际出发，这个案子是翻不了的。这也足证"从历史实际出发、从文本的实际出发"，是文学史研究的第一原则，所以给我留下了极为深刻的印象，从此信守不敢稍弛。同样坚持从文本实际出发而又富于文学史眼光的，是该文对丁玲的短篇小说《在医院中》的重评。如所周知，因为所谓"丁陈反党小集团"冤案,丁玲的这篇写于解放区的小说在后来被追罪为宣扬小资产阶级个人主义、敌视工农兵群众的"毒草"。严先生则从反封建的思想高度和文学史的长远视野,重新肯定了这篇小说的文学史意义——

> 其实,照我看,这篇作品在小说发展史上具有一定的意义,确实代表着一些新的东西。它的思想意义在于:通过青年女医生陆萍在一个新建医院里的遭遇,揭示了象中国这样一个经济上、文化上都很落后的国家,要进行先进的无产阶级革命,要推广先进的自然科学和技术,将会遇到多少严重的有时简直难以想象的困难和障碍。陆萍周围遇到的一切,实际上是在一个长期具有封建传统、小生产占着支配地位的国家里必然会遇到的。从鲁迅开始,新文学就在为改造小生产的传统力量、传统心理和习惯势力而进行着斗争(鲁迅所说的"改造国民性"就包括这点在内)。丁玲的《在医院中》,就是"五四"新文学这一战斗传统在解放区的继续和延伸,它可能是解放区里最早提出这个问题而且提得非常鲜明的一篇小说。我们常讲民主革命的任务是"反帝反封建",这"反封建"中,从意识形态上说,其实就包括要同小生产者的冷漠、自私、愚昧、落后心理进行斗争,就包括要改造这种旧的心理、旧的精神状态。《在医院中》可以说是《组织部新来的青年人》这类作品的先驱,陆萍就是四十年代医院里"新来的青年人"。①

这样的思想高度、这样的文学史眼光和敏锐的批评判断,正体现出难得的"比较优势",在那时是非严先生莫属的。同样杰出的甚至更为难得的,是紧接着的《现代文学的评价标准问题——中国现代文学史研究笔谈之二》。该文针对的是"一种曾经广为流传的评价标准",这个评价标准始于姚文元对巴金作品的批判,进而扩展到对茅盾的《林家铺子》、柔石的《二

---

① 严家炎:《求实集》第9—10页,北京大学出版社,1983年。

月》及其相关电影的批判，其批判的逻辑是说这些作品虽然在民主革命时期不无进步意义，但其宣扬的无政府主义、个人主义以及对资产阶级的同情等等，在当今时代就"起着反社会主义的反动作用"。这种看似很革命的批判逻辑成了"狙杀"许多优秀的现代文学作品的灭门绝技，不破除它，这些优秀作品就得不到公正的评价，但这个荒诞的批判逻辑又貌似言之成理、很难破解。严先生充分发挥他的理论思考能力和文学史眼光，逐层辩驳——先从"现实与历史的'双重评价标准'能否成立"说起，揭露这种"双重评价标准"不过是实用主义的变种，接着是"决不要以作家的政治身份代替作品的客观评价"，重审了从作品实际出发的批评原则，再继之以"还是要从总的倾向上把握和评价作品"，强调了顾及作品总体的批评原则，最后落脚到"美学评价与历史评价不可偏废，必须统一"的马克思主义批评原理。如此条分缕析、有破有立，理论逻辑严密又辅以绵密的具体分析，很有说服力。这就为许多优秀的现代文学作品打开了正确评价之路，当之无愧地成为指引现代文学研究拨乱反正工作的名论。

不仅如此，《求实集》的另外几篇重要论文，更率先为现代文学研究新局面的开拓导夫先路。比如《鲁迅小说的历史地位——论〈呐喊〉〈彷徨〉对中国文学现代化的贡献》和《历史的脚印，现实的启示——"五四"以来文学现代化问题断想》两文。前文是为1981年的鲁迅百年诞辰纪念活动撰写的论文。虽然严先生自谦说此文是临时应命而作的急就篇，但由于他对鲁迅作品烂熟于心，由于他的文学史家的眼光，加上敏感的艺术判断力与深入分析文本的能力，所以不仅通过精细翔实的艺术分析，令人信服地得出了"中国现代小说在鲁迅手中开始，也在鲁迅手中成熟"的判断，而且充分发挥一个真正的文学史家的出色史识，由点及面、由局部到整体地提出了"中国现代文学就是中国文学现代化"进程的大判断——

> 从五四时期起，我国开始有了真正现代意义上的文学，有了和世界各国取得共同语言的新文学。而鲁迅，就是这种从内容到形式都崭新的文学的奠基人，是中国文学现代化的开路先锋。没有鲁迅的《呐喊》《彷徨》，就没有中国小说现代化征途上所跨出的第一阶段

最坚实的步伐。①

后一文则进一步对"五四"以来现代文学的现代化特性的方方面面做出了纲举目张的申说,并将这个判断引申为对"'五四'以来六十多年文学发展的经验"之概括。这就突破了早期"新文学"概念的笼统性和后来过分政治性的现代文学定性,为重新认识现当代文学的现代性提出了极具启发性的新思路。这个新思路也确实启发和影响了后来的"二十世纪中国文学"概念、"重写文学史"运动以及"现代性"的现代文学论述,却又比这些后来者日益走向另一种狭窄化、排他性,以至于"非政治的政治性"论调显得更为宏阔得当也更具包容性。

就这样,严先生以一本薄薄的却很厚重的论文集,为拨乱反正且要开拓新局面的中国现代文学学科提供了很具示范性和指导性的学术导向。当然,这并非说严先生主观上要示范谁和指导谁,我只是就其客观上确实达到的学术水准和曾经发生的学术影响而言。一本论文集能够达到这样的学术境界、获得这样的学术影响,这在现代文学学科史上是很罕见的,并且这种指导性今天仍然有效。正唯如此,我把《求实集》看作严先生学术成熟期的代表作之一。

三、中国现代小说之"史略":作为经典的《中国现代小说流派史》

我一直觉得,严先生的《中国现代小说流派史》是一部"中国现代小说"之"史略",适足以接续鲁迅的《中国小说史略》,而且同鲁迅的名著一样成了不可替代的学术经典。

显然,《中国现代小说流派史》一方面继续和拓展了《鲁迅小说的历史地位——论〈呐喊〉〈彷徨〉对中国文学现代化的贡献》和《历史的脚印,现实的启示——"五四"以来文学现代化问题断想》两文所首倡的学术新思路,将"中国现代文学是中国文学走向现代化进程"这一新思路应用和

---

① 严家炎:《求实集》第77页。

落实到对现代小说的研究，成为新时期以来开拓现代文学研究新局面最为显著的学术实绩，另一方面它也像鲁迅的《中国小说史略》一样，是适应着教学的需要又因应着教学的检验，在内容上逐步完善、在述学上精耕细作出来的学术杰作，所以内容非常丰富而述学则简明扼要，显得恰当得体，于"中国现代小说流派史"确然有当。据严先生在该书"后记"中所述："一九八二年和一九八三年，我先后对北京大学中文系文学专业的研究生、进修教师、本科高年级生开设了'中国现代小说流派史'的课程（此后又讲授多遍）。校外听课者很多，近十台录音机同时启动，不少人还做了较详细的笔记，使我的讲课内容一下子传到了校外一些地方，有些文学史、小说史著作还把我一部分观点吸收了过去，但也有辗转传抄，将错就错的。于是我想，与其听之任之，以讹传讹，不如正式整理出版。"如此从1982年开讲到1989年正式出版，前后经过了长达七年的应急草创、教学检验、反复修订、精心打磨的过程。这是非常沉稳坚实的学术步履，显示出严先生在学术上的严谨与成熟，由此，人、文、学俱臻成熟的严先生贡献出了一部难得的学术精品，一部无可替代的经典之作。

是去年的这个时候吧，我在一个场合提到《中国现代小说流派史》时说过这样的话——

> 窃以为，近四十年来北大人文学科有三部著作堪称经典，史学方面是田余庆先生的《东晋门阀政治》，外国文学方面是杨周翰先生的《十七世纪英国文学》，中国文学研究方面则首推严家炎先生的《中国现代小说流派史》。①

"窃以为"是谦抑的口吻，因为我是严先生的学生，说话得谦虚点儿、客气点儿，倘若撇开私谊，爽性站在纯学术的立场论，那我要毫不客气地说：《中国现代小说流派史》不仅是曾经名重一时的学科史名著，而且是超越了一时之重的学术名著、不可替代的学术经典。

---

① 解志熙：《学术史的寻根与补课》，《探索与争鸣》2020年第12期。

学科史名著和学术名著之间，偶尔是会统一的，但更常见的情况是大多数的学科史名著也就止步于学科史名著，只有很少的学科史名著经过时间的检验，成为不可替代的学术名著，也即不可有二的学术经典。这之间的差别似乎不易区分，但举个例子也就不难理解了。我在1996年的一次学术会议上，曾经以鲁迅和胡适为例说明了这二者之间的差别——

> 就以鲁迅和胡适为例：前者的《中国小说史略》和后者的《白话文学史》都利用了当时的学术资源，但鲁迅在写战斗性的杂文的同时，却相当克制地叙述着历史，留给我们一本至今无人超越的学术名著，而胡适拼命追求学术的现实性及当代性，极力用他的《白话文学史》来证明其文学进化论的合理性——这种现实性及当代性的目的虽然达到了，但事过境迁，如今还有多少人把《白话文学史》当作值得参考的学术著作看？类似的可资比较的例子还有韦勒克的《现代批评史》和维姆萨特、布鲁克斯的《文学批评史》。[①]

再具体到一个学者比如王瑶先生吧，他的两部名著《中古文学史论》和《中国新文学史稿》，前者经过时间的检验，成为不刊之论、学术经典，谁研究中古文学史都绕不过去，后者在开创现代文学学科上有大功，但止步于学科史的名著，没有成为不可替代的学术名著。王瑶先生两部著作的差异表明，造成学科史名著和学术名著或者说学术经典之差别的原因，或许不全在学术能力上，而更在学术旨趣或学术用心上——当一个研究文学史的学者特别用心于某种学术方法的创新与引领、某种思想意义的着意提点和全力发挥、某种学术个性或主体性的自我表现、某种当代性或现实性的强化（这又表现为适应现实的当代性追求或反现实的当代性批判意向），其著作可能会因此而名重一时、成为学科史的名著，但正唯如此，其所研究的文学史现象之本真或实际却往往被疏忽或简化了，此所以待到那个

---

① 解志熙：《"古典化"与"平常心"——关于中国现代文学研究的若干断想》，《中国现代文学研究丛刊》1997年第1期。

"一时"的热点和看点过去之后，其所别有用心强化的那些时新观念、理论方法之类时髦东西，成为稀松平常的常识，也就渐渐地无足轻重了，因为它究竟无当于史学，所以也就难成学术经典。归根结底，文学史研究是史学的一支，当然其中也包含着文学批评，但那是历史化的文学批评。也因此，一部文学史著述首要的学术要求必定是史学的——看它对所研究的某一段某一类文学的历史实际之发掘是否认真和全面、叙述是否信实和可靠、概括评价是否恰当中肯；至于理论方法的创新、思想义理的阐释，以至主体性、当代性的发挥，其实都是次要的，所以这些好东西还是谦退一点，倘若奋勇争先地把这些东西强化过了头，那就喧宾夺主、适得其反了。

严先生的《中国现代小说流派史》当然也有创新意识的驱动，事实上这部专题史乃是他在改革开放、思想解放的新时期率先获得"中国现代文学是中国文学现代化的进程"这一新的文学史洞见，而将之进一步落实到现代小说领域的学术创新之作。但严先生是一个严肃的文学史家，他没有让创新意识、理论追求喧宾夺主，而始终严格地坚守着史学的立场：他竭诚尽力地发掘中国现代小说的历史实际，从海量的现代小说文献中梳理出"流派"纷纭衍变的确凿史实，严谨地分疏出一个个流派的来龙去脉和前后左右的复杂关系，而又在"现代化"的兼容并包的大视野里，准确地让各流派各安其位并恰当地评骘各派的得与失，由此使作为中国现代文学之大宗而又纷乱如同一团乱麻的中国现代小说，获得了贴切恰当的派别命名、合乎实际的潮流分疏、井井有条的历史叙述，清晰地揭示出一波又一波小说现代化浪潮的激荡史。正由于严先生的治学是建立在充分的文献史料基础上，而又充分运用文学史家的史识做出恰当贴切的命名和概括，所以他的说法很快从课堂上不胫而走，先行发表在一些学术刊物上的各流派论文也迅即被学界传诵，全书出版后很自然地成为被普遍接受的学术定论了，以至于变成现代文学研究界共用的"公共财产"。我自己就是这一过程的见证者和受益者之一。

当然，像任何一部学术经典名著一样，《中国现代小说流派史》也不可能完美无缺，还存在着一些可增补和修正之处，但属于局部的小毛病、小疏漏，而无损于整体的坚固可靠。严先生对现代小说的大家如鲁迅，名家如丁玲、老舍、穆时英、施蛰存、张爱玲等都有专深的研究，对茅盾为代表的社会剖析派小说、沈从文为代表的京派小说等各个现代小说流派也都谙熟于心，按说是撰写"中国现代小说史"的不二人选，可是他仍然谨慎地以流派为限，撰写了一部谨严求实的专题史。从《中国现代小说流派史》出版至今，三十多年过去了，"中国现代小说"始终是中国现代文学研究的重点领域，先后也出现了不止一部巨幅的"中国现代小说史"论著和众多的名家专论，可是我们要了解中国现代小说的总体实际，严先生的这本并不很厚的《中国现代小说流派史》仍然是最可信赖的学术名著，被证明为不可替代的"不刊之论"。这种不可替代性就是一部经典著作的标识。一如鲁迅的《中国小说史略》虽然也有可补充可修订之处，所以在它出版之后又不断涌现出越来越厚、越来越详的"中国小说史"，可从总体上看，后来者都逃不出鲁迅所首先揭橥的历史事实和首先提出的史识断制，此所以《中国小说史略》乃是确当无疑的"不刊之论"和无可替代的学术经典。而严先生的《中国现代小说流派史》乃是真正接续了鲁迅的《中国小说史略》之经脉的中国现代小说之"史略"。看得出来，严先生的现代小说流派史在治史为学的态度上深受鲁迅的影响，比如同样注重从文献史料得出可靠的史识，所以亲力亲为、着意搜集整理出版了不少第一手文献史料，力求在此基础上做出实事求是的文学史论断，甚至在史才的发挥和述史的史笔上也和鲁迅一样地节制、俭省和简练。令人印象深刻的是，写杂文特好发挥的鲁迅，在治学著史时却是很克制的，甚至自觉地约束自己的发挥，如他1923年末回复胡适的一封信里谈及《中国小说史略》时，曾坦承发挥论断的笔墨太少，说是因为"我自省太易流于感情之论，所以力避此事，其实正是一个缺点"（鲁迅1923年12月29日致胡适函）。这其实是一个大优点，显示出难得的自制，颇为耐人寻味。严先生的小说流派史在发挥个人见解时也很俭省、节制和凝练。我有时想，假如自己也熟悉同样的文献来写同样的著作，那篇幅一定多出一倍还不止，而势必陷入事倍功半之窘境，因此益发佩服二位先生的节制用笔、克制发挥之俭德。

匆匆属笔，不成敬意，谨此祝贺《严家炎全集》的出版和严先生八十八岁华诞的到来。

2021 年 10 月 14 日草成于清华园